O REINO DE COBRE

S. A. CHAKRABORTY

O REINO DE COBRE

SEGUNDO VOLUME DA TRILOGIA DE DAEVABAD

Tradução
Mariana Kohnert

MORROBRANCO
EDITORA

Copyright © 2019 por Shannon Chakraborty.
Publicado em comum acordo com Harper Voyager, um selo de Harper Collins Publishers.

Título original em inglês: THE KINGDOM OF COPPER

Direção editorial: VICTOR GOMES
Coordenação editorial: GIOVANA BOMENTRE
Tradução: MARIANA KOHNERT
Preparação: ISADORA PROSPERO
Revisão: LETÍCIA CAMPOPIANO
Design de capa: PAULA RUSSEL SZAFRANSKI
Mapas: VIRGINIA NOREY
Imagens internas: © SHUTTERSTOCK
Adaptação da capa original: BEATRIZ BORGES
Diagramação: GUSTAVO ABUMRAD

ESTA É UMA OBRA DE FICÇÃO. NOMES, PERSONAGENS, LUGARES, ORGANIZAÇÕES E SITUAÇÕES SÃO PRODUTOS DA IMAGINAÇÃO DO AUTOR OU USADOS COMO FICÇÃO. QUALQUER SEMELHANÇA COM FATOS REAIS É MERA COINCIDÊNCIA.

TODOS OS DIREITOS RESERVADOS. PROIBIDA A REPRODUÇÃO, NO TODO OU EM PARTES, ATRAVÉS DE QUAISQUER MEIOS. OS DIREITOS MORAIS DO AUTOR FORAM CONTEMPLADOS.

DADOS INTERNACIONAIS DE CATALOGAÇÃO NA PUBLICAÇÃO (CIP)

C435r Chakraborty, Shannon A.
O reino de cobre/ S.A. Chakraborty; Tradução: Mariana Kohnert. — São Paulo: Editora Morro Branco, 2020.
p. 704; 14x21cm.

ISBN: 978-65-86015-06-5

1. Literatura americana — Romance. 2. Ficção Young Adult.
I. Kohnert, Mariana. II. Título.
CDD 813

TODOS OS DIREITOS DESTA EDIÇÃO RESERVADOS À:
EDITORA MORRO BRANCO
Alameda Santos, 1357, 8º andar
01419-908 – São Paulo, SP – Brasil
Telefone (11) 3373-8168
www.editoramorrobranco.com.br
Impresso no Brasil
2020

Para Shamik

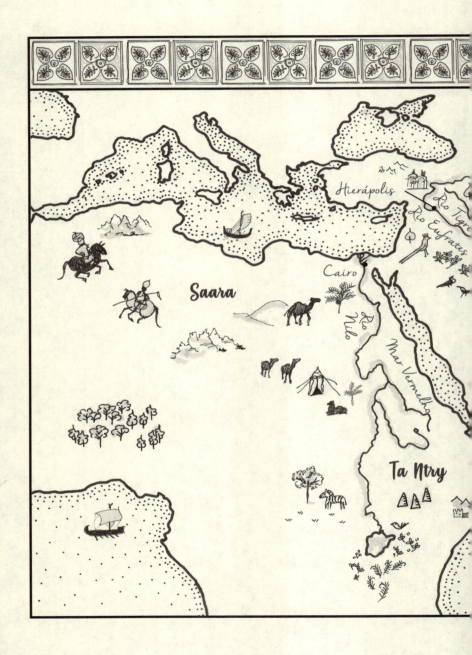

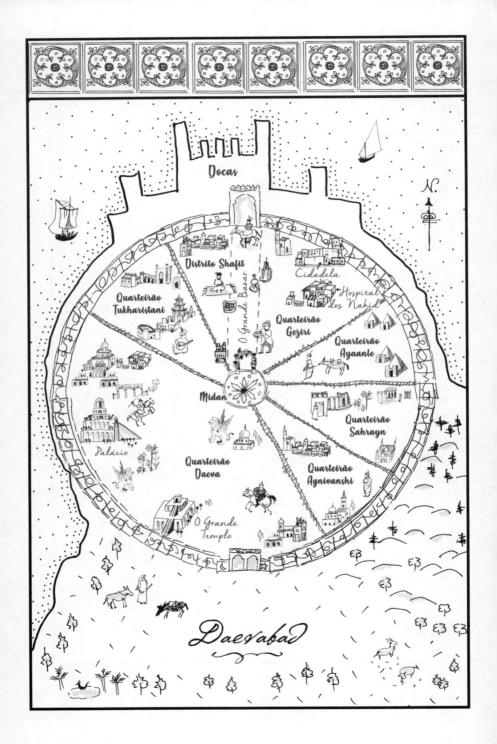

PERSONAGENS

A Família Real

Daevabad atualmente é governada pela família Qahtani, descendentes de Zaydi al Qahtani, o guerreiro geziri que, há muitos séculos, liderou a rebelião que derrubou o Conselho Nahid e conquistou a igualdade política para os shafits.

GHASSAN AL QAHTANI, o rei dos djinns, defensor da fé

MUNTADHIR, o filho mais velho de Ghassan com sua primeira esposa geziri, já falecida, emir e sucessor do trono

HATSET, a segunda esposa de Ghassan, uma Ayanlee de uma poderosa família de Ta Ntry

ZAYNAB, a filha de Ghassan e Hatset, princesa de Daevabad

ALIZAYD, o filho mais novo do rei, banido para Am Gezira por traição

Sua Corte e a Guarda Real

WAJED, o qaid e líder do exército djinn

ABU NUWAS, um oficial geziri

KAVEH E-PRAMUKH, o grão-vizir daeva

ABUL DAWANIK, um emissário de negócios de Ta Ntry

JAMSHID, seu filho e mais próximo confidente do emir Muntadhir

ABU SAYF, um antigo soldado e batedor da Guarda Real

AQISA e LUBAYD, guerreiros e rastreadores de Bir Nabat, um vilarejo em Am Gezira

OS MAIS ALTOS E ABENÇOADOS NAHID

Soberanos originais de Daevabad e descendentes de Anahid, os Nahid foram uma família com extraordinários poderes de cura pertencentes à tribo daeva.

ANAHID, o escolhido de Suleiman e o fundador de Daevabad

RUSTAM, um dos últimos curandeiros Nahid e um talentoso botânico, assassinado pelos ifrits

MANIZHEH, irmã de Rustam e uma das curandeiras Nahid mais poderosas em séculos, assassinada pelos ifrits

NAHRI, filha de Manizheh e pai desconhecido, abandonada na primeira infância na terra humana do Egito

Seus apoiadores

DARAYAVAHOUSH, o último descendente dos Afshin, uma família daeva de casta militar que servia ao Conselho Nahid como mão direita, conhecido como o Flagelo de Qui-zi por sua violência durante a guerra e depois na resitência contra Zaydi al Qahtani

KARTIR, um alto-sacerdote daeva

NISREEN, a antiga assistente de Manizheh e de Rustam, atual mentora de Nahri

IRTEMIZ, MARDONIYE e BAHRAM, soldados

Os Shafits

Pessoas de ascendência mestiça entre djinns e humanos forçadas a viver em Daevabad, com seus direitos duramente limitados.

SHEIK ANAS, o antigo líder dos Tanzeem e mentor de Ali, executado pelo rei por traição

IRMÃ FATUMAI, a líder tanzeem que cuidava do orfanato do grupo, bem como de outros serviços de caridade

SUBHASHINI e PARIMAL SEN, médicos shafits

Os Ifrits

Daevas que se recusaram a submeter-se a Suleiman há milhares de anos e foram amaldiçoados por isso; são inimigos mortais dos Nahid.

AESHMA, o líder ifrit

VIZARESH, o ifrit que perseguiu Nahri no Cairo

QANDISHA, o ifrit que escravizou e assassinou Dara

Os escravos libertos dos Ifrits

Hostilizados e perseguidos depois da revolta de Dara, morto pelas mãos do príncipe Alizayd, restam apenas três antigos escravizados em Daevabad, libertos e ressuscitados por curandeiros Nahid anos antes.

RAZU, um apostador de Tukharistan

ELASHIA, um artista de Qart Sahar

ISSA, um acadêmico e historiador de Ta Ntry

PRÓLOGO

ALI

ALIZAYD AL QAHTANI NÃO DUROU UM MÊS COM A CARAVANA.
— Corra, meu príncipe, corra! — gritou o único membro ayaanle do grupo de viagem ao cambalear para dentro da tenda de Ali, certa noite em que estavam acampados em uma curva meridional do rio Eufrates. Antes que o homem pudesse dizer mais, uma lâmina escura com sangue atravessou seu peito.

Ali levantou-se num salto. Com as armas já à mão, usou a zulfiqar para cortar uma abertura nos fundos da tenda e fugiu escuridão afora.

Eles o perseguiram a cavalo, mas o Eufrates brilhava logo adiante, preto como a noite coberta de estrelas refletida na superfície do rio. Rezando para que as armas estivessem bem presas, Ali mergulhou na água quando as primeiras flechas dispararam, sentindo uma passar zunindo ao lado de sua orelha.

A água fria foi um choque, mas o movimento era tão instintivo quanto caminhar e ele nadou mais rápido do que jamais nadara, com uma graciosidade que o teria espantado caso não estivesse ocupado em salvar a própria vida. Flechas atingiam a água em volta dele, acompanhando seu progresso, então Ali mergulhou fundo e a água ficou mais turva. O Eufrates era amplo e ele demorou para atravessar, avançando em meio a algas e lutando contra a forte correnteza que tentava puxá-lo rio abaixo.

Somente quando subiu cambaleando pela margem oposta se deu conta de um fato nauseante: não tivera necessidade de subir para tomar fôlego em momento algum.

Ali inspirou, tremendo quando uma brisa fria invadiu seu dishdasha molhado. Náusea subiu por seu peito, mas havia pouco tempo para contemplar o que acontecera no rio – arqueiros a cavalo avançavam pelo outro lado. A tenda dele estava em chamas, mas o resto do acampamento parecia intocado e estranhamente quieto, como se um comando silencioso tivesse sido passado entre os demais viajantes do grupo para ignorarem os gritos que pudessem ouvir naquela noite.

Ele fora traído – e não esperaria para descobrir se os assassinos ou seus companheiros traidores conseguiam atravessar o rio. Ergueu-se aos tropeços e correu para se salvar, disparando para o horizonte.

O sol já nascera quando suas pernas finalmente cederam. Ele desabou, caindo pesadamente na areia dourada. O rio ficara para trás havia muito tempo. Em todas as direções havia deserto; o céu era uma tigela brilhante e quente emborcada.

O olhar de Ali percorreu a paisagem quieta conforme ele lutava pra tomar fôlego, mas estava sozinho: uma benção e uma maldição. Alívio e medo tomaram conta dele. Estava *sozinho* – com um amplo deserto à frente e inimigos às costas, suas únicas posses sendo a zulfiqar e a khanjar. Não tinha comida, não tinha água, não tinha abrigo. Sequer tivera tempo de pegar o turbante e as sandálias que poderiam protegê-lo do calor.

Estava condenado.

Você já estava condenado, seu tolo. Seu pai deixou isso claro. O exílio de Daevabad era uma sentença de morte, óbvia para qualquer um com conhecimento da política de sua tribo. Ele tinha achado mesmo que poderia combatê-la? Que sua morte seria fácil? Se o pai de Ali tivesse a intenção de ser piedoso, teria mandado estrangularem o filho mais novo enquanto dormia dentro dos muros da cidade.

Pela primeira vez, uma pontada de ódio perfurou o coração do príncipe. Ele não merecia aquilo. Tinha tentado ajudar aquela cidade e sua família, e Ghassan não fora generoso o suficiente nem para lhe dar uma morte limpa.

Lágrimas de ódio brotaram em seus olhos. Ali as limpou grosseiramente, enojado. As coisas não terminariam daquela forma para ele, limpando lágrimas de autopiedade e amaldiçoando a família enquanto apodrecia num pedaço de areia desconhecido. Era um Geziri. Quando chegasse o momento, morreria de olhos secos, com a declaração de fé nos lábios e uma lâmina na mão.

Fixou os olhos no sudoeste – na direção da terra natal, para a qual rezara a vida toda – e enterrou as mãos na areia dourada. Fez os movimentos a fim de se limpar para a oração, os quais fizera várias vezes ao dia desde que sua mãe os mostrara a ele pela primeira vez.

Quando terminou, ergueu as palmas, fechando os olhos e sentindo o cheiro pungente da areia e do sal que se agarravam a sua pele. *Oriente-me*, implorou. *Proteja aqueles que fui forçado a deixar para trás e quando chegar minha hora...* Ali sentiu um nó na garganta. *Quando chegar minha hora, por favor, tenha mais piedade de mim do que meu pai teve.*

Ali levou os dedos à testa. Então ficou de pé.

Sem nada além do sol para guiá-lo pela extensão interminável de areia, acompanhou sua trajetória inexorável pelo céu, ignorando e então se acostumando com o calor impiedoso sobre os ombros. A areia quente queimava seus pés descalços – e então não queimava mais. Era um djinn e, embora não conseguisse flutuar como fumaça entre as dunas como seus ancestrais faziam antes da benção de Suleiman, o deserto não o mataria. Ele caminhou dia após dia até que a exaustão tomasse conta, parando apenas para rezar e dormir. Permitiu que a mente – tomada pelo desespero diante de como arruinara completamente a vida – vagasse sob o sol branco e reluzente.

A fome o corroía. Água não era um problema – Ali não sentia sede desde que o marid lhe possuíra. Ele se esforçava para não pensar na implicação daquilo, para ignorar a parte recentemente inquieta da mente que se deleitava na umidade – recusava-se a chamá-la de suor – que formava gotas em sua pele e escorria por seus braços e pernas.

Ele não saberia dizer por quanto tempo estivera caminhando quando a paisagem finalmente mudou, penhascos rochosos surgindo das dunas arenosas como dedos imensos agarrando o ar. Ali percorreu os despenhadeiros íngremes em busca de algum sinal de comida. Tinha ouvido falar que os Geziri rurais conseguiam conjurar banquetes inteiros a partir de sobras humanas, mas jamais aprendera tal mágica. Era um príncipe criado para ser um qaid e estivera cercado por criados durante toda a vida privilegiada. Não fazia ideia de como sobreviver sozinho.

Desesperado e faminto, comeu qualquer pedaço de mato que conseguiu encontrar até as raízes. Foi um erro. Na manhã seguinte, acordou com um mal-estar violento. Cinzas caíam de sua pele e ele vomitou até que tudo que subia pela garganta fosse uma substância preta incandescente que queimava o chão.

Esperando encontrar um pouco de sombra sob a qual se recuperar, Ali tentou descer dos penhascos, mas estava tão atordoado que sua visão embaçou e o caminho dançou adiante. Quase que imediatamente pisou em falso no cascalho solto e escorregou, rolando por uma encosta íngreme.

Caiu com força em uma fenda rochosa, batendo com o ombro esquerdo em uma rocha protuberante. Ouviu um estalo úmido e um calor lancinante irradiou por seu braço.

Ele arquejou. Tentou mover-se, então urrou quando uma dor insuportável disparou por seu ombro. O príncipe trincou os dentes, contendo um grito quando os músculos do braço sofreram espasmos.

Levante-se. Vai morrer aqui se não se levantar. Mas as pernas fracas de Ali se recusaram a obedecer. Sangue escorria de seu nariz, enchendo a boca de Ali conforme ele olhava inutilmente para os penhascos ríspidos que contrastavam com o céu claro. Um olhar para a fenda não revelou nada além de areia e pedras. Era – que adequado – um lugar morto.

Ali conteve um soluço. Havia formas piores de morrer, ele sabia disso. Poderia ter sido capturado e torturado pelos inimigos de sua família ou esquartejado por assassinos ansiosos por uma "prova" sangrenta de sua vitória. Mas, que Deus o perdoasse, ele não estava pronto para morrer.

Você é um Geziri. Crê no Mais Misericordioso. Não se desonre agora. Trêmulo, Ali fechou os olhos com força para afastar a dor, tentando encontrar alguma paz nas passagens sagradas que havia memorizado havia tanto tempo. Era difícil. Os rostos daqueles que deixara para trás em Daevabad – o irmão cuja confiança finalmente perdera, a amiga cujo amor matara, o pai que o condenara à morte por um crime que Ali não cometera – surgiam através da escuridão que o invadia; as vozes deles o provocavam conforme Ali lentamente perdia a consciência.

Ele acordou com uma substância impossivelmente asquerosa sendo entornada à força em sua garganta.

Seus olhos se arregalaram e ele teve ânsia; estava com a boca cheia de algo crocante e metálico e *errado*. Sua visão embaçada lentamente se focou na silhueta de um homem de ombros largos agachado ao seu lado. O rosto do homem surgiu em trechos: um nariz que fora quebrado mais de uma vez, uma barba preta emaranhada, olhos cinza encapsulados.

Olhos geziri.

O homem apoiou a mão pesada na testa de Ali e enfiou mais uma colher da gororoba nojenta na boca dele.

— Coma, principezinho.

Ali engasgou.

— O-o que é isso? — A voz mal passava de um sussurro na garganta seca.

O djinn sorriu.

— Sangue de órix e gafanhotos moídos.

O estômago de Ali imediatamente se revoltou. Ele virou a cabeça para vomitar, mas o homem tapou sua boca com a mão e massageou seu pescoço, forçando a mistura nojenta a descer.

— Ai, não faça isso. Que tipo de homem recusa comida que seu anfitrião preparou tão atenciosamente?

— Daevabadis — falou uma segunda voz, e Ali olhou na direção dos pés e viu uma mulher com tranças pretas grossas e um rosto que poderia ter sido esculpido de pedra. — Sem modos. — Ela ergueu a zulfiqar e a khanjar de Ali. — Mas lindas lâminas.

Uma brisa soprou pela fenda, secando a umidade que se agarrava à sua pele e ao dishdasha em frangalhos. Ali estremeceu.

O homem ergueu uma raiz preta retorcida.

— Comeu algo assim? — Quando Ali assentiu, ele deu risada. — Tolo. Tem sorte de não ser uma pilha de cinzas agora. — Ele empurrou outra colherada daquele grude sangrento para Ali. — Coma. Vai precisar de força para a viagem de volta para casa.

Ali afastou aquilo com fraqueza, ainda zonzo e agora totalmente confuso.

— Casa? — sussurrou ele.

— Bir Nabat — disse o homem, como se fosse a coisa mais óbvia do mundo. — Casa. Fica a uma semana de viagem para o oeste.

Ali tentou sacudir a cabeça, mas o pescoço e os ombros tinham ficado rígidos.

— Não posso — disse ele, rouco. — Eu... eu vou para o sul. — O sul era a única direção para a qual conseguia pensar em seguir; os al Qahtani originalmente vinham da ameaçadora cadeia montanhosa ao longo da costa sul úmida de Am Gezira, e esse era o único lugar no qual ele talvez encontrasse aliados.

— *Sul?* — O homem gargalhou. — Você está quase morto e pensa em atravessar Am Gezira? — Ele rapidamente enfiou outra colherada na boca de Ali. — Há assassinos procurando por você em cada sombra desta terra. Dizem que os adoradores do fogo tornarão rico o homem que matar Alizayd al Qahtani.

— Que é o que *nós* deveríamos fazer, Lubayd — interrompeu a outra bandida. Ela assentiu grosseiramente para a gororoba. — Em vez de desperdiçar nossas provisões com um pirralho do sul.

Ali engoliu a mistura asquerosa com dificuldade, semicerrando os olhos para ela.

— Você mataria um irmão geziri por moedas estrangeiras?

— Eu mataria um al Qahtani de graça.

Ali se espantou com a hostilidade na voz dela. O homem – Lubayd – suspirou e lançou um olhar de irritação para a mulher antes de voltar-se para Ali novamente.

— Perdoe Aqisa, príncipe, mas não é um bom momento para visitar nossas terras. — Ele apoiou o copo de argila. — Não vemos uma gota de chuva há anos. Nossa primavera está secando, estamos ficando sem comida, nossos bebês e idosos estão morrendo... Então mandamos mensagens para Daevabad, suplicando por ajuda. E sabe o que diz nosso rei, nosso irmão geziri?

— *Nada.* — Aqisa cuspiu no chão. — Seu pai nem mesmo responde. Então não venha falar de laços tribais comigo, al Qahtani.

Ali estava exausto demais para se amedrontar pelo ódio no rosto dela. Olhou para a zulfiqar nas mãos da mulher de novo. Ele mantinha a lâmina afiada; pelo menos aquela provação acabaria rapidamente caso escolhessem executá-lo com a própria arma.

Ele conteve mais uma onda de bile; o sangue de órix era espesso na garganta.

— Bem... — começou Ali, com a voz fraca. — Nesse caso, eu concordo. Não precisam desperdiçar isso comigo. — Ele indicou a gororoba de Lubayd.

Houve um longo silêncio. Então Lubayd caiu na gargalhada, o som ecoando pela fenda.

O homem ainda ria quando pegou o braço ferido de Ali sem aviso e deu um puxão para encaixá-lo.

Ali gritou; pontos escuros surgiram em sua visão. Mas, quando seu ombro voltou para o lugar, a dor lancinante imediatamente se aliviou. Seus dedos formigaram e o tato retornou à mão dormente em ondas dolorosas.

Lubayd sorriu. Ele tirou o ghutrah, o turbante de tecido usado pelos djinn geziri do norte, e rapidamente improvisou uma tipoia. Então puxou Ali de pé pelo braço bom.

— Não perca esse senso de humor, garoto. Vai precisar dele.

Um órix branco imenso esperava pacientemente na abertura da fenda; um filete de sangue seco atravessava um dos flancos do animal. Ignorando os protestos de Ali, Lubayd o fez subir no dorso do animal. Ali agarrou os longos chifres dele, observando enquanto Lubayd arrancava a zulfiqar da outra bandida.

Ele colocou a arma no colo de Ali.

— Espere esse ombro melhorar e talvez consiga usar isso de novo.

Ali olhou incrédulo para a lâmina.

— Mas eu achei...

— Que nós o mataríamos? — Lubayd sacudiu a cabeça. — Não. Ainda não. Não enquanto estiver fazendo *aquilo*. — Ele se virou para a fenda.

Ali acompanhou o olhar do homem. Sua boca se escancarou.

Não era suor que encharcara suas vestes. Um oásis em miniatura tinha brotado em torno dele enquanto estava morrendo. Uma nascente gorgolejava pelas rochas onde sua cabeça estivera, escorrendo por um caminho coberto de musgo novo, e uma segunda corrente gorgolejava pela areia, preenchendo as depressões que seu corpo deixara. Mudas verdes exuberantes cobriam um trecho ensanguentado de cascalho; suas folhas abertas estavam úmidas com orvalho.

Ali respirou fundo, sentindo o cheiro da umidade fresca no ar do deserto. O potencial.

— Não tenho ideia de como fez aquilo, Alizayd al Qahtani — falou Lubayd. — Mas, se consegue tirar água de um pedaço de areia estéril de Am Gezira, bem... — Ele piscou um olho. — Eu diria que vale muito mais do que algumas moedas estrangeiras.

NAHRI

Fazia muito silêncio no apartamento do emir Muntadhir al Qahtani.

Banu Nahri e-Nahid caminhava de um lado para outro do quarto, afundando os dedos descalços no luxuoso tapete. Sobre uma mesa espelhada havia uma garrafa de vinho ao lado de uma taça de jade entalhada em formato de shedu. Tinha sido deixada pelos mesmos criados de olhos calmos que tinham ajudado Nahri a tirar as pesadas vestes de casamento; talvez tivessem notado os tremores da Banu Nahida e achado que pudessem ajudar.

Ela encarou a garrafa. Parecia delicada. Seria fácil quebrá-la, mais fácil ainda esconder um caco de vidro sob os travesseiros da grande cama para a qual tentava não olhar e acabar com aquela noite de um jeito muito mais definitivo.

Então você vai morrer. Ghassan mataria mil homens da tribo dela, faria Nahri assistir cada morte, depois a atiraria ao karkadann.

Nahri tirou os olhos da garrafa. Uma brisa soprou das janelas abertas e ela estremeceu. Tinha sido vestida em uma delicada camisola de seda azul e um penhoar macio encapuzado, nenhum dos quais ajudava muito a afastar o frio. Tudo o que restava da roupa excessivamente elaborada na qual se casara era a máscara nupcial. Feita de ébano entalhado e conectada por presilhas de cobre e correntes, exibia os nomes dela e de Muntadhir gravados. Deveria ser queimada após a consumação, e as cinzas que marcariam os corpos deles na manhã seguinte seriam a prova da validade do casamento. Era – de acordo com as nobres geziri que a provocaram mais cedo no jantar nupcial – uma adorada tradição da tribo delas.

Nahri não se sentia tão animada. Estava suando desde que entrara naquele quarto, seus nervos levando a melhor e a máscara agarrando-se à pele suada. Ela a afrouxou levemente, tentando permitir que a brisa resfriasse suas bochechas vermelhas. Viu o reflexo do movimento no imenso espelho com borda de bronze do outro lado do quarto e afastou os olhos. Por mais que as roupas e a máscara fossem elegantes, eram geziri, e Nahri não desejava se ver nas vestes do inimigo.

Não são seu inimigo, lembrou-se ela. "Inimigo" era a palavra de Dara. E Nahri não pensaria em Dara. Não naquela noite. Não conseguiria. Aquilo a arrasaria e a última Banu Nahida de Daevabad não se deixaria destruir. Tinha assinado o contrato de casamento com a mão firme. Brindara a Ghassan sem tremer, sorrindo calorosamente para o rei que a ameaçara com o assassinato de crianças daeva e a forçara a desonrar seu Afshin com a pior das acusações. Se conseguira enfrentar tudo aquilo, conseguiria enfrentar o que quer que acontecesse naquele quarto.

Nahri se virou para atravessar o quarto de novo. O amplo aposento de Muntadhir ficava em um dos andares superiores do imenso zigurate, no coração do palácio de Daevabad. Era cheio de arte: pinturas em telas de seda, tapeçarias delicadas e vasos com pinturas elegantes, todos cuidadosamente dispostos e todos parecendo carregar uma aura de magia. Ela conseguia facilmente visualizar Muntadhir naquele quarto extraordinário, deitado com uma taça de vinho caro e alguma cortesã cosmopolita, citando poesia e tagarelando sobre os prazeres inúteis da vida que Nahri não tinha tempo ou vontade de buscar. Não havia um livro à vista – nem naquele quarto, nem no resto do apartamento pelo qual ela fora guiada.

Nahri olhou para a pintura mais próxima, uma miniatura de duas dançarinas conjurando flores parecidas com chamas, que faiscavam e se incendiavam como corações de rubi conforme giravam.

Não tenho nada em comum com este homem. Nahri não conseguia imaginar o esplendor no qual Muntadhir fora criado; não conseguia imaginar crescer cercada pelo conhecimento acumulado de milênios e não se dar ao trabalho de aprender a ler. A única coisa que tinha em comum com o novo marido era uma noite terrível em um navio em chamas.

A porta do quarto se abriu.

Nahri instintivamente se afastou da pintura, abaixando o capuz. Ela ouviu um ruído baixo de algo quebrando-se do lado de fora, seguido de um xingamento, então Muntadhir entrou.

Ele não estava sozinho; na verdade, Nahri suspeitava que Muntadhir não teria conseguido chegar até ali sozinho, pois estava apoiando o peso do corpo em um camareiro e ela praticamente sentia seu hálito de vinho do outro lado do quarto. Duas criadas o seguiam; Nahri engoliu em seco quando elas o ajudaram a tirar as roupas, abrindo o turbante dele com vários comentários aparentemente provocadores em geziriyya, então o levaram até a cama.

Muntadhir se sentou pesadamente na beirada, parecendo bêbado e de alguma forma chocado ao se ver ali. A cama e seus lençóis com aparência de nuvens pareciam grandes o suficiente para acomodar uma família de dez – e, considerando os rumores sussurrados que Nahri ouvira a respeito de seu marido, suspeitava que ele a tivesse enchido em diversas ocasiões. Incenso queimava em um canto ao lado de um cálice de leite adocicado misturado com folhas de maçã – uma bebida daeva tradicional feita especialmente para jovens esposas que queriam conceber. Isso, pelo menos, *não* aconteceria, Nisreen prometera a ela. Não se auxiliava curandeiros Nahid por dois séculos sem conhecer diversos métodos infalíveis para evitar gravidez.

Mesmo assim, o coração de Nahri bateu mais rápido quando as criadas se foram, fechando a porta suavemente. Tensão preencheu o ar, espessa e pesada e contrastando estranhamente com os ruídos da comemoração no jardim abaixo.

Muntadhir finalmente ergueu os olhos para ela. A luz das velas dançava contra seu rosto. Ele podia não ter a beleza literalmente mágica de Dara, mas era um homem espantosamente belo; um homem carismático, ela ouvira dizer, que ria com facilidade e sorria com frequência... pelo menos com pessoas que não fossem ela. Os cabelos pretos espessos de Muntadhir estavam curtos e a barba, cortada com estilo. Ele usara os trajes reais para o casamento, a túnica de cor ébano com borda de ouro e um turbante de seda de estampa azul, roxa e dourada que eram as marcas da família real al Qahtani, mas agora vestia um dishdasha impecavelmente branco ornamentado com minúsculas pérolas. A única coisa que destoava de sua cuidadosa aparência era uma cicatriz fina que dividia sua sobrancelha esquerda – um resquício do chicote de Dara.

Eles se olharam por um longo momento; nenhum dos dois se moveu. Por baixo da superfície da exaustão bêbada, Nahri percebeu que Muntadhir também parecia nervoso.

Por fim, ele falou.

— Não vai me dar feridas de peste, vai?

Nahri estreitou os olhos.

— Como é?

— Feridas de peste. — Muntadhir engoliu em seco, pressionando a colcha bordada da cama. — Era o que sua mãe costumava fazer com homens que a olhassem por tempo demais.

Nahri odiava que as palavras doessem. Não era romântica – pelo contrário, orgulhava-se de seu pragmatismo e de sua habilidade de afastar as emoções. Fora isso que a levara para aquele quarto, afinal de contas. Mas era sua *noite de núpcias* e talvez tivesse esperado uma palavra carinhosa do novo marido, um homem ansioso para tocá-la em vez de preocupado que ela o amaldiçoasse com algum tipo de doença mágica.

Nahri deixou o penhoar cair no chão sem cerimônia.

— Vamos acabar logo com isso. — Ela se aproximou da cama, atrapalhando-se com as delicadas presilhas de cobre que seguravam sua máscara nupcial no lugar.

— Cuidado! — Muntadhir esticou a mão, puxando-a de volta quando roçou os dedos de Nahri. — Desculpe — disse rapidamente. — É que… as presilhas da máscara eram de minha mãe.

As mãos de Nahri pararam. Ninguém no palácio jamais falava da mãe de Muntadhir, a primeira esposa de Ghassan, havia muito falecida.

— Eram?

Ele assentiu, tirando a máscara nupcial das mãos de Nahri e habilmente soltando as presilhas. Em comparação com o quarto opulento e as joias reluzentes que ambos usavam, as presilhas eram bastante simples, mas Muntadhir as segurava como se lhe tivessem entregado a insígnia de Suleiman.

— Estão na família dela há séculos — ele explicou, passando o polegar sobre a delicada filigrana. — Ela sempre me fez prometer que minha esposa e minha filha as usariam.

— Seus lábios se curvaram num sorriso triste. — Disse que traziam boa sorte e os melhores filhos.

Nahri hesitou, então decidiu insistir: mães falecidas talvez fosse o único assunto que eles tinham em comum.

— Quantos anos você...

— Eu era jovem — interrompeu Muntadhir, com a voz um pouco áspera, como se a pergunta lhe causasse dor. — Ela foi mordida por uma nasnas em Am Gezira quando era criança e o veneno permaneceu em seu corpo. Tinha uma reação vez ou outra, mas Manizheh sempre conseguia tratar. — A expressão dele ficou sombria. — Até que certo verão Manizheh decidiu que se divertir em Zariaspa era mais importante do que salvar sua rainha.

Nahri ficou tensa diante da amargura nas palavras dele. Lá se fora a conexão entre os dois.

— Entendo — disse ela, rígida.

Muntadhir pareceu reparar. Suas bochechas ficaram vermelhas.

— Peço desculpas. Eu não deveria ter dito isso a você.

— Tudo bem — falou Nahri, embora se arrependesse mais daquele casamento a cada momento. — Você jamais escondeu como se sente em relação à minha família. Como foi que me chamou para seu pai? A *"vadia mentirosa Nahid"*? Aquela que seduziu seu irmão e ordenou que o Afshin dela atacasse seus homens.

Arrependimento lampejou nos olhos cinza de Muntadhir antes de ele desviar o rosto.

— Aquilo foi um erro — defendeu-se ele, sem convicção. — Meu melhor amigo e meu irmão mais novo estavam à beira da morte. — Ele se ergueu, aproximando-se do vinho. — Eu... eu não estava com a cabeça no lugar.

Nahri sentou-se na cama, cruzando as pernas sob a camisola de seda. Era uma roupa bonita, o tecido fino quase transparente e coberto por um bordado de ouro impossivelmente minucioso e adornado com delicadas contas de marfim. Em outro momento, com outra pessoa, poderia ter gostado da forma provocadora com que roçava sua pele nua.

Certamente não se sentia assim agora. Olhou com raiva para Muntadhir, incrédula por ele acreditar que tal desculpa seria justificativa o suficiente para suas ações.

Ele se engasgou com o vinho.

— Isso não me ajuda a esquecer das feridas de peste — disse o príncipe, entre tossidas.

Nahri revirou os olhos.

— Pelo amor de Deus, não vou machucar você. Não posso. Seu pai assassinaria cem daevas se eu sequer o arranhasse. — Ela esfregou a cabeça, então estendeu a mão para o vinho. *Talvez* um gole tornasse aquilo mais suportável. — Passe isso para cá.

Muntadhir serviu uma taça para ela e Nahri a virou, contraindo os lábios com o gosto azedo.

— Isso é horrível.

Muntadhir pareceu magoado.

— É vinho gelado envelhecido de Zariaspa. Seu valor é inestimável e essa é uma das safras mais raras no mundo.

— Tem gosto de suco de uva coado em peixe podre.

— Peixe podre... — repetiu ele baixinho, esfregando a testa. — Bem... o que gosta de beber então, se não vinho?

Nahri parou e respondeu com sinceridade, sem ver perigo nisso.

— Karkade. É um chá feito de flores de hibisco. — O nó se apertou na garganta dela. — Me faz lembrar de casa.

— Calicute?

Nahri franziu a testa.

— O quê?

— Não é de onde você vem?

— Não — respondeu ela. — Sou do Cairo.

— Ah. — Ele pareceu um pouco confuso. — Ficam próximos?

De forma alguma. Nahri tentou não se encolher. Muntadhir deveria ser seu marido e sequer sabia de onde ela era, a terra cuja essência ainda fluía em seu sangue e batia em seu coração. Cairo, a cidade da qual ela sentia uma saudade tão forte que às vezes a deixava sem fôlego.

Não quero isso. A percepção, breve e urgente, a percorreu. Ela aprendera da forma mais difícil a não confiar em nenhuma alma em Daevabad. Como poderia compartilhar a cama com aquele homem egocêntrico que não sabia nada dela?

Muntadhir a observava. Seus olhos cinza se suavizaram.

— Você parece prestes a vomitar.

Nahri não conseguiu evitar um tremor. Talvez ele não fosse completamente cego.

— Estou bem — mentiu ela.

— Não parece bem — replicou Muntadhir, estendendo a mão para o ombro dela. — Está tremendo. — Seus dedos roçaram a pele de Nahri e ela ficou tensa, combatendo a vontade de se afastar.

Ele abaixou a mão como se tivesse sido queimado.

— *Você* tem medo de *mim*? — perguntou, parecendo chocado.

— Não. — Nahri corou de vergonha ao mesmo tempo em que se irritava. — É só que… eu nunca fiz isso antes.

— O que, dormiu com alguém que odeia? — O sorriso dele sumiu quando Nahri mordeu o lábio. — Ah. *Ah* — acrescentou Muntadhir. — Eu tinha presumido que você e Darayavahoush…

— Não — disse Nahri rapidamente. Não aguentaria ouvir o fim daquela frase. — As coisas não eram assim entre nós. E não quero falar sobre ele. Não com você.

Muntadhir apertou os lábios.

— Tudo bem.

O silêncio pairou entre os dois, interrompido apenas pelos rompantes de gargalhadas que entravam pela janela aberta.

— Bom saber que estão todos tão felizes por unirmos nossas tribos — murmurou Nahri, sombriamente.

Muntadhir olhou para ela.

— Foi por isso que concordou com o casamento?

— Eu *concordei* — a palavra soou sarcástica — porque sabia que seria forçada a me casar com você de qualquer forma. Achei que poderia ir voluntariamente e arrancar de seu pai até a última moeda do dote. E talvez um dia convencer você a destroná-lo. — Provavelmente não era a resposta mais sábia, mas Nahri achava cada vez mais difícil importar-se com as opiniões do novo marido.

Parte da cor sumiu imediatamente do rosto de Muntadhir. Ele engoliu em seco e tomou o restante do vinho antes de se virar e atravessar o quarto. Então abriu a porta e disse algo em geziriyya para quem quer que estivesse do outro lado. Nahri amaldiçoou silenciosamente sua língua solta. Deixando de lado os sentimentos a respeito de Muntadhir, Ghassan estivera determinado a casar os dois e, se ela estragasse as coisas com o marido, tinha certeza de que o rei encontraria uma forma terrível de colocá-la em seu lugar.

— O que está fazendo? — perguntou quando ele voltou, a ansiedade se elevando na voz.

— Pedindo um copo do seu chá de flor esquisito.

Nahri piscou, surpresa.

— Não precisa fazer isso.

— Eu quero. — Ele a encarou. — Porque, sinceramente, você me apavora, esposa, e gostaria de permanecer em suas graças. — Muntadhir pegou a máscara nupcial da cama. — Mas pode parar de tremer. Não vou machucar você, Nahri. Não sou esse tipo de homem. Não vou colocar um dedo em você esta noite.

Ela olhou para a máscara, que estava começando a queimar, e pigarreou.

— Mas as pessoas esperarão…

A máscara se transformou em cinzas nas mãos dele. Nahri deu um salto.

— Estenda a mão — disse Muntadhir, colocando um punhado de cinzas na palma dela quando Nahri obedeceu. Então ele passou as mãos cobertas de cinzas pelos cabelos e pelo colarinho da túnica, limpando-as no dishdasha branco.

— Pronto — disse ele, indiferente. — Casamento consumado. — Muntadhir indicou a cama com a cabeça. — Ouvi falar que me viro muito no sono. Vai parecer que estivemos fazendo nossa parte pela paz entre nossas tribos a noite inteira.

Calor preencheu o rosto de Nahri e Muntadhir sorriu.

— Acredite ou não, é bom saber que *alguma coisa* deixa você ansiosa. Manizheh jamais mostrava emoção. Era assustador. — A voz dele ficou mais suave. — Precisaremos fazer isso em algum momento. As pessoas nos observarão, esperarão um herdeiro. Mas vamos devagar. Não precisa ser um sofrimento terrível. — Seus olhos se enrugaram com diversão. — Apesar de toda ansiedade que o cerca, o quarto *pode* ser um lugar bastante agradável.

Uma batida os interrompeu, o que foi uma benção – pois, apesar de ter crescido nas ruas do Cairo, Nahri não tinha uma resposta para aquilo.

Muntadhir foi até a porta e voltou com uma bandeja de prata sobre a qual havia uma jarra de quartzo rosa, que deixou na mesa ao lado da cama.

— Seu karkade. — Ele puxou os lençóis, desabando na pequena montanha de travesseiros. — Se não sou necessário, vou dormir. Tinha esquecido como os homens daeva dançam em casamentos.

A preocupação dentro dela se aliviou um pouco. Nahri se serviu de um copo de karkade e, ignorando o instinto de afastar-se para um dos sofás baixos dispostos perto da lareira, cuidadosamente se deitou na cama também. Tomou um gole de chá, saboreando o gosto pungente e fresco.

O gosto familiar. Mas a primeira lembrança que ocorreu a ela não foi de um café no Egito, mas da Biblioteca Real de Daevabad, sentada diante de um príncipe sorridente que sabia muito bem a diferença entre Calicute e Cairo. O príncipe cujo conhecimento tinha atraído Nahri de uma forma cujo perigo não compreendera até ser tarde demais.

— Muntadhir, posso fazer uma pergunta? — As palavras escaparam dela antes que conseguisse pensar duas vezes.

Muntadhir replicou com a voz já rouca de sono.

— Sim?

— Por que Ali não estava no casamento?

O corpo dele ficou imediatamente tenso.

— Ele está ocupado com sua guarnição em Am Gezira.

A guarnição. Sim, fora o que todos os Geziri tinham dito, quase literalmente, quando perguntados sobre Alizayd al Qahtani.

Mas segredos eram difíceis de manter no harém real de Daevabad. Nahri ouvira rumores de que Zaynab, a irmã de Ali e Muntadhir, chorara até dormir todas as noites durante semanas depois que o irmão fora mandado para longe. Zaynab, que parecera perturbada desde então, mesmo nas festividades matrimoniais daquela noite.

— Ele está morto? — sussurrou ela.

Muntadhir não respondeu imediatamente e, no silêncio, Nahri sentiu um emaranhado de emoções se acomodarem em seu peito. Mas então seu marido pigarreou.

— Não. — A palavra soou cautelosa. Deliberada. — Mas, se não se importa, prefiro não falar sobre ele. E, Nahri, sobre o que disse antes... — Muntadhir se virou para ela, seus olhos carregados com uma emoção que Nahri não conseguia decifrar. — Você deve saber que no fim das contas eu sou um al Qahtani. Meu pai é meu rei. Sempre serei leal a ele em primeiro lugar. — O aviso estava claro nas palavras, proferidas com uma voz que perdera qualquer vestígio de intimidade. Aquele era o emir de Daevabad falando com ela agora.

Ele se virou sem esperar uma resposta. Nahri apoiou a taça com um estampido quase inaudível, sentindo o leve calor que crescera entre os dois se tornar gelo.

Diante da faísca de irritação em seu peito, uma das tapeçarias do outro lado do quarto estremeceu. As sombras recaíram sobre a silhueta de Muntadhir, delineando a janela do palácio, subitamente estendida. Afiada.

Nada disso surpreendeu Nahri. Tais coisas andavam acontecendo ultimamente, o antigo palácio parecendo despertar para o fato de que uma Nahid morava entre suas paredes de novo.

DARA

À LUZ CARMESIM DE UM SOL QUE JAMAIS SE PUNHA, DARAYA-vahoush e-Afshin dormia.

Não era um sono verdadeiro, é claro, mas algo mais profundo. Mais silencioso. Não havia sonhos de oportunidades perdidas ou amor não correspondido, nem pesadelos de cidades encharcadas de sangue e senhores humanos impiedosos. Ele estava deitado no cobertor de feltro que a mãe tecera para ele quando menino, à sombra de um vale de cedros. Entre as árvores, via lampejos de um jardim deslumbrante, que ocasionalmente chamava sua atenção.

Mas não agora. Dara não sabia exatamente onde estava e isso não parecia importar. O ar tinha o cheiro de seu lar, de refeições com a família e da fumaça sagrada dos altares. Seus olhos se entreabriam brevemente de vez em quando, até que o canto de pássaros e a música de um alaúde distante o colocavam para dormir de novo. Era tudo o que ele queria fazer:

descansar até que o cansaço finalmente deslizasse para fora de seus ossos. Até que o cheiro de sangue deixasse sua memória.

Uma mão pequena cutucou seu ombro.

Dara sorriu.

— Veio ver como estou de novo, irmã?

Ele abriu os olhos. Tamima se ajoelhou ao seu lado com um sorriso ao qual faltava um dente. Um manto envolvia a pequena silhueta da irmãzinha de Dara, seus cabelos pretos perfeitamente trançados. Tamima parecia muito diferente de quando Dara a vira pela primeira vez. Quando chegara no vale, o manto dela estava ensopado de sangue, a pele da menina sulcada e açoitada com nomes escritos em caligrafia tukharistani – uma visão que o deixara louco. Dara destruíra o vale com as próprias mãos diversas vezes, até finalmente desabar nos pequenos braços dela.

Mas as marcas de Tamima vinham desaparecendo desde então, junto com a tatuagem preta no corpo do próprio Dara, aquela que se parecia com as cordas de uma escada serpenteante.

Tamima enterrou os dedos descalços na grama.

— Estão esperando para falar com você no jardim.

Apreensão tomou conta dele. Dara suspeitava que sabia muito bem que tipo de julgamento o esperava naquele lugar.

— Não estou pronto — respondeu ele, por fim.

— Não é um destino a se temer, irmão.

Dara fechou os olhos com força.

— Você não sabe das coisas que fiz.

— Então confesse-as e liberte-se desse peso. — A voz de Tamima soou leve e familiar, mas Dara subitamente não teve certeza se fora a irmã quem falara.

— Não posso — sussurrou ele. — Vão me afogar. E com razão.

Um rompante súbito de calor queimou sua mão esquerda e Dara arquejou, surpreendido pela dor. Era uma sensação da qual ele começara a se esquecer, mas a queimadura sumiu tão rapidamente quanto apareceu. Ele levantou a mão.

Havia um anel surrado de ferro e esmeralda em seu dedo.

Dara o encarou, perplexo. Ele se sentou, o pesado cobertor do sono caindo do corpo como se fosse um manto.

A quietude do vale sumiu e uma brisa fria varreu os cheiros de casa e fez as folhas de cedro dançarem. Dara estremeceu. O vento parecia algo vivo, puxando suas pernas e embaraçando seus cabelos.

Ele estava de pé antes de se dar conta.

Tamima agarrou sua mão.

— Não, Daru — suplicou a menina. — Não vá. Não de novo. Você está finalmente tão perto.

Sobressaltado, ele olhou para a irmã.

— O quê?

Como se em resposta, as sombras no vale de cedros se aprofundaram, preto e esmeralda se contorcendo e se entrelaçando. O que quer que fosse aquela magia... era inebriante, puxando algo profundo na alma dele. O anel pulsou em seu dedo como um coração batendo.

Ficou subitamente óbvio. É claro que Dara iria. Era seu dever, e ele era um bom Afshin.

Ele obedeceu.

Soltou a mão da irmã.

— Voltarei — disse ele. — Prometo.

Tamima chorava.

— Você sempre diz isso.

Mas os soluços da irmã ficaram mais distantes conforme Dara caminhava mais para dentro do bosque. O canto dos pássaros sumiu e foi substituído por um zumbido baixo e constante que o deixou arrepiado. O ar pareceu fechar-se ao seu redor, desconfortavelmente quente. O puxão veio mais uma vez de sua mão; o anel estava incandescente.

Então algo o pegou – algo o *roubou*, uma força invisível que o apanhou como um rukh e o trouxe para sua mandíbula.

O vale de cedros sumiu e foi substituído por total escuridão. Nada. Então uma dor ardente e dilacerante o percorreu, pior do que qualquer sensação que Dara pudesse imaginar. Mil facas pareciam rasgar cada fibra de seu corpo conforme ele era puxado, *arrastado* através de uma substância mais espessa que lama, desmembrado e refeito com pedaços tão afiados quanto cacos de vidro.

Uma presença ganhou vida em seu coração, ressoando como as batidas de um tambor. Uma corrente líquida rodopiou por veias novas, lubrificando os músculos que cresciam, e um peso sufocante se assentou em seu peito. Dara se engasgou e sua boca se formou de novo para puxar ar para os pulmões. A audição voltou, trazendo gritos consigo.

Gritos *dele*.

Memórias se chocaram contra o Afshin. Uma mulher gritando seu nome. Olhos pretos e um sorriso malicioso, a boca da mulher na dele e seus corpos unidos em uma caverna escura. Aqueles mesmos olhos cheios de choque, traição, em uma enfermaria destruída. Um homem afogado coberto de escamas e tentáculos pairando sobre Dara, com uma lâmina enferrujada na mão úmida.

Os olhos de Dara se abriram de súbito, mas ele só viu escuridão. A dor estava recuando, mas tudo parecia errado, seu corpo leve demais, porém real demais, pulsando de uma forma que ele não sentia havia décadas. Séculos.

Fome. Calor. Ele se engasgou de novo, arquejando enquanto tentava lembrar-se de como respirar.

A mão de alguém apertou seu ombro e uma corrente de calor e calma tomou seu corpo. A dor sumiu e seu coração desacelerou até um ritmo constante.

Alívio tomou conta de Dara. Ele reconheceria o toque de cura de um Nahid em qualquer lugar.

— *Nahri* — sussurrou ele, com lágrimas ardendo nos olhos. — Ah, Nahri, sinto muito. Eu jamais quis...

As palavras morreram em sua boca quando viu a própria mão – estava brilhante como o fogo e terminava em garras afiadas e mortais.

Antes que conseguisse gritar, um rosto surgiu em seu campo visual. *Nahri*. Não, não era Nahri, embora ele conseguisse ver o fantasma dela na expressão da mulher. Aquela daeva era mais velha e seu rosto tinha rugas suaves. Fios de prata invadiam seus cabelos pretos, cortados grosseiramente na altura dos ombros.

Ela parecia quase tão chocada quanto Dara se sentia. Maravilhada – mas chocada. A mulher estendeu a mão para acariciar a bochecha dele.

— Funcionou — sussurrou ela. — Finalmente funcionou.

Dara olhou horrorizado para as mãos queimadas. O odiado anel de escravidão esmeralda reluziu de volta para ele.

— Por que estou assim? — A voz dele falhou de pânico. — Os ifrits...

— Não — assegurou-lhe a mulher rapidamente. — Você está livre dos ifrits, Darayavahoush. Está livre de *tudo*.

Isso não explicava nada. Dara olhou boquiaberto para a visão incompreensível de sua pele em chamas, um pesar nauseante crescendo no coração. Ele não conhecia nenhum mundo em que os djinns ou os daeva tivessem a aparência que ele tinha no momento, nem mesmo quando trazidos de volta da escravidão.

Em um canto distante da mente, Dara ainda conseguia ouvir a irmã implorando para que ele voltasse ao jardim dos ancestrais. *Tamima*. O luto percorreu seu corpo e lágrimas escorreram por sua bochecha, chiando contra a pele quente.

Dara estremeceu. A magia atravessando seu sangue parecia crua: nova, áspera e incontrolável. Ele inspirou com força e as paredes da tenda em que estavam ondularam violentamente.

A mulher pegou a mão dele de novo.

— Acalme-se, Afshin. Você está a salvo. Está livre.

— *O que sou?* — Ele olhou de novo para as garras, nauseado. — O que você fez comigo?

Ela piscou, parecendo ofendida pelo desespero na voz dele.

— Fiz de você uma maravilha. Um milagre. O primeiro daeva a ser libertado da maldição de Suleiman em três mil anos.

A maldição de Suleiman. Ele a olhou incrédulo, com as palavras ríspidas ecoando na mente. Aquilo não era possível. Aquilo… era *abominável*. O povo dele honrava Suleiman. Obedeciam ao seu código.

Dara matara por esse código.

Ele se ergueu num pulo. O chão tremeu sob seus pés e as paredes da tenda ondularam com força após uma lufada de ar quente. Dara saiu cambaleando.

— Afshin!

Ele arquejou. Estivera esperando as montanhas exuberantes e escuras de sua cidade-ilha. Em vez disso, encarava um deserto desolado, amplo e vazio. Então, horrorizado, ele o *reconheceu* – reconheceu o horizonte de penhascos de sal e a única torre rochosa que montava guarda ao longe.

O Dasht-e Loot. O deserto em Daevastana meridional tão quente e inóspito que pássaros caíam mortos do céu enquanto o sobrevoavam. No auge da rebelião daeva, Dara atraíra Zaydi al Qahtani até o Dasht-e Loot. Ele aprisionara e matara o filho de Zaydi em uma batalha que deveria finalmente ter virado a guerra em favor dos daeva.

Mas não foi assim que as coisas acabaram para Dara em Dasht-e Loot.

Uma gargalhada como um cacarejo o trouxe subitamente ao presente.

— Bem, perdemos uma aposta… — A voz atrás dele era suavemente inteligente, vinda da pior das memórias de Dara. — A Nahid conseguiu mesmo.

Dara virou, piscando diante da súbita claridade. Três ifrits estavam diante dele, esperando nas ruínas decrépitas do que um dia poderia ter sido um palácio humano, agora perdido para o tempo e a erosão. Eram os mesmos três ifrits que haviam perseguido ele e Nahri pelo rio Gozan, um encontro desesperado ao qual mal haviam sobrevivido.

O líder – Aeshma, lembrou-se Dara – pulou de uma parede quebrada, aproximando-se com um sorriso afiado.

— Ele até se parece com a gente — provocou ele. — Suspeito que seja um choque.

— Que pena. — O ifrit que falou em seguida era uma mulher. — Eu gostava da aparência dele antes. — Ela abriu um sorriso malicioso, erguendo um elmo de metal surrado para ele. — O que acha, Darayavahoush? Quer ver se ainda cabe?

Os olhos de Dara se fixaram no elmo. Tinha ficado verde-azulado com ferrugem, mas ele imediatamente reconheceu a ponta irregular das asas de shedu de bronze que se projetavam das laterais. Penas de shedu, passadas de pai para filho, um dia tinham se enfileirado sobre o topo do elmo. Dara ainda se lembrava de estremecer ao tocá-las pela primeira vez.

Com um horror crescente, ele olhou de novo para os tijolos em ruínas, para o buraco escuro que cercavam, um vazio preto sobre a areia iluminada pela lua. Era o poço no qual ele fora indiferentemente atirado séculos antes, para ser afogado e refeito, sua alma escravizada pelos ifrits que agora giravam seu elmo casualmente sobre um dedo.

Dara recuou, levando as mãos à cabeça. Nada daquilo fazia sentido, mas tudo sugeria algo descomunal. Irracional.

Desesperado, ele buscou a primeira pessoa em que pensou.

— Nahri — gaguejou. Ele a deixara gritando seu nome no barco em chamas, cercada por seus inimigos.

Aeshma revirou os olhos.

— Eu falei que ele perguntaria por ela primeiro. Os Afshin são como cães de seus Nahid, leais não importa quantas vezes sejam açoitados. — Ele se voltou para Dara. — Sua curandei-razinha está em Daevabad.

Daevabad. Sua cidade. Sua Banu Nahida. A traição nos olhos pretos dela, suas mãos sobre o rosto de Dara enquanto implorava para que ele fugisse.

Um grito engasgado se ergueu em sua garganta e calor o consumiu. Ele se virou, sem saber para onde ir, sabendo apenas que precisava voltar para Daevabad.

Então, com um estalo de trovão e um clarão de fogo escal-dante, o deserto desapareceu.

Dara piscou, cambaleando. Ele estava de pé em um litoral rochoso, onde cintilava um rio veloz e escuro. Da margem oposta, penhascos de calcário se erguiam contra o céu noturno, emanando um brilho suave.

O rio Gozan. Como chegara ali do Dasht-e Loot em um piscar de olhos não era algo que conseguia começar a entender – mas não importava. Não agora. A única coisa que impor-tava era voltar para Daevabad e salvar Nahri da destruição que ele causara.

Dara avançou. O limiar invisível que escondia Daevabad do resto do mundo estava a meros momentos da margem do rio. Ele o cruzara inúmeras vezes durante sua vida mortal, partindo e retornando de caçadas com o pai e de suas missões quando era um jovem soldado. Era uma cortina que caía ime-diatamente diante de qualquer um com sequer uma gota de sangue daeva, revelando as montanhas verdes nebulosas que cercavam o lago amaldiçoado da cidade.

Mas, quando chegou ali, nada aconteceu.

Pânico tomou conta dele. Era impossível. Ele tentou de novo, atravessando a planície e correndo pela extensão do rio, lutando para encontrar o véu.

No que devia ter sido a centésima tentativa, Dara caiu de joelhos e chorou. Chamas se inflamaram em suas mãos.

Houve um estalo de trovão, seguido do som de pés correndo e do suspiro irritado de Aeshma.

Uma mulher se ajoelhou ao seu lado – a daeva cujo rosto Dara vira ao acordar, aquela que se parecia com Nahri. Um longo momento de silêncio se passou entre os dois, interrompido apenas pelos fôlegos irregulares de Dara.

Finalmente, ele falou.

— Estou no inferno? — sussurrou, dando voz ao medo que corroía seu coração, a incerteza que o impedira de pegar a mão da irmã para entrar no jardim. — Isso é punição pelas coisas que fiz?

— Não, Darayavahoush, você não está no inferno.

A certeza suave na voz calma dela o encorajou a continuar, então Dara prosseguiu.

— Não consigo atravessar o limiar — disparou ele, engasgado. — Nem consigo encontrá-lo. Fui condenado. Foi expulso de meu lar e...

A mulher agarrou o ombro dele e a magia poderosa em seu toque roubou as palavras de Dara.

— Você não foi condenado. Não pode atravessar o limiar porque não carrega a maldição de Suleiman. Porque está livre.

Dara sacudiu a cabeça.

— Não entendo.

— Vai entender. — Ela tomou o queixo dele nas mãos e Dara se virou para olhá-la, sentindo-se estranhamente arrebatado pela urgência em seus olhos escuros. — Você recebeu mais poderes do que qualquer daeva em milênios. Encontraremos uma forma de devolvê-lo a Daevabad, eu prometo. — Ela apertou o queixo dele com mais força. — E, quando conseguirmos, Darayavahoush... nós a *tomaremos*. Vamos salvar nosso povo. Vamos salvar Nahri.

Dara a encarou, desesperado pela oportunidade que as palavras ofereciam.

— Quem é você? — sussurrou.

A boca da mulher se curvou em um sorriso tão familiar que partiu seu coração.

— Meu nome é Banu Manizheh.

NAHRI

NAHRI FECHOU OS OLHOS, ERGUENDO O ROSTO PARA O SOL e aproveitando o calor na pele. Inspirou, deliciando-se com o cheiro de terra das montanhas distantes e com a brisa fresca do lago.

— Eles estão atrasados — reclamou Muntadhir. — Estão sempre atrasados. Acho que gostam de nos ver esperando ao sol.

Zaynab riu com escárnio.

— Dhiru, você nunca chegou na hora para um evento na vida. Esta é mesmo uma briga que quer comprar?

Nahri ignorou as provocações deles, inspirando profundamente o ar puro mais uma vez e aproveitando a quietude. Era raro que lhe fosse permitida tal liberdade, e pretendia aproveitá-la ao máximo. Aprendera do jeito mais difícil que não tinha escolha.

A primeira vez que tentara sair às escondidas do palácio fora logo depois da noite no barco. Ela estava desesperada por uma distração, ansiando perambular por partes da cidade que ainda não visitara, lugares em que os pensamentos de Dara não a assombrariam.

Em resposta, Ghassan mandara trazer a aia de Nahri, Dunoor, diante dela. Ele enfeitiçou a língua da jovem por não relatar a ausência da Banu Nahida, roubando dela a habilidade de falar.

Da segunda vez, Nahri fora impelida por uma descarga de rebeldia. Ela e Muntadhir se casariam em breve. Ela era a Banu Nahida. Quem era Ghassan para mantê-la enjaulada na cidade de seus ancestrais? Fora mais cuidadosa, certificando-se de que seus companheiros tivessem álibis e usando o próprio palácio para esconder-se nas sombras e se guiar até os corredores menos utilizados.

Mesmo assim, Ghassan descobrira. Ele arrastou para dentro o guarda adormecido no portão, pelo qual Nahri passara nas pontas dos dedos, e mandou açoitarem o homem até que não restasse um trecho de pele sem sangue nas costas dele.

Na terceira vez, Nahri nem saíra de fininho. Recém-casada com Muntadhir, apenas decidiu caminhar do Grande Templo até o palácio em um dia ensolarado, em vez de pegar a liteira vigiada. Jamais imaginou que Ghassan – agora seu sogro – se importaria. No caminho, parou dentro de um pequeno café no Quarteirão Daeva, passando alguns momentos agradáveis em conversa com os proprietários surpresos e deliciados.

No dia seguinte, Ghassan ordenou que o casal fosse levado para o palácio. Dessa vez, ele não precisou ferir ninguém. Assim que Nahri viu os rostos assustados, caiu de joelhos e jurou nunca sair sem permissão de novo.

O que significava que agora jamais recusava a chance de escapar das paredes do palácio e da vigilância constante de Ghassan. Exceto pela discussão dos irmãos reais e pelo grito de um gavião, o lago estava completamente silencioso e o ar a envolvia em um tipo de paz pesada e abençoada.

O alívio dela não passou despercebido.

— Sua esposa parece ter sido libertada de um século na prisão — murmurou Zaynab, a alguns passos de distância. Ela manteve a voz baixa, mas Nahri tinha um talento para ouvir sussurros. — Até eu estou começando a me sentir mal por ela, e uma das vinhas do seu jardim arrancou minha xícara da mão da última vez que tomamos chá.

Muntadhir a calou com um chiado.

— Tenho certeza de que não foi a intenção dela. Às vezes isso apenas... acontece quando ela está por perto.

— Ouvi falar que uma das estátuas shedu mordeu o soldado que estapeou a assistente dela.

— Talvez ele não devesse ter estapeado a assistente dela. — O sussurro de Muntadhir se tornou mais afiado. — E chega dessas fofocas. Não quero que abba ouça essas coisas.

Nahri sorriu sob o véu, agradavelmente surpresa com a defesa. Apesar de estarem casados havia quase cinco anos, Muntadhir raramente a defendia contra sua família.

Ela abriu os olhos, admirando a vista à sua frente. Estava um lindo dia, um dos poucos nos quais sequer uma nuvem manchava o azul forte e infinito do céu de Daevabad. Os três esperavam na frente do que um dia fora o grandioso porto da cidade; embora o cais ainda fosse utilizável, o restante estava em ruínas e estivera assim havia séculos. Trepadeiras cresciam pelas pedras rachadas do chão e colunas de granito decorativo estavam caídas. O único indício da antiga grandiosidade do local estava atrás dela – as fachadas reluzentes de bronze de seus ancestrais nas majestosas muralhas da cidade.

Adiante estava o lago, as montanhas verdes nebulosas da margem oposta derretendo-se em uma praia fina e pedregosa. O próprio lago estava parado; sua água lodosa fora amaldiçoada pelos marid em alguma briga esquecida com o conselho Nahid. Era uma maldição na qual Nahri tentava com afinco não pensar. Também não deixava seu olhar voltar-se para o sul, onde os altos penhascos sob o palácio encontravam a água escura. O que acontecera naquele trecho de lago cinco anos antes era algo em que não pensava.

Então o ar estremeceu e cintilou, atraindo a atenção dela imediatamente para o centro do lago.

Os Ayaanle tinham chegado.

O navio que surgiu do véu parecia algo saído de um conto de fadas, deslizando pela névoa com uma graciosidade que contradizia seu tamanho. Nahri crescera perto do Nilo, então estava acostumada com barcos – o amontoado de faluchos reluzentes, canoas de pesca e transportes de comércio carregados que deslizavam sobre o amplo rio em um fluxo interminável. Mas aquele navio não se parecia em nada com qualquer outro que ela já vira. Grande o bastante para acolher centenas, a embarcação de teca escura reluzia à luz do sol conforme flutuava com leveza pelo lago. Bandeiras azul-esverdeadas com os ícones de pirâmides douradas feitas de brilhantes e tabletes de sal prateados e estrelados ondulavam dos mastros. As muitas velas cor de âmbar – Nahri contou pelo menos uma dúzia – faziam os conveses lustrosos parecerem menores. Segmentadas e estruturadas, as velas pareciam mais asas do que qualquer outra coisa que pertencesse a um barco, estremecendo e ondulando ao vento como coisas vivas.

Maravilhada, Nahri se aproximou dos irmãos al Qahtani.

— Como trouxeram um *navio* até aqui? — Além do limiar mágico que envolvia o amplo lago de Daevabad e as montanhas nebulosas, só havia amplos trechos de desertos rochosos.

— Não qualquer navio — disse Zaynab, sorrindo. — É um navio de areia. Os Sahrayn os inventaram. Tomam o cuidado de manter a magia que os impele em segredo, mas um capitão habilidoso consegue voar pelo mundo com um desses.

— Ela suspirou, seu olhar sonhador e triste. — Os Sahrayn cobram uma *fortuna* dos Ayaanle para usá-los, mas eles deixam uma bela impressão.

Muntadhir não pareceu tão impressionado com o lindo navio.

— Interessante que os Ayaanle possam pagar por algo assim quando os impostos de Ta Ntry estão cronicamente atrasados.

O olhar de Nahri se voltou para o rosto do marido. Embora Muntadhir jamais falasse diretamente com ela sobre os problemas econômicos de Daevabad, eram evidentes para todos – principalmente para a Banu Nahida que curava os ferimentos de treino de soldados enquanto eles reclamavam das rações reduzidas e retirava os feitiços que os secretários do Tesouro cada vez mais esgotados tinham começado a atirar uns contra os outros. Felizmente, a crise ainda não afetara os daevas dela – em grande parte porque tinham deixado de fazer negócio com as outras tribos depois que Ghassan tacitamente permitira que as barracas dos daevas fossem destruídas e que seus mercadores fossem importunados no Grande Bazar após a morte de Dara. Por que arriscar fazer comércio com os djinns se nenhum deles os protegeria?

O navio ayaanle se aproximou, suas velas se abrindo conforme ajudantes de convés usando linho com listras alegres e ornamentos dourados espessos disparavam pelo barco. No convés superior, uma criatura semelhante a uma quimera com corpo felino coberto de escamas cor de rubi forçava uma coleira de ouro, exibindo chifres que brilhavam como diamantes e açoitando uma cauda serpentina.

Assim que o navio aportou, um punhado de passageiros se dirigiu para a comitiva real. Entre eles estava um homem vestindo uma túnica verde-azulada volumosa e um turbante prateado que envolvia sua cabeça e seu pescoço.

— Emir Muntadhir. — Ele sorriu e fez uma reverência baixa. — Que a paz esteja com você.

— E com você a paz — replicou Muntadhir, educadamente. — Levante-se.

O homem ayaanle obedeceu, voltando o que parecia ser um sorriso muito mais sincero para Zaynab.

— Princesinha, como você cresceu! — Ele riu. — Presta uma grande honra a este velho trocador de moedas ao me receber pessoalmente.

— A honra é minha — assegurou Zaynab, com uma graciosidade que Nahri jamais teria paciência para simular. — Espero que sua viagem tenha sido boa.

— Que Deus seja louvado. — O homem se voltou para Nahri e seus olhos dourados se iluminaram com surpresa. — Esta é a garota Nahid? — Ele piscou e Nahri não deixou de reparar que deu um leve passo para trás.

— Esta é minha esposa — corrigiu Muntadhir, com a voz consideravelmente mais fria.

Nahri encarou o homem, endireitando a coluna enquanto puxava o chador para mais perto do corpo.

— Sou a Banu Nahida — disse ela, através do véu. — Ouvi dizer que seu nome é Abul Diwanik.

Ele fez uma reverência.

— Ouviu bem. — O olhar do homem não a deixou e o escrutínio neles fez a pele de Nahri se arrepiar. Ele sacudiu a cabeça. — Impressionante. Jamais imaginei que conheceria uma Nahid de verdade.

Nahri trincou os dentes.

— Às vezes recebemos permissão para sair e apavorar a população.

Muntadhir pigarreou.

— Abri espaço para seus homens e sua carga no caravançarai real. Ficarei feliz em acompanhá-los até lá pessoalmente.

Abul Diwanik suspirou.

— Infelizmente, há pouca carga. Meu povo precisava de mais tempo para preparar a caravana dos impostos.

A máscara civilizada de Muntadhir não vacilou, mas Nahri sentiu as batidas do coração dele acelerarem.

— Não foi esse o acordo que fizemos. — O aviso em sua voz lembrou tanto Ghassan que a pele de Nahri se arrepiou. — Está ciente de como o Navasatem está próximo, não? É um pouco difícil planejar uma comemoração que só acontece uma vez a cada século quando os impostos estão consistentemente atrasados.

Abul Diwanik lançou um olhar ferido para Muntadhir.

— Direto para a conversa de dinheiro, emir? A hospitalidade geziri a que estou habituado costuma envolver conversa educada sobre inutilidades por pelo menos mais dez minutos.

A resposta de Muntadhir foi direta.

— Talvez prefira a companhia de meu pai à minha.

Abul Diwanik não pareceu intimidado; na verdade, Nahri viu um toque de malícia na expressão do homem antes que respondesse.

— Não há necessidade de ameaças, Vossa Alteza. A caravana está apenas algumas semanas atrás de mim. — Os olhos dele brilharam. — Sem dúvida vai gostar do que ela trará.

De trás das muralhas da cidade, o chamado para a adhan soou, convocando os fiéis para a oração do meio-dia. O som se elevou e baixou em ondas distantes conforme novos muezins ecoavam, e Nahri combateu uma pontada familiar de saudades de casa. A adhan sempre a fazia pensar no Cairo.

— Dhiru, isso certamente pode esperar — falou Zaynab, claramente tentando aliviar a tensão entre os dois homens. — Abul Diwanik é nosso convidado e fez uma longa jornada. Por que vocês não rezam juntos e então visitam o caravançarai? Posso levar Nahri de volta ao palácio.

Muntadhir não pareceu satisfeito, mas não protestou.

— Você se importaria? — perguntou ele a Nahri, educadamente.

Tenho escolha? A escolta de Zaynab já trazia a liteira delas, a linda gaiola que devolveria Nahri à sua prisão reluzente.

— É claro que não — murmurou ela, dando as costas ao lago para seguir a cunhada.

Elas não falaram muito no caminho de volta. Zaynab parecia absorta nos próprios pensamentos e estranhamente preocupada, e Nahri aproveitou a oportunidade para descansar os olhos antes de voltar para a enfermaria tumultuada.

Mas a liteira estremeceu e parou cedo demais. Nahri se sobressaltou do cochilo e esfregou os olhos, franzindo a testa ao ver Zaynab apressadamente tirando parte das joias. Nahri observou quando a princesa as empilhou em uma almofada ao seu lado e então, de baixo do assento coberto de brocados, pegou duas abayas simples de algodão, enfiando uma por cima de sua camisola de seda.

— Estamos sendo roubadas? — perguntou Nahri, em parte esperando que fosse verdade. Um assalto significaria um atraso em voltar para o palácio e a vigilância constante.

Zaynab envolveu cuidadosamente um xale escuro em volta dos cabelos.

— É claro que não. Vou dar uma volta.

— *Uma volta?*

— Você não é a única que quer escapar às vezes, e aproveito minhas oportunidades quando elas aparecem. — Zaynab jogou a segunda abaya para Nahri. — Rápido, vista isso. E mantenha o rosto escondido.

Nahri a encarou surpresa.

— Quer que eu vá junto?

Zaynab olhou para ela.

— Conheço você há cinco anos. Não vou deixá-la sozinha com minhas joias ou estará a meio caminho de sua cidade humana antes de eu voltar.

Nahri hesitou, tentada. Mas os rostos assustadores das pessoas que Ghassan punira no lugar dela imediatamente inundaram sua mente, fazendo seu coração acelerar de medo.

— Não posso. Seu pai...

A expressão de Zaynab se suavizou.

— Ele ainda não me descobriu. E assumirei a responsabilidade se descobrir hoje, eu juro. — Ela gesticulou para Nahri aproximar--se. — Venha. Você parece que precisa disso ainda mais do que eu.

Nahri rapidamente considerou suas opções. Ghassan tinha uma fraqueza pela única filha; assim, depois de um momento de indecisão, a tentação venceu. Ela tirou as joias reais mais visíveis, vestiu a roupa que Zaynab oferecera e seguiu a jovem para fora da liteira.

Após uma palavra baixinha e uma piscadela de compreensão entre a princesa e um de seus guardas – Nahri suspeitou de que aquela fosse uma rotina já aperfeiçoada –, as duas mulheres foram puxadas para o tumulto dos pedestres. Nahri já estivera várias vezes no Quarteirão Geziri com Muntadhir para visitar os parentes dele, mas não vira nada além das cortinas das liteiras nas quais viajava e dos interiores luxuosos de mansões. As mulheres do palácio não deviam misturar-se com os súditos, muito menos perambular pelas ruas da cidade.

À primeira vista, o Quarteirão parecia pequeno – apesar de uma família Geziri governar a cidade, dizia-se que a maioria dos homens da tribo preferia o terreno inóspito de sua terra natal. Mas a vista ainda era agradável. Torres de vento se elevavam muito acima das cabeças, soprando brisas frescas como as de um lago sobre fileiras ordenadas de prédios altos de tijolos, suas fachadas pálidas adornadas com persianas de cobre e filigranas de estuque branco. Adiante estava o mercado, protegido do sol quente por tapeçarias de palha trançada e um canal de água reluzente que cortava a rua principal, cheio de gelo encantado. Do outro lado do mercado ficava a mesquita principal do Quarteirão, e ao lado da mesquita havia um grande pavilhão flutuante sob as sombras de tamareiras e limoeiros, onde famílias banqueteavam com halva escuro, café e doces do mercado.

E acima de tudo pairava a contrastante torre da Cidadela. Lar da Guarda Real, a Cidadela projetava sombras sobre o Quarteirão Geziri e o vizinho Grande Bazar, erguendo-se contra as paredes de cobre que separavam Daevabad de seu lago mortal. Nisreen lhe dissera certa vez – em um de muitos avisos sombrios sobre os Geziri – que a Cidadela fora a primeira estrutura construída por Zaydi al Qahtani quando tomou Daevabad do Conselho Nahid. Ele governara dali durante anos, deixando o palácio uma ruína deserta, manchada com o sangue dos ancestrais de Nahri.

Zaynab escolheu esse momento para pegar o braço dela, puxando-a na direção do mercado, e Nahri permitiu que a levasse. Quase inconscientemente, pegou uma laranja madura de uma barraca de frutas conforme passavam. Roubar a fruta era provavelmente um risco desnecessário, mas havia algo muito libertador em caminhar por ruas urbanas abarrotadas. Podia não ser o Cairo, mas o murmúrio dos pedestres impacientes, o aroma de comida de rua e os grupos de homens saindo da mesquita eram familiares o bastante para aliviar passageiramente a saudade de casa. Nahri estava anônima de novo pela primeira vez em anos – e era maravilhoso.

Elas reduziram o passo até uma caminhada depois de entrarem nas profundezas escuras do mercado. Nahri olhou em volta, deslumbrada. Uma vidreira transformava areia quente em uma garrafa cheia de bolinhas com as mãos em chamas, enquanto do outro lado do corredor um tear de madeira trabalhava sozinho, fios alegres de lã girando e enroscando-se para estampar um tapete de reza incompleto. De uma barraca cheia de flores veio um aroma intenso: um perfumador borrifava água de rosas e almíscar sobre uma bandeja reluzente de âmbar derretido. No estande ao lado, duas chitas de caça com colares de joias jaziam em almofadas elevadas, compartilhando uma vitrine com pássaros de fogo aos berros.

Zaynab parou para acariciar os enormes felinos enquanto Nahri seguiu adiante. No fim de um corredor adjacente havia uma fileira de livreiros e ela imediatamente se dirigiu até eles, atraída pelos volumes e os pergaminhos dispostos em fileiras sobre tapetes e mesas. Enquanto alguns livros tinham uma aura de magia – capas encadernadas com escamas e páginas que brilhavam suavemente –, a maioria parecia feita por humanos. Nahri não ficou surpresa; de todas as tribos de djinns, dizia-se que os Geziri eram os mais próximos dos humanos com os quais silenciosamente compartilhavam sua terra.

Ela vasculhou a barraca mais próxima. A maioria dos livros estava em árabe, o que enviou uma pontada estranha por seu corpo. Aquela foi a primeira língua que Nahri aprendera a ler e ela jamais conseguia dissociar a habilidade do príncipe que a ensinara. Sem querer pensar em Ali, olhou distraidamente para a mesa seguinte. Um livro com um esboço do grandioso trio de pirâmides do Egito estava no centro.

Nahri chegou ali no momento seguinte, estendendo a mão para o livro da forma como receberia um amigo havia muito perdido com um abraço. De fato, eram as famosas pirâmides de Gizé e, quando Nahri folheou o livro, reconheceu outros marcos distintos de casa: os impressionantes minaretes do portão Bab Zuweila e o vasto interior da mesquita Ibn Tulun. Havia mulheres nos vestidos pretos que Nahri um dia usara para tirar água do Nilo e homens separando pilhas de cana de açúcar.

— Tem um bom olho, senhorita. — Um homem geziri mais velho se aproximou. — É uma de minhas mais novas aquisições humanas, nunca vi nada parecido. Um comerciante sahrayn o pegou ao cruzar o Nilo.

Nahri passou as mãos pela primeira página. O livro estava escrito em caracteres que ela jamais vira.

— Que língua é essa?

O homem deu de ombros.

— Não tenho certeza. As letras parecem semelhantes a alguns antigos textos latinos que tenho. O mercador que o pegou não ficou muito tempo no Egito; disse que parecia que os humanos estavam envolvidos em algum tipo de guerra.

Algum tipo de guerra. Ela apertou o livro com mais força. O Egito estivera recém-subjugado à França quando ela partira e antes disso fora governado pelos otomanos – pelo visto, era o destino de Nahri pertencer a um povo ocupado aonde quer que fosse.

— Quanto quer por ele?

— Três dinares.

Ela semicerrou os olhos.

— Três *dinares*? Eu pareço feita de ouro?

O homem pareceu chocado.

— Esse... esse é o preço, senhorita.

— Talvez para outra pessoa — disse ela, com escárnio, escondendo o sorriso sob a máscara de ofendida. — Não lhe darei uma moeda além de dez dirrãs.

Ele ficou boquiaberto.

— Mas não é assim que nós...

Zaynab apareceu de súbito e segurou o braço de Nahri com força.

— O que está *fazendo*?

Nahri revirou os olhos.

— Se chama barganhar, querida irmã. Tenho certeza de que jamais precisou fazer tal coisa, mas...

— Os Geziri não *barganham* em nossos mercados comunitários — disse Zaynab, cheia de repulsa. — Isso traz discórdia.

Nahri ficou escandalizada.

— Então vocês pagam o que eles pedem? — Ela não conseguia acreditar que tinha se associado por casamento a um povo tão ingênuo. — E se estiverem enganando vocês?

Zaynab já entregava três moedas de ouro para o livreiro.

— Talvez fosse melhor parar de pensar que todos estão enganando você, não? — Ela puxou Nahri para longe e empurrou o livro para as mãos dela. — E pare de fazer escândalo. O objetivo é tentar *não* sermos pegas.

Nahri segurou o livro contra o peito, um pouco envergonhada.

— Vou pagar de volta.

— Não me insulte. — A voz de Zaynab ficou mais suave. — Você não é a primeira tola de língua solta para quem comprei livros humanos caros nesta rua.

Nahri voltou os olhos para a princesa. Ela queria fazer perguntas tanto quanto queria mudar de assunto – que era basicamente como se sentia em relação a Alizayd al Qahtani.

Esqueça. Havia muitos outros modos de importunar a cunhada.

— Tenho ouvido rumores de que você está sendo cortejada por um nobre de Malacca — disse ela alegremente, quando as duas voltaram a andar.

Zaynab parou de súbito.

— Onde ouviu *isso*?

— Gosto de conversar com meus pacientes.

A princesa sacudiu a cabeça.

— Seus pacientes deveriam aprender a segurar a língua. *Você* deveria aprender a segurar a língua. Certamente mereço isso depois de lhe comprar um livro caro sobre prédios humanos esquisitos.

— Não quer se casar com ele? — perguntou Nahri, descascando a laranja que roubara.

— É claro que não quero me casar com ele — respondeu Zaynab. — Malacca fica do outro lado do mar. Jamais veria minha família. — Desdém tomou conta da voz dela. — Além disso, ele tem mais três esposas, uma dúzia de filhos e está chegando ao segundo século.

— Então recuse a união.

— Essa decisão cabe a meu pai. — A expressão de Zaynab ficou mais tensa. — E meu pretendente é um homem muito rico.

Ah. A preocupação de Muntadhir a respeito do tesouro da cidade subitamente fez mais sentido.

— Sua mãe não pode objetar? — perguntou Nahri. A rainha Hatset a intimidava profundamente e ela não conseguia imaginar a mulher permitindo que a única filha fosse enviada para Malacca, não importava a quantia em ouro.

Zaynab pareceu hesitar.

— Minha mãe tem uma batalha mais importante a travar no momento.

Elas caminharam por uma rua mais tranquila que passava pela Cidadela. Pesadas muralhas de pedra se elevavam muito alto, bloqueando o céu azul de uma forma que fez Nahri sentir-se nervosa e pequena. Do outro lado de portas duplas abertas, veio o som de risadas e o zunido inconfundível do choque de zulfiqars. Era um som que ela odiava.

Sem saber como responder, Nahri entregou a Zaynab metade da laranja roubada.

— Sinto muito.

Zaynab encarou a fruta, a incerteza aflorando em seus olhos cinza-dourados.

— Você e meu irmão eram inimigos quando se casaram — disse ela, hesitante. — Parece que *ainda* são. Como... como você conseguiu...?

— Você encontra um jeito. — As palavras saíram de um lugar ríspido dentro de Nahri, um lugar para o qual ela se retirara diversas vezes desde que fora tirada do Nilo e largada no Cairo, órfã e com medo. — Você ficaria surpresa com as coisas que uma pessoa pode fazer para sobreviver.

Zaynab pareceu espantada.

— Você me faz ter vontade de dizer a Muntadhir que guarde uma faca sob o travesseiro.

— Eu não aconselharia que seu irmão guardasse nada afiado na cama — disse Nahri, conforme continuaram caminhando. — Considerando a quantidade de visitas... — Ela se engasgou e a laranja caiu de seus dedos inertes quando uma onda de frio a atravessou.

Zaynab parou imediatamente, tocando o ombro de Nahri.

— Você está *bem*?

Nahri mal ouviu a pergunta. Sentia que uma mão invisível agarrara seu queixo, virando sua cabeça para a rua escura pela qual tinham acabado de passar. Enfiada entre a Cidadela e o bronze manchado das muralhas externas da cidade, parecia que o Quarteirão tinha sido arrasado séculos antes. Ervas daninhas e poeira cobriam as pedras rachadas do pavimento e marcas de queimadura sujavam as paredes de pedra exposta. No final havia um complexo de tijolos em ruínas. Janelas quebradas davam para a rua; os espaços escuros pareciam dentes faltando em uma boca escancarada. Além do pórtico frontal, viam-se as copas exuberantes de enormes árvores selvagens. Hera cobria grande parte das construções, estrangulando colunas e pendurando-se sobre janelas quebradas como inúmeros nós.

Nahri deu alguns passos e inspirou profundamente, sentindo um zumbido percorrer sua pele. Ela podia jurar que as pesadas sombras se suavizaram levemente quando se moveu.

Ela se virou e viu que Zaynab a seguira.

— Que lugar é esse? — perguntou ela, sua voz ecoando pelas paredes de pedra.

Zaynab deu um olhar cético para o complexo.

— Uma ruína? Não sou exatamente uma especialista em todas as construções bolorentas de uma cidade de três mil anos.

A rua se aqueceu sob os pés de Nahri, ficando tão quente que o calor atravessou suas sandálias.

— Preciso ir até lá.

— Você precisa *o quê*?

Mas Nahri já estava caminhando, todos os pensamentos sobre a princesa e até os medos das punições terríveis de Ghassan se dissipando. Ela se sentia quase compelida, com o olhar fixo na misteriosa construção.

Parou na frente de portas duplas de bronze. Pictogramas bizarros estavam gravados na superfície: um órix saltando e a proa de um navio, um altar de fogo daeva e um par de balanças. A magia quase fumegava das velhas portas e, embora Nahri não conseguisse imaginar alguém vivendo em tal lugar, ainda ergueu a mão para bater.

Os nós de seus dedos nem mesmo roçaram a superfície. A porta se abriu com um rangido, revelando um buraco negro infinito.

Não havia ninguém do outro lado.

Zaynab a alcançara.

— Ah, de jeito nenhum — disse ela. — Está com a al Qahtani errada se acha que vou entrar nessa ruína assombrada.

Nahri engoliu em seco. Se estivesse no Egito, aquele poderia ser o início de um conto usado para assustar as crianças, uma história sobre ruínas misteriosas e um djinn apavorante.

Mas, tecnicamente, ela *era* o djinn apavorante, e a atração gélida que a construção exercia sobre seu coração tinha se intensificado. Era inconsequente; era um impulso que não fazia sentido – mas ela entraria.

— Então fique aqui fora. — Ela desviou da mão de Zaynab e entrou.

A escuridão imediatamente a engoliu.

— Naar — sussurrou ela. Chamas brotaram em sua palma, iluminando o que deveria ter sido um dia um grandioso salão de entrada. Resquícios de pinturas agarravam-se às paredes, delineando as formas de touros alados e fênix saltando. Havia sulcos por toda parte, lugares em que gemas tinham provavelmente sido arrancadas das paredes.

Nahri deu um passo adiante, erguendo as chamas. Seus olhos se arregalaram.

Em fragmentos e sombras, a história da criação dos Nahid se espalhava na parede diante dela. O antigo templo de Suleiman se erguia sobre as cabeças dos dedicados trabalhadores daeva. Uma mulher com orelhas pontudas estava ajoelhada usando um chador azul e dourado aos pés de um rei humano. Enquanto Nahri olhava o mural, maravilhada, pôde jurar que as figuras começaram a se mover e unir: uma mancha de tinta lustrosa se tornou um bando de shedus em voo, o desenho simples de curandeiras Nahid misturando poções se encheu de cor. O ruído baixinho de botas marchando e espectadores vibrando sussurrava ao ouvido dela conforme uma parada de arqueiros passava, usando elmos cerimoniais com plumas esvoaçantes no topo.

Nahri arquejou e a chama saiu rodopiando de sua palma, pontinhos de luz dançando para iluminar o resto da câmara. Foi uma descarga de magia inconsciente, o tipo que Nahri associava com o palácio, o coração real roubado dos Nahid cujo poder ainda corria em seu sangue.

Os murais subitamente pararam de se mover. Zaynab tinha entrado e avançava com cuidado sobre os escombros que cobriam o chão.

— Acho que este lugar pertencia à minha família — disse Nahri, deslumbrada.

Zaynab lançou um olhar cauteloso para o lugar.

— Sinceramente... acho que se pode dizer isso de grande parte de Daevabad. — Ela ergueu as mãos diante do olhar de raiva de Nahri. — Com licença, mas é difícil ser diplomática quando estou com medo de ser esmagada a qualquer momento. Agora podemos, *por favor*, ir embora? Meu pai vai me mandar para Malacca amanhã se a Nahid dele for esmagada por uma pilha de tijolos.

— Não sou a Nahid dele e não vou embora até entender o que era este lugar. — O formigar de magia na pele de Nahri só aumentara; o calor úmido da cidade era opressor na câmara abafada. Ela tirou o véu, achando improvável que encontrassem alguém ali. Ignorando um alerta de Zaynab, saltou por cima de uma das paredes caídas.

Caiu de pé com leveza em um corredor longo e coberto, com uma sucessão de arcos de arenito separando uma fileira de portas de um jardim abandonado em um pátio. A passagem estava em estado muito melhor do que o saguão: o chão parecia recém-varrido e a parede estava remendada e coberta com arabescos de tinta colorida.

Xingando, Zaynab a seguiu.

— Se eu não disse isso recentemente, acho que odeio você.

— Sabe, para um ser mágico, você tem um senso de aventura terrível — respondeu Nahri, tocando um dos redemoinhos de tinta: uma curva azul que parecia uma onda com um barco ébano delineado contra ela. Ao seu toque, a onda subiu como se ganhasse vida, fazendo o barco disparar pela parede.

Nahri sorriu. Completamente intrigada, continuou andando e espiando os cômodos pelos quais passava. Exceto uma ou outra prateleira quebrada e pedaços podres de tapete, estavam todos vazios.

Até que não estavam. Nahri estancou do lado de fora do último quarto. Longe de estar vazio, estava *lotado*. Prateleiras de cedro transbordavam de pergaminhos e livros cobriam as paredes, estendendo-se para o teto distante. Mais livros estavam equilibrados em pilhas precárias no chão.

Ela estava dentro antes de reparar na mesa de chão enfiada entre duas pilhas. Uma figura estava curvada sobre a superfície coberta de papel: um idoso ayaanle usando uma túnica listrada que quase engolia seu corpo enrugado.

— Não, não, não… — murmurava o homem em ntaran, riscando o que quer que tivesse acabado de escrever com um lápis de carvão. — Isso *não* faz sentido.

Nahri hesitou. Não conseguia imaginar o que um estudioso ayaanle estava fazendo em um quarto cheio de livros dentro de uma construção em ruínas. Mas ele parecia inofensivo.

— Que a paz esteja com você — cumprimentou ela.

O homem levantou a cabeça.

Seus olhos tinham a cor de esmeralda.

Ele piscou rápido e então gritou, afastando-se da almofada.

— Razu! — gritou ele. — *Razu!* — Ele pegou um pergaminho, empunhando-o como uma espada.

Nahri imediatamente recuou, erguendo seu livro.

— Fique longe! — gritou quando Zaynab correu para juntar-se a ela. A princesa segurava uma adaga em uma das mãos.

— Ah, Issa, *qual* é o problema agora?

Nahri e Zaynab se sobressaltaram, virando depressa. Duas mulheres tinham surgido do pátio tão rapidamente que podiam ter sido conjuradas. Uma parecia Sahrayn, com cachos preto-avermelhados que caíam até a cintura da galabiyya manchada de tinta. A mulher mais alta – aquela que tinha falado – era tukharistani e vestia uma capa deslumbrante de modelo visivelmente mágico, que caía como uma manta de cobre derretido sobre seus ombros. O olhar dela se fixou em Nahri. Olhos verdes de novo, o mesmo tom forte dos de Dara.

O estudioso ayaanle – Issa – olhou para além da porta, ainda erguendo o pergaminho.

— Parece humana, Razu! Eu jurei que eles jamais me pegariam de novo!

— Ela não é humana, Issa. — A mulher tukharistani avançou. Seu olhar brilhante não deixara o de Nahri. — É você — sussurrou ela. Reverência alterou sua expressão e a mulher caiu de joelhos, unindo os dedos em sinal de respeito. — Banu Nahida.

— *Banu Nahida*? — repetiu Issa. Nahri podia ver que ele ainda tremia. — Tem certeza?

— Tenho. — A mulher tukharistani indicou um bracelete de ferro encrustado de esmeraldas em seu pulso. — Consigo sentir a atração em meu receptáculo. — Ela tocou o peito. — E no coração — acrescentou baixinho. — Como senti com Baga Rustan.

— Ah. — Issa soltou o pergaminho. — Ah, perdão... — Ele tentou fazer uma reverência. — Desculpe-me, minha senhora. Não se pode ser cuidadoso o suficiente hoje em dia.

Zaynab respirava com dificuldade ao lado dela, ainda empunhando a adaga. Nahri abaixou o braço da princesa. Completamente atordoada, seus olhos percorreram o estranho trio.

— Desculpe — começou ela, sem palavras. — Mas quem são vocês?

A mulher tukharistani se levantou. Seus cabelos pretos rajados de prata e dourado estavam presos com uma delicada rede de renda e seu rosto era bastante enrugado; se fosse humana, Nahri teria dito que estava na casa dos sessenta anos.

— Sou Razu Qaraqashi — disse a mulher. — Você já conheceu Issa e esta é Elashia — acrescentou, tocando carinhosamente o ombro da mulher sahrayn ao seu lado. — Somos os últimos escravos dos ifrits em Daevabad. — Elashia imediatamente fez uma careta e Razu abaixou a cabeça. — Perdoe-me, meu amor. — Ela olhou de volta para Nahri. — Elashia não gosta se ser chamada de escrava.

Nahri se esforçou para não deixar o espanto evidente no rosto. Silenciosamente, deixou que suas habilidades se ampliassem. Não era à toa que tinha achado estar sozinha: o coração dela e o de Zaynab eram os únicos que batiam no complexo inteiro. Os corpos dos djinns diante dela estavam completamente quietos, como o de Dara.

Porque não são corpos de verdade, percebeu Nahri, lembrando-se do que sabia sobre a maldição dos escravos. Os ifrits assassinavam os djinns que tomavam e, para libertá-los, os Nahid conjuravam novas formas – novos corpos para abrigar as almas reivindicadas. Nahri não sabia muito mais sobre o processo; a escravidão era tão temida entre os djinns que raramente se falava nela: como se simplesmente mencionar a palavra "ifrit" fizesse alguém ser arrastado para um destino considerado pior do que a morte.

Um destino ao qual as três pessoas diante dela tinham sobrevivido. Nahri abriu a boca, achando difícil encontrar uma resposta.

— O que estão fazendo aqui? — perguntou, por fim.

— Nos escondendo — respondeu Issa, deprimida. — Ninguém mais em Daevabad nos recebe depois do que aconteceu com o Afshin. As pessoas temem que talvez enlouqueçamos e comecemos a assassinar inocentes com magia ifrit. Achamos que o hospital era o lugar mais seguro.

Nahri piscou.

— Isto é um *hospital*?

Os olhos alegres de Issa se semicerraram.

— Não é óbvio? — perguntou ele, indicando inexplicavelmente as ruínas em torno deles. — Onde acha que seus ancestrais praticavam?

Razu avançou rapidamente.

— Por que vocês duas não vêm comigo beber alguma coisa? — sugeriu ela, gentilmente. — Não é sempre que temos convidadas tão distintas quanto a realeza de Daevabad. — Ela sorriu quando Zaynab se encolheu. — Não tema, minha princesa, é um lindo disfarce.

Com a palavra "hospital" ressoando nos ouvidos, Nahri seguiu de imediato. O pátio estava no mesmo estado que o resto do complexo, com raízes serpenteando sobre os azulejos azuis e amarelos rachados, mas havia algo lindo nas ruínas. Rosas pretas cresciam exuberantes e selvagens; suas gavinhas espinhentas enroscavam-se em torno de uma estátua de shedu havia muito caída e o ar estava carregado com sua fragrância. Um casal de rouxinóis cantava e espalhava água em uma fonte rachada na frente dos galhos pendentes de árvores que projetavam sombras.

— Não liguem para Issa — disse Razu, tranquilamente. — Os modos dele precisam melhorar, mas é um estudioso genial que viveu uma vida extraordinária. Antes de ser pego pelos ifrits, passou séculos viajando pelas terras do Nilo, visitando as bibliotecas deles e mandando cópias de suas obras para Daevabad.

— O Nilo? — perguntou Nahri, ansiosa.

— De fato. — Razu olhou para trás. — Isso mesmo... você cresceu lá. Em Alexandria, não é?

— Cairo — corrigiu Nahri, seu coração dando um salto familiar.

— Perdoe o erro. Não tenho certeza se havia um Cairo no meu tempo — refletiu Razu. — Embora eu tenha ouvido falar de Alexandria. De todas elas. — Ela sacudiu a cabeça. — Que jovem vaidoso e arrogante foi Alexandre, nomeando todas aquelas cidades em sua homenagem. Os exércitos dele aterrorizavam os pobres humanos em Tukharistan.

Zaynab arquejou.

— Quer dizer que você viveu na mesma era que *Alexandre, o Grande*?

O sorriso de Razu foi mais enigmático dessa vez.

— De fato. Farei dois mil e trezentos anos na comemoração da geração deste ano. Os netos de Anahid governavam Daevabad quando os ifrits me levaram.

— Mas isso não é possível — sussurrou Nahri. — Não para os escravos dos ifrits.

— Ah, suspeito que você tenha ouvido que fomos todos levados à loucura pela experiência dentro de poucos séculos? — Razu ergueu uma sobrancelha. — Como a maioria das coisas na vida, a verdade é um pouco mais complicada. E minhas circunstâncias eram incomuns.

— Em que sentido?

— Eu me ofereci para um ifrit. — Ela gargalhou. — Eu era uma coisinha terrivelmente travessa com uma queda por histórias sobre fortunas perdidas. Nós nos convencemos de que encontraríamos todo tipo de tesouros lendários se pudéssemos recuperar os poderes que tínhamos antes de Suleiman.

— Você se *entregou* ao ifrit? — Zaynab pareceu escandalizada. Nahri, por outro lado, começava a sentir empatia por aquela misteriosa trapaceira.

Razu assentiu.

— Um primo distante meu. Ele era um tolo teimoso que se recusou a se submeter a Suleiman, mas eu gostava dele.

— Ela deu de ombros. — As coisas eram um pouco... cinzentas entre nossos povos naquela época. — Razu ergueu a palma da mão. Três linhas pretas marcavam a pele. — Mas fui tola. Mandei meus mestres atrás de tesouros fantásticos que meu primo e eu planejávamos recuperar depois que eu fosse libertada. Estava escavando umas tumbas antigas com meu terceiro humano quando a coisa toda desabou, matando a ele e enterrando meu anel no deserto.

Ela estalou os dedos e um rolo de seda saiu de dentro de um cesto sob um lilás-da-índia, arqueando-se e expandindo-se no ar até formar um balanço. Ela indicou para que Nahri e Zaynab se sentassem.

— Levou dois mil anos para que outro djinn me encontrasse. Ele me trouxe de volta a Daevabad e aqui fiquei até hoje. — Os olhos alegres de Razu se entristeceram. — Jamais vi meu primo ifrit de novo. Acho que um Nahid ou Afshin o pegou no final.

Nahid pigarreou.

— Sinto muito.

Razu tocou o cotovelo dela.

— Não precisa se sentir mal. Eu certamente tive mais sorte do que Issa e Elashia; os poucos mestres que tive jamais me agrediram. Mas, quando voltei, meu mundo tinha desaparecido, quaisquer descendentes tinham se perdido na história e a Tukharistan que eu conhecia era uma lenda nos olhos de meu próprio povo. Foi mais fácil recomeçar em Daevabad. Pelo menos até recentemente. — Ela sacudiu a cabeça. — Mas aqui estou tagarelando sobre o passado... o que traz *vocês duas* até aqui?

— Descuido — murmurou Zaynab baixinho.

— Eu... eu não sei bem — confessou Nahri. — Estávamos passando e eu senti... — Ela parou. — Senti a magia emanando deste lugar, e me lembrou do palácio. — Ela olhou em volta, maravilhada. — Isso foi mesmo um hospital?

Razu assentiu.

— Sim. — Com outro estalar de dedos, uma jarra de vidro fumegante surgiu ao lado de três cálices. Ela serviu a Nahri e Zaynab um líquido da cor das nuvens. — Passei algum tempo aqui como paciente depois que falhei a escapar de um de meus credores.

Zaynab tomou um gole cauteloso e prontamente o cuspiu de volta ao cálice sem qualquer elegância.

— Ah, isso com certeza é proibido.

Curiosa, Nahri provou do próprio cálice, tossindo com o ardor intenso do álcool escorrendo por sua garganta.

— O que é isso?

— Soma. A bebida preferida de seus ancestrais. — Razu piscou um olho. — Independentemente da maldição de Suleiman, os daevas da minha época ainda não perderam *completamente* os modos selvagens.

O que quer que fosse soma, definitivamente deixou Nahri mais relaxada. Zaynab parecia pronta para fugir, mas ela estava divertindo-se mais a cada alusão ao passado criminoso de Razu.

— Como era naquela época… quando você era paciente, quero dizer?

Razu olhou pensativa para o hospital.

— Era um lugar impressionante, mesmo em uma cidade mágica como Daevabad. Os Nahid deviam tratar milhares, e tudo funcionava como uma engrenagem bem lubrificada. Eu tinha sido amaldiçoada com uma forma bastante contagiosa de desespero, então fui tratada na quarentena ali. — Ela indicou uma ala em ruínas, tomando um gole da bebida. — Eles cuidavam muito bem da gente. Uma cama, um teto e refeições quentes? Quase valia a pena adoecer.

Nahri se apoiou nas palmas das mãos, contemplando tudo aquilo. Ela conhecia hospitais relativamente bem; costumava entrar escondida em um dos mais famosos do Cairo, o majestoso e antigo bimaristan no complexo al Qalawin, para roubar suprimentos e perambular por suas profundezas, fantasiando juntar-se aos grupos de alunos e médicos que enchiam seus corredores espaçosos.

Ela tentou imaginar como aquela agitação seria ali, com o hospital funcionando e cheio de Nahid. Dezenas de curandeiros consultando anotações e examinando pacientes – devia ser uma comunidade extraordinária.

Um hospital Nahid.

— Queria ter algo assim — disse ela, baixinho.

Razu sorriu, erguendo o cálice na direção de Nahri.

— Considere-me sua primeira recruta se quiser reconstruir.

Zaynab estava batendo o pé impacientemente, mas agora se levantou.

— Nahri, precisamos ir. — Ela indicou o céu. O sol tinha sumido atrás das paredes do hospital.

Nahri fez uma careta e tocou a mão de Razu.

— Tentarei voltar — prometeu ela. — Vocês três... estão bem aqui? Precisam de algo? — Embora Razu e seus companheiros provavelmente fossem mais capazes que Nahri de cuidar de si mesmos, ela se sentiu subitamente protetora em relação às três almas que sua família tinha libertado.

Razu apertou a mão de Nahri.

— Estamos bem — assegurou ela. — Mas espero que você volte mesmo. Acho que o lugar gosta de você.

2

ALI

Ali olhou para a beira do precipício rochoso, semicerrando os olhos contra a luz forte do deserto. O coração batia tão rápido que ele conseguia ouvi-lo enquanto seu fôlego vinha em rompantes irregulares. Suor de nervosismo brotava em sua testa, encharcando o ghutrah de algodão que ele envolvera na cabeça. Ele ergueu os braços, balançando-se para a frente e para trás sob pés descalços.

— Ele não vai conseguir — Ali ouviu a provocação de um dos outros djinns. Havia seis deles no alto dos penhascos que circundavam a cidade de Bir Nabat, e eram todos relativamente jovens, pois o que estavam fazendo exigia o tipo de inconsequência que a juventude fornecia. — O principezinho não vai arriscar o pescoço real.

— Vai sim — disparou de volta outro homem, Lubayd, o amigo mais próximo de Ali em Am Gezira. — É *melhor* que faça. — A voz do homem se elevou. — Ali, irmão, tenho dinheiro apostado em você. Não me desaponte!

— Você não deveria apostar — replicou Ali, ansiosamente. Ele tomou mais um fôlego trêmulo, tentando reunir coragem. Aquilo era perigoso demais. Tão desnecessário e tolo que era quase egoísta.

Do outro lado do penhasco veio o ruído de chiados reptilianos, seguido pelo odor forte e desagradável de penas queimadas. Ali sussurrou baixinho uma oração.

Então disparou correndo na direção da beira do penhasco. Correu o mais rápido possível e, quando o chão deu lugar ao ar, continuou em frente, atirando-se ao espaço vazio. Por um momento aterrorizante, ele estava caindo, o chão distante e rochoso contra o qual estava prestes a se chocar subindo em sua direção...

Ali caiu com força no dorso do zahhak que estava aninhado na face do penhasco. Arquejou, adrenalina percorrendo seu sangue enquanto soltou um grito que era igualmente de terror e triunfo.

O zahhak obviamente não compartilhava daquele entusiasmo. Com um guincho ofendido, a serpente alada voou para o céu.

Ali saltou em direção ao colar de cobre que um djinn muito mais aventureiro tinha colocado no pescoço do zahhak anos antes, apertando as pernas em volta do corpo lustroso e coberto de escamas prateadas da criatura, como fora instruído a fazer. Quatro asas imensas – de um branco nebuloso e ondulando como nuvens – empurravam o ar em volta dele, arrancando o ar de seus pulmões. Parecido com um lagarto enorme – mesmo que um lagarto capaz de expelir chamas da boca cheia de presas quando importunado pelos djinns –, aquele zahhak em particular, dizia-se, tinha mais de quatrocentos anos e fazia seu ninho nos penhascos nos arredores de Bir Nabat havia gerações, talvez apreciando a familiaridade do local ao ponto de lidar com as travessuras dos jovens Geziri.

Um daqueles jovens fechava bem os olhos agora; o sopro do vento e a visão do chão zunindo abaixo dele lançou outra onda de medo para o coração de Ali. Ele agarrou o colar, aninhando-se contra o pescoço do zahhak.

Olhe, seu tolo. Considerando que havia uma chance de ele acabar em pedaços na areia abaixo, poderia muito bem aproveitar a vista.

Ele abriu os olhos. O deserto se estendia adiante, grandes extensões de areia vermelho-dourada encontrando o horizonte azul intenso, interrompidas por orgulhosos conjuntos de rochas – formações antigas esculpidas pelo vento ao longo de incontáveis milênios. Trilhas irregulares marcavam o limite de uádis havia muito desaparecidos e um grupo distante de palmeiras escuras e exuberantes formava um minúsculo oásis ao norte.

— Deus seja louvado — sussurrou Ali, maravilhado com a beleza e magnificência do mundo abaixo. Agora ele entendia por que Lubayd e Aqisa o vinham provocando para que participasse da mais mortal das tradições de Bir Nabat. Ali podia ter crescido em Daevabad, mas jamais vivenciara algo tão extraordinário quanto voar daquele jeito.

Ele semicerrou os olhos para espiar o oásis, ficando curioso ao notar tendas pretas e movimento entre as árvores distantes. Um grupo de nômades, talvez – o oásis pertencia a humanos, de acordo com costumes muito antigos; os djinns de Bir Nabat não ousavam tomar sequer um copo de água dos poços.

Ele se inclinou para a frente, contra o pescoço da criatura, para ver melhor, e o zahhak soltou um grunhido fumegante em protesto. Ali tossiu, seu estômago revirando-se com o fedor do hálito da criatura. Sobras de animais queimados se encrustavam nas presas manchadas dela e, embora Ali tivesse sido avisado do cheiro, ele ainda o deixou zonzo.

O zahhak obviamente não gostava muito dele também. Sem aviso, deu uma guinada que quase mandou Ali para o chão, então voltou pelo caminho que tinham tomado, cortando o ar como uma foice.

À frente, Ali conseguia ver a entrada de Bir Nabat: uma porta impossivelmente escura e vazia, construída diretamente nos penhascos. Entalhes profundos de arenito a cercavam: havia ruínas com águias e leões empoleirados em colunas decorativas e degraus íngremes que se elevavam até encontrar o céu. Os entalhes tinham sido feitos eras antes pelos fundadores humanos originais de Bir Nabat, um grupo perdido para o tempo, cujo assentamento em ruínas os djinns agora chamavam de lar.

Os companheiros dele estavam logo abaixo, agitando os braços e batendo um tambor de metal para atrair a ira do zahhak. A criatura mergulhou até eles, soltando um guincho. Tensionando os músculos, Ali esperou até o zahhak aproximar-se o suficiente dos amigos, soprando uma chama colérica de fogo escarlate da qual eles escaparam por pouco, então pulou.

Caiu com força no chão e Aqisa o puxou para trás um segundo antes de o zahhak queimar o lugar onde ele caíra. Com outro grito ofendido, a criatura saiu voando, obviamente farta dos djinns.

Lubayd puxou Ali de pé, dando tapinhas nas costas dele e soltando um urro.

— Eu falei que ele conseguiria! — Então olhou para Ali. — Valeu o risco?

Cada parte de seu corpo doía, mas Ali estava animado demais para se importar.

— Foi incrível — disparou ele, tentando recuperar o fôlego. Afastou o ghutrah que o vento soprara em sua boca. — E adivinhe só? Há um novo grupo de humanos no...

Resmungos o interromperam antes que conseguisse terminar a frase.

— Não — interrompeu Aqisa. — Nem comece. Não vou espionar humanos com você de novo. Você é obcecado.

Ali insistiu.

— Mas poderíamos aprender algo novo! Lembra-se da cidade que exploramos no sul, o relógio de sol que usavam para regular os canais? Aquilo foi muito útil.

Lubayd devolveu o cinto de armas para Ali.

— Lembro dos humanos nos colocando para correr quando perceberam que tinham visitantes "demoníacos". Estavam disparando muitas daquelas… varas explosivas. Não quero descobrir se há ferro naqueles projéteis.

— Aquelas "varas explosivas" se chamam rifles — corrigiu Ali, conforme seguiam de volta para a aldeia. — E, infelizmente, falta a todos vocês o espírito aventureiro.

Eles desceram a saliência rochosa que levava ao vilarejo. Gravuras cobriam o arenito: letras de um alfabeto que Ali não conseguia ler e desenhos cuidadosamente entalhados de animais havia muito desaparecidos. Em um canto alto, um enorme homem calvo pairava acima de figuras rudimentares, com chamas estilizadas enroscando-se em seus dedos. Um daeva original, acreditavam os djinns da aldeia, anterior à benção de Suleiman. A julgar pelos olhos selvagens e os dentes afiados da figura, devia ter aterrorizado os habitantes humanos.

Ali e os amigos passaram pelo frontispício. Uma dupla de djinns bebia café à sombra dele, ostensivamente vigiando-o. Na rara ocasião em que um humano curioso se aproximava demais, eles tinham feitiços capazes de conjurar ventos sussurrantes e tempestades de areia ofuscantes para assustá-los.

Eles ergueram o rosto quando Ali e os companheiros passaram.

— Ele conseguiu? — perguntou um dos guardas, sorrindo.

Lubayd passou o braço pelos ombros de Ali orgulhosamente.

— Parece que monta os zahhak desde a infância.

— Foi extraordinário — admitiu Ali.

O outro homem gargalhou.

— Ainda vamos transformar você em um legítimo homem do norte, daevabadi.

Ali sorriu de volta.

— Pela vontade de Deus.

Eles passaram pela câmara escura, além das tumbas vazias dos reis humanos, havia muito mortos que um dia haviam governado ali – ninguém jamais dava respostas diretas a Ali sobre *onde* exatamente os corpos tinham parado e ele não tinha certeza se queria descobrir. Adiante havia uma parede de pedra simples. Para um observador casual – um observador humano –, nada sugeriria que ela era especial, exceto o brilho fraco que emanava da superfície estranhamente morna.

Mas era uma superfície que só faltavam cantar para Ali: magia fervilhava da rocha em ondas reconfortantes. Ele colocou a palma na parede.

— Pataru sawassam — ordenou em geziriyya.

A parede sumiu com uma névoa, revelando a estufa exuberante de Ain Lyhayr. Ali parou, tomando um momento para apreciar a recente beleza fértil do lugar que chamava de lar havia cinco anos. Era uma visão hipnotizante, muito diferente da desolação assolada pela fome que ele encontrara ao chegar, uma aldeia cercada por plantações moribundas. Embora Bir Nabat provavelmente tivesse sido um paraíso exuberante à época de sua fundação – os resquícios de represas e aquedutos, assim como o tamanho e a qualidade artística dos templos humanos, indicavam uma época de chuvas mais frequentes e uma população próspera –, os djinns que a ocuparam depois jamais alcançaram o mesmo patamar. Tinham se virado com as duas fontes restantes e saído em busca de alimentos.

Mas, quando Ali chegara, as fontes tinham escasseado até quase sumirem. Bir Nabat havia se tornado um lugar desesperado, um lugar disposto a desafiar o rei e acolher o jovem príncipe estranho que encontraram à beira da morte em uma fenda próxima. Um lugar disposto a então fazer vista grossa ao fato de que os olhos de Ali às vezes brilhavam como betume úmido quando ele se chateava e de que seus braços e pernas eram cobertos de cicatrizes que lâmina alguma poderia causar. Isso não importava para os Geziri em Bir Nabat. Importava o fato de que Ali tinha descoberto uma dúzia de novas fontes e duas cisternas cheias – água o suficiente para irrigar Bir Nabat durante séculos.

Agora, canteiros de cevada pequenos mas prósperos e melões cercavam lares em expansão, enquanto mais e mais pessoas escolhiam substituir tendas de fumaça e pele de órix por pedra polida e vidro jateado. As tamareiras estavam altas, saudáveis e espessas, fornecendo sombra fresca. A ponta leste da aldeia fora ocupada por pomares: uma dúzia de mudas de figueira crescia entre árvores cítricas, todas cuidadosamente cercadas para serem protegidas da população crescente de cabras de Bir Nabat.

Ele passou pelo pequeno mercado da aldeia, montado à sombra de um enorme e antigo templo entalhado na face do penhasco; suas colunas e seus pavilhões cuidadosamente esculpidos agora estavam cobertos de bens mágicos. Ali sorriu, devolvendo os acenos e cumprimentos de vários mercadores djinns enquanto uma sensação de calma tomava conta dele.

Até que uma mercadora rapidamente se colocou em seu caminho.

— Ah, sheik, estava procurando você.

Ali piscou, arrancado do devaneio eufórico. Era Rima, uma mulher de uma das famílias da casta de artesãos.

Ela agitou um pergaminho diante dele.

— Preciso que verifique este contrato para mim. Estou dizendo… aquele escravo sulista desonesto de Bilqis está me enganando. Meus encantamentos não têm igual, e sei que deveria ter retornos mais altos nos cestos que vendi a ele.

— Você sabe que *eu* sou um daqueles sulistas desonestos, não sabe? — observou Ali. Os al Qahtani se originavam da montanhosa costa sul de Am Gezira e eram descendentes orgulhosos dos servos djinns que Suleiman certa vez dera de presente a Bilqis, a rainha humana da antiga Sabá.

Rima sacudiu a cabeça.

— Você é daevabadi. Não conta. — Ela pensou por um momento. — Na verdade, é pior.

Ali suspirou e pegou o contrato. Depois de passar a manhã cavando um novo canal e a tarde sendo sacudido por um zahhak, ele começava a desejar sua cama.

— Vou dar uma olhada.

— Abençoado seja, sheik. — Rima deu meia-volta.

Eles continuaram caminhando, mas não avançaram muito antes que o muezim de Bir Nabat viesse bufando até os dois.

— Irmão Alizayd, paz e bênçãos sobre você! — Os olhos cinza do muezim percorreram Ali. — Ai, você parece mais um morto-vivo.

— Sim. Eu estava prestes a...

— Claro que estava. Ouça... — O muezim baixou a voz. — Teria como você fazer o khutbah amanhã? O sheik Jiyad não está se sentindo bem.

— Não é o irmão Thabit quem costuma fazer os sermões no lugar do pai?

— Sim, mas... — O muezim baixou a voz ainda mais. — Não posso lidar com mais um dos discursos dele, irmão. Não posso. Da última vez que ele fez o khutbah, só ficou tagarelando sobre como a música dos alaúdes estava levando os jovens para longe das orações.

Ali suspirou de novo. Ele e Thabit não se davam bem; principalmente porque Thabit acreditava fervorosamente em todas as fofocas que vinham de Daevabad e vociferava para qualquer um disposto a ouvir que Ali era um mentiroso adúltero que fora enviado para corromper a todos com as maneiras da cidade.

— Ele não vai ficar feliz quando souber que você me pediu.

Aqisa riu com escárnio.

— Vai, sim. Isso lhe dará um novo motivo para reclamar.

— E as pessoas gostam de seus sermões — acrescentou rapidamente o muezim. — Você escolhe assuntos maravilhosos. — A voz dele se tornou ardilosa. — É bom para a fé deles.

O homem sabia fazer um apelo, Ali precisava admitir.

— Tudo bem — resmungou ele. — Eu farei.

O muezim apertou seu ombro.

— Obrigado.

— Mas você lida com Hazar quando ele souber disso — disse Ali a Aqisa, quase cambaleando pelo caminho. Tinham quase chegado à tenda dele. — Sabe o quanto ele odeia... — Ali parou de falar.

Duas mulheres estavam do lado de fora de sua tenda.

Ele xingou internamente.

— Irmãs! — cumprimentou, estampando um sorriso forçado. — Que a paz esteja com vocês.

— E com você a paz. — Foi Umm Qays quem falou primeiro, uma das magas de pedra da aldeia. Ela deu a Ali um sorriso largo e estranhamente malicioso. — Como está no dia de hoje?

Exausto.

— Bem, graças a Deus — respondeu Ali. — E vocês?

— Bem, estamos bem — falou rapidamente Bushara, filha de Umm Qay. Ela evitava os olhos de Ali; a vergonha era visível em suas bochechas coradas. — Apenas de passagem!

— Bobagem. — Umm Qays puxou a filha para perto e a jovem deu um gritinho assustado. — Minha Bushara acaba de fazer um delicioso kabsa... é uma cozinheira extraordinariamente talentosa, sabe, pode conjurar um banquete de ossos e um filete de temperos... Enfim, a primeira coisa em que pensou foi separar uma porção para nosso príncipe. — Ela sorriu para Ali. — É uma boa menina, ela.

Ali piscou, um pouco espantado com o entusiasmo de Umm Qay.

— Ah, tudo bem... obrigado — acrescentou ele, vendo Lubayd cobrir a boca, seus olhos brilhando com diversão. — Muito obrigado.

Umm Qays espiou dentro da tenda dele e fez um ruído de reprovação.

— Um lugar solitário, esse, Alizayd al Qahtani. Você é um grande homem. Deveria ter um lar adequado nos penhascos, alguém para quem voltar.

Que Deus tenha piedade, isso de novo, não. Ele gaguejou uma resposta.

— O-obrigado pela preocupação, mas, de verdade, estou muito satisfeito. Sozinho.

— Ah, mas você é um rapaz. — Umm Qays deu tapinhas no ombro de Ali, então um apertão em seu braço. Uma expressão de surpresa se estampou em seu rosto. — Ora, minha nossa... que Deus seja louvado por tal coisa — disse a mulher, com admiração. — Certamente tem *necessidades*, meu querido. É natural.

Calor tomou o rosto de Ali – ainda mais quando percebeu que Bushara erguera levemente o rosto. Um lampejo de avaliação nos olhos dela fez Ali sentir um vazio no estômago, não totalmente desagradável.

— Eu...

Piedosamente, Lubayd interrompeu.

— É muita consideração de sua parte, irmãs — disse ele, pegando o prato. — Vamos nos certificar que ele prove.

Aqisa assentiu, seus olhos dançando.

— O cheiro é delicioso.

Umm Qays pareceu reconhecer a derrota temporária e agitou um dedo no rosto de Ali.

— Um dia. — A mulher indicou o interior da tenda ao partir. — Aliás, um mensageiro veio com um pacote de sua irmã.

As mulheres mal haviam feito a curva quando Lubayd e Aqisa caíram na gargalhada.

— Parem — sibilou Ali. — Não é engraçado.

— É sim — replicou Aqisa, com os ombros trêmulos de rir. — Eu podia ver a cena dúzias de vezes.

Lubayd ofegava de rir.

— Devia ter visto o rosto dele na semana passada, quando Sadaf trouxe um cobertor porque achou que a cama dele "precisava ser aquecida".

— Chega — disse Ali, com as bochechas praticamente em chamas. Ele pegou o prato de comida. — Me dê isso.

Lubayd saiu do caminho.

— Ah, não, esta é minha recompensa por ter salvado você. — Ele ergueu o prato, fechando os olhos ao inspirar. — Talvez devesse se casar com ela. Posso invadir todos os seus jantares.

— Não vou me casar com ninguém — respondeu Ali, em tom afiado. — É perigoso demais.

Aqisa revirou os olhos.

— Que exagero. Faz um ano desde que salvei você de um assassino pela última vez.

— Um que se aproximou o bastante para fazer isto — argumentou Ali, virando o rosto para revelar a leve cicatriz esbranquiçada que percorria seu pescoço logo abaixo do emaranhado da barba.

Lubayd dispensou a objeção com um gesto.

— Ele fez isso e então o próprio clã o pegou, estripou e deixou seu corpo para o zahhak. — Lubayd olhou determinadamente para Ali. — Há muito poucos assassinos tolos o suficiente para vir atrás do homem responsável por metade do suprimento de água ao norte de Am Gezira. Você *deveria* começar a construir sua vida aqui. Suspeito que uma esposa melhoraria bastante seu temperamento.

— Ah, perceptivelmente — concordou Aqisa. Ela olhou para cima, trocando um sorriso conspiratório com Lubayd. — Uma pena que não há ninguém em Bir Nabat do gosto dele…

— Quer dizer alguém com olhos pretos e um talento para a cura? — provocou Lubayd, rindo quando Ali olhou com raiva para ele.

— Sabe que não há verdade nesses boatos idiotas — disse Ali. — A Banu Nahida e eu éramos apenas amigos, e ela é casada com meu irmão.

Lubayd deu de ombros.

— Acho os boatos idiotas interessantes. Pode culpar as pessoas por inventarem contos emocionantes sobre o que aconteceu com todos vocês? — A voz dele assumiu um tom dramático. — Uma linda e misteriosa Nahid trancafiada no palácio, um Afshin maligno determinado a acabar com ela, um príncipe irritadiço exilado para a terra de seus ancestrais...

O temperamento de Ali finalmente estourou quando ele levou a mão à aba da tenda.

— Não sou *irritadiço*. E é você quem anda inventando a maioria dos boatos!

Lubayd apenas riu de novo.

— Entre e veja o que sua irmã lhe mandou. — Ele olhou para Aqisa, erguendo o prato. — Almoço?

— Excelente plano.

Sacudindo a cabeça, Ali tirou as sandálias e entrou na tenda. Era pequena, mas aconchegante, com amplo espaço para o colchão que um dos primos de Lubayd piedosamente alongara para adequar à altura "ridícula" de Ali. Na verdade, tudo no quarto era um presente. Ele chegara a Bir Nabat só com as armas e o dishdasha manchado de sangue às costas, e seus pertences eram um registro dos anos que passara ali: a túnica sobressalente e as sandálias, as primeiras coisas que resgatou de uma caravana humana abandonada, o Corão que o sheik Jiyad lhe dera quando Ali começou a ensinar, as páginas e páginas de anotações e desenhos que fizera enquanto observava vários trabalhos de irrigação.

E algo novo: um tubo de cobre selado do tamanho de seu antebraço e da largura de um punho, deixado sobre seu colchão cuidadosamente dobrado. Uma ponta fora mergulhada em cera preta e havia uma assinatura familiar gravada no perímetro.

Com um sorriso, Ali pegou o tubo, retirou a cera e revelou a saliência afiada como uma lâmina que ela estava protegendo – um selo de sangue, que assegurava que ninguém além de um parente de sangue de Zaynab conseguiria abri-lo. Era o máximo que podiam fazer para proteger sua privacidade... não que isso importasse. O homem que mais provavelmente interceptaria a comunicação deles era o próprio pai, que poderia facilmente usar o próprio sangue para ler as mensagens. Provavelmente o fazia.

Ali pressionou o braço contra a borda. O pergaminho se transformou em cinzas assim que as lâminas tiraram sangue e Ali o virou, esvaziando o conteúdo no colchão.

Uma barra de ouro, um bracelete de cobre e uma carta com muitas páginas. Preso ao bracelete havia um bilhete com a letra elegante de Zaynab.

Para as dores de cabeça das quais você vive reclamando. Cuide bem disso, irmãozinho. O preço da Nahid foi praticamente um assalto.

Ali passou os dedos pelo bracelete, olhando para a barra de ouro e para a carta. *Que Deus a tenha, Zaynab.* Bir Nabat poderia estar se recuperando, mas ainda era um lugar difícil e aquele ouro ajudaria muito. Ele esperava que mandá-lo não tivesse colocado a irmã em perigo. Ali escrevera diversas vezes tentando avisá-la contra enviar suprimentos e Zaynab o ignorara, dispensando o conselho tão completamente quanto desafiava o decreto não oficial do pai para que Geziri algum o ajudasse. Zaynab era provavelmente a única que poderia sair impune com isso; Ghassan sempre tivera o coração mole em se tratando da filha.

Ele caiu no colchão, virando de barriga para baixo para ler a carta; a letra familiar de Zaynab e suas observações sarcásticas eram como um abraço aconchegante. Ali sentia uma saudade profunda da irmã; ele tinha sido jovem e arrogante demais para dar valor ao relacionamento deles até o momento, quando sua interação fora reduzida a uma carta ocasional. Ali jamais veria Zaynab de novo. Não se sentaria no canal em um dia ensolarado para compartilhar café e fofocas familiares, nem ficaria orgulhosamente ao lado dela quando Zaynab se casasse. Jamais conheceria os filhos dela, as sobrinhas e os sobrinhos que teria mimado e ensinado a lutar em outra vida.

Também sabia que poderia ser pior. Ali agradecia a Deus todos os dias por ter encontrado os djinns de Bir Nabat e não qualquer um das dúzias que haviam tentado matá-lo desde então. Mas a pontada de dor ao pensar na família jamais sumia de vez.

Então talvez devesse *começar a construir uma aqui.* Ali se deitou de costas, aproveitando o calor do sol que brilhava na tenda. Ao longe, podia ouvir crianças rindo e pássaros cantando. O interesse silencioso de Bushara percorreu sua mente e, sozinho na tenda, Ali não negaria a leve excitação que causava em seu corpo. Daevabad parecia estar a um mundo de distância e seu pai, satisfeito em esquecê-lo. Seria mesmo tão terrível se permitir estabelecer-se mais permanentemente ali, aproveitando tranquilamente o tipo de vida doméstica que jamais lhe seria permitido como o qaid de Muntadhir?

Pesar tomou conta de seu corpo. *Sim*, foi o que ele pareceu responder, destruindo as fantasias simples que percorriam sua mente. Na experiência de Ali, sonhar com um futuro melhor só levava à ruína.

3

NAHRI

Bem, uma coisa estava clara: os daevas mais velhos não compartilhavam do entusiasmo de Nahri pelo hospital Nahid.

Nisreen olhou boquiaberta para ela.

— Você fugiu dos guardas? *De novo*? Tem alguma ideia do que Ghassan fará se descobrir?

— Zaynab que me levou! — defendeu-se Nahri. Então, percebendo que talvez fosse um pouco ingrato culpar a cunhada por um passeio de que ela desfrutara, rapidamente acrescentou: — Ela disse que sai assim com frequência e nunca foi pega, mas prometeu que levaria a culpa se fôssemos.

Kartir parecia evidentemente alarmado. O grão-sacerdote costumava ser mais indulgente com os modos... pouco ortodoxos de Nahri, mas essa última desventura parecia ter abalado sua tranquilidade.

— Tem certeza de que pode confiar nela? — perguntou ele, com as sobrancelhas espessas enrugando-se de preocupação.

— Com isso, sim. — O relacionamento de Nahri com a cunhada era turbulento, mas ela reconhecia uma mulher ávida por um pouco de liberdade quando via uma. — Será que vocês dois podem parar de se preocupar com tudo? É animador! Podem imaginar? Um hospital Nahid?

Kartir e Nisreen trocaram um olhar. Foi rápido, mas não havia como negar que as bochechas do sacerdote coraram de culpa.

Nahri ficou imediatamente desconfiada.

— Está dizendo que já conheciam esse lugar? Por que não me contaram sobre o hospital?

Kartir suspirou.

— Porque o que aconteceu com aquele hospital não é nem agradável nem sábio de se discutir. Duvido que alguém além do rei e de poucos historiadores dedicados de Daevabad saibam.

Nahri franziu a testa diante das palavras vagas.

— Então como vocês sabem?

— Porque Banu Manizheh sabia de sua existência... e de seu destino — disse Nisreen baixinho. — Ela estava sempre debruçada sobre os velhos livros de sua família. E nos contou.

— Como assim, "seu destino"? — Quando nenhum dos dois respondeu, a impaciência de Nahri transbordou. — Pelo olho de Suleiman, por que tudo deve ser mantido em segredo aqui? Descobri mais de Razu em cinco minutos do que de vocês dois em cinco anos!

— Razu? Razu de Baga Rustam? — Alívio iluminou o rosto de Kartir. — Graças ao Criador. Temi o pior quando a taverna dela foi queimada.

Nahri sentiu uma pontada de pena pela aventureira bondosa que a recebera com tanto carinho.

— Eu sou a Banu Nahida. Devia saber que escravos ifrit estavam sendo caçados.

Nisreen e Kartir trocaram outro olhar.

— Achamos melhor não contar — disse Nisreen, por fim. — Você ainda estava em luto profundo por Dara e não quisemos sobrecarregá-la com o destino dos colegas dele.

Nahri se encolheu; não podia negar que tinha praticamente desabado nas semanas após a morte de Dara.

— Ainda assim não é uma decisão que deveriam tomar por mim. — Ela olhou para eles com seriedade. — Não posso ser Banu Nahida no Templo e na enfermaria, então ser tratada como uma criança quando se trata de questões políticas que vocês julgam inquietantes.

— Questões políticas que podem levar à sua morte — respondeu Nisreen. — Há mais tolerância para erros no Templo e na enfermaria

— E o hospital? — insistiu Nahri. — Que motivo político poderia haver para me manter às cegas sobre *ele*?

Kartir olhou para as mãos.

— Não é por causa de sua existência, Banu Nahida, mas pelo que aconteceu com ele durante a guerra.

Quando ele caiu em silêncio outra vez, Nahri teve uma ideia.

— Se não puderem me oferecer uma explicação melhor, vou ser obrigada a voltar para lá. Um dos djinns libertos era um historiador e tenho certeza de que sabe o que aconteceu.

— De jeito nenhum — cortou Nisreen bruscamente, mas então suspirou, parecendo resignada. — O hospital foi um dos primeiros lugares a cair quando Zaydi al Qahtani tomou a cidade, Banu Nahida. Os Nahid lá dentro nem tiveram a chance de fugir de volta para o palácio. Os shafits se revoltaram assim que o exército de Zaydi penetrou as muralhas da cidade. Eles invadiram o hospital e assassinaram cada Nahid lá dentro. *Cada um*, Banu Nahri. Desde farmacêuticos idosos até aprendizes mal saídos da infância.

Kartir falou com a voz sombria enquanto o sangue deixava o rosto de Nahri.

— Supostamente, foi um ataque brutal. Os Geziri tinham as zulfiqars, claro, mas os shafits lutaram com fogo Rumi.

— Fogo Rumi? — perguntou Nahri. Parecia um pouco familiar.

— É uma invenção humana — explicou Nisreen. — Uma substância que gruda como alcatrão e queima até mesmo a pele daeva. "Fogo para os adoradores do fogo", dizem que os shafits gritavam. — Ela abaixou o olhar, parecendo enjoada. — Alguns ainda usam. É como os ladrões djinns que assassinaram meus pais incendiaram o templo de nossa família.

Culpa percorreu Nahri, densa e veloz.

— Ah, Nisreen, sinto muito. Eu não fazia ideia.

— Não foi culpa sua — respondeu Nisreen. — Na verdade, suspeito que o que aconteceu com os Nahid no hospital tenha sido muito pior. Não li os relatos que Banu Manizheh leu, mas ela mal falou durante semanas depois de encontrá-los.

— Havia alguns indícios de que foi um ato de vingança — acrescentou Kartir, cautelosamente. — A violência... pareceu proposital.

Nisreen riu com deboche.

— Os djinns não precisam de um motivo para serem violentos. É da natureza deles.

O sacerdote sacudiu a cabeça.

— Não vamos fingir que nossa tribo não tem sangue nas mãos, senhora Nisreen. Não é essa a lição que eu passaria para uma jovem Nahid. — Uma sombra percorreu o rosto dele. — Banu Manizheh costumava falar assim. Não era bom para a alma dela.

Os olhos de Nisreen se semicerraram.

— E tinha motivos para falar assim, você sabe.

Uma batida soou à porta e Nisreen imediatamente se calou. Podiam estar no Templo, mas ainda era preciso ter cuidado ao se falar mal dos al Qahtani em Daevabad.

Mas o homem que colocou a cabeça para dentro era tudo, menos um espião.

— Banu Nahida? — Jamshid uniu os dedos em sinal de respeito. — Sinto interromper, mas o palácio mandou uma liteira para você.

Nahri fez uma careta.

— Ah é, que o Criador me livre de passar mais um momento não autorizado em meu próprio templo. — Ela ficou de pé, olhando para Nisreen. — Você vem?

Nisreen sacudiu a cabeça.

— Tenho coisas para terminar aqui. — Ela deu a Nahri um olhar sério. — Por favor, resista à ânsia de fazer mais um passeio escondido, estou implorando.

Nahri revirou os olhos.

— Aposto que minha mãe teria sido menos controladora que você.

Nisreen tocou o pulso dela quando Nahri passou, um ato tecnicamente proibido no Templo. Seu olhar era carinhoso.

— Mas ela *não* está aqui, criança, e cabe a nós proteger você.

A preocupação sincera em seu rosto suavizou parte da irritação de Nahri. Apesar de todas as discussões, Nisreen era a coisa mais próxima que Nahri tinha de uma família em Daevabad, e sabia que sua mentora era muito afeiçoada a ela.

— Tudo bem — resmungou, unindo as mãos em uma benção. — Que o fogo queime intensamente por vocês dois.

— E por você, Banu Nahida.

— Passeio clandestino? — perguntou Jamshid depois que a porta se fechou. — Você parece que acaba de ouvir um sermão.

— Mais uma lição terrível sobre a história de Daevabad. — Nahri fez uma careta. — Apenas uma vez eu gostaria de aprender sobre um evento em que nossos ancestrais só conjuraram arco-íris e dançaram nas ruas juntos.

— É um pouco mais difícil se ressentir dos tempos bons.

Nahri torceu o nariz.

— Suponho que seja verdade. — Ela afastou os pensamentos sobre o hospital, virando-se para ele. À luz fraca do corredor, as sombras sob os olhos de Jamshid eram evidentes e as linhas das maçãs do rosto e do nariz se destacavam. Cinco anos depois que o ataque de Dara quase o matara, Jamshid ainda se recuperava, a uma velocidade terrivelmente lenta que ninguém entendia. Ele era uma sombra do arqueiro saudável que Nahri vira pela primeira vez atirando flechas do dorso de um elefante em disparada. — Como está se sentindo?

— Como se você me fizesse essa pergunta todo dia e a resposta fosse sempre a mesma?

— Sou sua Banu Nahida — disse ela, quando os dois saíram no salão principal de orações do Templo. Era um espaço amplo, projetado para acomodar milhares de adoradores, com fileiras de colunas decoradas que sustentavam o teto e altares distantes, dedicados às figuras mais célebres da longa história da tribo deles, ladeando as paredes. — É meu dever.

— Estou bem — assegurou ele, parando para olhar para o templo lotado. — Está cheio aqui hoje.

Nahri seguiu seu olhar. O templo estava mesmo lotado, e parecia que muitos eram viajantes: ascetas usando túnicas desgastadas e famílias peregrinas de olhos arregalados empurrando-se para conseguir espaço entre os habituais cosmopolitas daevabadis.

— Seu pai não estava brincando quando disse que as pessoas começariam a chegar meses antes do Navasatem.

Jamshid assentiu.

— É nosso feriado mais importante. Mais um século de liberdade da prisão de Suleiman... um mês celebrando a vida e honrando nossos ancestrais.

— É uma desculpa para fazer compras e beber.

— É uma desculpa para fazer compras e beber — concordou Jamshid. — Mas supostamente é um espetáculo extraordinário. Competições e festas de todo tipo, mercadores trazendo as mais novas e incríveis mercadorias do mundo todo. Desfiles, fogos de artifício...

Nahri resmungou.

— A enfermaria vai ficar atribulada. — Os djinns levavam suas festas a sério e os riscos de exagerar bem menos. — Acha que seu pai voltará até lá? — Kaveh tinha partido recentemente para visitar o antigo estado Pramukh em Zariaspa, reclamando de uma disputa sindical entre seus plantadores de ervas e uma praga especialmente perniciosa de sapos famintos que atacava suas hortelãs.

— Ah, com certeza — respondeu Jamshid. — Ele vai voltar para ajudar o rei com os preparativos finais.

Eles continuaram, passando pelo imenso altar de fogo. Era lindo e Nahri sempre parava para admirá-lo por um momento, mesmo quando não estava conduzindo cereminônias. Central para a fé daeva, o altar consistia em uma bacia de água purificada com uma estrutura semelhante a um braseiro erguendo-se no meio. Dentro queimava uma fogueira de cedro, extinguida apenas quando morria um devoto. As cinzas eram cuidadosamente limpas ao alvorecer de cada dia, marcando o retorno do sol, e as lâmpadas de óleo de vidro que boiavam na bacia eram acesas novamente para manter a água constantemente borbulhando.

Uma longa fila de adoradores esperava para receber as bênçãos do sacerdote. Nahri viu uma menininha usando um vestido de feltro amarelo, inquieta ao lado do pai. Ela piscou um olho e a menina sorriu, puxando a mão do pai e apontando, animada.

Ao seu lado, Jamshid tropeçou. Cambaleando, ele soltou um chiado de dor, mas afastou Nahri com um gesto quando ela rapidamente foi pegar seu braço.

— Eu consigo — insistiu ele, batendo a bengala no chão. — Espero ter superado *isto* quando começar o Navasatem.

— Um objetivo admirável — disse Nahri gentilmente, sentindo uma pontada de preocupação ao notar a expressão determinada dele. — Mas cuidado para não se esgotar. Seu corpo precisa de tempo para se curar.

Jamshid fez uma careta.

— Acho que ser amaldiçoado tem suas desvantagens.

Ela imediatamente parou, virando-se para ele.

— Você não está amaldiçoado.

— Tem uma explicação melhor para meu corpo reagir tão mal à cura Nahid?

Não. Nahri mordeu o lábio. As habilidades dela tinham avançado muito, mas sua incapacidade de curar Jamshid corroía sua confiança.

— Jamshid... ainda sou nova nisso, e Nisreen não é Nahid. É muito mais provável que haja um motivo mágico ou médico para sua recuperação estar demorando tanto. Culpe *a mim* — acrescentou ela. — Não a si mesmo.

— Eu não ousaria. — Eles estavam chegando aos altares que ladeavam a parede do templo. — Embora, já que estamos falando disso... eu gostaria de fazer outra sessão em breve, se possível.

— Tem certeza? A última vez que tentamos... — Nahri parou, tentando encontrar uma forma diplomática de apontar que, da última vez que ela tentara curá-lo, Jamshid mal durara cinco minutos antes de gritar de dor e arranhar a própria pele.

— Eu sei. — Ele evitou o olhar dela, como se estivesse lutando para afastar tanto a esperança como o desespero do rosto; ao contrário de muitos em Daevabad, Jamshid jamais parecera a Nahri ser um bom mentiroso. — Mas eu gostaria de tentar. — Ele baixou a voz. — O emir... o pai dele o obrigou a designar outro capitão para sua guarda pessoal.

— Ah, Jamshid, é apenas um cargo — respondeu Nahri. — Você sabe que é o amigo mais próximo de Muntadhir independentemente disso. Ele não para de elogiar você.

Jamshid sacudiu a cabeça, teimoso.

— Eu deveria protegê-lo.

— Você quase morreu protegendo Muntadhir.

Eles viram o altar de Dara naquele momento inoportuno e Nahri sentiu Jamshid ficar tenso. O altar era um dos mais populares: rosas adornavam a estátua de bronze de um guerreiro daeva montado a cavalo, orgulhosamente erguendo-se nos estribos para mirar uma flecha contra seus perseguidores, e oferendas enchiam o chão em torno da base. Nenhuma arma era permitida no templo, então pequenas lembranças de cerâmica retratando uma variedade de armas cerimoniais, em sua maioria flechas, tinham sido trazidas.

Um enorme arco de prata estava pendurado na parede atrás da estátua. Quando Nahri olhou para ele, um nó cresceu em sua garganta. Ela passara muito tempo olhando para aquele arco, embora nunca na companhia de um homem – um amigo – que sabia ter todo direito de odiar o Afshin que o empunhara.

Mas Jamshid não estava olhando para o arco. Ele estava semicerrando os olhos para o pé da estátua.

— Aquilo é um *crocodilo*? — perguntou ele, apontando para um pequeno esqueleto queimado.

Nahri contraiu os lábios.

— Parece. Alizayd, o assassino do Afshin. — Ela disse o título baixinho, odiando cada aspecto dele.

Jamshid pareceu enojado.

— Isso é obsceno. Não sou fã de Alizayd, mas o mesmo preconceito que chama os Ayaanle de crocodilos nos chama de adoradores do fogo.

— Nem todos têm sua tolerância — respondeu ela. — Já vi esqueletos aqui antes. Suponho que algumas pessoas pensem que Dara gostaria de ver seu assassino queimado diante dele.

— E provavelmente gostaria mesmo — disse Jamshid, sombriamente. Ele olhou para Nahri e sua expressão se alterou. — Você faz muito isso? Vem aqui, quero dizer?

Nahri hesitou. Cinco anos depois de sua morte, Dara ainda era uma ferida aberta para ela, um emaranhado emocional confuso que ficava mais denso conforme ela tentava desvelá-lo. Suas lembranças do guerreiro belo e resmungão de quem passara a gostar durante a jornada para Daevabad lutavam com o conhecimento de que ele era também um criminoso de guerra, cujas mãos estavam encharcadas com o sangue dos inocentes de Qui-zi. Dara abrira caminho até seu coração de um jeito que Nahri não percebera até ser tarde demais – então o estilhaçou, tão desesperado para salvá-la apesar dos desejos da própria Nahri que estivera disposto a mergulhar o mundo deles em guerra.

— Não — respondeu ela, por fim, contendo o tremor na voz. Ao contrário de Jamshid, Nahri era boa em esconder seus sentimentos. — Não gosto de vir aqui. Este não é um altar para o Dara que eu conheci.

O olhar de Jamshid desviou do altar para ela.

— O que quer dizer?

Nahri observou a estátua do guerreiro em ação.

— Ele não era um lendário Afshin para mim. Não originalmente. Qui-zi, a guerra, a rebelião... ele não me contou sobre nada disso. — Ela parou. Fora ali no Templo que ela e Dara tinham chegado mais perto de falar em voz alta sobre o que surgira entre eles; uma discussão que os afastara e mostrara a Nahri o primeiro lampejo sincero sobre quanto a guerra roubara de Dara – e quanto a perda o distorcera. — Acho que ele não queria que eu conhecesse aquele homem. No fim... — A voz dela se suavizou. — Acho que ele não queria ser aquele homem. — Ela corou. — Desculpe, eu não deveria incomodar logo você com isso.

— Pode me incomodar — disse Jamshid, baixinho. — É difícil ver o modo como esta cidade destrói aqueles que amamos. — Ele mordeu o lábio e virou o rosto, apoiando-se na bengala. — É melhor voltarmos.

Perdida nos pensamentos, Nahri não disse nada conforme seguiam para fora do Templo e pelo pátio bem cuidado até o palanquim que os aguardava. O sol se apagou além das montanhas distantes, sumindo no horizonte verde; dentro do templo, um tambor começou a bater. Pela cidade, o chamado djinn para a oração respondeu em ondas. Ao celebrar a partida do sol, os fiéis djinns e daevas se uniam brevemente.

Dentro do palanquim, ela relaxou nas almofadas, o balançar a embalando no sono enquanto percorriam o Quarteirão Daeva.

— Cansada? — brincou Jamshid.

Nahri bocejou.

— Sempre. E tive um caso que foi até tarde ontem à noite. Uma tecelã agnivanshi que inalou os vapores que usa para fazer os tapetes voarem. — Nahri esfregou as têmporas. — Os dias jamais são entediantes.

Jamshid sacudiu a cabeça, parecendo divertido.

— Posso ajudar quando voltarmos.

— Eu gostaria disso. Posso pedir que a cozinha nos mande o jantar.

Ele resmungou.

— Não sendo sua comida humana estranha...

— Gosto de minha comida humana estranha — defendeu-se Nahri. Um dos cozinheiros do palácio era um senhor do Egito, um shafit com um talento para adivinhar quando ela precisava dos pratos reconfortantes de seu antigo lar. — De toda forma...

Fora do palanquim, o grito de uma mulher cortou o ar.

— Não, soltem-no, estou implorando. *Por favor!* Não fizemos nada errado!

Nahri se endireitou imediatamente. O palanquim parou de súbito e ela abriu a cortina de brocado. Ainda estavam no Quarteirão Daeva, em uma rua tranquila que passava por algumas das casas mais antigas e luxuosas da cidade. Diante da maior delas, uma dúzia de membros da Guarda Real estava saqueando uma pilha de mobília. Dois homens daeva e um menino que ainda devia ser adolescente estavam de joelhos na rua, amarrados e amordaçados.

Uma mulher daeva mais velha suplicava aos soldados.

— Meu marido já confessou. Mas nosso filho não estava envolvido. Ele é apenas um menino!

Outro soldado saiu pelas portas da casa, que pendiam das dobradiças. Ele gritou animado em geziriyya, então atirou um baú de madeira entalhada na rua de paralelepípedo com força o suficiente para abri-lo. Moedas e joias brutas caíram de dentro, brilhando no chão úmido.

Nahri saltou da liteira sem pensar duas vezes.

— Que diabo está acontecendo aqui? — indagou ela.

— Banu Nahida! — Alívio iluminou os olhos cheios de lágrimas da mulher. — Eles acusaram meu marido e o irmão dele de traição, e agora estão tentando levar nosso filho! — Ela conteve um soluço, passando a falar divasti. — É mentira! Eles só fizeram uma reunião para discutir o novo imposto sobre terras nas propriedades daevas. O rei ouviu e agora os está punindo por dizer a verdade!

Ódio percorreu Nahri, quente e perigoso.

— Onde estão suas ordens? — indagou ela, virando-se para os soldados. — Não consigo imaginar que têm permissão para saquear esta casa.

Os oficiais não pareceram impressionados.

— Regras novas — respondeu um, bruscamente. — A Guarda agora leva um quinto do que for confiscado de infiéis. Esses são vocês, daevas. — A expressão dele se fechou. — Estranho como todos nesta cidade estão sofrendo, menos os adoradores do fogo.

A mulher daeva caiu de joelhos diante de Nahri.

— Banu Nahida, por favor! Eu já disse que podem levar o dinheiro e as joias que quiserem. Não deixe que levem minha família! Jamais os verei de novo se forem para aquela masmorra.

Jamshid parou ao lado da mulher.

— Não é possível que isso seja permitido — disse ele aos soldados, com a voz firme. — Mande um de seus homens para o emir. Não quero que toquem mais um dedo nessas pessoas até que ele esteja aqui.

Um dos djinns gargalhou.

— Recebo minhas ordens do rei. Não do emir e muito menos de um Afshin falso. — Crueldade cobriu sua voz quando ele apontou para a bengala de Jamshid. — Seu novo arco não é tão intimidador quanto o antigo, Pramukh.

Jamshid recuou como se tivesse levado um tapa e Nahri avançou, enfurecida.

— Como ousa falar de modo tão desrespeitoso? Ele é o filho do grão-vizir!

Em um piscar de olhos, o soldado sacou a zulfiqar.

— O pai dele não está aqui, nem seu maldito Flagelo. — Ele deu um olhar frio para Nahri. — Não me teste, Nahid. O rei deixou claras suas ordens e acredite em mim quando digo que tenho pouca paciência para a adoradora do fogo que lançou seu Afshin contra meus iguais. — Ele ergueu a zulfiqar, aproximando-a perigosamente do peito de Jamshid. — Então, a não ser que queiram que eu comece a *executar* daevas, sugiro que voltem para seu palanquim.

Nahri congelou diante da ameaça – e da implicação que acompanhava sua hostilidade aberta. Ghassan controlava Daevabad com um punho de ferro: se os soldados dele se sentiam confortáveis intimidando dois dos daevas mais poderosos na cidade, era porque não tinham medo de ser punidos.

Jamshid recuou primeiro, estendendo a mão para Nahri. A dele estava gelada.

— Vamos — disse ele, baixinho, em divasti. — Vou levar isso a Muntadhir imediatamente.

Enojada, Nahri mal conseguiu olhar para a mulher. Ela jamais se sentiu tão inútil.

— Sinto muito — sussurrou ela, amaldiçoando sua incapacidade de fazer mais. — Vamos falar com o emir, eu prometo.

A mulher estava chorando.

— Por que se incomodar? — perguntou ela, com desespero. — Se não pode proteger a si mesma, como vai proteger o resto de nós?

4

DARA

Na quietude profunda de uma noite nevada, Dara avançava por uma floresta escura.

Ele andava em silêncio absoluto, movendo-se sorrateiramente ao lado dos cinco jovens daevas que copiavam cada movimento seu. Tinham amarrado tecido nas botas para abafar os passos e sujado os casacos de lã com cinzas e terra para imitar as cores das árvores esqueléticas e do solo rochoso. Havia modos mágicos – melhores – para se esconder, mas o que fariam naquela noite era tanto um teste quanto uma missão, e Dara queria desafiar seus jovens recrutas.

Ele parou na árvore seguinte, erguendo a mão para sinalizar aos homens que fizessem o mesmo. Então semicerrou os olhos e estudou os alvos deles, seu hálito condensando-se contra o tecido que cobria a parte inferior do rosto.

Dois batedores geziri da Guarda Real, exatamente como diziam os boatos. As fofocas naquela parte desolada do norte de Daevastana estavam fervilhando com notícias deles. Tinham aparentemente sido enviados para vigiar a fronteira norte; as fontes dele disseram que era normal, uma visita rotineira concluída a cada meio século para importunar os habitantes a respeito de impostos e lembrá-los do alcance do rei Ghassan. Mas Dara ficara desconfiado com o momento escolhido e, portanto, silenciosamente aliviado quando Banu Manizheh ordenou que ele os levasse até ela.

— Não seria mais fácil matá-los? — fora sua única objeção. Ao contrário dos boatos que o cercavam, ele não gostava de matar. Odiava. Mas também não gostava da ideia de dois Geziri descobrindo a existência dele e de Manizheh. — Esta é uma terra perigosa. Posso fazer parecer que foram atacados por animais.

Manizheh sacudira a cabeça.

— Preciso deles vivos. — A expressão dela ficou séria; sua Banu Nahida talvez tivesse passado a conhecê-lo um pouco melhor durante os poucos anos que a servira. — *Vivos*, Darayavahoush. Isso não é negociável.

Por isso estavam ali agora. Tinham levado duas semanas para encontrar os batedores e dois dias para silenciosamente tirá-los do rumo, mudando as pedras limiares em ondas para afastar os Geziri da trilha estabelecida até a aldeia de Sudgan e mandá-los para o interior da espessa floresta que cercava as montanhas próximas.

Os batedores tinham um aspecto terrível, envoltos em peles e cobertores de feltro e amontoados sob uma lona erguida às pressas. Sua fogueira era fraca, lentamente perdendo a batalha contra a neve constante. O mais velho fumava um cachimbo e o cheiro doce de khat incandescente perfumava o ar.

Mas não eram cachimbos que preocupavam Dara, nem as adagas khanjar enfiadas nos cintos deles. Depois de um momento observando o acampamento, ele viu as zulfiqars que estava procurando em um leito de pedras elevadas logo atrás dos batedores. Os estojos de couro tinham sido envolvidos em uma camada de feltro para proteger as lâminas da neve, mas Dara conseguia ver um cabo despontando.

Ele xingou baixinho. Zulfiqaris habilidosos eram valorizados, e Dara estava esperançoso de que o rei não tivesse se incomodado em enviar guerreiros tão valiosos no que deveria ser uma missão relativamente tediosa e simples. Inventada durante a guerra contra o Conselho Nahid – ou roubada de anjos que vigiavam o Paraíso, como diziam as histórias mais fantasiosas –, a zulfiqar a princípio parecia ser uma cimitarra normal; sua construção de cobre e sua ponta bifurcada eram um pouco incomuns, mas fora isso ela não tinha nada de especial.

Mas Geziri bem treinados – e apenas Geziri – podiam aprender a conjurar chamas envenenadas da ponta mortal da zulfiqar. Um único corte significava a morte; não havia cura dos ferimentos, nem mesmo pelas mãos de um Nahid. Era a arma que tinha virado a guerra e acabado com o reinado do amado e abençoado Conselho Nahid de Dara, matando um número desconhecido de daevas no processo.

Dara olhou para o soldado mais próximo – Mardoniye, um dos mais jovens do grupo. Ele tinha sido membro da Brigada Daeva, o pequeno contingente de soldados daeva que um dia tiveram permissão de servir na Guarda Real. Tinham sido expulsos da Cidadela depois da morte de Dara no barco, dispensados dos quartéis pelos oficiais djinns que consideravam seus colegas e enviados para o Grande Bazar com apenas as roupas do corpo. Ali, tinham sido recebidos por uma multidão shafit enfurecida. Desarmados e em menor número, tinham sido brutalmente agredidos; muitos, mortos. O próprio Mardoniye ainda levava queimaduras de fogo Rumi no rosto e nos braços, resquícios do ataque.

Dara engoliu em seco para afastar a preocupação que crescia no peito. Deixara claro para os homens que não os ajudaria a capturar os Geziri. Considerava aquela uma oportunidade rara para testar seu treinamento. Mas combater zulfiqaris não era o mesmo que combater outros soldados.

No entanto... eles precisavam aprender. Enfrentariam zulfiqaris um dia, com a vontade do Criador. Combateriam os mais destemidos de Daevabad em uma batalha que precisaria ser vencida decisivamente.

Isso levou mais calor incandescente para as mãos de Dara. Com um tremor, ele combateu aquele poder novo, cru, que ainda não dominava por completo. Ele fervilhava sob sua pele, o fogo ansiando para escapar. Dara tinha mais dificuldades quando estava emotivo... e a ideia dos jovens daevas dos quais fora mentor durante anos sendo cortados pela lâmina de uma mosca da areia certamente mexia com suas emoções.

Você passou a vida treinando guerreiros. Sabe que precisam disso. Dara afastou suas dúvidas. Cinco guerreiros daeva deveriam ser capazes de capturar dois Geziri trêmulos de frio, com ou sem zulfiqar.

Ele soltou um pio baixo, a aproximação de uma coruja. Um dos djinns olhou para cima, mas apenas brevemente. Seus homens se dispersaram, os olhos pretos se voltando para Dara conforme se moviam. Dara observou os arqueiros prepararem e mirarem suas flechas.

Dara estalou a língua, seu último sinal.

As flechas embebidas em piche inflamaram-se com chamas conjuradas. Os djinns tiveram menos de um segundo para vê-las antes que disparassem, atingindo a lona. Em segundos, a coisa toda estava em chamas. O Geziri maior – um homem mais velho com uma barba grisalha – se virou para pegar as zulfiqars.

Mardoniye já estava ali. Ele chutou as lâminas para longe e então se atirou sobre o Geziri. Eles saíram rolando na neve, engalfinhados.

— Abu Sayf! — O batedor mais jovem avançou em direção ao companheiro, uma ação estúpida que deixou suas costas expostas quando o restante dos homens de Dara surgiu. Eles atiraram uma rede com lastros sobre ele, puxando-o de volta e prendendo seus braços. Em segundos, sua khanjar fora arrancada e algemas de ferro – capazes de sufocar a magia – foram presas em seus pulsos.

Mardoniye ainda estava lutando. O homem geziri – Abu Sayf – o golpeou com força no rosto e avançou pela neve para pegar a zulfiqar. A arma se incendiou e ele se virou de volta para Mardoniye.

Dara tirou o arco do ombro e preparou uma flecha antes mesmo de perceber o que estava fazendo. *Deixe-o lutar!* exigiu o Afshin dentro de si. Quase conseguia ouvir a voz do pai, dos tios, a própria. Não havia lugar para piedade no calor da batalha.

Mas, pelo Criador, não tinha forças para ver mais um daeva morrer pela lâmina envenenada de uma mosca da areia. Dara puxou o arco para trás, com o indicador na pena da flecha, a corda roçando como um sussurro em sua bochecha.

Mardoniye se atirou nos joelhos do Geziri com um urro, derrubando-o na neve. Outro dos arqueiros de Dara avançou correndo, golpeando o arco contra a mão do Geziri como se fosse um bastão. Abu Sayf soltou a zulfiqar e as chamas sumiram antes que a arma atingisse o chão. O arqueiro atingiu o djinn com força no rosto com o arco e o homem caiu.

Estava acabado.

Os dois djinns estavam completamente presos quando Dara extinguiu a fogueira deles com os pés. Ele rapidamente checou o que estava inconsciente, buscando a pulsação.

— Ele está vivo — confirmou, silenciosamente aliviado. Então assentiu para o pequeno acampamento. — Verifiquem os suprimentos deles. Queimem os documentos que encontrarem.

O djinn consciente ficou indignado, debatendo-se contra as amarras.

— Não sei o que vocês adoradores do fogo acham que estão fazendo, mas somos da Guarda Real. Isso é traição!

Quando o comandante de minha tropa souber que interferiram com nossa missão, mandará executar vocês!

Mardoniye chutou uma sacola grande e a sacola tilintou.

— Todas as moedas que eles andam roubando de nosso povo, suponho.

— Impostos — interrompeu o Geziri grosseiramente. — Sei que são todos quase bestiais aqui, mas certamente têm algum conceito básico de governança.

Mardoniye riu com deboche.

— Nosso povo estava governando impérios enquanto o seu estava revirando lixo humano, mosca da areia.

— Basta. — Dara olhou para Mardoniye. — Deixe as moedas. Deixe tudo menos as armas e recuem. Levem-nos a pelo menos vinte passos daqui.

O soldado geziri lutou, tentando se desvencilhar conforme o forçavam a levantar. Dara começou a desenrolar o lenço de cabeça; não queria que queimasse quando ele se transformasse. O tecido prendeu brevemente no anel de escravo que ele ainda usava, um lembrete de quem era e de tudo que perdera.

— Você vai ser enforcado por isso! — repetiu o djinn. — Seu adorador do fogo imundo, incestuoso...

Dara ergueu a mão quando os olhos de Mardoniye brilharam de novo. Ele sabia muito bem como as tensões podiam acumular-se entre seus povos. Ele pegou o djinn pelo pescoço.

— É uma longa caminhada de volta ao nosso acampamento — disse ele, inexpressivo. — Se não conseguir ser *educado*, vou tirar sua capacidade de falar.

Os olhos do djinn se voltaram para o rosto agora descoberto de Dara, parando na bochecha esquerda dele. Foi o suficiente para a cor deixar seu rosto.

— Não — sussurrou o djinn. — Você está morto. Você está morto!

— Eu estava — concordou Dara, friamente. — Agora não estou. — Ele não conseguiu afastar a amargura da voz.

Irritado, empurrou o geziri de volta para os seus homens. — Seu acampamento está prestes a ser atacado por um rukh. Melhor sair do caminho.

O djinn arquejou, olhando para o céu.

— Está prestes a ser *o quê?*

Dara já dera as costas a ele. Esperou até ouvir os ruídos de seus homens se afastarem. A distância não era apenas para a proteção deles.

Dara não gostava que o vissem se transformar.

Ele tirou o casaco, deixando-o de lado. Calor subiu em ondas nebulosas de seus braços tatuados; a neve derreteu no ar em torno dele logo antes de os flocos roçarem sua pele. Ele fechou os olhos, respirando fundo. Odiava essa parte.

Fogo irrompeu de sua pele, uma luz intensa que desceu por seus braços e lavou o marrom normal. Seu corpo todo tremeu violentamente e Dara caiu de joelhos, braços e pernas convulsionando. Ele levara dois anos para aprender como transformar-se de sua forma original – aquela de um típico homem de sua tribo, apesar dos olhos esmeralda – para a de um verdadeiro daeva, como Manizheh insistia em chamá-lo, a forma que seu povo assumira antes que Suleiman os transformasse. A forma que os ifrits ainda tinham.

Sua visão se aguçou e ele sentiu o gosto de sangue na boca quando seus dentes se alongaram em presas. Sempre se esquecia de se preparar para essa parte.

Dara trincou os dentes recém-afiados e arranhou o chão gélido com as garras quando o poder puro e instável se assentava – algo que só acontecia naquela forma, uma paz que ele só conseguia obter ao se transformar em algo que odiava. Ele exalou, soltando brasas acesas da boca, então se esticou.

Quando ergueu as mãos, fumaça ondulou em torno delas e, com um corte rápido das garras sobre os pulsos, um lampejo de sangue dourado escorreu e se uniu à fumaça, aumentando e contorcendo-se no ar conforme ele a moldava. Asas e garras, um bico e olhos reluzentes. Dara respirava com dificuldade conforme a magia o drenava.

— Ajanadivak — sussurrou ele, o comando ainda estranho na boca. O idioma original dos daevas, uma língua da qual apenas um punhado de ifrits ainda se lembrava. Eram os "aliados" de Manizheh, obrigados a ensinar a um Afshin relutante a antiga magia daeva que Suleiman lhes arrancara.

Fogo surgiu do rukh e o animal soltou um urro. Ele se ergueu no ar, ainda sob o comando de Dara, e destruiu o acampamento em questão de minutos. Dara tomou o cuidado de deixar o animal chocar-se contra o dossel das árvores e raspar as garras nos troncos. Para qualquer um que tivesse a infelicidade de passar por aquele lugar – qualquer membro da Guarda Real buscando os dois colegas perdidos, embora Dara duvidasse que chegassem até ali – pareceria que os batedores tinham sido devorados e a fortuna em impostos deixada intacta.

Ele libertou o rukh e o animal se desintegrou, soltando uma chuva de cinzas enquanto sua forma nebulosa se dissipava. Com um rompante final de magia, Dara se transformou de novo, contendo um arquejo. Sempre doía, como se estivesse enfiando o corpo em uma jaula apertada e cheia de espinhos.

Mardoniye estava ao lado dele nesses momentos, sempre leal.

— Seu casaco, Afshin — disse ele, oferecendo a vestimenta.

Dara aceitou, agradecido.

— Obrigado — disse ele, batendo os dentes.

O homem mais jovem hesitou.

— Você está bem? Se precisar de ajuda...

— Estou — insistiu Dara. Era mentira; ele já conseguia sentir o breu escuro revirando-se em seu estômago, um efeito colateral de retornar ao corpo mortal enquanto sua nova magia ainda percorria as veias. Mas se recusava a demonstrar tal fraqueza diante dos homens; não arriscaria que chegasse a Manizheh. Pela Banu Nahida, Dara ficaria para sempre na forma que odiava. — Vão. Seguirei em breve.

Ele esperou, observando até que estivessem fora de vista. Então caiu de joelhos de novo, com o estômago enjoado e braços e pernas trêmulos conforme a neve caía silenciosamente ao seu redor.

A visão do acampamento deles jamais deixava de tranquilizar a mente de Dara, as nuvens familiares de fumaça prometendo uma refeição quente e as tendas de feltro cinza que se misturavam ao horizonte prometendo uma cama aquecida. Esses eram luxos estimados por qualquer guerreiro que tivesse acabado de passar três dias esforçando-se para não arrancar a língua da boca de um djinn especialmente irritante. Os daevas estavam absortos no trabalho, cozinhando, treinando, limpando e fazendo armas. Havia cerca de oitenta deles, almas perdidas que Manizheh encontrara em seus anos de perambulação: os únicos sobreviventes de ataques de zahhak e filhos indesejados, exilados que ela resgatara da morte e os resquícios da Brigada Daeva. Eles juraram lealdade a ela, oferecendo lealdade com um juramento que faria suas línguas e mãos apodrecerem caso tentassem quebrá-lo.

Dara transformara cerca de quarenta deles em guerreiros, incluindo um punhado de jovens mulheres. A princípio tentara recusar treiná-las, achando pouco ortodoxo e inadequado. Então Banu Manizheh ressaltou bruscamente que, se ele podia lutar *por* uma mulher, poderia lutar ao lado de uma, e Dara precisou admitir que ela estava certa. Uma das mulheres, Irtemiz, era de longe sua arqueira mais talentosa.

Mas seu bom humor sumiu assim que viu o pequeno cercado deles. Havia três novos cavalos ali: uma égua dourada e dois machos castrados, cujas selas luxuosamente adornadas estavam penduradas na cerca.

O coração dele se apertou. Ele reconhecia aquela égua.

Kaveh e-Pramukh tinha chegado cedo.

Um arquejo atrás dele chamou sua atenção.

— Este é seu acampamento? — Era Abu Sayf, o zulfiqari que quase matara Mardoniye, mas que estranhamente se mostrara muito menos enlouquecedor no caminho de volta do que seu colega de tribo mais jovem. Ele fez a pergunta em divasti fluente; contara a Dara que era casado com uma daeva havia décadas. Seus olhos cinza observaram a fileira organizada de tendas e carruagens. — Vocês mudam de lugar — reparou ele. — Sim, suponho que faça sentido. Mais fácil permanecer escondidos assim.

Dara o encarou.

— Seria melhor se guardasse essas observações para si mesmo.

A expressão de Abu Sayf se fechou.

— O que planeja fazer conosco?

Eu não sei. Também não era algo em que Dara podia pensar – não quando a visão do cavalo de Kaveh o estava deixando nauseado.

— Certifique-se de que os djinns fiquem presos, mas dê água para se lavarem e algo quente para comer — ordenou ele a Mardoniye. Em seguida, olhou para sua tropa cansada. — Então façam o mesmo. Seu descanso é merecido.

Ele se virou para a tenda principal, emoções agitando-se em seu interior. O que se dizia ao pai de um homem que você quase havia matado? Dara não quisera fazer aquilo; ele gostava de Jamshid e-Pramukh e não se lembrava de nada do ataque ao navio de guerra. O tempo entre Nahri fazer seu desejo estranho e Alizayd sair rolando para o lago naquela noite desafortunada estava coberto de névoa. Mas ele se lembrava muito bem do que vira depois: o corpo do rapaz bondoso que protegera caído no convés do barco, suas costas cravejadas de flechas.

As flechas de Dara. Seu estômago se revirou de ansiedade e ele tossiu fora da tenda, alertando aqueles do lado de dentro sobre sua presença antes de chamar:

— Banu Nahida?

— Entre, Dara.

Ele entrou pela aba e imediatamente começou a tossir de novo ao inalar a nuvem de fumaça roxa acre que o recebeu – um dos muitos experimentos de Manizheh, suspeitou. Eles cobriam a enorme mesa de pedra que ela insistia que levassem junto aonde fossem. Seu equipamento ocupava uma carruagem inteira.

Ela estava à mesa agora, sentada em uma almofada atrás de um frasco de vidro flutuante e segurando um par de longos fórceps. Um líquido lilás fervia dentro do frasco, originando a fumaça roxa.

— Afshin — cumprimentou ela calorosamente, pingando algo prateado e agitado dentro do líquido fervente. Houve um tinido metálico, então Manizheh recuou, afastando o tecido do rosto. — Sua missão foi um sucesso?

— Os batedores geziri estão sendo presos enquanto falamos — respondeu ele, aliviado por Kaveh não estar à vista.

A sobrancelha de Manizheh se ergueu.

— Vivos?

Dara fez uma careta.

— Como foi pedido.

Um leve sorriso iluminou o rosto dela.

— Agradeço muito. Por favor, peça a seus homens que tragam uma das relíquias deles para mim assim que possível.

— As relíquias deles? — Como todos os djinns e daevas, os batedores geziri usavam relíquias: um pouco de sangue, às vezes um dente de leite ou uma mecha de cabelo, em geral unidos a um verso sagrado ou dois, tudo preso em metal e mantido junto ao corpo. Eram salvaguardas que seriam usadas para trazer uma alma de volta para um corpo conjurado caso eles fossem escravizados por um ifrit. — O que você quer com as...

A pergunta morreu em seus lábios. Kaveh e-Pramukh tinha se juntado a eles.

Dara conseguiu evitar que a boca se escancarasse por pouco. Não tinha certeza do que o surpreendia mais: o fato de que Kaveh tinha acabado de sair do pequeno aposento particular em que Manizheh dormia ou o aspecto terrível do grão-vizir. Podia ter envelhecido 15 anos em vez de cinco; seu rosto estava marcado por rugas e seus cabelos e o bigode estavam praticamente grisalhos. Tinha emagrecido e os círculos escuros sob os olhos indicavam um homem que vira muito e não dormira o bastante.

Mas, pelo Criador, aqueles olhos o encontraram. E, quando encontraram, encheram-se com todo o ódio e traição que sem dúvida estiveram fervilhando dentro de Kaveh desde aquela noite no barco.

Manizheh segurou o pulso dele.

— Kaveh — disse ela, baixinho.

As palavras treinadas de arrependimento sumiram da mente de Dara. Ele atravessou o aposento e caiu de joelhos diante do homem que o recebera e abrigara em Daevabad.

— Desculpe-me, Kaveh. — O pedido de desculpas saiu inelegantemente de seus lábios. — Jamais quis feri-lo. Eu teria enfiado uma faca em mim mesmo se...

— Sessenta e quatro — interrompeu Kaveh, friamente.

Dara piscou.

— O quê?

— Sessenta e quatro. É o número de daevas mortos nas semanas que se seguiram à sua morte. Alguns morreram depois de serem interrogados, inocentes que não tinham nada a ver com sua fuga. Outros porque contestaram o que entenderam como seu assassinato injusto nas mãos do príncipe Alizayd. O restante porque Ghassan deixou os shafits nos atacarem, em um esforço de subjugar nossa tribo à força. — A boca de Kaveh se contraiu. — Se vai oferecer palavras inúteis de remorso, deve ao menos ser lembrado de tudo pelo que é responsável. Meu filho vive. Outros não.

Dara fervilhou. Kaveh não achava que ele se arrependia, até o fundo de seu ser, das consequências de suas ações? Que não era lembrado de seu erro todo dia ao ver o restante traumatizado da Brigada Daeva?

Ele trincou os dentes.

— Então, para você, eu deveria ter ficado calado enquanto Banu Nahri era obrigada a se casar com aquela mosca da areia lasciva?

— Sim — disse Kaveh, bruscamente. — É *exatamente* o que deveria ter feito. Deveria ter abaixado a maldita cabeça e tomado o governo em Zariaspa. Poderia ter treinado uma milícia em segredo em Daevastana por anos enquanto Banu Nahri ludibriaria os Qahtani com uma falsa noção de paz. Ghassan não é jovem e Alizayd e Muntadhir podiam ter sido facilmente manipulados para guerrearem um contra o outro depois que Muntadhir tomasse o trono. Poderíamos ter deixado os Geziri se destruírem e então tomar o poder com o mínimo derramamento de sangue. — Os olhos dele brilharam. — Eu lhe disse que tínhamos aliados e apoio fora de Daevabad porque *confiei* em você. Porque não queria que fizesse algo precipitado antes de estarmos preparados. — A voz dele se tornou desdenhosa. — Jamais imaginei que o supostamente inteligente Darayavahoush e-Afshin, o rebelde que quase derrotou Zaydi al Qahtani, colocaria todos nós em risco porque queria fugir.

O fogo sob o frasco de Manizheh aumentou e, com ele, a ira de Dara.

— *Eu não estava fugindo...*

— *Chega.* — Manizheh olhou com raiva para os dois. — Afshin, acalme-se. Kaveh... — Ela sacudiu a cabeça. — Quaisquer que sejam as consequências, Dara agiu para proteger minha filha de um destino que combati durante décadas. Não posso culpá-lo por isso. E se acha que Ghassan não estava procurando um motivo para dizimar os daevas desde o instante em que uma Nahid e um Afshin entraram pelos portões de Daevabad, obviamente não o conhece. — Ela lançou mais um olhar afiado para eles. — Não estamos aqui para apontar culpados. — Ela indicou uma pilha de almofadas organizadas no chão em volta do altar de fogo. — *Sentem*.

Contrariado, Dara obedeceu. Depois de alguns momentos, Kaveh fez o mesmo, ainda irritado.

Manizheh se colocou entre os dois.

— Pode conjurar um vinho? — pediu ela a Dara. — Acho que ambos precisam disso.

Dara estava quase certo de que a única coisa que Kaveh queria fazer com o vinho era atirar na cara dele, mas obedeceu. Com um estalo dos dedos, três taças de cobre surgiram, cheias do tom de âmbar escuro do vinho de tâmara.

Ele tomou um gole, tentando se acalmar. Causar explosões não aliviaria as preocupações de Kaveh a respeito do temperamento dele.

— Como ele está? — perguntou Dara, cautelosamente. — Jamshid. Se me permite perguntar.

Kaveh olhou para o altar.

— Ele não acordou durante um ano inteiro. Levou mais um para conseguir se sentar e usar as mãos. Está andando com uma bengala agora, mas… — A voz dele falhou, sua mão tremendo tanto que quase derramou o vinho. — Ele não lidou bem com sua condição. Amava ser um guerreiro… queria ser como *você*.

As palavras foram como um soco. Envergonhado, Dara desviou os olhos, embora não antes de ver Manizheh. A mão dela estava fechada em torno da taça com tanta força que os nós de seus dedos estavam ficando brancos.

— Ele vai ficar bem, Kaveh — disse ela. — Prometo. Jamshid ficará saudável e inteiro e terá *tudo* que lhe foi negado.

A intensidade em sua voz pegou Dara de surpresa. Nos anos desde que conhecera Manizheh, sua calma era constante;

na verdade, era muito reconfortante. O tipo de inabalabilidade que ele preferia em um líder.

Eles são amigos, lembrou-se Dara. Não era surpreendente que Manizheh se sentisse tão protetora em relação ao filho de Kaveh.

Decidindo que Jamshid talvez não fosse o assunto mais seguro, Dara prosseguiu, o tempo todo trabalhando silenciosamente para acalmar a magia que pulsava em suas veias.

— E como está Banu Nahri? — perguntou ele, forçando uma distância inexpressiva na voz.

— Sobrevivendo — respondeu Kaveh. — Ghassan a mantém sob rédeas curtas. Todos nós. Ela foi casada com Muntadhir menos de um ano depois de sua morte.

— Ele sem dúvida a forçou — disse Manizheh, sombriamente. — Como eu disse, tentou fazer o mesmo comigo durante décadas. Era obcecado com unir nossas famílias.

— Bem, ele certamente a subestimou. Ela arrancou tudo o que conseguiu de Ghassan durante as negociações do casamento. — Kaveh tomou um gole do vinho, estremecendo. — Na verdade, foi assustador assistir. Mas que o Criador a abençoe. Ela acabou entregando a maior parte do dote para o Templo. Estão usando para caridade: uma nova escola para meninas, um orfanato, assistência para os daevas arruinados no ataque ao Grande Bazar.

— Isso deve torná-la popular com nosso povo. Um gesto inteligente — refletiu Manizheh, baixinho. Então sua expressão se tornou sombria. — E quanto à outra parte do casamento deles… Nisreen está cuidando daquela situação, não está?

Kaveh pigarreou.

— Não haverá uma criança entre eles.

O estômago de Dara estava revirando-se conforme conversavam, mas a resposta cuidadosamente formulada de Kaveh fez a pele dele se arrepiar. Não parecia que Nahri tinha muita escolha naquele assunto também.

As palavras deixaram sua boca antes que Dara pudesse impedir.

— Acho que deveríamos contar a ela a verdade sobre o que está acontecendo. A sua filha... — gaguejou ele. — Ela é esperta. Teimosa. Poderia ser útil. — Dara pigarreou. — E não pareceu... gostar muito de ser deixada no escuro da última vez.

Manizheh já sacudia a cabeça.

— Ela está segura no escuro. Sabe o que Ghassan faria com ela se nossa conspiração fosse descoberta? Deixe que a inocência de Nahri a proteja mais um pouco.

Kaveh falou, um pouco mais hesitante.

— Preciso dizer que Nisreen tem sugerido o mesmo, Banu Nahida. Ela ficou muito próxima de sua filha e odeia mentir para ela.

— E se Nahri soubesse, poderia se proteger melhor — insistiu Dara. — Ela poderia até ter alguma ideia de como nós...

— Ou ela pode revelar a todos nós — interrompeu Manizheh. — É jovem, está sob as garras de Ghassan, e já mostrou uma preferência por fazer acordos com djinns. Não podemos confiar nela.

Dara enrijeceu. Aquela avaliação bastante ríspida de Nahri o ofendeu, e ele lutou para não demonstrar.

— Banu Nahida...

Manizheh ergueu a mão.

— Isto não é um debate. Nenhum de vocês conhece Ghassan como eu conheço. Não sabem do que ele é capaz. As formas que encontra de punir aqueles que você ama. — Um lampejo de luto antigo tomou os olhos dela. — Assegurar que ele não consiga fazer tais coisas com uma geração de Nahid é muito mais importante do que os sentimentos de minha filha a respeito de ser deixada no escuro. Ela pode gritar comigo depois que Ghassan se tornar cinzas.

Dara abaixou o olhar, conseguindo apenas assentir.

— Talvez possamos discutir nossos preparativos, então — falou Kaveh. — O Navasatem está se aproximando e seria um excelente momento para atacar. A cidade estará tomada pelo caos das comemorações e a atenção do palácio estará nos preparativos.

— *Navasatem*? — Dara ergueu a cabeça. — O Navasatem está a menos de oito meses. Eu tenho quarenta homens.

— E daí? — desafiou Kaveh. — Você está livre da maldição de Suleiman, não está? Não consegue destruir a Cidadela com as mãos e soltar suas bestas sangrentas pela cidade? Foi o que Banu Manizheh me contou que pode fazer. Por esse motivo foi trazido de volta.

Dara agarrou a taça com força. Ele sabia que era visto como uma arma – mas a avaliação nua e crua de seu valor ainda magoava.

— É mais complicado do que isso. Ainda estou aprendendo a controlar minhas novas habilidades. E meus homens precisam de mais treino.

Manizheh tocou a mão dele.

— Você é humilde demais, Darayavahoush. Acredito que você e seus guerreiros estão mais do que prontos.

Dara negou com a cabeça. Não estava pronto para ceder em assuntos militares como nos pessoais.

— Não podemos tomar Daevabad com quarenta homens. — Ele olhou de um para outro com cautela, desejando que ouvissem. — Passei anos antes de os ifrits me matarem contemplando qual seria a melhor forma de capturar a cidade. Daevabad é uma fortaleza. Não há como escalar as muralhas e não há túneis sob elas. A Cidadela tem milhares de soldados...

— Recrutas — interrompeu Kaveh. — Mal pagos e cada vez mais amotinados conforme os dias passam. Pelo menos uma dúzia de oficiais geziri desertaram depois que Alizayd foi mandado para Am Gezira.

Pensamentos do cerco a Daevabad sumiram da mente de Dara.

— Alizayd al Qahtani está em Am Gezira?

Kaveh assentiu.

— Ghassan o mandou embora dias após sua morte. Achei que pudesse ser temporário, até as coisas se acalmarem, mas ele não voltou. Nem mesmo para o casamento de Muntadhir. — Kaveh tomou mais um gole do vinho. — Algo está acontecendo, mas tem sido difícil entender; os Geziri guardam bem seus segredos. — Um toque de prazer cruzou o rosto do outro homem. — Preciso admitir que fiquei feliz ao vê-lo cair. É um fanático.

— Ele é mais do que isso — disse Dara, baixinho. Um zumbido encheu seus ouvidos; fumaça se enroscou em torno de seus dedos. Alizayd al Qahtani, o pirralho arrogante que o matara. O jovem guerreiro cuja perigosa combinação de habilidade mortal e fé inquestionável o lembrara até demais de sua versão mais jovem.

Ele sabia muito bem como aquilo tinha acabado.

— É preciso lidar com ele — disse Dara, simplesmente. — Logo. Antes de atacarmos Daevabad.

Manizheh lhe deu um olhar cético.

— Não acha que Ghassan ficaria desconfiado caso o filho aparecesse morto em Am Gezira? Provavelmente da forma brutal como você está imaginando?

— Vale o risco — argumentou Dara. — Eu também era um guerreiro no exílio quando Daevabad caiu e minha família foi massacrada. — Ele deixou aquela implicação no ar. — Eu sugeriria fortemente não deixar tal inimigo ter a chance de crescer. E eu não seria brutal — acrescentou, rapidamente. — Nós temos muito tempo para que eu o encontre e me livre dele de uma forma que não deixaria dúvidas para Ghassan.

Manizheh sacudiu a cabeça.

— Não temos tempo. Se vamos atacar durante o Navasatem, não posso deixar que você passe semanas perambulando pelos desertos de Am Gezira.

— Não poderemos atacar durante o Navasatem — disse Dara, exasperado com a teimosia deles. — Não consigo nem atravessar o limiar para *entrar* em Daevabad, muito menos conquistar a cidade.

— O limiar não é a única forma de entrar em Daevabad — disse Manizheh, calmamente.

— O quê? — Dara e Kaveh disseram a palavra juntos.

Manizheh tomou um gole de vinho, parecendo saborear o choque deles.

— Os ifrits pensam que pode haver outro jeito de entrar na cidade… e você pode ter que agradecer Alizayd al Qahtani por isso. Ou ao menos as criaturas puxando os pauzinhos por trás dele.

— As criaturas mexendo os pauzinhos — repetiu Dara, com a voz falhando. Ele contara a Manizheh tudo sobre aquela noite no barco: a magia que o dominara e roubara sua mente, o príncipe que tinha saído do lago mortal de Daevabad coberto em tentáculos e escamas, sussurrando uma língua que Dara nunca ouvira e erguendo uma lâmina pingando água. Ela chegara à mesma conclusão impossível. — Você não quer dizer…

— Quero dizer que é hora de falarmos com os marids. — Um pouco de emoção transpareceu no rosto de Manizheh. — É hora de conseguirmos vingança pelo que eles fizeram.

ALI

— Sheen — disse Ali, formando caprichosamente a letra na areia úmida à sua frente. Ele olhou para cima e ficou sério ao ver dois meninos desatentos na última fileira. Os alunos pararam imediatamente e Ali prosseguiu, indicando que os estudantes copiassem a letra – o que eles fizeram obedientemente, também na areia. Tábuas de ossos de camelo e giz requeriam recursos que Bir Nabat não tinha de sobra, então Ali dava as aulas na depressão fresca onde os canais se encontravam e o chão era sempre úmido.
— Quem conhece uma palavra que começa com "sheen"?
— Sha'ab! — disse uma menininha no centro enquanto o menino ao lado dela erguia a mão.
— Eu começo com sheen! — declarou ele. — Shaddad!
Ali sorriu.
— Isso mesmo. E quem você conhece que tem o mesmo nome?
A irmã dele respondeu.
— Shaddad, o Abençoado. Minha avó me contou.
— E quem foi Shaddad, o Abençoado? — perguntou Ali, estalando os dedos na direção dos meninos que estavam brigando. — Um de vocês dois sabe?

O menor se encolheu enquanto o outro arregalou os olhos.

— Hã... um rei?

Ali assentiu.

— O segundo rei depois de Zaydi, o Grande.

— Foi ele que lutou com a rainha marid?

A turma caiu em silêncio. Os dedos de Ali pararam na areia úmida.

— O quê?

— A rainha marid. — A pergunta vinha de um garoto chamado Faisal, com uma expressão sincera. — Meu abba diz que um dos seus ancestrais derrotou uma rainha marid e é por isso que você consegue encontrar nossa água.

As palavras simples, ditas com tanta inocência, atravessaram Ali como uma lâmina envenenada, deixando um terror nauseante em seus membros. Havia tempo que suspeitava de boatos circulando em Bir Nabat sobre sua afinidade com água, mas era a primeira vez que ouvira seu nome relacionado aos marids. Provavelmente não era nada: uma história popular que ganhara vida nova quando ele começara a descobrir novas fontes de água.

Mas não era uma conexão que ele podia deixar persistir.

— Meus ancestrais nunca tiveram qualquer relação com os marids — ele disse com firmeza, ignorando o frio no estômago. — Os marids se foram. Ninguém os vê há séculos.

Mas ele podia ver a curiosidade ávida tomando seus alunos.

— É verdade que eles roubam sua alma se você olhar seu reflexo na água por tempo demais? — perguntou uma garotinha.

— Não — uma aluna mais velha respondeu antes que Ali pudesse abrir a boca. — Mas ouvi que os humanos sacrificavam *bebês* para eles. — A voz dela se ergueu de animação entremeada por medo. — E, se eles não os cedessem, os marids afundavam seus vilarejos.

— *Pare* — um dos meninos mais novos implorou, quase às lágrimas. — Se falar sobre eles, eles pegam você de noite!

— Basta — cortou Ali, e algumas crianças se encolheram quando as palavras saíram mais ríspidas do que ele pretendia. — Até que dominem as letras, não quero ouvir mais nada sobre...

Lubayd entrou correndo no aglomerado de palmeiras.

— Perdoe-me, irmão. — Seu amigo se curvou, agarrando os joelhos ao tomar fôlego. — Mas há algo que precisa ver.

A caravana era tão grande que podia ser vista de longe. Ali a observou se aproximar do alto dos penhascos de Bir Nabat, contando ao menos vinte camelos movendo-se em uma fileira constante e sinuosa na direção da aldeia. Quando saíram da sombra de uma enorme duna, o sol refletiu nos tabletes brancos aperolados que os animais levavam. Sal.

O estômago dele afundou.

— Ayaanle. — Lubayd tirou a palavra da boca de Ali, cobrindo os olhos com uma das mãos. — E com uma fortuna... Aquilo parece ser sal o bastante para pagar um ano de impostos. — Ele abaixou a mão. — O que estão fazendo *aqui*?

Ao lado dele, Aqisa cruzou os braços.

— Não podem estar perdidos; estamos a semanas de viagem da principal rota de comércio. — Ela olhou para Ali. — Acha que poderiam ser parentes de sua mãe?

É melhor que não sejam. Apesar de seus companheiros não saberem disso, tinham sido os Ayaanle que fizeram Ali ser banido de Daevabad. Estavam por trás da decisão dos Tanzeem de recrutá-lo, aparentemente esperando que os militantes shafits por fim convencessem Ali a tomar o trono.

Era um plano absurdo, mas no caos que se seguiu à morte do Afshin, Ghassan não arriscaria que alguém se aproveitasse da compaixão conflituosa de Ali – especialmente os poderosos senhores de Ta Ntry. Exceto, é claro, que os Ayaanle eram difíceis de punir em seu lar rico e cosmopolita do outro lado do mar. Então fora Ali quem sofrera; Ali quem fora tirado do próprio lar e jogado para os assassinos.

Pare. Ele conteve a amargura que se revirava em seu interior, com vergonha da facilidade com que surgira. Não era culpa de toda a tribo Ayaanle; apenas de um punhado dos parentes ardilosos da mãe dele. Até onde sabia, os viajantes abaixo eram perfeitamente inocentes.

Lubayd pareceu apreensivo.

— Espero que tenham trazido as próprias provisões. Não poderemos alimentar todos aqueles camelos.

Ali se virou, levando a mão até a zulfiqar.

— Vamos perguntar a eles.

A caravana tinha chegado quando eles desceram dos penhascos e, conforme Ali abria caminho entre o grupo de camelos balindo, viu que estava certo a respeito da fortuna que carregavam. Parecia o bastante para abastecer Daevabad durante um ano, e era com certeza algum tipo de pagamento de imposto. Mesmo os camelos de olhos brilhantes e alegres pareciam caros; as selas decoradas e as amarras que cobriam seu pelo branco-dourado eram muito mais luxuosas do que práticas.

Mas Ali não viu a grande delegação que teria esperado jogando conversa fora com o sheik Jiyad e seu filho Thabit. Apenas um único homem ayaanle estava com eles, vestido com a tradicional túnica azul-mar que os djinns ayaanle a negócios de estado costumavam usar. O tom forte, dizia-se, era uma homenagem à cor das águas da nascente do Nilo.

O viajante se virou, o ouro que reluzia em suas orelhas e em torno do pescoço momentaneamente atordoante à luz do sol. Ele abriu um sorriso largo.

— Primo! — Ele riu quando viu Ali. — Pelo Mais Alto... é possível que um príncipe esteja realmente sob todos esses retalhos?

O homem foi até ele antes que Ali pudesse responder, de tão perplexo, e estendeu os braços para abraçá-lo.

A mão de Ali desceu até a khanjar e o outro rapidamente recuou.

— Eu não abraço.

O homem ayaanle sorriu.

— Tão amigável quanto as pessoas disseram que seria. — Os olhos dourados e acolhedores do homem brilhavam com diversão. — Que a paz esteja com você mesmo assim, filho de Hatset. — O olhar dele percorreu o corpo de Ali. — Você parece terrível — acrescentou, passando a falar ntaran, a língua da tribo da mãe de Ali. — O que essas pessoas andam lhe servindo? Pedras?

Ofendido, Ali se aproximou, estudando o homem. Nenhum reconhecimento lhe veio à mente.

— Quem é você? — gaguejou ele em djinnistani. A língua comum parecia estranha depois de tanto tempo em Am Gezira.

— Quem sou eu? — perguntou o homem. — Musa, é claro! — Quando Ali semicerrou os olhos, o outro fingiu ofensa. — O sobrinho de Sham? Primo de Ta Khazak Ras da linha do tio materno de sua mãe?

Ali sacudiu a cabeça; as linhagens complicadas da família de sua mãe o confundiam.

— Onde está o resto de seus homens?

— Foram-se. Que Deus tenha piedade deles. — Musa tocou o coração, seus olhos enchendo-se de tristeza. — Minha caravana foi totalmente amaldiçoada com todo tipo de infortúnio e injúria. Meus dois últimos camaradas foram obrigados a voltar para Ta Ntry devido a emergências familiares na semana passada.

— Ele está mentindo, irmão — avisou Aqisa, em geziriyya. — Nenhum homem sozinho conseguiria trazer uma caravana desse tamanho até aqui. Os amigos dele devem estar escondidos no deserto.

Ali examinou Musa de novo, ficando mais desconfiado.

— O que quer de nós?

Musa riu.

— Não perde tempo com conversa fiada, não é? — Ele tirou um pequeno tablete branco da túnica e o jogou para Ali.

Ali pegou, esfregando o polegar na superfície granulada.

— O que devo fazer com um torrão de sal?

— Sal amaldiçoado. Nós enfeitiçamos nossa mercadoria antes de atravessar Am Gezira para que ninguém além dos nossos possa pegá-la. Suponho que o fato de acabar de conseguir significa que é um Ayaanle, afinal de contas. — Ele sorriu como se tivesse dito algo absurdamente inteligente.

Parecendo desconfiado, Lubayd pegou o sal das mãos de Ali e soltou um grito. O amigo puxou a mão para longe, enquanto tanto o sal quanto sua pele chiavam após o contato.

Musa passou o longo braço sobre o ombro de Ali.

— Venha, primo. Precisamos conversar.

— De modo algum — declarou Ali. — Se os impostos de Ta Ntry entram ou não em Daevabad, não é problema meu.

— Primo... mostre compaixão por sua família. — Musa tomou um gole de café e então fez uma careta, afastando a bebida. Estavam no local de reuniões central de Bir Nabat: uma grande câmara de arenito nos penhascos, com colunas altas nos cantos envoltas por faixas de cobras entalhadas.

Musa estava deitado sobre uma almofada desgastada, seu conto de desgraça finalmente concluído. Ali via constantemente crianças curiosas espiando a entrada para ver o estrangeiro. Bir Nabat era extremamente isolada e alguém como Musa, que exibia a lendária riqueza ayaanle tão abertamente com sua túnica luxuosa e ornamentos de ouro pesados, era a coisa mais emocionante a acontecer desde a chegada do próprio Ali.

Musa espalmou as mãos; seus anéis brilharam à fogueira.

— Não vai para casa para o Navasatem? Certamente o filho do próprio rei não perderia a festa da geração.

Navasatem. A palavra ecoou na mente de Ali. Originalmente uma festa daeva, o Navasatem era agora quando todas as seis tribos comemoravam o nascimento de uma nova geração. Destinado a celebrar o aniversário da emancipação deles e refletir sobre as lições ensinadas por Suleiman, tinha se tornado uma comemoração frenética da própria vida... De fato, era uma velha piada que costumava haver um *aumento* da vida dez meses depois porque muitas crianças eram concebidas durante as festividades selvagens. Como a maioria dos djinns devotos, Ali tinha sentimentos conflituosos a respeito de um mês inteiro de banquetes, feiras e folias desgovernadas. Os clérigos de Daevabad – imãs djinns e sacerdotes daeva – costumavam passar essa época fazendo caretas de reprovação e censurando suas congregações de ressaca.

Mesmo assim, na vida anterior, Ali ansiara durante anos pelas comemorações. As competições marciais do Navasatem eram lendárias e, apesar da pouca idade, ele estivera determinado a participar delas, arrasando nas competições e conquistando a admiração do pai e a posição que seu nome já lhe garantira: o futuro qaid de Muntadhir.

Ali respirou fundo.

— Não vou participar do Navasatem.

— Mas preciso de você — implorou Musa, parecendo impotente. — Jamais conseguirei prosseguir até Daevabad sozinho.

Ali olhou para ele com incredulidade.

— Então não deveria ter abandonado a estrada principal! Poderia ter encontrado ajuda em um caravançarai de verdade.

— Deveríamos matá-lo e ficar com a mercadoria dele — sugeriu Aqisa, em geziriyya. — Os Ayaanle vão achar que morreu no deserto, e o tolo mentiroso merece.

Lubayd tocou os dedos dela, afastando-os lentamente do cabo da zulfiqar.

— As pessoas não vão achar grande coisa de nossa hospitalidade se começarmos a matar todos os hóspedes que mentem.

Musa olhou para os dois.

— Tem alguma coisa que não sei?

— Só estão discutindo onde hospedaremos você esta noite — disse Ali, com leveza, em djinnistani. Ele uniu os dedos. — Apenas para que eu entenda: você deixou a estrada principal para vir até Bir Nabat, um posto avançado que sabia que não tinha recursos para hospedar você e seus animais, a fim de empurrar sua responsabilidade para mim?

Musa deu de ombros.

— Peço desculpas.

— Entendo. — Ali se reclinou e deu ao círculo de djinns um sorriso educado. — Irmãos e irmãs — começou ele. — Perdoem o fardo, mas se importariam em me dar alguns momentos sozinho com meu... como foi que se chamou mesmo?

— Seu primo.

— Meu primo.

Os outros djinns se levantaram. Thabit deu a ele um olhar expressivo. Obviamente conhecia Ali o bastante para ouvir o perigo em sua voz, mesmo que Musa não tivesse entendido.

— Não suje os tapetes de sangue — avisou ele, em geziriyya. — São novos.

Os demais tinham acabado de sair quando Musa soltou um suspiro exasperado.

— Pelo Altíssimo, como sobreviveu por tanto tempo neste *fim de mundo*? — Ele deu de ombros, mordiscando a cabra que fora preparada para ele, uma cabra que um dos aldeões estava guardando para o casamento da filha e ofereceu alegremente quando soube que tinham um convidado. — Não achei que os djinn ainda viviam como... ah! — gritou Musa quando

Ali o agarrou pelo colarinho com bordado prateado e o atirou no chão.

— Nossa hospitalidade não o agrada? — perguntou Ali, friamente, sacando a zulfiqar.

— Não no momento... espere, não! — Os olhos dourados de Musa brilharam de terror quando chamas cobriram a lâmina de cobre. — Por favor!

— Por que realmente está aqui? — indagou Ali. — E não fale mais besteiras sobre os suplícios de sua viagem.

— Estou aqui para ajudar você, seu tolo selvagem! Para lhe fornecer uma forma de voltar para Daevabad!

— *Me ajudar?* Suas tramoias foram o motivo pelo qual eu fui banido, para início de conversa!

Musa ergueu as mãos em rendição.

— Sejamos justos, aquele foi outro ramo da família... pare! — gritou ele, com a voz esganiçada, arrastando-se para trás conforme Ali aproximava a lâmina. — Está maluco? Sou sangue do seu sangue! E estou sob privilégios de hóspede!

— Não é meu hóspede — replicou Ali. — Não sou de Bir Nabat. E Am Gezira é um perigoso... como você chamou? *Fim de mundo?* — Ele cuspiu as palavras como uma ofensa. — Mercadores desaparecem o tempo todo. Principalmente aqueles tolos o bastante para desfilarem sozinhos com tanta riqueza.

Os olhos de Musa se fixaram nos dele. Havia determinação sob o medo.

— Deixei muito claro para onde estou indo. Se minha mercadoria não chegar a Daevabad a tempo de pagar pelo Navasatem, o rei virá atrás dela. — Ele ergueu o queixo. — Convidaria tal problema para junto de seus novos irmãos e irmãs?

Ali recuou, as chamas sumindo da lâmina.

— Não serei arrastado para outro ardil. E matarei você pessoalmente antes que ameace estas pessoas.

Musa revirou os olhos.

— Fui avisado de que você tinha um temperamento forte. — Ele se ergueu, limpando a areia da túnica. — E um relacionamento alarmantemente próximo com a zulfiqar. — Musa cruzou os braços. — Mas não vou embora sem você. Uma quantidade nada insignificante de risco e custos foi empregada nisto. Outro homem poderia agradecer.

— Então encontre esse homem — disparou Ali de volta.

— E vai acabar assim? Realmente voltaria a revirar lixo humano e vender tâmaras quando estou oferecendo ajuda para retornar a Daevabad antes que ela desabe?

— Daevabad não está *desabando*.

— Não? — Musa se aproximou. — As notícias da capital não chegam a este lugar abandonado? O crime está disparando e a economia está tão ruim que a Guarda Real mal consegue alimentar os soldados, muito menos lhes fornecer armas adequadas.

Ali o examinou friamente.

— E que papel tiveram os Ayaanle nessa crise econômica? Musa espalmou as mãos.

— Por que deveríamos ser justos com um rei que exila nosso príncipe? Um rei que dá as costas ao legado da própria família e não faz nada enquanto os shafits são vendidos em leilões de praça pública?

— Você está mentindo. — Ali olhou para o homem com desprezo. — Não que seu povo se importe com os shafits ou com a cidade. Daevabad é um jogo para os Ayaanle. Vocês ficam acomodados em Ta Ntry, contando seu ouro e brincando com as vidas dos outros.

— Nós nos importamos muito mais do que você pensa. — Os olhos de Musa brilharam. — Zaydi al Qahtani não teria tomado Daevabad sem os Ayaanle. *Sua* família não seria realeza sem os Ayaanle. — A boca dele se ergueu com um leve sorriso. — E sejamos sinceros… o aumento do crime e a corrupção política têm uma tendência a atrapalhar os negócios.

— Aí está.

— Isso não é tudo. — Musa sacudiu a cabeça. — Não entendo. Achei que você ficaria animado! Eu estaria de coração partido se fosse banido de meu lar. Sei que faria de tudo para voltar para minha família. E sua família... — A voz dele se suavizou. — Eles não estão bem.

Apreensão percorreu a coluna de Ali.

— Do que está falando?

— Como *você* acha que sua mãe respondeu ao seu exílio? Deveria se sentir aliviado por ela ter se restringido a uma guerra comercial em vez de uma de verdade. Soube que sua irmã está de coração partido, que seu irmão se afoga na bebida cada dia mais. E seu pai... — Musa parou e Ali não deixou de notar o tom calculado quando voltou a falar. — Ghassan é um homem vingativo, e sua ira recaiu diretamente nos shafits que ele acredita terem levado você à traição.

Ali se encolheu, a última frase encontrando o alvo.

— Não posso fazer nada quanto a isso — insistiu ele. — Sempre que tentei, feri as pessoas que amava. E tenho menos poder agora do que tinha então.

— *Menos* poder? Alizayd, o assassino de Afshin? O príncipe esperto que aprendeu a fazer o deserto florescer e viaja com um bando dos guerreiros mais destemidos de Am Gezira? — Musa olhou para ele. — Você subestima seu poder.

— Provavelmente porque no fundo sei o quanto tudo isso é besteira. Não vou para Daevabad. — Ali foi até a entrada para chamar seus companheiros de volta. — Minha decisão é final.

— Alizayd, apenas... — Mas Musa foi esperto o bastante para se calar quando os outros se juntaram a eles.

— Meu primo pede desculpas por abusar da hospitalidade de Bir Nabat — anunciou Ali. — Ele pretende partir ao alvorecer e diz que podemos levar um quinto de seu inventário para compensar nossa perda.

Musa se virou para ele.

— O quê? — perguntou, colérico, em ntaran. — Não disse nada!

— Vou estripá-lo como a um peixe — avisou Ali, na mesma língua, antes de voltar a falar djinnistani. —... *para compensar nossa perda* — repetiu ele, firmemente — e encher novamente as barrigas das crianças que passaram fome enquanto os camelos dele se banqueteavam. Além disso, peça que alguém pegue as provisões dele e as substitua por grilos e tâmaras. — Ali observou Musa passar de incrédulo para enfurecido. — Você disse que estava se sentindo fraco. Sugiro uma mudança na dieta. Tal comida nos deixou muito resistentes. — Ele emitiu um estalo. — Vai se acostumar com a crocância.

Indignação fervilhou nos olhos de Musa, mas ele não disse nada. Ali ficou parado, levando a mão ao coração na tradicional saudação geziri.

— Se me der licença, tenho trabalho a fazer. Acordarei você ao alvorecer para a oração.

— Mas é claro — disse Musa, cuja voz tinha uma frieza renovada. — Não se deve esquecer as obrigações.

Ali não gostou do olhar dele, mas, tendo dito o que queria, virou-se para a saída.

— Que a paz esteja com você, primo.

— E com você a paz, príncipe.

Ali dormiu pesado, sempre dormia ali. Sonhou que estava em Daevabad, no lindo pavilhão que dava para os jardins do harém, perdido nos próprios livros. Uma brisa fresca, uma brisa úmida, gentilmente balançava sua rede. A água encharcou o tecido, o dishdasha, dedos pegajosos e frios tocando sua pele...

— Ali!

Seus olhos se abriram de súbito. A mão dele disparou para a khanjar; a adaga reluzia prata na tenda escura. Então viu Lubayd, que se mantinha sabiamente fora do alcance, e soltou a arma.

Foi quando ele percebeu que estava deitado em uma poça de água quase nivelada com seu colchão. Ele se sentou alarmado ao ver a tenda inundada e então se colocou de pé, jogando água, rapidamente apanhando seus livros e anotações.

— Venha rápido — avisou Lubayd. — Parece a pior ruptura que já tivemos.

A cena do lado de fora era o caos. A água no pátio atrás da tenda estava na altura na cintura e, a julgar pela turbulência, ainda jorrava da cisterna abaixo. As escoras que usara para bloquear os canais não estavam à vista, provavelmente tendo sido carregadas pela água.

Ali xingou.

— Acorde os outros. Qualquer um com um par de mãos boas precisa descer até os campos e pomares. Não deixe o solo ficar supersaturado.

Lubayd assentiu; seu bom humor habitual sumira.

— Não se afogue.

Ali pegou a túnica e saiu para o pátio. Ele se certificou de que Lubayd tivesse ido embora antes de submergir para verificar as condições no subsolo. Afogamento não o preocupava.

Era o fato de que não podia se afogar que ele temia.

O sol tinha nascido havia muito tempo sobre uma Bir Nabat encharcada quando a ruptura foi consertada e Ali estava tão cansado que precisou de ajuda para sair da cisterna. Suas mãos estavam inchadas de segurar a rocha, seus sentidos entorpecidos devido à água fria.

Lubayd entregou uma xícara de café quente nas mãos dele.

— Resgatamos o que conseguimos. Não acho que houve muito dano a qualquer das plantações, mas muitos aquedutos precisarão ser consertados. E havia danos profundos à treliça no pomar de figueiras.

Ali assentiu, mudo. Água escorria por seus braços e pernas, ecoando o ódio frio que se acumulava dentro dele.

— Onde ele está?

O silêncio relutante de Lubayd confirmou as suspeitas de Ali. Ele soube assim que mergulhou na cisterna e descobriu que as rochas que limitavam a fonte tinham sido movidas. Nenhum Geziri teria nadado tão profundamente, nenhum teria sequer ousado sabotar um poço. Mas um homem ayaanle que tinham aprendido a nadar desde a infância? Um que jamais sentira sede? Ele teria.

— Se foi durante o caos — Lubayd respondeu finalmente. Ele pigarreou. — Deixou a mercadoria.

Aqisa se sentou ao lado deles.

— Deveríamos deixar que apodreça no deserto — disse ela, amargamente. — Resgatamos o que conseguirmos, vendemos o que não der e deixamos o resto afundar na areia. Ao inferno com os Ayaanle. Que eles expliquem ao rei.

— Encontrarão uma forma de nos culpar — disse Ali, baixinho. Ele encarou as próprias mãos. Estavam trêmulas. — Roubar do Tesouro é um crime capital.

Lubayd se ajoelhou diante dele.

— Então levamos o maldito sal — disse ele, finalmente. — Aqisa e eu. Você fica em Am Gezira.

Ali tentou dissipar o nó que crescia em sua garganta.

— Vocês não podem nem tocá-lo. — Além do mais, aquela era a confusão da família dele; não era certo empurrar a responsabilidade para as pessoas que o haviam salvado.

Ele se ergueu, sentindo-se zonzo.

— Eu… vou precisar organizar os reparos primeiro. — As palavras o deixaram nauseado. A vida que estivera cuidadosamente montando em Bir Nabat tinha sido virada de ponta-cabeça em uma noite, inconsequentemente jogada fora por forasteiros, tudo em nome de seus próprios cálculos políticos.

— Partiremos para Daevabad amanhã. — As palavras soavam estranhas em sua boca, irreais de alguma forma.

Lubayd hesitou.

— E seu primo?

Ali duvidava que encontrariam Musa, mas valia a pena tentar.

— Nenhum homem que sabotaria um poço é parente meu. Mande uma dupla de guerreiros atrás dele.

— E se o encontrarem?

— Tragam-no de volta. Lidarei com Musa quando retornar. — As mãos de Ali apertaram a xícara. — E *vou* retornar.

NAHRI

— *Ai*! Pelo Criador, está fazendo isso de propósito? Não doeu tanto da última vez!

Nahri ignorou a reclamação do paciente, focando sua atenção no abdômen inferior dele, precisamente lacerado. Grampos cirúrgicos de metal mantinham a pele aberta, brancos de tão quentes para manter o ferimento limpo. Os intestinos do metamorfo irradiavam um prata pálido — ou pelo menos irradiariam, caso não estivessem encrustados de protuberâncias rochosas teimosas.

Nahri respirou fundo, concentrando-se. A enfermaria estava abafada e ela estava trabalhando naquele paciente havia pelo menos duas horas cruéis. Tinha uma das mãos pressionada contra a pele rosa dele para entorpecer a dor do procedimento e evitar que o matasse. Com a outra, manipulava um par de pinças de aço em volta da protuberância seguinte. Era uma operação longa e complicada e suor brotava em sua testa.

— Droga!

Nahri soltou a pedra em um pote.

— Pare de *se transformar em estátua* e não precisará lidar com isso. — Ela parou brevemente para olhar com raiva para ele. — Essa é a terceira vez que preciso tratar você... as pessoas não devem se transformar em rochas!

Ele pareceu um pouco envergonhado.

— É muito pacífico.

Nahri lhe deu um olhar de exasperação.

— Encontre outra forma de relaxar. Estou implorando. Pontos! — gritou ela. Quando não houve resposta, olhou por cima do ombro. — Nisreen?

— Um momento!

Do outro lado da enfermaria lotada, ela viu Nisreen disparando entre uma mesa cheia de preparações farmacêuticas e outra com instrumentos para uma escaldadura mágica. Nisreen pegou uma bandeja prateada, erguendo-a acima da cabeça para navegar entre as macas próximas e os grupos de visitantes. A enfermaria estava repleta de pessoas de pé e mais esperavam no jardim.

Nahri suspirou quando Nisreen se espremeu entre um acrobata ayaanle amaldiçoado com exuberância e um metalúrgico sahrayn cuja pele estava coberta de pústulas fumegantes.

— Imagine se tivéssemos um hospital, Nisreen. Um hospital imenso com espaço para respirar e funcionários para fazer o trabalho pesado.

— Um sonho — respondeu Nisreen, apoiando a bandeja. — Seus pontos. — Ela parou para observar o trabalho de Nahri. — Excelente. Jamais me canso de ver quanto suas habilidades progrediram.

— Mal tenho permissão de sair da enfermaria e trabalho o dia inteiro. Era de se esperar que minhas habilidades tivessem progredido. — Mas Nahri não conseguiu esconder completamente o sorriso. Nisreen não elogiava com facilidade. E, apesar das longas horas e do trabalho árduo, ela sentia grande satisfação com seu papel como curandeira, sendo capaz de ajudar pacientes enquanto não conseguia consertar uma série de outros problemas na vida.

Ela fechou o metamorfo rapidamente com o fio encantado e atou o ferimento, empurrando uma xícara de chá com um toque de ópio para as mãos dele.

— Beba e descanse.

— Banu Nahida?

Nahri ergueu os olhos. Um camareiro usando as cores reais observava pelas portas que davam para o jardim, arregalando os olhos ao vê-la. No centro úmido da enfermaria, os cabelos de Nahri estavam selvagens, cachos pretos escapando do lenço. Seu avental estava sujo de sangue e poções derramadas. Só faltava um bisturi de fogo em uma das mãos para que parecesse um dos Nahid loucos e assassinos das histórias dos djinns.

— O que foi? — perguntou ela, tentando conter a irritação.

O camareiro fez uma reverência.

— O emir gostaria de falar com você.

Nahri indicou o caos ao redor dela.

— *Agora?*

— Ele está esperando no jardim.

É claro que está. Muntadhir era bastante versado em protocolo para saber que ela não poderia dispensá-lo caso aparecesse pessoalmente.

— Tudo bem — grunhiu Nahri. Ela lavou as mãos e tirou o avental, então seguiu o camareiro até o lado de fora.

Piscou sob o sol forte. O jardim selvagem do harém, mais selva do que jardim, na verdade, tinha sido podado e contido no espaço que dava para a enfermaria por uma equipe de horticultores daeva dedicados. Ficaram alegres com a tarefa, ansiosos para recriar as gloriosas paisagens do palácio pelas quais os Nahid eram famosos, mesmo em miniatura. O pátio da enfermaria brilhava agora com espelhos d'água azul-prata, os caminhos margeados por árvores de pistache e damasco perfeitamente podadas e arbustos de rosas exuberantes cheios de delicadas flores que variavam de um amarelo pálido como o sol aos mais profundos tons de índigo. Embora a maior parte das ervas e plantas usadas no trabalho dela fossem cultivadas em Zariaspa, na propriedade dos Pramukh, qualquer coisa que precisasse ser fresca quando usada era plantada ali, em um canteiro perfeitamente cultivado. Um pavilhão de mármore assomava sobre tudo, decorado com confortáveis bancos entalhados e almofadas convidativamente rechonchudas.

Muntadhir estava de pé ali agora, de costas para ela. Devia ter vindo da corte, pois ainda vestia a túnica preta de bordas douradas esfumaçadas que usava em funções cerimoniais, seu turbante de seda de cores alegres reluzindo ao sol. Suas mãos estavam apoiadas levemente sobre a balaustrada e a silhueta de seu corpo era imponente conforme olhava para o jardim dela.

— Sim? — perguntou Nahri bruscamente ao chegar ao pavilhão.

Ele olhou para trás, percorrendo o corpo dela com o olhar.

— Você está uma visão e tanto.

— Estou trabalhando. — Ela limpou o suor da testa. — O que quer, Muntadhir?

Se o marido se incomodou com a grosseria, não demonstrou. Virou-se para encará-la de frente, encostando no parapeito.

— Você não veio ontem à noite.

Era sobre *isso* aquela visita?

— Estava ocupada com meus pacientes. E duvido que sua cama tenha ficado fria por muito tempo. — Nahri não conseguiu evitar a última parte.

Os lábios de Muntadhir se contraíram como se ele estivesse combatendo um sorriso.

— Esta é a terceira vez seguida que faz isso, Nahri — insistiu o marido. — Poderia ao menos mandar um recado em vez de me deixar esperando.

Nahri respirou fundo, sua paciência com Muntadhir – que já não era muita – diminuindo a cada segundo.

— Peço desculpas. Da próxima vez vou mandar um recado para que possa ir direto para qualquer que seja o bar regado a vinho que esteja frequentando ultimamente. *Agora* terminamos?

Muntadhir cruzou os braços.

— Você está de bom humor hoje. Mas não, não terminamos. Podemos conversar em algum lugar mais reservado? — Ele indicou as laranjeiras ao longe. — Seu laranjal, talvez?

Um instinto protetor tomou o coração de Nahri. O pomar tinha sido plantado havia muito tempo pelo tio dela, Rustam, e era precioso para Nahri. Embora não fosse um curandeiro tão talentoso quanto a mãe dela, Manizheh, Rustam fora um renomado botânico e farmacêutico. Mesmo décadas depois de sua morte, as plantas cuidadosamente selecionadas no pomar cresciam fortes e saudáveis, com poderes de cura mais intensos e uma fragrância mais inebriante. Nahri tinha pedido que o pomar fosse restaurado à sua glória original, encantada com a privacidade e a sombra oferecidas pela cobertura espessa de folhas e galhos e a sensação de estar em solo um dia trabalhado pelas mãos da família dela.

— Não deixo ninguém entrar lá — lembrou-o. — Sabe disso.

Muntadhir sacudiu a cabeça, acostumado com a teimosia dela.

— Então vamos apenas caminhar. — Ele se virou para os degraus sem esperar por Nahri.

Ela o seguiu.

— O que aconteceu com a família daeva sobre a qual lhe falei? — perguntou ela conforme seguiam pelo caminho sinuoso. Se Muntadhir a tiraria do trabalho, Nahri poderia muito bem tirar vantagem disso. — Aquela que foi agredida pela Guarda Real?

— Estou investigando.

Nahri parou.

— *Ainda?* Você me disse que falaria com seu pai na semana passada.

— E falei — respondeu Muntadhir, parecendo irritado. — Não posso sair por aí libertando criminosos contra as ordens do rei porque você e Jamshid estão chateados. É mais complicado do que isso. — O emir a olhou. — E, quanto mais interferir, mais difícil tornará as coisas. Sabe como meu pai se sente a respeito de seu envolvimento em questões políticas.

As palavras a atingiram como um golpe. Nahri aproximou-se, tentando conter a amargura.

— Entendido — disse ela, amargamente. — Pode dizer a ele que o aviso foi passado.

Muntadhir pegou sua mão antes que ela pudesse lhe dar as costas.

— Não estou aqui a mando dele — protestou o emir. — Estou aqui porque sou seu marido. E, independentemente de como qualquer um de nós se sinta a respeito disso, não quero vê-la magoada.

Ele a levou na direção de um banco sombreado que dava para o canal. Estava protegido atrás de um lilás-da-índia erodido cujos galhos pendiam em uma cascata espessa de folhas esmeralda, protegendo-os de olhos alheios como uma verdadeira cortina.

O emir se sentou, puxando-a a seu lado.

— Soube que teve uma aventura e tanto com minha irmã na outra semana.

Nahri ficou tensa.

— Seu pai...

— Não — assegurou Muntadhir. — Zaynab me contou. Sim — esclareceu ele, talvez percebendo a surpresa na expressão de Nahri. — Sei sobre os passeios dela pelo Quarteirão Geziri. Descobri há dez anos. Zaynab é inteligente o bastante para se manter segura, e seu guarda sabe que pode me procurar se ela se meter em confusão.

— Ah. — Isso pegou Nahri de surpresa. E, estranhamente, a deixou um pouco enciumada. Os al Qahtani podiam ser seus inimigos ancestrais e um bando de oportunistas traidores, mas a lealdade silenciosa entre os irmãos, nascida de um amor familiar que Nahri jamais conhecera, a enchia de uma inveja triste.

Ela afastou o sentimento.

— Imagino que sua irmã tenha lhe contado sobre o hospital?

— Ela disse que jamais viu você tão animada.

Nahri manteve o rosto cuidadosamente inexpressivo.

— Foi interessante.

— *Foi interessante*? — repetiu Muntadhir, arqueando a sobrancelha. — Você, que mal para de falar do trabalho na enfermaria, descobriu o antigo hospital de seus ancestrais e um grupo de escravos ifrits libertos e seu único comentário é "foi interessante"?

Nahri mordeu o lábio, pensando em como responder. O hospital fora muito mais que interessante, é claro. Mas os pensamentos e as fantasias que tinha desde a visita pareciam algo frágil, mais seguro se bem guardado.

Muntadhir não se enganava tão fácil. Ele pegou a mão dela outra vez.

— Queria que conversasse comigo — disse ele, baixinho. — Sei que nenhum de nós queria isso, Nahri, mas poderíamos tentar fazer funcionar. Sinto como se não tivesse ideia do que se passa em sua mente. — O tom dele era de súplica, mas não havia como esconder um toque de exasperação. — Você tem mais paredes do que um labirinto.

Nahri não disse nada. É claro que tinha paredes. Quase todos que conhecia a haviam traído pelo menos uma vez.

Ele roçou o polegar contra a palma da mão dela. Os dedos de Nahri se contraíram e ela fez uma careta.

— Muitos pontos hoje. E acho que minhas habilidades de cura internas pararam de reconhecer músculos doloridos como uma anomalia.

— Deixe-me ajudar. — Muntadhir pegou a mão dela com as duas mãos e começou a massagear, pressionando as articulações como se fizesse aquilo havia anos.

Nahri exalou, parte da tensão imediatamente deixando seus dedos doloridos.

— Quem ensinou você a fazer isso?

Ele puxou os dedos dela, alongando-os de uma forma divina.

— Uma amiga.

— Você e tal amiga estavam vestidos no momento dessa lição?

— Sabe, considerando a amiga... é bem provável que não. — Ele deu a ela um sorriso malicioso. — Gostaria de saber o que mais ela me ensinou?

Nahri revirou os olhos.

— Não quero me abrir com você, então agora resolveu tentar me seduzir usando conhecimentos que adquiriu com outra mulher?

O sorriso dele cresceu.

— A vida política me ensinou a ser criativo em minhas abordagens. — Muntadhir roçou os dedos de leve pelo seu pulso e Nahri não conseguiu conter um leve tremor. — Você está obviamente ocupada demais para vir para minha cama. De que outra forma sustentaremos a paz que nossa aliança matrimonial deveria construir?

— Você é um sem-vergonha, sabe disso? — Mas a tensão deixara sua voz. Muntadhir era insuportavelmente bom naquilo.

Os dedos dele faziam traços leves na pele de seu pulso, seus olhos dançavam com alegria.

— Não reclama disso quando *encontra* o caminho até minha cama.

Rubor tomou as bochechas de Nahri – não só de vergonha.

— Você dormiu com metade de Daevabad. Era de esperar que tivesse ganhado alguma habilidade.

— Isso parece um desafio.

A malícia na expressão dele não ajudava com o aumento do calor absolutamente traiçoeiro no estômago dela.

— Tenho trabalho — protestou Nahri quando Muntadhir a puxou para seu colo. — Pelo menos uma dúzia de pacientes esperando. E estamos no jardim. Alguém poderia... — Ela parou de falar quando o marido levou a boca a seu pescoço, beijando-o de leve.

— Ninguém consegue ver nada — disse Muntadhir, tranquilamente. Sua voz fazia uma carícia morna contra a pele de Nahri. — E você obviamente precisa relaxar — sussurrou ele. — Considere um dever profissional. — Suas mãos deslizaram para baixo da túnica da esposa. — Certamente seus pacientes serão mais bem atendidos por uma Banu Nahida que não está tão irritadiça.

Nahri suspirou, aproximando-se dele contra a própria vontade. A boca de Muntadhir havia descido e sua barba fazia cócegas no colo dela.

— *Não* estou irritadiça...

Ouviu-se um pigarreio educado de trás da árvore, seguido por um esganiçado:

— Emir?

Muntadhir não moveu nem as mãos, nem os lábios.

— *Sim?*

— Seu pai deseja falar com você. Diz que é urgente.

Nahri ficou imóvel, enregelada pela menção de Ghassan. Muntadhir suspirou.

— Claro que é. — Ele se afastou para encará-la. — Jante comigo esta noite? — pediu ele. — Vou pedir seu chá de flor esquisito e você pode insultar minha falta de vergonha até seu coração se satisfazer.

Nahri tinha pouca vontade de jantar com ele, mas não se importaria em continuar o que haviam começado. Ela *estava* sob muito estresse ultimamente e costumava dormir mais nas noites que passava no quarto de Muntadhir; as pessoas geralmente precisavam estar de fato morrendo para que um criado reunisse coragem de interromper o emir e a esposa lá.

Além do mais, o lampejo de esperança nos olhos dele apelou ao pingo de carinho que restava no coração dela; apesar de todos os seus defeitos – e havia muitos –, ao seu marido não faltava charme.

— Vou tentar — disse ela, contendo um sorriso.

Muntadhir sorriu de volta, parecendo sinceramente satisfeito.

— Excelente. — Ele desenroscou braços e pernas dos dela.

Nahri rapidamente alisou a túnica; não voltaria para a enfermaria parecendo... bem, parecendo que tinha acabado de fazer o que estava fazendo.

— Boa sorte com o que quer que seu pai queira.

Muntadhir revirou os olhos.

— Tenho certeza de que não é nada. — Ele tocou a testa. — Em paz.

Ela o observou se afastar, tomando um minuto para aproveitar o ar fresco e o canto dos pássaros. Estava um dia lindo, e seu olhar percorreu preguiçosamente o jardim de ervas, apreciando a serenidade.

Até avistar um homem shafit correndo entre os arbustos.

Nahri franziu a testa, observando enquanto ele corria além de um trecho de sálvia e parava diante de um salgueiro. O homem limpou a testa, olhando nervosamente por cima dos ombros.

Estranho. Embora houvesse shafits entre os jardineiros, nenhum tinha permissão de tocar as plantas Nahid, e aquele homem em particular não era familiar.

Ele tirou uma tesoura do cinto e a abriu, como se planejasse cortar um dos galhos.

Nahri se ergueu em um instante, seus chinelos de seda e uma vida de roubos disfarçando o som de seus passos. O homem só ergueu o rosto quando ela estava quase sobre ele.

— O que acha que está fazendo com minha árvore? — indagou Nahri.

O shafit deu um salto, virando-se tão rápido que seu chapéu caiu. Os olhos avelã com tons humanos se arregalaram de horror.

— Banu Nahida! — arquejou o homem. — Eu... perdoe-me — implorou ele, unindo as mãos. — Eu só estava...

— Cortando meu salgueiro? Sim, estou vendo. — Ela tocou o galho ferido e uma leve casca nova surgiu sob seus dedos. Nahri tinha um pouco de talento para a botânica, embora ainda não tivesse tentado desenvolvê-lo, para a tristeza de Nisreen. — Sabe o que teria acontecido se outra pessoa o tivesse surpreendido... — Ela parou de falar quando a visão do couro cabeludo exposto do homem atraiu sua atenção. Estava desfigurado; seus cabelos caíam longos em torno das têmporas, mas erguiam-se em tufos espetados no alto, como se recuperando-se de uma raspagem às pressas. A pele ali estava manchada de roxo e levemente inchada, cercando um trecho estranhamente achatado do tamanho e com o formato de uma moeda. Uma meia-lua de tecido em cicatrização bordeava o trecho. Tinha sido costurado, e muito habilidosamente.

Tomada por curiosidade, Nahri estendeu a mão e tocou de leve a pele inchada. Estava mole... mole demais. Ela deixou seus sentidos de Nahid se expandirem, confirmando o que parecia impossível.

Uma pequena seção do crânio do homem tinha sido removida sob a pele.

Ela ofegou. Estava se curando; ela conseguia sentir a faísca de osso novo crescendo, mas mesmo assim...

Nahri abaixou a mão.

— Alguém fez isso com você?

O homem pareceu petrificado.

— Sofri um acidente.

— Um acidente que quase abriu um buraco em seu crânio e então se costurou sozinho? — A Banu Nahida se ajoelhou ao lado dele. — Não vou te machucar — assegurou ela. — Só quero saber o que aconteceu e me certificar de que ninguém esteja perambulando por Daevabad fazendo moedas dos crânios dos outros.

— Não foi nada disso. — Ele mordeu o lábio, olhando em volta. — Eu caí de um telhado e rachei a cabeça — sussurrou o homem. — Os médicos disseram a minha esposa que sangue estava se acumulando sob o osso e que remover parte do crânio poderia aliviar a pressão e salvar minha vida.

Nahri piscou.

— Os *médicos*? — Ela olhou para a árvore que ele estivera cortando. Salgueiro. É claro. Tanto as folhas quanto a casca eram valiosas, facilmente destiladas em remédio para dores... para dores *humanas*. — E pediram a você que fizesse isso também?

Ele sacudiu a cabeça, ainda trêmulo.

— Eu me ofereci. Vi a foto em um dos livros deles e me lembrei de ter visto uma árvore aqui quando trabalhei nesse telhado no ano passado. — O homem deu um olhar suplicante a Nahri. — Eles são boa gente, e salvaram minha vida. Eu quis ajudar.

Nahri teve que se esforçar para conter a animação. Médicos shafits que sabiam fazer cirurgias e tinham livros médicos?

— Quem? — perguntou ela, ansiosa. — Quem são esses médicos?

O homem desviou o olhar.

— Não devemos falar sobre eles.

— Não quero fazer mal algum a eles. — Ela levou a mão ao coração. — Juro pelas cinzas de meus ancestrais. Levarei eu mesma um pouco de salgueiro para eles, e mais. Tenho muitos remédios seguros para os shafits em meus estoques.

O homem parecia dividido. Nahri o observou de novo, reparando nos pés descalços e na galabiyya maltrapilha. Nas mãos bastante calejadas.

Odiando-se um pouco, tirou um anel de ouro do bolso. Esquecera-se de removê-lo antes de começar a trabalhar na enfermaria, então rapidamente o enfiara ali dentro. Pequenos rubis dispostos em um padrão floral estavam encrustados na superfície.

Ela colocou o anel na mão do homem.

— Um nome e um lugar. — Os olhos dele se arregalaram, fixando-se no anel. — Não vou fazer mal a eles, prometo. Quero ajudar.

Desejo tomou a expressão dele; Nahri imaginou que o valor de um anel como aquele faria muita diferença para um trabalhador shafit.

— Subhashini Sem — sussurrou o homem. — A casa com a porta vermelha na rua Sukariyya.

Nahri sorriu.

— Obrigada.

Um pequeno exército de criadas esperava Nahri quando ela terminou seu trabalho e, mal entrou no hammam fumegante, elas avançaram para tirar suas roupas manchadas de sangue e poções, levando-as para serem lavadas, esfregar a pele dela com água de rosas, massagear braços e pernas com preciosos óleos e domar seus cachos selvagens em uma elegante coroa de tranças.

Nunca contente em ceder o controle, Nahri tinha insistido em pelo menos escolher as próprias roupas. Naquela noite, escolhera um vestido feito do linho mais luxuoso que já tocara. Não tinha mangas, caindo aos tornozelos com uma bainha pálida de tom amanteigado e preso por um ornamentado colarinho de centenas de contas: lápis-lazúli, ouro, cornalina e topázio. Lembrava a Nahri de seu lar; a estampa poderia ter sido copiada de um antigo templo no Egito.

Uma das criadas acabara de fechar o delicado colarinho quando outra se aproximou, trazendo um pote marfim discreto de cosméticos.

— Gostaria que eu passasse pó em sua pele, minha senhora? — perguntou ela.

Nahri olhou para o pote. Uma pergunta inocente, mas que sempre fazia seu estômago se revirar. Instintivamente, ela olhou para cima, vendo seu reflexo no límpido espelho prateado apoiado em sua penteadeira.

Embora o limite entre os shafits e os sangues-puros em Daevabad fosse bastante inflexível, traçado por séculos de violência e cultivado pela lei, sua aparência não era tão diferente quanto sua divisão de poderes sugeria. Os sangues-puros tinham orelhas pontudas e olhos com tons metálicos, é claro; a cor variava de acordo com a tribo. E a pele deles tinha um brilho, uma luz e uma névoa que refletiam o sangue quente de cor escura que fervilhava em suas veias. Dependendo da ancestralidade e da sorte, os shafits tinham uma mistura de feições humanas e djinns: olhos avelã humanos com orelhas perfeitamente pontiagudas, ou talvez o olhar de tom metálico dos Agnivanshi sem o brilho na pele.

Então havia Nahri.

A princípio, não havia *nada* mágico a respeito da aparência dela. Suas orelhas eram tão redondas quanto as de um humano e sua pele era de um marrom fosco terroso. Seus olhos pretos eram escuros, de fato, mas sempre sentira que faltava a eles a mesma profundidade ébano reluzente que marcava alguém como Daeva. Seu rosto tinha convencido Dara de que ela era uma shafit com apenas uma gota de sangue mágico nas veias. E era aparentemente uma mentira, um produto de uma maldição marid; ou fora o que os ifrits que a caçaram alegaram, uma alegação da qual Ghassan se aproveitara para declarar publicamente que ela era puro-sangue.

Em particular, é claro, ele dissera algo muito diferente. Não que importasse. Nahri suspeitava que jamais discerniria completamente suas origens. Mas a abordagem indiferente à sua aparência mudara quando se casara com Muntadhir. Esperava-se que a futura rainha de Daevabad tivesse uma aparência adequada ao papel, então cabeleireiros arrumavam suas tranças para cobrir a ponta de suas orelhas. Cinzas eram misturadas com seu kohl para fazer seus olhos parecerem mais escuros. Então o maldito pote de marfim aparecia. Continha um pó incrivelmente caro feito sabe-se lá o Criador do quê e, quando era pincelado em sua pele, dava a Nahri o brilho de um sangue-puro durante horas.

Era tudo uma ilusão, um desperdício de tempo e pura fachada – e tudo por uma futura rainha que não podia nem mesmo proteger os membros de sua tribo de serem espancados e roubados diante dela. E o fato de que suas criadas shafits eram forçadas a criar uma imagem da pureza de sangue que determinava a vida delas... tudo aquilo deixava Nahri enjoada.

— Não — respondeu ela, por fim, tentando não deixar sua repulsa transparecer. — Não preciso disso.

Uma batida soou à porta e Nisreen entrou.

Nahri resmungou.

— Não. Preciso de uma noite de folga. Diga a quem quer que seja que se cure sozinho.

Sua mentora abriu um sorriso magoado.

— Não é *sempre* pelo trabalho que procuro você. — Ela olhou para as criadas de Nahri. — Vocês se importariam de nos deixar?

Elas obedeceram imediatamente e Nisreen se juntou a ela na penteadeira.

— Você está muito bonita — disse ela. — Esse vestido é lindo. É novo?

Nahri assentiu.

— Presente de uma costureira sahrayn feliz por não ter mais a catapora prata.

— Seu marido vai achar difícil tirar os olhos de você.

— Suponho que sim — disse Nahri, combatendo a vergonha. Não sabia por que se incomodava. Muntadhir se casara com ela por seu nome, não seu rosto, e o marido estava sempre cercado por djinns lindos de tirar o fôlego, homens e mulheres que tinham vozes como as de anjos e sorrisos que podiam levar humanos à loucura. Parecia um desperdício de tempo sequer tentar atrair a atenção dele.

O olhar de Nisreen disparou para a porta antes que ela apoiasse o pequeno cálice de prata que tinha sido casualmente escondido nas dobras do xale.

— Preparei seu chá.

Nahri encarou o cálice, o cheiro forte de ervas emanando do líquido verde pálido. As duas sabiam que tipo de "chá" era: o que Nahri só bebia quando visitava Muntadhir.

— Ainda temo que sejamos pegas.

Nisreen deu de ombros.

— Ghassan provavelmente tem suas suspeitas, mas você é uma curandeira Nahid. Nisto, ele terá dificuldades em ser mais esperto que você. Vale o risco para lhe garantir um pouco mais de tempo.

— Um pouco é realmente tudo o que garante. — Ghassan ainda não pressionara muito no tópico de netos. Os djinns não concebiam com facilidade, então era completamente razoável que o emir e sua esposa ainda não tivessem sido abençoados com um herdeiro. Mas ela duvidava que ele fosse segurar a língua por muito tempo.

Nisreen devia ter ouvido a incerteza em sua voz.

— Chega disso por ora. — Ela empurrou o cálice para as mãos de Nahri. — Leve as coisas um dia por vez.

Nahri engoliu o chá e então se levantou, colocando uma túnica com capuz sobre o vestido.

— Preciso ir. — Estava cedo, mas, se saísse agora, poderia seguir de fininho pelas passagens dos fundos e ter alguns minutos sozinha em vez de ser escoltada por uma das camareiras de Muntadhir.

— Não vou atrasar você. — Nisreen ficou de pé também e, quando encarou Nahri, havia convicção em seu olhar. —

Tenha fé, minha senhora. Seu futuro aqui é mais brilhante do que você se dá conta.

— Você sempre diz isso — suspirou Nahri. — Queria ter sua confiança.

— Terá um dia — prometeu Nisreen. Ela enxotou Nahri para fora. — Agora, vá. Não me deixe segurar você.

Nahri obedeceu, pegando um dos corredores particulares que levava do jardim do harém para os apartamentos reais no andar superior do zigurate, um andar com uma vista excelente do lago de Daevabad. Todos os Qahtani tinham aposentos ali, exceto por Zaynab, que preferia o jardim abaixo.

Assim como Ali. O pensamento veio sem aviso – e indesejado. Ela odiava pensar em Ali; odiava que, cinco anos depois daquela noite, uma pontada de humilhação a perfurasse quando se lembrava de como seu suposto amigo silenciosamente atraíra ela e Dara para uma armadilha mortal. O jovem e ingênuo príncipe deveria ter sido o último capaz de enganar Nahri, mas enganara.

E odiava que, apesar de tudo, uma parte dela ainda se preocupasse com ele. Pois estava revoltantemente claro – não importava o que alegassem todos os al Qahtani – que Ali não estava apenas "liderando uma tropa" na paz de sua terra ancestral. Ele fora expulso, e sob termos que Nahri suspeitava serem bastante árduos.

Ela chegou à grande sacada que percorria a extensão do apartamento de Muntadhir. Como tudo que ele possuía, era dolorosamente sofisticada, com parapeitos e telas de madeira entrelaçada entalhados à semelhança de um jardim, cobertos por painéis bordados de seda para imitar uma tenda. Incenso queimava dentro de um braseiro incandescente do outro lado de uma pilha de almofadas brocadas, dispostas de modo a fornecer a melhor vista do lago.

Almofadas que não estavam *nada* vazias. Nahri parou subitamente, vendo Jamshid e Muntadhir sentados um de frente para o outro. A presença de Jamshid ali não a surpreendia – mas o fato de que estavam claramente discutindo, sim.

— Diga a seu pai que o mande *de volta*! — insistia Jamshid.

— Há algum motivo para ele não conseguir largar a maldita mercadoria na praia e dar meia-volta?

— Eu tentei. — Muntadhir parecia quase histérico. — Implorei a meu pai, mas sabe o que ele disse? — O emir soltou uma gargalhada engasgada e sem um pingo de humor. — Para ir *colocar um herdeiro na minha esposa Nahid* se eu estava tão preocupado com minha posição. É tudo o que somos para ele, peões em seu maldito jogo político. E agora seu peão preferido e mais inteligente está voltando.

Nahri franziu a testa, confusa. Afastando a culpa que sentia por ouvir às escondidas – mais por causa de Jamshid, seu amigo, do que pelo marido político, que quase certamente tinha um ou dois leais espiões posicionados em sua enfermaria –, ela se aproximou de fininho, enfiando-se em um nicho entre um vaso de samambaia e uma tela ornamental entalhada.

Ela respirou fundo. A magia do palácio era tão imprevisível quanto era poderosa e, embora Nahri estivesse secretamente aprendendo como melhor chamá-la, fazer aquilo era sempre um risco – ela não tinha dúvidas de que, se Ghassan suspeitasse do que estava fazendo, seria imediatamente punida.

Mas às vezes um pequeno risco valia a pena. Nahri se concentrou nas sombras aos seus pés. *Cresçam*, pediu ela, chamando-as mais para perto e permitindo que seu medo de ser pega aumentasse. *Protejam-me.*

Elas obedeceram, estendendo-se para envolver Nahri em um manto de escuridão. Respirando um pouco mais tranquilamente, ela se aproximou da tela para olhar através dos entalhes na madeira. Os dois homens estavam sozinhos, Jamshid sentado na beira de uma almofada enquanto observava Muntadhir com óbvia preocupação.

Muntadhir se ergueu subitamente, visivelmente trêmulo.

— A mãe dele vai me matar. — Ele caminhou de um lado para outro, puxando ansiosamente a barba. — Os Ayaanle querem isso há anos. Assim que ele chegar a Daevabad, vou acordar com uma corda no pescoço.

— Isso não vai acontecer — disse Jamshid, em tom afiado. — Muntadhir, você precisa se acalmar e pensar nisso... *não*. — Sua mão avançou para pegar a de Muntadhir quando o marido de Nahri disparou para a garrafa de vinho na mesa. — Pare. Isso não vai ajudar.

Muntadhir ofereceu um sorriso torto.

— Discordo — disse ele, baixinho. Parecia prestes a chorar. — Vinho é sabidamente um excelente companheiro durante a queda de alguém.

— Não haverá uma queda. — Jamshid puxou Muntadhir para a almofada ao seu lado. — *Não haverá* — ele repetiu quando Muntadhir virou o rosto. — Muntadhir... — Jamshid hesitou; quando falou novamente, havia um tom cauteloso em sua voz. — É uma longa jornada de volta a Daevabad. Perigosa. Você certamente conhece gente que...

Muntadhir sacudiu violentamente a cabeça.

— Não posso. Não tenho coragem. — Ele mordeu o lábio, olhando com resignação amarga para o chão. — Ainda não, de toda forma. — O emir limpou os olhos e então respirou fundo como se para se recompor antes de falar. — Sinto muito. Não deveria colocar esse fardo sobre você. Deus sabe que já sofreu o bastante com a politicagem da minha família.

— Não seja ridículo. — Jamshid tocou a bochecha de Muntadhir. — Quero que venha até mim com esse tipo de coisa. — Ele sorriu, a expressão destoando da tristeza súbita em seus olhos. — Para ser sincero... seus outros companheiros são uns puxa-sacos bastante inúteis.

Isso arrancou uma risada do marido de Nahri.

— Enquanto eu sempre posso contar com você para me insultar.

— E manter você em segurança. — A mão de Jamshid passou a segurar o queixo de Muntadhir. — Nada vai acontecer com você, eu juro. Não permitirei, e sou irritantemente honrado no que diz respeito a essas coisas.

Muntadhir gargalhou de novo.

— Isso eu sei. — Ele tomou fôlego outra vez e então subitamente fechou os olhos, como se sentisse dor. Quando voltou a falar, sua voz estava pesada com arrependimento. — Sinto sua falta.

O rosto de Jamshid se contorceu, seu bom humor sumindo. Ele pareceu perceber o que estava fazendo com a mão enquanto seu olhar recaía sobre a boca do marido de Nahri.

— Desculpe — sussurrou ele. — Não tive a intenção de...

O resto da explicação não deixou seus lábios, porque Muntadhir o beijou subitamente e com uma tristeza desesperada – um sentimento que foi claramente correspondido. Jamshid entrelaçou a mão nos cabelos escuros de Muntadhir, puxando-o para perto...

Então o empurrou para longe.

— Não posso. — A voz de Jamshid, seu corpo inteiro, estavam trêmulos. — Desculpe, mas não posso. Não mais. Eu disse quando você se casou. Ela é minha Banu Nahida.

Nahri se afastou da tela, chocada. E não por causa da alusão à intimidade passada entre os dois – havia momentos em que parecia que Muntadhir tinha dormido com metade das pessoas com quem interagia. Mas aqueles casos tinham sido todos casuais – flertes com vários ministros estrangeiros, namoricos com poetas e dançarinas.

A angústia que irradiava do marido agora definitivamente *não* era casual. Fora-se o emir que cheio de confiança a puxara para seu colo no jardim. Muntadhir oscilou para trás como se tivesse levado um soco, parecendo estar controlando-se para não chorar. Empatia tomou conta de Nahri. Apesar de todas as vantagens do poder e do glamour da corte, ficava impressionada ao ver quanto aquele lugar tornara todos completamente solitários.

Muntadhir olhou para o chão.

— É claro. — Parecia que ele estava lutando para recuperar a compostura. Talvez você devesse ir embora, então — ele acrescentou, em tom rígido. — Estou esperando por ela e odiaria colocar você em uma posição desconfortável.

Jamshid suspirou, colocando-se de pé lentamente. Ele se apoiou na bengala e olhou com resignação para Muntadhir.

— Você teve alguma sorte libertando os Daeva sobre os quais Nahri e eu falamos?

— Não — respondeu Muntadhir, de forma muito mais brusca do que falara com Nahri sobre o assunto. — É difícil libertar as pessoas quando são culpadas do crime do qual são acusadas.

— Então é um crime discutir as implicações das políticas financeiras de seu pai em um espaço público?

A cabeça de Muntadhir se ergueu.

— Daevabad já está bem inquieta sem tais fofocas sendo espalhadas. Ferem a moral e levam as pessoas a perderem a fé no seu rei.

— Assim como arbitrariamente prender as pessoas que por acaso têm riquezas e terras que podem ser confiscadas para o Tesouro. — Os olhos de Jamshid se semicerraram. — É claro que com "pessoas" quero dizer "Daeva". Todos sabem que o resto das tribos não sofre o mesmo tratamento.

Muntadhir estava sacudindo a cabeça.

— Ele está tentando manter a paz, Jamshid. E não vamos fingir que seu povo torna isso fácil.

A boca de Jamshid se contraiu em uma linha de desapontamento.

— Esse não é você, Muntadhir. E como estabelecemos que sou o único que é honesto com você... deixe-me avisar que está seguindo pelo mesmo caminho que diz ter destruído seu pai. — Ele se virou. — Dê minhas lembranças a Nahri.

— *Jamshid...*

Mas ele já estava indo embora, seguindo para onde Nahri estava escondida. Rapidamente, ela recuou para a beira dos degraus, como se tivesse acabado de chegar.

— Jamshid! — cumprimentou ela, com uma alegria fingida. — Que ótima surpresa!

Ele conseguiu dar um sorriso, embora não se refletisse nos olhos.

— Banu Nahida — respondeu ele, um tanto rouco. — Peço desculpas. Não quis me intrometer em sua noite.

— Não tem problema — disse ela, tranquilamente, odiando a mágoa ainda claramente estampada no rosto dele. Muntadhir não estava olhando para os dois; tinha caminhado para a beira da varanda e sua atenção estava concentrada nas fogueiras reluzentes da cidade abaixo. Ela tocou o ombro de Jamshid. — Venha me ver amanhã. Tenho um cataplasma novo que quero testar em suas costas.

Jamshid assentiu.

— Amanhã. — Ele passou por Nahri, desaparecendo no interior do palácio.

Nahri deu mais alguns passos, sentindo-se hesitante.

— Que a paz esteja com você — disse para o marido. — Se é um momento ruim...

— É claro que não. — Muntadhir se virou. Nahri precisava lhe dar crédito: embora estivesse pálido, seu rosto estava destituído da emoção estampada ali momentos antes. Ela supôs que algumas décadas na corte real de Daevabad ensinassem tal habilidade. — Desculpe. — Ele pigarreou. — Não estava esperando você tão cedo.

Óbvio. Ela deu de ombros.

— Terminei mais cedo.

Muntadhir assentiu.

— Deixe-me chamar um criado — sugeriu ele, cruzando a varanda. — Vou pedir que tragam comida.

Nahri segurou o pulso dele.

— Por que não se senta? — sugeriu ela, carinhosamente.

— Não estou com fome e achei que poderíamos conversar primeiro.

Assim que afundaram nas almofadas, Muntadhir estendeu a mão para a garrafa de vinho.

— Posso servir para você? — perguntou ele, enchendo a taça até a borda.

Nahri o observou. Não era Jamshid; não se sentia confortável impedindo o marido.

— Não... obrigada. — Muntadhir engoliu a maior parte da taça e a encheu de novo. — Está tudo bem? — arriscou ela. — A reunião com seu pai...

Muntadhir se encolheu.

— Podemos falar sobre outra coisa? Por um tempinho, pelo menos?

Ela estava doida de curiosidade para descobrir o que ele andara discutindo com Ghassan que levara à briga com Jamshid, mas talvez uma mudança de assunto o tirasse daquele humor sombrio.

E Nahri certamente tinha um assunto a discutir.

— É claro. Encontrei alguém interessante no jardim depois que você foi embora. Um homem shafit com um buraco no crânio.

Muntadhir se engasgou, tossindo vinho na mão.

— Você encontrou um *shafit morto no seu jardim*?

— Morto não — corrigiu Nahri, alegremente. — Ele parecia muito bem, tirando isso. Disse que um cirurgião tinha feito o procedimento para salvar sua vida. *Um cirurgião shafit*, Muntadhir. — Admiração envolveu a voz dela. — Alguém habilidoso o bastante para fazer um buraco no crânio de um homem, costurar a pele de novo e mantê-lo vivo. E estava *perfeito*. Quero dizer, parecia um pouco esponjoso onde faltava o osso, mas...

Muntadhir ergueu a mão, parecendo um pouco enjoado.

— Não preciso dos detalhes. — Ele olhou para o vinho carmesim, uma pontada de repulsa percorrendo o rosto, e abaixou a taça. — Então, o que tem isso?

— *O que tem isso?* — exclamou Nahri. — Demonstra um talento extraordinário! Aquela médica pode ter até mesmo treinado no mundo humano. Eu convenci o homem no jardim a me dar seu nome e a rua onde ele trabalha.

— Mas por que iria querer essas informações? — perguntou Muntadhir, parecendo perplexo.

— Porque quero encontrá-la! Primeiro... eu *sou* a Banu Nahida. Deveria garantir que ela é uma médica de verdade e não alguma... charlatã tirando vantagem de shafits desesperados. — Nahri pigarreou. — Mas também adoraria conhecê-la. Ela poderia ser um bem valioso; afinal de contas, ainda acho muito do que Yaqub me ensinou relevante.

Muntadhir pareceu ainda mais confuso.

— Yaqub?

O estômago de Nahri se revirou. Não estava acostumada a falar sobre suas paixões, aquelas mais próximas de seu coração, e o espanto de Muntadhir não estava ajudando.

— O farmacêutico com quem eu trabalhava no Cairo, Muntadhir. O velho. Meu amigo. Sei que já o mencionei para você antes.

Muntadhir franziu a testa.

— Então, quer encontrar uma médica shafit porque um dia teve um amigo farmacêutico no mundo humano?

Aquela era a chance dela. Talvez não fosse o melhor momento, mas Muntadhir *tinha* dito a ela para falar mais livremente com ele e seu coração estava transbordando.

— Quero ver se há uma forma de trabalharmos juntos... Muntadhir, é tão difícil ser a única curandeira aqui — confessou ela. — É *solitário*. A responsabilidade é esmagadora. Há momentos em que mal durmo, mal como... — Ela conteve a emoção que crescia em sua voz. — Achei que... o antigo hospital Nahid... — Nahri tropeçou nas palavras, tentando explicar os sonhos que percorriam sua mente desde a visita àquelas ruínas. — Imagino se talvez pudéssemos reconstruí-lo. Trazer um médico shafit para dividir a carga de pacientes e...

Os olhos de Muntadhir se arregalaram.

— Você quer *reconstruir* aquele lugar?

Nahri tentou não se encolher diante da incredulidade hor-rorizada na expressão dele.

— Você... você me disse que eu poderia vir até você, con-versar com você...

— Sim, mas sobre coisas *plausíveis*. Se quer trazer outro daeva para a corte ou participar das preparações para o Navasatem. O que está sugerindo... — Ele pareceu cho-cado. — Zaynab disse que o prédio estava em ruínas. Tem alguma ideia do esforço e das despesas que seriam precisos para restaurá-lo?

— Eu sei, mas pensei que...

Muntadhir se levantou e começou a andar de um lado para outro, agitado.

— E trabalhar com *shafits*? — Ele disse a palavra com um desdém pouco disfarçado. — De jeito nenhum. Meu pai jamais permitiria. Não deveria nem mesmo estar procurando por essa médica. Deve saber que o que ele está fazendo é ilegal.

— *Ilegal*? Como ajudar as pessoas é ilegal?

— Os shafits... — Muntadhir massageou a nuca; vergo-nha tomava seu rosto. — Quero dizer... eles não são... *nós* não devemos... agir de forma que... encoraje a população deles a aumentar.

Nahri ficou calada por um momento, a língua congelada de choque.

— Diga que não acredita nisso de verdade — falou ela, por fim, rezando para que Muntadhir tivesse falado errado, que ela tivesse imaginado o desprezo na voz dele. — Você é um al Qahtani. Seus ancestrais destronaram os meus, *massacraram os meus*, para proteger os shafits.

— Isso foi há muito tempo. — Muntadhir lhe deu um olhar suplicante. — E os shafits não são os inocentes que você deve imaginar. Eles odeiam os Daeva, odeiam *você*.

Nahri fervilhou de raiva.

— Por que eles me odiariam? Fui criada no mundo humano!

— E então voltou aqui ao lado de um homem famoso por usar um flagelo para determinar a cor do sangue de alguém — observou Muntadhir. — Você tem uma reputação com eles, queira ou não.

Nahri se encolheu, mas deixou as acusações passarem. Aquela conversa tinha tomado um rumo suficientemente terrível sem mencionar seu Afshin arrasado e os crimes sangrentos dele.

— Não tive nada a ver com Qui-zi — defendeu-se ela. — Nenhum de nós que estamos vivos hoje teve.

— Não importa. — Os olhos de Muntadhir se encheram de aviso. — Nahri, há muita história entre os daevas e os shafits. Inferno, entre a *maioria* dos sangues-puros e os shafits. Você não entende o rancor que sentem por nós.

— E *você* entende? Provavelmente jamais conversou com um shafit na vida!

— Não, mas já vi as armas humanas que eles contrabandearam para cá na esperança de gerar revolta. Já ouvi os pregadores deles dispararem mentiras venenosas e atirarem ameaças contra *seu* povo logo antes de serem executados. — Um olhar que Nahri não conseguiu decifrar percorreu o rosto dele. — E acredite em mim quando digo que sei muito bem como são inteligentes ao recrutarem outros para sua causa.

Nahri não disse nada. Ela se sentiu enojada – e não por causa do lembrete de que ela e os Daeva estavam em perigo.

Foi porque subitamente percebeu que seu marido – o al Qahtani que presumiu não se importar muito com pureza de sangue – poderia compartilhar dos piores preconceitos de sua tribo. Nahri ainda não sabia o que a respeito de sua aparência fazia Ghassan ter tanta certeza de que era tanto Nahid *quanto* shafit, mas ele deixara claro que era a posse da insígnia de Suleiman que lhe dava tal conhecimento.

E um dia Muntadhir a teria. Pegaria a insígnia e enxergaria de verdade a mulher com quem se casara.

O coração dela estremeceu.

— Nada do que você está sugerindo parece politicamente estável, Muntadhir — falou ela, escolhendo as palavras com cuidado. — Se as coisas ficaram tão ruins, não seria melhor tentar colaborar com os shafits? Você e eu nos casamos para cultivar a paz entre os Geziri e os Daeva. Por que não podemos tentar o mesmo com os mestiços?

Muntadhir sacudiu a cabeça.

— Não assim. Sinto muito pelos shafits, de verdade. Mas o problema deles remonta a gerações, e o que você está sugerindo é arriscado demais.

Nahri abaixou o olhar. Viu o colarinho de contas do lindo vestido novo e fechou a túnica sobre ele, sentindo-se subitamente muito tola.

Ele nunca será o aliado de que preciso. A verdade descarada ressoou por ela: a recusa de Muntadhir em tratar da situação dos shafits e as acusações de Jamshid se reviravam em sua mente. Estranhamente, não conseguia nem mesmo odiar o marido por isso. Também fora derrotada por Ghassan e nem era um dos filhos dele. Não havia como negar a mágoa de Muntadhir sobre Jamshid e o arrependimento sincero quando ele mencionou, e imediatamente abandonou, a situação dos shafits.

Mas Ghassan não a havia abatido, ainda não, não por completo.

Muntadhir devia ter percebido a mudança na sua expressão.

— Não é um "não" para sempre — disse ele, rapidamente. — Mas não é o momento certo de propor algo tão drástico.

Nahri trincou os dentes.

— Por causa do Navasatem? — Se mais uma coisa fosse atribuída àquela maldita festa, ela atearia fogo a algo.

Muntadhir sacudiu a cabeça.

— Não, não por causa do Navasatem. Por causa do motivo pelo qual meu pai queria me ver hoje. — O maxilar de Muntadhir se contraiu e seu olhar se fixou no lago distante, a água escura refletindo as estrelas esparsas acima. — Porque meu irmão está voltando a Daevabad.

7
DARA

Dara estudou o mapa fumegante de Daevabad que havia conjurado, usando os dedos para girá-lo de um lado para outro enquanto pensava.

— *Caso* encontremos uma forma de passar pelo limiar e atravessar o lago de Daevabad, entrar na própria cidade é o problema seguinte. — Ele olhou para seu grupo de guerreiros. Tinha escolhido os integrantes com cuidado: seus dez mais inteligentes, aqueles que estava preparando para a liderança. — O que sugerem?

Irtemiz caminhou ao redor do mapa, quase espreitando-o.

— Temos alguma forma de subir pela muralha?

Dara sacudiu a cabeça.

— A muralha não pode ser escalada. Também não se pode fazer um túnel sob ela ou sobrevoá-la. A própria Anahid a elevou, abençoada seja.

Mardoniye apontou para os portões da cidade.

— Os portões são mal vigiados. A Guarda Real fica de olho em barcos cruzando o lago, não em guerreiros chegando diretamente na praia pela própria água. Poderíamos entrar à força por ali.

— E cair diretamente no meio do Grande Bazar — observou Dara.

Os olhos de Mardoniye brilharam com ódio.

— Isso é ruim? — Ele passou a mão pelo rosto cheio de cicatrizes, a pele deformada onde havia entrado em contato com o fogo Rumi. — Eu não me incomodaria de me vingar pelo que os shafits fizeram com a gente.

— Vingança não é nossa missão — repreendeu Dara. — E agora estamos apenas discutindo estratégia; quero que vocês *pensem*. O Grande Bazar está a meros quarteirões da Cidadela. — Ele assentiu para a torre da Cidadela, assomando sobre o Grande Bazar ao lado da muralha de cobre. — Teríamos centenas, milhares de agentes da Guarda Real atrás de nós em minutos. Seríamos aniquilados antes de sequer chegar ao palácio.

Bahram, outro sobrevivente da Guarda Real, falou em seguida.

— Poderíamos nos dividir — sugeriu ele. — Metade de nós fica para trás e atrasa a Guarda enquanto você leva a senhora e os demais para o palácio.

Um calafrio percorreu a espinha de Dara diante da tranquilidade do rapaz.

— Seria morte certa para os guerreiros deixados para trás.

Bahram o encarou com os olhos brilhando.

— Estamos todos prontos para fazer esse sacrifício.

Dara olhou para seu grupo. Ele não duvidava de que Bahram estivesse certo. Os rostos de seus jovens soldados estavam cheios de convicção. Ele deveria ter ficado satisfeito. Tinha se dedicado ao treinamento deles; deveria orgulhar-se de lutar ao seu lado.

Mas, pelo Criador, ele tinha lutado ao lado de tantos jovens daevas cujos rostos tinham brilhado com aquela mesma convicção. E recolhera os corpos depois, entregando-os às chamas como mártires no que começava a parecer uma guerra sem fim.

Ele suspirou. Aquela *teria* um fim, Dara se certificaria disso – mas também seria muito cauteloso com seus homens.

— Seria apenas um atraso. Eles massacrariam vocês e chegariam até o resto de nós antes de avançarmos muito.

— E os ghouls? — sugeriu outro homem. — Os ifrits são nossos aliados agora, não são? Um deles estava se gabando de como pode conjurar um exército inteiro de ghouls. O magricela.

A expressão de Dara se contraiu com desprezo à menção dos ifrits, os quais odiava de modo particular e crescente. A lembrança de que eram aliados e a menção a seus ghouls apenas alimentaram seu ódio. Sem falar que Vizaresh, aquele que discutiam agora, havia ameaçado Nahri, dizendo que ia "triturar a alma dela até virar pó" por ter envenenado o sangue de seu irmão… algo de que Dara não se esqueceria tão cedo.

— Não quero ver aquelas coisas desprezíveis em nossa cidade — disse ele, bruscamente.

Istemiz sorriu.

— Os ghouls ou os ifrits?

Dara não conseguiu deixar de sorrir de volta. Seus soldados eram todos como família para ele, mas tinha uma afeição especial por Irtemiz, cujo talento nato com um arco se desenvolvera bastante sob a mão cuidadosa de Dara e que conseguia manter o bom humor mesmo durante as mais árduas sessões de treino.

— Os dois — respondeu ele. Então indicou o mapa de novo. — Quero que pensem nisso e discutam soluções uns com os outros enquanto eu estiver fora. — Dara não compartilhava da confiança de Manizheh de que uma reunião misteriosa com Aeshma e os marids resultaria nele conseguindo atravessar o limiar mágico que protegia Daevabad, mas, para o caso improvável de dar certo, queria estar preparado.

— Deveríamos continuar praticando com Abu Sayf?

Dara considerou a questão. Ele conseguira convencer Abu Sayf a lutar com seus soldados… ou, bem, talvez convencer não fosse o melhor termo. Ele ameaçara açoitar o Geziri mais jovem e mais irritante até a morte caso o mais velho não obedecesse. Eles enfrentariam zulfiqars na luta para retomar Daevabad e tinham recebido a rara oportunidade de aprender a combatê-las com os dois batedores Geziri que mantinham prisioneiros. Dara não gostara de soltar uma ameaça tão terrível, mas havia pouco que não estaria disposto a fazer se ajudasse a preparar seus jovens guerreiros.

Mas apenas sob sua vigilância: não confiava que os Geziri se manteriam obedientes durante sua ausência.

— Não. Não quero nenhum dos dois fora das correntes por sequer um momento. — Ele dispensou o grupo. — Agora vão. Jantarei com vocês antes de ir embora.

Dara ergueu a mão para apagar o mapa antes de partirem, observando as construções desabarem com uma onda de fumaça. O palácio em miniatura ruiu; a torre da Cidadela se dissolveu sobre a muralha.

Ele parou. Estalou os dedos, conjurando e então destruindo a torre de novo, deixando-a cair. Era alta o suficiente para que a metade superior desabasse através da muralha, abrindo um buraco no coração da própria Cidadela – e criando uma entrada para a cidade.

Isso é magia além das minhas capacidades. Manizheh talvez achasse que ele era invencível, mas Dara estava aprendendo que os contos fantásticos sobre os poderes dos grandiosos ancestrais deles na época anterior a Suleiman deveriam ser ouvidos com um pouco de desconfiança. Ele estava disposto a reivindicar Daevabad, mas não podia esgotar sua magia logo no início da invasão.

Guardou essa ideia, seguindo para o grande tapete enrolado em um canto. Ele não voava em um tapete havia anos, desde que viajara para Daevabad com Nahri. Passou a mão pela extensão de lã do objeto.

Vou encontrar uma forma de voltar para você. Prometo.

Mas, primeiro, tinha uma reunião com o próprio diabo.

Ele e Manizheh voaram para o leste, viajando por uma paisagem exuberante que se estendia como seda vincada; colinas esmeralda e planícies de terra misturavam-se umas às outras, marcadas por linhas azuis profundas onde fluíam rios e córregos sinuosos. A visão trouxe a Dara uma rara paz. Khayzur, o peri que um dia cuidara dele até recuperar a saúde, tentara ensiná-lo a apreciar tais momentos, deixando que o conforto e a beleza do mundo natural o arrebatassem. Fora uma lição difícil de internalizar. Da primeira vez que fora trazido de volta, Dara despertara com a notícia de que seu mundo havia morrido catorze séculos antes e que ele não passava de memória sangrenta para seu povo.

Não para todos. Era impossível ficar sentado naquele tapete conforme cortava o céu e não pensar nos primeiros dias que passara com Nahri – dias que o haviam levado a beber. Ele achava a mera existência dela escandalosa, prova física de que um de seus abençoados Nahid tinha quebrado o código mais sagrado e se deitado com um humano. O fato de ela ser uma ladra ardilosa que mentia com a mesma facilidade com que respirava parecia prova de todos os estereótipos negativos que Dara ouvira sobre os shafits.

Mas então... ela se tornara muito mais do que isso. Dara sentira-se espantosamente livre quando estava com Nahri – livre para ser um homem normal e não o célebre Afshin ou o odiado Flagelo de Qui-zi, livre para trocar provocações e flertes com uma linda e inteligente mulher, deliciando-se com a inesperada inquietude que o sorriso debochado e magnético da Nahid causava em seu coração abalado. Tudo porque Nahri *não* conhecia a história deles. Foi a primeira pessoa com quem ele falava em séculos que não sabia nada sobre seu passado – assim, pela primeira vez, conseguira deixá-lo para trás.

Sabia que era uma afeição tola, sabia que não podia durar, mas ficara desesperado para esconder o pior dela – uma decisão da qual ainda se arrependia. Se tivesse sido honesto com Nahri e confessado tudo... dado a ela a chance de fazer a própria escolha... Ele tinha que se perguntar se ela teria escolhido fugir de Daevabad ao seu lado.

Não que isso importasse agora. Nahri vira exatamente o que Dara era no barco naquela noite.

— Você está bem? — Espantado, ele levantou o rosto e viu Manizheh observando-o com uma expressão astuta. — Parecia estar contemplando algo importante.

Dara forçou um sorriso.

— Você me lembra de seus ancestrais — disse ele, fugindo da pergunta. — Quando eu era pequeno, costumava achar que podiam ler mentes.

Manizheh riu, um som raro.

— Nada tão fantástico. Mas quando se passa dois séculos atenta a cada batida de coração, corar de pele e inspiração ao redor, aprende-se a ler as pessoas. — Ela ergueu uma sobrancelha. — Repito a pergunta.

Dara se encolheu. À primeira vista, não havia muita semelhança entre Manizheh e sua filha. Manizheh era mais baixa e compacta, lembrando-o, não pouco, da própria mãe; uma mulher que podia fazer uma refeição para cinquenta e então quebrar uma colher no joelho para apunhalar um homem. No entanto, os olhos de Manizheh, olhos pretos afiados que se repuxavam levemente no exterior, eram de Nahri. E, quando se acendiam com desafio, perfuravam Dara com muita eficiência.

— Estou bem. — Ele apontou o chão distante. — Admirando a paisagem.

— É linda — concordou Manizheh. — Lembra Zariaspa. Rustam e eu costumávamos passar verões com os Pramukh quando éramos jovens. — A voz dela se tornou melancólica. — Foram os dias mais felizes de minha vida. Estávamos sempre correndo, subindo montanhas, apostando corrida com simurghs, experimentando com quaisquer plantas e ervas proibidas que encontrávamos. — Um sorriso triste passou pelo rosto dela. — A coisa mais próxima de liberdade que vivemos.

Dara inclinou a cabeça.

— Talvez você tenha sorte por não ter tido um Afshin. Tudo isso parece terrivelmente arriscado. Jamais teríamos permitido.

Manizheh riu de novo.

— Não, não havia nenhum guardião lendário por perto para estragar nossa diversão, e os Pramukh eram relativamente indulgentes contanto que levássemos Kaveh junto. Não pareciam perceber que ele era igualmente irresponsável. — Ela reparou na expressão cética de Dara e sacudiu a cabeça. — Não deixe o rosto sério de grão-vizir lhe enganar. Ele era um menino do campo cheio de lama quando o conheci, mais apto a sair escondido para caçar salamandras de fogo do que a controlar dois Nahid inquietos. — Ela olhou para longe e seus olhos se entristeceram. — Não tínhamos permissão de ir para Zariaspa tão frequentemente quando ficamos mais velhos. Sempre senti saudade dele.

— Suspeito que ele tenha sentido o mesmo — disse Dara, cautelosamente. Vira o modo como Kaveh olhava para Manizheh, e ninguém no acampamento deixara de notar que o visitante ainda não havia dormido na tenda que haviam preparado para ele. *Isso* confudira Dara; obviamente, o arrogante grão-vizir tinha um lado oculto. — Fico surpreso por não o ter trazido conosco.

— De jeito nenhum — disse ela, imediatamente. — Não quero que os ifrits saibam nada além do necessário a respeito dele.

Dara franziu a testa diante da determinação na voz dela.

— Por que não?

— Você morreria por minha filha, Darayavahoush?

A pergunta o surpreendeu, mas a resposta já deixava seus lábios.

— Sim. É claro.

Manizheh deu a ele um olhar sábio.

— No entanto, deixaria que ela morresse por você? Que sofresse por você?

Ela já sofreu por mim.

— Não se pudesse evitar — respondeu Dara, baixinho.

— Exatamente. Afeição é uma fraqueza para pessoas como nós, algo a ser escondido daqueles que gostariam de nos ferir. Uma ameaça a um ente querido é um método mais eficiente de controle do que semanas de tortura.

Ela disse as palavras com uma certeza tão gélida que um calafrio percorreu a espinha dele.

— Você parece falar por experiência própria — arriscou Dara.

— Eu amava muito meu irmão — disse Manizheh, olhando para longe. — Os Qahtani jamais me deixam esquecer. — Ela abaixou o olhar, estudando as mãos. — Confesso que meu desejo de atacar durante o Navasatem tem um motivo pessoal.

— Como assim?

— Rustam passou o último nas masmorras. Perdi a calma e disse algo estúpido ao pai de Ghassan. Khader. — O nome pareceu uma maldição na língua dela. — Um homem ainda mais severo do que o filho. Não lembro o que foi; besteira fútil de uma jovem irritada. Mas Khader entendeu como ameaça. Ele fez com que meu irmão fosse arrastado da enfermaria e jogado em uma cela sem luz no interior do palácio. Dizem... — Manizheh pigarreou. — Dizem que os corpos daqueles que morrem na masmorra não são retirados. Você fica deitado com cadáveres. — Ela parou. — Rustam passou o mês inteiro do Navasatem ali. Não falou durante semanas quando saiu. Mesmo anos depois... ele dormia com uma dúzia de lâmpadas acesas a noite toda.

Dara sentiu-se enojado e pensou relutantemente no destino da irmã.

— Sinto muito — falou, baixinho.

— Eu também. Aprendi desde então que o anonimato é muito mais seguro para aqueles que amo. — A boca dela se retorceu com amargura. — Embora não seja desprovido de cruéis desvantagens.

Dara hesitou; as palavras de Manizheh indicavam outra coisa que ele não podia deixar passar.

— Não confia nos ifrits? — perguntou ele. Deixara clara sua opinião negativa sobre os ifrits mais de uma vez, mas Manizheh sempre o interrompia. — Achei que fossem seus aliados.

— São um meio para um fim. E eu não confio com facilidade. — Ela se recostou sobre as palmas das mãos. — Kaveh é especial para mim e não deixarei que os ifrits descubram isso.

— Sua filha... — A garganta de Dara se fechou. — Quando eu disse que morreria por ela, espero que saiba que eu faria isso por qualquer Nahid. Não foi porque... — Ele corou. — Eu não abusaria de minha posição.

Um brilho de interesse iluminou o rosto dela.

— Quantos anos tinha quando morreu, Afshin? Da primeira vez?

Dara tentou se lembrar.

— Trinta? — Ele deu de ombros. — Foi há tanto tempo e os últimos três anos foram difíceis. Não lembro exatamente.

— Foi o que pensei.

— Não entendo.

Ela deu a ele um sorriso malicioso.

— Às vezes, você fala como um rapaz que ainda não viu meio século. E como conversamos... sou uma Nahid com uma habilidade que você comparou com leitura de mentes.

Antes que Dara conseguisse se controlar, calor tomou as bochechas dele e seu coração bateu forte – exatamente os sinais, é claro, que Manizheh buscava.

Ela cobriu os olhos.

— Ah, acho que é o lago em que encontraremos Aeshma. Pode nos levar para baixo.

Ele corou de novo.

— Banu Manizheh, peço que entenda…

Ela o encarou.

— Suas afeições são suas, Afshin. — O olhar dela ficou um pouco mais severo. — Mas não deixe que sejam uma fraqueza. De forma alguma.

Envergonhado, Dara apenas assentiu. Ele ergueu a mão e o tapete desceu, disparando para um brilho azul distante. O lago era enorme – mais mar do que lago – e a água, de um azul-claro brilhante, o tom tropical contrastando profundamente com as montanhas cobertas de neve que circundavam a margem.

— Lago Ossounes — disse Manizheh. — Aeshma diz que é sagrado para os marids há milênios.

Dara olhou com apreensão para o lago.

— Não quero voar sobre toda essa água em um tapete.

— Não precisamos. — Manizheh apontou para um rastro fino de fumaça que fluía da margem mais a leste. — Suspeito que ele esteja ali.

Eles voaram para mais perto, pairando acima de costões rochosos vermelhos e uma praia estreita e alagada. Era realmente um lugar incrível. Fileiras de sempre-verdes se erguiam como sentinelas contra colinas imponentes e vales gramados. Algumas nuvens manchavam o céu pálido e um gavião circundava acima. O ar tinha um cheiro fresco, prometendo manhãs frias em volta de fogueiras com perfume de pinho.

Saudade invadiu o coração de Dara. Embora tivesse nascido em Daevabad, aquele era o tipo de lugar que amava: céu aberto e vistas deslumbrantes. Em uma terra como aquela, era possível pegar um cavalo e um arco e desaparecer para dormir sob as estrelas e explorar as ruínas de reinos perdidos no tempo.

Adiante, uma fogueira queimava na praia; as chamas lambiam o ar com um prazer malicioso.

Dara inspirou, sentindo o cheiro de sangue antigo e ferro.

— Aeshma está próximo. — Fumaça formou espirais sob seu colarinho. — Consigo sentir o cheiro daquela maça que ele carrega, úmida com o sangue de nosso povo.

— Talvez você devesse mudar para sua forma natural.

Dara fez uma careta.

— Esta é minha forma natural.

Manizheh suspirou.

— Não é, e você sabe. Não mais. Os ifrits avisaram que sua magia é demais para esse corpo. — Ela bateu no braço tatuado dele; a pele estava marrom pálida e nada em chamas. — Você se deixa vulnerável.

O tapete flutuou para o chão. Dara não respondeu, mas também não se transformou. Faria isso se e quando os marids aparecessem.

— Ah, aí estão meus velhos aliados.

Ao som da voz de Aeshma, Dara abaixou a mão para a longa faca ao lado do corpo. A fogueira se partiu e o ifrit saiu pela fenda com um sorriso cheio de presas negras.

Era um sorriso que deixava Dara enojado. Aquela era a aparência dele agora, quando se transformava; a pele brilhante como fogo, os olhos dourados e as mãos com garras iguais às dos demônios que o haviam escravizado. O fato de que seus ancestrais tinham a mesma aparência antes da maldição de Suleiman não era reconfortante. Não fora o sorriso deles que Dara vira logo antes de a fétida água do poço cobrir seu rosto.

Aeshma se aproximou tranquilamente, alargando o sorriso como se visse o desgosto de Dara. Provavelmente via; não era algo que Dara tentava esconder. Equilibrada em um dos ombros estava sua maça, um martelo de metal rudimentar encrustado com farpas. Aeshma parecia gostar do efeito que exercia sobre o temperamento de Dara e sentia um prazer especial ao mencionar as ocasiões em que a arma fora banhada com sangue Nahid e Afshin.

Nossos aliados. A mão de Dara se fechou em torno do cabo da faca.

— Uma faca? — Aeshma emitiu um estalo de desapontamento com a língua. — Você poderia conjurar uma tempestade de areia que me atiraria do outro lado do lago se abandonasse esse corpo inútil. — Os olhos dele brilharam com maldade. — E é claro que, se pretende usar uma arma, poderia muito bem nos mostrar seu famoso flagelo.

A mão de Manizheh disparou quando o ar faiscou com calor.

— *Afshin* — avisou ela, antes de fixar a atenção em Aeshma. — Recebi seu sinal. O que você ouviu?

— Os mesmos murmúrios e premonições que começaram quando você o trouxe de volta à vida — falou o ifrit, com um aceno grosseiro na direção de Dara. — Meus companheiros saíram ateando fogo pelos esconderijos marids que conhecemos sem resposta. Mas, agora, há algo mais... — Ele parou, parecendo saborear o momento. — Os peris deixaram as nuvens para cantar seus avisos ao vento. Dizem que os marids saíram do limite. Que quebraram as regras e serão responsabilizados... punidos pelo ser inferior a quem devem sangue.

Dara o encarou.

— Você está bêbado?

Aeshma sorriu e suas presas reluziram.

— Perdoe-me, esqueço às vezes que se deve falar com simplicidade com você. — A voz dele ficou lenta, como um cacarejar debochado. — Os marids mataram você, Afshin. E agora têm uma dívida de sangue com você.

Dara sacudiu a cabeça.

— Eles podiam estar envolvidos, mas foi um djinn quem empunhou a lâmina.

— E? — interrompeu Manizheh. — Pense no que me contou sobre aquela noite. Acha mesmo que um pirralho al Qahtani seria capaz de derrubar você sozinho?

Dara hesitou. Ele enfiara flechas na garganta e nos pulmões do príncipe e o jogara nas profundezas amaldiçoadas do lago. Alizayd deveria estar morto três vezes, mas, em vez disso, subiu de volta no barco parecendo um tipo de assombração marinha.

— O que quer dizer com dívida de sangue? — perguntou ele.

Aeshma deu de ombros.

— Os marids lhe devem um favor. O que é conveniente, porque você quer invadir o lago deles.

— O lago não é deles. É nosso.

Manizheh apoiou a mão no pulso de Dara enquanto Aeshma revirava os olhos.

— Já foi deles — disse ela. — Os marids ajudaram Anahid a construir a cidade. Certamente lhe ensinaram sobre isso? Diz-se que as pedras preciosas que pavimentam o chão do Templo foram trazidas pelos marids como tributo.

As crianças Afshin não eram exatamente educadas nos detalhes da história do seu povo, mas Dara tinha ouvido a história das pedras do Templo.

— E como isso me ajudaria a atravessar o limiar?

— Esqueça o limiar — disse Aeshma. — Consegue imaginar seres marinhos atravessando desertos e montanhas? Eles usam as águas do mundo para atravessar... e um dia ensinaram seus mestres Nahid a fazer o mesmo. — Ressentimento brilhou nos olhos dele. — Isso tornou caçar o *meu* povo muito mais fácil. Nem ousávamos nos aproximar de um lago caso algum Nahid envenenador de sangue saltasse das profundezas.

— Isso é loucura — declarou Dara. — Você quer que eu ameace os marids, os *marids*, seres capazes de transformar um rio em uma serpente do tamanho de uma montanha, com base nos supostos sussurros de peris e contos de uma magia lendária que nem Banu Manizheh nem eu estávamos vivos para testemunhar? — Dara semicerrou os olhos. — Quer nos matar, é isso?

— Se eu quisesse matar você, Afshin, acredite em mim: teria pensado em um método muito mais simples e me poupado de sua companhia paranoica — disse Aeshma. — Você deveria estar *animado*. Pode se vingar dos marids que o mataram! Pode ser o Suleiman deles.

A comparação extinguiu o ódio de Dara, substituindo-o por pesar.

— Não sou Suleiman nenhum. — A negação escapou de sua boca e sua pele se arrepiou ao pensar em tal blasfêmia. — Suleiman foi um profeta. Foi o homem que fez nossas leis e nos deu Daevabad e abençoou nossos Nahid…

Aeshma caiu na gargalhada.

— Uau, você realmente decorou essa bobagem. Fico eternamente impressionado pelo treinamento que o Conselho Nahid enfiou na sua cabeça.

— Chega — disse Manizheh, em tom afiado. Ela se voltou para Dara. — Ninguém está lhe pedindo para ser Suleiman — assegurou ela, com a voz mais calma. — Você é nosso Afshin. É tudo o que precisamos que seja. — A confiança nos olhos dela ajudou a acalmá-lo. — Mas essa dívida de sangue é algo bom. Algo *abençoado*. Pode nos levar de volta a Daevabad. Para minha filha.

Nahri. O rosto dela surgiu na memória de Dara. A traição em seus olhos escuros conforme Dara a forçou a agir na enfermaria, os gritos dela quando ele foi derrubado.

Sessenta e quatro, dissera Kaveh, friamente. Sessenta e quatro daevas tinham morrido no caos que Dara causara.

Ele engoliu o nó que crescia em sua garganta.

— Como conjuro os marids?

Um prazer violento dançou no rosto do ifrit.

— Precisamos irritá-los. — Ele se virou. — Venham! Encontrei algo que eles vão ficar *muito* chateados de perder.

Precisamos irritá-los? Dara permaneceu fixo à areia.

— Minha senhora... isso pode muito bem ser perigoso.

— Eu sei. — O olhar de Manizheh estava concentrado no ifrit que recuava. — Você deveria deixar essa forma.

Dessa vez, Dara obedeceu, deixando que a magia o tomasse. Fogo percorreu seus braços e suas pernas, garras e presas se projetaram. Ele embainhou a faca, conjurando uma nova arma da fumaça que rodopiava em torno de seu quadril. Então a ergueu, o cabo familiar do flagelo aquecendo-se em sua mão.

Não faria mal lembrar a Aeshma do que ele era capaz.

— Não acredite em tudo que lhe disserem — recomendou Manizheh, parecendo subitamente nervosa. — Os marids são mentirosos. — Ela deu meia-volta abruptamente, seguindo Aeshma pelas chamas.

Dara a encarou por mais um momento. *O que eles teriam para me dizer?* Perplexo, ele a seguiu.

Atrás do véu de fumaça, uma silhueta se contorcia na praia de areia. Suas mãos e pernas estavam atadas e a boca, amordaçada. Ele chorava apesar da bola de tecido enfiada ali e seus pulsos estavam ensanguentados onde tentara rasgar as amarras.

Sangue carmesim.

Manizheh falou primeiro.

— Um humano? Planeja usar um humano para conjurar os marids?

— Não é qualquer humano — explicou Aeshma. — Um devoto dos marids, um que foi difícil de encontrar. Os humanos têm abandonado os velhos costumes, mas eu o vi conduzindo rituais na maré alta. — O ifrit inalou, parecendo enojado. — Ele é dos marids. Posso sentir o cheiro.

Dara franziu a testa. Também conseguia, na verdade.

— Sal — disse ele, baixinho, estudando o humano. — E algo mais... como um peso sobre ele. Algo escuro. Profundo.

Aeshma assentiu, girando a maça em uma das mãos.

— Ele foi reivindicado.

Manizheh encarava o humano com uma expressão ilegível.

— E essa reivindicação é importante para eles?

— Muito — respondeu Aeshma. — Há poder na adoração, e os marids não têm muitos seguidores. Ficarão muito chateados ao perder um.

O plano do ifrit se tornou terrivelmente claro na cabeça de Dara.

— Perder um... não pode querer dizer que pretende...

— *Eu* não. — Aeshma deu aos dois um olhar cauteloso. — Se estou errado sobre a dívida de sangue, os marids estarão no seu direito de massacrar quem quer que mate o acólito. — Ele estendeu a maça para Manizheh. — O risco é seu, Banu Nahida.

Dara imediatamente se colocou entre os dois.

— Não. Banu Manizheh... há... há regras — gaguejou ele. — Nossa tribo sempre obedeceu ao código de Suleiman; é o que nos separa dos djinns. Não tocamos humanos. Certamente não os matamos!

Ela sacudiu a cabeça com uma resignação sombria nos olhos ao pegar a maça.

— Precisamos encontrar uma forma de entrar em Daevabad, Afshin. Estamos ficando sem tempo.

Pesar subiu pela garganta dele, mas ele se entrepôs.

— Então... então eu farei. — Não era um pecado que ele podia deixar sua Nahid cometer.

Manizheh hesitou. Seus lábios estavam tensos; sua coluna, rígida. Então ela assentiu, recuando.

Dara pegou a maça e se dirigiu ao humano, ignorando o choro do homem e a voz que gritava dentro da própria mente.

Esmagou o crânio dele com um único golpe.

Um momento de silêncio horrorizado pareceu pairar no ar. Então Aeshma falou, com a voz tensa.

— Queime-o. Na água.

Enojado até a alma, Dara pegou o humano que tinha assassinado pelo colarinho ensanguentado e o arrastou para a parte rasa da água. O cheiro de vísceras o arrebatou. Em volta do pulso do morto havia um barbante azul com contas de jade. Será que alguém dera aquilo a ele? Alguém que estaria esperando por seu retorno?

Demônio. As acusações sussurradas que acompanhavam Dara em Daevabad surgiram em sua mente. *Assassino.*

Flagelo.

Sangue carmesim manchou a água cristalina, empoçando-se para fora do corpo como uma nuvem de tempestade cobrindo o céu. A água tremeluziu contra os calcanhares de Dara. Ele odiou aquilo. Odiou tudo a respeito daquilo. E odiou a si mesmo. Sangue desceu por suas mãos e o corpo do homem se incendiou. Por um momento, ele desejou que o elemento o consumisse junto.

Mas as chamas não duraram muito. Um guincho fino e agudo rasgou o ar – então o lago atacou.

A água se aproximou tão rápido que Dara nem teve tempo de se mover. Uma onda com duas vezes sua altura avançou contra ele, erguendo-se como um urso faminto...

Então se dividiu, desabando ao redor do seu corpo com um chiado raivoso de vapor. A água tentou de novo, baixando e enroscando-se nas pernas dele como se quisesse arrastá-lo para baixo e afogá-lo. E, de novo, recuou como um animal queimado.

— Afshin! — Dara ouviu Manizheh gritar. — Cuidado!

Ele olhou para cima e arregalou os olhos . Nas profundezas revoltas, um navio se recompunha. Ripas de madeira cobertas de cracas e tábuas de convés quebradas foram unindo-se em um esqueleto de naufrágios afundados. Uma enorme âncora, o metal alaranjado de ferrugem, voou para se encaixar na proa como algum tipo de aríete.

Dara recuou com o avançar do navio, seu primeiro instinto sendo proteger Manizheh.

— Fique onde está! — gritou Aeshma. — Controle-o!

Controlá-lo? Chocado demais para debater e sem fazer ideia de que *outra* forma confrontar o destroço espantoso que disparava contra ele, Dara se viu erguendo as mãos.

— Za marava! — gritou, usando as palavras que o ifrit lhe havia ensinado.

O navio se transformou em cinzas. Flocos flutuaram no ar pungente, caindo como neve, e Dara tropeçou, tremendo intensamente.

Mas o lago não havia terminado. Água avançou sobre o humano morto, espumando ao cobrir as chamas que envolviam seu corpo.

Então o homem se levantou.

Água escorria de seus membros, algas marinhas envolviam seus braços e caranguejos subiam ligeiros por suas pernas. Nadadeiras triangulares tinham surgido em seus ombros, descendo até encontrar mãos reptilianas terminadas em garras. Moluscos cobriam o crânio esmagado, escamas se estendiam sobre as bochechas ensanguentadas e uma confusão de conchas e redes de pesca podres havia substituído suas roupas molhadas. O homem esticou o pescoço quebrado com um estalo abrupto e piscou para o grupo, a parte branca de seus olhos oculta sob uma película escura e oleosa.

Dara se encolheu de horror.

— Era essa a aparência de Alizayd — arquejou ele quando Manizheh e Aeshma se aproximaram. — Pelo Criador... foram eles mesmo.

O morto olhou para eles e a temperatura desabou, deixando o ar pegajoso com umidade.

— *Daevas* — sibilou a criatura, falando divasti com uma voz fina e sussurrada que fez os dentes de Dara baterem.

Aeshma deu um passo na areia fumegante.

— Marid! — cumprimentou ele, parecendo quase alegre. — Então vocês, velhos inimigos de sangue salgado, ainda *estão* por aqui. Eu estava começando a temer que aquela fera marinha da sua mãe tivesse devorado a todos.

O marid sibilou de novo e a pele de Dara se arrepiou. A coisa diante deles, um pesadelo morto e contorcido surgido das profundezas escuras, parecia errada em todos os sentidos da palavra.

Ele exibiu um conjunto de dentes reptilianos.

— Vocês mataram meu humano — acusou o marid.

— Vocês *me* mataram — disparou Dara. Ele não tinha dúvida agora e uma fúria renovada correu por suas veias. — Um de vocês, de qualquer forma. E por quê? Eu não fiz nada contra seu povo!

— Não foi nossa a mão que assassinou você — corrigiu o marid, sua voz assustadora assumindo um estranho tom defensivo. Uma lesma enlameada subiu pela barbatana escamosa em seu ombro. — Você foi morto por um homem de sua própria raça.

— Então mate-o de novo — sugeriu Aeshma, casualmente. — Ele assassinou seu acólito e incendiou suas águas sagradas. Despedace-o com outro navio. Afogue-o. — O ifrit se aproximou, ignorando o olhar de raiva que Dara lhe lançou. — Mas não pode, não é? Está sendo sussurrado por todos os cantos. Seu povo quebrou as regras... — Ele umedeceu os lábios, seu rosto em chamas enchendo-se de uma expectativa voraz. — Ele poderia queimar as águas do mundo e vocês não seriam capazes de fazer nada.

O marid hesitou.

— Um erro foi cometido ao tomar o menino — disse a criatura, por fim.

— Um *erro*? — Fogo explodiu das mãos de Dara. — Você me assassinou a sangue frio e *tomar Alizayd* foi o erro?

O marid emitiu um estalo de irritação e uma névoa espessa surgiu da água.

— Culpe sua Nahid — sibilou ele, olhando para Manizheh com ódio nas profundezas oleosas dos olhos. — Ela que foi avisada, ela que busca desvirtuar o que foi forjado com sangue! — A névoa sobrenatural deslizou sobre a pele dele como uma cobra e Dara estremeceu. — Se pudesse ver a destruição que pressagia, Darayavahoush e-Afshin, se atiraria ao mar.

Choque congelou a língua de Dara, mas Aeshma gesticulou com desprezo.

— Ignore-o. Os marid gostam de se fingir de profetas, mas são tolos dementes cuja inteligência é tão rasa quanto suas águas. — Os olhos dourados brilhantes do ifrit se encheram de escárnio. — Há um milênio ou dois, lembro que estas margens estavam cheias de templos reluzentes; uma horda interminável de humanos estava disposta a se atirar em suas águas e declarar vocês seus deuses. Seu povo riu quando Suleiman puniu o meu. — O rosto dele estava sombrio de ódio. — Estou feliz por ter vivido para ver o mesmo ser feito a vocês.

O marid sibilou de novo.

— Essa criatura não é Suleiman. — Os olhos oleosos se semicerraram, focando-se em Dara. — Ele é um peão encharcado de sangue.

— No entanto, vocês têm uma dívida com ele. — A voz fria de Manizheh cortou o ar carregado como uma faca. — Uma dívida da qual vocês, presumo, gostariam de se ver livres. Então talvez possamos ter uma conversa em vez de discutir sobre guerras antigas.

O marid inclinou a cabeça, avaliando-os. A água aos seus pés se contraiu e avançou, como se a criatura tivesse tomado fôlego.

— Fale — respondeu ele, por fim.

— Queremos voltar a Daevabad. — Manizheh apontou para Dara. — Meu Afshin não pode mais atravessar o limiar da montanha, mas há lendas de que meus ancestrais conheciam outra forma. Que podiam entrar no lago como se fosse um portal e ressurgir em quaisquer águas que imaginassem, em qualquer lugar no mundo que seus corações desejassem.

— Essa magia jamais se destinou aos daevas. O lago era *nosso*. Era sagrado. — Mágoa penetrou a voz da criatura. — Foi o berço de Tiamat. Ela o encantou para podermos lhe prestar homenagem de todas as águas.

— Tiamat? — repetiu Dara, confuso. — Be til Tiamat? O oceano do sul?

— Não exatamente — respondeu Aeshma. — Tiamat era um dos deuses deles, sua mãe. Um monstro marinho gigante nascido no caos da criação com uma queda por destruir qualquer civilização de sangue imundo que provocasse sua ira. — Ele sorriu. — Ela *odiava* daevas.

— Tinha motivo para odiar daevas — sibilou o marid. — Anahid roubou o lago dela. Removemos o encantamento quando os descendentes de Anahid ficaram fracos demais para nos controlar. Eles mereciam ser despedaçados por ousar invadir nossas águas. — A criatura se virou para Manizheh, trincando os dentes. — E não é apenas Daevabad que você busca, filha de Anahid. Não pense que nos enganamos facilmente. Está atrás da insígnia de Suleiman.

Manizheh deu de ombros, inabalável como sempre.

— Estou atrás do que me pertence. Daevabad foi concedida aos Nahid pelo Criador, assim como a insígnia de Suleiman. O retorno dos dois é igualmente decretado. — Ela indicou Dara. — Por que nosso maior guerreiro nos seria devolvido com habilidades extraordinárias se não fosse a vontade do Criador?

O marid indicou sua casca de humano assassinado.

— Esta não é a vontade do Criador. É a maquinação mal--intencionada de uma mulher sedenta por sangue. — Seu olhar se voltou para Dara. — E você é pior. Duas vezes ressuscitado e com o sangue de milhares nas mãos... e ainda serve àqueles que o transformaram nessa abominação.

A acusação atingiu Dara até os ossos.

Há uma cidade chamada Qui-zi.

A calma com que aquelas palavras tinham sido ditas, por uma autoridade que Dara fora criado para jamais questionar. Os gritos das pessoas que ali viviam, os shafits que o conselho Nahid assegurara a ele que eram ardis desalmados. A crença na qual ele se agarrara desesperadamente até conhecer uma mulher shafit – Nahri – cuja companhia o fizera temer que tudo que ouvira sobre os mestiços fosse mentira.

Exceto, lembrou ele, que Nahri não era shafit. *Essa* fora a mentira, um ardil imposto pela mesma criatura diante dele. Uma maldição marid, uma mentira marid.

— Vocês *conseguem*? — exigiu ele, subitamente farto daqueles jogos. — É possível viajarmos pelas águas de volta a Daevabad?

— Não ajudaremos uma Nahid a recuperar a insígnia de Suleiman.

— Não foi o que perguntei — disse ele, entre os dentes trincados. — Perguntei se *conseguiriam*.

— Não recebemos ordens de demônios do fogo.

Foi resposta o suficiente para Dara.

Precisou de muito pouco para conjurar o poder incandescente e puro que queimava forte e colérico dentro dele. Dara já derramara tanto sangue. Não podia ser em vão e, se o marid precisasse aprender essa lição do jeito mais difícil, que assim fosse.

Dara queimou o chão com um rompante de calor que assou a argila sob seus pés, sacudindo todo o leito do rio. A água se agitou até ferver vigorosamente, fumegando com imensas nuvens de vapor. Mais fogo escorreu pelas mãos dele, disparando para consumir tudo que estivera seguramente aninhado nos braços do lago: as algas aquáticas que estavam dançando e os dentes fossilizados de criaturas perdidas para o tempo, um par de enguias contorcendo-se e os restos de inúmeros barcos pesqueiros. O grito assustado de pássaros tomou o ar quando um bando de garças bateu em retirada.

O marid gritou quando seu santuário queimou, caindo de joelhos e guinchando de dor como se tivesse ele mesmo sido golpeado. As mãos com garras rasparam a terra.

Dara se aproximou, ajoelhando-se ao lado da criatura. Levantou a cabeça do marid; sua pele parecia seixo sob as pontas de seus dedos. Ele forçou o olhar oleoso a encontrar o dele.

— Vocês recebem ordens deste demônio de fogo agora — disse, friamente. — Vão obedecer a essas ordens ou queimarei cada lugar que consideram sagrado, cada lugar que seu povo *algum dia* já chamou de lar. Vou reduzir tudo a cinzas e pó e assassinar cada seguidor humano que restar nos destroços de suas praias.

O marid se desvencilhou. Ele encarou o santuário em chamas. Nas poças que restavam, peixes contorciam-se em chamas, parecendo uma paródia doentia de um altar de fogo daeva.

O olhar do marid se deteve nos restos carbonizados de uma serpente d'água.

— Quando Suleiman puniu seu povo, não derramou sangue. Ofereceu uma escolha... uma escolha para cumprir sua penitência *construindo um templo para o Criador*, não um comando para participar de uma guerra.

As palavras vieram a Dara com muito mais facilidade agora.

— Não sou Suleiman.

— Não — concordou o marid. — Não é. — A criatura parecia ter encolhido, com dentes e escamas opacos.

Um momento se passou, o único som sendo o crepitar das chamas. O fogo se alastrava para as árvores, até a floresta sempre-verde para qual ele brevemente ansiara escapar.

O marid falou de novo, com a voz mais baixa.

— Vai considerar a dívida de sangue paga se deixarmos que passe pelo lago de Daevabad?

Um estalo alto adiante chamou a atenção dele. As chamas tinham tomado uma grande árvore na margem oposta.

A árvore se erguia sozinha, uma sentinela imponente, mas, conforme Dara observava, se partiu na base, caindo e aterrissando sobre o lago fumegante como os restos de uma ponte.

Ele permaneceu imóvel.

— Não. Esse não é meu único preço — disse, baixinho.

— Antes de me matarem no lago, vocês me atacaram no Gozan. Transformaram o próprio rio em uma serpente, uma fera tão grande quanto uma montanha. Conseguiria fazer isso com o lago?

— Talvez. — O marid ficou tenso. — Por pouco tempo. O lago é o berço de Tiamat. As águas não são facilmente controladas. — A criatura franziu a testa. — Por que desejaria fazer tal coisa?

Os olhos de Dara se viraram para a árvore em chamas.

— Quero derrubar uma torre.

8

ALI

O lago de Daevabad se estendia diante dele, um painel de vidro verde sujo.

Nenhuma ondulação brincava na água escura, nenhum peixe saltador rompia a superfície. O único movimento vinha dos emaranhados de folhas mortas que passavam boiando. O ar frio e espesso tinha cheiro de podridão terrena e claridade; um silêncio sinistro pairava sobre o barco. O lago parecia morto – um lugar amaldiçoado e abandonado havia muito tempo.

Ali sabia que não era o caso.

Como se em transe, ele se aproximou da beira do convés, a pele arrepiando-se ao ver a barca avançar pela água. A popa parecia uma faca cega sendo arrastada sobre óleo, sem deixar uma única onda em seu encalço. Ainda passariam pelo véu e, com a neblina espessa daquela manhã, nada estava visível atrás deles. Parecia que estavam suspensos no tempo, que o lago era interminável.

Diga-me seu nome. Ali estremeceu diante da lembrança, o sussurro baixo do marid como um dedo de gelo acariciando sua coluna. O zumbido baixo de insetos se elevou em seus ouvidos. A água estava realmente tão próxima. Seria tão fácil subir no parapeito do navio. Passar as mãos pelas profundezas frias. Mergulhar.

A mão de Aqisa desceu sobre o pulso dele.

— Perto demais da borda, não acha?

Ali se assustou, arrancado do torpor. Estava segurando o parapeito com um dos pés levemente elevado, embora não tivesse lembrança de ter feito isso. E o zumbido tinha sumido.

— Eu... ouviu aquilo? — perguntou ele.

— Só ouço Lubayd esvaziando o conteúdo do seu estômago — respondeu Aqisa, indicando o amigo com o polegar enquanto Lubayd fazia exatamente isso, vomitando violentamente sobre o parapeito do navio.

Ali estremeceu mais uma vez, esfregando os braços. Parecia que algo úmido e pesado se agarrava a sua pele.

— Estranho — murmurou ele.

Lubayd seguiu cambaleante até eles, com o rosto pálido.

— Odeio esta coisa maldita — declarou ele. — Que tipo de djinn conduz *barcos*? Somos criaturas do fogo, pelo amor de Deus.

Ali deu um olhar de empatia ao amigo.

— Estamos quase lá, meu amigo. O véu deve cair sobre nós a qualquer momento.

— E já tem um plano para quando chegarmos? — perguntou Aqisa.

— Não? — Ali enviara cartas ao palácio várias vezes durante a jornada até Daevabad, sugerindo que comerciantes ayaanle fossem enviados da capital para interceptá-los. Tinha até oferecido simplesmente deixar a carga na praia do lado de fora da cidade. Cada carta recebia a mesma resposta, escrita pelas mãos de um escriba diferente. *Seu retorno nos agradará.* — Suponho que a única coisa a fazer seja esperar e ver como seremos recebidos.

Outro silêncio recaiu e, dessa vez, os três ficaram imóveis. O cheiro de fumaça envolveu Ali, junto com um formigamento familiar conforme atravessaram o véu.

Então Daevabad se erguia diante deles.

A cidade fazia o navio parecer pequeno, um leão diante de um mosquito. A neblina espessa era apenas uma saia em volta das muralhas imensas e reluzentes de bronze, cujo volume imponente bloqueava o céu. Acima da muralha despontavam os topos de minaretes de vidro jateado e delicadas stupas flutuantes, antigos zigurates de tijolos de barro e templos com azulejos alegres. E, guardando todos eles, erguia-se a severa torre com ameias da Cidadela, alta e orgulhosa, um símbolo de Am Gezira.

Lubayd exalou.

— *Isso* é Daevabad? *É daí* que você vem?

— É daí que eu venho — ecoou Ali, baixinho. Ver seu antigo lar o fez sentir como se alguém tivesse enfiado a mão em seu peito e revirado seu coração. Conforme o barco se aproximava, ele ergueu o rosto para as fachadas dos Nahid mortos havia muito entalhados nas muralhas de bronze. Seus olhares metálicos distantes pareciam etéreos e entediados; a chegada de um exilado príncipe mosquito da areia era apenas uma nota de rodapé na longa história que haviam testemunhado. Embora o Conselho Nahid tivesse sido destronado séculos antes, ninguém derrubara as estátuas. A crença comum era que os Qahtani não se importavam: estavam tão confiantes e seguros em seu reinado que não se incomodavam com lembretes erodidos dos Nahid derrotados.

Mas, como com tantas coisas em Daevabad, a verdade era mais complicada. As fachadas *não podiam* ser derrubadas. Por ninguém. Assim que os trabalhadores de Zaydi levaram um cinzel até a superfície, pústulas estouraram em suas peles e bronze escorrera das feridas fétidas até que só restasse ossos em cinzas e poças de metal resfriando.

Ninguém tentara desde então.

O cais estava silencioso e deserto, exceto por um par de dhows de carga e um navio de areia sahrayn; o porto estava ainda mais decrépito do que quando Ali partira. Mesmo assim, a ruína apenas acrescentava à majestade. Era como entrar em um paraíso havia muito abandonado; um imenso mundo construído por seres que eles mal conseguiam entender.

— Louvado seja Deus… — sussurrou Lubayd quando passaram por uma estátua de guerreiro segurando um arco com duas vezes a altura de Ali e familiar o suficiente para fazer seu estômago revirar. — Não esperava algum dia ter uma visão dessas.

— Eu sim — murmurou Aqisa, sombriamente. — Mas presumi que teríamos um exército às costas quando acontecesse.

Uma dor constante começou a latejar na cabeça de Ali.

— Você não pode falar assim aqui — avisou ele. — Nem mesmo brincando. Se a pessoa errada em Daevabad ouvir…

Aqisa riu com escárnio, acariciando o cabo da khanjar.

— Não estou preocupada. — Ela deu a Ali um olhar irônico. — Vi quão bem o suposto futuro qaid deles sobreviveu no deserto.

Lubayd resmungou.

— Podemos segurar o derramamento de sangue por alguns dias, fazendo o favor? Não atravessei um lago amaldiçoado sobre uma tigela de madeira gigante para ser decapitado por traição antes de ter a chance de experimentar a cozinha real.

— Essa não é a punição por traição — murmurou Ali.

— Qual é, então?

— Ser pisoteado até a morte por um karkadann.

Lubayd empalideceu, e dessa vez Ali soube que não era enjoo.

— Ah — arquejou ele. — Não é que você vem de uma família criativa?

Ali voltou o olhar para a muralha de cobre.

— Meu pai não lida bem com deslealdade. — Ele passou o polegar pela cicatriz no pescoço. — Acredite em mim.

Eles deixaram os camelos e grande parte da carga no caravançarai ao lado do portão da cidade; Lubayd sussurrava carinhosamente ao ouvido dos animais, aos quais se afeiçoara, enquanto Aqisa e Ali esperavam impacientemente. Como em parte esperava que fossem presos no momento em que atracassem, Ali ficou surpreso quando não encontrou ninguém à espera deles. Sem saber o que mais fazer, ordenou que dois camelos fossem carregados com as peças mais preciosas da mercadoria dos Ayaanle: baús de ouro puro, caixas de joias luxuosamente trabalhadas e um caixote de livros raros da biblioteca real que Ali vasculhara em mais de uma ocasião durante a longa jornada.

Com os presentes amarrados, eles seguiram para o palácio. Ali envolveu o ghutrah sobre o rosto antes de partirem; suas feições mistas de ayaanle e geziri não eram totalmente incomuns na cosmopolita Daevabad, mas, jogando uma zulfiqar na mistura, era o mesmo que gritar seu nome dos telhados.

O Grande Bazar era uma confusão de cores e caos, a multidão densa com mercadores discutindo, turistas de olhos arregalados e bestas mágicas diversas. O som de pechinchadores em uma dúzia de línguas diferentes preencheu os ouvidos de Ali; os cheiros concorrentes de suor shafit, fumaça djinn, guloseimas fritas, perfumes encantados e tonéis de temperos o deixavam zonzo de nostalgia. Ali desviou de um bebê simurgh quando a criatura arrotou uma nuvem de fogo verde, acidentalmente pisando no pé de uma mulher sahrayn usando uma capa de pele de cobra que o amaldiçoou com termos tão chulos que beiravam uma arte.

Ele apenas sorriu, sua alegria escondida por trás do ghutrah. Por mais que tivesse sido trazido à força a Daevabad, não havia como negar que o espetáculo de seu antigo lar ainda fazia seu coração bater mais rápido. Os sussurros misteriosos no lago pareciam distantes; o formigamento em sua mente se fora por enquanto.

Mas, quando seguiram mais para dentro da multidão, as condições do bazar levaram sua nostalgia embora. Jamais limpas, para início de conversa – Ali ameaçara cortar a língua do ministro de saneamento durante seu breve período como qaid –, as ruas de Daevabad pareciam realmente sujas agora. Lixo podre se acumulava em pilhas e os canais estreitos escavados na rua para drenar a chuva e o esgoto estavam transbordando com entulho. O mais perturbador era o fato de que ele viu poucos membros da Guarda Real patrulhando as ruas – e aqueles que avistou estavam usando uniformes em frangalhos, os mais jovens armados com espadas comuns em vez das zulfiqars mais caras. Ele avançou, ficando mais preocupado a cada minuto. Musa alegara que Daevabad tinha afundado em tempos difíceis, mas Ali considerara aquilo apenas um jeito de persuadi-lo a voltar para casa.

Estavam no meio da midan, atravessando uma interseção lotada nas profundezas do distrito shafit de Daevabad, quando o grito de uma criança cortou o ar.

Ali parou, segurando o camelo que estava guiando. O som viera de uma plataforma exposta entre as ruínas de um prédio de pedra. Sobre a plataforma estava um homem geziri usando seda amarela estampada. Ele forçava outro homem – um shafit usando uma faixa de cintura suja – até a frente da plataforma.

— *Baba!* — O grito ecoou de novo, então uma menininha pulou uma cerca de madeira disposta ao lado da plataforma e correu até o homem shafit, atirando-se aos braços dele.

Ali encarou, esforçando-se para entender o que estava acontecendo. Uma multidão de djinns estava abaixo da plataforma, todos vestindo roupas de aparência cara. Havia mais shafits também – homens, mulheres e crianças – presos atrás da cerca, cercados por vários djinns portando armas.

O homem shafit se recusava a soltar a filha. Ele tremia, acariciando as costas dela e sussurrando ao seu ouvido enquanto a menina chorava. Recuou um passo quando os guardas fizeram uma tentativa fraca de puxar a menina, olhando-os com raiva.

O djinn geziri cruzou os braços sobre a seda luxuosa e então suspirou, caminhando até a frente da plataforma.

Um sorriso largo demais se estampou no rosto dele.

— E o que acham deste par, vocês que ainda não tiveram a sorte de ver parentes de sangue fraco? Ambos são daevabadi natos e fluentes em djinnistani. E nosso amigo aqui é um cozinheiro talentoso. Nós o encontramos gerenciando uma barraca de lanches no Bazar. Seria valioso na cozinha de *qualquer* parente distante.

O quê? Ali olhou sem entender a cena adiante.

Aqisa aparentemente não estava tão confusa.

— Eles os estão vendendo — sussurrou ela, com horror crescente. — Estão *vendendo* shafits.

— Não pode ser. — Lubayd parecia enjoado de novo. — Isso... isso é proibido. Nenhum Geziri jamais deveria...

Ali silenciosamente colocou as rédeas do camelo nas mãos de Lubayd.

Lubayd segurou o braço dele. Ali tentou se desvencilhar e Lubayd assentiu para a fileira de homens que vigiava a cerca.

— *Olhe*, seu tolo inconsequente.

Ali olhou, mas não para os guardas. Marcos familiares chamaram sua atenção: uma loja de cerâmica com uma porta de listras azuis, a forma distinta com que dois becos estreitos se aproximavam sem jamais se tocar, o minarete levemente torto ao longe. Ali conhecia aquele bairro. Ele sabia o que um dia houvera ali; o que a construção em ruínas diante dele fora um dia.

A mesquita onde o sheik Anas, o antigo líder martirizado dos Tanzeem, tinha pregado.

Ele inspirou, subitamente sem fôlego. Seu pai poderia muito bem ter enfiado uma faca em seu coração. Mas ele sabia que a punição não tinha sido direcionada ao filho na longínqua Am Gezira; fora direcionada aos shafits cujo sofrimento o levara à deslealdade... àqueles sendo leiloados diante de seus olhos.

A menina começou a chorar mais alto.

— Para o inferno com isso — disparou Aqisa, dando um passo adiante.

Ali a seguiu, deixando Lubayd xingando atrás deles e atrapalhando-se com o camelo. O mercador geziri devia ter reparado neles, pois se afastou das barracas horríveis, os olhos metálicos brilhando com antecipação.

— Pelo Altíssimo, vocês dois parecem ter sido soprados por uma tempestade de areia. — O mercador riu. — Certamente não são meus clientes habituais, mas acho que se pode encontrar parentes em qualquer lugar. — Ele ergueu uma sobrancelha escura. — Contanto que esses parentes paguem.

A mão de Aqisa desceu até a espada. Ali se colocou diante dela.

— Quando Daevabad começou a vender cidadãos shafits? — indagou ele.

— *Vender*? — O homem emitiu um estalo com a língua. — Não estamos vendendo ninguém. — Ele pareceu chocado. — Isso seria ilegal. Estamos apenas intermediando a busca pela família de sangue puro deste homem... então aceitamos uma comissão para ajudar nosso trabalho. — Ele levou a mão ao coração. — Mais fácil encontrar seus parentes quando se está de pé diante deles, não?

Era uma desculpa pateticamente fraca. Ao lado dele, Aqisa grunhiu. Ali só conseguiu imaginar o quanto seu lar devia parecer horrível para os amigos. Como muitos Geziri, os luhyari mantinham os parentes de sangue mestiço consigo, ignorando a lei que exigia que fossem levados para Daevabad e ficassem lá até morrer. Alguns shafits em Bir Nabat eram tratados como iguais, encontrando ocupações independentemente de suas habilidades com magia.

Ali trincou os dentes.

— Não parece que ele deseja encontrar nenhum parente de sangue puro — disse o príncipe. — Você disse que ele tinha uma subsistência? Por que não o deixa retornar a ela?

O mercador deu de ombros.

— Os shafits são como crianças. Deveríamos deixar crianças escolherem o próprio destino também?

Ao ouvir isso, Aqisa deu uma cotovelada forte no estômago de Ali e então aproveitou-se da distração para empurrá-lo para o lado. Ela puxou a khanjar, seus olhos brilhando.

— Eu deveria cortar sua língua — disparou ela, em geziriyya. — Você é um traidor da tribo, de tudo que seu povo representa!

O mercador ergueu as mãos enquanto vários de seus guardas o cercavam.

— Nada do que estamos fazendo aqui é ilegal — disse ele, a tranquilidade deixando sua voz. — E não preciso de nenhum catador de lixo do norte agitando todo mundo...

— Qual é seu preço? — A pergunta soou como veneno na boca de Ali. — O preço pelo homem e pela filha?

O mercador apontou na direção de um djinn com vestes de um amarelo forte.

— O cavalheiro de Agnivansha ofereceu mil e duzentos dinares só pela menina.

Mil e duzentos dinares. Uma quantia asquerosamente baixa para a vida de alguém, mas muito mais do que o que ele e os companheiros podiam reunir. Ali era tão pobre quanto o restante de Bir Nabat; sua riqueza fora destituída quando seu pai o baniu. Os camelos que carregavam estavam cheios de presentes, mas tudo fora cuidadosamente inventariado; um presente dos Ayaanle para o palácio.

Abaixando a mão, Ali tirou a zulfiqar das vestes.

Agora o mercador fez mais do que se encolher – empalideceu e recuou com medo evidente.

— Agora, espere um pouco. Não sei de quem roubou isso, mas...

— Isso basta? — Os dedos de Ali se apertaram no cabo da amada arma. Então ele engoliu em seco e a ofereceu ao mercador.

Os olhos do homem brilharam com astúcia.

— Não — disse ele, bruscamente. — Não com todos os soldados tentando penhorar as deles antes de desertarem de volta a Am Gezira. Darei a você o pai, mas não a menina.

O shafit os estivera observando pechinchar no que parecia ser um choque entorpecido. Mas, diante da oferta do mercador, a filha soltou um grito e o homem a segurou com mais força.

— *Não*! — A palavra explodiu da boca dele. — Não vou deixar que a coloquem de volta naquela jaula. Não vou deixar que a tirem de mim!

O desespero na voz dele levou Ali rapidamente para além do próprio limite.

— Uma zulfiqar *al Qahtani*. — Ele a atirou aos pés do homem e então tirou o ghutrah que cobria seu rosto. — Certamente *isso* cobre seu preço?

A boca do mercador se escancarou, o tom dourado de sua pele ficando de um verde que Ali não sabia ser possível. Ele caiu de joelhos.

— Príncipe Alizayd — arquejou o homem. — Meu Deus... p-perdoe-me — gaguejou. — Eu jamais teria falado com tal desrespeito se soubesse que era você.

A multidão se abriu de uma forma que lembrou a Ali de como os djinns em Am Gezira fugiam de víboras chifrudas. Seu nome foi levado pelo vento, sussurros em várias línguas farfalhando pelo tumulto.

Ali tentou ignorá-los, deixando parte da antiga arrogância escapar na voz.

— Vamos lá — desafiou ele. Então indicou com o queixo a zulfiqar, seu coração apertado com a ideia de entregar a arma que o mantivera vivo durante o exílio. — Minha lâmina pessoal. Está na minha família há gerações, certamente isso cobre os dois?

Um misto de ganância e medo lampejou pelo rosto do mercador.

— Foi isto o que usou para matar o Flagelo?

Ali se sentiu enojado pela pergunta. Mas, suspeitando que ajudaria a convencer o homem, a mentira veio com facilidade.

— A mesma lâmina.

O homem sorriu.

— Então eu diria que é muito bom fazer negócios com você, meu príncipe. — Ele fez uma reverência e indicou para que Ali fosse até ele. — Por favor... os contratos levarão apenas um momento...

O homem shafit olhava para ele com descrença e choque.

— Mas você... as pessoas dizem... — Seus olhos dispararam para a multidão de sangues-puros e ele subitamente mudou de assunto. — Por favor, não nos separe, Vossa Alteza. — Ele abraçou a filha com mais força. — Eu imploro. Nós serviremos a quem desejar, mas, por favor, não nos separe.

— Não — disse Ali, rapidamente. — Não se trata disso. — O mercador retornou com os contratos e Ali rapidamente os leu antes de acrescentar sua assinatura. Então imediatamente os entregou ao shafit.

O homem pareceu embasbacado.

— Não entendo.

— Vocês estão livres — disse Ali. — Como deveriam estar. — Ele lançou seu olhar mais frio para o mercador, fazendo o homem se encolher. — Aqueles que negociam vidas estarão entre os primeiros a queimar no inferno.

— E vamos parar por aí! — Lubayd tinha finalmente chegado até eles, puxando os dois camelos histéricos pela multidão. Ele empurrou as rédeas para as mãos de Aqisa e agarrou a bainha da túnica de Ali, arrastando-o para fora da plataforma.

Ali olhou em volta, mas o shafit tinha desaparecido na multidão com a filha. Ali não o culpava. Conseguia sentir os olhos dos transeuntes fixos nele enquanto Lubayd tentava fechar de novo seu ghutrah.

— O-o que está fazendo? — indagou Ali quando o amigo o cutucou no olho. — Ai! Quer parar... — As palavras morreram em sua boca quando ele viu o motivo pelo qual suspeitava que Lubayd estivesse tentando disfarçá-lo.

Uma dúzia de membros da Guarda Real se juntara a eles.

Ali ficou parado sem graça, com o ghutrah torto, sem saber como cumprimentar seus antigos companheiros. Houve um momento ou dois de olhares hesitantes, até que um dos oficiais deu um passo adiante. Ele levou as mãos ao coração e à testa, na saudação Geziri.

— Que a paz esteja com você, príncipe Alizayd — cumprimentou o homem, solenemente. — Seu pai pediu que eu o buscasse.

— É um lugar muito bonito para ser executado, isso eu admito — disse Lubayd, casualmente, conforme eram escoltados por um corredor deserto do palácio. Flores roxas de cheiro doce subiam pelas colunas e a luz do sol salpicada brincava através das telas de madeira.

— Não seremos executados — disse Ali, tentando esconder do rosto a sensação de que estavam caminhando para sua ruína.

— Eles levaram nossas armas — observou Lubayd. — Bem, eles levaram a minha e a de Aqisa... a sua você deu. Decisão genial, aliás.

Ali lançou um olhar sombrio para ele.

— Aqui, meu príncipe. — O oficial parou, abrindo uma porta pintada de azul com gazelas saltitantes entalhadas ao redor. Dava para um pequeno jardim interno, cercado por paredes de pedra altas cor de creme pálido. No centro havia um pavilhão rebaixado, sombreado por palmeiras exuberantes. Água borbulhava alegremente em uma fonte de pedra com o formato de estrela e ladrilhada com raios de sol, diante da qual havia um tapete cheio de bandejas de prata com doces nas cores do arco-íris e frutas tão brilhantes quanto joias.

— Seu pai se juntará a você em breve. É uma honra conhecê-lo, meu príncipe. — O oficial hesitou, então acrescentou: — Minha família é de Hegra. O trabalho que fez em nosso poço no ano passado... aquilo os salvou. — Os olhos dele encontraram os de Ali. — Espero que saiba como muitos de nós na Guarda Real ainda o temos em alta conta.

Ali considerou a frase cuidadosamente formulada.

— Uma afeição que é retribuída — respondeu ele. — Qual é seu nome, irmão?

O homem fez uma reverência.

— Daoud.

— Um prazer conhecê-lo. — Ali tocou o coração. — Mande lembranças minhas a seu povo quando se encontrarem novamente.

— Com a vontade de Deus, meu príncipe. — Ele fez outra reverência e saiu, fechando a porta atrás de si.

Aqisa ergueu uma sobrancelha.

— Fazendo amigos?

Aliados. Embora Ali não gostasse de como sua mente rapidamente se decidira por essa palavra.

— Algo assim.

Adiante, Lubayd tinha se jogado na comida. Deu uma mordida em um doce de mel coberto com flores açucaradas e seus olhos se fecharam com prazer.

— Essa é a melhor coisa que já provei.

— Provavelmente está envenenada — disse Aqisa.

— Vale a pena morrer.

Ali se juntou a ele, com o estômago roncando. Fazia anos desde que vira tais iguarias. Como sempre, tinham sido empilhadas para impressionar – uma quantidade que nem mesmo Ali e os companheiros seriam capazes de terminar. Era uma prática na qual não pensara muito quando era jovem, mas agora, lembrando-se da pobreza visível nas ruas de Daevabad, subitamente lhe pareceu um desperdício pecaminoso.

A porta se abriu com um rangido.

— Pequeno Zaydi!

Ali olhou para cima e viu um homem com peito largo usando uniforme de oficial e um turbante carmesim entrar no jardim.

— Tio Wajed! — gritou ele, alegre.

O qaid sorridente puxou Ali para um abraço esmagador.

— Por Deus, menino, é bom ver você de novo!

Ali sentiu parte da tensão deixá-lo – ou talvez o abraço de Wajed estivesse apenas deixando-o dormente.

— Você também, tio.

Wajed o empurrou para trás, segurando-o à distância dos braços para olhar o sobrinho de cima a baixo; havia lágrimas nos olhos do homem mais velho, mas ele riu, obviamente satisfeito com Ali.

— Onde está o menino magricela que ensinei a usar uma zulfiqar? Meus soldados estavam sussurrando que você parecia Zaydi, o Grande, caminhando até o palácio em seus trapos com os companheiros no seu encalço.

Ali suspeitava que a comparação não cairia bem com seu pai.

— Não acho que alguém me confundiria com Zaydi, o Grande — esquivou-se, rapidamente. — Mas conheça meus amigos. — Ele pegou o braço de Wajed. — Aqisa, Lubayd... este é Wajed al Sabi, o qaid da Guarda Real. Ele praticamente me criou quando fui enviado para a Cidadela.

Wajed tocou o coração.

— Uma honra — disse ele, com sinceridade. Um pouco de emoção invadiu a voz áspera do qaid. — Obrigado por protegê-lo.

Ali ouviu a porta ranger de novo. Seu coração quase parou quando ele olhou para trás, esperando o pai.

Mas foi Muntadhir quem avançou para a luz do sol.

Ali congelou quando o irmão encontrou seus olhos. Muntadhir parecia mais pálido do que ele se lembrava, com sombras sob os olhos escuros. Duas cicatrizes finas marcavam sua sobrancelha esquerda – um resquício do chicote do Afshin –, mas não conseguiam estragar sua aparência. Muntadhir sempre fora deslumbrante, o belo e devasso príncipe que conquistava nobres adoradores enquanto Ali os espantava. Estava impressionante nas vestimentas reais: a túnica preta de borda dourada que girava como fumaça em torno de seus pés e o brilhante turbante de seda azul, roxa e dourada que coroava sua cabeça. Um colar de pérolas geziri pretas lustrosas envolvia seu pescoço e um rubi brilhava como uma gota de sangue humano no anel dourado em seu polegar.

Wajed fez uma reverência.

— Emir Muntadhir — cumprimentou ele, respeitosamente. — Que a paz esteja com você.

— E sobre todos vocês — respondeu Muntadhir, educadamente. A voz familiar do irmão fez uma emoção percorrer Ali como uma onda. — Qaid, meu pai pede que leve os companheiros do príncipe Alizayd para a ala de hóspedes da Cidadela. Por favor, certifique-se de que não lhes falte nada. — Ele tocou o coração e então lançou um sorriso encantador para Aqisa e Lubayd. — Somos eternamente gratos pela acolhida que deram a meu irmão em sua aldeia.

Ali semicerrou os olhos diante da mentira agradavelmente formulada, mas nem Aqisa nem Lubayd responderam com seu sarcasmo habitual. Em vez disso, pareceram arrebatados com o emir de Daevabad.

Bem, suponho que ele seja uma imagem mais hipnotizante do que um príncipe ensopado e faminto morrendo em uma fenda.

Lubayd se recuperou primeiro.

— Isso está bem para você, irmão? — perguntou a Ali.

— É claro que está — interrompeu Muntadhir, suavemente. — Deve entender que nós estamos ansiosos por um tempo a sós com o príncipe Alizayd.

Ali não deixou de notar o uso agressivo do termo "nós", um modo de falar que ele associava com o pai. Havia uma rispidez subjacente às palavras encantadoras de Muntadhir que não lhe agradava. E, embora provavelmente não pressagiasse nada bom para ele, de repente não se importou em mandar os amigos para longe.

— Você vai cuidar deles? — perguntou Ali a Wajed.

Wajed assentiu.

— Tem minha palavra, meu príncipe.

Teria que bastar. Ali confiava em Wajed tanto quanto podia confiar em qualquer um ali. Olhou para Lubayd e Aqisa e tentou sorrir.

— Vejo vocês em breve, com a vontade de Deus.

— É bom mesmo — respondeu Lubayd, pegando outro doce antes de se levantar.

Aqisa o puxou em um rápido abraço. Ali ficou imóvel de choque com o gesto inapropriado, mas então algo sólido deslizou para a dobra de seu cinto.

— Não morra — sussurrou ela ao ouvido dele. — Lubayd vai ficar inconsolável.

Com muita certeza de que ela acabara de lhe passar só Deus sabe qual arma que conseguira contrabandear para dentro do palácio. Ali assentiu, silenciosamente agradecido.

— Cuide-se.

Wajed apertou seu ombro.

— Venha até a Cidadela quando tiver a chance. Mostre a meus pirralhos nascidos em Daevabad como lutamos em casa.

Assim que eles se foram, a temperatura pareceu cair e o sorriso educadamente vazio sumiu do rosto de Muntadhir.

— Alizayd — disse ele, friamente.

Ali se encolheu; seu irmão jamais o chamava pelo nome formal.

— Dhiru. — Sua voz se embargou. — É muito bom ver você.

A única reação de Muntadhir foi uma leve careta, como se tivesse mordido algo azedo. Ele se virou, ignorando Ali para descer até o pavilhão.

Ali tentou de novo.

— Sei que não nos despedimos sob a melhor das circunstâncias. Sinto muito. — O irmão não disse nada, servindo uma taça de vinho e bebendo como se Ali não estivesse ali. Ali insistiu. — Espero que tenha passado bem. Fiquei triste por perder seu casamento — acrescentou ele. Apesar dos esforços, conseguiu ouvir a rispidez nas palavras.

Muntadhir ergueu o rosto.

— Todas as coisas diplomáticas sobre as quais poderia tagarelar e passa direto para ela.

Ali corou.

— Eu só quis dizer...

— Como está seu primo?

Ali se sobressaltou.

— Meu o quê?

— Seu primo — repetiu Muntadhir. — O ayaanle que convenientemente adoeceu e precisou que você assumisse o lugar dele.

A implicação sarcástica de que Ali tivera um papel na trama de Musa o fez trincar os dentes.

— Não tive nada a ver com aquilo.

— É claro que não. Uma trama ayaanle faz com que você seja exilado, outra traz você de volta. E Alizayd permanece inocente e alheio a tudo.

— Vamos lá, Dhiru, certamente...

— Não me chame assim — interrompeu Muntadhir. — Fui sincero no que disse naquela noite... deve se lembrar, foi logo antes de derrubar o teto da enfermaria sobre minha cabeça. Não vou mais proteger você. — Ele tomou mais um gole da taça. Suas mãos estavam trêmulas e, embora a voz não hesitasse, seu olhar se afastou como se a visão do irmão mais novo lhe causasse dor. — Não *confio* em você. Não confio em mim mesmo com você. E essa não é uma fraqueza pela qual cairei; não vou permitir.

Ferido, Ali buscou uma resposta enquanto emoções reviravam em seu peito.

A mágoa respondeu primeiro.

— Mas salvei sua vida. O Afshin... o barco...

— Sei muito bem — A voz de Muntadhir soou ríspida, mas Ali não deixou de perceber o lampejo de emoção nos olhos do irmão. — Então deixe-me devolver o favor. Vá embora.

Ali o encarou.

— O quê?

— *Vá embora* — repetiu Muntadhir. — Saia de Daevabad antes que esbarre em outra coisa que não entende e cause a morte de um bando de inocentes. — Sua voz assumiu um tom protetor e determinado. — E fique longe de Zaynab. Eu sei que ela anda ajudando você. Isso acaba aqui. Vou matá-lo pessoalmente antes de permitir que arraste minha irmãzinha para uma de suas confusões.

Ali se encolheu, sem palavras diante do ódio descarado no rosto do irmão. Não esperava ser recebido de braços abertos, mas aquilo...

Claro, foi naquele momento que a porta se abriu de novo e seu pai entrou no pátio.

Treino e uma vida ouvindo sermões para que respeitasse os mais velhos fez Ali curvar-se antes de sequer perceber o que estava fazendo, sua mão passando do coração para a testa.

Mas se segurou antes de deixar certa palavra escapulir.

— Meu rei — cumprimentou Ali, solenemente. — Que a paz esteja com você.

— E com você a paz, meu filho — respondeu Ghassan.

Ali se endireitou, observando o pai se aproximar. Ghassan tinha envelhecido muito mais do que ele esperava. Rugas de estresse se estampavam profundas em torno dos olhos do rei, ecoando as sombras macilentas sob as bochechas. Era como se um peso tivesse caído sobre seus ombros, fazendo-o parecer, se não frágil, pelo menos mais velho. Ele subitamente pareceu um homem que tinha vivido dois séculos, um rei que vira e fizera muito.

Ghassan o encarou de volta, com evidente alívio. Deu um passo mais para perto e Ali se abaixou sobre um joelho, estendendo o braço para pegar a mão do pai e levá-la à testa. Não era algo que os al Qahtani faziam no privado, mas Ali se viu recuando para a formalidade, querendo a distância fornecida por aquele cumprimento cerimonial e ritualístico.

— Que Deus preserve seu reinado — murmurou ele.

Então se levantou e recuou, mas Ghassan pegou seu pulso.

— Fique, menino. Deixe-me olhar mais um momento para você.

Ciente de que Muntadhir os observava, Ali tentou não se encolher. Mas, quando o pai tocou seu rosto, não conseguiu evitar que o corpo enrijecesse.

Ghassan deve ter reparado; houve um breve lampejo de mágoa em seus olhos enrugados, que desapareceu no instante seguinte.

— Pode se sentar, Alizayd — disse o rei, baixinho. — Sei que fez uma longa viagem.

Ali se sentou, cruzando as pernas sob o corpo. Sentia o coração acelerado.

— Rezo para que possa perdoar meu retorno repentino, meu rei — apressou-se em dizer. — Bir Nabat não podia sustentar a caravana ayaanle e, quando aquele maldito mercador a abandonou, tive pouca escolha. Era o único homem que podia manusear o sal grosso.

— Poderia ter matado os animais para comer e roubado a mercadoria — sugeriu Muntadhir, casualmente. — Os luhyari são bandidos como o restante do norte, não?

— Não — respondeu Ali, imitando o tom do irmão. — Somos fazendeiros, e era uma pequena fortuna devida ao Tesouro. Não queria que a aldeia tivesse problemas.

Ghassan ergueu a mão.

— Nenhuma explicação é necessária, Alizayd. Suspeitei que o povo de sua mãe fosse inventar um truque em algum momento para trazer você de volta à cidade.

Muntadhir olhou para o pai com descrença.

— E acha mesmo que ele não teve nada a ver com isso, abba?

— Ele parece pronto para saltar da almofada e se sentar no primeiro tapete que o carregue de volta para o deserto. Então não, não acho que teve algo a ver com isso. — Ghassan se serviu de uma taça de vinho. — Ele também me mandou uma carta de cada caravançarai entre aqui e Am Gezira sugerindo formas diferentes de evitar este exato encontro.

Ali corou.

— Eu queria ser detalhista.

— Então sejamos detalhistas. — Ghassan indicou a cicatriz havia muito fechada na bochecha de Ali, o ponto em que os marids haviam entalhado a insígnia de Suleiman na pele dele. — Isso parece pior.

— Cortei com minha khanjar antes de chegar a Am Gezira — explicou Ali. — Não queria que ninguém a reconhecesse.

Muntadhir empalideceu e mesmo o pai pareceu levemente espantado.

— Isso não era necessário, Alizayd.

— Ser exilado não me deixou menos leal a manter os segredos de nossa família — respondeu Ali. — Queria ser discreto.

— Discreto? — o irmão debochou. — Alizayd, o assassino do Afshin? O herói à solta combatendo muwaswas e tornando Am Gezira verde enquanto seus parentes permanecem ociosos no palácio de Daevabad? É isso que considera discreto?

— Foi apenas um muwaswas — defendeu-se Ali, lembrando-se muito bem do incidente com o peixe das areias mágico. — E dificilmente estou tornando Am Gezira verde. É um simples trabalho de irrigação, buscando fontes e escavando canais e poços.

— Eu me pergunto como encontrou aquelas fontes, Alizayd — ponderou o pai distraidamente. — Fontes que os locais jamais conseguiram localizar sozinhos.

Ali hesitou, mas não havia uma mentira na qual seu pai fosse acreditar.

— Estou sob controle. O que aconteceu na enfermaria... não fico daquele jeito há anos.

Ghassan pareceu triste.

— Então é um efeito colateral da possessão marid.

Ali pressionou as palmas nos joelhos.

— Não é nada — insistiu ele. — E ninguém lá se importa. Estão ocupados demais tentando sobreviver.

O pai não pareceu convencido.

— Ainda é arriscado.

Ali não discutiu. Claro que era arriscado, mas Ali não se importava. A visão de Bir Nabat agonizante, dos corpos magros de seu povo e das crianças de cabelos manchados com o tom ferrugem da fome tinham afastado essas preocupações do coração dele.

Encarou o pai.

— Am Gezira setentrional vem sofrendo há anos. Eu queria fazer algum bem para o povo que me abrigou antes que eu fosse morto por assassinos.

Ali deixou a acusação pairar e, embora a expressão calma de Ghassan tivesse se alterado levemente, sua voz estava controlada quando respondeu.

— No entanto, você ainda vive.

Resistindo à vontade de pedir desculpas sarcásticas, Ali respondeu apenas:

— Toda graça se deve a Deus. — Muntadhir revirou os olhos, mas ele prosseguiu. — Não tenho nenhum desejo de brincar de política em Daevabad. Meus companheiros precisam apenas de um pouco de tempo para descansar e pretendo fazer os Ayaanle nos pagar em troca do transporte dos seus bens. Podemos ir embora em uma semana.

Ghassan sorriu.

— Não. Na verdade, Alizayd, não podem.

Terror apertou o coração de Ali, mas Muntadhir reagiu primeiro, esticando-se como um projétil.

— Por que não? Ouviu o que ele disse? Quer ir embora.

— Vai parecer suspeito se ele voltar cedo demais. — Ghassan tomou mais um gole do vinho. — Ele não vem para casa há cinco anos e vai embora em dias? As pessoas comentarão. E não aceitarei boatos sobre nosso desentendimento se espalhando. Não com os Ayaanle já se intrometendo.

O rosto do irmão se fechou.

— Entendo. — Muntadhir agarrava os joelhos como se resistisse à vontade de jogar alguém longe. Ali, provavelmente. — Então quando ele *vai* embora?

Ghassan uniu as mãos, formando uma tenda.

— Quando tiver minha permissão para fazê-lo... permissão que dou a você agora, Muntadhir. Peça ao criado no portão que pegue a caixa no meu escritório no caminho. Ele saberá do que está falando.

Muntadhir não discutiu. Não disse mais nada, na verdade. Ergueu-se lentamente e partiu sem olhar para Ali de novo. Mas Ali observou o irmão até ele desaparecer, com um nó que não conseguia engolir crescendo na garganta.

Ghassan esperou até que estivessem sozinhos para falar de novo.

— Perdoe-o. Anda brigando com a mulher com mais frequência que o normal, e isso o deixa num humor terrível.

A mulher. Ali queria perguntar sobre ela, mas não ousou piorar a situação.

Mas o pai claramente notou a reticência.

— Você costumava falar muito mais abertamente. E mais alto.

Ali olhou para as mãos.

— Eu era jovem.

— Ainda é jovem. Nem chegou ao seu primeiro quarto de século.

Silêncio caiu entre os dois, desconfortável e carregado. Ali sentia o pai observando-o, o que fez sua espinha se arrepiar. Não era o medo que sentia na juventude, percebeu, mas algo mais profundo e mais complicado.

Era raiva. Ali estava com raiva. Estava com raiva da cruel sentença que o pai lhe passara e com raiva porque o rei estava mais preocupado com fofocas em Am Gezira do que com seu povo passando fome. Estava com mais raiva ainda pelo que estava acontecendo com os shafits de Daevabad nas ruínas horrendas da mesquita de Anas.

E estava com raiva porque sentir-se assim a respeito do pai ainda o enchia de vergonha.

Felizmente, um criado entrou naquele momento, trazendo uma caixa de couro simples do tamanho de uma caixa de turbante. Ele se curvou e colocou o objeto ao lado de Ghassan. Quando se virou para ir embora, o rei gesticulou para que se aproximasse e sussurrou um comando que Ali não conseguiu entender ao ouvido do homem. O criado assentiu e saiu.

— Não vou segurar você, Ali — disse Ghassan. — Fez uma longa viagem e só consigo imaginar como está ansioso por um banho quente e uma cama macia. Mas tenho algo que deveria ter-lhe sido dado há muito tempo, de acordo com nossas tradições. — Ele indicou a caixa.

Apreensivo, Ali a pegou. Ciente do olhar atento do pai, ele a abriu com cautela. Aninhada do lado de dentro estava uma adaga de ferro, uma lâmina reta belamente trabalhada – uma lâmina daeva. Uma lâmina familiar.

Ali franziu a testa.

— Esta é a adaga de Nahri, não é? — Ela costumava usá-la na cintura.

— Na verdade, pertencia a Darayavahoush — corrigiu o pai. — Ele deve ter dado a ela quando deixou Daevabad pela primeira vez. — Ghassan se recostou na almofada. — O quarto da Banu Nahida foi vasculhado depois da morte dele e eu não estava disposto a permitir que isso permanecesse em sua posse. Você o matou. Você a merece.

O estômago de Ali se revirou violentamente. Tinham roubado aquilo de Nahri para dar a ele? Como se fosse algum tipo de prêmio?

— Não quero isto. — Ali fechou a caixa com um baque e a empurrou para longe. — Os marids o mataram. Apenas me usaram para fazer isso.

— Essa é uma verdade que não deve ser repetida — avisou Ghassan, com palavras baixas, porém afiadas. Quando Ali não fez menção de tocar a caixa, ele suspirou. — Faça como quiser, Alizayd. É sua. Dê aos daevas se não quiser. Têm um altar para ele no Grande Templo que acham que não conheço. — O rei ficou de pé.

Ali o imitou depressa.

— Quanto ao que Muntadhir perguntou… quando *poderei* voltar a Am Gezira?

— Depois do Navasatem.

Ali vacilou. O pai só podia estar brincando.

— Ainda faltam sete meses para o Navasatem.

Ghassan deu de ombros.

— Não há uma alma em Daevabad que acreditaria que meu filho mais jovem, um dos melhores zulfiqaris do nosso mundo, partiria antes das maiores competições marciais em um século se as coisas estivessem amigáveis entre nós. Você vai ficar e comemorar o Navasatem com sua família. Então discutiremos sua partida.

Ali combateu o pânico. Não podia permanecer em Daevabad por tanto tempo.

— Abba — implorou ele, a palavra escapando de desespero. Não tinha pretendido usá-la com o homem que o enviara para morrer no deserto. — Por favor. Tenho responsabilidades em Am Gezira.

— Tenho certeza de que conseguirá encontrar responsabilidades aqui — disse Ghassan, tranquilamente. — Haverá muito que fazer com a proximidade das festas. E Wajed sempre precisa da sua ajuda na Cidadela. — Ele deu ao filho um olhar significativo. — Embora tenha sido instruído a surrá-lo caso você se aproxime demais dos portões da cidade.

Ali não soube o que dizer. Sentia como se as paredes estivessem fechando-se.

Ghassan pareceu entender o silêncio como anuência. Ele tocou o ombro de Ali, então empurrou a caixa que continha a adaga do Afshin para suas mãos.

— Pretendo dar um banquete no fim da semana para receber você adequadamente. Por enquanto, descanse. Abu Sara o levará aos seus aposentos.

Meus aposentos? Ali permanecia sem palavras. *Ainda tenho aposentos?* Entorpecido, ele seguiu para a porta.

— Alizayd?

Ele olhou para trás.

— Tomei providências para que outra propriedade fosse devolvida a você também. — Havia um tom de aviso na voz dele. — Tome cuidado para não a perder de novo.

ALI

ALI OLHOU AO REDOR, ZONZO. SEUS ANTIGOS APOSENTOS PARE-ciam intocados. Livros estavam jogados desordenadamente na mesa, onde os deixara cinco anos antes; suas anotações ainda estavam espalhadas. Uma folha de papel amassada – uma carta que pretendia escrever a Nahri e então abandonara por falta de palavras – esperava ao lado de sua pena preferida e do toco de cera de vela que lembrou pretender substituir. Embora tudo estivesse livre de poeira e recentemente varrido, estava claro que nada havia mudado.

Nada exceto Ali. E, se Ghassan achava que puxaria o filho mais novo de volta para a antiga vida tão facilmente, estava enganado.

Ali respirou fundo e, ao fazer isso, sentiu um toque de incenso e do vinho azedo de tamarindo de que o pai gostava. Uma almofada desgastada estava no chão onde Ali um dia fizera suas orações e ele reconheceu um de seus barretes cuidadosamente disposto na superfície. Ele o pegou e o cheiro particular do pai ficou mais forte. O barrete estava bastante usado, com vincos marcando o linho onde fora repetidamente dobrado.

Ele estremeceu quando seguiu para o cômodo interior; sua área de dormir ainda estava tão vazia quanto cinco anos antes. Estava começando a parecer que visitava o próprio túmulo. Então olhou para a cama e piscou.

Apoiada na colcha perfeitamente dobrada estava sua zulfiqar.

Ele atravessou o quarto em um segundo para pegar a lâmina, soltando a caixa com a faca do Afshin no colchão. A zulfiqar era mesmo a dele, o peso e o cabo tão familiares quanto sua própria mão. E, se ainda estivesse em dúvida, o contrato que havia assinado estava sob ela.

Marcado por um escriba real que o anulava.

Ali desabou na cama como se seus joelhos tivessem sido cortados. Ele folheou as páginas, esperando estar errado, mas a evidência estava escrita em jargão legal claro diante dele. O pai e a filha shafit tinham sido devolvidos ao mercador geziri.

Ele se levantou num salto. *Não.* Aquelas pessoas eram inocentes. Não eram lutadores tanzeem, não eram um risco para ninguém. Mas, quando levou a mão à zulfiqar, o aviso do pai retornou. Ghassan tinha feito aquilo para lhe ensinar uma lição. Tinha destruído a vida de dois shafits porque Ali ousara interferir.

O que ele faria se Ali revidasse?

Ele fechou os olhos, enjoo emergindo na garganta conforme o rosto manchado de lágrimas da menininha surgiu em sua mente. *Que Deus me perdoe.* Mas não era apenas ela. Sheik Anas e Rashid, Fatumai e os órfãos dela. O palco de leilões erguido da mesquita arruinada.

Cada pessoa que tento ajudar ele destrói. Ele destrói a todos nós.

Ele afastou a mão da zulfiqar. Sua pele estava arrepiada. Não podia ficar ali. Não podia ficar naquele quarto cuidadosamente preservado, naquela cidade assassina onde cada movimento seu levava ao sofrimento de alguém.

Subitamente, pensou em Zaynab. Não estava pronto para se envolver nas tramas de sua mãe, mas a irmã certamente conseguiria ajudá-lo. Ela poderia tirá-lo dali.

Então as palavras de Muntadhir ecoaram nos ouvidos dele e o lampejo de esperança que tinha faiscado em seu peito se extinguiu. Não, ele não podia colocá-la em perigo. Fechou os olhos com força, combatendo o desespero. Água estava se acumulando em suas mãos agora, algo que não acontecia havia anos.

Respire. Controle-se. Ele abriu os olhos.

Seu olhar recaiu sobre a caixa.

No fôlego seguinte, ele estava do outro lado do quarto. Abriu a tampa, pegou a adaga e a colocou no cinto.

Para o inferno as ordens do pai.

Ele estava a meio caminho da enfermaria quando começou a se perguntar se não estava sendo impulsivo demais.

Reduziu a velocidade no caminho, um dos muitos que serpenteavam até o coração do jardim do harém. Não era como se estivesse de fato *planejando* visitar Nahri, pensou. Esperaria por um criado fora da enfermaria e então pediria para falar com a assistente dela, Nisreen. Poderia dar a adaga e uma mensagem a Nisreen e, se Nahri não quisesse vê-lo, tudo bem. Tudo bem mesmo. Inferno, talvez Muntadhir descobrisse, assassinasse o irmão por tentar falar com sua esposa e então Ali não precisaria mais se preocupar em ficar em Daevabad durante o Navasatem.

Ele respirou fundo o ar úmido, rico com o cheiro de terra encharcada de chuva e flores molhadas de sereno. Seu peito se aliviou levemente. Os sons mesclados do canal fluindo e da água pingando das folhas eram tão tranquilizantes quanto uma canção de ninar. Ali suspirou, observando um casal de pequenos pássaros cor de safira disparar por entre as árvores escuras. Se ao menos o restante de Daevabad pudesse ser tão pacífico.

Uma onda de umidade fria se entrelaçou em seus dedos. Espantado, abaixou o olhar e encontrou uma faixa de névoa rodopiando em torno da cintura. Enquanto observava, a névoa se curvou em volta do ombro como o abraço de um amigo saudoso. Seus olhos se arregalaram. *Isso* certamente jamais acontecera em Am Gezira. No entanto, ele se viu sorrindo, encantado com a visão da água dançando em sua pele.

Seu sorriso sumiu tão rapidamente quanto surgiu. Ali olhou depressa para o verde ao seu redor, mas felizmente o caminho estava deserto. Os sussurros do barco retornaram a ele, a estranha atração do lago e a velocidade com que a água formara gotas na pele em seus aposentos. Ele não tinha considerado como seria mais difícil esconder suas novas habilidades na enevoada Daevabad, onde a água era abundante.

Então é bom pensar num jeito. Não podia ser pego. Não ali. Os habitantes de Bir Nabat poderiam estar dispostos a relevar sua estranheza ocasional – Ali tinha salvado a vida de todos, afinal de contas –, mas ele não podia assumir riscos com a população muito mais volátil de Daevabad. Os marids eram temidos no mundo dele. Eram os monstros que os pais djinns mencionavam nas histórias assustadoras para dormir, o terror desconhecido dos quais os viajantes djinns usavam amuletos para se proteger. Quando era jovem, ele ouvira um conto sombrio sobre um parente ayaanle distante que fora atirado ao lago depois de ser injustamente acusado de sacrificar uma criança daeva para seu suposto senhor marid.

Contendo um calafrio, Ali seguiu na direção da enfermaria. Mas, quando chegou ao local, parou subitamente de novo, maravilhado com a transformação. Os jardins formais pelos quais os Daeva eram famosos eram uma bela visão, com canteiros elevados de ervas alegres ladeando treliças carregadas de flores e árvores frutíferas sombreando poleiros de vidro e fontes que borbulhavam suavemente. Bem no centro, entre dois espelhos d'água retangulares, havia um impressionante laranjal. As árvores tinham sido plantadas próximas, os galhos cuidadosamente podados e direcionados a se entrelaçarem como se para formar um telhado. Um pequeno recanto, percebeu ele, a folhagem tão espessa com frutas gordas e flores brancas como neve que não se podia ver através dela.

Encantado, ele seguiu em frente, atraído pelo lugar. Quem quer que o tivesse plantado tinha realmente feito um trabalho extraordinário. Tinha até mesmo um arco podado a partir das folhas para criar...

Ali parou tão rápido que quase caiu para trás. Nahri não estava dentro da enfermaria. Estava ali, cercada por livros, como se tivesse saído das memórias preferidas dele.

E mais – ela parecia *pertencer* ali, a nobre Banu Nahida no palácio de seus ancestrais. Não tinha nada a ver com joias ou brocados luxuosos; pelo contrário, ela estava vestida com simplicidade em uma túnica branca que caía até as canelas e uma calça roxa larga. Um chador marrom de seda pura e reluzente estava preso logo acima das orelhas com presilhas de diamantes, jogado para trás sobre os ombros e revelando as quatro tranças pretas que chegavam à cintura.

Está surpreso? O que esperava de Nahri? Que ela fosse uma versão desbotada da mulher esperta que ele conhecera, em luto pelo Afshin perdido, pálida devido a longas horas presa na enfermaria? Essa não era a Banu Nahida que ele um dia chamou de amiga.

Ali fechou a boca, subitamente ciente de que ela tinha se escancarado e que estava encarando como um tolo hipnotizado, em um lugar onde *realmente* não deveria estar. Um olhar revelou que não havia guardas nem criados por perto. Nahri estava sozinha, empoleirada em um amplo balanço com um enorme tomo aberto no colo, anotações espalhadas descuidadamente sobre um tapete bordado sob o corpo, junto com uma bandeja que continha uma xícara de chá intocada. Enquanto Ali observava, ela franziu a testa para o texto, como se o livro a tivesse ofendido pessoalmente.

E subitamente tudo o que ele quis fazer foi dar um passo adiante e sentar-se ao lado dela. Perguntar o que estava lendo e retomar a amizade bizarra que tinham estabelecido ao vasculhar as catacumbas da Biblioteca Real e discutir sobre a gramática árabe. Nahri fora uma luz para Ali durante um momento muito sombrio e ele não se dera conta até estar ali em pé o quanto tinha sentido a falta dela.

Então pare de espreitá-la como um tipo de ghoul. Com o estômago revirando de ansiedade, Ali obrigou-se a se aproximar.

— Sabah an-noor — cumprimentou ele, baixinho, no dialeto egípcio que Nahri o ensinara.

Ela se sobressaltou. O livro caiu do colo quando seus olhos pretos analisaram o rosto de Ali.

Eles se detiveram na zulfiqar na cintura dele e a terra cedeu sob seus pés.

Ali gritou, tropeçando quando uma raiz estourou da grama e serpenteou em volta do tornozelo dele. A raiz o puxou para a frente e ele caiu com força, batendo a parte de trás da cabeça no chão.

Pontos escuros surgiram em sua visão. Quando sumiram, Ali viu a Banu Nahida de pé acima dele. E Nahri *não* parecia feliz.

— Bem... — começou ele, baixinho. — Seus poderes evoluíram bastante.

A raiz se apertou dolorosamente em seu tornozelo.

— O que diabo está fazendo no meu jardim? — indagou Nahri.

— Eu... — Ali tentou se sentar, mas a raiz se manteve firme. Ela se enroscou para cima do tornozelo, desaparecendo sob a túnica e enroscando-se em torno da panturrilha. A sensação era parecida demais com as algas que o haviam segurado sob o lago e ele se viu combatendo o pânico. — Perdoe-me — disparou Ali, em árabe. — Eu só...

— *Pare.* — A palavra brusca em djinnistani foi como um tapa na cara. — Não ouse falar árabe comigo. Não quero ouvir meu idioma em sua língua mentirosa.

Ali a encarou chocado.

— Eu... desculpe — repetiu ele, em djinnistani, as palavras vindo mais lentamente. A raiz estava no joelho dele agora, tendões peludos brotando e espalhando-se. Sua pele se arrepiou, um formigamento doloroso irradiando pelas cicatrizes que os marids tinham deixado nele.

Ele fechou os olhos com força, sentindo o suor escorrer pela testa. *É apenas uma raiz. É apenas uma raiz.*

— Por favor, pode tirar essa coisa de mim? — Era preciso cada gota de força que tinha para não pegar a zulfiqar e cortar aquilo fora. Nahri provavelmente deixaria que a terra o engolisse inteiro se Ali sacasse a arma.

— Não respondeu minha pergunta. *O que está fazendo aqui?*

Ali abriu os olhos. Não havia piedade na expressão de Nahri. Na verdade, ela estava lentamente girando um dedo, um movimento idêntico ao que a raiz fazia em torno da perna dele.

— Eu queria ver você. — As palavras escaparam apressadas, como se Nahri lhe tivesse dado um dos soros da verdade de seus ancestrais. E era a verdade, percebeu ele. Ali quisera vê-la, maldita fosse a adaga de Darayavahoush.

Nahri abaixou a mão e a raiz se afrouxou. Ali tomou um fôlego trêmulo, envergonhado com a intensidade do seu medo. Pelo Altíssimo, ele podia enfrentar assassinos armados com flechas e lâminas, mas uma raiz quase o levava às lágrimas?

— Desculpe — disse ele, pela terceira vez. — Eu não deveria ter vindo.

— Certamente não deveria — disparou ela em resposta. — Tenho um único lugar em Daevabad que é meu, um lugar no qual nem mesmo meu marido põe os pés, e aqui está você. — O rosto dela se contorceu de raiva. — Mas suponho que Alizayd, o Assassino de Afshin, faz o que quer.

As bochechas de Ali queimaram.

— Não sou — sussurrou ele. — Você estava lá. Sabe o que o matou.

Nahri emitiu um estalo com a língua.

— Ah, não, fui corrigida. Com firmeza. Seu pai disse que assassinaria cada criança daeva da cidade se eu ousasse pronunciar a palavra "marid". — Lágrimas se acumulavam nos olhos dela. — Sabe o que ele me fez dizer em vez disso? O que ele me fez contar que Dara tentou fazer? O que você supostamente *interrompeu*?

As palavras o perfuraram até o osso.

— Nahri...

— *Sabe o que ele me fez contar?*

Ali abaixou o olhar.

— Sim. — Os boatos o haviam seguido até Am Gezira; havia um motivo, afinal, para as pessoas não terem problemas com acreditar que o príncipe normalmente pacato tinha assassinado um homem.

— Salvei você. — Nahri soltou uma gargalhada aguda e sem humor. — Curei você com minhas próprias mãos. Mais de uma vez, até. E, em troca, você não disse *nada* quando entramos naquele barco, mesmo sabendo que os homens de seu pai estariam esperando. Meu Deus, ofereci uma chance para você ir junto com a gente! Para escapar da ira de seu pai, escapar da *jaula* dele e ver o resto do mundo. — Nahri se abraçou, puxando o chador como se quisesse formar uma parede entre os dois. — Deveria se sentir orgulhoso, Ali. Não são muitas as pessoas que conseguem ser mais espertas do que eu, mas você? Você me fez acreditar que era meu amigo até o fim.

A culpa o dominou. Ele não fazia ideia de que ela se sentira assim. Embora a considerasse uma amiga, Nahri sempre parecera mantê-lo a uma distância cuidadosa e perceber que o relacionamento deles tinha significado mais para ela – e que ele o destruíra – o deixou nauseado.

Ele lutou para encontrar palavras.

— Eu não sabia o que mais fazer naquela noite, Nahri. Darayavahoush estava agindo como um louco. Ele teria começado uma guerra!

Ela estremeceu.

— Ele não teria começado uma guerra. Eu não deixaria. — Sua voz estava ríspida, mas ela parecia estar se esforçando para manter a compostura. — É só isso, então? Você já me viu. Já se intrometeu em minha privacidade para desenterrar os detalhes da pior noite da minha vida. Mais alguma coisa?

— Não. Quer dizer, sim, mas... — Ali xingou em silêncio. Não parecia o momento certo para pegar a adaga de Dara e admitir que seu pai a havia roubado e mantido como um troféu de guerra. Ele tentou outra tática. — Eu... eu tentei escrever para você...

— Sim, sua irmã me deu suas cartas. — Ela bateu nas cinzas em sua testa. — Obrigada por fornecer alimento para meu altar de fogo.

Ali olhou para a marca. No pomar sombreado, não tinha reparado a princípio, e aquilo o surpreendeu. No tempo que passaram juntos, Nahri jamais parecera muito empenhada nos rituais religiosos de seu povo.

Ela o viu observando e seus olhos brilharam com rebeldia. Ele não podia culpá-la. Fora bastante... enfático ao vocalizar suas opiniões sobre o culto ao fogo. Uma gota de suor frio escorreu pelo pescoço dele, encharcando o colarinho do dishdasha.

Os olhos de Nahri pareceram seguir o movimento da água pelo seu pescoço.

— Estão em cima de você inteiro — sussurrou ela. — Se fosse outra pessoa, eu teria ouvido as batidas de seu coração, sentido sua presença... — Ela ergueu a mão e Ali se encolheu, mas felizmente nenhuma planta atacou. Em vez disso, ela só o estudou. — Eles mudaram você, não foi? Os marids?

Ali ficou gelado.

— Não — insistiu ele, para si mesmo tanto quanto para ela. — Não fizeram nada.

— Mentiroso — provocou Nahri, baixinho, e ele não conseguiu manter o ódio afastado do rosto ao ouvir aquilo. — Ah, não gosta de ser chamado de mentiroso? É pior que ser um homem que faz um acordo com um demônio da água?

— Um acordo? — repetiu ele, incrédulo. — Acha que *pedi* pelo que aconteceu naquela noite?

— Por ajuda para matar o maior inimigo de seu povo? Pela fama por finalmente destruir o homem que seu ancestral não conseguiu matar? — Desprezo tomou os olhos dela. — Sim, Assassino de Afshin, eu acho.

— Então não sabe de nada. — Nahri estava claramente chateada, mas ela não era a única cuja vida fora virada de cabeça para baixo naquela noite. — Os marids não poderiam me usar para matar seu Afshin se ele não tivesse me jogado no lago para começo de conversa. E sabe como me tomaram, Nahri? — A voz dele rachou. — Eles *invadiram minha mente e me fizeram alucinar as mortes de todos que eu amava.* — Ele puxou a manga. Suas cicatrizes eram profundas sob a luz do sol fraca: as marcas irregulares dos dentes triangulares e a faixa de pele destruída que se enrolava em torno do pulso. — Tudo enquanto faziam isso. — Ele estava tremendo, dominado pelas lembranças das visões terríveis. — Um belo *acordo*.

Ele podia jurar que viu um lampejo de choque no rosto dela, mas durou apenas um segundo. Porque, entre ser atirado ao chão e puxar a manga, Ali percebeu tarde demais o que se tornara visível em sua cintura.

O olhar de Nahri se fixou no cabo inconfundível da adaga de Darayavahoush. As folhas no chão tremeram.

— O que está fazendo com isso?

Ah, não.

— E-eu queria dar a você — disse Ali, rapidamente, atrapalhando-se para tirar a adaga da cintura.

Nahri avançou e a arrancou das mãos dele. Passou os dedos pelo cabo, pressionando suavemente as pedras de cornalina e lápis conforme lágrimas enchiam seus olhos.

Ali engoliu em seco, ansiando por dizer algo. Qualquer coisa. Mas nenhuma palavra apagaria o que havia entre eles.

— Nahri...

— *Saia* — ela disse em árabe, a língua que um dia fora a fundação da amizade deles, aquela com a qual Ali a ensinara a conjurar chamas. — Quer evitar uma guerra? Então saia de meu jardim antes que eu enterre isto no seu coração.

NAHRI

Nahri caiu de joelhos quando Ali sumiu além das árvores. A adaga de Dara parecia pesada em suas mãos. *Não, assim*, ela se lembrou do Afshin corrigindo-a quando a ensinou a atirar a arma. Os dedos quentes de Dara roçando a pele dela, seu hálito fazendo cócegas em sua orelha. Sua risada ao vento quando Nahri xingou, frustrada.

Lágrimas embaçaram os olhos dela. Seus dedos se fecharam em torno do cabo e Nahri pressionou o outro punho contra a boca com força, combatendo o choro que subia pelo peito. Ali ainda devia estar perto e maldita fosse Nahri se ele a ouvisse chorar.

Eu devia ter enterrado isso no coração dele mesmo assim. Só Alizayd al Qahtani para invadir seu único santuário em Daevabad e revirar todas as suas emoções. Estava com raiva da audácia dele e da própria reação; Nahri raramente perdia a compostura tão intensamente. Ela discutia muito com Muntadhir e ansiava pelo dia em que Ghassan queimaria na própria pira fúnebre com prazer evidente, mas não chorava na frente deles como uma menininha triste e perdida.

Mas eles não a haviam enganado. Ali, sim. Apesar das melhores intenções de Nahri, ela se deixara levar pela amizade dele. Gostara de passar o tempo com alguém que compartilhava de seu intelecto e sua curiosidade, com alguém que não a fazia sentir-se envergonhada da própria ignorância do mundo mágico ou de sua pele humana. Ela gostava *dele*, de sua exuberância encantadora enquanto tagarelava sobre teorias econômicas obscuras e a bondade silenciosa com que tratava os criados shafits do palácio.

Era uma mentira. Tudo a respeito dele era uma mentira. Inclusive o que tinha acabado de alegar sobre ter sido torturado pelos marids. Só podia ser.

Ela respirou fundo, abrindo os punhos. As pedras no cabo da adaga tinham deixado uma impressão em sua palma. Ela jamais esperara ver a lâmina de Dara de novo. Logo após a morte dele, tinha perguntado a Ghassan sobre a adaga e ele dissera que a derretera.

É claro que era mentira. Ele a dera como prêmio ao filho. Ao filho Assassino de Afshin.

Ela limpou os olhos com as mãos trêmulas. Não sabia que Ali já havia retornado. Na verdade, estivera fazendo um esforço consciente para evitar ouvir notícias sobre ele. O estresse de Muntadhir – e o controle cada vez mais frágil que tinha sobre seu consumo de vinho – tinha fornecido toda a informação de que ela precisava sobre o progresso do irmão dele em direção à cidade.

Passos se aproximaram do outro lado do pomar.

— Banu Nahida? — chamou uma voz feminina. — A senhora Nisreen me pediu para buscar você. Disse que Jamshid e-Pramukh está esperando.

Nahri suspirou, olhando para o livro que estivera estudando antes de ser interrompida por Alizayd. Era um texto Nahid sobre maldições que se dizia evitarem a cura. Um dos novatos no Grande Templo o havia encontrado enquanto organizava os antigos arquivos e Nahri pedira que fosse levado imediatamente para ela. Mas o divasti era tão confuso e arcaico que ela temia precisar enviá-lo de volta para tradução.

Não que Jamshid fosse esperar. Ele estava suplicando a ela havia semanas para que tentasse curá-lo de novo, seu desespero equiparando-se à espiral de Muntadhir. Nahri não precisava perguntar o motivo. Sabia que não ser capaz de proteger pessoalmente Muntadhir como o capitão da guarda o estava destruindo.

Ela respirou fundo.

— Já estou indo. — Ela deixou o livro de lado, sobre um volume em árabe sobre hospitais. Ou pelo menos Nahri achava que fosse sobre hospitais; não tivera, de fato, tempo para ler. Muntadhir podia ter assassinado seus sonhos incipientes de restaurar o hospital de seus ancestrais, mas Nahri não estava pronta para desistir.

Ela se ergueu, prendendo a bainha da adaga na cinta sob o vestido, e obrigou-se a tirar Ali da cabeça. A tirar *Dara* da cabeça. Sua primeira responsabilidade era com os pacientes e, naquele momento, poderia ser um alívio deixar que o trabalho a engolisse.

A enfermaria estava agitada como sempre, abarrotada e com cheiro de enxofre. Ela passou pela área de pacientes e por trás da cortina que ocultava seu espaço de trabalho particular. A cortina era escorregadia; a seda era encantada para abafar o barulho dos dois lados. Nahri podia fazer uma pausa ali e conversar honestamente com Nisreen sobre um diagnóstico mal feito sem que alguém as ouvisse.

Ou esconder os ruídos de um homem gritando de dor.

Jamshid e Nisreen estavam esperando por ela. Jamshid estava deitado em uma maca; pálido, mas parecendo determinado.

— Que os fogos queimem forte por você, Banu Nahida — cumprimentou ele.

— E por você — respondeu Nahri, unindo as pontas dos dedos. Ela prendeu a ponta do chador para trás, para segurar as tranças, e lavou as mãos na pia, jogando água fria no rosto.

Nisreen franziu a testa.

— Você está bem? — perguntou ela. — Seus olhos...

— Estou bem — mentiu Nahri. — Frustrada. — Ela cruzou os braços, decidindo jogar as emoções que Ali revirara em uma direção diferente. — Aquele livro está escrito em alguma maldita caligrafia antiga que não consigo decifrar. Precisarei mandar de volta ao Grande Templo para ser traduzido.

Jamshid olhou para cima, seu pânico claro no rosto.

— Mas certamente isso não quer dizer que não podemos ter uma sessão hoje?

Nahri fez uma pausa.

— Nisreen, poderia nos dar um momento?

Nisreen se curvou.

— É claro, Banu Nahida.

Nahri esperou até que a assistente se fosse para se ajoelhar ao lado de Jamshid.

— Está apressando o processo — disse ela, o mais gentilmente possível. — Não deveria estar. Seu corpo está se recuperando. Só precisa de tempo.

— Não tenho tempo — respondeu Jamshid. — Não mais.

— Tem, sim — objetou Nahri. — Você é jovem, Jamshid. Tem décadas, séculos à frente. — Ela pegou a mão dele. — Sei que quer estar ao lado dele de novo, capaz de subir num cavalo e disparar uma dúzia de flechas. E estará. — Ela o encarou. — Mas precisa aceitar que pode levar anos. Estas sessões... sei o quanto ferem você, o fardo que são para seu corpo...

— Quero fazer isso — insistiu ele, teimoso. — Da última vez, você disse que estava perto de consertar os nervos danificados que acredita que estejam causando a maior parte da fraqueza na perna.

Deus, como ela desejava ter mais uma década de experiência na enfermaria ou uma curandeira experiente ao seu lado para guiá-la naquela conversa. A expressão dos pacientes quando imploravam por certeza já era difícil quando não eram amigos.

Nahri tentou outra tática.

— Onde está Muntadhir? Ele costuma vir junto com você.

— Eu disse a ele que mudei que ideia. Ele já tem muito com que se preocupar sem me ver com dor.

Pelo Criador, ele *realmente* não estava tornando aquilo mais fácil.

— Jamshid…

— Por favor. — A palavra a perfurou. — Consigo suportar a dor, Nahri. Consigo ficar de cama durante alguns dias. Se acha que vai ser pior do que isso, podemos parar.

Ela suspirou.

— Deixe-me examinar você primeiro. — Ela o ajudou a tirar o xale que envolvia seus ombros. — Deite-se. — Tinham feito aquilo tantas vezes que os passos vinham automaticamente aos dois. Nahri pegou uma vara cega de bronze da bandeja que Nisreen dispusera, passando-a pela perna esquerda de Jamshid. — Mesma queimação dormente?

Jamshid assentiu.

— Mas não está fraca como a perna direita. É isso que causa mais problemas.

Nahri o colocou cuidadosamente de barriga para baixo. Ela se encolheu ao ver as costas nuas de Jamshid; sempre se encolhia. Seis cicatrizes, as linhas salientes marcando os pontos em que as flechas de Dara tinham mergulhado nele. Uma tinha se alojado na coluna, outra perfurara o pulmão direito.

Você deveria estar morto. Era a conclusão inquietante à qual Nahri chegava sempre que olhava para a evidência nos ferimentos. Por uma ordem cruel de Ghassan, destinada a incentivar Kaveh a encontrar os supostos cúmplices de Dara, Jamshid fora deixado sem tratamento durante uma semana, com as flechas ainda no corpo. Deveria ter morrido. O fato de não ter era um mistério comparável ao fato de que o corpo dele reagia tão precariamente à magia de Nahri.

O olhar dela passou pela pequena tatuagem preta no interior do ombro dele. Nahri a vira muitas vezes, três hieróglifos espirais. Era um fantasma desbotado das tatuagens elaboradas e surpreendentes que tinham decorado a pele de Dara, insígnias de família e marcas de clã, registros de feitos heroicos e feitiços protetores. Jamshid tinha revirado os olhos quando ela perguntara a respeito. Aparentemente, o costume das tatuagens tinha quase morrido nas gerações de daevas nascidos depois da guerra, principalmente em Daevabad. Era uma superstição ultrapassada, reclamara ele, brincando, que entregava suas raízes rurais.

Nahri tocou as costas dele e Jamshid ficou tenso.

— Gostaria de um pouco de vinho? — perguntou ela. — Pode aliviar a dor.

— Entornei três taças somente para reunir coragem de vir até aqui.

Ótimo. Ela pegou uma faixa de tecido.

— Eu gostaria de amarrar suas mãos desta vez. — Ela indicou para que Jamshid segurasse as hastes da maca. — Segure isto. Vai lhe dar algo para apertar.

Ele estava tremendo agora.

— Tem alguma coisa que eu possa morder?

Silenciosamente, ela lhe entregou um bloco fino de cedro embebido em ópio. Então apoiou as mãos em suas costas nuas, olhando para trás para se certificar de que a cortina estivesse totalmente fechada.

— Pronto?

Jamshid deu um aceno brusco.

Nahri fechou os olhos.

Estava lá em segundos, o corpo dele aberto para ela: a batida do coração acelerado, bombeando sangue ébano fervilhante por um mapa delicado de veias; o gorgolejar de ácido estomacal e outros fluidos; os pulmões constantemente se expandindo e contraindo como ondas.

Seus dedos pressionaram a pele dele. Nahri quase conseguia ver os nervos da coluna de Jamshid na escuridão da mente, filamentos alegremente coloridos dançando, protegidos pelas cordilheiras ossudas das vértebras. Ela desceu os dedos, tracejando a saliência ondulante de cicatrizes. E não apenas na pele, mas mais profundas; músculos destruídos e nervos em frangalhos.

Nahri respirou para se acalmar. Isso ela podia fazer sem feri-lo – somente quando agia sobre Jamshid o corpo dele revidava. Se fosse outra pessoa, ela poderia incitar aqueles nervos a se suturarem de novo, poderia dissipar a cicatriz que tinha crescido no músculo, deixando-o rígido e dolorido. Era magia poderosa que a exauria – poderia ter precisado de algumas sessões para curá-lo de vez –, mas ele teria estado de volta sobre um cavalo, com o arco na mão, anos antes.

Nahri se concentrou em uma pequena seção dos nervos esfarrapados. Ela se preparou e então ordenou que se reconectassem.

Magia se chocou contra ela; pura, protetora e poderosa, como um golpe contra a própria mente. Preparada, Nahri revidou, prendendo um nervo rasgado de volta no lugar. Jamshid convulsionou sob ela, um grunhido escapulindo entre os dentes trincados. Ela ignorou, concentrando-se no nervo seguinte.

Ela consertara três quando Jamshid começou a gemer.

Ele arqueou o corpo sob ela, puxando as amarras. A pele dele queimava sob os dedos dela, chamuscando ao toque, cada receptor de dor disparando. Nahri se manteve firme enquanto suor escorria por seu rosto. Faltavam apenas cinco nervos naquele ponto em especial. Ela buscou outro, com as mãos trêmulas. Foi preciso força para combater a reação do corpo do paciente e realizar a magia, força que Nahri perdia rapidamente.

Outro nervo se emendou no lugar, brilhando de leve na mente dela. Nahri pegou o seguinte.

O bloco caiu da boca de Jamshid e o grito dele cortou o ar. Cinzas passaram a cobrir sua pele, e então, com um rompante de magia, as amarras que o seguravam se incendiaram.

— Jamshid? — uma voz *muito* indesejada falou atrás dela.
— *Jamshid!*

Muntadhir correu para dentro. O choque da interrupção a distraiu e qualquer que fosse o poder dentro do corpo de Jamshid aproveitou a oportunidade para *de fato* a jogar longe, em um rompante de energia tão feroz que Nahri cambaleou para trás, a conexão completamente perdida.

Jamshid ficou imóvel. Apesar do latejar na cabeça, Nahri se ergueu imediatamente para verificar a pulsação dele. Estava acelerada, mas ainda ali. Ele apenas desmaiara. Ela rapidamente abafou as chamas em volta dos pulsos dele.

Enfurecida, virou-se para Muntadhir.

— Que diabo estava pensando? — disparou. — Eu estava fazendo progresso!

Muntadhir pareceu chocado.

— Progresso? Ele estava em chamas!

— Ele é um *djinn*! Aguenta um pouquinho de fogo!

— Ele nem deveria estar aqui! — retrucou Muntadhir. — Você o convenceu a tentar isso de novo?

— Se *eu* o convenci? — Nahri fervilhou de ódio, lutando para controlar as emoções que emergiam em si.— Não, seu tolo. Ele está fazendo isso por você. Se não fosse tão egoísta, enxergaria isso!

Os olhos de Muntadhir brilharam. A graciosidade habitual o havia abandonado e seus movimentos eram desajeitados conforme puxava o xale sobre Jamshid.

— Então não deveria ter deixado. Está sendo descuidada, tão ansiosa para provar sua habilidade que...

— Eu não estava sendo *descuidada*. — Uma coisa era brigar com Muntadhir sobre política e família, mas não aceitaria que ele jogasse na cara dela as inseguranças que tinha sobre suas habilidades de cura. — Eu sabia o que estava fazendo e ele estava preparado. Foi *você* quem interrompeu.

— Você o estava machucando!

— Eu o estava curando! — Ela perdeu o controle. — Talvez se tivesse mostrado essa preocupação quando seu pai estava disposto a deixá-lo morrer, ele estaria melhor!

As palavras dispararam dela, uma acusação que, apesar das muitas brigas dos dois, Nahri jamais pretendera deixar escapulir. Ela conhecia muito bem o medo que Ghassan usava para manter seu povo na linha, o terror que subia pela própria garganta quando pensava na ira do rei.

E sabia muito bem como Muntadhir se sentia a respeito de Jamshid.

O marido recuou como se Nahri tivesse lhe dado um tapa. Mágoa chocada – e uma boa dose de culpa – brilhou no rosto dele, enquanto manchas da cor da fúria surgiam em suas bochechas.

Nahri imediatamente se arrependeu das palavras.

— Muntadhir, eu só quis dizer...

Ele ergueu a mão, interrompendo-a, e apontou para Jamshid.

— Ele só está ferido por causa de Darayavahoush. Por causa de *você*. Porque uma menininha perdida do Cairo achou que estava vivendo em algum tipo de conto de fadas. E porque, apesar de toda sua suposta inteligência, não conseguiu ver que o charmoso herói que a salvou era na verdade um monstro. Ou talvez não se importasse. — Muntadhir gargalhou, um som amargo. — Talvez tudo o que ele precisasse fazer fosse contar uma de suas histórias tristes e piscar os lindos olhos verdes e você ficava inteiramente disposta a fazer o que ele quisesse.

Nahri o encarou, muda, as palavras cruéis reverberando em sua mente. Ela já vira Muntadhir bêbado, mas não sabia que ele podia ser tão cruel.

Não sabia que ele podia feri-la tão profundamente.

Ela inspirou, trêmula de mágoa e traição. Era por *isso* que ela era inacessível, que tentava esconder seus pensamentos íntimos. Porque estava claro que não podia confiar em uma única alma naquela cidade. Seu sangue ferveu. E quem era Muntadhir para dizer tais coisas a ela? *Ela?* A Banu Nahida em sua própria enfermaria?

O lugar pareceu concordar, a magia de seus ancestrais agitando-se em seu sangue. As chamas no poço dela responderam, estendendo-se como se pudessem pegá-lo, essa nova encarnação dos mosquitos de areia que tinham roubado seu lar.

Então a fúria de Nahri pareceu diferente. Determinada. Ela podia sentir Muntadhir como se estivesse com as mãos nele. A batida rápida do coração e a vermelhidão na pele. Os vasos tão delicados na garganta. Os ossos e as juntas que poderiam ser comandados para que se partissem.

— Acho que você deveria sair, emir. — Era Nisreen, parada na borda da cortina. Quando havia chegado ali, Nahri não sabia, mas a Daeva mais velha tinha claramente ouvido o bastante para olhar para Muntadhir com desprezo mal disfarçado. — A Banu Nahida está no meio do tratamento de seu companheiro e é melhor para ele que não sejam interrompidos.

A boca de Muntadhir se fechou em uma linha emburrada e teimosa. Ele pareceu ter mais a dizer... e claramente ignorava o quanto Nahri se aproximara de fazer algo que talvez não conseguisse desfazer. Mas, depois de outro momento, só tocou a mão de Jamshid, deslizando brevemente os dedos sobre os do outro homem. Então, sem olhar para Nahri e Nisreen, virou-se e partiu.

Nahri exalou, seu corpo inteiro tremendo com energia ansiosa.

— Acho... acho que poderia simplesmente tê-lo matado.

— Ele teria merecido. — Nisreen avançou até Jamshid e, depois de mais um momento, Nahri se juntou a ela. O pulso dele estava um pouco rápido e sua pele ainda estava quente, mas a respiração lentamente voltava ao normal. — Jamais deixe aquele bêbado grosseiro tocá-la de novo.

Nahri sentiu vontade de vomitar.

— Ele é meu marido, Nisreen. Deveríamos estar trabalhando para trazer paz entre as tribos. — A voz dela estava fraca, as palavras quase risíveis.

Nisreen pegou o balde cheio de gelo que tinha sido deixado ao lado da maca, embebendo um tecido na água fria e colocando-o nas costas de Jamshid.

— Eu não me preocuparia muito com o futuro de seu casamento — murmurou ela, sombriamente.

Nahri encarou Jamshid. Uma onda de desespero tomou conta dela quando se lembrou da súplica dele. Sentia-se completamente inútil. *Cansada.* Era demais: o peso das responsabilidades e os sonhos constantemente afastados. A dança mortal que era forçada a fazer com Ghassan e os olhos suplicantes dos Daeva que rezavam para que ela os salvasse. Nahri tentara, mesmo. Casara-se com Muntadhir. Mas não lhe restava mais nada para dar.

— Quero ir para casa — sussurrou ela, com os olhos enchendo-se de água. Era um desejo completamente irracional, uma vontade pateticamente infantil, mas seu coração doía com tanta saudade do Cairo que ela perdeu o fôlego.

— Nahri....— Envergonhada, Nahri tentou se virar, mas Nisreen estendeu a mão para o rosto dela, segurando suas bochechas. — Menina, olhe para mim. *Esta é sua casa.* — Ela puxou Nahri para um abraço, acariciando sua cabeça, e Nahri deixou-se afundar nele, as lágrimas finalmente caindo dos olhos. Era um tipo de afeição física que ninguém lhe dava e que ela aceitou com gratidão.

Tanta gratidão, na verdade, que não questionou o fervor na voz de Nisreen quando a mulher continuou.

— Prometo a você, minha senhora. Tudo vai ficar bem. Você vai ver.

ALI

Ali chocou a zulfiqar contra a de Wajed, girando com ímpeto para desviar da espada de Aqisa quando passou acima da cabeça dele.

Como esperava que Nahri reagisse? Não deu nenhum aviso e chegou carregando a adaga de Darayavahoush. Achou que ela o convidaria para conversar sobre livros tomando chá?

Ele ergueu a arma para bloquear o golpe seguinte de Wajed.

Ainda não acredito que ela pensa que eu queria isso. Afinal, não era como se Ali tivesse *pedido* para ser sequestrado e atingido pelo precioso Afshin dela. E não acreditava por um segundo que Nahri tivesse passado os últimos cinco anos sem saber sobre Qui-zi e os outros inúmeros crimes de Darayavahoush. Como ainda podia defendê-lo?

Ali empurrou a lâmina do qaid, virando-se para enfrentar Aqisa de novo e defendendo por pouco o golpe seguinte dela.

Amor – pois era aparente até para Ali, que era geralmente cego para essas coisas, que havia mais do que a habitual devoção de Afshin para Nahid entre Nahri e aquele brutamontes demoníaco. *Que emoção inútil, uma distração.* Que ridículo receber um sorriso bonito e perder toda a noção de...

Aqisa o golpeou no rosto com a parte chata da espada.

— Ai! — Ali sibilou de dor e abaixou a zulfiqar. Ele tocou a bochecha e seus dedos se afastaram ensanguentados.

Aqisa riu com deboche.

— Não é inteligente lutar distraído.

— Eu não estava distraído — disse ele, irritado.

Wajed abaixou a arma também.

— Sim, estava. Treino você desde que batia na minha cintura. Sei como fica quando não está se concentrando. Você, por outro lado... — Ele se virou para Aqisa, com uma expressão admirada. — É excelente com essa zulfiqar. Deveria entrar para a Guarda Real. Teria a própria arma.

Aqisa riu com deboche de novo.

— Não aceito ordens muito bem.

Wajed deu de ombros.

— A oferta fica de pé. — Ele indicou o canto oposto do pátio da Cidadela, onde Lubayd parecia um rei diante de seus súditos enquanto encarava um grupo hipnotizado de jovens recrutas, sem dúvida contando alguma história bastante sensacional sobre as aventuras do trio em Am Gezira. — Por que não fazemos uma pausa e nos juntamos ao nosso amigo barulhento para tomar um café?

Aqisa sorriu e se afastou, mas Wajed segurou Ali mais um momento.

— Você está bem? — perguntou ele, abaixando a voz. — Conheço você, Ali. Não está apenas distraído, está se contendo. Já vi você com o mesmo olhar quando treina outros.

Ali apertou os lábios com força. Wajed chegara mais perto da verdade do que ele gostaria. Ele *estava* contendo algo, mas não da forma como o qaid quisera dizer. E não eram apenas as lembranças de Nahri que o estavam distraindo.

Era o lago. Estava chamando-o desde que chegara na Cidadela. Já o atraíra até a muralha mais vezes do que podia contar, onde ele pressionava as mãos contra a pedra fria e sentia a água do outro lado. Quando fechava os olhos, os sussurros que ouvira na barca voltavam correndo: um zumbido incompreensível que fazia seu coração bater com uma urgência que não entendia. Suas habilidades de marid pareciam mais próximas – mais selvagens – do que nos últimos anos, como se, com um único estalar dos dedos, ele pudesse preencher o pátio da Cidadela com uma cortina de névoa.

Ele não podia contar nada disso a Wajed. Nem, a bem da verdade, a mais ninguém.

— Não é nada — insistiu Ali. — Só estou cansado.

Wajed olhou para ele.

— O problema é sua família? — Quando Ali fez uma careta, empatia tomou a expressão do qaid. — Você não ficou nem um dia no palácio, Ali. Deveria ir para casa e tentar conversar com eles.

— Estou em casa — respondeu o príncipe. — Meu pai me enviou para ser criado na Cidadela, não foi? — Ao falar, seu olhar se deteve em uma dupla de guardas que saía para patrulhar. Ambos usavam uniformes que tinham sido intensamente remendados e apenas um levava uma zulfiqar.

Ele sacudiu a cabeça, pensando nas joias de Muntadhir e na bandeja suntuosa de doces. Claramente não era o único a reparar na discrepância: ouvira muitos resmungos desde que chegara à Cidadela. Mas, enquanto Ali suspeitava de que alguns dos problemas econômicos de Daevabad tivessem origem na interferência silenciosa dos Ayaanle – o que Musa deixara implícito –, duvidava de que os outros soldados procurassem um motivo tão longe. Só viam os nobres de Daevabad se banqueteando e os habitantes complacentes do palácio. Certamente não pareciam culpar *Ali*; ele fora calorosamente recebido com apenas algumas provocações sobre as refeições reduzidas de lentilha e pão que agora compartilhava com os guardas.

Uma comoção ao portão principal chamou sua atenção e Ali viu vários soldados correndo para a entrada... então imediatamente recuando como uma multidão atrapalhada, alguns homens tropeçando nos próprios pés ao abaixarem os olhos para o chão.

Uma única mulher entrou. Alta e com uma graciosidade esguia que Ali reconheceu imediatamente, ela usava uma abaya da cor da meia-noite bordada com conjuntos de diamantes que brilhavam como estrelas. Um longo shayla de prata tinha sido puxado sobre seu rosto, escondendo tudo menos os olhos cinza-dourados.

Os olhos cinza-dourados *muito irritados*. Eles se fixaram no rosto de Ali e ela ergueu a mão, fazendo os braceletes de ouro e anéis de pérola reluzirem sob o sol, então fez um único gesto grosseiro para chamá-lo antes de abruptamente dar meia-volta, marchando direto para fora.

Wajed olhou para o príncipe.

— Aquela era sua irmã? — Preocupação tomou a voz dele. — Espero que esteja tudo bem. Ela quase nunca deixa o palácio.

Ali pigarreou.

— Eu... eu posso ter vindo para a Cidadela sem fazer uma visita a ela e a minha mãe.

Ali não sabia que o qaid de Daevabad – um homem corpulento que exibia dois séculos de cicatrizes com orgulho – podia ficar tão pálido.

— Não foi ver sua mãe? — Ele recuou como se quisesse distanciar-se fisicamente do que estava prestes a acontecer com Ali. — É melhor não contar a ela que deixei você ficar aqui.

— Traidor — ralhou Ali, mas não conseguiu negar o arrepio de medo que sentiu ao seguir a irmã.

Zaynab já estava sentada na liteira quando ele entrou. Ali fechou a cortina.

— Ukhti, realmente não...

A irmã deu-lhe um tapa na cara.

— Seu asno ingrato — disparou ela, arrancando o shayla do rosto. — Passei cinco anos tentando salvar sua vida e não pode se incomodar em vir dizer oi? E quando eu finalmente o encontro, quer me dar um sermão sobre *adequação*? — Zaynab ergueu a mão de novo, um punho dessa vez. — Seu pirra-lho arrogante...

Ali desviou do punho da irmã, então estendeu as mãos e segurou os ombros dela.

— Não é isso, Zaynab! Eu juro! — Ele a soltou.

— Então o que é? — Os olhos dela se semicerraram, magoados. — Porque estou quase ordenando meus carrega-dores a atirar você em um poço de lixo!

— Não queria causar problemas para você — Ali apres-sou-se em dizer. Ele segurou as mãos da irmã. — Devo minha vida a você, Zaynab. E Muntadhir disse...

— Muntadhir disse o quê? — Zaynab interrompeu. A ex-pressão dela se suavizou, mas a raiva ainda fervilhava em sua voz. — Você se importou em pedir minha opinião? Pensou por um momento que talvez eu fosse perfeitamente capaz de tomar uma decisão *sem* a permissão de meu irmão mais velho?

— Não — confessou Ali. Tudo em que pensara era fugir do palácio antes de ferir mais alguém. E, é claro, ferira outra pessoa ao fazer isso. Ali gemeu. — Sinto muito. Entrei em pânico. Não estava pensando e... — Zaynab soltou um griti-nho e Ali subitamente soltou as mãos dela, percebendo que as estava apertando. — Desculpe — sussurrou ele de novo.

Zaynab o estava encarando, a preocupação substituindo a raiva em seu rosto conforme seus olhos percorriam o rosto ensan-guentado e as vestes imundas do irmão. Ela pegou a mão dele, passando o polegar sobre as unhas quebradas.

Ali corou, envergonhado do estado delas.

— Estou tentando parar de morder. É um tique nervoso.

— Um tique nervoso — repetiu ela. Sua voz falhava agora. — Você está terrível, akhi. — Uma das mãos de Zaynab subiu até a bochecha dele, tocando a pele destruída onde a cicatriz de Suleiman tinha sido entalhada.

Ali tentou e fracassou em dar um sorriso fraco.

— Am Gezira não foi tão acolhedora quanto eu esperava.

Zaynab se encolheu.

— Achei que jamais veria você de novo. Sempre que recebia um mensageiro, temia que estivesse vindo dizer que você... que você... — Ela parecia incapaz de terminar as palavras, lágrimas enchendo seus olhos.

Ali a puxou em um abraço e Zaynab o segurou, soltando um soluço engasgado.

— Estava tão preocupada com você — choramingou ela.

— Sinto muito, Ali. Implorei a ele. Implorei a abba todos os dias. Se tivesse conseguido convencê-lo...

— Ah, Zaynab, nada disso é culpa sua. — Ali abraçou forte a irmã. — Como pôde pensar isso? Você é uma benção, suas cartas e seus suprimentos... não faz ideia do quanto precisei deles. E estou bem. — Ele se afastou para olhar para ela. — As coisas estavam ficando melhores lá. E agora estou aqui, vivo e já irritando você. — Ele conseguiu dar um pequeno sorriso dessa vez.

Ela sacudiu a cabeça.

— As coisas não estão bem, Ali. Amma... ela está com tanta raiva.

Ali revirou os olhos.

— Não faz *tanto* tempo que voltei. Com quanta raiva ela pode estar?

— Não com raiva de *você* — respondeu Zaynab. — Quer dizer... também, mas não é sobre isso que estou falando. Está com raiva de abba. Ela voltou para Daevabad furiosa quando soube o que tinha acontecido com você. Disse a abba que o levaria à falência.

Ali só conseguia imaginar como tinha sido aquela conversa.

— Vamos falar com ela — assegurou ele. — Vou encontrar uma forma de consertar as coisas. E esqueça tudo isso por enquanto. Conte como *você* está. — Ele imaginava que não fosse nada fácil para Zaynab ser a única deles ainda falando com todos os parentes briguentos.

A compostura de Zaynab fraquejou um momento, mas então um sorriso sereno iluminou o rosto dela.

— Tudo está bem — disse ela, suavemente. — Deus seja louvado.

Ali não acreditou nisso nem por um segundo.

— Zaynab...

— De verdade — insistiu ela, embora parte do brilho tivesse deixado seus olhos. — Você me conhece... a princesa mimada que não se preocupa com nada.

Ali sacudiu as cabeça.

— Você não é isso. — Ele sorriu. — Bem, talvez um pouco da primeira parte. — Ali se abaixou quando a irmã tentou bater nele.

— Espero que segure mais a língua quando estiver na frente de amma — avisou Zaynab. — Ela não gostou muito de você correr de volta para a Cidadela e usou umas palavras bem fortes para descrever o destino que recai sobre filhos ingratos.

Ali pigarreou.

— Alguma coisa... específica? — perguntou ele, segurando um calafrio.

Zaynab deu um sorriso doce.

— Espero que tenha feito suas orações, irmãozinho.

Os apartamentos amplos da rainha Hatset ficavam em um dos andares mais altos do zigurate do palácio, e Ali não pôde deixar de admirar a vista conforme subia as escadas. A cidade parecia um brinquedo abaixo, uma extensão de construções em miniatura e habitantes apressados do tamanho de formigas.

Eles se abaixaram sob a porta de teca detalhadamente entalhada que dava para o pavilhão da mãe e Ali segurou o fôlego. Projetado para imitar os encantamentos de sua amada terra natal, a princípio pareciam as ruínas de um castelo coral que já fora magnífico, como os tantos humanos que pontuavam a costa de Ta Ntry. Mas então, com um redemoinho sedutor de fumaça e magia, a construção brilhou de volta à glória diante dos olhos dele: um salão exuberante de arcos encrustados de gemas, ladeado com potes de volumosas plantas de pântano, palmeiras esmeralda e lírios do Nilo. O pavilhão fora um presente de casamento de Ghassan, destinado a aliviar a saudade de casa da noiva ayaanle – um gesto que mostrava uma versão mais bondosa do pai do que a que Ali conhecera. O ar tinha cheiro de mirra e os sons de um alaúde e gargalhadas flutuavam de trás de cortinas de linho roxas e douradas que oscilavam suavemente.

Gargalhadas familiares. Ali se preparou quando passaram pela cortina. Mas o que quer que estivesse esperando... certamente não era a cena à sua frente.

A rainha Hatset estava sentada em um sofá baixo, parcialmente debruçada sobre um jogo de tabuleiro belamente entalhado em lápis-lazúli, rindo com um homem e uma mulher shafit. Uma menininha estava sentada no colo dela, brincando com os ornamentos de ouro nas tranças da mãe de Ali.

Ele encarou, chocado. Era a menina e o pai shafits do leilão, aqueles que ele temia ter condenado. Estavam ali, com sorrisos nos rostos, vestindo roupas adequadas a nobres ayaanle.

Hatset ergueu a cabeça. Felicidade, alívio e não pouca malícia iluminaram seus olhos dourados.

— Alu! Que ótimo *finalmente* ver você. — Ela deu tapinhas na bochecha da menina e então a entregou à outra mulher; a mãe, a julgar pela semelhança. — Estou ensinando seus amigos a jogar senet. — Ela se levantou graciosamente e atravessou o pavilhão. — Eu tinha muito tempo sobrando, esperando você.

Ali ainda estava sem palavras quando a mãe o alcançou.

— Eu...

Ela o puxou em um abraço apertado.

— Ah, baba — sussurrou Hatset, segurando-o firme. As bochechas dela estavam úmidas. — Que Deus seja louvado por me permitir olhar você de novo.

Ali foi pego desprevenido por uma onda de emoção ao estar nos braços da mãe pela primeira vez em anos. Hatset. A mulher que lhe dera à luz, cuja família o traíra e então planejara arrastá-lo para longe da vida que estava construindo em Bir Nabat. Ali deveria ter ficado furioso – mas, quando ela se afastou para tocar sua bochecha, sentiu parte da raiva evaporar. Por Deus, quantas vezes tinha olhado para o rosto dela quando criança e segurado a barra do seu shayla, quantas vezes a seguira distraidamente pelo harém e chorara por ela em Ntaran, durante as primeiras noites solitárias e assustadoras na Cidadela?

— Que a paz esteja com você, amma — conseguiu dizer. Os olhares curiosos da família shafit trouxeram Ali de volta ao presente e ele se afastou, tentando conter as emoções. — Como você...

— Eu soube do infortúnio deles e decidi ajudar. — Hatset olhou para a família shafit com um sorriso. — Sugeri que se juntassem ao meu serviço aqui no palácio em vez de voltarem para casa. É mais seguro.

A mulher shafit tocou o coração.

— Temos uma grande dívida com a senhora, minha rainha.

Hatset sacudiu a cabeça e então puxou Ali para a frente com firmeza.

— Besteira, irmã. É um crime que vocês tenham sido sequer brevemente separados.

A mulher corou, fazendo uma reverência com a cabeça.

— Daremos à senhora um tempo com seu filho.

— Obrigada. — A mãe empurrou Ali para o sofá com o que pareceu força desnecessária e então olhou para as criadas restantes. — Minhas damas, se importariam de ver se a cozinha pode preparar uma refeição ntaran de verdade para meu filho? — Ela sorriu agradavelmente para ele. — Está parecendo um gavião faminto.

— Sim, minha rainha. — Elas sumiram, deixando Ali sozinho com a mãe e a irmã.

Em um segundo, as duas mulheres se viraram para ele, assomando sobre o sofá no qual Ali fora jogado. Nenhuma parecia feliz.

Ele imediatamente ergueu as mãos em um gesto de paz.

— Eu ia fazer uma visita, juro.

— Ah, é? Quando? — Hatset cruzou os braços e seu sorriso desapareceu. — Depois de visitar todos em Daevabad?

— Só faz dois dias — protestou ele. — Foi uma longa jornada. Precisava de tempo para me recuperar...

— Mas teve tempo de visitar a esposa de seu irmão.

A boca de Ali se escancarou. Como a mãe sabia *disso*?

— Tem espiões entre os pássaros agora?

— Não divido o palácio com um bando de Nahid vingativos e seu boticário de venenos sem saber o que estão fazendo o tempo todo. — A expressão dela ficou sombria. — E não foi uma visita que você deveria ter feito só. As pessoas falam.

Ali mordeu o lábio, mas ficou calado. Não podia exatamente objetar.

O olhar da mãe o percorreu, detendo-se na cicatriz da têmpora.

— O que é isso?

— Apenas uma cicatriz — disse Ali, rapidamente. — Eu me feri minando rocha para os canais de Bir Nabat.

Hatset continuou observando o filho.

— Você parece que acabou de roubar uma caravana — disse ela, bruscamente. Então franziu o nariz. — E cheira como se tivesse feito isso também. Por que não foi até o hammam e vestiu algo que não tem o sangue de sabe-se lá Deus quem por toda parte?

Ali fez uma careta. Tinha um motivo muito bom para evitar o hammam: não queria que ninguém visse de relance as cicatrizes que cobriam seu corpo.

— Gosto desta túnica — disse ele, defensivo.

Zaynab parecia estar segurando o riso enquanto afundava no assento ao lado do irmão.

— Desculpe — apressou-se em dizer quando Hatset lhe lançou um olhar exasperado. — Quero dizer... achou que a personalidade dele melhoraria lá fora?

— Sim — respondeu Hatset, em tom afiado. — Esperava que, depois de ser mandado para Am Gezira para morrer, ele estivesse mais esperto. Sua aparência molda sua imagem pública, Alizayd, e perambular por Daevabad em trapos ensanguentados parecendo uma ovelha perdida não é particularmente impressionante.

Um pouco ofendido, Ali respondeu:

— É isso que está fazendo com aquela pobre família, então? Vestindo-os e exibindo-os para moldar sua imagem?

Hatset estreitou os olhos.

— Como eles se chamam?

— O quê?

— Como se chamam. Como se chamam as pessoas em que *você* colocou um alvo? — ela insistiu quando Ali corou. — Não sabe, não é? Então eu vou dizer. A mulher é Mariam, uma shafit do Sumatra. O marido dela é Ashok e a filha é Manat. Apesar dos problemas da cidade, têm se saído bem. Tão bem, na verdade, que o sucesso de Ashok gerenciando uma barraca de comida atraiu a inveja de um dos vizinhos, que os entregou aos brutamontes patrulheiros daquele mercador cruel. Mas Ashok gosta do seu trabalho, então consegui para ele uma posição na cozinha do palácio e aposentos nos quais pode viver com a mulher enquanto ela me serve no harém e a filha tem aulas com outras crianças.

Ali estava humilhado, mas não o suficiente para se livrar das suspeitas.

— E por que faria tal coisa?

— Alguém precisava desfazer o erro de meu filho. — Quando Ali corou, ela prosseguiu. — Também sou uma pessoa de fé, e é um grande pecado maltratar os shafits. Acredite em mim, acho o que está acontecendo em Daevabad tão terrível quanto você.

— Meu "primo" Musa disse algo muito parecido antes de sabotar meu poço para jogar sua carga nas minhas mãos — respondeu Ali. — Imagino que você estivesse por trás disso também?

Houve um momento de silêncio. As duas mulheres trocaram um olhar antes de Zaynab falar, em uma tom incomumente alarmado.

— Isso... pode ter sido ideia minha. — Quando Ali se virou para a irmã, ela lhe deu um olhar impotente. — Estava preocupada que você jamais voltasse! Meus mensageiros disseram que você parecia estar se acomodando!

— Eu estava! Era *bom*. — Ali não acreditava no que estava ouvindo. Ele apertou as mãos contra os joelhos, tentando controlar-se. A maquinação podia ter sido de Zaynab, mas aquele era um jogo que a mãe começara. — Mas, se formos falar tão *abertamente*, talvez poderíamos conversar sobre o motivo pelo qual fui enviado para Am Gezira para início de conversa.

A mãe chegou a sorrir. Foi um pouco inquietante ver aquele sorriso afiado e satisfeito que Ali ouvira mais de uma vez que tinham em comum. Os anos não haviam envelhecido Hatset como o pai. Ela ainda tinha a postura de uma rainha e endireitou a coluna como se ele a tivesse desafiado, arrumando o shayla como uma armadura de guerra.

— Zaynab, meu amor... — ela começou lentamente, sem tirar os olhos de Ali. Um arrepio de medo dançou pela curva do pescoço dele. — Você se importaria de nos deixar?

A irmã olhou de um para outro, parecendo alarmada.

— Talvez eu devesse ficar.

— Você deveria ir. — O sorriso cauteloso da mãe não hesitou quando ela se sentou no sofá oposto, mas sua voz tinha um tom autoritário. — Seu irmão claramente tem algumas coisas que gostaria de me dizer.

Zaynab suspirou e ficou de pé.

— Boa sorte, akhi. — Ela apertou o ombro dele de novo e se foi.

— Alu — disse Hatset, com um tom que deixou Ali quase seguro de que levaria outro tapa. — Sei que não está insinuando que a mulher que lhe carregou no ventre e deu à luz, com essa cabeça gigante de batata e tudo, estava envolvida naquela conspiração idiota com os Tanzeem.

Ali engoliu em seco.

— Abba disse que eles tinham apoiadores ayaanle — defendeu-se ele. — Que um deles era seu primo...

— De fato, um deles era. *Era* — repetiu a mãe, com a motivação mortal clara na voz. — Não sou tolerante com aqueles que arriscam as vidas de quem amo, ainda mais em um esquema improvisado e lunático. — Hatset revirou os olhos. — Uma revolução. Que desnecessariamente sangrento.

— Você parece mais irritada com o *método* do que com a ideia de traição.

— E? — Hatset pegou uma xícara cheirosa de uma mesa próxima e tomou um gole. — Você está olhando para a pessoa errada se espera que eu defenda o governo de seu pai. Ele anda se desvirtuando há anos. Você obviamente concordava com essa opinião se estava disposto a se juntar aos Tanzeem.

Ele se encolheu, as palavras encontrando o alvo. Ali discordara – violentamente – de como o pai lidava com os shafits. E ainda discordava bastante.

— Eu só estava tentando ajudar os shafits — insistiu ele. — Não havia nada político nisso.

A mãe deu a ele um olhar quase de pena.

— Não há nada não político a respeito de alguém chamado "Zaydi al Qahtani" tentando ajudar os shafits.

Ali abaixou o olhar. Seu nome não parecia uma inspiração ultimamente, e sim um fardo.

— Ele foi certamente melhor nisso do que eu.

Hatset suspirou e foi sentar-se ao lado do filho.

— Você ainda tem tanto do menino de que me lembro — disse ela, com a voz mais suave. — Desde que aprendeu a andar, me seguia pelo harém, tagarelando sobre tudo que via. As menores coisas enchiam você de prazer, de assombro... As outras mulheres declararam que você era a criança mais curiosa que já tinham visto. A mais doce. — Os olhos dela brilharam com uma traição antiga. — Então Ghassan tirou você de mim. Trancafiaram você na Cidadela, colocaram uma zulfiqar em sua mão e lhe ensinaram a ser a arma de seu irmão. — A voz dela falhou na última palavra. — Mas ainda vejo aquela inocência em você. Aquela bondade.

Ali não sabia o que dizer. Ele passou os dedos pela seda azul listrada do sofá. Era tão macia quanto um botão de rosa, muito mais luxuosa do que qualquer coisa em que tivesse se sentado em Am Gezira – no entanto, era lá que ele queria estar, para o inferno com os assassinos. Um lugar onde ajudar os outros era uma simples questão de cavar um poço.

— Essa bondade não me levou a lugar nenhum em Daevabad. Todos que tento ajudar acabam piores.

— Não se para de travar uma guerra só porque se está perdendo batalhas, Alizayd. É preciso mudar de tática. Certamente é uma lição que aprendeu na Cidadela.

Ali sacudiu a cabeça. Estavam se aproximando demais de uma conversa que ele não queria ter.

— Não há guerra a ser vencida aqui. Não por mim. Abba queria me ensinar uma lição e eu aprendi. Ficarei na Cidadela com uma zulfiqar na mão e a boca firmemente fechada até o Navasatem.

— Enquanto no fim da rua os shafits são leiloados como gado? — desafiou Hatset. — Enquanto seus irmãos na Guarda Real são reduzidos a treinar com facas cegas e comer comida estragada para que nobres possam se banquetear e dançar durante as festividades?

— *Não posso ajudá-los*. E você dificilmente é inocente nisso tudo — acusou Ali. — Acha que não sei os jogos que os Ayaanle estão fazendo com a economia de Daevabad?

Hatset o encarou de volta.

— Você é inteligente demais para acreditar que os Ayaanle são o único motivo para os problemas financeiros de Daevabad. Somos um bode expiatório. Uma leve redução dos impostos não causa os danos que eu sei que você viu; manter um terço da população na escravidão e na pobreza, sim. Oprimir outro terço ao ponto de se autossegregarem, sim. — O tom de voz dela ficou mais determinado. — Um povo não prospera sob tiranos, Alizayd; As pessoas não inventam inovações quando estão ocupadas tentando permanecer vivas, nem oferecem ideias criativas quando erros são punidos com os cascos de um karkadann.

Ali se ergueu, agitado, desejando poder refutar as palavras da mãe.

— Vá dizer essas coisas a Muntadhir. Ele é o emir.

— Muntadhir não tem a coragem de agir. — A voz de Hatset soou surpreendentemente bondosa. — Gosto de seu irmão. É o homem mais charmoso que conheço e também tem um bom coração. Mas seu pai enraizou as próprias crenças nele muito mais profundamente do que você enxerga. Ele vai reinar como Ghassan, com tanto medo do próprio povo que isso o esmagará.

Ali caminhou de um lado para outro, combatendo a água que queria irromper de suas mãos.

— E o que me pediria para fazer, amma?

— *Ajude-o* — insistiu Hatset. — Não precisa ser uma arma para ser valioso.

Ele já estava negando com a cabeça.

— Muntadhir me odeia — disse ele, amargamente, a frase ríspida jogando sal na ferida que o irmão infligira quando Ali voltou. — Não vai ouvir nada do que eu disser.

— Ele não odeia você. Está magoado, perdido e descontando nas pessoas. Mas esses são impulsos perigosos quando um homem tem tanto poder quanto seu irmão, e ele está indo por um caminho do qual pode não ser capaz de voltar. — A voz dela ficou mais sombria. — E esse caminho, Alu? Pode dar a você escolhas muito piores do que falar com ele.

Ali estava subitamente consciente da água na jarra ao seu lado na mesa, nas fontes que ladeavam o pavilhão e nos canos sob o chão. Ela o atraía, alimentando-se de sua inquietude crescente.

— Não posso falar sobre isso agora, amma. — Ele passou a mão pelo rosto, puxando a barba.

Hatset ficou imóvel.

— O que é isso no seu pulso?

Ele abaixou os olhos e percebeu que a manga da maldita túnica tinha escorregado para trás de novo. Ali se xingou. Depois do encontro com Nahri, jurara que encontraria algo novo para vestir. Mas uniformes eram escassos na Cidadela e ele odiava incomodar homens que já passavam por dificuldades.

Hatset estava de pé ao seu lado antes que ele tivesse a chance de responder; ele não sabia que a mãe podia mover-se tão depressa. Ela agarrou seu braço. Ali tentou recuar, mas, não querendo machucá-la – e subestimando a força da mãe –, não foi veloz o bastante para impedi-la de empurrar a manga até o ombro.

Ela arquejou, pressionando a cicatriz grossa que envolvia seu pulso.

— Onde conseguiu essas marcas? — ela perguntou, com alarme crescente.

Ali entrou em pânico.

— Am-Am Gezira — gaguejou ele. — Não é nada. Um machucado antigo.

Mas o olhar afiado dela já estava percorrendo o corpo do filho.

— Você não foi ao hammam... — disse ela, ecoando as palavras dele. — Nem tirou esta túnica imunda. — Seus olhos dispararam até os dele. — Alu... há mais dessas cicatrizes em seu corpo?

O estômago de Ali desabou. Ela fizera a pergunta com certeza demais.

— Tire isto. — Ela estava puxando as vestes sobre seus ombros antes que pudesse reagir. Por baixo, usava uma túnica sem mangas e um tecido na cintura que descia até as panturrilhas.

Ela inspirou com força. Apertou seus braços, examinando as cicatrizes que cortavam sua pele. Seus dedos se demoraram na linha irregular que dentes de crocodilo tinham rasgado logo abaixo da clavícula e então ela tomou a mão dele, tocando a impressão gravada de um grande gancho de pesca. Horror encheu seus olhos.

— Alizayd, *como conseguiu essas cicatrizes?*

Hatset devia ter percebido sua hesitação.

— Olhe para mim, Alu. — Ela tomou seu rosto nas mãos, forçando-o a encontrar seu olhar. — Sei que não confia em mim. Sei que temos nossas diferenças. Mas isso? Isso vai além de tudo. Preciso que me conte a verdade. *Onde adquiriu essas cicatrizes?*

Ele encarou seus olhos dourados acolhedores – os olhos que o haviam assegurado de que tudo ficaria bem desde que ele era uma criança ralando os cotovelos ao subir em árvores no harém – e a verdade saiu aos tropeços.

— O lago — ele disse, em um sussurro quase inaudível. — Caí no lago.

— O lago? O lago de *Daevabad*? — Os olhos dela se arregalaram. — Sua luta com o Afshin. Ouvi que ele o derrubou do barco, mas que você se segurou antes de cair na água.

Ali sacudiu a cabeça.

— Não exatamente — respondeu ele, com um nó na garganta.

Ela respirou fundo.

— Oh, baba... aqui estou eu falando de política... — Ela apertou as mãos dele. — Conte o que aconteceu.

Ali balançou a cabeça.

— Não me lembro de muita coisa. Darayavahoush atirou em mim. Perdi o equilíbrio e caí na água. Havia algo nela, um tipo de presença que me atacou, dilacerando minha mente, e então eu vi o Afshin... — Ele estremeceu. — O que quer que fosse, estava tão *furioso*, amma. Disse que precisava do meu nome.

— Seu nome? — A voz de Hatset ficou mais alta. — Você o deu?

Ali assentiu, envergonhado.

— Eles me mostraram visões. Daevabad destruída, todos vocês mortos... — A voz dele falhou. — Eles me obrigaram a ver as cenas sem parar, enquanto se agarravam a mim, mordendo e rasgando minha pele. Zaynab e Muntadhir estavam gritando para que eu os salvasse, que eu desse meu nome e eu... eu cedi. — Ele mal conseguiu dizer as últimas palavras.

Hatset o puxou para um abraço.

— Você não cedeu, criança — insistiu ela, acariciando suas costas. — Não podia ter resistido a eles.

Seu estômago se revirou se ansiedade.

— Você sabe o que era, então?

A mãe assentiu, recuando para tocar a cicatriz curva na palma dele.

— Sou Ayaanle. Sei o que deixa essas marcas.

A palavra pairou implícita por mais um momento, então Ali não aguentou mais.

— Foi um marid, não foi? Um marid fez isso.

Ele não deixou de reparar como os olhos dourados dela passaram pelo pavilhão antes de responder – o fato de que o fizera para isso e não enquanto discutia traição era revelador. E nada tranquilizador.

— Sim. — Ela soltou as mãos dele. — O que aconteceu depois que você deu seu nome?

Ali engoliu em seco.

— Ele me dominou. Muntadhir disse que parecia que eu tinha sido possuído, que estava falando uma língua estranha. — Ele mordeu o lábio. — Ele me usou para matar Darayavahoush, mas não me lembro de nada entre dar meu nome e acordar na enfermaria.

— Na enfermaria? — O tom da mãe era afiado. — Aquela garota Nahid sabe que...?

— Não. — O perigo na pergunta e uma fisgada da antiga lealdade fez a mentira escapar dos lábios. — Ela não estava lá. Só abba e Muntadhir sabem o que aconteceu.

Hatset semicerrou os olhos.

— Seu pai sabia que os marids fizeram tudo isso com você e *mesmo assim* o enviou a Am Gezira?

Ali fez uma careta, mas não podia negar o alívio fluindo por ele. Era tão bom finalmente falar sobre tudo isso com alguém que sabia mais, que podia ajudá-lo.

— Não sei se teria sobrevivido a Am Gezira se os marids não tivessem me possuído.

Ela franziu o cenho.

— Como assim?

Ele a olhou com surpresa.

— Minhas habilidades, amma. Achei que soubesse que é isso que está por trás do meu trabalho de irrigação.

Tarde demais, ele reconheceu o horror estampado no rosto dela.

— Suas *habilidades*? — ela repetiu.

O pulso dele acelerou com o choque na voz da mãe.

— Minhas... minhas habilidades com água. Abba disse que os Ayaanle tinham um relacionamento com os marids.

Que vocês reconheciam as marcas deles... — Uma esperança desesperada subiu pelo peito de Ali. — Isso significa que isso acontece com os djinns em Ta Ntry, não é?

— Não, baba... — Hatset pegou as mãos dele de novo. — Não assim. Nós encontramos... — Ela pigarreou. — Nós encontramos corpos, amor. Corpos com marcas como as suas. Pescadores djinns que ficam fora depois do pôr do sol, crianças humanas atraídas para a margem do rio. São assassinados, afogados e drenados.

A cabeça dele girava. *Corpos?*

— Mas achei... — Ali se engasgou com as palavras. — Nossos ancestrais não reverenciavam os marids?

Hatset sacudiu a cabeça.

— Não sei o que havia entre nossos ancestrais, mas os marids são um terror desde que me lembro. Nós mantemos em segredo; preferimos cuidar das nossas vidas a convidar soldados estrangeiros para Ta Ntry. E os ataques são raros. Aprendemos a evitar os lugares de que eles gostam.

Ali tinha dificuldades para entender o que estava ouvindo.

— Então como eu sobrevivi?

A mãe – sua mãe que sempre sabia de tudo — parecia igualmente perdida.

— Não sei.

A dobradiça da porta rangeu e Ali se ergueu num pulo, puxando as vestes de volta tão rapidamente que ouviu parte da costura abrir-se. Quando duas criadas entraram, a expressão da mãe estava calma, mas ele não perdeu a dor com que ela observou seus movimentos.

Ela ofereceu um pequeno sorriso às criadas quando deixaram uma bandeja com pratos de prata cobertos.

— Obrigada.

Elas removeram as tampas e o coração e o estômago de Ali deram um salto diante dos cheiros familiares dos pratos ntaran que ele amara quando criança. Bananas fritas e arroz temperado com anis, peixe no vapor dentro de uma folha de banana com gengibre e coco ralado e bolinhos com melado.

— Lembro os seus preferidos — disse Hatset, baixinho, quando estavam sozinhos de novo. — Uma mãe não se esquece de algo assim.

Ali não respondeu. Não sabia o que dizer. As respostas que queria havia anos sobre os marids deixaram perguntas piores e mais mistérios em seu encalço. O que acontecera com ele nunca acontecera com outro Ayaanle. Os marids eram um terror em Ta Ntry, monstros a serem temidos.

Monstros que o tinham salvado. Ali se remexeu, com os nervos à flor da pele. A possessão no lago tinha sido cruel, mas as habilidades que adquirira depois eram... calmantes. O conforto que sentia ao passar as mãos por um canal, o jeito quase brincalhão como novas fontes borbulhavam sob seus pés. O que tudo aquilo significava?

A mãe tocou o seu pulso.

— Alu, está tudo bem — ela disse, quebrando o silêncio. — Você está vivo. É tudo o que importa agora. O que quer que os marids tenham feito com você... acabou.

— Esse é o problema, amma... não acabou — disse ele baixinho. — Está piorando. Desde que voltei para Daevabad... sinto como se essas coisas estivessem *dentro* de mim, deslizando sobre minha pele, sussurrando em minha cabeça... E se eu perder controle... — Ele estremeceu. — As pessoas costumavam matar djinns que suspeitavam de se relacionar com os marids.

— Isso não vai acontecer — ela declarou com firmeza. — Não com você. Eu vou dar um jeito nisso.

Ali mordeu o lábio, querendo acreditar, mas vendo pouca saída de uma confusão que claramente nenhum dos dois entendia.

— Como?

— Primeiro, consertamos... isso — disse ela, gesticulando com a mão para o corpo dele. — Você vai usar meu hammam de hoje em diante. Mande os criados embora com um dos seus sermões sobre modéstia e eles não terão problemas em deixar que se banhe sozinho. Também tenho um alfaiate Agnivanshi em quem confio completamente. Ele é um homem discreto. Posso dizer que suas cicatrizes são do Afshin e que você deseja escondê-las. Tenho certeza de que ele será capaz de projetar um guarda-roupas apropriado.

— Alizayd, o Assassino de Afshin — repetiu Ali, sombriamente. — Que sorte que sou conhecido por matar um homem que gostava de açoitar seus oponentes.

— É um golpe de sorte que vou aceitar — respondeu Hatset. — Enquanto isso, vou falar com um acadêmico que conheço. Ele pode ser um pouco... *difícil*. Mas provavelmente sabe mais sobre os marids do que qualquer um vivo.

A esperança se ergueu na voz de Ali.

— E acha que ele pode nos ajudar?

— Vale a pena tentar. Por enquanto, tire essa história dos marids da cabeça. E *coma*. — Hatset empurrou as bandejas para o filho. — Gostaria que se parecesse menos com uma assombração ao fim da semana.

Ali pegou uma jarra de água de rosas para enxaguar as mãos.

— Por que ao fim da semana?

— Porque é quando seu pai vai fazer um banquete para comemorar seu retorno.

Ali fez uma careta, pegando um pouco de arroz e ensopado com os dedos.

— Queria que ele fizesse um banquete para me mandar a um lugar que não fosse uma ilha assombrada por marids cercada por um lago amaldiçoado.

— Ele não vai mandar você para lugar nenhum se depender de mim. — Hatset serviu uma taça de suco de tamarindo e a empurrou na direção dele. — Acabei de recuperar você, baba. — A voz dela estava determinada. — E, se tiver que lidar com alguns espíritos de água para mantê-lo aqui, que assim seja.

12

NAHRI

Porque uma menininha perdida do Cairo achou que estava vivendo em algum tipo de conto de fadas. E porque, apesar de toda sua suposta inteligência, não conseguiu ver que o charmoso herói que a salvou era na verdade um monstro.

Nahri fechou os olhos, obedecendo silenciosamente aos comandos sussurrados dos criados que pintavam seu rosto. A provocação cruel de Muntadhir tocava sem parar em sua cabeça; fazia dias que pensava nas palavras dele, a acusação ainda mais assustadora porque Nahri não podia negar que continha um pingo de verdade.

Uma das criadas se aproximou com uma seleção de pentes de cabelo ornamentados no formato de vários pássaros.

— De qual gostaria, minha senhora?

Nahri olhou para os pentes encrustados de joias, triste demais até para avaliar silenciosamente o valor deles. Suas tranças já estavam desfeitas; os cachos pretos caíam selvagemente até a cintura. Ela passou os dedos pelo cabelo, torcendo uma mecha em um dedo.

— Está bom assim.

Duas das criadas trocaram olhares nervosos e, do canto do quarto, onde estava observando Nahri vestir-se com preocupação evidente, Nisreen tossiu.

— Minha senhora, com todo respeito... entre seu cabelo e o vestido, não parece exatamente que vai a um evento cerimonial — disse a mentora com delicadeza.

Não, provavelmente pareço prestes a visitar a cama de meu marido, o que é irônico porque jamais farei isso de novo. Nahri escolhera mais uma vez usar o vestido de linho sem mangas com o colarinho de contas elaborado que a lembrava do Egito. A ideia de interagir com os al Qahtani a deixava ansiosa e ela queria agarrar-se a algo familiar.

E não se importava muito com o que outros pensassem a respeito.

— Vou assim. É um banquete geziri, não haverá homem nenhum na seção das mulheres para me ver.

Nisreen suspirou, talvez reconhecendo a derrota.

— Presumo que ainda preciso inventar alguma emergência para que você possa sair cedo?

— Por favor. — Nahri não poderia faltar ao evento, mas podia certificar-se de que permaneceria o menor tempo possível. — Por acaso reparou se Jamshid foi embora?

— Sim. Insistiu em me ajudar a estocar as prateleiras do boticário e então partiu. Disse a ele que precisava de mais um dia para se recuperar, mas...

— Mas ele quer estar ao lado de Muntadhir. — Nahri esperou até que as criadas tivessem saído para terminar a frase. — Muntadhir não o merece.

— Não discordo. — Quando Nahri fez menção de levantar-se, Nisreen tocou o ombro dela. — Vai tomar cuidado com a rainha esta noite?

— Sempre tomo. — Era verdade; Nahri evitava Hatset como se devesse dinheiro a ela. Pelo que Nahri observara, a rainha se igualava a Ghassan em esperteza e desenvoltura;

mas, enquanto o rei desejava Nahri como aliada, ao menos no papel, Hatset não queria nada com ela, tratando-a com o desdém cauteloso que alguém poderia mostrar a um cão malcriado.

O que não era problema para Nahri, principalmente naquela noite. Roubaria alguns minutos para comer – possivelmente roubaria *de verdade* uma das facas de ouro entalhado usadas nos eventos de estado apenas para se sentir melhor – e então iria embora sem precisar falar com qualquer um dos príncipes al Qahtani.

Vestindo um chador branco como a neve e bordado com raios de sol formados por safiras, ela seguiu uma criada pelo corredor aberto que dava para os jardins formais diante do salão do trono de Ghassan. Globos de chamas encantadas em tons alegres como um arco-íris se aninhavam nas árvores frutíferas e luxuosos tapetes bordados com cenas de caça tinham sido dispostos sobre a grama aparada. Minúsculos beija-flores cor de jade brilhavam ao cantar e planar entre delicados alimentadores de cobre, sua música misturando-se com o dedilhar dos alaúdes. O ar estava perfumado com jasmim, almíscar e carne assada. A última fez o estômago de Nahri roncar com tristeza; ela não tocava em carne desde que se dedicara ao papel de Banu Nahida.

Diretamente à frente havia uma enorme tenda construída com faixas de seda prateada que cintilava sob o luar. A governanta afastou uma das cortinas nacaradas e Nahri entrou no interior perfumado.

A opulência era um deboche das tendas que os nômades geziri teriam um dia chamado de lar. Deslumbrantes tapetes tecidos à mão cobriam o piso em uma imensidão de cores, e um ilusionista tinha conjurado uma constelação de fogos de artifício em miniatura para rodopiar e faiscar no teto. Fogo queimava em lâmpadas douradas largas e abertas – os djinns tinham uma forte aversão às lâmpadas pequenas e fechadas, que costumavam ser usadas como receptáculos de escravos pelos ifrits.

A tenda estava quente e lotada; Nahri tirou o chador, entregando-o para uma criada à espera e piscando enquanto os olhos se ajustavam ao interior cheio e iluminado pelo fogo. Além do murmúrio de criadas e convidadas que se detinham à entrada, ela viu de relance a rainha Hatset e a princesa Zaynab atendendo aos cortesãos em um altar de mármore elevado cheio de almofadas ébano e douradas. Amaldiçoando a etiqueta que exigia que as cumprimentasse primeiro, Nahri abriu caminho pelo salão. Estava determinada a ignorar as sobrancelhas erguidas que sabia que seu vestido atrairia, então se recusou a olhar para as outras mulheres... e assim percebeu tarde demais que muitas tinham coberto a cabeça com diversos shaylas e véus.

O motivo estava sentado entre a mãe e a irmã dele.

Nahri precisou de um momento para reconhecer o rapaz luxuosamente vestido nos trajes de um nobre ayaanle como o antigo amigo traidor que cogitara matar no jardim poucos dias antes. Foram-se a túnica e o ghutrah imundos de viagem. Por cima de um dishdasha preto requintado, decorado com miçangas pálidas de pedra da lua, Ali usava uma túnica verde-grama com estampa de ikat prateado, uma vestimenta de cores alegres profundamente incomum para o príncipe taciturno. Um lindo turbante de prata coroava sua cabeça, enrolado ao estilo geziri e revelando a relíquia de cobre presa na orelha de Ali.

O príncipe pareceu igualmente espantado ao ver Nahri, seu olhar chocado passando da cabeça descoberta para os braços expostos. Ela o ouviu respirar fundo e fervilhou de raiva; conhecendo a mentalidade conservadora de Ali, ele provavelmente julgava que o vestido era ainda mais inapropriado do que Nisreen tinha achado.

— Banu Nahida — cumprimentou Hatset, chamando Nahri para perto com uma mão que brilhava com anéis de ouro. — Aí está você. Venha, junte-se a nós!

Nahri se aproximou, fazendo uma reverência e unindo as mãos.

— Que a paz esteja com todos vocês — disse ela, em sua melhor tentativa de soar polida e encantadora.

— E sobre você a paz, querida filha. — Hatset deu a ela um sorriso acolhedor. As mulheres reais estavam deslumbrantes, como sempre. Hatset usava uma abaya de seda pintada de açafrão e carmesim, o tecido reluzindo como uma chama sob um shayla cor da meia-noite decorado com pérolas geziri. Zaynab, que deixaria homens de joelhos usando um saco largo, estava usando um vestido que parecia uma cachoeira que ganhara vida e decidira adorá-la; uma profusão de tecidos verde-azulado, esmeralda e azul-cobalto unidos por um colarinho de flores de lótus de verdade. — Estava começando a temer que algo tivesse acontecido com você quando não chegou com seu marido.

A indireta tinha sido bastante clara, mas Nahri não estava surpresa: parecia haver muito pouco que Hatset não soubesse sobre os acontecimentos domésticos do palácio. Nahri não tinha dúvidas de que algumas de suas criadas estavam a serviço da rainha e que sua discussão com Muntadhir já havia sido relatada.

Mas não discutiria seus problemas maritais com aquela mulher. Abriu um sorriso falso.

— Perdoe meu atraso. Tive um paciente.

Os olhos dourados de Hatset brilharam.

— Não precisa se desculpar. — Ela indicou o vestido de Nahri. — Muito bonito. Um pouco diferente, com certeza, mas muito bonito. — A voz dela assumiu um tom de provocação. — Alu, ela não está bonita? — perguntou ao filho.

O olhar de Ali se focava em tudo menos Nahri.

— Eu, hã, sim — gaguejou ele. — Preciso ir. Os homens estão me esperando.

Hatset segurou o pulso do filho.

— Lembre-se de falar com as pessoas... e sobre coisas *que não sejam* hadith e economia, pelo amor de Deus, Alizayd. Conte histórias interessantes sobre Am Gezira.

Ali se levantou. Nahri odiava admitir, mas ele estava deslumbrante nas novas roupas, as vestes belamente tingidas acentuando suas feições arrogantes e sua pele escura luminosa. Provavelmente era o que acontecia quando alguém era vestido pela mãe.

Ele manteve o olhar no chão ao passar por ela.

— Em paz — disse Ali, baixinho.

— Vá pular no lago — sussurrou ela em árabe. Ali ficou tenso, mas não parou.

Hatset sorriu ao ver o filho ir embora, com uma expressão orgulhosa e determinadamente protetora.

É claro que está orgulhosa; provavelmente esteve conspirando para trazê-lo de volta há anos. Nahri estava revirando a conversa que entreouvira entre Muntadhir e Jamshid desde que esbarrara em Ali. Ela se perguntava se havia alguma verdade na preocupação do marido sobre as intenções mortais da "mãe" que ela agora entendia ser Hatset.

O olhar da rainha se voltou para Nahri de novo.

— Querida, por que ainda está de pé? Sente-se — ordenou ela, indicando a almofada ao lado de Zaynab. — Minha filha já acidentalmente derrubou o painel da tenda na nossa frente para melhorar a vista. E você sempre se esconde nestas ocasiões. — Ela assentiu para as bandejas que as cercavam. — Pedi que a cozinha trouxesse alguns pratos vegetarianos para você.

Nahri passou de embasbacada para desconfiada em um instante. Hatset estava claramente planejando algo – tanto que mal tentava esconder, com a pergunta sobre Muntadhir e toda aquela amabilidade exuberante. Sem contar o comentário bastante óbvio para Ali sobre o vestido de Nahri.

As bochechas dela ficaram subitamente quentes. Ah, não... ela não se permitira ser arrastada para o meio da briga dos irmãos daquela forma. Tinha os próprios problemas. Mas também não podia ser grosseira. Hatset era a rainha – rica, poderosa e com o mesmo punho de ferro no que dizia respeito ao harém que o marido tinha sobre a cidade. O harém real de Daevabad era amplamente influente; ali os casamentos entre as famílias mais poderosas do mundo eram discutidos e eram concedidos posições e contratos que mudavam vidas... tudo sob o olho vigilante da rainha djinn.

Então, quando Hatset gesticulou para a almofada ao lado de Zaynab, Nahri se sentou.

— Imagino que derrube painéis de tendas com a mesma frequência com que sua liteira vazia perambula pelo bazar geziri? — sussurrou ela para a cunhada. Zaynab revirou os olhos e Nahri prosseguiu, indicando as bandejas de frutas e doces dispostas diante dela. — Isso me lembra da primeira vez em que nos conhecemos. Quero dizer... antes de você propositalmente me intoxicar para que eu desmaiasse.

Zaynab deu de ombros.

— Eu estava tentando ser uma boa anfitriã — disse ela, casualmente. — Como poderia conhecer a potência de tais substâncias proibidas?

Nahri sacudiu a cabeça, arriscando um olhar entre as divisórias esvoaçantes da tenda para a seção dos homens. As estacas encrustadas de joias que prendiam a seda tinham, de fato, sido derrubadas na frente delas, dando a Nahri uma boa vista. Adiante, os homens al Qahtani estavam sentados com seus cortesãos mais próximos em uma linda plataforma de jade branca que flutuava sobre a grama exuberante. A plataforma era impressionante; as beiradas eram entalhadas com uma variedade de órix saltitantes, esfinges de olhos maliciosos e simurghs em voo. Pedras preciosas e gemas destacavam a extensão de um chifre, o bater de uma cauda e o delicado leque de penas em uma asa. Os homens estavam encostados em almofadas de seda, com taças de vinho e narguilés de vidro retorcido espalhados ao seu redor.

No centro, é claro, estava Ghassan al Qahtani. Nahri se arrepiou ao olhar para o rei djinn. Sempre se arrepiava – havia história demais entre eles. O homem tinha a vida dela nas mãos, controlando-a tão completamente quanto se a tivesse trancafiado, suas correntes sendo as vidas dos daevas e amigos que ele destruiria se ela sequer pensasse em sair da linha.

Ele parecia calmo e indecifrável como sempre, vestindo seus trajes reais e um impressionante turbante de seda – um turbante para o qual Nahri não podia olhar sem lembrar--se da forma fria como ele revelara a verdade sobre Dara e Qui-zi para ela naquele pavilhão encharcado de chuva cinco anos antes. No início do seu casamento, Nahri pedira baixinho a Muntadhir que tirasse o dele antes de ficarem sozinhos – um pedido que ele concedera sem comentar e que seguira religiosamente.

O olhar de Nahri se voltou para ele agora. Não falava com o marido desde a briga na enfermaria, e vê-lo ali, vestido com o mesmo traje oficial e turbante que o pai, aumentou sua inquietude. Jamshid estava ao lado dele, é claro, os joelhos deles roçando levemente, mas havia outros homens também, a maioria dos quais Nahri reconhecia. Eram, é claro, ricos e bem conectados… mas também amigos de Muntadhir, verdadeiros. Um parecia contar uma história a Muntadhir, enquanto outro passava um narguilé para ele.

Parecia que estava tentando animá-lo – ou talvez distrai-lo do outro lado da plataforma, onde Ali estava sentado. Embora lhe faltasse a seleção deslumbrante de joias de Muntadhir, a seriedade dos trajes parecia elevá-lo. À sua esquerda estavam sentados vários oficiais da Guarda Real, junto com um homem de barba espessa com um sorriso contagioso e uma mulher de olhar severo usando vestes masculinas. À direita dele, o qaid parecia contar uma história que fez Ghassan soltar uma risada sincera. Ali permaneceu calado, seu olhar percorrendo os companheiros e uma grande jarra de água no tapete à sua frente.

E, embora fosse uma linda noite no jardim encantado, cheia de convidados que pareciam ter saído das páginas de um livro de lendas, ela teve um mau pressentimento. As coisas que Muntadhir sussurrara para Jamshid, o que quer que Hatset estivesse tramando... Nahri podia ver tudo desenrolando-se na cena à sua frente. As elites sofisticadas de Daevabad – os nobres literatos e os comerciantes sofisticados – tinham se juntado em torno de Muntadhir. Os homens mais grosseiros que empunhavam espadas e aqueles que se erguiam diante das multidões de sexta-feira e preenchiam os corações do povo com propósito divino... esses estavam com Ali.

E se aqueles irmãos permanecessem divididos, se aqueles grupos se voltassem uns contra os outros... Nahri não via aquela história acabando bem para seu povo – para nenhum deles.

O estômago dela roncou. Com ou sem uma guerra civil iminente, havia pouco que podia fazer para salvar sua tribo de estômago vazio. Sem se importar muito com etiqueta, puxou para perto um prato de mosaico com knafeh e uma bandeja de bambu com frutas, totalmente determinada a se empanturrar de iguarias de queijo e melão.

Sua nuca se arrepiou. Nahri olhou para cima de novo.

Pela abertura estreita, Ali a observava.

Ela encarou seus olhos cinza atormentados. Costumava tentar fechar-se às habilidades em multidões como aquela; as batidas de coração competindo e os fluidos corporais gorgolejando eram uma distração irritante. Mas, por um momento, ela as deixou se expandirem.

Ali se destacava como uma mancha na vista, um silêncio profundo no oceano de sons.

Você é minha amiga, ela se lembrou dele declarando na primeira vez que ela salvara sua vida, com a total confiança que a névoa de ópio tinha imbuído. *Uma luz*, acrescentara o príncipe, quando implorou a ela que não seguisse Dara.

Irritada pela sensação indesejada e inquietante que a memória causara, Nahri pegou uma das facas de servir. Ainda encarando Ali, ela mergulhou a lâmina profundamente em um pedaço de melão, então começou a entalhar o pedaço com precisão cirúrgica. Ali se sobressaltou, parecendo espantado ao mesmo tempo que, de alguma forma, ainda esnobe. Nahri lançou-lhe um olhar furioso e ele finalmente virou o rosto.

Adiante, Ghassan bateu palmas. Nahri observou conforme ele olhava calorosamente para a multidão.

— Meus amigos, agradeço por honrarem minha família com sua presença aqui esta noite. — Ele sorriu para Ali. — E agradeço a Deus por me permitir a alegria de ver meu filho mais jovem de novo. É uma benção cujo valor não me dei conta até que ele entrasse em meu palácio vestido como um bandido do norte. — Isso arrancou uma risada da multidão majoritariamente Geziri e Ghassan prosseguiu. — Príncipe Alizayd, é claro, não queria nada disso. Se dependesse dele, compartilharíamos uma única bandeja de tâmaras e talvez uma chaleira do café que eu soube que ele agora coa por conta própria. — A voz de Ghassan se tornou provocadora. — Então provavelmente nos daria um sermão sobre o benefício de impostos sobre terras.

Os companheiros de Ali caíram na risada. Muntadhir apertava forte sua taça de vinho e Nahri não deixou de ver a forma discreta com que Jamshid abaixou a mão do marido dela.

— No entanto, pouparei vocês disso — disse Ghassan. — De fato, tenho outra coisa planejada. Meus chefs vêm furiosamente tentado superar uns aos outros antes do Navasatem, então lancei a eles um desafio para esta noite. Que preparem o melhor prato e meu filho escolherá o melhor cozinheiro para criar o cardápio para as comemorações da geração.

Nahri ficou um pouco intrigada. Cinco anos em Daevabad ainda não a haviam habituado às maravilhas da cidade e ela tinha certeza de que qualquer prato que os chefs reais conjurassem seria de fato magnífico. Ela observou conforme mais criados ziguezagueavam pela plataforma real, alguns vertendo água de rosas nas mãos nos homens enquanto outros enchiam taças novamente. Recusando um portador de vinho, Ali chamou educadamente um rapaz que segurava uma jarra de vidro gelada com condensação.

Antes que o criado conseguisse alcançá-lo, Jamshid o impediu, estendendo o braço de uma forma levemente grosseira – ou talvez embriagada. Ele pegou a jarra e serviu a própria taça do que Nahri reconheceu como suco de tamarindo antes de a empurrar de volta para o outro homem. Ele tomou um gole e então apoiou a taça, estendendo a mão para rapidamente apertar o joelho de Muntadhir.

Ghassan bateu palmas de novo e então Nahri não estava olhando para Jamshid.

Porque um maldito barco se juntara a eles.

Entalhado de teca e grande o suficiente para acomodar a família real, entrou com uma onda de fumaça conjurada; uma versão em miniatura dos grandes barcos costurados que se dizia velejarem o oceano Índico. Na vela de seda, o emblema da tribo Sahrayn tinha sido pintado e, de fato, o homem que o acompanhava era Sahrayn. Seu capuz listrado fora jogado para trás para revelar cabelos pretos rajados de vermelho.

O homem fez uma reverência profunda.

— Majestade, suas altezas reais, que a paz esteja com todos vocês.

— E sobre você a paz — respondeu Ghassan, parecendo maravilhado. — Uma apresentação impressionante. O que tem para nós, então?

— A mais requintada das iguarias de Qart Sahar: enguias de caverna. São encontradas apenas nas cisternas mais profundas e proibidas do Saara. Nós as capturamos vivas, trazemos de volta em grandes barris de água salgada e então as preparamos em um caldo aromático com os perfumes mais delicados e vinagres de conserva. — Ele sorriu, indicando o barco... não, o barril, percebeu Nahri ao ver várias formas sinuosas agitando-se no líquido escuro que enchia o fundo. — Estão nadando aí por duas semanas inteiras.

A expressão de Ali quase fez a noite valer a pena. Ele engasgou com o suco de tamarindo.

— Nadando... ainda estão *vivas*?

— Mas é claro. — O chef sahrayn deu a ele um olhar confuso. — A agitação deixa a carne mais doce.

Muntadhir finalmente sorriu.

— Enguias sahrayn. Agora isso é uma honra, irmão. — Ele tomou um gole de vinho. — Acredito que a primeira mordida pertença a você.

O chef sorriu de novo, parecendo pronto para explodir de orgulho.

— Posso, meu príncipe?

Ali pareceu enjoado, mas indicou para que ele prosseguisse.

O chef mergulhou um tridente de bronze reluzente no barril, provocando um grito metálico que arrancou exclamações assustadas do público. A enguia ainda estava se contorcendo quando ele rapidamente a enroscou como um ninho e então a colocou cuidadosamente em um azulejo de estampa alegre, que entregou a Ali com um floreio.

Muntadhir observava com prazer escancarado e Nahri precisou admitir que, naquilo, ela e o marido estavam unidos.

Ali pegou o azulejo e engoliu um pedaço de enguia, engolindo com dificuldade.

— Está... está muito bom — disse ele, fracamente. — Pelo gosto, certamente se debateu bastante.

Havia lágrimas nos olhos do chef.

— Levarei seus elogios para o túmulo — chorou ele.

Os outros dois concorrentes não ofereceram o mesmo nível de apresentação, embora os convivas parecessem consideravelmente mais satisfeitos com os espetos de kebab de rukh moído – Nahri só podia imaginar como tinham capturado um daqueles –, grelhados com maçãs tukharistani douradas, decorados com temperos inteiros e servidos ainda em chamas.

Estavam retirando a maior bandeja de kabsa que ela já vira, uma ação esperta do chef geziri, que provavelmente suspeitava que um príncipe vivendo no campo poderia desejar uma comida reconfortante depois de alguns dos pratos mais "criativos" dos concorrentes, quando Ghassan franziu a testa.

— Estranho — disse ele. — Não vi o competidor de Agni...

Um simurgh planou no jardim com um grito.

O pássaro de fogo reluzente – com duas vezes o tamanho de um camelo – deu um rasante sobre a multidão, as asas fumegantes incendiando um pé de damasco. Quando voou até o chão, metade dos homens estava sacando suas armas.

— Rá! Funcionou! — Um homem agnivanshi sorridente com um bigode chamuscado se juntou a eles. — Que a paz esteja com vocês, meu rei e príncipes! O que acham de minha criação?

Nahri observou mãos lentamente se afastarem do cabo das adagas, então bateu palmas de alegria quando percebeu o que o homem quisera dizer. O simurgh não era um simurgh, não de verdade. Era um composto, um emaranhado confuso de doces de todas as cores da criação.

O chef parecia excessivamente orgulhoso de si mesmo.

— Um pouco diferente, eu sei... mas qual é o propósito do Navasatem se não comemorar o doce alívio da servidão de Suleiman?

Mesmo o rei pareceu deslumbrado.

— Eu lhe darei pontos por criatividade — ofereceu Ghassan. Ele olhou para Ali. — O que me diz?

Ali tinha se levantado para examinar melhor o simurgh.

— Um encantamento espantoso — confessou ele. — Jamais vi nada assim.

— Jamais provou nada assim também — disse o chef, confiante. Ele bateu no olho de vidro do simurgh e a órbita caiu inteira em suas mãos, uma bandeja à espera. Ele fez uma rápida seleção e então uma reverência conforme estendeu um doce para o príncipe.

Ali sorriu, mordendo uma massa esfarelada coberta com uma folha prateada. Aprovação tomou seu rosto.

— É delicioso — admitiu ele.

O chef agnivanshi lançou um olhar de triunfo para os concorrentes enquanto Ali tomava um gole da taça e então experimentava outro doce. Mas, dessa vez, ele franziu a testa, levando a mão ao pescoço. Enganchou os dedos no colarinho do dishdasha, puxando o tecido rígido.

— Se me dão licença — disse ele. — Acho que só.… — Ele estendeu a mão para a taça e então titubeou, derrubando-a.

Ghassan se endireitou, com uma expressão que Nahri jamais vira em seu rosto.

— Alizayd?

Tossindo, Ali não respondeu. Sua outra mão foi para o pescoço e, quando a confusão em sua expressão se transformou em pânico, os olhos deles encontraram os de Nahri mais uma vez pelo painel da tenda.

Não havia raiva ali, nenhuma acusação. Apenas dor, que lançou uma onda de terror gélido por Nahri antes de o príncipe sequer cair de joelhos.

Ele arquejou e o ruído levou Nahri de volta ao barco, de volta àquela noite terrível cinco anos antes. Dara arquejara daquele jeito, um ruído abafado de medo verdadeiro – uma emoção que ela não achava que o Afshin podia sentir – ao cair *de joelhos*. Seus lindos olhos tinham encontrado os dela e então ele ofegara, seu corpo tornando-se pó enquanto Nahri gritava.

Pelo canto do olho, ela viu Hatset colocar-se de pé.

— Alizayd!

Então foi o caos.

Ali desabou, engasgando e agarrando o pescoço. Hatset correu para fora da tenda, toda etiqueta esquecida quando disparou para o lado do filho. Zaynab gritou, mas, antes que conseguisse avançar, uma dupla de guardas mulheres se aproximou, quase derrubando Nahri no esforço para puxar a princesa para a segurança. A Guarda Real fazia o mesmo do lado dos homens, soldados arrastando um Muntadhir chocado para os fundos. O qaid sacou a zulfiqar e então chegou a agarrar Ghassan, a primeira vez que Nahri vira tal coisa acontecer, prendendo-o em um aperto firme e protetor.

Ninguém impediu Hatset. Bem, um dos guardas tentou, mas a rainha bateu com a taça pesada no rosto dele e caiu ao lado de Ali, gritando o nome do filho.

Nahri não se moveu. Ela conseguia ver o rosto manchado de lágrimas de Dara diante do dela.

Venha comigo. Partiremos, viajaremos o mundo.

As cinzas dele em suas mãos. As cinzas dele nas vestes molhadas do assassino.

Tudo pareceu ficar muito quieto; os gritos da multidão sumiram, o estampido de pés correndo se afastou. Um homem estava morrendo diante dela. Era uma cena que Nahri conhecia bem da enfermaria, uma visão de familiares desesperados e ajudantes afobados. Nahri aprendera a não hesitar, a suprimir suas emoções. Era uma curandeira, uma Nahid. A médica que sempre quisera ser.

E em seus sonhos – seus sonhos tolos de ser aprendiz dos grandes médicos de Istambul, de ocupar seu lugar em um dos famosos hospitais do Cairo –, naqueles sonhos, ela não era o tipo de médica que ficava sentada e observava um homem morrer.

Nahri se colocou de pé.

Estava a meio caminho de Ali, perto o bastante para ver os vapores prateados tremeluzentes escapando dos arranhões que ele fizera na pele, quando a insígnia de Suleiman a esmagou.

Nahri cambaleou, lutando para puxar fôlego também, fraca e desnorteada com o súbito choque de línguas incompreensíveis. Ela viu a insígnia brilhando no rosto de Ghassan e então Hatset se virou para ela, empunhando a taça. Nahri congelou.

Ali começou a gritar.

Sangue brotou da boca dele, da garganta e do pescoço, cacos prateados emergindo de sua pele em rasgos sangrentos. Os vapores prateados, percebeu Nahri. Tinham se transformado em metal sólido no momento em que Ghassan invocara o poder da insígnia; a forma nebulosa deles devia ser mágica.

Ghassan acabara de matar o filho tentando salvá-lo.

Nahri correu.

— Erga a insígnia! — gritou ela. Está matando-o! — Ali estava tendo uma convulsão enquanto agarrava o pescoço lacerado. Ela caiu ao lado de Hatset, pegando um dos cacos prateados e erguendo-o diante da rainha apavorada. — Veja você mesma! Não viu esta mudança?

Hatset olhou em pânico do caco para o filho moribundo. Ela se virou para Ghassan.

— Erga!

A insígnia se foi em um instante e os poderes de Nahri correram de volta por dentro dela.

— Me ajudem a virá-lo! — gritou ela quando os acompanhantes de Ali correram para juntar-se a eles. Ela enfiou o dedo pela garganta dele até que Ali tivesse ânsia. Bateu em suas costas, sangue preto misturando-se com a prata que escorria da boca. — Peguem uma maca para mim! Preciso levá-lo para a enfermaria imediatamente...

Uma lâmina passou zunindo pelo rosto dela.

Nahri recuou, mas não fora destinada a ela. Ouviu-se um estampido pesado e então um grito abafado quando o criado que servira o suco de Ali caiu morto na entrada do jardim, com a khanjar pertencente à companheira feminina de Ali enterrada nas costas.

Nahri não teve muito tempo para pensar naquilo. Os olhos de Ali se abriram subitamente quando eles o deitaram em um pedaço esticado de tecido.

Estavam pretos como óleo. Pretos como estiveram quando os marids o tomaram.

Hatset os cobriu com a mão, um pouco rápido demais.

— A enfermaria — concordou ela, com a voz trêmula.

13

NAHRI

Foi preciso o resto da noite para salvá-lo. Embora tivesse vomitado a maior parte do veneno, o que restou era pernicioso, correndo pelo sangue e rodopiando de forma sólida quando irrompia pela pele, buscando ar. Assim que Nahri acabava de lancetar, limpar e curar uma pústula de prata, outra surgia. Quando ela terminou, Ali estava uma confusão ensanguentada e havia trapos ensopados de prata por toda parte.

Combatendo uma onda de exaustão, Nahri pressionou a mão contra a testa úmida dele. Ela fechou os olhos e aquela sensação estranha surgiu de novo: uma cortina profunda e impenetravelmente escura através da qual ela mal conseguia detectar as batidas do coração de Ali. Havia o cheiro de sal, de uma presença fria e completamente desconhecida.

Mas nenhum indício do veneno destrutivo. Ela se recostou na cadeira, limpando a própria testa e respirando fundo. Um tremor violento percorreu seu corpo. Era uma sensação que costumava tomar conta dela depois de uma sessão de cura Nahid particularmente assustadora; seus nervos só a alcançavam depois que terminava.

— Ele está bem? — perguntou o amigo de Ali; Lubayd, como se apresentara. Era o único no quarto com ela, seu próprio quarto. Ghassan insistira em privacidade para o filho e, como resposta, Nahri expulsara ele e Hatset, declarando que não conseguia trabalhar com os pais preocupados de Ali pairando acima.

— Acho que sim. — Ela esperava, pelo menos. Lidara com envenenamentos, tanto intencionais quanto acidentais, muitas vezes desde que chegara a Daevabad, mas nada que funcionasse com tanta velocidade e mortalidade. Embora fosse óbvio que os vapores prateados o teriam eventualmente sufocado, a forma como tinham se tornado cacos de metal quando Ghassan usara a insígnia de Suleiman... era um toque diabólico de crueldade, e Nahri não fazia ideia de quem poderia ter pensado em algo tão maldoso.

Parecendo aliviado, Lubayd assentiu e recuou para um canto do quarto enquanto Nahri voltava para o trabalho, inclinando-se para mais perto de Ali para examinar um dos ferimentos no peito dele. O veneno tinha irrompido perigosamente perto do coração.

Ela franziu a testa, vendo uma saliência de pele acima do ferimento. Uma cicatriz. Uma linha selvagem e sinuosa como se algum tipo de gavinha espinhenta tivesse subido pelo peito de Ali antes de ser arrancada.

O estômago dela deu um nó. Antes de pensar duas vezes, Nahri puxou para perto uma bacia que Nisreen enchera de água, encharcou um tecido e limpou o sangue que cobria os braços e as pernas dele.

As cicatrizes estavam por toda parte.

Uma linha irregular de marcas de perfuração no ombro de Ali onde dentes do tamanho do polegar de Nahri o haviam perfurado. A marca de um anzol de pesca na palma esquerda e espirais de pele destruída que lembravam algas marinhas e tentáculos. Sulcos perfurados na barriga, como se peixes tivessem tentado banquetear-se dele.

Ela cobriu a boca, horrorizada. A visão de Ali subindo de novo no barco retornou a ela: o corpo dele coberto de detritos do lago; o focinho de um crocodilo preso em seu ombro, anzóis de pesca retorcidos em sua pele. Nahri achava que ele já estava morto e entrara em tanto pânico porque ela e Dara poderiam ser os próximos que não pensara muito no que acontecera com ele. As histórias sobre "Alizayd, o Assassino de Afshin" que corriam por Am Gezira certamente faziam parecer que ele estava bem. E Nahri não o vira de novo depois do barco.

Mas Nisreen vira. Ela tratara Ali... e jamais dissera nada a respeito daquilo.

Nahri se afastou da cama, gesticulando para que Lubayd a seguisse.

— Deveríamos dar ao rei e à rainha um momento com ele.

Hatset e Ghassan estavam de pé de lados opostos do pavilhão fora do quarto, nenhum falando ou olhando um para o outro. Zaynab e Muntadhir estavam sentados no banco entre eles, Muntadhir segurando uma das mãos da irmã entre as suas.

— Ele está bem? — A voz de Hatset falhou levemente.

— Por enquanto — respondeu Nahri. — Estanquei o sangramento e não há vestígio do veneno. Que eu consiga detectar — esclareceu ela.

Ghassan parecia ter envelhecido meio século.

— Sabe o que foi?

— Não — disse ela, simplesmente. Aquela não era uma resposta que podia arriscar atenuar. — Não faço ideia. Jamais vi ou li sobre nada parecido. — Ela hesitou, lembrando-se do criado e da adaga que interrompera sua fuga. — Não imagino que o criado dele...

O rei sacudiu a cabeça, triste.

— Morto antes que pudesse ser interrogado. Um dos companheiros de Ali agiu um pouco rápido demais.

— Ouso dizer que aqueles companheiros e sua pressa são provavelmente o único motivo pelo qual ele ainda está vivo.

— A voz de Hatset estava mais afiada do que Nahri jamais ouvira e seu olhar de raiva estava direcionado para Ghassan.

Muntadhir ficou de pé antes que qualquer um pudesse responder.

— Então, ele vai viver?

Ela se obrigou a encarar o marido, sem deixar de ver o emaranhado de emoções em seu rosto.

— Vai sobreviver a isto.

— Tudo bem. — A voz de Muntadhir soou baixa e inquieta o suficiente para que Nahri visse Hatset semicerrar os olhos para ele. O emir não pareceu notar, apenas virou-se abruptamente e sumiu nos degraus que davam para o jardim.

Zaynab correu atrás dele.

— Dhiru...

Ghassan suspirou, observando-os por um momento antes de se voltar novamente para Nahri.

— Podemos vê-lo?

— Sim. Preciso preparar um tônico para a garganta dele. Mas não o acordem. Ele perdeu muito sangue. Nem acho que deveria ser movido. Deixem que fique aqui pelo menos alguns dias.

O rei assentiu, seguindo para o quarto dela. Mas Hatset segurou o pulso de Nahri.

— Não sabe mesmo nada sobre esse veneno? — perguntou ela. — Não há nada nas anotações de sua mãe?

— Somos curandeiras, não assassinas — disparou Nahri. — E eu seria uma tola de me envolver com algo assim.

— Não estou acusando você — disse Hatset, parte da rispidez deixando sua voz. — Só quero me certificar de que, se pensar em algo, se *suspeitar* de algo, venha até mim, Banu Nahida. — A expressão dela ficou determinada. — Não sou meu marido — acrescentou ela, baixinho. — Recompenso lealdade, não aterrorizo as pessoas para consegui-la. E não vou me esquecer do que fez por meu filho esta noite.

A rainha soltou o pulso dela, seguindo Ghassan sem mais uma palavra. Com a mente acelerada, Nahri seguiu para a enfermaria.

Nisreen já estava trabalhando no tônico: transferindo uma colherada de pele de salamandra laranja recém-moída de um pilão de pedra para uma poção cor de mel fumegando em um frasco de vidro suspenso sobre uma chama aberta. Uma nuvem de fumaça emergiu do frasco e então a mistura se tornou carmesim, desconfortavelmente próxima da cor do sangue humano.

— Comecei sem você — disse Nisreen por cima do ombro. — Imaginei que precisaria de ajuda. Está quase pronto. Só precisa de um instante para a infusão.

O estômago de Nahri se apertou. A confiável Nisreen, sempre dois passos à frente do que Nahri precisava. Sua mentora e confidente mais próxima.

A única pessoa em Daevabad em quem ela achava que podia confiar.

Nahri se juntou a ela, pressionando as mãos contra a mesa de trabalho e combatendo a emoção que fervilhava dentro de si.

— Você mentiu para mim — disse, baixinho.

Nisreen olhou para cima, parecendo perplexa.

— O quê?

— Mentiu para mim sobre Ali. Depois que Dara mo... depois da noite no barco. — A voz dela falhou. — Você disse que Ali estava bem. Disse que ele tinha *arranhões*. — Ela deu a Nisreen um olhar incrédulo. — Não há um trecho de pele nele maior do que a minha palma que não esteja coberto de cicatrizes.

Nisreen enrijeceu.

— Vai me perdoar por não pensar duas vezes sobre os ferimentos dele quando Dara e uma dúzia de outros Daeva estavam mortos e Ghassan estava contemplando executar você.

Nahri sacudiu a cabeça.

— Você devia ter me contado. Desconversava quando eu tentava falar sobre aquela noite, me fez duvidar de minhas próprias lembranças...

— Porque não queria que elas consumissem você! — Nisreen abaixou o pilão, dando atenção total a Nahri. — Minha senhora, você estava cantando para as sombras e cortando seus pulsos para tentar trazer Dara de volta. Não precisava saber mais.

Nahri se encolheu diante do retrato ríspido do luto, mas as últimas palavras de Nisreen ainda fizeram seu sangue ferver.

— Se preciso ou não saber mais, a decisão não era sua. Nem sobre isso, nem sobre o hospital, nem sobre *nada*. — Ela ergueu as mãos. — Nisreen, não posso aceitar isso. Preciso de pelo menos uma pessoa nesta maldita cidade em quem possa confiar, uma pessoa que vá me contar a verdade não importa o que aconteça.

Os olhos escuros de Nisreen se voltaram para longe. Quando ela falou de novo, sua voz estava baixa, cheia de pena e asco.

— Não sabia o que dizer a você, Nahri. Ele mal estava reconhecível como djinn quando o trouxeram. Estava sibilando e cuspindo como uma cobra, guinchando em uma língua que ninguém reconhecia. As coisas que se agarravam à pele dele nos atacavam conforme as removíamos. Ele precisou ser amarrado depois de tentar estrangular o próprio pai!

Os olhos de Nahri se arregalaram, mas Nisreen não tinha acabado.

— O que acha que fez desabar o teto da enfermaria? — Ela levantou a cabeça. — Foi Alizayd, o que quer que estivesse *dentro* de Alizayd. — Nisreen abaixou a voz ainda mais. — Ajudei sua mãe e seu tio durante um século e meio e testemunhei coisas que jamais poderia ter imaginado, mas, Banu Nahida... nada se aproxima do que vi acontecer com Alizayd al Qahtani. — Ela buscou o frasco de vidro fumegante com a mão enluvada e jogou a poção em uma taça jade que então deu a Nahri. — A amizade dele era uma fraqueza que você jamais deveria ter se permitido e agora ele é uma ameaça que você mal entende.

Nahri não fez menção de pegar a taça.

— Prove.

Nisreen a encarou.

— O quê?

— Prove. — Nahri indicou a porta com a cabeça. — Ou deixe minha enfermaria.

Sem abaixar os olhos, Nisreen levou a taça à boca e tomou um gole. Ela apoiou a taça de volta com um estampido.

— Jamais arriscaria você dessa forma, Banu Nahida. *Jamais.*

— Sabe quem pode ter sido capaz de fazer aquele veneno?

O olhar escuro de Nisreen nem mesmo hesitou.

— Não.

Nahri pegou a taça. As mãos dela estavam trêmulas.

— Me contaria se soubesse? Ou essa seria outra verdade com que não sou capaz de lidar?

Nisreen suspirou.

— Nahri...

Mas ela já estava indo embora.

Lubayd estava nos degraus do pavilhão, a alguma distância da entrada do quarto dela.

— Não os interromperia se fosse você — avisou ele.

Nahri passou por ele.

— São eles que estão me interrompendo. — Ela continuou na direção do quarto, mas parou diante da porta com cortina, entrando nas sombras de uma treliça de rosas. Conseguia ouvir as vozes do casal real do lado de dentro.

—… deveria queimar no inferno por sentenciar seu filho a tal destino. Ele tinha *dezoito anos*, Ghassan. Dezoito anos e você o mandou morrer em Am Gezira depois que algum demônio do lago o torturou!

— Acha que eu queria isso? — Ghassan sibilou. — Tenho três filhos, Hatset. Tenho trinta *mil* vezes o número de súditos. Daevabad vem primeiro. Sempre disse isso a você. Deveria ter se preocupado com a segurança dele antes de seus parentes e os amigos de sangue sujo deles tentarem atraí-lo para a traição!

Nahri ficou completamente imóvel, muito ciente de que as duas pessoas mais poderosas de Daevabad estavam em uma discussão que ela cortejava a morte ao entreouvir. Mas não conseguiu dar as costas.

Hatset não tinha terminado.

— *Daevabad vem primeiro* — repetiu a rainha. — Belas palavras para um rei fazendo o melhor para destruir tudo pelo que nossos ancestrais lutaram. Está deixando os shafits serem vendidos pelo lance mais alto enquanto seu emir bebe até cair em um túmulo precoce!

— Muntadhir não está *bebendo até cair em um túmulo precoce* — defendeu Ghassan. — Ele sempre foi mais capaz do que você lhe dá crédito. Está trazendo a paz com os daeva, uma paz bastante aguardada.

— Isso não é paz! — Ódio e exasperação guerreavam na voz de Hatset. — Quando vai perceber isso? Os daeva não querem sua paz; querem que vamos *embora*. Manizheh odiava você, seu grão-vizir cortaria seu pescoço enquanto dorme se pudesse e aquela menina que você intimidou para que se casasse com Muntadhir não vai se esquecer do que você fez com ela. Assim que engravidar, vai ser *você* o envenenado. Ela e os Pramukh vão enfiar Muntadhir em um torpor de ópio e, simples assim, estaremos sob governo Nahid de novo. — Um alerta envolveu a voz dela. — E os daeva recompensarão com sangue tudo o que sua família fez a eles.

Nahri recuou um passo, cobrindo a boca de choque. A rainha acabara de perfeita e terrivelmente tecer os fios de um futuro que Nahri mal ousava considerar – e a tapeçaria que ele criava, quando apresentada pelo outro lado, era horrível. Um esquema calculado de vingança, quando Nahri apenas quisera justiça para a tribo.

Justiça era o que Dara queria também, não era? E olhe o preço que ele estava disposto a pagar por ela. Nahri engoliu em seco, sentindo as pernas um pouco trêmulas.

Ghassan ergueu a voz.

— E é por isso que Alizayd fala e age como faz. Por isso que se lança inconsequentemente a ajudar todo shafit que encontra. Por causa de você.

— Porque ele quer consertar as coisas, e tudo o que você disse para ele fazer foi calar a boca e empunhar uma arma. Ouvi as histórias saindo de Am Gezira. Ele fez mais pelas pessoas lá em cinco anos do que você em cinquenta.

Desprezo tomou a voz de Ghassan.

— Não é a liderança dele em Am Gezira que você deseja, esposa. Não pense que sou tão ingênuo. E não aceitarei que interfira de novo. Da próxima vez que ultrapassar o limite, eu *vou* enviar você de volta a Ta Ntry. De vez. Jamais verá qualquer um de seus filhos de novo.

Houve um momento de silêncio antes de a rainha responder.

— E isso, Ghassan? — A voz dela estava gelidamente baixa. — O fato de usar tal ameaça contra a mãe de seus filhos? É por isso que as pessoas odeiam você. — Nahri ouviu a porta se abrir. — E parte meu coração quando me lembro do homem que você costumava ser.

A porta se fechou. Nahri se inclinou para frente e olhou entre as rosas, vendo Ghassan encarando o filho inconsciente. Ele inspirou profundamente e então se foi, disparando com um rodopiar de vestes pretas.

Nahri estava trêmula ao entrar no quarto. *Eu devia ter sido mais agressiva em minhas demandas de dote*, pensou ela, subitamente. Não recebera o suficiente para fazer parte daquela família.

Ela voltou para o lado de Ali. O peito dele subia e descia à luz da lareira, lembrando-a da primeira vez que o curara: a noite silenciosa em que acidentalmente matara seu primeiro paciente e então salvara um príncipe, a primeira vez que precisou relutantemente admitir para si mesma que o homem que insistia ser apenas um alvo estava se tornando a coisa mais próxima que tinha de um amigo.

Nahri fechou os olhos com força. Ali e Nisreen. Muntadhir. *Dara*. Todos que Nahri permitira espiar além das muralhas que Muntadhir a acusara de manter em torno do coração – todos mentiram para ela ou a usaram. Nahri já temera secretamente que fosse ela: que crescer sozinha nas ruas do Cairo com habilidades que apavoravam a todos a havia arruinado, tornando-a uma pessoa que não sabia como forjar um laço genuíno.

Mas não era ela. Ou pelo menos não *apenas* ela. Era aquela cidade inteira. Daevabad tinha destruído todos que ali viviam, do rei tirano ao trabalhador shafit que espreitava no jardim dela. Medo e ódio dominavam a cidade – acumulados durante séculos de sangue derramado e os rancores resultantes deles. Era um lugar em que todos estavam tão ocupados tentando sobreviver e garantir que seus entes queridos sobrevivessem que não havia espaço para forjar nova confiança.

Nahri exalou, abrindo os olhos e vendo Ali agitar-se no sono. Uma expressão de dor surgiu no rosto dele, o fôlego raspando na garganta ferida. A visão afastou os pensamentos sombrios e lembrou-a do tônico que ainda segurava. O trabalho dela não havia terminado.

Ela puxou um banquinho estofado para o lado dele. Além das cicatrizes, Ali parecia ter vivido uma vida mais difícil em Am Gezira do que Nahri teria imaginado; seu corpo estava magro e esguio e as unhas tinham sido roídas bem rentes. Ela franziu a testa ao ver uma marca logo abaixo do maxilar dele. Em vez das impressões irregulares que os marids tinham deixado, aquele era um corte limpo.

Parece que alguém tentou cortar a garganta dele. Embora Nahri não conseguisse imaginar quem seria tolo o bastante para tentar assassinar um príncipe al Qahtani nas profundezas de Am Gezira. Ela estendeu a mão e tocou o queixo dele. A pele de Ali estava suada sob seus dedos e ela virou a cabeça dele para examinar a cicatriz na têmpora. Não conseguia mais discernir as linhas da estrela de oito pontas que fora entalhada ali – uma versão da insígnia de Suleiman, aparentemente por meio dos marids –, mas não tinha se esquecido dela brilhando no rosto dele naquela noite.

Nahri o encarou. *O que fizeram com você?* E talvez uma pergunta que queimasse ainda mais: *por quê?* Por que os marids estiveram tão determinados a ir atrás de Dara?

Um movimento chamou sua atenção e Nahri se sobressaltou. A poção na taça estava se movendo, a superfície do líquido ondulando como se fosse atingida por gotas invisíveis.

Os olhos de Ali estremeceram e se abriram, confusos e febris. Ele tentou tomar fôlego e então tossiu, contorcendo o rosto de dor.

Nahri reagiu imediatamente.

— Beba isto — ordenou ela, passando a mão por baixo da cabeça dele para erguê-la. — *Não*, não tente falar — acrescentou enquanto ele movia os lábios. — Sua garganta foi dilacerada. Até mesmo você consegue segurar a língua por um momento.

Ela o ajudou a terminar o conteúdo da taça. Ele estava tremendo violentamente, e ela abaixou sua cabeça com cuidado de volta no travesseiro depois que terminou.

— Tem alguma sensação afiada no corpo? — perguntou Nahri. — Alguma coisa parecida com um zumbido sob a pele?

— Não — disse ele, rouco. — O q-que aconteceu?

— Alguém tentou envenenar você. Obviamente.

Desespero tomou o rosto dele.

— Ah — sussurrou ele, abaixando o olhar para as mãos. — Mesmo em Daevabad, então — acrescentou com uma leve amargura que a pegou de surpresa. O tônico estava claramente fazendo seu trabalho; a voz dele estava mais suave, embora cheia de tristeza. — Achei que pudessem parar.

Nahri franziu a testa.

— Quem poderia parar?

Ali sacudiu a cabeça com rigor.

— Não importa. — Ele ergueu a cabeça e preocupação brilhou em seus olhos. — Alguém mais se feriu? Minha mãe…

— Sua mãe está bem. — Isso era mentira, claro. Hatset vira o filho quase morrer em seus braços. — Ninguém se feriu, mas seu criado foi morto tentando fugir.

Ali pareceu pesaroso.

— Queria que não tivessem feito isso. Era só um menino. — Ele cobriu a boca quando começou a tossir de novo e sua mão saiu salpicada de sangue.

Nahri encheu a taça com água da jarra.

— Beba — disse ela, pressionando o objeto nas mãos dele. — Suspeito que sua garganta ficará dolorida durante os próximos dias. Fiz o que pude, mas o veneno era poderoso.

Ele tomou um gole, mas seus olhos não deixaram o rosto dela.

— Achei que tivesse sido você — disse ele, baixinho.

Nahri recuou, irritada por se magoar com a acusação.

— Sim, eu sei. Você e todo mundo. Seu povo não esconde o que pensa de mim.

Culpa floresceu nos olhos dele.

— Não foi isso que quis dizer. — Ali abaixou a taça, passando o polegar pela borda. — Só que não a teria culpado se me quisesse morto.

— Querer você morto e de fato tentar matá-lo são coisas muito diferentes — disse ela, em tom afiado. — E não sou assassina.

— Não, não é — disse Ali. — É uma curandeira. — Ele encontrou os olhos dela de novo. — Obrigado por salvar minha vida. — Ele mordeu o lábio e um pontada de humor desesperado transpareceu em seu rosto. — Acho que esta é a quarta vez.

Nahri teve dificuldades em manter seu rosto inexpressivo, amaldiçoando a parte do coração que queria amolecer com as palavras dele. Com a respiração entrecortada e os olhos brilhando de dor, Ali não parecia o "Assassino de Afshin" agora; parecia doente e fraco – um paciente que precisava dela. E um amigo que sentia sua falta.

Uma fraqueza. Sem confiar nas próprias emoções, Nahri se ergueu abruptamente.

— É meu dever — disse ela, bruscamente. — Nada mais. — Ela se virou para a porta. — Uma criada trará roupas novas. Tenho outros pacientes.

— Nahri, espere — disse ele, rouco. — Por favor.

Odiando-se, ela parou.

— Não vou discutir com você, Ali.

— E se eu dissesse que você estava certa?

Nahri olhou para ele.

— Como assim?

Ele a encarou com uma expressão suplicante.

— Você estava certa. Sobre aquela noite, sobre o barco. — Vergonha tomou o rosto dele. — Eu sabia que a Guarda Real estaria esperando por nós.

Ela sacudiu a cabeça.

— Bom saber que é tão cruel quando é honesto como quando mente.

Ele tentou se sentar, encolhendo-se de dor.

— Eu não sabia mais o que fazer, Nahri. Jamais havia lutado com alguém que podia usar magia da forma como Darayavahoush usava. Jamais *ouvira falar* de alguém que pudesse usar magia como ele. Mas eu sabia… tanto mais a respeito dele. — Um arrependimento nauseante percorreu seu rosto. — Todos aqueles livros que eu não queria que você lesse. Se ele levasse você, se me matasse... nosso povo entraria em guerra. — Ali estremeceu. — E eu sabia muito bem o tipo de coisas que ele fazia durante guerras.

Sabe por que as pessoas o chamam de o Flagelo? O arrependimento que cobria Dara como um manto, o medo escancarado que o nome dele provocara.

— Ele não teria começado outra guerra — ela tentou insistir, a voz saindo rouca. — Eu não teria deixado. — Mas, mesmo enquanto falava, sabia que não acreditava muito naquilo. Havia um motivo para a acusação de Muntadhir a ter atingido tão profundamente.

Porque, naquela noite terrível, um Dara desesperado mostrara até que ponto iria. Forçara Nahri de uma forma que ela não considerava que ele fosse capaz, com uma violência inconsequente que a chocara.

E uma pequena parte de Nahri ainda se perguntava se deveria ter previsto tudo isso.

— Eu não podia arriscar. — O rosto de Ali estava tenso e uma camada de suor cobria sua testa. — Você não é a única com um dever.

Silêncio recaiu entre os dois. Nahri teve dificuldades para manter a compostura, odiando que a confissão assombrada de Ali a atingisse. Quase queria acreditar nele. Queria acreditar que o garoto que a ensinara a conjurar uma chama era real e que o homem que ele havia se tornado não a estava manipulando de novo, que nem tudo e todos naquela cidade miserável não eram de confiança.

Uma fraqueza. Nahri afastou o pensamento, ignorando a solidão que perfurou seu peito.

— E o resto?

Ele piscou.

— O resto?

— Os marids — esclareceu ela, acalmando a voz.

Ali a encarou totalmente incrédulo, virando as palmas para revelar as cicatrizes.

— Não pode acreditar que eu quis isso.

— O que os *marids* queriam? Por que usaram você para matar Dara?

Ali estremeceu.

— Não estávamos exatamente tendo uma conversa debaixo d'água. Eles estavam me mostrando coisas... a destruição de Daevabad, de Am Gezira. Disseram que ele faria isso. Mostraram Dara fazendo isso... mas não parecia ele.

Nahri semicerrou os olhos.

— O que quer dizer?

Ali franziu a testa como se estivesse tentando se lembrar.

— Eles me mostraram Dara se transformando em outra coisa. A pele e os olhos dele eram como fogo, as mãos eram pretas como garras...

A descrição fez um calafrio percorrer a espinha dela.

— Mostraram Dara se tornando um *ifrit*?

— Não sei — respondeu Ali. — Não é algo em que gosto de pensar.

Não é o único. Nahri o encarou enquanto uma tensão desconfiada e carregada preenchia o espaço entre eles. Ela sentia-se esfolada, os detalhes revirados daquela noite terrível – uma noite em que ela tentava não pensar – deixando-a mais exposta do que gostaria.

Mas era uma vulnerabilidade que podia ver refletida no rosto de Ali e, embora seu coração lhe avisasse para sair daquele quarto, ela não podia desperdiçar uma oportunidade de aprender mais sobre a fratura perigosa que ela temia estar crescendo na família que controlava sua vida.

— Por que voltou para Daevabad, Alizayd? — perguntou ela, ousadamente.

Ali hesitou, mas respondeu.

— Um comerciante ayaanle, um primo meu, adoeceu enquanto atravessava Am Gezira. — Ele deu de ombros, uma tentativa ruim de parecer casual. — Eu me ofereci para levar a mercadoria dele, pensando que aproveitaria a oportunidade para comemorar o Navasatem com minha família.

— Certamente consegue mentir melhor do que isso.

Ali corou.

— Esse é o motivo pelo qual estou aqui. Não há nada mais.

Nahri se aproximou mais.

— Sua mãe parece pensar que há mais. *Muntadhir* parece pensar que há mais.

O olhar de Ali disparou para o dela.

— Jamais poderia ferir meu irmão.

As palavras pairaram entre eles por um longo momento. Nahri cruzou os braços e o encarou até ele virar o rosto, ainda um pouco envergonhado.

A atenção dele recaiu sobre os livros empilhados desordenadamente na mesa ao lado da cama dela. Ele pigarreou.

— Hã… está lendo algo interessante?

Nahri revirou os olhos diante da tentativa descarada de mudar de assunto.

— Nada que interesse a você. — E nada que deveria ter interessado a ela. Jamais iria reconstruir o hospital, muito menos encontrar um cirurgião shafit misterioso para trabalhar com ela.

Inocente como sempre, Ali não pareceu entender a malícia na voz dela.

— Quem é Ibn Butlan? — perguntou ele, aproximando-se para ler do árabe rabiscado no livro do alto. — *O banquete dos médicos?*

Nahri pegou possessivamente o punhado de livros.

— Cuide da própria vida. Não estava choramingando agora mesmo por quantas vezes salvei sua vida? Certamente me deve alguma privacidade.

Isso o calou, mas, quando Nahri atravessou o quarto para soltar os livros no sofá, algo se encaixou em sua mente.

Ali *devia* a ela. Nahri relembrou a discussão de Ghassan e Hatset. Ele era inconsequente quando se tratava dos shafits, tão certinho a respeito de ajudá-los que se atirava nas coisas sem pensar direito nelas. E isso era algo que Nahri podia usar.

Ela se endireitou, virando-se para ele.

— Você conhece os bairros shafits.

As sobrancelhas dele se juntaram em confusão.

— Sim... quero dizer, suponho que sim.

Ela tentou conter a animação que rodopiava em seu peito. Não. Aquele era um pedido tolo. Se ela tivesse algum bom senso, ficaria longe de Ali e seguraria a língua a respeito do hospital.

E vai fazer isso para sempre? Deixaria Ghassan destruir sua habilidade de ter esperanças e transformá-la na ameaça que Hatset sugeriu que ela um dia se tornaria? Era essa a vida que queria em Daevabad?

Ali recuou.

— Por que está me olhando assim? É assustador.

Ela fez uma careta.

— Não estou olhando de jeito nenhum. Você não me conhece. — Nahri pegou a taça. — Vou pegar comida para você. Se tocar em meus livros de novo, vou colocar aranhas de gelo em seu café. E não morra.

Confusão ondulou no rosto dele.

— Não entendo.

— Você tem uma dívida comigo, al Qahtani. — Nahri se virou, escancarando a porta. — Não pretendo deixar que não seja paga.

DARA

Tinham prendido os batedores geziri em uma cabana tosca de galhos entrelaçados que Dara mantinha molhada e coberta de neve. Ele originalmente conjurara para os prisioneiros uma pequena tenda, um lugar que teria sido mais quente, mas a dupla devolvera o favor incendiando o feltro no meio da noite e armando-se com as vigas de sustentação, partindo os ossos de dois guerreiros em uma tentativa de fuga. Não importava o que mais fossem, os Geziri eram um povo astuto, acostumado a encontrar formas de sobreviver em ambientes hostis, e Dara não lhes daria mais uma chance de escapar.

Com as botas estalando na neve conforme se aproximava da cabana, Dara gritou em alerta.

— Abu Sayf, conte a seu amigo que, se ele me receber com uma pedra de novo, vou enfiá-la pela garganta dele.

Houve uma conversa murmurada em geziriyya dentro da tenda; Abu Sayf soava cansado e exasperado e o mais jovem – que ainda se recusava a dar o próprio nome – pareceu irritadiço antes de Abu Sayf dizer:

— Entre, Afshin.

Dara se abaixou para entrar, piscando devido à luz fraca. O lugar estava fétido e frio, com cheiro de homens não banhados e sangue. Depois da última fuga, os djinns eram mantidos em grilhões e recebiam cobertores apenas durante as noites mais frias. E, embora Dara compreendesse o motivo para as medidas de segurança, as condições deploráveis o deixavam cada vez mais desconfortável. Não enfrentara Abu Sayf e seu companheiro no campo de batalha como combatentes. Eram batedores: um rapaz no que Dara suspeitava ser sua primeira guarnição e um velho guerreiro com um pé na aposentadoria.

— Ah, veja, é o próprio demônio — disse o djinn mais jovem em tom esquentado quando Dara entrou. Ele parecia febril, mas fazia uma careta com todo o ódio que conseguia reunir.

Dara igualou a careta e então se ajoelhou, abaixando a bandeja que estava carregando e empurrando-a na direção dos pés do homem mais jovem.

— Café da manhã. — Ele olhou para Abu Sayf. — Como está se sentindo hoje?

— Um pouco travado — confessou Abu Sayf. — Seus guerreiros estão melhorando.

— Algo pelo qual tenho você a agradecer.

O jovem geziri riu com escárnio.

— Agradecer? Você disse a ele que me esfolaria vivo se ele não lutasse com seu bando de traidores.

Abu Sayf lançou um olhar para o outro djinn, acrescentando algo na língua incompreensível deles antes de assentir para a bandeja.

— Isto é para nós?

— É para ele. — Dara foi até Abu Sayf e tirou os grilhões. — Venha comigo. Uma caminhada vai aliviar suas pernas.

Dara levou o homem para fora na direção da própria tenda, um lugar adequadamente vazio para alguém que não pertencia a lugar algum. Ele reacendeu o fogo com um estalar de dedos e acenou para que Abu Sayf se sentasse no tapete.

O geziri obedeceu, esfregando as mãos diante do fogo.

— Obrigado.

— Não é nada — respondeu Dara, sentando-se diante dele. Estalou os dedos de novo, conjurando uma bandeja de ensopado fumegante e pão quente. O rompante de magia enquanto estava na forma mortal fez sua cabeça latejar, mas ele sentiu que o outro homem merecia a refeição. Era a primeira vez que convidava Abu Sayf para sua tenda, mas não era a primeira que conversavam. Ele podia ser um inimigo, mas sua fluência em divasti e seus dois séculos servindo no exército djinn faziam dele um companheiro agradável. Dara tinha grande afeição por seus jovens recrutas e era profundamente leal a Manizheh – mas, pelo olho de Suleiman, às vezes só queria olhar para as montanhas e trocar algumas palavras sobre cavalos com um velho que estivesse igualmente cansado da guerra.

Dara passou uma capa para ele.

— Pegue isto. Tem feito frio. — Ele sacudiu a cabeça. — Queria que me deixasse conjurar uma tenda decente para você. Seu companheiro é um idiota.

Abu Sayf pegou o ensopado, arrancando um pedaço do pão.

— Prefiro ficar com meu irmão de tribo. Ele não está lidando muito bem com tudo isso. — Uma tristeza cansada recaiu sobre o rosto dele. — Ele sente falta da família. Descobriu logo antes de sermos posicionados que sua esposa estava grávida do primeiro filho. — O velho olhou para Dara. — Ela está em Daevabad e ele teme por ela.

Dara afastou uma pontada de culpa. Guerreiros deixavam as mulheres para trás o tempo todo; era parte do seu dever.

— Se ela estivesse em Am Gezira, onde todos vocês pertencem, estaria bastante segura — sugeriu ele, imbuindo a voz com uma convicção que não sentia totalmente.

Abu Sayf não engoliu a isca. Jamais engolia. Dara suspeitava que o homem era um soldado da cabeça aos pés e não se esforçava muito em defender políticas nas quais tinha pouca voz.

— Sua Banu Nahida veio buscar sangue de novo — disse ele, em vez disso. — E ainda não devolveu a relíquia de meu amigo.

Diante disso, Dara pegou a taça e a observou encher-se com vinho de tâmara diante de sua ordem silenciosa.

— Tenho certeza de que não é nada. — Na verdade, ele não sabia o que Manizheh estava fazendo com as relíquias e o segredo estava começando a incomodá-lo.

— Seus homens dizem que ela pretende experimentar na gente. Que vai nos cozinhar vivos e triturar nossos ossos para suas poções. — Medo tomou a voz do homem. — Eles disseram que ela pode capturar uma alma como os ifrits e prendê-la para que nunca chegue ao Paraíso.

Dara manteve o rosto inexpressivo, mas irritação com seus soldados – e consigo mesmo por não controlar o comportamento deles mais cedo – se ergueu em seu peito. A animosidade contra os djinns e os shafits era alta no acampamento; muitos dos seguidores de Manizheh tinham sofrido nas mãos deles, afinal de contas. Sinceramente, Dara não pensara muito nisso quando fora trazido de volta. Durante sua primeira rebelião, catorze séculos antes, ele e seus amigos sobreviventes tinham expressado ódio semelhante – e cometido atos mais sombrios de vingança. Mas tinham sido arrasados pelo luto devido ao saque de Daevabad e desesperados para salvar o que restara de sua tribo. Aquela não era a situação em que seu povo se encontrava hoje.

Ele pigarreou.

— Sinto muito por ouvir que eles andam assediando você. Acredite em mim quando digo que falarei com eles. — Ele suspirou, tentando mudar de assunto. — Posso perguntar o que o manteve nesta parte de Daevastana por tanto tempo? Você disse que vive aqui há meio século, não é? Esta não parece uma guarnição ideal para um homem do deserto.

Abu Sayf deu um leve sorriso.

— Passei a achar a neve linda mesmo que o frio permaneça brutal. E os pais de minha esposa estão aqui.

— Poderia ter aceitado um posto em Daevabad e levado eles junto.

O outro homem riu.

— Você jamais teve sogros se diz isso tão facilmente.

O comentário o desestabilizou.

— Não — disse Dara. — Jamais me casei.

— Ninguém jamais chamou sua atenção?

— Uma pessoa — disse ele, baixinho. — Mas eu não podia oferecer o futuro que ela merecia.

Abu Sayf deu de ombros.

— Então precisará aceitar minha opinião quanto a sogros. E, independentemente disso, não queria aceitar um posto em Daevabad. Teria levado a ordens das quais não gosto.

Dara o encarou.

— Está falando por experiência própria.

O outro homem assentiu.

— Lutei na guerra do rei Khader quando era jovem.

— Khader foi o pai de Ghassan, não foi? — perguntou Dara, tentando lembrar-se do que aprendera quando estava em Daevabad.

— Exato. A metade oeste de Qart Sahar tentou se separar durante o reinado dele, cerca de duzentos anos atrás.

Dara revirou os olhos.

— Os sahrayn tornaram isso um hábito. Tentaram fazer o mesmo logo antes de eu nascer.

Os lábios de Abu Sayf se ergueram de leve.

— Para ser justo… acredito que a secessão estava relativamente na moda na sua época.

Ele grunhiu. Se outro djinn tivesse dito isso a ele, estaria irritado, mas Abu Sayf era seu prisioneiro e ele segurou a língua.

— Justo. Você combateu os sahrayn, então?

— Não tenho certeza de que "combateu" é a melhor descrição — respondeu Abu Sayf. — Fomos enviados para esmagá-los, aterrorizar um conjunto de pequenas aldeias na costa. — Ele sacudiu a cabeça. — Lugares incríveis. Construíam diretamente com a areia do leito do mar, explodindo-a para que virasse vidro a fim de criar casas ao longo dos penhascos. Se você puxasse os tapetes, podia observar peixes nadando sob seus pés, e a forma como o vidro brilhava ao sol assim que chegamos... — Saudade encheu os olhos dele. — Destruímos tudo, é claro. Queimamos os navios, atiramos os líderes amarrados ao mar e levamos os meninos para a Guarda Real. Khader era um homem rigoroso.

— Você estava seguindo ordens.

— Suponho que sim — disse Abu Sayf, baixinho. — Jamais pareceu certo, no entanto. Levamos *meses* para chegar lá e jamais entendi de verdade que tipo de ameaça umas aldeiazinhas no fim do mundo poderiam representar para Daevabad. Porque sequer tinham *alguma coisa* a ver com Daevabad.

Dara ficou desconfortável, sem gostar do fato de que essencialmente fora obrigado a defender um al Qahtani.

— Se você se pergunta por que Daevabad governa uma distante aldeia sahrayn, certamente deve se perguntar por que uma família geziri governa uma cidade daeva?

— Suponho que jamais tenha realmente pensado em Daevabad como uma cidade daeva. — Abu Sayf parecia quase surpreso. — Sinto que o centro de nosso mundo deveria pertencer a todos nós.

Antes que Dara pudesse responder, ouviu-se o som de corrida do lado de fora da tenda. Ele se ergueu imediatamente.

Mardoniye surgiu na entrada no instante seguinte, sem fôlego.

— Venha logo, Afshin. Chegou uma carta de casa.

ALI

— Tudo bem, chegamos — disse Ali, estendendo o braço para impedir Nahri de passar direto. — Agora pode me dizer por que *precisava* visitar a rua Sukariyya?

Nahri era o próprio retrato da calma ao lado dele, os olhos pretos estudando a tumultuada rua shafit como um caçador estudaria sua presa.

— A casa com a porta vermelha — apontou ela num sussurro.

Estupefato, Ali acompanhou seu olhar até uma casa fina de três andares feita de madeira, que parecia ter sido enfiada entre dois prédios de pedra maiores de cada lado. Um pórtico aberto e estreito cercava uma porta vermelha pintada com flores laranja. Era uma tarde enevoada e as sombras engoliam a construção, deixando-a na penumbra.

Sua inquietude aumentou de imediato. As janelas estavam cobertas com tábuas, mas com fendas largas o suficiente para que se pudesse facilmente espiar a rua do lado de dentro. Um homem estava sentado nos degraus do prédio adjacente, lendo um panfleto com um desinteresse um pouco exagerado, enquanto, em um café do outro lado da rua, dois outros estavam sentados ostensivamente jogando gamão, voltando os olhos de vez em quando para a porta vermelha.

Ali não fora treinado na Cidadela sem motivo.

— Está sendo vigiada.

— Por que acha que trouxe você? — perguntou Nahri. Um som de descrença deixou a boca dele e ela olhou para Ali com desdém. — Pelo Mais Alto, pode parecer menos nervoso?

Ele a encarou.

— *Alguém tentou me assassinar uma semana atrás.*

Nahri revirou os olhos.

— Vamos. — E partiu sem dizer mais nada.

Chocado, Ali a observou caminhar com determinação em direção à casa vigiada. Pelo menos havia pouco que a revelasse. Vestindo uma abaya de tecido grosso e um xale, Nahri se misturava à multidão de compradores shafits fofoqueiros e trabalhadores briguentos com facilidade.

Certamente um visual diferente do vestido dourado que ela usou no banquete. O rosto de Ali ficou subitamente quente. Não, ele não pensaria naquele vestido. Não de novo. Em vez disso, correu atrás dela, amaldiçoando-se por ter sido arrastado para qualquer que fosse o misterioso negócio que ela alegava ter no distrito shafit. Ele ainda não tinha certeza de que loucura o fizera concordar com aquilo; os últimos dias tinham sido um borrão doloroso de cuidados exagerados da mãe, intermináveis perguntas dos investigadores da Guarda Real e poções de gosto cada vez mais desagradável da Banu Nahida.

Ela provavelmente enfeitiçou você para que concordasse. Os nahid conseguiam fazer isso, não conseguiam? Porque certamente nem Ali poderia ser tolo o suficiente para tirar a cunhada de fininho do palácio – *e* concordar em assumir totalmente a culpa se eles fossem descobertos – sem ter sido enfeitiçado.

Quando a alcançou, Nahri estava caminhando com uma mão no ventre. Subitamente havia uma saliência ali e a bolsa dela sumira do ombro. Só Deus sabia quando Nahri a colocara sob a abaya, mas ela estava choramingando ao se aproximar da casa. Limpou os olhos; um coxear falso afetava seus passos.

O homem da casa ao lado soltou o panfleto e ficou de pé, colocando-se no caminho dela.

— Posso ajudar você, irmã?

Nahri assentiu.

— Que a paz esteja com você — cumprimentou ela. — Eu... — Ela inspirou com força, agarrando a barriga exagerada. — Sinto muito. Minha prima disse que havia alguém aqui... alguém que ajuda mulheres.

O olhar do homem percorreu a dupla.

— Se sua prima disse tal coisa, saberia que deveria vir junto para que fosse sua garantia. — Ele encarou Ali. — Este é seu marido?

— Eu não disse a ela que era eu quem precisava de ajuda. — Nahri abaixou a voz. — E este não é meu marido.

O sangue deixou o rosto de Ali.

— Eu...

A mão de Nahri se estendeu e agarrou o braço dele com a força de um torno.

— Por favor... — Ela arquejou, curvando-se. — Estou com muita dor.

O homem corou, olhando impotentemente para a rua.

— Ah, tudo bem... — Ele atravessou o pórtico, abrindo agilmente a porta vermelha. — Venha rápido.

O coração de Ali acelerou, sua mente gritando avisos de aprisionamento – aquela não era, afinal, a primeira vez que ele fora enganado para entrar em um prédio shafit em ruínas, mas Nahri já o estava arrastando para cima dos degraus. Eles rangeram sob os pés, a madeira macia devido ao ar nebuloso de Daevabad. O homem shafit fechou a porta atrás deles, atirando-os em uma escuridão triste.

Estavam em um corredor de entrada relativamente simples com paredes de madeira laqueada e duas portas. Não havia janelas, mas o teto fora deixado aberto para o céu nublado, dando a sensação de que tinham sido atirados em um poço. A única outra luz vinha de uma pequena lâmpada a óleo que queimava ao lado de uma bandeja cheia de doces, diante de uma pintura em papel de arroz emoldurada por uma grinalda de uma mulher armada montada em um tigre rugindo.

A paciência dele com Nahri subitamente evaporou. Alguém tentara matá-lo havia menos de uma semana – Ali traçaria um limite em espreitar dentro de uma casa shafit misteriosa enquanto fingia ter engravidado a esposa do irmão.

Ele se virou para ela, escolhendo as palavras com cuidado.

— Minha *querida* — disse ele, entre os dentes trincados. — Poderia, por favor, explicar o que estamos fazendo aqui?

Nahri estava olhando para o saguão com evidente curiosidade.

— Estamos aqui para encontrar uma médica shafit chamada Subhashini Sen. É aqui que ela trabalha.

O homem que os levara para dentro se esticou abruptamente.

— *Ele?* — Suspeita floresceu em seu rosto e ele levou a mão à cintura.

Ali foi mais rápido. Ele sacou a zulfiqar em um instante e o shafit recuou um passo, sua mão congelada em um bastão de madeira. Ele abriu a boca.

— Não grite — disse Nahri, rapidamente. — Por favor. Não queremos fazer mal a ninguém aqui. Só quero falar com a médica.

O olhar do homem disparou nervosamente para a porta à esquerda.

— Eu... você não pode.

Nahri pareceu perplexa.

— Como é?

O homem engoliu em seco.

— Não entende... ela é muito peculiar.

Curiosidade iluminou os olhos de Nahri. Ela também devia ter notado a porta para a qual o homem shafit olhou, porque estava erguendo a mão para a maçaneta no momento seguinte.

Ali entrou em pânico, sem pensar.

— Nahri, espere, não...

A boca do homem shafit se escancarou.

— *Nahri?*

Que Deus me salve. Ali avançou atrás dela quando Nahri entrou no cômodo. Ao inferno com a discrição, eles tinham que sair dali.

Uma voz feminina ríspida com um carregado sotaque daevabadi o interrompeu assim que Ali passou pela ombreira.

— Já disse a todos vocês... pelo menos uma dúzia de vezes... se me interromperem enquanto eu estiver fazendo este procedimento, vou realizá-lo em vocês da próxima.

Ali congelou. Não tanto devido ao alerta, mas da visão de sua origem. Uma mulher shafit usando um sári de algodão simples estava ajoelhada ao lado de um idoso deitado em uma almofada.

Ela enfiava uma agulha no olho dele.

Chocado com a terrível imagem, Ali abriu a boca para protestar, mas Nahri a tapou antes que ele pudesse falar.

— Não — sussurrou ela. Tinha tirado o véu, revelando o evidente encanto que dançava em sua expressão.

O guarda shafit se juntou a eles, retorcendo as mãos.

— Perdoe-me, doutora Sen. Eu jamais a teria interrompido. É que... — Ele olhou nervosamente para Ali e Nahri; seus olhos pareceram percorrer a altura de Ali e a zulfiqar novamente. — Parece que você tem convidados do palácio.

A médica hesitou. Mas apenas por um momento e nem suas mãos, nem sua atenção sequer vacilaram.

— Se isso é verdade ou algum sintoma de loucura, todos vocês podem se sentar *agora mesmo*. Ainda tenho parte da catarata dele para remover.

Não havia espaço para desobediência na voz rígida da mulher. Ali recuou tão rapidamente quanto o guarda, sentando-se em um dos sofás baixos que ladeavam a parede. Ele olhou em volta do cômodo. Cheio de luz de um pátio adjacente e diversas lanternas, era grande o suficiente para acomodar talvez doze pessoas. Três macas estavam dispostas baixas no chão, as duas que não estavam em uso descuidadamente cobertas por lençóis limpos. Armários cobriam uma parede e, ao lado deles, uma escrivaninha dava para o pátio, ocupada por uma pilha alta de livros.

Nahri, é claro, ignorou a ordem da médica, e Ali observou impotentemente conforme ela perambulou até a escrivaninha e começou a folhear um livro com um sorriso no rosto. Ele vira aquele olhar quando eram amigos: quando ela lera sua primeira frase corretamente e quando observaram a lua por um telescópio humano, refletindo sobre a fonte das sombras dela. O desejo de Nahri de aprender fora uma das coisas que o atraíram para ela, algo que tinham em comum. Ele *não* esperava, no entanto, que os levasse a uma médica shafit em um dos bairros mais perigosos da cidade.

O som de uma criança chorando interrompeu o silêncio. A porta se entreabriu de novo e o choro ficou mais alto.

— Subha, amor, já acabou, então? — Uma nova voz, o tom grave de um homem. — O bebê está com fome, mas ela não quer comer nada do... *ah*. — O homem parou de falar quando entrou na enfermaria.

O recém-chegado era enorme, facilmente um dos maiores homens que Ali já vira. Um punhado de cachos pretos emaranhados caía para baixo de seus ombros e seu nariz parecia ter sido quebrado diversas vezes. Ali imediatamente ergueu a zulfiqar, mas, longe de estar armado, o gigante segurava apenas uma colher de madeira e um bebê de colo.

Ele abaixou a arma com certa vergonha. Talvez Nahri tivesse razão sobre ele estar nervoso.

— E acabamos — anunciou a médica, apoiando a agulha e recostando-se. Ela pegou uma lata de bálsamo e rapidamente enfaixou os olhos do homem. — Vai ficar com isto por uma semana inteira, entendeu? Não mexa no curativo.

Ela ficou de pé. Parecia mais jovem do que Ali teria esperado, mas isso podia ser graças ao sangue djinn, que era bastante aparente. Embora a pele marrom escura não tivesse o brilho revelador de um sangue-puro, as orelhas eram tão pontiagudas quanto as dele e havia apenas um lampejo de marrom nos olhos prata de Agnivanshi. Os cabelos pretos estavam presos em uma trança grossa que caía até a cintura, com uma linha vermelha perfeitamente disposta na divisão.

Ela limpou as mãos em um tecido enfiado na cintura e então os olhou de cima a baixo, um músculo contorcendo-se na bochecha. Foi um olhar de avaliação, que passou do bebê chorando para se deter em Ali e Nahri antes de voltar para a criança.

Longe de estar abalada, ela parecia pouco impressionada e muito irritada.

— Manka... — começou ela, e a cabeça do porteiro se ergueu. — Quero que ajude Hunayn a ir até a sala de recuperação. Parimal, traga o bebê aqui.

Ambos os homens obedeceram imediatamente; um ajudando o paciente grogue a sair enquanto o outro entregava o bebê. A médica pegou o filho, sem afastar o olhar por um segundo do rosto de Ali e de Nahri enquanto arrumava o sári sobre o peito e o choro do bebê se transformava em sucção alegre.

Ali engoliu em seco, fixando o olhar na parede oposta. Nahri não pareceu incomodada com nada daquilo; ainda estava de pé diante da escrivaninha com um livro na mão.

A médica semicerrou os olhos para a Banu Nahida.

— Se não se importa...

— Mas é claro. — Nahri apoiou o livro e então se sentou ao lado de Ali. — Era uma cirurgia de catarata que você estava fazendo?

— Sim. — A voz da mulher permanecia ríspida. Ela ocupou um assento em um banquinho de madeira diante deles. — E é um procedimento complicado, delicado... um que não gosto que seja interrompido.

— Sentimos muito — apressou-se Ali. — Não quisemos atrapalhar.

A expressão da mulher não mudou. Ele tentou não se encolher: parecia que era confrontado por Hatset misturada com o mais assustador de seus antigos tutores.

A médica contraiu os lábios, assentindo para a zulfiqar.

— Importa-se de guardar isso?

Ele corou.

— É claro que não. — Ali rapidamente embainhou a espada e então tirou a máscara do rosto. Não parecia certo interromper aquelas pessoas e permanecer anônimo. Ele pigarreou. — Que a paz esteja com você — ofereceu ele, fracamente.

Os olhos de Parimal se arregalaram.

— *Príncipe Alizayd?* — O olhar dele se desviou para Nahri. — Isso significa que você é...

— A mais nova Nahid de Daevabad? — interrompeu a médica, com a voz cheia de deboche. — Parece provável. Então, vocês estão aqui para nos fechar? Planejam me arrastar para o barco de bronze por tentar ajudar meu povo?

A menção do barco de bronze lançou gelo pelas veias dele; Ali já fora obrigado a fazer exatamente aquilo com um punhado de shafits pegos em uma revolta que seu pai maquinara para provocar os Tanzeem.

— Não — disse ele, rapidamente. — De jeito algum.

— Ele está certo — disse Nahri. — Só queria conhecer você. Cruzei com um de seus pacientes recentemente. Um homem com um buraco no crânio, como se alguém tivesse cortado...

— Perfurado. — Nahri piscou e a médica prosseguiu, com a voz fria. — Chama-se trepanação. Se você acha que é uma curandeira, deveria usar os termos certos.

Ali sentiu Nahri ficar levemente tensa ao lado dele, mas sua voz permaneceu calma.

— Perfurado, então. Ele alegou que você era uma médica e eu queria ver se era verdade.

— Queria, é? — As sobrancelhas da médica se uniram com incredulidade. — A menininha que faz poções de sorte e afasta o mau humor fazendo cosquinhas com uma pena de simurgh está aqui para avaliar meu treinamento?

A boca de Ali secou.

Nahri fervilhou de ódio.

— Ousaria dizer que o que eu faço é um pouco mais avançado do que isso.

A médica ergueu o queixo.

— Vá em frente, então, faça seu exame. Já se intrometeu e não acho que podemos protestar. — Ela indicou Ali com a cabeça. — Por isso trouxe seu príncipe, não?

— Não sou o príncipe dela — corrigiu Ali rapidamente, fazendo uma careta quando Nahri lançou para ele um olhar de irritação. — Eu disse que traria você para a rua Sukariyya — defendeu-se ele. — Não que a enfiaria de fininho na casa de uma médica fingindo que nós... que você... — De modo muito inconveniente, a lembrança do vestido dourado surgiu de novo na mente dele e um calor vergonhoso tomou conta de seu rosto. — Deixe para lá — gaguejou Ali.

— Traidor — disse Nahri, com o tom ainda mais gélido quando disse outra coisa menos gentil em árabe. Mas estava claro que nem a deserção de Ali nem a hostilidade da médica a impediriam. Ela se ergueu e foi até a estante de livros.

— É uma coleção impressionante... — observou ela, com ânsia na voz. Pegou dois tomos. — Ibn Sina, al Razi... onde conseguiu tudo isso?

— Meu pai era um médico no mundo humano. — A médica indicou suas orelhas pontiagudas. — Diferentemente de mim, ele conseguia se disfarçar, então fez isso. Trabalhou e estudou onde quis. Délhi, Istambul, Cairo, Marrakesh. Ele tinha duzentos e cinquenta anos quando um caçador de recompensas Sahrayn desprezível o encontrou na Mauritânia e o arrastou para Daevabad. — Os olhos dela se detiveram nos livros. — Ele trouxe tudo o que conseguiu.

Nahri parecia ainda mais impressionada.

— Seu pai passou *duzentos anos* estudando medicina no mundo humano? — Quando a médica assentiu, ela insistiu. — Onde ele está agora?

A médica engoliu em seco antes de responder.

— Morreu no ano passado. Um derrame.

A ansiedade sumiu do rosto de Nahri. Ela cuidadosamente guardou o livro de volta.

— Sinto muito.

— Eu também. Foi uma perda para minha comunidade. — Não havia autopiedade em sua voz. — Ele treinou alguns de nós. Meu marido e eu somos os melhores.

Parimal sacudiu a cabeça.

— Sou um encaixador de ossos, no máximo. Subha é a melhor. — Havia um orgulho carinhoso em sua voz. — Até o pai dela disse, e aquele homem não elogiava facilmente.

— Os outros médicos que ele treinou também praticam aqui? — perguntou Nahri.

— Não. Não vale o risco. Sangues-puro prefeririam que morrêssemos de tosse a vivermos para procriar. — Subha segurou o bebê mais forte. — Se a Guarda Real vier aqui, qualquer desses instrumentos poderia me levar para a prisão sob a lei de banimento de armas. — Ela fez uma careta. — Assim como os shafits não são completamente inocentes. São tempos de desespero e há pessoas que acreditam que somos ricos. Tive um cirurgião talentoso de Mombasa trabalhando aqui até que um bando de ladrões sequestrou a filha dele. O homem vendeu tudo o que tinha para pagar o resgate dela e então fugiu. Eles iam tentar sair às escondidas da cidade. — A expressão dela ficou triste. — Não ouvi nada desde então. Muitos dos barcos não conseguem chegar.

Os barcos? Ali ficou imóvel. Daevabad não era um lugar fácil do qual fugir. A coragem – o desespero – que devia ser necessária para levar a família para dentro de um barco capenga de traficantes e rezar para que atravessasse as águas assassinas...

Nós fracassamos com eles. Fracassamos completamente com eles. Ali observou a pequena família, lembrando-se dos shafits que sua mãe salvara. Havia milhares mais como eles em Daevabad, homens, mulheres e crianças cujo potencial e cujas esperanças tinham sido bruscamente interrompidos para se adequar às necessidades políticas da cidade para a qual tinham sido arrastados contra a própria vontade.

Perdido nos próprios pensamentos, Ali apenas reparou que Nahri estendia a mão para a porta de um armário quando Parimal avançou.

— Espere, Banu Nahida, não...

Mas ela já abrira. Ali a ouviu prender o fôlego.

— Imagino que isto seja para proteção contra aqueles sequestradores, então? — perguntou ela, erguendo um objeto metálico pesado.

Ali precisou de um momento para reconhecer o que era e, quando o fez, seu sangue gelou.

Ela segurava uma pistola.

— Nahri, solte isso. Agora mesmo.

Ela lançou um olhar de irritação para ele.

— Ah, me dê algum crédito. Não vou atirar em mim mesma.

— É uma ferramenta de ferro e pólvora e você é a Banu Nahida de Daevabad. — Quando ela franziu a testa em confusão, a voz dele falhou de alarme. — Ela explode, Nahri! Somos literalmente criaturas de fogo; não nos aproximamos de pólvora!

— Ah. — Ela engoliu em seco e apoiou a arma de novo, cuidadosamente fechando o armário. — Provavelmente é melhor tomar cuidado, então.

— É só minha — disse Parimal depressa, uma mentira evidente. — Subha não sabia de nada.

— Não deveriam ter isso aqui — avisou Ali. — É incrivelmente perigosa. E se forem pegos? — Ele olhou de um para o outro. — Possessão por shafit de sequer um punhado de pólvora é punível com execução. — De fato, Ali suspeitava que fosse uma punição movida pelo medo dos shafits tanto quanto de pólvora; nenhum djinn de sangue puro queria uma arma por perto que os shafits pudessem usar com primazia. — Se acrescentarem uma pistola? O quarteirão inteiro seria destruído.

Subha deu a ele um olhar cauteloso.

— Isso é um aviso ou uma acusação?

— Um aviso — respondeu ele, encarando-a. — Um que imploro que ouçam.

Nahri voltou para o lado dele, sem qualquer arrogância agora.

— Sinto muito — disse ela, baixinho. — De verdade. Não tinha certeza do que pensar quando vi aquele homem. Ouvi boatos de como os shafits estão desesperados e sei quão facilmente as pessoas podem explorar esse tipo de medo.

Subha enrijeceu.

— O fato de pensar tal coisa de mim diz muito mais a seu respeito.

Nahri se encolheu.

— Provavelmente você está certa. — Ela desviou o olhar, parecendo estranhamente envergonhada, então pegou a bolsa. — Eu… eu trouxe algo. Ervas de cura e casca de salgueiro de meu jardim. Achei que poderia precisar deles. — Ela ofereceu a bolsa.

A médica não fez menção de pegá-la.

— Não deve saber nada a respeito da história de sua família se acha que eu daria um "remédio" preparado por um Nahid a um shafit. — Os olhos dela se semicerraram. — É por isso que está aqui? Para espalhar alguma doença nova entre nós?

Nahri se encolheu.

— É claro que não! — Choque genuíno tomou a voz dela, pesando o coração de Ali. — Eu... eu queria ajudar.

— Ajudar? — A médica a olhou com raiva. — Você invadiu meu consultório porque queria *ajudar*?

— Porque eu queria ver se poderíamos trabalhar juntas — Nahri apressou-se a dizer. — Em um projeto que eu gostaria de propor ao rei.

Subha olhava para a Banu Nahida como se outra cabeça tivesse brotado nela.

— Quer trabalhar *comigo*? Em um projeto que pretende propor ao rei de Daevabad?

— Sim.

O olhar da médica ficou ainda mais incrédulo.

— Que é...?

Nahri uniu as mãos.

— Quero construir um hospital.

Ali olhou boquiaberto para ela. Poderia muito bem ter dito que desejava atirar-se na frente de um karkadann.

— Quer construir um hospital? — repetiu a médica, inexpressiva.

— Não exatamente *construir*, mas reconstruir — explicou Nahri, rapidamente. — Meus ancestrais gerenciavam um hospital antes da guerra, mas está em ruínas agora. Eu gostaria de restaurá-lo e reabri-lo.

O *hospital Nahid*? Certamente ela não estava se referindo... Ali estremeceu, buscando uma resposta.

— Quer recuperar o hospital Nahid? Aquele perto da Cidadela?

Ela olhou com surpresa para ele.

— *Você* conhece aquele lugar?

Ali tentou com muito afinco manter a expressão controlada. Não havia nada na voz de Nahri que sugeria que ela tinha feito a pergunta com algo além de inocência. Ele ousou olhar para Subha, mas ela apenas parecia chocada.

O príncipe pigarreou.

— Eu... hã... talvez tenha ouvido uma ou duas coisas a respeito dele.

— Uma ou duas? — insistiu Nahri, olhando atentamente para ele.

Mais. Mas o que Ali sabia sobre aquele hospital – sobre o que tinha sido feito ali antes da guerra e a forma brutal e sangrenta com que os Nahid tinham sido punidos por aquilo – não eram fatos amplamente conhecidos e certamente não eram fatos que estava prestes a compartilhar. Principalmente com uma nahid e uma shafit que já estavam discutindo.

Ele se moveu com desconforto.

— Por que não nos conta mais sobre seu plano?

Os olhos de Nahri se fixaram nos dele, pesados com escrutínio por mais um momento, mas então ela suspirou e se voltou novamente para Subha.

— Uma única enfermaria lotada não é lugar para tratar toda a população de Daevabad. Quero começar a receber pessoas que *não* precisaram subornar alguém para ganhar acesso até mim. E, quando eu reabrir o hospital, quero que seja aberto a todos.

Subha semicerrou os olhos.

— A todos?

— A todos — repetiu Nahri. — Independentemente de sangue.

— Então você está delirando. Ou mentindo. Tal coisa jamais seria permitida. O rei proibiria, seus sacerdotes morreriam de choque e horror...

— Vai ser preciso algum convencimento — interrompeu Nahri, tranquilamente. — Eu sei. Mas acho que podemos fazer funcionar. — Ela apontou para a estante. — Há mais livros como esse na Biblioteca Real; já os li. Curei pessoas no mundo humano durante anos e reconheço o valor naqueles métodos. Ainda há muitas vezes que prefiro gengibre e sálvia a sangue de zahhak e feitiços. — Ela deu um olhar de súplica a Subha. — Por isso vim procurar você. Achei que poderíamos trabalhar juntas.

Ali se recostou, chocado. Diante dele, Parimal parecia igualmente perplexo.

A expressão de Subha ficou mais fria.

— E se eu trouxesse para esse hospital um homem shafit morrendo de derrame… — A voz dela tremeu levemente, mas as palavras foram precisas. — Uma doença que eu suspeito que você possa curar com um único toque… vai colocar as mãos nele, Banu Nahida? Na presença de testemunhas, de seus companheiros de sangue puro, você usaria magia Nahid em um sangue misto?

Nahri hesitou, um borrão de cor enchendo o rosto dela.

— Acho que… inicialmente… talvez seja melhor se tratássemos os nossos.

A médica gargalhou, um som amago e sem qualquer humor.

— Nem mesmo vê, não é?

— Subha… — Parimal a cortou, sua voz embargada com um alerta.

— Deixe-a falar — interrompeu Nahri. — Quero ouvir o que ela tem a dizer.

— Então vai ouvir. Diz que não quer nos fazer mal? — Os olhos de Subha brilharam. — Você é a essência do mal, Nahid. É a líder da tribo, da fé, que nos chama de desalmados, e a última descendente de uma família que arrebanhou os shafits durante séculos como se fôssemos ratos. Você era a companheira do Flagelo de Qui-zi, um carniceiro que poderia ter enchido o lago com todo o sangue shafit que derramou. Tem a arrogância de invadir minha enfermaria, meu *lar*, sem convite, para me inspecionar como se fosse minha superior. E agora fica aí sentada oferecendo lindos sonhos de hospitais enquanto estou me perguntando como tirar meu filho deste cômodo com vida. Por que eu *jamais* trabalharia com você?

Um silêncio carregado se seguiu às palavras inflamadas de Subha. Ali sentiu a ânsia de falar em defesa de Nahri, sabendo que as intenções dela tinham sido boas. Mas também sabia que a médica estava certa. Vira em primeira mão a destruição que os erros dos sangues-puros podiam causar aos shafits.

Um músculo se contraiu na bochecha de Nahri.

— Peço desculpas pelo modo como cheguei — disse ela, com rigidez. — Mas minha intenção é sincera. Posso ser Nahid e Daeva, mas quero ajudar os shafits.

— Então vá para seu Templo, renuncie às crenças de seus ancestrais diante do resto de seu povo e nos declare iguais — desafiou Subha. — Se quer ajudar os shafits, lide com seus Daeva primeiro.

Nahri esfregou a cabeça, parecendo resignada.

— Não posso fazer isso. Ainda não. Perderia o apoio deles e não seria útil para ninguém. — Subha riu com escárnio e Nahri a olhou com raiva. — Os shafits não são totalmente inocentes nisso tudo — replicou ela, com a voz inflamada. — Sabe o que aconteceu com os Daeva presos no Grande Bazar depois da morte de Dara? Os shafits caíram neles como bestas, atirando fogo *Rumi* e...

— Bestas? — disparou Subha. — Ah, sim, porque é isso que somos para vocês. Animais selvagens que precisam ser controlados!

— Não é uma ideia terrível. — As palavras escapuliram da boca de Ali antes que ele conseguisse pensar e, quando as duas mulheres se viraram em sua direção, ele lutou para manter a compostura. Ele estava quase tão surpreso quanto elas por estar falando... mas *não era* uma ideia terrível. Era... na verdade, até genial. — Quero dizer, se meu pai aprovar isso e vocês agirem *com cuidado*, acho que ter Daeva e shafits trabalhando juntos seria extraordinário. E construir um hospital, algo realmente útil para Daevabad? Seria uma realização incrível.

Ele encontrou o olhar de Nahri. Os olhos dela estavam cheios de uma emoção que Ali não conseguia decifrar... mas ela não parecia totalmente feliz com seu apoio súbito.

Nem Subha.

— Então você também é parte desse plano?

— Não — disse Nahri, peremptoriamente. — Ele não é.

— Então você não é boa em convencer as pessoas a trabalhar com você, Nahid — respondeu Subha, colocando a filha no ombro para arrotar. — Com ele ao seu lado, posso até acreditar em parte dessa preocupação recente que você sente pelos shafits.

— Você trabalharia com *ele*? — repetiu Nahri, incrédula. — Entende que é o pai dele quem está perseguindo as pessoas no momento?

— Estou muito ciente — replicou Subha. — E também não há um shafit em Daevabad que não saiba como o príncipe se sente a esse respeito. — Ela voltou a atenção para Ali de novo. — Soube do pai e da filha que você salvou dos traficantes. As pessoas dizem que estão vivendo como nobres no palácio agora.

Ali a encarou e seu coração despencou. Pela primeira vez ele achou ter visto um lampejo de interesse nos olhos de Subha, mas não suportava a ideia de mentir para ela.

— Eles quase foram devolvidos para aquele traficante porque não tomei cuidado. Acho que o plano da Banu Nahida é admirável, acho mesmo. Mas quando as coisas dão errado em Daevabad... — Ele apontou para Nahri e si mesmo. — Pessoas como nós raramente pagam o mesmo preço que os shafits.

Subha parou.

— Então parece que nenhum dos dois é bom em convencer as pessoas a trabalharem com vocês — disse ela, calmamente.

Nahri xingou baixinho, mas Ali se manteve firme.

— Uma parceria fundamentada em mentiras não é uma parceria. Não quero mentir e puxar você para o perigo desavisada.

Parimal esticou a mão para tocar uma mecha cacheada do bebê.

— Pode ser uma boa ideia — disse ele, baixinho, para Subha. — Seu pai costumava sonhar em construir um hospital aqui.

Ali olhou para Nahri.

— Então?

Ela parecia colérica.

— O que *você* sabe sobre construir hospitais?

— O que você sabe sobre construir qualquer coisa? — retrucou ele. — Já pensou em como coletar e administrar os fundos necessários para restaurar um complexo antigo em ruínas? Será incrivelmente caro. Consumirá tempo. Vai avaliar contratos e contratar centenas de trabalhadores entre tratar dos pacientes na enfermaria?

A fúria só se intensificou no olhar dela.

— Essas são palavras muito lindas sobre fundamentar relacionamentos em mentiras.

Ali se encolheu, a briga deles no jardim voltando à sua memória.

— Você disse que tenho uma dívida — respondeu ele, cautelosamente. — Me deixe pagá-la. Por favor.

Se isso teve efeito ou não, Ali não soube dizer. Mas Nahri se endireitou, a emoção sumindo de seu rosto quando se virou para Subha.

— Tudo bem, ele está comigo. Isso basta para você?

— Não — disse a médica, rispidamente. — Consiga a permissão do rei. Consiga dinheiro e trace planos concretos. — Ela indicou a porta. — Não volte até ter feito isso. Caso contrário, não envolverei minha família em seu plano.

Ali ficou de pé.

— Perdoe-nos pela intrusão — desculpou-se ele com a voz rouca; a garganta ainda em recuperação não pareceu gostar de toda aquela discussão. — Entraremos em contato em breve, com a vontade de Deus. — Ele estalou os dedos, tentando chamar a atenção de Nahri. Ela se virara de novo para a escrivaninha e seus tesouros, não parecendo particularmente ansiosa para ir embora. — *Nahri.*

Ela afastou a mão do livro que estava pegando.

— Ah, tudo bem. — Nahri tocou o coração, oferecendo uma reverência exagerada. — Estou ansiosa para nos falarmos de novo, doutora, e ouvir qual novo insulto você vai atirar contra meus ancestrais e minha tribo.

— Um suprimento interminável, asseguro você — respondeu Subha.

Ali enxotou Nahri para fora antes que ela pudesse dizer mais. As mãos dele estavam trêmulas conforme prendia a ponta do turbante do outro lado do rosto e puxava a porta da casa para fechá-la atrás deles. Então Ali encostou-se nela, atingido pelo total significado do que acabara de aceitar.

Nahri não pareceu tão incomodada. Ela estava olhando para o tumultuado bairro shafit. Embora tivesse puxado o niqab de volta sobre o rosto, quando um homem passou carregando uma tábua com pão quentinho, ela inalou e o tecido foi puxado contra seus lábios de uma forma que Ali se amaldiçoou por ter notado.

— Isso não nos torna amigos de novo — disse ela, abruptamente.

— O quê? — gaguejou Ali, confuso com a afirmação repentina.

— Trabalharmos juntos... não quer dizer que somos amigos.

— Tudo bem — disse Ali, incapaz de conter a rispidez na voz. Ele respondeu à expressão de raiva dela com uma própria, não ignorando que aquele não era o comportamento mais maduro de qualquer das partes. — Tenho outros amigos.

— É claro que tem. — Nahri cruzou os braços sobre a abaya. — O que Subha quis dizer quando mencionou aquela família shafit e os traficantes? Certamente as coisas não ficaram tão ruins assim para os shafits?

— É uma longa história. — Ali esfregou a garganta dolorida. — Mas não se preocupe. Suspeito que a doutora Sen ficará mais do que feliz em contar a você, entre outras coisas.

Nahri fez uma careta.

— Se conseguirmos fazer isso, como propõe que comecemos? — perguntou ela. — Parecia tão convencido de suas habilidades lá dentro.

Ali suspirou.

— Precisamos falar com minha família.

16

DARA

Dara estava sentado em silêncio chocado na tenda de Manizheh, tentando processar o que Kaveh tinha acabado de ler em voz alta do pergaminho.

— Seu filho envenenou *Alizayd al Qahtani*? — repetiu ele. — Seu filho? Jamshid?

Kaveh olhou com raiva para ele.

— Sim — disse o homem, rispidamente.

Dara piscou. As palavras na carta que Kaveh segurava não se encaixavam com sua lembrança do jovem arqueiro alegre e bondoso com uma afeição lamentavelmente sincera por seus opressores al Qahtani.

— Mas ele é tão leal a eles.

— Ele é leal a *um* deles — corrigiu Kaveh. — Que o Criador amaldiçoe aquele maldito emir. Muntadhir deve andar em uma espiral bêbada e paranoica desde que o irmão voltou. Claro que Jamshid faria alguma tolice para ajudá-lo. — Ele lançou um olhar de irritação para Dara. — Você talvez se lembre de que Jamshid levou seis flechadas para salvar certa vida.

— Salvar uma vida e tomar uma são questões muito diferentes. — Uma preocupação de que Dara não gostava tomou forma em sua mente. — Onde, em nome do Criador, Jamshid sequer aprenderia *como* envenenar alguém?

Kaveh passou a mão pelos cabelos.

— As bibliotecas do Templo, suspeito. Ele sempre foi bastante afeito ao conhecimento Nahid. Costumava se meter em problemas quando era um novato por entrar às escondidas nos arquivos deles. — Seus olhos se voltaram para Manizheh. — Nisreen disse que isso pareceu de certa forma familiar a…

— Um de meus experimentos? — completou Manizheh.

— É, embora eu duvide que alguém além dela reconheceria isso. Jamshid deve ter esbarrado em minhas antigas anotações.

— Ela cruzou os braços, com a expressão séria. — Nisreen acha que mais alguém suspeita dele?

Kaveh sacudiu a cabeça.

— Não. Acreditam que foi o criado dele, que foi morto na confusão. Ela disse que se… que, se a suspeita recaísse sobre Jamshid, estava pronta para assumir a culpa.

Dara ficou chocado.

— *O quê?* Com todo o respeito, por que ela deveria fazer isso? É seu filho o culpado, e por sua própria tolice. E se os ingredientes dele levarem a investigação à enfermaria? Nahri pode levar a culpa!

Manizheh respirou fundo.

— Tem certeza de que essa carta não foi rastreada de forma alguma?

Kaveh ergueu as mãos.

— Tomamos todas as precauções que você nos ensinou. Ela só deveria entrar em contato em caso de emergência. E, respeitosamente, Banu Nahida, estamos ficando sem tempo.

— Ele inclinou a cabeça para a mesa de trabalho dela. — Seus experimentos… teve alguma sorte descobrindo como limitar…

— Não importa. Não mais. — Manizheh suspirou pesadamente. — Conte-me seus planos de novo — ordenou ela.

— Atravessamos a cidade e tomamos a Guarda Real com a ajuda dos marids e dos ifrits — respondeu Dara, automaticamente. — Um contingente de meus homens fica para trás com Vizaresh e seus ghouls — ele se esforçou para manter o desprezo longe da voz — enquanto prosseguimos para o palácio. — Dara olhou de um para outro. — Você me disse que tem um plano para cuidar do rei, certo?

— Sim — confirmou Manizheh, bruscamente.

Dara hesitou. Ela andava arredia a respeito daquilo havia meses e, embora ele não quisesse ultrapassar limites, sentia que seria um bom momento para entender o escopo inteiro dos planos deles.

— Minha senhora, sou seu Afshin; pode ser útil se me contar mais. — A voz dele se elevou em aviso. — Não sabemos como minha magia pode reagir à insígnia de Suleiman. Se o rei conseguir me imobilizar…

— Ghassan al Qahtani estará morto antes de qualquer um de nós colocar os pés no palácio. Está sendo providenciado e poderei lhe contar mais em alguns dias. Mas, por falar na insígnia de Suleiman… — O olhar dela se voltou de Dara para Kaveh. — Descobriu algo sobre o anel?

O rosto do grão-vizir se fechou.

— Não, minha senhora. Subornei e bajulei todos que conheço, de concubinas a estudiosos. Nada. Não há um anel que ele use consistentemente, nem registros de como é passado para um novo dono. Um historiador foi executado no ano passado simplesmente por tentar pesquisar as origens da insígnia.

Manizheh fez uma careta.

— Não tive mais sorte, e passei décadas escrutinizando os arquivos do Templo. Não há textos nem registros.

— Nada? — repetiu Dara. — Como isso é possível? — O sucesso do plano dependia de Manizheh tomar posse do anel de Suleiman. Sem ele…

— Zaydi al Qahtani provavelmente mandou queimar todos os registros quando tomou o trono — disse Manizheh, amargamente. — Mas me lembro de Ghassan entrando em reclusão por alguns dias depois do enterro do pai. Quando reapareceu, parecia que tinha estado doente, e tinha a marca da insígnia no rosto. — Ela parou, considerando aquilo. — Ele jamais deixou a cidade de novo. Gostava de caçar nas terras além do Gozan quando era jovem, mas, depois de se tornar rei, parou de se aventurar além das montanhas dentro do limiar.

Kaveh assentiu.

— O anel da insígnia deve estar ligado a Daevabad. Certamente nunca foi usado para impedir qualquer guerra fora da cidade. — Ele olhou para Dara. — A não ser que as coisas fossem diferentes em seu tempo?

— Não — respondeu Dara, lentamente. — Os membros do Conselho Nahid o passavam entre si, revezando-se para servir com ele. — Ele pensou bastante, tentando se lembrar. Sempre doía recordar a antiga vida. — Mas eu só sabia disso por causa da marca no rosto deles. Não me lembro de jamais ver um anel.

Depois de outro momento, Manizheh falou de novo.

— Então precisamos do filho dele. Teremos que garantir que Muntadhir sobreviva ao cerco inicial para poder nos contar como tomar a insígnia. Ele é o sucessor de Ghassan, deve saber. — Ela olhou para Kaveh. — Consegue encontrar uma forma de fazer isso?

Kaveh pareceu apreensivo.

— Não acho que seja uma informação que Muntadhir entregará facilmente… principalmente depois da morte do pai.

— E eu não acho que será difícil forçar o filho vadio de Ghassan a falar — respondeu Manizheh. — Imagino que a mera ideia de estar sozinho em um cômodo com Dara fará com que ele entregue todo tipo de segredo real.

Dara abaixou o olhar. Não que devesse estar surpreso por ela o usar como ameaça: era o Flagelo de Qui-zi, afinal de contas. Ninguém – muito menos o homem com quem Nahri fora forçada a se casar – iria querer estar do lado receptor da sua suposta vingança.

Ele podia jurar que viu o mesmo receio no rosto de Kaveh, mas o outro homem fez uma reverência.

— Entendido, Banu Nahida.

— Que bom. Kaveh, eu gostaria que você se preparasse para sua jornada de volta a Daevabad. Se há um conflito se formando entre aqueles príncipes moscas da areia, certifique--se de que nosso povo, assim como seus respectivos filhos, fiquem longe dele. Dara encantará um tapete para você e o ensinará a voar. — Manizheh se voltou para a mesa de trabalho de novo. — Preciso terminar isto.

Dara seguiu Kaveh para fora da tenda, agarrando a manga dele assim que se afastaram.

— Precisamos conversar.

Kaveh lançou um olhar de irritação para ele.

— Certamente pode me ensinar a voar um de seus malditos tapetes depois.

— Não é isso. — Ele puxou Kaveh para a tenda. Não queria que ninguém ouvisse aquela conversa e suspeitava de que Kaveh não estaria disposto a discutir o tópico.

Kaveh meio que tropeçou para dentro e então olhou o interior da tenda de Dara, sua expressão ficando mais azeda.

— Você dorme cercado por armas? Não tem uma única posse pessoal que não cause a morte?

— Tenho o que preciso. — Dara cruzou os braços. — Mas não estamos aqui para discutir meus pertences.

— Então o que quer, Afshin?

— Quero saber se a lealdade de Jamshid a Muntadhir vai ser um problema.

Os olhos de Kaveh brilharam.

— Meu filho é um Daeva leal e, considerando o que você fez a ele, tem muita coragem de questionar qualquer coisa que ele faça.

— Sou o Afshin de Banu Manizheh — disse Dara, inexpressivo. — Estou encarregado da conquista militar dela e da futura segurança de nossa cidade... então, sim, Kaveh, preciso saber se um antigo soldado com boas conexões e ótimo treinamento, *que acaba de envenenar o rival político de Muntadhir*, será um problema. Principalmente se estamos planejando extrair forçosamente informações de Muntadhir, o que parece que estamos.

Uma expressão de pura hostilidade percorreu o rosto de Kaveh.

— Estou farto desta conversa.

Dara respirou fundo, odiando-se pelo que estava prestes a dizer.

— Minhas habilidades de escravo voltaram naquela noite... antes do barco — disse ele quando Kaveh chegou à aba da tenda. — Foi breve... sinceramente, ainda não sei o que aconteceu. Mas, quando eu estava no salão daquela dançarina, senti uma descarga de magia e consegui ver os desejos dela, seus anseios, todos dispostos diante de mim. — Dara parou. Ainda havia muito que ele não entendia sobre aquela noite. — A dançarina tinha pelo menos uma dúzia. Fama, dinheiro, uma aposentadoria confortável com um Muntadhir apaixonado. Mas, quando olhei na mente de Muntadhir em seguida... não era a dançarina que a ocupava.

Kaveh parou, com as mãos apertadas ao lado do corpo.

— Também não havia trono, Kaveh — disse Dara. — Nenhuma riqueza, nenhuma mulher, nenhum sonho de ser rei. O único desejo de Muntadhir era seu filho ao lado dele.

O outro homem estava trêmulo, ainda de costas.

Dara prosseguiu, abaixando a voz.

— Não desejo mal algum a Jamshid, juro a você. Juro pelos Nahid — acrescentou ele. — E o que dizemos aqui jamais precisa sair desta tenda. Mas Kaveh... — O tom de voz dele ficou suplicante. — Banu Manizheh está contando conosco. Precisamos conseguir falar sobre isso.

Um longo momento de silêncio se estendeu entre os dois, a conversa animada e os golpes dos homens lutando além da tenda destoando da tensão que crescia ali dentro.

Então Kaveh falou, ainda de costas para Dara.

— Ele não fez nada — sussurrou. — Jamshid levou seis flechas por ele e tudo o que Muntadhir fez foi segurar sua mão enquanto o pai deixava meu menino sofrer. — Ele se virou, parecendo assombrado e subitamente velho, como se a simples lembrança o tivesse envelhecido. — Como se faz isso com alguém que se alega amar?

Dara estupidamente pensou em Nahri – e não teve uma resposta para o homem. De súbito, sentiu-se bastante velho também.

— Há quanto tempo... — Ele pigarreou, suspeitando que ainda não seria preciso muito para que Kaveh saísse de supetão. — Há quanto tempo eles estão envolvidos?

A expressão de Kaveh desabou.

— Pelo menos dez anos — confessou ele, baixinho. — Se não mais. Ele teve o cuidado de esconder de mim desde o início. Suspeito que temesse que eu reprovasse.

— Tal medo é compreensível — disse Dara, com empatia silenciosa. — As pessoas sempre olharam torto para esses relacionamentos.

Kaveh sacudiu a cabeça.

— Não era isso. Quero dizer... era, em parte, mas nosso nome e nossa riqueza o teria protegido do pior. *Eu* deveria ter protegido ele — acrescentou, soando mais determinado. — Sua felicidade e segurança são minhas preocupações, não as fofocas dos outros. — Kaveh suspirou. — *Muntadhir* era o problema. Jamshid acha que porque ele é encantador e fala divasti e ama vinho e diverte sua corte cosmopolita que ele é diferente. Não é. Muntadhir é Geziri até os ossos e sempre será leal ao pai e à família primeiro. Jamshid se recusa a ver isso, não importa quantas vezes aquele homem parta o coração dele.

Dara se sentou na almofada e afofou a outra ao seu lado. Kaveh se sentou nela, ainda parecendo relutante.

— Banu Manizheh sabe?

— Não — disse Kaveh, rapidamente. — Eu não a incomodaria com isso. — Ele esfregou as têmporas grisalhas. — Consigo manter Jamshid afastado durante a invasão e os primeiros dias; eu o prenderei, se for preciso. Mas, quando descobrir sobre Muntadhir… sobre o que acontece depois que Manizheh obtiver o que precisa… — Ele sacudiu a cabeça, seus olhos se entristecendo. — Ele jamais me perdoará por isso.

— Então culpe a mim — ofereceu Dara, embora seu estômago se revirasse com a oferta. — Diga que Muntadhir deveria ter sido mantido como refém, mas que o matei por ódio. — Ele virou o rosto. — É o que todos esperam de mim mesmo. — Dara poderia muito bem usar sua reputação para silenciosamente aliviar o luto entre os Pramukh. Ele já os machucara o suficiente.

Kaveh encarou a própria mão, girando o anel de ouro no polegar.

— Não sei se importa — disse ele, finalmente. — Estou prestes a me tornar um dos traidores mais infames de nossa história. Não acho que Jamshid jamais olhará para mim da mesma forma de novo, independentemente do que acontecer a Muntadhir. Não acho que ninguém olhará.

— Queria lhe dizer que fica mais fácil. — O olhar de Dara percorreu a tenda, observando as armas acumuladas que eram suas únicas posses. Sua única identidade naquele mundo. — Imagino que nossas reputações sejam um preço pequeno a pagar pela segurança de nosso povo.

— Um pequeno consolo se nossos entes queridos jamais falarem conosco de novo. — Ele olhou para Dara. — Acha que ela vai perdoar você?

Dara sabia de quem Kaveh estava falando – e sabia muito bem a resposta, no fundo do coração.

— Não — respondeu, sinceramente. — Não acho que Nahri jamais me perdoará. Mas estará segura com o resto de nosso povo e reunida com a mãe. É tudo o que importa.

Pela primeira vez desde que reencontrara Kaveh, houve um lampejo de empatia na voz do outro homem.

— Acho que elas se darão bem — disse ele, baixinho.

— Nahri sempre me lembrou de Manizheh. Tanto que dói às vezes. Quando menina, Manizheh se deliciava com a própria inteligência, exatamente como Nahri. Ela era esperta, encantadora, tinha um sorriso como uma arma. — Seus olhos se encheram de lágrimas. — Quando Nahri alegou ser filha dela, pareceu que alguém me havia roubado o fôlego.

— Posso imaginar — disse Dara. — Achou que ela estivesse morta, afinal de contas.

Kaveh sacudiu a cabeça, sua expressão tornando-se sombria.

— Eu sabia que Manizheh estava viva.

— Mas... — Dara pensou no que Kaveh tinha lhe dito. — Você disse que foi você quem encontrou o corpo dela... estava tão triste...

— Porque essa parte era verdade — respondeu Kaveh. — Tudo isso. *Fui* eu quem encontrou a caravana de Manizheh e Rustam depois que eles sumiram. A planície chamuscada pelo fogo, os restos desmembrados dos companheiros deles. Manizheh, ou a mulher que achei que fosse Manizheh, e Rustam com as cabeças deles... — Ele parou; sua voz estava trêmula. — Trouxe os corpos de volta para Daevabad. Foi a primeira vez que vi a cidade, a primeira vez que encontrei Ghassan... — Kaveh enxugou os olhos. — Não me lembro de quase nada. Não fosse por Jamshid, eu teria me atirado na pira funerária dela.

Dara estava chocado.

— Não entendo.

— Ela planejou que eu os encontrasse. — A expressão de Kaveh estava vazia. — Ela sabia que eu era o único em quem Ghassan acreditaria e esperava que meu luto evidente a protegesse da perseguição dele. Esse é o ponto até o qual aquele demônio a levou.

Dara o encarou completamente sem palavras. Não conseguia imaginar ver o corpo da mulher que amava em tal estado; provavelmente *teria* se atirado na pira funerária dela – embora, conhecendo seu destino amaldiçoado, alguém teria encontrado uma forma de arrastá-lo de volta. E o fato de que Manizheh fizera tal coisa a Kaveh, um homem que obviamente amava, mostrava uma crueldade sombria que ele não pensou que ela possuísse.

Então outro pensamento lhe ocorreu.

— Kaveh, se Manizheh conseguiu fingir a própria morte de tal forma, não acha que Rustam…

Kaveh sacudiu a cabeça.

— Foi a primeira coisa que perguntei a Manizheh quando nos reencontramos. Tudo o que me disse foi que ele tentou uma magia que não deveria ter feito. Ela não fala dele além disso. — Kaveh pausou, um luto antigo percorrendo seu rosto. — Eles eram muito próximos, Dara. Às vezes parecia que Rustam era o único que conseguia manter os pés dela no chão.

Dara pensou involuntariamente na própria irmã. O sorriso alegre de Tamima e suas travessuras constantes. A forma brutal com que fora morta – punida no lugar de Dara.

E agora ele estava prestes a introduzir mais brutalidade, mais derramamento de sangue, no mundo deles. Culpa envolveu seu coração, apertando sua garganta.

— Deveria tentar fazer o possível para afastar Jamshid e Nahri dos al Qahtani, Kaveh. De todos eles — esclareceu ele, com poucas dúvidas de que Alizayd já estava tentando entrar de novo nas graças de Nahri. — Vai tornar o que está por vir mais fácil.

Silêncio caiu entre os dois até que Kaveh finalmente perguntou:

— Você consegue, Afshin? Consegue realmente tomar a cidade? Porque isso... não podemos passar por tudo isso de novo.

— Sim — disse Dara, baixinho. Ele não tinha escolha. — Mas posso pedir algo a você?

— O quê?

— Não tenho certeza de meu destino depois da conquista. Não tenho certeza... — Ele parou, lutando para encontrar as palavras certas. — Sei o que sou para as pessoas desta geração. O que fiz a Jamshid, a Nahri... Pode vir um dia em que Manizheh achará mais fácil governar se o "Flagelo de Qui-zi" não estiver ao lado dela. Mas você estará lá.

— O que está pedindo, Afshin?

O fato de Kaveh não ter protestado contra tal futuro dizia muito, mas Dara afastou a náusea que subia dentro dele.

— Não permita que ela se torne como eles — apressou-se em dizer. — Manizheh confia em você. Ela ouvirá sua orientação. Não permita que se torne como Ghassan. — Silenciosamente, no coração, ele acrescentou as palavras que não conseguia falar. *E não a deixe ser como seus ancestrais, aqueles que me transformaram em um Flagelo.*

Kaveh se enrijeceu e um pouco de sua hostilidade habitual retornou.

— Ela não será outro Ghassan. Jamais poderia ser. — Estava com a voz trêmula; aquele era o homem que amava Manizheh e passava as noites ao lado dela, não o cauteloso grão-vizir. — Mas, sinceramente, eu não a culparia se quisesse vingança. — Kaveh se ergueu, não parecendo perceber que as palavras tinham acabado de lançar o coração de Dara ao chão. — Eu deveria ir.

Dara mal conseguia falar. Só assentiu e Kaveh se foi, deixando a aba da tenda soprando ao vento frio.

Essa guerra jamais vai terminar. Ele encarou as armas de novo, então fechou os olhos e respirou fundo o ar com cheiro de neve.

Por que faz isso? A lembrança de Khayzur retornou a ele. Depois de encontrar Dara, o peri o levara às desoladas montanhas da cidade que chamava de lar. Dara estivera arrasado naqueles primeiros anos depois da escravidão, sua alma destruída, sua memória um mosaico cor de sangue repleto de violência e morte. Antes que pudesse sequer lembrar-se do próprio nome, tinha passado a fazer armas com tudo o que encontrava. Galhos caídos se tornaram lanças, rochas eram lascadas até virarem lâminas. Era um instinto que Dara não entendera, e não pudera responder ao questionamento atencioso de Khayzur. Nenhuma das perguntas do peri fazia sentido. *Quem é você? Do que gostava? O que o faz feliz?*

Confuso, Dara simplesmente o encarava. *Sou um Afshin*, respondia ele todas as vezes – como se isso respondesse a tudo. Foram precisos anos para que ele se lembrasse das melhores partes da vida. Tardes com a família e galopar no dorso de um cavalo nas planícies que cercavam o Gozan. Os sonhos que cultivara antes que seu nome se tornasse uma maldição e a forma como Daevabad zumbia com magia nos dias de banquete.

Àquela altura, as perguntas de Khayzur tinham mudado. *Gostaria de voltar?* O peri sugerira uma dúzia de formas diferentes. Podiam tentar remover a marca de Afshin e Dara poderia acomodar-se em uma distante aldeia daeva com um novo nome. Jamais perderia a esmeralda nos olhos, mas seu povo era cauteloso perto de antigos escravos ifrits. Ele poderia ter construído uma vida.

No entanto… jamais quisera. Lembrava-se demais da guerra e do que seu dever lhe custara. Precisava ser arrastado de volta. Era uma verdade que ele não contara nem mesmo a Nahri.

E agora, ali estava de novo, com as armas e a causa.

Vai terminar, ele tentou dizer a si mesmo, afastando lembranças de Khayzur.

Dara se certificaria disso.

NAHRI

Deveria ter sido uma linda manhã. Eles haviam se reunido em um pavilhão alto, além do muro do palácio, o mesmo lugar onde Ali e Nahri já tinham observado as estrelas. O sol estava morno e não havia nenhuma nuvem no céu. O lago se estendia como um espelho de vidro frio sob eles.

Um tapete felpudo bordado, mais espesso do que a mão de Nahri e grande o bastante para cinquenta pessoas se sentarem, tinha sido estendido sob toldos de seda pintada e coberto por um banquete luxuoso. Todas as frutas que se podia imaginar estavam dispostas diante deles, desde fatias de manga dourada e caquis reluzentes até cerejas prateadas brilhantes que faziam um distinto ruído metálico quando mordidas e anonas trêmulas cuja semelhança com um coração fez Nahri estremecer. Delicados pães de mel cremosos, queijo adoçado e nozes tostadas compartilhavam o espaço com tigelas de iogurte peneirado e moldado em bolas cobertas de ervas e bandejas de mingau de semolina apimentado.

E o melhor era um prato de favas fritas com cebola, ovos e pão caseiro, uma iguaria inesperada indicando que o velho e silencioso cozinheiro egípcio que trabalhava nas cozinhas do palácio tivera um papel na refeição da manhã. Nos primeiros e mais sombrios meses depois da morte de Dara, Nahri reparara que uma variedade de pratos de seu antigo lar apareciam em suas refeições. Nada requintado; pelo contrário, as reconfortantes comidas de feiras e de rua que ela mais amava. Tomada por saudades de casa, Nahri tentara encontrar o cozinheiro, mas o encontro não terminou bem. Ele desatou em lágrimas quando ela se apresentou sorrindo e seus colegas na cozinha depois contaram a ela que o homem mal falava e era considerado meio ruim da cabeça. Nahri não ousara incomodá-lo de novo, mas o cozinheiro continuava silenciosamente preparando refeições para ela, com frequência colocando pequenos presentes ao lado dos pratos: uma guirlanda de jasmim, junco dobrado para se parecer com um falucho, um bracelete de madeira entalhada. Os presentes a encantavam tanto quanto a entristeciam: lembretes da forma como Daevabad a mantinha separada de um antigo compatriota.

— Muntadhir contou que encontramos uma trupe de conjuradores, abba? — perguntou Zaynab, distraindo Nahri. A princesa vinha corajosamente tentando puxar assunto desde que eles tinham se sentado, uma tarefa que Nahri não invejava. Muntadhir estava sentado diante dela, tão imóvel que poderia estar embalsamado, e Hatset batia na mão de Ali sempre que ele a estendia para um prato sem deixar que ela experimentasse primeiro, porque "os provadores do seu pai são obviamente inúteis". — Eles são excelentes — prosseguiu Zaynab. — Conjuraram uma coleção de pássaros que cantaram as mais lindas melodias. Serão perfeitos para o Navasatem.

— Espero que tenham assinado um contrato, então — disse Ghassan, com leveza. Estranhamente, o rei djinn parecia estar se divertindo com aquele cáustico café da manhã familiar. — Nos últimos Eids, os artistas que contratei foram subitamente atraídos para Ta Ntry por promessas de pagamentos que eram misteriosamente sempre o dobro do preço que combinamos.

Hatset sorriu, passando outro prato cheio para Ali.

— Alu-baba, chega de todos esses pergaminhos — ralhou ela, indicando a pilha de papéis ao lado de Ali. — Que trabalho você já poderia ter?

— Desconfio de que esses pergaminhos tenham algo a ver com o porquê de organizar isto — disse Ghassan astutamente, tomando um gole de café.

Muntadhir se endireitou ainda mais.

— Não me contou que Alizayd organizou isto.

— Não queria que você encontrasse um motivo para não vir. — Ghassan deu de ombros. — E acordar antes do meio-dia para variar não vai lhe fazer mal. — Ele se voltou para o caçula. — Como *você* está se sentindo?

— Totalmente recuperado — disse Ali tranquilamente, tocando o coração com um aceno na direção de Nahri. — Algo que devo inteiramente à Banu Nahida.

A atenção de Ghassan se voltou para ela.

— E a Banu Nahida fez algum progresso em descobrir mais sobre o veneno usado?

Nahri se obrigou a encará-lo. Jamais se esquecia de que Ghassan era seu captor, mas, no momento, precisava dele ao seu lado.

— Infelizmente, não. Nisreen acha que pode ter sido algo feito para reagir ao açúcar dos doces no suco de tamarindo. É de conhecimento geral que o príncipe prefere essa bebida ao vinho.

Muntadhir deu um riso de escárnio.

— Suponho que é o que se ganha por ser tão irritante com suas crenças.

Os olhos de Ali brilharam.

— E como é interessante, akhi, que tenha sempre sido você quem debochava mais abertamente de mim por causa delas.

Hatset interrompeu.

— *Você* descobriu mais alguma coisa sobre o veneno? — indagou ela, encarando Ghassan. — Contou-me que estava interrogando os funcionários da cozinha.

— E estou — respondeu Ghassan, parecendo tenso. — Wajed está supervisionando a investigação pessoalmente.

A rainha encarou o marido por mais um momento, sem parecer impressionada, então olhou para o filho.

— Por que não conta o motivo de ter nos trazido aqui?

Ali pigarreou.

— Não estou sozinho nisso. Enquanto estou me recuperando, a Banu Nahida e eu temos discutido trabalhar juntos em um projeto muito promissor. A enfermaria dela... está bastante lotada.

Ele parou como se isso explicasse tudo e, ao ver as expressões confusas, Nahri se intrometeu, silenciosamente amaldiçoando seu sócio.

— Quero construir um hospital.

— *Nós* — murmurou Ali, dando tapinhas na montanha de pergaminhos. — Que foi? — perguntou ele defensivamente quando ela lhe lançou um olhar de irritação. — Não mexi com números a semana inteira só para que você pudesse me excluir.

Muntadhir apoiou o copo no tapete com tanta força que o líquido ameixa escuro transbordou. Não parecia ser suco.

— É claro que você o procurou. Tento argumentar com você e sua resposta é correr para seu tutor cabeça-dura assim que ele volta cavalgando...

— Se fizer *diferença* — interrompeu Ghassan, com um olhar que calou a todos —, eu gostaria de ouvi-los. — Ele se virou para Nahri. — Você quer construir um hospital?

Nahri assentiu, tentando ignorar o olhar de ódio de Muntadhir.

— Bem, não exatamente construir um novo, mas restaurar o antigo. Soube que o complexo que meus ancestrais usavam no passado continua perto da Cidadela.

Ghassan a examinava tão tranquilamente que os pelos da nuca dela se arrepiaram.

— E onde, querida filha, ouviu tal coisa?

O coração dela deu um salto. Precisaria tomar cuidado ou algum pobre Daeva sofreria as consequências, disso não tinha dúvidas.

— Um livro — ela mentiu, tentando afastar a ansiedade da voz. — E alguns boatos.

Zaynab piscava para ela com pânico mal disfarçado, Muntadhir estudava o tapete como se fosse o mais fascinante que já vira e Nahri rezou para que ambos permanecessem em silêncio.

— Um livro — repetiu Ghassan. — E alguns boatos.

— Exato — respondeu Nahri, prosseguindo às pressas como se não tivesse notado a desconfiança na voz do rei. — As descrições do hospital em seu auge são extraordinárias. — Ela casualmente pegou sua xícara de chá. — Também ouvi falar que um trio de djinns libertos da escravidão ifrit estão morando nas ruínas.

— Isso é bastante informação para obter de alguns boatos.

Ajuda veio de uma direção inesperada.

— Ah, pare de ameaçar a pobre menina, Ghassan — interrompeu Hatset. — Ela não está errada. Eu também sei sobre os antigos escravos.

Nahri a encarou.

— *Sabe?*

Hatset assentiu.

— Um deles é um parente meu. — Nahri não perdeu o breve desvio de seus olhos para Ali. — Um estudioso brilhante, mas profundamente excêntrico. Ele se recusou a voltar para Ta Ntry, então fiquei de olho nele e me certifico de que não morra de fome. Também já conheci as duas mulheres que moram lá. A mais velha, Razu, poderia contar algumas histórias muito emocionantes sobre o passado do hospital. A magia delas é bastante formidável, e suspeito que ela e a parceira ficariam felizes em restaurar o lugar.

Nahri engoliu em seco quando a rainha a encarou; havia conhecimento demais nos olhos dela. Mas Nahri também suspeitava que Hatset não a trairia com Ali ao seu lado.

— Essa também é minha esperança.

Ghassan estudava a família com evidente suspeita, mas deixou-os de lado e voltou a atenção para Nahri.

— É uma fantasia admirável, Banu Nahida, mas, mesmo que tivesse um prédio, mal consegue dar conta dos pacientes agora. Como poderia tratar um hospital inteiro?

Nahri estava preparada para a pergunta. Sua mente estava acelerada desde que deixara os Sens. O pai de Subha tinha chegado sozinho a Daevabad com dois séculos de conhecimentos médicos e os usara para treinar outros. Certamente Nahri poderia fazer o mesmo.

— Terei ajuda — explicou ela. — Quero começar a ensinar estudantes.

Surpresa genuína iluminou o rosto do rei.

— Estudantes? Era minha impressão que a maior parte da cura que executa não poderia ser realizada por alguém sem o seu sangue.

— Muito não pode — admitiu Nahri. — Mas o básico, sim. Com treinamento adequado, eu poderia passar parte da minha carga de trabalho para outros. Poderíamos atender mais pessoas e eu poderia deixar que se recuperassem direito em vez de enxotá-las da enfermaria o mais rápido possível.

Ghassan tomou um gole do café.

— E ganhar algum reconhecimento de sua tribo, sem dúvida, por recuperar uma instituição que já foi tão importante para os Daeva.

— Não é uma questão de política de tribos ou orgulho — argumentou Nahri. — E não pretendo ensinar apenas os Daeva; aceitarei estudantes de qualquer ascendência se forem inteligentes e dedicados.

— E entre seus deveres atuais na enfermaria e as aulas, quando exatamente vai ter tempo para supervisionar a reconstrução de um hospital antigo em ruínas? Sem falar dos custos… ah. — Os olhos dele se semicerraram para Ali. — O "nós".

Um projeto de trabalho público absurdamente caro. Não é surpresa que você tenha se envolvido.

— Você me disse para encontrar algo para fazer — respondeu Ali, com um tom implicante. Nahri apertou a xícara de chá, resistindo à vontade de atirá-la na cabeça dele. Se ela podia conter o temperamento, ele também podia. — Mas não seria absurdamente caro se administrado corretamente — prosseguiu Ali, indicando a pilha de pergaminhos que tinha trazido. — Venho discutindo estimativas com pessoas no Tesouro e preparamos várias propostas. — Ele pegou um dos pergaminhos mais grossos. — Sei como as finanças são importantes, então não poupei detalhes.

Ghassan ergueu uma mão.

— Poupe-me dos detalhes; vamos ficar sentados aqui até o Navasatem se você começar a falar sobre cada item. Posso pedir que meus próprios contadores verifiquem suas propostas depois. — Ele inclinou a cabeça. — Afinal, estou bastante ciente da sua inteligência quando se trata de números.

As palavras pairaram entre eles por um momento. Sem querer deixar que qualquer que fosse o drama que cercasse seus sogros abafasse o hospital, Nahri falou rapidamente:

— Estou disposta a oferecer parte de meu dote também, o bastante para cobrir os materiais, as salas e a acomodação para uma classe inicial de vinte alunos. Depois que começarmos a atender pacientes, podemos cobrar quem puder pagar de acordo com a renda.

— Também pensei que a rainha pudesse me ajudar a encontrar o emissário de comércio ayaanle — acrescentou Ali. — Se Ta Ntry encontrar uma forma de fazer restituições para essa infeliz situação com os impostos, poderíamos usar a renda para consertar muitas coisas em Daevabad.

Hatset ergueu as palmas, sorrindo bondosamente.

— Pode ser difícil prever questões financeiras.

Ali devolveu o sorriso.

— Não quando elas podem ser auditadas, amma — disse ele, em tom agradável.

Hatset recuou, parecendo ofendida, e Nahri viu um sorriso muito mais genuíno abrir-se no rosto de Ghassan.

Mas o prazer não apagou o ceticismo.

— E o custo dos funcionários? — perguntou ele. — Por mais que tenham uma magia formidável, um punhado de djinns libertos não conseguirão construir e manter um complexo daquele tamanho.

Antes que Nahri pudesse responder, Ali falou de novo.

— Eu estava pensando em outra opção. — Ele brincou com as contas de oração em volta do pulso. — Eu gostaria de derrubar o... *mercado...* dos shafits no Grande Bazar e reutilizar os materiais, assim como libertar aqueles mantidos ali. Oferecerei a eles, e a qualquer shafit qualificado e interessado, emprego na restauração do hospital.

Nahri piscou, surpresa, mas satisfeita com a sugestão. Ela não sabia bem de qual mercado Ali estava falando – embora o desdém descarado em sua voz deixasse clara sua opinião a respeito daquilo –, mas as acusações de Subha sobre a cumplicidade dela na opressão dos shafits de Daevabad a atingiram profundamente. Nahri *não sabia* muito sobre as vidas de um povo ao qual silenciosamente pertencia, mas aquele parecia um bom jeito de ajudar alguns deles.

Mas a expressão de Ghassan ficara sombria.

— Achei que tivesse aprendido a ser mais cauteloso com relação a se envolver com os shafits, Alizayd.

— Não é só ele — interrompeu Muntadhir, com o olhar fixo no dela. — E suspeito que não seja tudo o que eles querem. Isso tem a ver com aquele médico shafit que estava tão ansiosa para encontrar, não tem? — Ele se voltou para o pai de novo. — Ela abordou o assunto comigo há semanas, falando sobre como queria começar a trabalhar com médicos shafits e a tratar pacientes shafits.

Choque recaiu sobre o pavilhão, tão espesso que Nahri quase conseguia sentir. Zaynab deixou cair a xícara e a rainha inspirou profundamente.

Nahri xingou em silêncio; aparentemente, não bastava para Muntadhir discordar – também precisava miná-la ao grosseiramente deixar escapar um plano arriscado que ela pretendera ser muito mais cuidadosa ao propor.

Ghassan se recuperou primeiro.

— Você pretende *curar* shafits?

Nahri respondeu sinceramente, embora odiasse as palavras.

— Não. Não eu mesma... não a princípio. Trabalharíamos e estudaríamos juntos, os djinns usando magia e os shafits usando técnicas humanas. Espero que isso possa ser um recomeço para os Daeva e os shafits, e que talvez, no futuro, possamos ultrapassar esses limites.

Ghassan sacudiu a cabeça.

— Seus sacerdotes jamais aprovariam tal coisa. Não tenho certeza de que *eu* aprovo tal coisa. A primeira vez que um médico shafit ferir um Daeva, ou o contrário, o povo se revoltará nas ruas.

— Ou podem aprender a se entender um pouco melhor. — Foi a rainha, ainda parecendo um pouco chocada, embora as palavras fossem encorajadoras. — É a Banu Nahida que está propondo este projeto. Os Daeva são obrigados a obedecer, não são? — Ela deu de ombros levemente, como se a conversa não tivesse desandado. — É a responsabilidade e o risco dela se quiser provocá-los.

— Seu apoio é apreciado — respondeu Nahri, contendo o sarcasmo. — Pensei que poderíamos começar com os esforços da reconstrução; isso tenho certeza que meu povo aprovaria. Irei aos sacerdotes depois e informarei a eles sobre meus planos com relação aos shafits. *Informarei* a eles — enfatizou ela. — Ouvirei suas preocupações, mas, como a rainha observou, sou a Banu Nahida. O que desejo compartilhar de minhas habilidades em meu hospital é decisão minha.

Ghassan se recostou.

— Se estamos falando tão francamente... o que *nós* ganhamos com isso? Está me pedindo para gastar dinheiro e arriscar fazer a restauração de um monumento a seus ancestrais... um povo que, como deve se lembrar, era inimigo do meu. — Ele arqueou uma sobrancelha escura. — Deixando de lado a saúde dos daevabadis, não sou ingênuo a ponto de ignorar que isso dá poder a você, não a mim.

— Mas e se fosse realmente um projeto conjunto? — Foi Zaynab quem falou desta vez, baixinho a princípio, mas sua voz ficou mais segura conforme prosseguiu. — Uma extensão de sua aproximação com os Daeva, abba. Seria muito simbólico, principalmente à luz das comemorações geracionais. — Ela sorriu para o pai. — Talvez pudéssemos até terminar a tempo do Navasatem? Você poderia inaugurar o hospital pessoalmente, como um feito triunfante de seu governo.

Ghassan inclinou a cabeça, mas sua expressão se suavizara diante do sorriso acolhedor da filha.

— Um apelo bastante evidente à vaidade, Zaynab.

— Porque conheço você bem — provocou a princesa. — Foi pela paz entre as tribos que desejou ver Muntadhir e Nahri se casarem, não é? Talvez ele até pudesse ir ao Templo com ela para conseguir a benção dos sacerdotes.

Nahri precisou esforçar-se para manter a expressão neutra. Estava feliz com o apoio de Zaynab, mas sabia o quanto seu povo era protetor com relação a seus costumes.

— Apenas os Daeva podem entrar no Templo. Tem sido assim há séculos.

Hatset deu a ela um olhar significativo.

— Se está disposta a aceitar dinheiro djinn para seu hospital, Banu Nahida, acho que estaria disposta a deixar um de nós macular o portal de seu Templo. — Ela apoiou a mão no ombro do filho. — Mas deveria ser Alizayd. É ele que quer se associar a você.

— Deveria ser Muntadhir — corrigiu Zaynab, amável mas firme. — Ele é o marido dela e sua história é um pouco menos... complicada... quando se trata dos Daeva. — Ela pegou um doce de leite rosa de uma das bandejas de prata e deu uma delicada mordida. — Não seria bom vê-los trabalhando juntos, abba? Acho que ajudaria a acabar com aquelas conversas desnecessárias e hostis de algumas outras tribos.

Nahri não deixou de ver o sorriso açucarado que Zaynab lançou para a mãe – nem a forma como Hatset cuidadosamente assentiu uma vez, não tanto em anuência, mas com aprovação silenciosa das manobras da filha.

Muntadhir olhava para as três mulheres com ultraje.

— Eu? Nem mesmo concordo com isso! Por que preciso convencer os sacerdotes de qualquer coisa?

— Eu farei o convencimento — disse Nahri, em tom afiado. Não deixaria Muntadhir estragar aquilo. — Você pode até gostar — acrescentou ela, tentando ter mais tato. — Jamshid é um ótimo guia turístico.

O marido fez uma cara de ódio, mas permaneceu calado.

Ghassan pareceu avaliá-la de novo. Era o mesmo olhar que Nahri vira quando ele a recebera em Daevabad, o mesmo olhar estampado em seu rosto na primeira vez que negociaram o noivado dela – o olhar de um jogador disposto a apostar alto se o risco fosse cuidadosamente calculado.

Na primeira vez que vira aquela expressão, sentira-se mais calma – sempre preferira pessoas pragmáticas. Mas agora fazia sua pele se arrepiar, porque vira do que Ghassan era capaz quando suas apostas não davam certo.

— Sim — disse ele, por fim, e o coração dela saltou. — Podem prosseguir... com *extrema* cautela. Pretendo ser consultado a cada passo e a cada obstáculo. — Ele agitou o dedo na direção de Ali. — Você, em particular, deve tomar cuidado. Sei como pode se tornar passional com tudo isso. Deve construir um hospital, não começar a subir em mimbares e dar sermões às massas sobre igualdade, entendeu?

Os olhos de Ali brilharam e Nahri não deixou de reparar como Zaynab "acidentalmente" bateu no joelho dele quando foi pegar, com bastante propósito, uma faca de servir.

— Sim, abba — disse Ali, rouco. — Entendo.

— Que bom. Então pode dizer a seus sacerdotes que têm minha benção, Banu Nahida, e leve Muntadhir junto. Mas deve deixar claro que esta é *sua* ideia, não nossa. Não aceitarei que Daeva nenhum espalhe boatos de que os obrigamos a participar disso.

Ela assentiu.

— Entendido.

O rei olhou para todos.

— Isto me agrada — ele declarou, erguendo-se. — Será bom para Daevabad nos ver trabalhando juntos em paz. — Ghassan hesitou, então estalou os dedos para Ali. — Venha, Alizayd. Se vai se gabar de sua esperteza financeira, pode muito bem me ajudar. Tenho uma reunião com um governador particularmente esquivo de Agnivansha e você seria útil.

Ali pareceu inseguro, mas um empurrão da mãe o fez se levantar. Nahri começou a fazer o mesmo.

A mão de Muntadhir recaiu levemente sobre o pulso dela.

— *Sente-se* — sibilou ele baixinho.

Com um olhar rápido entre os dois, Zaynab se levantou apressadamente. Nahri não a culpava; o lindo rosto de Muntadhir estava furioso e uma veia saltava em sua têmpora.

— Aproveite o Templo, akhi — provocou a princesa.

— Sobre isso... — Hatset puxou Zaynab para perto. — Venha caminhar comigo, filha.

A porta que dava para os degraus se fechou e então eles ficaram sozinhos, exceto pelo vento e as gaivotas.

Muntadhir se virou para ela. Um feixe de luz solar iluminou as sombras cansadas sob os olhos dele – parecia que não dormia havia dias.

— Isso é por causa de nossa briga? — indagou ele. — Está realmente disposta a se juntar a Alizayd e suas ideias lunáticas por causa do que eu disse?

O temperamento de Nahri se inflamou.

— Não estou *me juntando* a ninguém. Estou fazendo isso por mim mesma e por meu povo. E como você deve se lembrar, fui até você primeiro. Tentei falar com você sobre essas coisas, coisas caras a meu coração, e você me dispensou. — Ela lutou para manter a amargura longe da voz. — Suponho que não deveria ficar surpresa. Você deixou claro o que pensa da menina tola do Cairo.

Ele pressionou os lábios em uma linha triste, abaixando o olhar. O momento se prolongou, tenso e silencioso.

— Eu não devia ter dito aquilo — disse ele, por fim. — Sinto muito. Eu estava chateado por causa de Jamshid, por Ali ter voltado...

— Estou cansada de homens me magoando porque estavam chateados. — A voz dela soou ríspida, tanto que Muntadhir se sobressaltou, mas Nahri não se importava. Ela ficou de pé, colocando o chador na cabeça. — Não aceitarei isso do homem que chamo de marido. Não mais.

Os olhos de Muntadhir se desviaram para os dela.

— O que está dizendo?

Nahri parou. O que *estava* dizendo? Como no Cairo, o divórcio era permitido em Daevabad – e largamente praticado considerando a duração da vida dos djinns e seus temperamentos. Mas Nahri e Muntadhir eram realeza; seu casamento fora abençoado pelo próprio Ghassan. Não era como se ela pudesse correr até um juiz no fim da rua com suas insatisfações.

No entanto, havia limites que seu marido não ultrapassaria e Muntadhir deixara um deles bem claro na noite de núpcias deles.

— Vou fazer isto, Muntadhir. Por meu povo, por mim mesma, com ou sem você. Quero construir esse hospital. Quero ver se há um modo de fazer paz com os shafits. Se quiser se juntar a mim, ficarei contente em recebê-lo no Templo de meu povo. Se não conseguir me visitar lá... — Ela parou, escolhendo as palavras cuidadosamente. — Não tenho certeza se deveria me visitar em lugar algum.

Incredulidade percorreu o rosto dele e Nahri se virou. Muntadhir podia remoer as implicações daquilo por um tempo.

A mão dela estava na porta quando o marido finalmente respondeu.

— Ele é tão mais perigoso do que você percebe. — Nahri olhou para trás e Muntadhir prosseguiu, com a voz baixa. — Eu entendo, acredite ou não. Eu conheço você. Conheço Ali. Suspeito que foram mesmo amigos. Aposto que foi bom. O palácio pode ser um lugar solitário, afinal de contas. E sei muito bem que ele se importava com você.

Nahri ficou imóvel.

— E é esse o problema, Nahri. Ele se importa... de forma inconsequente. Apaixonante. Com os shafits. Com sua aldeia em Am Gezira. Ele se importa tanto que está disposto a arriscar a si mesmo e a todos em volta, mas não a aceitar um tom de cinza ou o menor dos males a serviço do bem maior. — Sua voz assumiu um tom de alerta. — Meu irmão morreria pelas causas dele, mas é um príncipe de Daevabad, então não é ele quem paga esse preço e sim outras pessoas. E você tem uma tribo inteira de tais pessoas para proteger.

Nahri torceu a ponta do chador nos punhos, querendo dizer que o marido estava errado – mas Ali arriscara sofrer a ira do pai para sair de fininho do palácio com ela porque se sentia culpado, então quase desencorajara Subha a trabalhar com eles porque não queria mentir. Ele e Nahri tinham organizado aquele encontro para implorar por um favor do rei e ele fora grosseiro, fervilhando com o habitual senso de virtude.

Não importa. Nahri se colocara naquele caminho pelos motivos certos e agora tinha os recursos para tentar realizar seu sonho. Ali era um meio para um fim e ela não deixaria que se tornasse uma fraqueza de novo.

Ela abriu a porta.

— Nisreen está me esperando na enfermaria — disse ela, forçando uma firmeza que não sentia na voz. — Avisarei quando formos visitar o Grande Templo.

Nahri quase gemeu quando viu Jamshid esperando na seção particular da enfermaria; não precisava dele implorando por mais uma sessão de cura ou falando sobre Muntadhir no momento. Mas então reparou na ansiedade que só faltava irradiar do corpo dele, uma perna trêmula conforme ele passava a bengala nervosamente de uma mão para a outra. Nisreen caminhava diante do rapaz, com uma expressão inquieta.

Estranho. Nisreen geralmente era muito atenciosa com ele. Nahri franziu a testa ao se aproximar.

— Está tudo bem?

Jamshid ergueu os olhos, que estavam incomumente brilhantes acima das olheiras.

— Banu Nahida! — A voz dele soou estranhamente contida. — Que as chamas queimem forte para você. — Ele pigarreou. — É claro que está tudo bem. — Jamshid piscou para Nisreen. — Está tudo bem?

Nisreen olhou com raiva para o rapaz.

— Certamente espero que sim.

Nahri olhou de um para outro.

— Tem algo errado em casa? Alguma notícia de seu pai?

Nisreen sacudiu a cabeça.

— Nada errado. Mas, por acaso, escrevi recentemente para o pai dele… logo depois do banquete do príncipe — acrescentou ela. Jamshid corou. — Com a vontade do Criador, ele voltará para Daevabad em breve.

Que se atrase. Nahri não achou que o poderoso – e bastante ortodoxo – grão-vizir daeva fosse gostar muito dos planos dela para o hospital ou os shafits.

O que significava que precisava colocá-los em ação rapidamente.

— Que bom. Mas, já que estão os dois aqui, quero conversar. — Ela ocupou um assento diante de Jamshid e acenou para que Nisreen fizesse o mesmo. — Acabo de voltar de uma reunião com os Qahtani... — Ela respirou fundo. — Vamos reconstruir o hospital Nahid.

Levou um momento para as palavras dela se assentarem, então a expressão de Jamshid se iluminou com intriga tão depressa quanto a de Nisreen se fechou.

— Existe um hospital Nahid? — perguntou ele, alegremente.

— Existe uma ruína antiga encharcada com o sangue de seus ancestrais — interrompeu Nisreen. — Ela encarou Nahri chocada. — Você contou a *Ghassan* sobre sua visita?

— Deixei essa parte de lado — respondeu Nahri, tranquila. — Mas sim, nós vamos restaurá-lo. O rei concordou.

— Quem exatamente somos "nós", minha senhora? — perguntou Nisreen, embora estivesse claro que sabia a resposta.

— Os Qahtani, é claro — respondeu Nahri, decidindo que era melhor não ser precisa.

— Vai reconstruir o hospital Nahid com os Qahtani? — repetiu Nisreen, baixinho. — *Agora?*

Nahri assentiu.

— Esperamos abri-lo a tempo do Navasatem. — Isso pareceu insanamente otimista, mas se era o preço da benção de Ghassan, ela e Ali precisariam encontrar uma forma de cumprir o prazo. — Quero mudar as coisas por aqui. Reconstruiremos o hospital, contrataremos os djinns libertos que vivem lá no momento, começaremos a treinar aprendizes... — Ela sorriu, esperançosa como não se sentia havia muito tempo. Um pouco feliz, até.

— Espere um pouco — aconselhou Nisreen, diretamente. — Não faça isso. Não agora. As coisas estão tensas demais.

Nahri sentiu parte da animação esvair-se; esperara que sua mentora compartilhasse ao menos um pouco da animação dela.

— Não posso. Ghassan só concordou se pudéssemos apresentar o hospital como um gesto de união tribal nas comemorações. De toda forma, não quero adiar nada — acrescentou ela, um pouco magoada. — Achei que ficaria animada.

— Isso tudo parece extraordinário — celebrou Jamshid. — Não sabia sobre o hospital, mas adoraria vê-lo.

— Eu gostaria que você fizesse mais — respondeu Nahri. — Gostaria que fosse meu primeiro aluno.

A bengala dele caiu no chão com um baque.

— O quê? — sussurrou ele.

Nahri se abaixou para pegá-la e sorriu.

— Você é inteligente. É excelente com os outros pacientes e já tem sido de grande ajuda. — Ela tocou na mão dele. — Junte-se a mim, Jamshid. Pode não ser a forma como originalmente pensava que serviria sua tribo... mas acho que daria um curandeiro maravilhoso.

Ele respirou fundo; parecia chocado com a oferta.

— Eu... — Seu olhar se desviou para Nisreen. — Se Nisreen não protestar...

Nisreen tinha a expressão de uma mulher se perguntando o que tinha feito para merecer sua infelicidade atual.

— Eu... sim. Acho que Jamshid teria bastante... aptidão para a cura. — Ela pigarreou. — Embora *talvez* possa ter um pouco mais de cautela quando guarda ingredientes no boticário e lê textos antigos. — Ela voltou o olhar para Nahri. — Parece que Jamshid encontrou algumas das anotações de Manizheh arquivadas no Templo.

— É mesmo? — perguntou Nahri. — Eu adoraria vê-las.

Jamshid empalideceu.

— Eu... vou tentar encontrá-las de novo.

Nahri sorriu.

— Então acho que seria perfeito para você! Embora não vá ser fácil — avisou ela. — Não tenho muito tempo, e você também não terá. Vai praticamente morar neste lugar, lendo e estudando cada segundo em que não estiver trabalhando. Talvez me odeie ao final.

— Nunca. — Ele segurou a mão dela. — Quando começo?

— Há mais uma coisa antes que diga sim. — Nahri olhou para Nisreen. A assistente parecia estar combatendo o pânico, o que Nahri achou um exagero. Nisreen não podia odiar tanto os Qahtani a ponto de não querer um hospital. — Nisreen, você se importaria de nos deixar? Gostaria de falar com Jamshid sozinha por um momento.

Nisreen soltou um ruído abafado.

— Faria diferença se eu me importasse? — Ela ficou de pé. — Um hospital com os Qahtani antes do Navasatem... Que o Criador tenha piedade...

— O que é essa "coisa"? — Jamshid perguntou, chamando a atenção dela de volta para ele. — Não parece muito promissora — provocou ele.

— É uma coisa considerável — ela confessou. — E precisarei que mantenha segredo por enquanto. — Nahri abaixou a voz. — Pretendo abrir o hospital para todos. Independentemente de sangue.

Confusão franziu a testa de Jamshid.

— Mas... isso é proibido. Você... não pode curar mestiços, Banu Nahida. Poderia perder sua magia.

A observação – o preconceito que ela ouvira pronunciado por tantos Daeva temerosos – não doeu menos por ter sido dito em absoluta ignorância.

— Isso não é verdade — falou Nahri, com firmeza. — Sou prova de que não é. Curei humanos durante anos no Egito antes de vir a Daevabad e isso jamais afetou minha magia.

Ele devia ter ouvido a frustração na resposta dela, pois recuou.

— Perdoe-me. Não tive a intenção de duvidar de você.

Nahri sacudiu a cabeça. Se não pudesse dar conta das dúvidas de Jamshid, não sobreviveria às reações dos sacerdotes no Grande Templo.

— Não, quero que me questione. Espero que possa me ajudar a convencer o restante da tribo. Você é um nobre treinado no Templo, o filho do grão-vizir... O que poderia convencer alguém como você a apoiar esse projeto?

Jamshid tamborilou os dedos na perna.

— Não tenho certeza de que você conseguiria. Sem falar do que a lei de Suleiman diz sobre compartilhar magia com eles, os shafits nos odeiam. Sabe o que fizeram com os Daeva que pegaram depois da morte de Dara. Provavelmente assassinariam a todos nós em nossas camas se pudessem.

— Isso não faz a paz soar desejável?

Ele suspirou.

— Não vejo como isso é possível. Olhe para nossa história. Sempre que os shafits se rebelam, somos nós que pagamos o preço.

— Jamshid, você já teve uma conversa com um shafit que durou mais de dez minutos?

Ele teve a graciosidade de corar de vergonha.

— Não devemos interagir com aqueles de sangue humano.

— Não, o que não devemos fazer é perambular pelo mundo humano, seduzir virgens e começar guerras. Não se diz em lugar algum que não podemos conversar com eles. — Jamshid se calou, mas não pareceu convencido. — *Fale*, Jamshid — insistiu ela. — Pode me chamar de tola, de tirana, mas diga algo.

Ela o viu engolir em seco.

— Por que deveríamos? — disparou ele. — Este é *nosso* lar. Não somos nós os responsáveis pelos shafits. Que os djinns construam hospitais para eles. Por que deveríamos ser nós a oferecer essa paz quando eles não fizeram nada para merecer?

— Porque *é* nosso lar — respondeu ela, tranquilamente. — E deve haver um jeito melhor de protegê-lo, de proteger a todos nós. Tem alguma ideia do tamanho dos bairros shafits, Jamshid? Do quanto são povoados? Deve haver mais shafits em Daevabad do que o restante das tribos djinns juntas, e não podemos confiar nos Qahtani para nos manter longe das gargantas uns dos outros para sempre. — Esses pensamentos giravam na mente dela havia cinco anos, solidificando-se mais e mais a cada dia. — Fazer isso nos deixa vulneráveis.

Ele pareceu contemplar o raciocínio.

— Esse será seu argumento — disse Jamshid, por fim. — As pessoas têm medo. Convença-as de que esta é a melhor forma de garantir a nossa segurança.

Posso fazer isso.

— Excelente. Agora, eu deveria começar minhas rondas.

O rosto de Jamshid se iluminou.

— Maravilha! Eu posso…

Ela gargalhou.

— Ah, não. — Nahri apontou para a escrivaninha mais próxima. Bem, ela sabia que era uma escrivaninha. No momento, a superfície não era visível: estava totalmente coberta com pilhas e mais pilhas de livros, anotações confusas, canetas, potes de tinta e xícaras de chá vazias. — Você não vai tocar em nenhum de meus pacientes. Leia aqueles livros primeiro e depois conversaremos.

Os olhos de Jamshid se arregalaram.

— Todos eles?

— Todos eles. — Nahri pegou um pedaço de pergaminho em branco. — Escreva para seus criados e peça que tragam algumas de suas coisas. — Ela assentiu para o sofá. — Aquele é seu. Sinta-se livre para ficar confortável aqui.

Ele pareceu zonzo, mas ainda ávido.

— Obrigado, Banu Nahida. Espero que saiba o quanto isso significa para mim.

Ela piscou um olho.

— Veremos se ainda dirá isso em um mês. — Nahri seguiu para a cortina, então parou e olhou para trás. — Jamshid?

Ele ergueu o rosto.

— Você... você deveria saber que Muntadhir não apoia isso. Ele acha que estou sendo inconsequente e tenho certeza de que falará sobre como serei a queda de Daevabad da próxima vez que o vir. — Ela parou. Se Muntadhir tinha se voltado para Jamshid quando descobriu que o irmão estava retornando, ela não tinha dúvidas de que faria o mesmo depois da conversa no terraço. — Se isso coloca você em uma posição difícil...

— Você é minha Banu Nahida. — Ele hesitou; Nahri conseguia ver lealdades conflitantes estampadas em seu rosto. Estranhamente, a forma como aquilo fazia os olhos escuros de Jamshid se enrugarem lhe pareceu familiar. — E sou Daeva primeiro. Você tem meu apoio. — Ele deu a ela um sorriso esperançoso. — Talvez eu consiga convencê-lo a fazer o mesmo.

Ela sentiu uma mistura de alívio e culpa. Não queria colocar Jamshid no meio de seu casamento, mas aproveitaria cada vantagem que conseguisse arranjar. E a verdade era que ele já estava lá.

— Eu agradeço — Nahri assentiu para os livros e sorriu. — Agora, vá trabalhar.

NAHRI

Duas semanas após o cáustico café da manhã familiar, Nahri se viu de volta ao hospital, observando Razu com atenção inabalável.

— Lindo — disse ela, admirada, quando a antiga jogadora tukharistani trocou as joias de novo. A destreza das mãos não traía nada, então Razu apresentou uma gema de vidro brilhante diante dela: uma linda bijuteria, mas certamente não o rubi que tinha sumido. — E não é magia?

— De modo algum — respondeu Razu. — Não se pode depender excessivamente de magia. E se suas mãos estivessem atadas com ferro e você precisasse esconder a chave que tinha roubado?

— Essa é uma situação na qual já se encontrou?

A mulher lhe deu um sorriso enigmático.

— É claro que não. Sou uma... o que estamos contando a seus amigos obedientes à lei mesmo?

— Uma antiga mercadora de Tukharistan que chefiava uma respeitável estalagem.

Razu gargalhou.

— Respeito era a última coisa pela qual minha velha taverna era conhecida. — Ela suspirou. — Já disse a você... alguns copos de meu soma e sua médica e seu príncipe concordarão com todas as suas sugestões.

Nahri sacudiu a cabeça. Tinha quase certeza de que um único gole do soma de Razu apagaria Ali de vez, enquanto Subha provavelmente pensaria que a estavam envenenando.

— Vamos tentar uma abordagem mais ortodoxa primeiro. Embora eu não seja avessa a você me ensinar a fazer isso — disse ela, apontando para a gema de vidro.

— Estou a serviço de minha Banu Nahida — respondeu Razu, colocando a gema na palma de Nahri e ajustando os dedos dela. — Então você gira a mão assim e...

Do outro lado do pátio veio um ruído de reprovação. Elashia, a djinn liberta de Qart Sahar, estava pintando uma tartaruga de cedro que entalhara. Nahri levara as tintas para ela, um ato que fora recebido com olhos úmidos e um abraço apertado.

Mas naquele momento Elashia olhava para Razu com censura evidente.

— O quê? — perguntou Razu. — A criança quer aprender uma habilidade. Quem sou eu para negar? — Quando Elashia se virou de novo com um suspiro, Razu deu a Nahri um sorriso conspiratório. — Quando ela estiver fora de vista, vou ensinar a você um feitiço que deixa até mesmo rochas com a aparência de uma joia.

Mas o olhar de Nahri ainda estava na mulher sahrayn.

— Ela fala? — perguntou baixinho, mudando para o arcaico dialeto de tukharistani de Razu.

Tristeza percorreu o rosto da djinn mais velha.

— Não muito. Às vezes comigo, quando estamos sozinhas, mas levou anos. Ela foi libertada décadas atrás, mas jamais fala do tempo de escravidão. Um companheiro meu a trouxe para minha taverna depois de encontrá-la vivendo nas ruas. Ela está comigo desde então. Rustam me disse certa vez que acreditava que seu avô a tivesse libertado e que ela passou quase quinhentos anos escravizada. É uma alma bondosa — acrescentou Razu quando Elashia soprou na tartaruga e então a soltou, sorrindo quando o animal ganhou vida e rastejou até a beira da fonte. — Não consigo imaginar como sobreviveu.

Nahri a observou, mas não foi Elashia quem viu na mente e sim Dara, cuja escravidão tinha sido quase três vezes mais longa do que a da mulher. No entanto, Dara não se lembrava de quase nada de seu aprisionamento – e as poucas lembranças que tinha compartilhado eram tão terríveis que ele confessara estar aliviado por tais memórias terem desaparecido. Nahri não concordara na época – parecera chocante perder uma porção tão grande da vida –, mas talvez fosse uma benção que ela não percebera, uma das poucas que Dara tivera.

Um ruído de algo caindo soou da entrada.

— Acho que seus amigos estão aqui — falou Razu.

Nahri ficou de pé.

— Não diria que somos amigos.

Ali e Subha entraram no pátio. Não poderiam ser mais diferentes: o príncipe djinn estava sorrindo, com os olhos brilhando com antecipação quando viu as ruínas. Em contraste, apreensão estava estampada em cada linha do corpo de Subha, dos lábios contraídos até os braços cruzados com força.

— Que a paz esteja com todos — disse Ali, como cumprimento, tocando o coração ao vê-los. Ele estava usando vestes geziri simples: um dishdasha branco que caía até os pés em sandálias e um turbante cor de carvão, com a zulfiqar e a khanjar presas em um cinto verde-claro. Em um dos ombros carregava uma bolsa de couro cheia de pergaminhos.

— E com você a paz. — Nahri se virou para Subha, oferecendo um aceno educado. — Doutora Sen, é muito bom ver você de novo. Razu, esta é a doutora Subhashini Sen e o príncipe Alizayd al Qahtani.

— Uma honra — disse Razu, levando a mão esquerda à testa. — Sou Razu Qaraqashi e esta é Elashia. Perdoem nosso terceiro companheiro por se esconder no quarto. Issa não se dá bem com visitas.

Ali avançou.

— Viu as insígnias nas portas? — perguntou ele, animado.

Nahri se lembrou dos pictogramas entalhados que notara assim que achou o hospital.

— Sim. Por quê? O que são?

— As antigas insígnias tribais — explicou Ali. — Eram usadas antes de termos uma língua escrita comum. O grande estudioso Grumbates disse que...

— Podemos não ter uma aula de história agora? *Mais* uma? — esclareceu Subha, em um tom que fez Nahri suspeitar de que a caminhada até o hospital na companhia do príncipe tagarela tivesse sido longa. O olhar da mulher percorria o pátio como se esperasse que algum tipo de besta mágica atacasse sem aviso. — Bem, parece mesmo que este lugar está abandonado há catorze séculos.

— Nada que não possamos consertar. — Nahri estampou um sorriso no rosto. Estava determinada a conquistar a outra curandeira naquele dia. — Gostaria de alguma bebida antes de fazermos um tour? Chá?

— Estou bem — respondeu Subha, com uma expressão insatisfeita. — Vamos acabar logo com isso.

A direta recusa à hospitalidade abalou algo muito profundo na parte egípcia do coração de Nahri, mas ela permaneceu educada.

— Certamente.

Ali se intrometeu.

— Encontrei as antigas plantas do hospital e pedi que um arquiteto daeva na Biblioteca Real as revisasse comigo e traçasse anotações para seguirmos.

Nahri ficou surpresa.

— Essa foi uma boa ideia.

— Sim. É quase como se aulas de história fossem úteis — alfinetou ele, pegando um dos pergaminhos e abrindo-o diante de todos. — Isto sempre foi um pátio. O arquiteto disse que havia anotações sobre conter um jardim.

Nahri assentiu.

— Eu gostaria de manter assim. Sei que meus pacientes na enfermaria gostam da chance eventual de passear por meus jardins agora. Isso os alegra. — Ela olhou para Subha. — Parece certo para você?

A médica semicerrou os olhos.

— Já viu onde eu trabalhava, não? Imagina que tomamos ar perto das pilhas de lixo não recolhido?

Nahri corou. Estava ansiosa para encontrar algo em comum com outra curandeira do sexo feminino, uma médica que, no breve tempo em que Nahri a observara, parecia ter uma abundância da confiança profissional que Nahri apenas fingia ter. Ela duvidava que Subha tremesse como uma folha antes de novos procedimentos ou que desesperadamente rezasse para não matar alguém sempre que realizava uma cirurgia.

Ali estava olhando suas anotações.

— De acordo com isso... aquela câmara condenada ali era usava para distúrbios humorais de ar. Diz aqui que cordas eram presas ao chão para evitar que as pessoas se ferissem enquanto flutuavam...

— E aquilo? — disse Nahri, apontando para uma fileira de colunas em ruínas. Ela suspeitava que Subha não estivesse pronta para discutir quartos designados para prender djinns voadores. — Parece um corredor.

— É. Ele leva à ala cirúrgica.

Isso parecia mais promissor.

— Vamos começar por lá.

Os três seguiram pelo caminho sinuoso. A terra estava macia e o sol brilhava em feixes fortes entre as árvores sem poda. O ar tinha cheiro de pedra antiga e chuva fresca. Era úmido, e Nahri se abanou com uma ponta do chador de linho.

O silêncio entre eles era pesado. Esquisito. E, por mais que tentasse, Nahri não conseguia esquecer que, da última vez que os Daeva, os Geziri e os shafits estiveram juntos naquele lugar, estavam se matando brutalmente.

— Ando discutindo opções de custeio com o Tesouro — disse Ali, com um sorriso estranhamente satisfeito. — E, depois de uma visita de minha companheira Aqisa, o emissário de comércio ayaanle está subitamente mais ansioso para oferecer assistência financeira.

Subha sacudiu a cabeça, olhando ao redor desapontada.

— Não consigo imaginar transformar isso em um hospital funcional em seis meses. Com vários milagres, talvez vocês conseguissem em seis anos.

Um macaco marrom-dourado escolheu aquele momento para saltar por cima das cabeças deles com um guincho, pulando das árvores até uma pilastra quebrada. O animal olhou com raiva para o trio enquanto lanchava um damasco molenga.

— Nós, ah, tiraremos os macacos imediatamente — disse Nahri, morta de vergonha.

O corredor terminava subitamente. A ala cirúrgica estava cercada por espessas paredes de bronze que se erguiam alto, e aquela diante do grupo estava coberta de marcas de queimadura, o bronze derretido formando uma barreira impenetrável.

Nahri tocou uma das marcas.

— Não acho que entraremos aqui.

Ali recuou, cobrindo os olhos.

— Parece que parte do telhado desabou. Posso subir e ver.

— Você não vai conseguir... — Mas Ali sumira antes que as palavras deixassem a boca dela, enganchando os dedos em apoios que ela não conseguia ver.

Subha o observou subir a parede.

— Se ele quebrar o pescoço, não vou me responsabilizar.

— Você nunca esteve aqui. — Nahri suspirou enquanto Ali se impulsionava até o telhado e sumia de vista. — Sua filha está com seu marido hoje? — perguntou ela, determinada a continuar a conversa.

— Costumo aconselhar que crianças fiquem longe de ruínas em erosão.

Nahri precisou morder a língua para não responder com algo sarcástico. Estava chegando ao fim da paciência diplomática.

— Qual é o nome dela?

— Chandra — disse Subha, com o rosto suavizando-se levemente.

— É muito bonito — respondeu Nahri. — Ela também parecia saudável. Forte, mashallah. Está bem?

Subha assentiu.

— Nasceu antes do que eu gostaria, mas está se desenvolvendo bem. — Seus olhos ficaram tristes. — Já vi seguirem na direção oposta por vezes demais.

Nahri também, tanto no Cairo quanto em Daevabad.

— Tive uma na semana passada — disse ela, baixinho. — Uma mulher do norte de Daevastana trazida às pressas após ser mordida por um basilisco. Estava no último mês da gravidez e ela e o marido estavam tentando há décadas. Consegui salvar a mulher, mas a criança… uma mordida de basilisco é terrivelmente venenosa, e eu não tinha um jeito bom de administrar o antídoto. Ele nasceu morto. — A garganta dela se apertou com a memória. — Os pais… não acho que entenderam direito.

— Nunca entendem. Não de verdade. O luto anuvia a mente, faz as pessoas dizerem coisas terríveis.

Nahri hesitou.

— Fica… — Ela pigarreou, subitamente envergonhada. — Fica mais fácil?

Subha finalmente a encarou. Seus olhos com tom metálico estavam compreensivos, mesmo que não afetuosos.

— Sim... e não. Você aprende a se distanciar. É trabalho; seus sentimentos não importam. No máximo, podem interferir. — Ela suspirou. — Confie em mim... um dia vai testemunhar a pior das tragédias e sorrir e brincar com seu filho no espaço de uma hora, e vai se perguntar se é para melhor. — Ela olhou para o hospital arruinado. — O trabalho é o que importa. Você conserta o que pode e se mantém inteira o suficiente para atender o próximo paciente.

As palavras fizeram sentido e a mente de Nahri vagou para outro paciente: o único que não conseguia curar.

— Posso perguntar outra coisa?

Subha deu um curto aceno.

— Tem algo que recomenda para ferimentos da coluna? Para um homem com dificuldades para andar?

— Isso é sobre seu amigo, o filho do grão-vizir? — Quando os olhos de Nahri se arregalaram com surpresa, Subha inclinou a cabeça. — Faço minha pesquisa antes de concordar em trabalhar com alguém.

— É sobre ele — admitiu Nahri. — Na verdade, você provavelmente o conhecerá em breve. É meu aprendiz agora. Mas levou várias flechadas nas costas há cinco anos e não consigo curá-lo. Está melhorando aos poucos com exercícios e descanso, mas... — Ela parou. — Sinto como se eu tivesse fracassado.

Subha pareceu contemplativa; talvez a natureza médica da conversa a atraísse.

— Eu poderia examiná-lo, se ele estiver disposto. Conheço algumas terapias que podem funcionar.

Antes que Nahri pudesse responder, Ali saltou para juntar-se a elas, aterrissando tão silenciosamente que ela deu um pulo e Subha gritou.

A expressão dele não inspirava muita esperança.

— Bem... a boa notícia é que parece mesmo que esta foi uma ala cirúrgica. Há até algumas ferramentas espalhadas.

— Que tipo de ferramentas? — perguntou Nahri, com a curiosidade aguçada.

— Difícil dizer. Muito está debaixo d'água. Parece que um porão desabou. — Ali parou. — E há cobras. Muitas cobras.

Subha suspirou.

— Isto é loucura. Jamais conseguirão restaurar este lugar.

Nahri hesitou, começando a se resignar.

— Talvez você esteja certa.

— Besteira — declarou Ali, aproximando-se quando Subha olhou com raiva para ele. — Não me diga que vocês duas estão prontas para desistir tão cedo. Acharam que seria fácil?

— Não achei que seria *impossível* — replicou Nahri. — Olhe em volta, Ali. Tem alguma ideia de quantas pessoas precisaríamos para sequer começar?

— Saberei ao fim da semana — disse ele, confiante. — E muito trabalho não é algo ruim, significa que precisamos de muitos trabalhadores. O que significa novos empregos e treinamento para centenas de pessoas que então terão dinheiro para comida e escola e abrigo. Esse projeto é uma oportunidade. Não temos algo assim há gerações.

Subha fez uma careta.

— Você parece um político.

Ele sorriu.

— E você parece uma pessimista. Mas isso não significa que não possamos trabalhar juntos.

— Mas o dinheiro, Ali — insistiu Nahri. — E o *tempo*...

Ele fez um gesto de dispensa.

— Posso conseguir o dinheiro. — Um brilho ávido reluziu em seus olhos. — Eu poderia construir guildas de comércio em torno de waqfs e aumentar os impostos sobre importações de luxo... — Talvez vendo que as duas curandeiras pareciam perdidas, ele parou. — Não importa. Vocês duas me dizem do que um hospital precisa e eu garanto que seja feito. — Ele se virou sem esperar uma resposta. — Agora, venham. As plantas dizem que aquela construção à frente era o boticário.

Subha piscou, parecendo um pouco espantada, mas seguiu Ali, murmurando baixinho sobre a juventude. Nahri estava igualmente chocada, mas também agradecida. Deixando de lado a história pessoal deles, talvez aliar-se a Ali não fosse a pior ideia. Ele certamente parecia confiante.

Eles continuaram pelo caminho coberto de ervas daninhas, afastando folhas úmidas de palmeiras e teias de aranha reluzentes. Havia colunas quebradas no chão, em parte engolidas por espessas vinhas retorcidas, e uma grande cobra preta tomava sol nos resquícios de um pequeno pavilhão.

Eles passaram sob um arco agourento e entraram na câmara escura do antigo boticário. Nahri piscou conforme seus olhos se ajustavam à perda de luz. Qualquer piso que houvesse ali se fora há muito, engolido pela poeira, e restavam apenas seções esparsas dos azulejos. O teto distante provavelmente fora lindo; trechos de ladrilhos azuis e dourados ainda se agarravam à superfície delicadamente entalhada de gesso. Uma andorinha construíra seu ninho em uma cornija elaborada.

Um clarão de luz rapidamente a cegou. Nahri olhou para trás e viu que Subha tinha conjurado um par dançante de chamas em uma mão.

O rosto da médica se encheu de desafio com o choque de Nahri.

— Certamente sabe que há shafits capazes de magia?

Melhor do que você imaginaria.

— Ah, é claro — disse Nahri, fracamente. — Já ouvi falar. — Ela se virou para observar o cômodo. A parede oposta estava oculta por centenas de gavetas. Embora enferrujadas, estavam unidas em uma inteligente estrutura de metal e mármore, com o conteúdo seguro atrás de portas de bronze bem fechadas. Dúzias ainda estavam trancadas, suas superfícies decoradas como pergaminhos cobertas por ferrugem verde e vermelha.

— Gostariam de ver como ficam misteriosos ingredientes mágicos depois de catorze séculos trancafiados? — brincou Nahri.

— Eu preferiria não — respondeu Subha, empurrando a mão de Ali quando o príncipe tentou alcançar uma das maçanetas. — *Não.* Vocês dois podem saciar sua curiosidade depois que eu for embora.

Nahri escondeu um sorriso. A médica ainda parecia exasperada, mas Nahri a preferia assim a abertamente hostil.

— Acho que vai ter espaço mais do que suficiente para todos os nossos suprimentos aqui.

— Suspeito que sim, considerando que meus remédios cabem dentro de um único baú — respondeu Subha. — Geralmente preciso mandar pacientes comprarem os próprios remédios para que eu prepare. É uma despesa com que não podemos arcar.

— Não precisará pagar mais uma moeda sequer — disse Nahri, tranquilamente. — Quer dizer, contanto que nosso apoiador real permaneça tão confiante. — Ela deu um doce sorriso para Ali, deliciando-se com a irritação dele.

Então um brilho metálico no chão entrou no campo visual dela. Lembrando-se dos comentários de Ali sobre ter visto ferramentas na ala cirúrgica, Nahri se ajoelhou. O que quer que fosse estava parcialmente enterrado, meio escondido atrás de uma raiz de árvore que tinha irrompido pelo chão e coberto o azulejo quebrado com montes de terra escura.

— O que é isso? — perguntou Subha, quando Nahri estendeu a mão para o objeto.

— Parece um bisturi — respondeu Nahri, limpando a terra. — Mas está preso.

Ali se inclinou por cima dela.

— Puxe com força.

— *Estou* puxando com força. — Nahri deu mais um puxão determinado e a lâmina abruptamente se soltou, disparando para fora da terra com um jorro de terra escura... e a mão esquelética que ainda a segurava.

Nahri a soltou, caindo para trás com um grito espantado. Ali agarrou o braço dela, puxando-a de volta enquanto sua outra mão alcançava a zulfiqar.

Subha olhou para além dos dois.

— Isso é uma *mão*? — Os olhos dela se arregalaram de horror.

Ali soltou Nahri rapidamente.

— Este lugar foi destruído durante a guerra — disse ele, incerto. Culpa brilhou em seus olhos. — Talvez... talvez nem todos que foram mortos tenham sido enterrados.

— Obviamente não — disse Nahri, em tom ácido. Se Subha não estivesse ali, ela teria palavras muito mais afiadas, mas não ousou começar uma brigar sobre a guerra diante da médica já apreensiva.

Foi Subha, no entanto, quem falou em seguida.

— Parece terrível atacar um lugar como este — disse ela, sombriamente. — Não importa o quanto seja justa a causa de uma guerra.

Ali encarava os ossos.

— Talvez não tenha sido só isso que aconteceu aqui.

— E o que exatamente você acha que aconteceu que justifique destruir um hospital e massacrar os curandeiros dele? — disparou Nahri, furiosa com a resposta dele.

— Eu não disse que foi justificado — defendeu-se Ali. — Só que poderia haver mais na história.

— Acho que já ouvimos bastante dessa história em particular — interrompeu Subha, parecendo enjoada. — Por que não seguimos em frente e deixamos a escavação para pessoas que possam cuidar adequadamente desses restos mortais?

Restos mortais. A palavra parecia fria, cínica. *Família*, corrigiu Nahri silenciosamente, sabendo que havia uma boa chance de que aquela pessoa assassinada, ainda segurando um bisturi, fosse um Nahid. Ela removeu o chador, estendendo-o cuidadosamente sobre os ossos. Voltaria ali com Kartir.

Quando se levantou de novo, Subha já estava do outro lado da porta do boticário, mas Ali continuava ali.

Nahri segurou o pulso dele antes que o príncipe pudesse partir.

— Há algo sobre este lugar que não está me contando?

O olhar dele se desviou.

— Você está melhor sem saber.

Nahri apertou mais forte.

— Não ouse ser condescendente comigo. Não foi essa sua lógica quando se tratou de Dara também? Todos aqueles livros para os quais eu não estava "preparada"? Como aquilo acabou para você?

Ali se desvencilhou.

— Todos sabiam sobre Darayavahoush, Nahri. Só não concordavam se ele era um monstro ou um herói. Já que levou a isto... — Ele inclinou a cabeça para indicar a sala escura. — Foi enterrado. E se quiser um novo começo, deve permanecer assim.

DARA

— Vamos atacar na segunda noite do Navasatem — disse Dara enquanto olhavam para o mapa que ele havia conjurado: uma seção da praia estreita de Daevabad, as paredes da cidade e a imponente torre da Cidadela logo atrás. — Será lua nova e não teremos luz. A Guarda Real não nos verá até que a torre deles desabe no lago.

— Essa é a noite depois do desfile, certo? — perguntou Mardoniye. — Tem certeza de que é uma boa ideia?

Kaveh assentiu.

— Posso não ter testemunhado um Navasatem em Daevabad, mas já ouvi falar muito sobre o primeiro dia de comemorações. A bebedeira começa ao alvorecer e não para até depois das competições na arena. À meia-noite, metade da cidade estará desmaiada na cama. Tomaremos os djinns inconscientes e a maioria dos Daeva estará em casa.

— E Nahri estará na enfermaria, certo? — perguntou Dara. — Tem certeza de que Nisreen pode mantê-la segura?

— Pela vigésima vez, sim, Afshin — suspirou Kaveh. — Ela vai barrar as portas da enfermaria à primeira vista de seu sinal bastante... criativo.

Dara não estava convencido.

— Nahri não é do tipo que se deixa confinar contra a sua vontade.

Kaveh deu a ele um olhar firme.

— Nisreen passou anos ao lado dela. Tenho certeza de que consegue dar conta da tarefa.

E eu tenho certeza de que ela não faz ideia que a Nahid sob seus cuidados ganhava a vida entrando e saindo de lugares trancados sem ser detectada. Inquieto, Dara olhou para Mardoniye.

— Pode verificar se Banu Manizheh está pronta para se juntar a nós? — pediu ele. Ela mal deixara a tenda nos últimos dias, trabalhando nos experimentos em um ritmo febril.

O jovem soldado assentiu, levantando-se e seguindo para o outro lado do acampamento. O céu estava rosa-claro entre as árvores escuras. A neve tinha finalmente derretido e a terra encharcada de orvalho reluzia sob os primeiros raios do sol. Os arqueiros dele já haviam partido para treinar com os cavalos no vale abaixo, e outra dupla de guerreiros levava um Abu Sayf sonolento para fora do ringue de treino. Dara rapidamente se certificou de que as zulfiqars ainda estavam embainhadas do outro lado do ringue. Tinha deixado claro aos soldados que só deveriam praticar com Abu Sayf na presença dele.

Aeshma riu com deboche, chamando a atenção de Dara.

— Ainda não consigo acreditar que comemoram o que Suleiman fez conosco — disse ele a Vizaresh.

O humor de Dara imediatamente se fechou. Os ifrits tinham voltado para o acampamento no dia anterior e cada hora na presença deles era mais desafiadora.

— Comemoramos a liberdade das amarras dele — disparou ele de volta. — Você se lembra... a parte em que nossos ancestrais obedeceram e, portanto, não tiveram sua magia permanentemente removida. E certamente você já deve ter comemorado *algum* tipo de festividade.

Aeshma pareceu nostálgico.

— De vez em quando, os humanos em minha terra sacrificavam virgens em meu nome. Elas gritavam terrivelmente, mas a música era agradável.

Dara fechou os olhos por um breve instante.

— Esqueça a pergunta. Mas por falar no ataque... *vocês* dois estão preparados? Os ghouls serão supervisionados?

Vizaresh inclinou a cabeça.

— Sou habilidoso nesse tipo de coisa.

— Habilidoso o bastante para evitar que eles ataquem meus guerreiros?

Ele assentiu.

— Estarei na praia com eles pessoalmente.

Isso não fez Dara sentir-se muito melhor. Ele odiava a ideia de separar sua pequena milícia e deixar um grupo de guerreiros inexperientes do lado oposto da cidade – mas não tinha escolha.

Aeshma sorriu.

— Se está preocupado, Afshin, tenho certeza de que Qandisha ficaria feliz em se juntar a nós. Ela sente tanto a sua falta.

A fogueira do acampamento estalou alto em resposta.

Kaveh olhou para ele.

— Quem é Qandisha?

Dara se concentrou em respirar, encarando as chamas enquanto tentava controlar a magia que irrompia por seus braços e suas pernas.

— A ifrit que me escravizou.

Vizaresh estalou a língua.

— Eu fiquei com muita inveja — confessou ele. — Jamais consegui escravizar alguém tão poderoso.

Dara estalou alto os nós dos dedos.

— Sim, que pena.

Kaveh franziu a testa.

— Essa Qandisha não está trabalhando com Banu Manizheh?

— Estava, mas então *ele* não permitiu — debochou Aeshma, inclinando a cabeça na direção de Dara. — Caiu de joelhos e implorou a sua Nahid que mandasse Qandisha embora. Disse que era sua única condição. Embora eu não possa imaginar o motivo. — Aeshma lambeu os dentes. — Afinal de contas, ela é a única que se lembra do que você fez quando era escravo. E você deve estar curioso. *Catorze* séculos de memórias... — Ele se inclinou para a frente. — Pense em todos os desejos prazerosos que deve ter realizado.

A mão de Dara desceu até a faca.

— Me dê um motivo, Aeshma — disse ele, fervilhando.

Os olhos de Aeshma dançaram.

— Apenas uma piada, caro Afshin.

Ele não teve a chance de responder. Houve um grito de espanto atrás dele, um estampido e o som inconfundível de dois corpos colidindo.

Então o chiado terrível de uma zulfiqar incendiando-se.

Dara se virou com um arco conjurado nas mãos antes de tomar mais um fôlego. A cena veio a ele em trechos: uma Manizheh exausta emergindo da tenda, os dois guardas de Abu Sayf no chão, a zulfiqar em chamas nas mãos do Geziri conforme ele avançava na direção dela...

A flecha de Dara disparou, mas Abu Sayf estava preparado, erguendo uma prancha de madeira com velocidade e habilidade que tomaram Dara de surpresa. Aquele *não era* o homem que vinha lutando com seus soldados. Ele disparou de novo, um grito explodindo de sua garganta quando Abu Sayf disparou para a frente.

Mardoniye se atirou entre o batedor geziri e Manizheh, defendendo o golpe da zulfiqar com a espada, fazendo o ferro chiar contra as chamas conjuradas. Ele empurrou Abu Sayf para trás, mal defendendo o golpe seguinte enquanto acidentalmente se colocava entre Dara e uma mira livre.

Mas estava claro quem era o melhor espadachim... e Mardoniye não conseguiu bloquear a próxima estocada de Abu Sayf.

A zulfiqar entrou direto na barriga dele.

Dara correu até eles no momento seguinte, com a magia irrompendo e gelo e neve derretendo sob os pés. Abu Sayf puxou a zulfiqar de Mardoniye e o homem daeva desabou. Ele a ergueu acima de Manizheh...

Ela estalou os dedos.

Dara ouviu os ossos na mão de Abu Sayf se estilhaçarem a dez passos de distância. Abu Sayf gritou de dor, soltando a zulfiqar enquanto Manizheh o encarava com ódio frio nos olhos escuros. Quando Dara os alcançou, seus soldados tinham prendido o Geziri. A mão dele estava terrivelmente quebrada, os dedos torcidos e apontando em direções diferentes.

Dara caiu ao lado de Mardoniye. Os olhos do rapaz estavam vítreos e seu rosto já estava pálido. O ferimento era um buraco horrível e sangue preto formava uma poça sob o corpo. Embora alguns tendões do característico veneno preto-esverdeado da zulfiqar estivessem serpenteando por sua pele, Dara sabia que não seria aquilo que o mataria.

Manizheh colocara-se imediatamente ao trabalho, abrindo o casaco do jovem guerreiro. Ela pressionou as mãos na barriga dele e fechou os olhos.

Nada aconteceu. Nada aconteceria, Dara sabia. Ninguém – nem mesmo um Nahid – se curava de um golpe de zulfiqar.

Manizheh arquejou, um som engasgado de incredulidade colérica na garganta enquanto apertava mais forte.

Dara tocou a mão dela.

— Minha senhora... — Os olhos de Manizheh se voltaram para os dele, mais arregalados do que Dara jamais os vira, e ele sacudiu a cabeça.

Mardoniye gritou de dor, segurando a mão de Dara.

— Dói — sussurrou ele, com lágrimas escorrendo pelas bochechas. — Ah, Criador, por favor.

Dara o tomou cuidadosamente nos braços.

— Feche os olhos — tranquilizou ele. — A dor vai passar logo, meu amigo. Você lutou bem. — Sua garganta se fechou. As palavras saíam automaticamente; ele tinha feito aquela tarefa terrível muitas vezes.

Sangue escorria da boca de Mardoniye.

— Minha mãe...

— Sua mãe será trazida para viver em meu palácio e todas as necessidades dela serão atendidas. — Manizheh estendeu a mão para abençoar a testa de Mardoniye. — Eu mesma a levarei para visitar seu altar no templo. Você salvou minha vida, criança, e por isso seus olhos se abrirão no Paraíso.

Dara levou os lábios ao ouvido de Mardoniye.

— É lindo — sussurrou ele. — Há um jardim, um pomar pacífico de cedros onde você esperará seus entes queridos... — A voz dele finalmente falhou. Lágrimas brilharam em seus olhos quando Mardoniye estremeceu e então ficou imóvel. Sangue quente lentamente ensopava as roupas de Dara.

— Ele se foi — disse Manizheh, baixinho.

Dara fechou os olhos de Mardoniye, cuidadosamente deitando-o de volta na neve ensanguentada. *Perdoe-me, meu amigo.*

Ele se ergueu, sacando a faca que levava à cintura. Chamas desciam por seus braços e brilhavam em seus olhos antes de sequer aproximar-se de Abu Sayf. O homem geziri estava ensanguentado, com o nariz quebrado, e preso firmemente por quatro guerreiros de Dara.

Ódio o dilacerou. A faca na mão se transformou, tornando-se fumaça e revelando um flagelo.

— Diga por que eu não deveria flagelar você pedaço a pedaço agora mesmo — sibilou Dara. — Por que não deveria fazer o mesmo com seu companheiro e obrigar você a ouvir enquanto ele implora pela morte?

Abu Sayf o encarou com um misto de derrota e determinação sombria.

— Porque você teria feito o mesmo em meu lugar. Acha que não sabemos quem você *é*? O que sua Nahid está fazendo com nosso sangue e nossas relíquias? Acha que não sabemos o que planeja para Daevabad?

— Não é sua cidade — disparou Dara. — Eu o tratei com gentileza e é assim que me paga?

Incredulidade cruzou o rosto de Abu Sayf.

— Não pode ser tão ingênuo assim, Afshin. Ameaçou torturar o jovem guerreiro sob meus cuidados se eu não treinasse os *seus* para assassinar os membros de minha tribo. Acha que algumas refeições compartilhadas e uma conversa apagam isso?

— Acho que você é um mentiroso de uma tribo de mentirosos. — Quando Dara prosseguiu, soube que não era apenas de Abu Sayf e da tribo dele que estava com raiva. — Uma horda de moscas da areia que mentem e manipulam e fingem amizade para ganhar confiança. — Ele ergueu o flagelo. — Acho que deveria arrancar primeiro sua língua.

— Não. — A voz de Manizheh cortou o ar.

Dara se virou bruscamente.

— Ele matou Mardoniye! Teria matado você! — Estava quase tão furioso consigo mesmo quanto estava com Abu Sayf. Dara jamais deveria ter permitido aquilo. Sabia como os Geziri eram perigosos e mesmo assim deixou que ficassem no acampamento, tornando-se complacente devido ao divasti fluente de Abu Sayf e o conforto de trocar histórias com um colega guerreiro. E agora Mardoniye estava morto.

— Eu vou matá-lo, Banu Nahida — afirmou Dara, a ousadia fácil desta vez. — Essa é uma questão de guerra que você não entende.

Os olhos de Manizheh brilharam.

— Não ouse ser condescendente comigo, Darayavahoush. Abaixe a arma. Não vou pedir de novo. — Ela se virou para Kaveh sem esperar uma resposta. — Pegue o soro e a relíquia de minha tenda. E quero que o outro Geziri seja trazido para fora.

Dara se arrependeu de imediato.

— Banu Nahida, eu só quis dizer...

— Não me importa o que você quis dizer. — O olhar dela se concentrou nele. — Posso estimá-lo, Darayavahoush, mas não sou tão ignorante de nossa história quanto minha filha. Você obedece a *meus* comandos. Mas se ajuda... — Ela passou roçando por ele. — Não planejo deixar estes homens vivos.

Kaveh voltou.

— Aqui está, minha senhora — disse ele, entregando a ela uma pequena garrafa de vidro selada com cera vermelha.

Os homens de Dara voltaram no momento seguinte, arrastando o segundo batedor geziri que se debatia e xingava. O homem ficou imóvel assim que viu Abu Sayf. Os olhos cinza deles se encontraram e um olhar de compreensão passou entre os dois.

É claro, seu tolo. Provavelmente vêm tramando isso há tempos, rindo pelas suas costas de suas fraquezas. De novo, ele se amaldiçoou por subestimá-los. Seu eu mais jovem não teria cometido esse erro. Seu eu mais jovem os teria matado na floresta.

Manizheh entregou a relíquia a um dos homens.

— Coloque de volta na orelha dele. Então os amarre... aqui e aqui — disse ela, indicando um par de árvores separadas por cerca de dez passos.

O batedor mais jovem estava perdendo a briga contra o pânico. Ele se debateu conforme enfiaram a relíquia de volta na orelha dele, seus olhos selvagens.

— Hamza — disse Abu Sayf, baixinho. — Não dê isso a eles.

Uma lágrima escorreu pela bochecha do outro homem, mas ele parou de lutar.

Mardoniye, lembrou-se Dara. Ele se virou do Geziri assustado para Manizheh.

— O que é isso? — perguntou ele, olhando para a garrafa.

— A outra parte de nosso plano. Uma poção na qual venho trabalhando há décadas. Uma forma de matar um homem que pode estar bem protegido... uma forma rápida demais para impedir.

Dara se endireitou.

— Uma forma de matar Ghassan?

O olhar de Manizheh pareceu distante.

— Entre outros. — Ela retirou a tampa do frasco.

Um fino vapor cobre subiu, dançando e disparando no ar como algo vivo. Pareceu hesitar, procurando.

Então, sem aviso, avançou para Abu Sayf.

O batedor mais velho recuou quando o vapor disparou pelo rosto dele, envolvendo sua relíquia de cobre. Ela se dissolveu em um piscar de olhos, o metal líquido reluzindo em uma névoa acobreada que sumiu para dentro da orelha dele.

Houve um momento de choque espantado e horrorizado no rosto dele, então o Geziri uivou, agarrando a cabeça.

— Abu Sayf! — gritou o djinn mais jovem.

O outro homem não respondeu. Sangue escorria de seus olhos, das orelhas e do nariz, misturado aos vapores acobreados.

Kaveh arquejou, cobrindo a boca.

— Isso é... isso é o que meu Jamshid...

— Suspeito que Jamshid tenha encontrado uma versão mais antiga de minhas anotações — respondeu Manizheh. — Essa é bem mais avançada. — Ela se calou por um momento conforme Abu Sayf ficava imóvel, seus olhos cegos fixos no céu, então engoliu em seco, alto o suficiente para que Dara ouvisse. — É atraída por relíquias geziri e cresce ao consumi-las, fazendo pressão no cérebro até matar seu hospedeiro.

Dara não conseguia tirar os olhos de Abu Sayf. O corpo ensanguentado do Geziri estava retorcido e seu rosto congelado em uma máscara de angústia. A explicação de Manizheh lançou um calafrio por seu corpo, extinguindo as chamas que espiralavam sobre seus braços.

Ele tentou recuperar algum semblante de raciocínio.

— Mas é magia. Se tentar isso em Ghassan, ele simplesmente usará o selo.

— Funciona sem magia também. — Ela pegou o bisturi. — Se remover a magia como o sangue Nahid faz, como o selo de Suleiman faz... — Manizheh cortou o polegar, espremendo uma gota de sangue preto. O sangue caiu em um tendão de vapor que subia do cadáver de Abu Sayf e um caco pontiagudo de cobre caiu imediatamente na neve ensanguentada. —... é isso o que consegue no crânio.

O outro batedor ainda estava tentando desvencilhar-se das amarras enquanto gritava em geziriyya. Então começou a urrar.

O vapor rastejava até seus pés.

— Não! — gritou ele conforme aquilo se enroscava em seu corpo, serpenteando até a orelha. — Não...

Seu grito foi interrompido e desta vez Dara virou o rosto, fixando o olhar no corpo de Mardoniye até que o segundo batedor se calasse.

— Bem — disse Manizheh, sombriamente. Não havia triunfo na voz dela. — Suponho que funcione.

Ao lado do Afshin, Kaveh cambaleou. Dara o equilibrou, apoiando a mão em seu ombro.

— E quer que eu dê isso a Ghassan? — perguntou o vizir, rouco.

Manizheh assentiu.

— Vizaresh desenhou um dos antigos anéis dele para que uma falsa joia seja preenchida com o vapor. Precisa apenas quebrá-la na presença de Ghassan. Matará todos os Geziri na sala.

Matará todos os Geziri na sala. Kaveh parecia prestes a vomitar e Dara não o culpava.

Mesmo assim, ele falou.

— Eu posso fazer isso. O grão-vizir não precisa se arriscar.

— Precisa, sim — replicou Manizheh, embora a preocupação silenciosa fosse audível em sua voz. — Não sabemos se Ghassan conseguirá usar a insígnia de Suleiman em você, Dara. Não podemos arriscar que o encontre. Precisa estar morto antes que você pise no palácio, e a posição de Kaveh garante a ele acesso fácil e relativamente não vigiado.

— Mas...

— Eu consigo. — A voz de Kaveh não estava menos assustada, mas soava determinada. — Pelo que ele fez com Jamshid, eu farei.

O estômago de Dara se apertou. Ele encarou os batedores mortos, a terra fria fumegando conforme o sangue salpicado de cobre se espalhava. Então era nisso que Manizheh vinha trabalhando tão diligentemente nos últimos meses.

Achou que isso não seria cruel? Dara conhecia a guerra. Sabia – mais do que qualquer um vivo – exatamente do que os Nahid podiam ser capazes.

Mas, pelo Criador, odiava ver aquela violência dominando-a.

Também dominou Mardoniye, lembrou-se ele. *Dominou Nahri e Jamshid*. Ghassan estava aterrorizando e matando os Daeva havia anos. Se a vitória para seu povo significasse que o rei e alguns dos guardas dele morreriam de forma dolorosa, não era um custo contra o qual Dara protestaria. Ele acabaria com aquela guerra e garantiria que Manizheh jamais precisasse recorrer a nada assim novamente.

Ele pigarreou.

— Parece que deveria fazer as malas, Kaveh. Agora, se vocês me dão licença... — Ele seguiu para o corpo de Mardoniye. — Tenho que colocar um guerreiro para descansar.

Dara fez a pira funerária de Mardoniye com as próprias mãos e ficou ao lado dele até que fosse reduzido a cinzas, os restos incandescentes projetando uma luz fraca na noite escura. Estava sozinho; Manizheh supervisionara os ritos e então partira para se despedir de Kaveh, enquanto Dara ordenara que o restante dos soldados continuasse com seus afazeres. Ele conseguia ver que estavam abalados – apesar de toda a devoção e o treinamento, poucos tinham testemunhado o tipo de luta que terminava com um homem sangrando na neve, e ele conseguia ver a pergunta implícita nos olhos deles. Será que também acabariam daquela forma em Daevabad?

Dara odiava não poder responder que não.

Um toque em seu ombro o sobressaltou. Ele olhou para trás.

— Irtemiz?

A jovem arqueira se aproximou.

— Achamos que um de nós deveria ver como você estava — disse ela, baixinho. Seu olhar recaiu sobre a pira fumegante. — Ainda não acredito que ele se foi. — A voz dela falhou. — Eu devia ter mantido meu arco em mãos o tempo todo, como você disse…

— Não é culpa sua — afirmou Dara com firmeza. — A mosca da areia estava provavelmente esperando por uma oportunidade. — Ele apertou o ombro dela. — Além disso, ele bloqueou minhas flechas. Certamente não está sugerindo que é melhor que seu professor? — Ele fingiu estar ofendido.

Isso tirou um leve sorriso dos lábios dela.

— Me dê mais uma década. — O sorriso da arqueira sumiu. — Há… há outra coisa que achamos que você deveria ver.

Dara franziu a testa com o tom de voz dela.

— Mostre-me.

Ela o levou pelas árvores escuras, as botas deles estalando no chão.

— Bahram reparou quando foi levar os cavalos para fora. Ele disse que se estendia até onde podia ver.

Eles emergiram da linha das árvores. O vale se estendia plano adiante e o rio era uma fita reluzente de luar que teria normalmente brilhado mais do que a planície ao redor.

Mas a grama da primavera não estava escura. Brilhava com um tom morno de cobre que correspondia exatamente ao vapor de Manizheh, uma névoa baixa de morte agarrando-se à terra.

— Bahram... ele cavalgou um bom caminho, Afshin. Disse que está por toda parte. — Ela engoliu em seco. — Ainda não contamos à Banu Nahida. Não tínhamos certeza se cabia a nós, mas certamente... certamente isso não significa... — Ela se interrompeu, incapaz de verbalizar aquele mesmo medo terrível que aprisionava o coração de Dara.

— Deve haver alguma explicação — respondeu ele, por fim. — Vou falar com ela.

Ele foi direto para a tenda de Manizheh, ignorando os olhares dos guerreiros e as risadas dos ifrits à fogueira barulhenta deles. Apesar da hora avançada, ela estava obviamente acordada; a luz de lâmpadas a óleo brilhava atrás do feltro e ele sentia o cheiro acre de chá recém-preparado.

— Banu Manizheh? — chamou ele. — Posso falar com você?

Ela surgiu um momento depois, seu chador familiar substituído por um espesso xale de lã. Estava claramente preparando-se para dormir; as tranças pretas grisalhas tinham sido desfeitas e ela pareceu surpresa ao vê-lo.

— Afshin — cumprimentou ela, com os olhos preocupados conforme percorriam o rosto dele. — Qual é o problema?

Dara corou, envergonhado de ter se aproximado de tal forma.

— Perdoe a intromissão, mas esse é um assunto melhor discutido em particular.

— Então entre. — Ela segurou a aba da tenda aberta. — Tome um chá comigo. E sente-se. Este foi um dia terrível.

A afeição na voz dela o acalmou, tranquilizando parte do pesar que apertava seu coração. Dara tirou as botas e pendurou o casaco antes de sentar-se em uma das almofadas. Do outro lado da tenda, a cortina que separava a pequena área onde ela dormia estava aberta.

Um dos chapéus de Kaveh ainda estava ali. Dara virou o rosto, sentindo que vira algo que não era destinado a seus olhos.

— O grão-vizir partiu em segurança?

— Logo depois do funeral — respondeu ela, servindo o chá. — Ele queria cobrir parte da distância antes do alvorecer.

Dara pegou a xícara que ela entregou.

— Kaveh é um cavaleiro mais rápido do que eu teria imaginado — disse ele. — Deve haver alguma verdade naquelas histórias que você conta sobre corridas de cavalos em Zariaspa.

Manizheh sentou-se diante dele.

— Está ansioso para voltar para Daevabad. Anda preocupado com Jamshid desde que recebemos a carta de Nisreen. — Manizheh tomou um gole da bebida. — Mas algo me diz que Kaveh não é o motivo pelo qual você está aqui.

— Não. Não exatamente. — Dara apoiou o chá. — Minha senhora, meus cavaleiros trouxeram algo à minha atenção que acho que deveria saber. O vapor de cobre que matou os batedores… parece que se espalhou. Pareceu mais fraco aos meus olhos, mas está por toda parte, pairando logo acima do chão até o vale do rio.

A expressão de Manizheh não vacilou.

— E?

A resposta curta fez o coração dele acelerar.

— Você disse que ele é atraído por relíquias geziri, que cresce ao consumi-las… — A voz de Dara falhou. — Banu Nahida… quando para?

Ela o encarou.

— Não sei. É nisso que tenho trabalhado todos esses meses. Venho tentando encontrar uma forma de conter sua expansão e o período durante o qual tem força. — Os olhos dela ficaram sombrios. — Mas não tive muito sucesso e estamos ficando sem tempo.

— Você vai deixar Kaveh soltar aquilo no palácio — sussurrou Dara. Ele lutou para se controlar conforme a implicação tomava conta dele. — Banu Manizheh... deve haver centenas de Geziri no palácio. Os acadêmicos na biblioteca, os secretários e atendentes. As mulheres e as crianças no harém. A filha de Ghassan. Todos usam relíquias. Se ele soltar isso no meio da noite... poderia matar cada Geziri lá dentro.

Manizheh apoiou a xícara de chá e o silêncio dela o deixou desesperado.

Não. Criador, não.

— Não apenas no palácio. — Um arquejo escapou dos lábios dele. — Você acha que isso poderia matar todos os Geziri em Daevabad.

Não havia como confundir o leve tom de desespero na voz de Manizheh quando ela respondeu.

— Acho que é mais provável do que o contrário. — Mas então os olhos escuros dela ficaram severos. — E daí? Quantos Daeva morreram quando Zaydi al Qahtani tomou Daevabad? Quantos de seus amigos e parentes, Afshin? — Escárnio tomou a voz dela. — As moscas da areia não são totalmente tolas. Pelo menos algumas entenderão o que está acontecendo e tirarão as relíquias. É por isso que o cálculo do tempo deve ser perfeito.

Uma voz gritava dentro da cabeça dele, mas Dara não sentiu calor, nenhuma magia ardendo para escapar da pele. Estava mais frio do que jamais estivera.

— Não faça isso — disse ele, todo trêmulo. — Não comece seu reinado com tanto sangue nas mãos.

— Não tenho escolha. — Quando Dara virou o rosto, Manizheh insistiu, sua voz ficando mais firme. — É assim que venceremos. E nós *precisamos* vencer. Se Ghassan sobreviver, se nossa vitória for menos do que completamente decisiva, ele vai nos aniquilar. Não vai descansar até que cada vestígio de nosso povo seja destruído. Você está de luto por Mardoniye? Deve entender quantos mais de seus guerreiros sobreviverão se não houver soldados para combater quando chegarmos ao palácio.

— Você vai nos tornar monstros. — O gelo que envolvia o coração dele se estilhaçou e Dara começou a perder a luta contra as emoções. — É o que seremos se deixar que isso aconteça... e Banu Nahida, essa não é uma reputação que jamais vai perder. — Ele olhou para ela, suplicante. — Imploro a você, minha senhora. Estamos falando de inocentes. *Crianças.* Viajantes vindo comemorar o Navasatem... — As memórias estavam tomando conta dele. Aquilo era familiar demais.

Mercadores. Comerciantes. Tecelões cuja seda elegantemente bordada se encharcava de sangue um pouco carmesim demais. Crianças que não entendiam que o marrom humano em seus olhos selava seu destino. Os comandos tranquilos e as explicações friamente racionalizadas de outra geração de Nahid.

A mítica cidade de Qui-zi reduzida a ruínas fumegantes. Os gritos e o cheiro de sangue terreno que jamais deixariam as lembranças dele.

— Então seremos monstros — declarou Manizheh. — Pagarei esse preço para acabar com esta guerra.

— Não vai acabar com ela — argumentou Dara, desesperado. — Cada Geziri capaz de pegar uma lâmina estará às margens do Gozan quando descobrir que massacramos seus compatriotas sem provocação. Vão nos combater até o Dia do Juízo...

— Então soltarei o veneno na terra natal deles. — Dara recuou e Manizheh prosseguiu. — Deixe as tribos djinns saberem qual é o preço da desobediência. Não quero essas mortes em minhas mãos, mas se vão conter as rebeliões dos Sahrayn e a esperteza dos Ayaanle, aceito. Que o destino dos Geziri pese nas mentes dos Tukharistani que ainda amaldiçoam seu nome e dos Agnivanshi que acham que seus amplos rios os protegem.

— Você soa como Ghassan — acusou Dara.

Os olhos de Manizheh brilharam de ódio.

— Então talvez ele esteja certo de governar assim — disse ela, amargamente. — Pelo menos dessa vez não serão minha família e tribo vivendo com medo.

— Até a próxima guerra — retrucou ele, incapaz de controlar o ressentimento selvagem que crescia em seu peito. — Para a qual presumo que serei arrastado de volta, caso eu morra aqui. — Ele ficou de pé. — Você deveria ser melhor do que isso. Melhor do que os Qahtani. Melhor do que seus ancestrais!

Ele atravessou a tenda, pegando o manto.

— Aonde vai? — indagou Manizheh, em tom afiado.

Dara vestiu as botas.

— Impedir Kaveh.

— De jeito nenhum. Você está sob *meu* comando, Darayavahoush.

— Eu disse que a ajudaria a retomar Daevabad, não a cometer outro Qui-zi. — Ele estendeu a mão para a aba da tenda.

Ela pegou fogo e uma dor lancinante irradiou pelo braço dele. Dara gritou, mais de choque que outra coisa, ao se virar.

Manizheh estalou os dedos e a dor sumiu.

— Não acabamos nossa conversa — disse ela, furiosa. — Arrisquei e perdi coisas demais para ver meus planos fracassarem agora porque um guerreiro com mais sangue nas mãos do que eu jamais poderia imaginar momentaneamente sentiu a consciência pesar. — A expressão dela era fria. — Se algum dia já se chamou de Afshin, vai se sentar de novo agora mesmo.

Dara a encarou incrédulo.

— Esta não é você, Banu Manizheh.

— Você não me conhece, Darayavahoush. Não sabe o que já me custou.

— O que *eu* custei a *você?* — A acusação era quase risível. Dara bateu um punho no peito. — *Acha que quero estar aqui?* — Ódio se revirou no coração dele, então ele cruzou o limite que jurou jamais ultrapassar, o ressentimento que apodrecia na parte mais sombria de sua alma. — Não quero nada disso! Sua família destruiu minha vida, minha honra, minha reputação! Vocês me obrigaram a executar um dos piores crimes de nossa história e, quando estourou na sua cara, culparam a mim!

Ela o olhou com raiva.

— Não fui eu quem colocou um flagelo em sua mão.

— Não, apenas me trouxe de volta. Duas vezes. — Lágrimas embaçavam os olhos dele. — Eu estava com minha irmã. Estava em *paz*.

Os olhos dela estavam incandescentes agora.

— Não tem o direito de reivindicar paz com sua família depois do que fez com a minha.

— Sua filha jamais concordaria com *nada* disso.

— Não estou falando de minha filha. — O olhar de Manizheh se fixou nele. Dara podia jurar que sentia a magia dela, dedos fantasmas em volta de seu pescoço, um aperto como arame farpado no peito. — Estou falando de meu filho.

Confusão pulsou pelo corpo dele.

— Seu filho? — Mas, antes que a palavra deixasse sua boca por completo, o olhar de Dara recaiu sobre o chapéu de Kaveh ao lado da cama dela. Ele se lembrou das palavras determinadas de Manizheh sobre manter as pessoas que amava escondidos...

E pensou, de repente, no rapaz de coração gentil que deixara cravado de flechas.

— Não — sussurrou Dara. — Ele... ele não tem habilidades. — Dara não conseguia nem dizer o nome dele, pois tornaria real a suspeita terrível que percorria sua mente. — Ele disse que a mãe era uma criada. Que morreu quando ele nasceu.

— Ele foi mal informado — disse Manizheh, bruscamente. — Não tem mãe porque, se os Qahtani tivessem descoberto sua origem, ele teria sido forçado para dentro da mesma jaula em que eu fui presa. Não tem habilidades porque, quando tinha menos de uma semana, eu precisei *marcar meu bebê* com uma tatuagem que as inibiria. Para dar uma vida a ele, um futuro pacífico na Zariaspa que eu amava, não tive escolha a não ser bloqueá-lo de seu direito de nascença. — A voz de Manizheh estava falhando. — Jamshid e-Pramukh é meu filho.

Dara inspirou, lutando para tomar fôlego e achar palavras.

— Não pode ser.

— Ele é meu filho — repetiu Manizheh. — Seu Baga Nahid, caso isso signifique algo para você. — Ela parecia mais magoada do que com raiva agora. — E, por causa de sua inconsequência quando se tratou de minha filha, você quase o matou. Roubou dele o único futuro que já quis e o deixou com tanta dor que Kaveh diz que há dias em que não consegue deixar a cama. — A expressão dela se contorceu. — Qual é a punição para isso, Afshin? Por atirar flechas em um homem que deveria ter recebido com o rosto na terra?

Dara estava sentado, embora não tivesse lembrança de ter feito isso. Seus joelhos pareciam fracos; sua cabeça, pesada.

Manizheh obviamente não tinha terminado.

— Eu não ia contar a você, sabe. Não até depois de termos vencido. Até que ele estivesse seguro e eu tivesse queimado aquela maldita marca das costas dele. Achei que você tinha sofrido o bastante. Temia que a culpa pudesse destruí-lo.

Ele conseguia ver a verdade nos olhos dela e, de fato, a revelação o destruíra – assim como a compreensão de que Manizheh tinha passado aqueles anos em que Jamshid mais precisava dela ao lado do homem que o ferira.

— Desculpe — sussurrou ele.

— Não quero suas desculpas — disparou Manizheh. — Quero meus filhos. Quero minha cidade. Quero o trono e a insígnia que Zaydi al Qahtani roubou de meus ancestrais. Quero que minha geração de Daeva pare de sofrer por causa das ações da sua. E sinceramente, Afshin, não dou a mínima se você aprova meus métodos.

Dara passou as mãos pelos cabelos.

— Deve haver um jeito melhor. — Ele conseguia ouvir a súplica na própria voz.

— Não há. Seus guerreiros fizeram juramentos a mim. Se você for atrás de Kaveh, teremos partido quando voltar. Eu os levarei até Daevabad, soltarei o veneno pessoalmente e torcerei para que mate Ghassan antes que ele perceba o que está acontecendo e mande massacrar Nahri, Jamshid e cada Daeva no qual conseguir colocar as mãos. — Ela o encarou. — Ou você pode me ajudar.

As mãos de Dara se fecharam em punhos. Ele se sentia mais preso do que se sentia há anos, como se uma rede na qual tivesse pisado acidentalmente tivesse se fechado ao seu redor. E, que o Criador lhe perdoasse, não conseguia ver um modo de escapar que não matasse mais pessoas que amava.

Dara desviou os olhos, fechando-os por um momento. *Perdoe-me, Tamima*, rezou ele, baixinho. Manizheh poderia estar certa. Aquele ato brutal poderia ser o suficiente para forçar as outras tribos a uma submissão mais permanente.

Mas, por ficar ao seu lado enquanto o cometia, Dara imaginava que jamais veria de novo o jardim onde sua irmã esperava por ele.

Ele abriu os olhos. Sua alma estava pesada como ferro.

— Meus soldados estão fazendo perguntas — disse ele, lentamente. — E não quero essa culpa na consciência deles. — Dara fixou o olhar em sua Nahid e fez uma reverência de novo. — O que quer que eu diga a eles?

20

ALI

— Peguem os tijolos também — disse Ali, cobrindo os olhos contra o sol forte para avaliar a montanha de escombros que seus trabalhadores tinham descoberto ao arrancar a plataforma sobre a mesquita destruída do sheik Anas. — Encontraremos uma forma de reutilizá-los.

Um dos homens puxou um pedaço de tecido podre da pilha de destroços.

— Parece um tapete antigo. — Ele o atirou aos pés de Ali. — Provavelmente não vale a pena guardar, vale?

Os olhos de Ali se fixaram no fragmento puído; o que restava da estampa geométrica foi imediatamente familiar. Ali rezara sobre aquele tapete, sentado em silêncio arrebatador enquanto ouvia aos estrondosos sermões de sheik Anas.

— Não — disse ele, com um nó na garganta devido à lembrança de seu sheik assassinado. — Provavelmente não.

A mão pesada de alguém desceu em seu ombro, sobressaltando-o e afastando-o desses pensamentos.

— As mulheres e as crianças saíram com Aqisa — anunciou Lubayd. — As tendas estão à espera delas do lado de fora do hospital e aquela sua médica rabugenta vai examiná-las.

— Aquela médica rabugenta tem nome — respondeu Ali, cansado. — Eu recomendo que você não a contrarie. Mas obrigado.

Lubayd semicerrou os olhos para ele.

— Como está, irmão? Você não parece bem.

Ali suspirou, dando as costas ao tapete.

— Este não é um lugar fácil de se estar. — Ele olhou para o outro lado da rua, onde alguns dos shafits que havia libertado comiam a refeição que sua irmã tinha enviado das cozinhas do palácio. Recém-chegados – ou, melhor, arrastados até Daevabad do mundo humano –, eles não tinham lares para os quais voltar. — E essas não são histórias fáceis de ouvir.

Lubayd acompanhou o olhar dele.

— Eu gostaria de atirar os sangues-puros que supervisionavam este lugar no lago. Um bando de ladrões e valentões que roubavam joias, assediavam mulheres e espancavam os homens que resistiam. — Ele sacudiu a cabeça. — E tudo sob a desculpa de ajudar os shafits recém-chegados a encontrar sua família. Que tramoia podre.

— Não apenas recém-chegados — observou Ali. — Tenho falado com muitas pessoas que foram sequestradas e obrigadas a trabalhar, como o pai e a filha que encontramos ao chegar.

— E você disse que havia um homem geziri no comando, certo? Tariq al qualquer coisa? — Lubayd parecia enojado. — Vergonhoso. Tal comportamento vai contra tudo pelo que lutamos.

— O dinheiro muda as pessoas — disse Ali. — E acho que muito foi ganho aqui.

Eles começaram a caminhar.

— Por falar em dinheiro, vamos ameaçar mais alguns ricos hoje? — perguntou Lubayd.

Ali negou com a cabeça, limpando a poeira do rosto com a ponta do turbante.

— Não ameaçar, corrigir um déficit fiscal. Mas não, hoje não. Consegui montar um plano de pagamento com Abul Dawanik — disse ele, nomeando o emissário de comércio ayaanle. — O primeiro pagamento deve estar no Tesouro ao fim do mês e ele concordou com fazer preparativos imediatos para cobrir os custos de novos uniformes para a Guarda Real e zulfiqars para os cadetes. A alimentação deles deve melhorar em breve também. Parece que o oficial encarregado de contratar refeições para a Cidadela estava levando uma parte do dinheiro que lhe era destinado. O secretário dele descobriu, mas estava com medo de abordar meu pai.

— Imagino que aquele secretário agora tenha o emprego do oficial?

Ali sorriu.

— E minha gratidão eterna.

Lubayd emitiu um estalo com a língua.

— Você descansa entre essas tarefas? *Sabe* que a maioria das pessoas dorme à noite, não é? Não ficam simplesmente debruçadas sobre páginas de números e murmuram consigo mesmas.

— Gosto de trabalhar bastante — respondeu Ali. — Permite que minha mente se distraia.

— Este parece o tipo de lugar em que você *não* deveria se distrair — Lubayd indicou um trio de djinns tirando divisórias dos escombros. — Soldados?

— Amigos da minha época de cadete. Tinham o dia de folga e quiseram ajudar.

— Suspeito que não sejam os únicos. — Lubayd abaixou a voz. — Ando ouvindo sussurros de novo, do tipo a que você me pediu para ficar atento.

Ali parou.

— Da Guarda?

Lubayd assentiu.

— Muitos soldados têm você em alta estima, Ali. *Muito* alta. E quando aqueles novos uniformes e refeições chegarem à Cidadela, as pessoas saberão quem está por trás deles.

Ali considerou.

— Bom.

Lubayd ficou espantado.

— *Bom?*

— Meu pai passou cinco anos deixando claro que não se importava se eu vivia ou morria — defendeu-se Ali. — Eu deveria fingir que não me agrada que as pessoas gostem de mim... principalmente quando essas pessoas são aquelas com armas?

O amigo o avaliou com esperteza.

— Posso não ser um cortesão daevabadi, Ali, mas até *eu* sei qual impressão se passa quando segundos filhos amargos começam a fazer amizade com os militares. — Determinação envolveu a voz dele. — Esse não era o plano, lembra? O plano era voltar para Am Gezira com a cabeça ainda ligada ao pescoço. Com *minha* cabeça ainda ligada ao *meu* pescoço.

O som de cavalos – pelo menos meia dúzia, com os cascos batendo nos paralelepípedos em alta velocidade – os interrompeu. Ali levantou a cabeça, pronto para brigar com quem quer que fosse por cavalgar a tal ritmo na praça lotada.

As palavras morreram em sua língua. Era Muntadhir – e ele parecia furioso. Logo atrás dele vinha um grupo de seus companheiros, os diletantes abastados que orbitavam ao seu redor como satélites particularmente inúteis. Eles se destacavam naquele bairro, um dos mais pobres de Daevabad, com as joias reluzindo ao sol e as sedas coloridas extravagantes.

Apesar da multidão, Muntadhir atravessou a praça em instantes; sempre fora um excelente cavaleiro. Quando chegou até Ali, a montaria parou sem esforço, como se pudesse ler os pensamentos do cavaleiro. Era um lindo animal; manchas prateadas se espalhavam pela pelagem ébano como um jato de estrelas no céu noturno.

Ali ficou tenso. Não esperava o irmão. Pelo contrário, Muntadhir andava evitando as tentativas cada vez mais desesperadas de Ali de falar com ele com um sucesso admirável. O irmão o ignorava quando estavam na corte e tinha obviamente convocado sua formidável – e leal – equipe para assegurar que jamais ficassem sozinhos. Assim que Ali o encurralava depois de uma reunião, um camareiro magicamente surgia para apressar Muntadhir para alguma tarefa "urgente" e vaga.

— Emir — cumprimentou Ali, hesitante. Cada instinto o avisava para agir com cautela. — Que a paz esteja com você.

— Paz é a última coisa que você me trouxe — disparou Muntadhir. Ele atirou um pergaminho espesso para Ali, que ele instintivamente segurou. — Isto é uma piada?

Confuso, Ali abriu o pergaminho. Ele o reconheceu imediatamente – em grande parte porque o havia atirado, horas mais cedo, nos homens que encontrara forçando um grupo de shafits sequestrados para dentro das abomináveis baias que os trabalhadores de Ali tinham acabado de desmontar. Era uma proclamação real declarando que a área era agora propriedade do rei e que qualquer shafit nos arredores estava livre para ir embora.

Ele franziu a testa.

— Como conseguiu isso?

— Estranho você perguntar. Foi entregue a *meu primo* esta manhã por um dos criados dele.

Um calafrio terrível percorreu Ali.

— Tariq al Ubari é seu *primo*? Um de seus *parentes* era responsável por este lugar?

Um homem geziri surgiu do grupo de amigos reluzentes de Muntadhir. Ele estava sentado em uma sela dourada sobre um lindo garanhão vermelho, usando um luxuoso casaco de brocado tecido com fio de prata e miçangas de jade. Cordões de pérolas envolviam seu pescoço, a ponta maior terminando em um broche do tamanho do punho de Ali, encrustado de rubis no formato de um zahhak.

Ali imediatamente desgostou dele.

— Presumo que seja Tariq al Ubari? — perguntou ele.

— Primo de seu emir, que Deus o preserve — declarou Tariq friamente, correspondendo ao desdém de Ali. — A rainha Saffiyeh, que sua alma descanse em paz, compartilhava comigo um tataravô de terceiro grau.

Ah. A menção da mãe de Muntadhir caiu pesada como uma pedra entre eles. Ali tentou manter a calma e conseguia ver que Muntadhir lutava para fazer o mesmo. Seu irmão raramente falava da mãe. Ali jamais a conhecera – ela morrera antes de ele nascer, quando o próprio Muntadhir ainda era criança –, mas ele ouvira falar que a rainha e Muntadhir tinham sido muito próximos e sempre soubera que seu irmão fora profundamente afetado pela perda dela.

Olhando para Tariq do tataravô de terceiro grau, Ali suspeitou que ele também sabia e ficava muito feliz em tirar vantagem daquele luto. Raiva agitou o coração de Ali. Não precisava de mais um motivo para odiar o homem por trás daquele lugar abominável, mas o fato de que estava tão obviamente usando Muntadhir fez seu ódio arder cem vezes mais quente.

Ainda assim, a situação era delicada. Se Tariq tivesse sido um parente mais próximo, Ali teria reconhecido o nome e agido com mais discrição. Deus sabia que as coisas já estavam tensas o bastante entre ele e Muntadhir.

Ali se aproximou do cavalo do irmão.

— Por que não disse algo antes?

Muntadhir corou.

— Eu não sabia. Você conhece todos os bens pessoais de seus parentes?

— Eu sei que nenhum deles montou um negócio vendendo shafits como escravos — Ali sibilou as palavras, mas obviamente não sussurrou baixo o bastante, pois Tariq se aproximou.

— *Escravos?* — Tariq revirou os olhos, a palavra saindo em um tom arrastado e condescendente. — Pelo Altíssimo, todos sabemos como você é sensível quando se trata dos shafits, príncipe Alizayd, mas não havia *escravos* aqui. Que Deus nos livre de tal coisa. Havia shafits buscando trabalho e seus parentes de sague puro.

Ali não conseguia acreditar na ousadia do homem.

— Buscando trabalho? — perguntou ele, incrédulo. — Na primeira vez que me deparei com este lugar, seus homens estavam leiloando uma criança enquanto ela gritava pelo pai!

Muntadhir se virou chocado para Tariq.

— Isso é verdade?

Ali precisava dar crédito a Tariq – o homem nem mesmo estremeceu.

— É claro que não. — Ele tocou o coração. — Vamos lá, Emir, você me conhece. E sabe como os shafits gostam de exagerar as angústias deles… principalmente diante de um homem conhecido por ter um bolso aberto e um coração suscetível. — Ele sacudiu a cabeça. — Não tenho dúvidas de que andam enchendo os ouvidos de seu pobre irmão com todo tipo de histórias sobre surras e abusos.

Lubayd ergueu a mão para impedir Ali antes que ele avançasse, mas não conseguiu segurar a língua dele.

— Sua víbora mentirosa…

— Basta — disparou Muntadhir. — Vocês dois. — O irmão agora parecia mais irritado do que abalado; a dúvida que brilhara em seus olhos quando Ali mencionara a menina já sumira. — Não viemos aqui brigar, Alizayd. A ordem veio de abba e Tariq não planeja contestá-la. Mas quer ser adequadamente compensado.

Ali trincou os dentes.

— Ele foi. Descrevi os termos no pergaminho.

— Cem dinares? — debochou Tariq. — Isso não é nada. Ah, espere, perdoe-me… *e passagem para Meca* — acrescentou ele, sarcástico. — Obviamente mais uma ordem do que uma oferta.

Ali precisou de cada gota de autocontrole para não arrastar o homem para fora do cavalo. Se Muntadhir não estivesse presente, provavelmente teria feito isso. Sentindo a água começando a empoçar-se em suas mãos, rapidamente fechou os punhos; não ousaria perder o controle ali.

— É uma grande honra ter a permissão de se retirar para Meca — disse ele, com a voz controlada. — Só permitimos que um punhado de novos djinns entre na cidade sagrada a cada ano; há aqueles que chorariam por tal prêmio.

— Bem, não sou um deles — respondeu Tariq. — Minha vida e meus negócios estão em Daevabad. Não vou partir e insisto que me compense adequadamente.

— Posso entregar você aos shafits que alega estar ajudando a encontrar "trabalho e parentes" — sugeriu Ali, friamente. — Isso seria uma compensação adequada?

— *Não* — disparou Muntadhir, com os olhos brilhando enquanto o primo empalidecia. — Mas se o ameaçar de novo, teremos uma conversa muito diferente. — Ele encarou Ali. — Este homem é meu parente — disse ele, com a voz baixa e cheia de propósito. — Está sob minha proteção. Não me desonre tratando-o com tanto desdém. Deve haver algum tipo de acordo a que possamos chegar.

Ali o encarou. Entendia muito bem as noções geziri de orgulho e honra às quais o irmão tentava apelar.

Mas esse não era o único código que a tribo deles estimava.

— Não há acordo a ser feito aqui, Dhiru — respondeu Ali. — Não darei mais um centavo a este homem. Não podemos arcar com a despesa. Está me pedindo para tirar pão das bocas de soldados que protegem sua vida e tijolos do hospital destinado a tratar seus cidadãos para que um homem que já é rico, um homem que deturpou nossas crenças mais sagradas, possa ter seu orgulho apaziguado? — Ali sacudiu a cabeça. — Não farei isso.

Um pouco tarde demais, Ali percebeu que grande parte da multidão tinha se calado e que suas palavras tinham sido levadas pelo vento. Mais pessoas se reuniram para observar, shafits e djinns locais da classe trabalhadora dos bairros vizinhos, pessoas que olhavam para o emir e seus companheiros aprumados com escancarado ressentimento.

Muntadhir também pareceu notar. Seus olhos cinza percorreram a multidão crescente e Ali viu as mãos do irmão estremeceram nas rédeas.

Tariq insistiu, arrogante.

— Um discurso muito bonitinho para seus apoiadores, príncipe Alizayd. Suponho que não importe que se apoie nas mentiras de um bando de mestiços ingratos e que arruíne um de seus parentes, um homem que acompanhou a mãe do próprio emir até Daevabad. — Ele olhou com desprezo para Ali e, quando falou de novo, suas palavras foram precisas. — Talvez uma lição bastante clara para todos nós sobre quão pouco família significa para você.

Ali mordia a língua com tanta força que doía. Só podia agradecer a Deus que o dia estivesse seco e ensolarado, caso contrário tinha quase certeza de que aprenderia coisas novas e assassinas para se fazer com a chuva.

— Os shafits não estão mentindo, vi com meus próprios olhos...

— Ah é? — interrompeu Tariq. — Então onde estão os chicotes, príncipe Alizayd? As correntes e essas crianças aos prantos que alega que eu maltratei tanto?

— Eu as mandei para longe, para receberem cuidados. — Ali indicou os destroços. — Não há evidência porque estamos aqui desde o amanhecer. Mas você pode ter certeza de que anotei os nomes de cada shafit de que abusou aqui e ficarei feliz em apresentar os testemunhos deles.

— Depois que tiver enchido os bolsos deles, quer dizer — disse Tariq com escárnio. — É o jeito ayaanle, afinal.

Ali subitamente perdeu a batalha que estava travando com o temperamento. Sua mão desceu até a khanjar.

— Gostaria de resolver as coisas do *nosso* jeito? — sibilou ele em geziriyya. — Deveria estar *fugindo* para Meca. Se tivesse algum temor a Deus, passaria o resto de seus dias se redimindo do mal que fez aqui antes de queimar no fogo do inferno por todo...

— *Basta.* — A voz de Muntadhir ecoou pela praça. — Saque essa arma, Alizayd, e ordenarei que seja preso. *Não.* — Ele ergueu a mão, cortando Tariq quando o primo abriu a boca. — Já ouvi o bastante dos dois. Volte para casa, primo. Obviamente não há negociação aqui. Cuidarei de você e sua esposa pessoalmente. — Ele assentiu para o restante dos homens. — Vamos.

Ali tirou a mão da khanjar.

— Dhiru, eu só quis dizer...

— Sei o que quis dizer. E já disse para não me chamar assim. — Muntadhir subitamente pareceu exausto, farto e enojado com a situação toda. — Meu Deus, e pensar que ela quase me convenceu a apoiar essa loucura... — Ele sacudiu a cabeça. — Talvez eu devesse me sentir grato por isso, de certa forma.

— Grato pelo quê? — arriscou-se a perguntar Ali, embora seu estômago se revirasse de apreensão.

— Grato pelo lembrete de que você sempre escolherá suas crenças antes de nossa família. Não tem problema; faça bom proveito de ter os shafits como seus únicos aliados. — Muntadhir tocou a testa antes de virar o cavalo. — Veja até onde isso o leva em Daevabad, irmãozinho.

NAHRI

Nahri bateu de novo na porta do apartamento do marido.

— Muntadhir, não me importa quem está aí com você ou o que está bebendo, abra. Precisamos ir.

Não houve resposta.

A frustração dela chegou a níveis perigosos. Sabia que o marido e a manhã não eram melhores amigos, mas Nahri levara semanas para organizar aquela visita ao Grande Templo e já estavam atrasados.

Ela bateu na porta de novo.

— Se eu precisar arrastar você da cama...

A porta se abriu subitamente. Nahri quase tropeçou para dentro, segurando-se por pouco.

— Banu Nahida... — Muntadhir se recostou pesadamente contra a ombreira da porta. — Esposa — esclareceu ele, erguendo uma taça jade de vinho até os lábios. — Sempre tão impaciente.

Nahri o encarou, completamente sem palavras. Muntadhir estava semivestido, usando o que parecia ser o xale de uma mulher enrolado na cintura e o chapéu da corte dramaticamente alto de um nobre tukharistani.

Uma gargalhada atrás dele chamou a atenção dela e Nahri olhou para além do ombro do marido. Duas mulheres deslumbrantes estavam deitadas em estados semelhantes de desordem: uma fumava um narguilé enquanto a segunda, não usando nada além do turbante da corte de Muntadhir envolto de uma forma que certamente *não* era tradicional, reorganizava peças de um jogo.

Nahri inspirou, combatendo o súbito desejo de incendiar o quarto.

— Muntadhir — disse ela, trincando o maxilar —, não se lembra de que deveríamos visitar o Grande Templo hoje?

— Sabe... eu lembrei sim, na verdade. — Muntadhir esvaziou a taça.

Nahri ergueu as mãos.

— Então o que é *isto*? Não posso levar você ao lugar mais sagrado de meu povo enquanto está bêbado e usando o xale de sua cortesã!

— Eu não vou.

Nahri piscou.

— Como é?

— Não vou. Já falei: acho que esse plano de contratar e tratar os shafits é loucura.

— Mas... mas você concordou em vir hoje. E seu pai mandou! — A voz dela se elevou em alarme.

— Ah, nisso você está errada — declarou Muntadhir, agitando um dedo diante do rosto dela. — Ele não ordenou tal coisa especificamente. Disse que você tinha nosso apoio. — Ele deu de ombros. — Então diga a seus sacerdotes que tem.

— Não vão acreditar em mim! E, se você não aparecer, vão achar que há uma razão. — Ela sacudiu a cabeça. — Não posso arriscar outro motivo para que se oponham a mim. Vão entender isso como um insulto.

Muntadhir riu com escárnio.

— Ficarão aliviados. Você é a única Daeva que quer ver um Qahtani no seu templo.

As mulheres riram ao fundo novamente, uma jogando dados, e Nahri se encolheu.

— Por que está fazendo isso? — sussurrou ela. — Realmente me odeia tanto assim?

A expressão de desinteresse dele vacilou.

— Não odeio você, Nahri. Mas está seguindo por um caminho que não posso apoiar, com um parceiro que destrói tudo em que toca. Não vou me sentar com meus futuros súditos em um lugar que eles consideram sagrado e fazer promessas em que não acredito.

— Poderia ter me dito isso na semana passada!

Muntadhir inclinou a cabeça.

— Na semana passada Alizayd ainda não tinha ameaçado meu primo com o fogo do inferno diante de uma multidão de mestiços.

Nahri segurou o pulso dele.

— Ele fez *o quê*?

— Tentei avisar. Vá perguntar a seu sheik. Inferno, peça a *ele* que vá ao Templo com você. Tenho certeza de que será muito divertido. — Muntadhir retirou o braço da mão dela e bateu a porta em sua cara.

Durante um fôlego inteiro, Nahri ficou parada ali, chocada. Então esmurrou os punhos contra a porta.

— MUNTADHIR!

A porta permaneceu fechada. Conforme sua fúria crescia, algumas rachaduras apareceram na madeira entalhada e as dobradiças começaram a fumegar.

Não. Nahri recuou um passo. Maldita fosse caso se humilhasse implorando ao traste bêbado que era seu marido para cumprir com a palavra. Mas malditos fossem aqueles príncipes infernais e suas discussões idiotas!

Ela se virou, disparando pelo corredor. Se a inconsequência de Alizayd al Qahtani arruinasse seus planos naquele dia, ela *iria* envenená-lo.

A porta do apartamento de Ali estava fechada quando Nahri chegou e um soldado se ergueu quando ela se aproximou. Sem paciência e com a magia do palácio correndo por seu sangue, Nahri apenas estalou os dedos e um braseiro de canto se virou, derrubando seu conteúdo ardente no chão e serpenteando em volta dos tornozelos do soldado. As brasas o jogaram no chão e a porta se escancarou diante dela.

Nahri entrou e parou, por um momento sem saber se entrara no quarto certo. O apartamento de Ali estava um caos. Meia dúzia de mesas baixas eram usadas por secretários de aparência inquieta, pergaminhos e livros de contabilidade estavam por todo canto e pessoas empurravam papéis e discutiam em várias línguas.

A voz colérica de Ali chegou até ela do outro lado do quarto.

—… e falei que já fechei o contrato. Não me importa quem seja o tio de seu chefe; não é assim que faço as coisas. O encanamento do hospital será instalado por uma guilda *sem* histórico de enfeitiçar a competição.

Ela avançou até o príncipe, desviando de vários escribas espantados. Ali reparou na aproximação e rapidamente se endireitou – tão rápido, na verdade, que derrubou um frasco de nanquim no dishdasha azul pálido.

— Banu Nahida, q-que a paz esteja com você — gaguejou ele, secando a tinta. — Hã, não deveria estar no Grande Templo?

— Deveria. — Nahri empurrou a barra do chador para cutucar o peito dele. — Com meu marido. É o que meu povo e os sacerdotes esperam. No entanto, meu *marido* está bebendo, entretendo companhia que definitivamente não sou eu e dizendo que *você* é responsável. Que estava gritando nas ruas sobre como o primo dele vai queimar no inferno. — Ela o cutucou de novo. — Vocês dois não têm *um* pingo de racionalidade?

A expressão de Ali ficou imediatamente perturbada.

— Eu não disse que ele *iria* queimar no inferno — defendeu-se ele. — Sugeri que ele fizesse penitência antes que isso acontecesse.

Nahri sentiu o chão tremer sob os pés. Ela fechou os olhos por um minuto, forçando-se a se acalmar.

— Alizayd. Passei semanas discutindo com os sacerdotes para permitir essa visita. Se ele não vier, verão isso como uma falha. E se virem isso como uma falha, se não acharem que tenho o apoio de sua família, como acha que vão reagir quando eu anunciar que quero derrubar *séculos de tradição* para trabalhar com os shafits? Estou arriscando minha reputação nesse hospital. Se fracassar porque você não consegue ficar de boca fechada, o fogo do inferno vai ser o menor de seus problemas.

Ela podia jurar que o ar tinha faiscado quando a ameaça deixou seus lábios, e não deixou de notar a velocidade com que vários djinns recuaram.

Ali engoliu em seco.

— Vou dar um jeito nisso. Juro. Vá para o Templo e espere por ele.

Nahri não estava sentindo-se otimista.

Ao seu lado, Jamshid se agitou.

— Queria que me deixasse falar com ele.

Ela sacudiu a cabeça.

— Isso é entre Muntadhir e eu. E não deveria resolver os problemas dele o tempo todo, Jamshid.

Ele suspirou, arrumando o chapéu. Como Nahri, estava usando a roupa do Templo; os jalecos do hospital ensanguentados e manchados de cinzas foram substituídos por chadores e casacos de seda.

— Contou a Nisreen a verdade sobre por que viríamos aqui?

Nahri trocou o peso do corpo entre os pés.

— Não — confessou ela. Nisreen tinha ficado para trás para supervisionar a enfermaria, algo pelo qual Nahri ficara secretamente aliviada. Ela não precisava de mais uma voz contra-argumentando. — Nós... não temos concordado em muita coisa ultimamente.

— Ela não me parece o tipo que gosta de ficar sem saber das coisas — observou Jamshid, casualmente.

Nahri fez uma careta. Não gostava da tensão que tinha crescido entre ela e sua mentora, mas também não sabia como consertá-la.

Jamshid olhou para o portão.

— E por falar em mais velhos insatisfeitos, eu provavelmente deveria lhe dizer que meu pai...

O galope de cascos o interrompeu. Nahri ergueu o rosto e viu um cavaleiro em uma túnica ébano disparando até eles. Alívio inundou seu peito.

E durou apenas um momento, porque aquele cavaleiro *não* era seu marido.

Ali estava ao lado deles em segundos, parecendo, bem, muito principesco em um magnífico garanhão cinza. Usava cores reais, a primeira vez que ela o via assim, com uma túnica preta com barra dourada fumegante na altura dos tornozelos e um turbante azul, roxo e dourado brilhante envolto na cabeça. Havia arrumado a barba espetada numa forma quase aceitável e até usava joias – um colar de pérolas envolto no pescoço e um pesado anel de prata coroado com um dos famosos diamantes rosa de Ta Ntry no polegar esquerdo.

Nahri o olhou boquiaberta.

— Você não é Muntadhir.

— Não sou — concordou ele, descendo do cavalo. Devia ter se arrumado às pressas; cheirava a madeira de ágar recém--queimada e havia gotas d'água agarradas a seu pescoço. — Meu irmão ainda está indisposto.

Jamshid olhava para Ali com hostilidade escancarada.

— Essas são as roupas dele?

— Não parece que ele vai precisar delas hoje. — Ali olhou para trás, espiando na direção de onde viera. — Onde ela está? — perguntou ele, aparentemente para si mesmo. — Estava logo atrás de mim...

Jamshid se colocou entre os dois.

— Nahri, não pode trazê-lo para o Templo — avisou ele, trocando para o divasti. — As pessoas *queimam efígies dele* no Templo!

Nahri não teve a chance de responder. Outro cavaleiro tinha se juntado a eles, ainda mais surpreendente do que Ali.

— Que a paz esteja com vocês — disse Zaynab, em tom galanteador, ao descer do cavalo. — Um lindo dia, não é?

A boca de Nahri se escancarou. A princesa Qahtani estava ainda mais deslumbrante do que o irmão, usando calças de montaria douradas esvoaçantes sob uma túnica índigo com listras alegres. Ela usava o shayla preto com leveza, sob um lenço de cabeça com safiras reluzentes, seu rosto parcialmente obscurecido por uma máscara geziri prateada. Joias brilhavam em cada dedo.

Zaynab pegou a mão do irmão, voltando um sorriso triunfante para os Daeva que haviam se reunido para olhar boquiabertos. Não havia como negar que os irmãos reais eram uma visão extraordinária, algo que parecia deliciar Zaynab.

— O-o que está fazendo aqui? — foi o que conseguiu perguntar Nahri.

Zaynab deu de ombros.

— Ali veio correndo e disse que você precisava de Qahtanis para ajudar a convencer seus sacerdotes. Agora tem alguns. Melhor ainda, tem a mim. — O tom dela era doce como açúcar. — Caso não saiba, vocês dois — ela indicou Ali e Nahri — são bastante abrasivos. — O olhar da princesa passou direto por Nahri. — Jamshid! — disse ela, calorosamente. — Como está? Como está seu pai?

Parte da raiva deixou o rosto de Jamshid diante da boa vontade agressiva de Zaynab.

— Estamos bem, princesa. Obrigado por perguntar. — Ele desviou um olhar para Nahri. — Na verdade, sobre meu pai... ele está aqui.

Nahri fechou os olhos. Aquilo tudo estava começando a parecer um pesadelo.

— Seu pai voltou? Kaveh está *aqui*?

Jamshid assentiu, engolindo em seco.

— Ele costuma ir direto para o Templo depois de uma jornada, para agradecer ao Criador por garantir sua segurança.

— Que linda tradição — disse Zaynab, alegremente, mirando um olhar afiado para o irmão. À menção de Kaveh, a expressão de Ali se contorcera como se ele tivesse chupado um limão. — Não é, Alizayd?

Ali ofereceu algo que poderia ter sido um aceno.

— Sim. Linda.

— Vamos? — perguntou Zaynab, colocando-se entre os homens. — Jamshid, pode me dar um tour? Ali e Nahri provavelmente têm muitas coisas extremamente chatas para discutir.

— Sua *irmã*? — sussurrou Nahri assim que Jamshid e Zaynab saíram do alcance da voz.

Ali olhou para ela indefeso.

— *Kaveh*?

— Também estou surpresa com isso — disse ela, sombriamente. — Ele é muito ortodoxo. Vai protestar contra o projeto.

— E não vai gostar de me ver aqui — avisou Ali. — Nós... não temos um histórico muito amigável.

— Você e Kaveh? — perguntou ela, sarcasticamente. — Não posso imaginar por que não. — Nahri suspirou, olhando para os Portões do Templo. Apesar de todos os temores, levar Alizayd al Qahtani para o Templo não era nem de longe tão ruim quanto dizer que pretendia trabalhar com os shafits. — Deixe suas armas em minha liteira.

A mão de Ali foi para o cabo da zulfiqar como uma mãe superprotetora agarraria uma criança.

— Por quê?

— Não permitimos armas no Templo. *Nenhuma* arma — acrescentou ela, sentindo que isso deveria ficar claro para o príncipe guerreiro à sua frente.

— Tudo bem — murmurou ele, tirando a zulfiqar e a khanjar e guardando-as delicadamente na liteira de Nahri. Ele tirou uma pequena faca de um coldre preso no tornozelo e então uma estaca da manga. Quando se virou, a luz do sol refletiu na relíquia de cobre em sua orelha. — Vamos.

Zaynab e Jamshid já estavam a meio caminho da entrada principal; a voz elevada de Zaynab chegava até eles. O pátio do Templo estava cheio como sempre, com daevabadis locais passeando pelo terreno jardinado e parentes de peregrinos sentados em tapetes abertos sob as árvores. As pessoas tinham parado para olhar para Zaynab, animadamente apontando na direção da princesa.

A visão de Ali provocou uma reação diferente. Nahri ouviu alguns arquejos, vendo olhos semicerrados e horror evidente.

Ela ignorou, endireitando os ombros e erguendo o queixo. Não mostraria fraqueza naquele dia.

Ali olhou para o complexo do Templo com apreciação, parecendo não notar a hostilidade ao redor.

— É lindo — disse ele, admirando conforme passavam por uma fileira de cedros altos. — Estas árvores parecem estar aqui desde o tempo de Anahid. — Ele se ajoelhou, passando os dedos sobre um dos discos de pedra de cores alegres que compunham as trilhas do Templo. — E jamais vi algo assim.

— São do lago — explicou Nahri. — Supostamente, os marids as trouxeram como tributo.

— Os marids? — Ele pareceu espantado ao endireitar-se, segurando a pedra. Era do laranja alegre de um sol poente, salpicada de pingos carmesim. — Não me dei conta...

A pedra em sua mão subitamente reluziu como se estivesse sob um mar pálido.

Nahri a derrubou da mão dele.

Os olhos de Ali se arregalaram.

— D-desculpe.

— Não tem problema. — Nahri ousou olhar ao redor. As pessoas estavam observando, claro, mas não parecia que ninguém tinha reparado.

Ela ouviu Ali engolir em seco.

— As pedras fazem isso com frequência? — perguntou ele, esperançoso.

— Nunca, até onde sei. — Ela deu um olhar afiado para ele. — Por outro lado, considerando a fonte delas...

Ele pigarreou, silenciando-a.

— Podemos não falar sobre isso aqui?

Ali estava certo.

— Tudo bem. Mas não toque em mais nada. — Nahri parou, lembrando-se de quem, exatamente, estava prestes a levar para dentro do Templo. — E talvez não diga nada. Nada mesmo.

Uma expressão contrariada percorreu o rosto dele, mas Ali permaneceu calado até alcançarem Jamshid e Zaynab à entrada do Templo.

Os olhos de Zaynab brilhavam.

— Um lugar extraordinário — disse ela, entusiasmada. — Jamshid estava me dando um tour maravilhoso. Sabia que ele já foi um noviciado aqui, Ali?

Ali assentiu.

— Muntadhir me contou que você treinou para o sacerdócio. — Ele pareceu curioso. — O que o fez deixar isso pela Guarda?

A expressão de Jamshid era rígida.

— Eu queria ser mais proativo em defender meu povo.

Zaynab rapidamente pegou o braço do irmão.

— Por que não entramos?

Conforme Jamshid os levava para dentro do Templo, a parte de Nahri que era curandeira não pôde deixar de reparar que ele parecia se apoiar um pouco menos na bengala. Talvez a sessão que Muntadhir havia interrompido tivesse feito algum bem, afinal.

— Estes são nossos altares — explicou Jamshid — dedicados aos nossos mais honrosos ancestrais. — Ele olhou para Ali. — Acredito que seu povo tenha assassinado muitos deles.

— Um favor que eles retribuíram mais de uma vez, se bem me lembro — respondeu Ali, em tom ácido.

— Talvez pudéssemos discutir a guerra mais tarde — sugeriu Nahri, caminhando mais rápido. — Quanto mais tempo fico longe da enfermaria, maior a chance de uma emergência acontecer.

Mas Ali ficou subitamente imóvel ao lado dela. Nahri se virou para ele e viu seu olhar fixo no último altar. Ele chamava a atenção, claro; era o mais popular do Templo, enfeitado com flores e oferendas.

Nahri ouviu o príncipe prender o fôlego.

— Aquele é...

— O de Darayavahoush? — A voz de Kaveh soou de atrás deles, então o grão-vizir começou a subir até eles, ainda usando o manto de viagem. — De fato. — Ele ergueu as mãos em uma benção. — Darayavahoush e-Afshin, o último grande defensor do povo Daeva e guardião dos Nahid. Que descanse à sombra do Criador.

Nahri viu Jamshid encolher-se pelo canto do olho, mas ficou quieto, obviamente leal à tribo diante dos visitantes.

— Grão-vizir — cumprimentou Nahri, diplomaticamente. — Que as chamas queimem forte para você.

— E para você, Banu Nahida — respondeu Kaveh. — Princesa Zaynab, que a paz esteja com você. É uma honra e uma surpresa vê-la aqui. — Ele se virou para Ali e o afeto sumiu da expressão. — Príncipe Alizayd — disse Kaveh, simplesmente. — Você voltou de Am Gezira.

Ali não pareceu notar a grosseria. Não desviara o olhar do altar de Dara e parecia estar lutando para manter a compostura. Seus olhos se voltaram para o arco às costas, então Nahri o viu enrijecer. Não podia culpá-lo – vira Jamshid reagir da mesma forma à réplica da arma que quase tomara a vida dele.

Então Ali se aproximou e seu olhar recaiu na base da estátua de Dara. O coração de Nahri pesou. *Não. Hoje não.*

Ali pegou um objeto da pilha de oferendas. Apesar de carbonizado e preto, as feições reptilianas eram facilmente reconhecíveis.

Zaynab arquejou baixo; o esqueleto talvez fosse demais até mesmo para ela.

— Isso é um crocodilo? — perguntou, com a voz cheia de raiva.

Nahri segurou o fôlego. Ali estremeceu e ela silenciosamente amaldiçoou quem quer que tivesse deixado aquilo ali. Pronto. Ele iria explodir, diria algo tão ofensivo que os sacerdotes pediriam que fosse expulso, e os planos dela para os shafits acabariam antes de serem propostos.

— Imagino que isso seja para mim? — perguntou Ali, depois de um momento de silêncio.

Kaveh falou primeiro.

— Acredito que tenha sido a intenção. — Ao lado dele, Jamshid pareceu envergonhado.

— Ali... — começou Nahri.

Mas ele já o estava devolvendo. Não no chão, mas aos pés do cavalo de pedra de Dara – cujos cascos esmagavam as moscas da areia que ela não tinha dúvidas de que o príncipe de olhos atentos notara.

Ele uniu os dedos.

— Então à Darayavahoush e-Afshin — disse Ali, com apenas um ínfimo toque de sarcasmo na educação exagerada.

— O melhor e mais aterrorizante guerreiro que este crocodilo já enfrentou. — Ele se virou de volta, lançando um sorriso quase assustador para Kaveh. — Venha, grão-vizir — disse o príncipe, passando o braço em volta do homem e puxando-o para perto. — Faz tempo demais desde que compartilhamos a companhia um do outro, e sei que sua genial Banu Nahida está ansiosa para lhe contar os planos dela.

Diante dela, Kartir torcia as mãos. Nahri jamais vira o sacerdote idoso tão pálido. Eles se reuniram em uma câmara interior sem janelas, com paredes altas e tochas projetando luz nos ícones dos ancestrais dela que ocupavam a sala. Parecia que até eles a olhavam de cima com reprovação.

— Shafits? Você pretende trabalhar com *shafits*? — perguntou Kartir finalmente depois que Nahri terminou de expor os planos para o hospital. Parecia que estava suplicando para que ela o contradissesse.

— Pretendo — respondeu Nahri. — Já fiz parceria com uma. Uma médica com muito mais treino e experiência do que eu. Ela e o marido são médicos incríveis.

— Eles são *mestiços* — disparou uma das sacerdotisas, praticamente cuspindo, em divasti. — As crias desalmadas de desprezíveis djinns com humanos.

Nahri ficou subitamente grata que nem Ali nem Zaynab compartilhassem da fluência do irmão mais velho na língua daeva.

— São tão inocentes na própria criação quanto você e eu. — A voz dela ficou inflamada. — Esquece que fui criada no mundo humano. Não ouvirei agressões atiradas àqueles que compartilham o sangue deles.

Kartir uniu as mãos em um gesto de paz, olhando com censura para a sacerdotisa.

— Nem eu. Esses sentimentos não têm lugar no Templo. Mas, Banu Nahida — acrescentou ele, encarando-a com súplica —, deve entender que o que sugere é impossível. Não pode usar suas habilidades em um shafit. É proibido. — Medo encheu os olhos escuros dele. — Diz-se que um Nahid perde as habilidades quando toca um shafit.

Nahri manteve o rosto controlado, mas magoava ouvir aquilo de um homem bondoso que ensinara a ela sobre sua religião, que colocara o altar original de Anahid nas mãos dela e apaziguara suas dúvidas e medos em mais de uma ocasião – até ele cultivava os mesmos preconceitos que o resto de seu povo. Assim como Dara. Assim como seu marido. Assim como quase todos que eram queridos por ela, na verdade.

— Uma crença incorreta — disse Nahri, por fim. — E não pretendo curar os shafits pessoalmente — esclareceu a curandeira, forçando as palavras desprezíveis para fora da língua. — Trabalharíamos e estudaríamos juntos, só isso.

Outro sacerdote falou.

— É uma violação do código de Suleiman interagir com eles de qualquer forma!

Nahri não ignorava o fato de que Kaveh observava o debate. A reprovação do grão-vizir era evidente, mas ainda não declarada; ela suspeitava de que ele estava esperando pelo momento certo de atacar.

— Não é uma violação do código de Suleiman — argumentou ela, mudando para djinnistani para que Ali e Zaynab compreendessem. — É outra interpretação.

— Outra interpretação? — repetiu Kartir, com a voz fraca.

— Sim — respondeu ela, firme. — Estamos em Daevabad, meus amigos. Uma cidade mágica protegida, escondida dos humanos. O que fazemos aqui, como tratamos aqueles com o sangue deles, não afeta o mundo humano além de nossos portões. Tratar aqueles *que já estão em nosso mundo* com respeito e bondade não contraria a ordem de Suleiman de que deixemos a humanidade em paz.

— Não? — perguntou Kartir. — Não seria uma permissão implícita de tais interações?

— Não — disparou Nahri, continuando em djinnistani. — Se um djinn obedece ou não as leis do lado de fora de nossos portões é um problema separado de como tratamos aqueles do lado de dentro. — A voz dela se elevou. — Algum de vocês já foi aos distritos shafits? Há crianças andando nos esgotos e mães morrendo no parto. Como podem se dizer servos do Criador e achar que isso é permissível?

O argumento funcionou; Kartir parecia envergonhado. Ali a olhava com orgulho evidente.

Isso não deixou de ser notado e Kaveh finalmente falou.

— O príncipe colocou essas ideias em sua cabeça — declarou ele, em divasti. — Minha senhora, ele é um radical conhecido. Não deve deixar o fanatismo dele pelos shafits a influenciar.

— Não preciso que homens coloquem ideias em minha cabeça — replicou Nahri. — Você fala sem permissão, Kaveh e-Pramukh.

Ele uniu as mãos em tenda.

— Não quero desrespeitar, Banu Nahida. — Mas não havia desculpas na voz dele; era a forma como se falaria com uma criança e isso a irritou. — O que está sugerindo soa lindo e indica um bom coração...

— Indica uma mulher que aprendeu a lição quando Ghassan deixou de proteger nossa tribo após a morte de Dara — retrucou Nahri em divasti. — É bondade tanto quanto pragmatismo que me motiva. Jamais estaremos seguros em Daevabad sem ter paz com os shafits. Você deve enxergar isso. Eles são quase tão numerosos quanto nós. Depender dos djinns para nos manter longe dos pescoços uns dos outros é tolice. Isso nos deixa frágeis e à mercê deles.

— É uma questão de necessidade — argumentou Kaveh. — Minha senhora, com todo o respeito... você é muito jovem.

Já vi muitas ofertas de paz tanto aos djinns como aos shafits em minha vida. Jamais terminaram bem.

— A escolha é minha.

— E, no entanto, pede nossa benção — observou Kartir, gentilmente. — Não pede?

Nahri hesitou, seu olhar percorrendo os ícones de seus ancestrais – o Templo cuja construção Anahid supervisionara, o povo que ela unira de novo depois que Suleiman o amaldiçoara.

— Não peço — respondeu ela, deixando as palavras pairarem em djinnistani conforme olhava para os anciões ao seu redor. — Estou informando por respeito. É meu hospital. São minhas habilidades e não preciso de sua permissão. Sou a Banu Nahida e, acredite ou não, *Kaveh* — deliberadamente deixando de fora o título dele —, em meus poucos anos em Daevabad aprendi o significado da história por trás desse título. Você não ousaria questionar meus ancestrais.

Um silêncio pasmo se seguiu à declaração. O grão-vizir a encarou chocado e alguns dos sacerdotes recuaram.

— No entanto, os Nahid governaram como um *conselho* — observou Kartir, sem temor. — Seus ancestrais discutiam as coisas entre si e com os seus sacerdotes e conselheiros. Não governavam como reis que não deviam nada a ninguém. — Ele não olhou para nenhum dos al Qahtani ao dizer aquilo, mas a implicação estava clara.

— E foram destronados, Kartir — respondeu ela. — E nós estamos lutando desde então. Está na hora de tentar algo novo.

— Acho que a posição da Banu Nahida é óbvia. — A voz de Kaveh soou grosseira.

— E a minha. — Jamshid não falara desde que haviam entrado na sala, mas agora se manifestou olhando o pai nos olhos. — Ela tem meu apoio, baba.

Kaveh observou os dois com um olhar indecifrável.

— Então suponho que a questão tenha sido decidida. Se não se importam... — Ele se levantou. — Fiz uma viagem bastante longa.

As palavras de Kaveh pareceram dispensar a reunião e, embora Nahri tivesse ficado irritada por ter sido ele quem o fizera, também se sentiu aliviada. Deixara clara sua decisão e, mesmo que os sacerdotes não gostassem, não pareciam dispostos a desafiá-la abertamente.

Kartir falou mais uma vez.

— A procissão. Se quiser nosso apoio nisto, certamente pode nos agraciar com sua presença.

Nahri conteve um resmungo. Devia ter sabido que não seria tão fácil.

— Por favor, não me obriguem a fazer isso.

Ali franziu a testa.

— Fazer o quê?

— Eles querem me vestir como Anahid e me colocar em um desfile do Navasatem. — Ela lançou um olhar de desespero para Kartir. — É humilhante.

— É divertido — esclareceu ele, com um sorriso. — A procissão daeva é uma das partes preferidas do Navasatem e faz séculos desde que tivemos uma Nahid nela.

— Tinham minha mãe.

Ele olhou para ela.

— As histórias que lhe contei sobre Banu Manizheh fazem parecer que ela era do tipo que participava de tais coisas? — A expressão dele se tornou suplicante. — Por favor. Faça por seu povo.

Nahri suspirou, importunada pela culpa.

— Tudo bem. Se apoiarem meu hospital, vou colocar uma fantasia e sorrir como uma tola. — Ela fingiu um olhar de raiva. — Você é mais ardiloso do que pensei.

O sacerdote idoso tocou o coração.

— Os sacrifícios que se faz pela própria tribo — provocou ele.

Então eles deixaram o santuário, saindo do Templo. Manchas de sol dançaram pela visão de Nahri quando eles emergiram na luz forte da tarde.

Ali parou nos degraus.

— Este lugar é mesmo lindo — disse ele, olhando para os espelhos d'água cobertos de nenúfares. Uma brisa trouxe o perfume dos cedros que ladeavam o perímetro. — Obrigado por permitir nossa visita. Tirando as circunstâncias... foi uma honra. — Ele pigarreou. — E sinto muito pelas circunstâncias. Vou tentar ser mais cuidadoso, prometo.

— Sim. Em troca, obrigada por não estrangular o grão--vizir. — Então, ao se lembrar do caos do apartamento dele, Nahri acrescentou, um pouco relutante: — E obrigada pelo trabalho que tem feito com o hospital. Não passou despercebido.

Ali se virou para ela, com um sorriso surpreso iluminando o rosto.

— Isso foi um elogio?

— Não — disse ela, forçando uma rabugice que não sentia na voz. — É apenas a afirmação de um fato.

Eles começaram a cruzar o jardim.

— Então — prosseguiu Ali, com um tom brincalhão —, que história é essa de se fantasiar de Anahid?

Ela ergueu o rosto e lançou um olhar severo para ele.

— Não comece, al Qahtani. Não quando você vem admirando seu reflexo em cada superfície reluzente por que passamos desde que desceu do cavalo.

A vergonha arrancou a diversão do seu rosto.

— Foi tão óbvio assim? — sussurrou ele.

Nahri parou, deliciando-se com seu acanhamento.

— Apenas para qualquer um que tenha olhado em sua direção. — Ela abriu um sorriso doce. — Então, todo mundo.

Ali se encolheu, estendendo a mão para tocar o turbante.

— Jamais esperei usar isto — disse ele, baixinho. — Não consegui parar de imaginar como estava.

— Boa sorte com essa desculpa quando Muntadhir souber que roubou seus trajes. — A bem da verdade, Ali era mesmo uma figura admirável com o turbante; as impressionantes listras douradas ressaltavam o calor em seus olhos cinza. Mesmo assim, Nahri não gostava das roupas nele. — Não combinam com você — disse ela, mais para si mesma do que para ele.

— Não — concordou ele, inexpressivo. — Suponho que, entre nós dois, Muntadhir se pareça mais com o que o povo espera de um príncipe Qahtani.

Ela percebeu tarde demais o duplo sentido das palavras.

— Ah, não, Ali. Não foi o que eu quis dizer. Não mesmo. — Sempre que Nahri prendia o chador nas orelhas redondas humanas tinha a mesma sensação de não corresponder às expectativas; enojava-a pensar que poderia ter indicado o mesmo para outra pessoa. — É que eu odeio o turbante. Odeio o que ele representa. A guerra, Qui-zi... parece tão enraizado nas piores partes de nosso passado.

Ali parou, virando-se para encará-la por completo.

— Não, não suponho que uma Banu Nahida que acaba de desafiar um grupo de homens que combinados têm um milênio de anos a mais que ela *estimaria* tanto essa tradição. — Ele sorriu, sacudindo a cabeça. — Seu povo é abençoado por ter você como líder. Espero que saiba disso. — Ele disse as palavras com carinho, com o que pareceu ser toda a sinceridade amigável do mundo.

A resposta de Nahri foi imediata.

— Talvez um dia *seu* povo me tenha como líder.

Ela falou como um desafio e, de fato, Ali recuou, parecendo levemente espantado. Mas então abriu um lento sorriso, seus olhos brilhando com uma diversão sombria.

— Bem, então acho que é melhor eu voltar a construir nosso hospital. — O príncipe tocou o coração e a testa na saudação geziri, obviamente contendo uma risada. — Que a paz esteja com você, Banu Nahida.

Nahri não respondeu e Ali não esperou que o fizesse. Em vez disso, ele se virou, seguindo até Zaynab, que já estava esperando no protão.

Nahri o observou ir embora, subitamente ciente de quantos outros Daeva faziam o mesmo – e do escrutínio silencioso com o qual ela suspeitava que muitos tinham acabado de observar a interação.

Ela deixou sua expressão tornar-se severa e encarou a multidão até que as pessoas começaram a retomar suas atividades às pressas. Tinha sido sincera com os sacerdotes; faria aquilo do seu jeito e uma boa Banu Nahida não podia demonstrar fraqueza.

Então Nahri se certificaria de que não tivesse nenhuma.

22

ALI

ALI SORRIU AO APERTAR A ALÇA DA BOMBA COM UMA DAS mãos, soltando um jato de água fria no chão.

— A nova especialidade do seu filho — brincou ele para a mulher à sua frente.

Os olhos dourados de Hatset acompanharam o jato de lama no dishdasha dele.

— Quando sonhei com um futuro melhor para você, baba, você parecia distintamente... mais limpo.

— Gosto de sujar as mãos. — Ali se esticou, limpando os dedos em um trapo preso ao cinto. — Mas o que acha? — perguntou ele, indicando a fila de oficinas movimentadas diante do hospital.

— Estou impressionada — respondeu a mãe. — Por outro lado, considerando a fortuna que arrancou de minha tribo desde que voltou para Daevabad, não esperava nada menos.

Ali tocou o coração, fingindo ofensa.

— Ah, o que aconteceu com todas as suas palavras sobre fazer o bem por minha cidade? — Ele piscou um olho. — Achou que seria barato?

Ela sacudiu a cabeça, mas estava sorrindo. Seu olhar deteu-se em um grupo de crianças sentadas na escola do campo de trabalho.

— Vale o custo. Estou orgulhosa de você. Um pouco exasperada, mas ainda assim orgulhosa.

Eles prosseguiram na direção do hospital e Ali acenou para cumprimentar uma dupla de carpinteiros que martelava armários.

— Os shafits estão fazendo a maior pare do trabalho — respondeu ele. — Sinto-me mais como um supervisor de tarefas exaltado do que qualquer outra coisa. Meu maior problema é encontrar um trabalho para todos que querem se juntar a nós. É impressionante ver o que as pessoas fizeram com a oportunidade. E em poucos meses!

— É bom ver suas crenças a respeito dos shafits se manifestarem, não?

Ali assentiu fervorosamente.

— Nada me deixaria mais feliz do que ver este lugar prosperar e deixar todos com pretensões de pureza de sangue ver o que os shafits realizaram aqui. — Ele uniu as mãos às costas, brincando com as contas de oração. — Queria que abba visse isso. Teríamos mais segurança investindo nos shafits do que os espancando para que obedeçam.

— Então você deveria parar de se lamentar por sua Bir Nabat e convencer seu pai a deixar que permaneça em Daevabad. — Hatset olhou para ele com determinação conforme entravam no hospital. — O tipo de mudança que quer leva tempo e paciência, criança. Você se considera um tipo de fazendeiro agora, não é? Apenas joga sementes no chão e as abandona na esperança de que cresçam sem supervisão?

Ali segurou a língua – e não apenas por causa dos trabalhadores atribulados em volta deles, mas porque, na verdade, a cada dia que passava em Daevabad tinha menos certeza do que queria.

Hatset soltou uma exclamação de surpresa quando entraram no corredor principal.

— Ora, isso é lindo — disse ela, admirando os vívidos murais que Elashia tinha pintado nas paredes: navios de areia deslumbrantes avançando pelas dunas e os exuberantes oásis de Qart Sahar ao lado de íngremes costões e mares azuis.

— Deveria ver o que acontece quando Nahri passa por eles — disse Ali. — As pinturas ganham vida: as ondas quebram na praia, as árvores florescem. A magia Nahid neste lugar é incrível.

— Sim, está ficando cada vez mais claro que ela lançou um feitiço e tanto — disse Hatset, com leveza.

Ali se inclinou sobre uma das balaustradas para verificar o progresso do dia. À primeira vista, o coração do hospital era quase indistinguível da ruína selvagem e coberta de ervas daninhas que Nahri mostrara a ele. O jardim feral tinha sido transformado em um pequeno pedaço do paraíso, com caminhos ladrilhados ao longo dos quais os visitantes e pacientes poderiam passear, aproveitando a água de cheiro doce das fontes e o frescor da sombra das palmeiras. As paredes do interior tinham sido reconstruídas e marceneiros montavam um telhado de vidro que aumentaria a quantidade de luz natural dentro dos quartos. A câmara de exames principal estava concluída, esperando mobília e armários.

— Príncipe Alizayd!

Uma voz chamou a atenção dele e Ali olhou para o outro lado do pátio, onde viu um grupo de costureiras shafits sentadas em meio a uma pilha de cortinas bordadas. Uma mulher que parecia ter a idade dele tinha se levantado com um sorriso tímido no rosto.

Ela continuou quando os olhares deles se encontraram, um rubor tomando suas bochechas.

— Desculpe incomodar, Vossa Alteza. Mas, se estiver por aqui mais tarde, estávamos pensando... — Ela indicou as outras mulheres e várias riram. — Esperávamos que pudesse nos ajudar a pendurar estas cortinas.

— Eu... é claro — respondeu Ali, um pouco confuso com o pedido. — Avisem quando estiverem prontas.

Ela sorriu de novo e Ali não deixou de notar que criava um efeito bastante atraente.

— Com certeza o buscaremos. — A mulher retomou o lugar, sussurrando para as companheiras.

— É fascinante — ironizou a mãe — que neste complexo mágico inteiro, cheio de equipamentos de construção, a única forma de pendurar cortinas seja depender de um jovem e belo príncipe solteiro e excessivamente alto.

Ali rapidamente afastou os olhos das jovens.

— Tenho certeza de que não pretendiam nada assim.

Hatset riu com deboche.

— Nem mesmo você é tão ingênuo. — Ela passou o braço pelo dele conforme continuaram caminhando. — Mas sabe... não seria a pior ideia se você queimasse uma máscara matrimonial com uma linda jovem shafit. Talvez então de fato *visitasse* sua cama em vez de se matar de trabalhar.

Vergonha tomou o rosto dele tão rápido que Ali sentiu que pegaria fogo.

— *Amma...*

— O quê? Não tenho permissão de querer alguma felicidade para meu único filho?

Ele já sacudia a cabeça.

— Sabe que não tenho permissão de me casar.

— Não, o que não lhe é permitido é uma cerimônia luxuosa com uma mulher nobre que poderia oferecer aliados políticos e herdeiros para competir com os de Muntadhir, por isso não é o que estou sugerindo. — Ela o avaliou com um olhar suave. — Mas me preocupo com você, baba. Parece solitário. Gostaria que eu ou Zaynab procurássemos alguém...?

— Não — disse Ali, tentando manter a mágoa longe da voz. A avaliação da mãe não estava errada, mas era uma parte da vida em que simplesmente tentava não pensar. Ao crescer como o futuro qaid de Muntadhir, Ali tentara se preparar para o que os aguardava: uma vida violenta e solitária na Cidadela para ele; riqueza, uma família e o trono para Muntadhir. Achara mais fácil não pensar nas coisas que lhe seriam negadas, os luxos reservados para seu irmão.

Mas aqueles eram juramentos que fizera quando criança, jovem demais para entender o custo. Não que isso importasse agora. Ali jamais seria qaid e não podia fingir que o ressentimento não tinha ocupado seu coração, mas não havia nada a ser feito. Ele fora sincero no que dissera a Lubayd e Aqisa quando o provocaram a respeito de casamento: não faria votos com uma mulher inocente se não achasse que poderia cumpri-los e, no momento, mal era capaz de proteger a si mesmo.

A mãe ainda olhava para ele com expectativa.

— Podemos discutir isso outra hora? — perguntou Ali. — Talvez em um dia em que *não* estejamos tentando forçar uma reunião com um estudioso temperamental?

Hatset revirou os olhos.

— Não vamos forçar ninguém, meu querido. Tenho lidado com Ustadh Issa há anos.

A confiança dela era um conforto. Ali ficara chocado ao descobrir que o estudioso ayaanle que a mãe esperava que pudesse contar mais a eles sobre os marids e o idoso rabugento barricado em um quarto do hospital eram a mesma pessoa. Ele ainda não colocara os olhos no homem; ao descobrir que estranhos entrariam no hospital, Issa enchera o corredor do lado de fora de seus aposentos com todo tipo de armadilhas mágicas. Por fim, depois que vários trabalhadores foram mordidos por livros amaldiçoados, Nahri e Razu – as únicas pessoas com quem o homem falava – tinham conseguido negociar um acordo: ninguém teria permissão de aproximar-se do quarto dele e, em troca, ele pararia de amaldiçoar o corredor.

— Deveríamos ter pedido a Nahri que viesse conosco — disse Ali de novo. — Issa gosta dela e ela é muito habilidosa em extrair informações das pessoas.

A mãe deu um olhar sombrio a ele.

— É melhor se certificar de que ela não esteja extraindo informações de *você*. Aquela mulher é o tipo de aliado que se deve manter à distância de uma faca. — Eles pararam fora da porta trancada do estudioso e Hatset bateu. — Ustadh Is...

Ela nem terminou a palavra quando Ali sentiu um sussurro de magia – e puxou a mãe para trás um segundo antes de um sabre, feito do que pareciam ser astrolábios desmontados, passou zunindo pela ombreira da porta.

Ali xingou em geziriyya, mas Hatset apenas sacudiu a cabeça.

— Ustadh, sinceramente — ralhou ela em ntaran. — Já conversamos sobre ser mais sociável. — Um aviso ardiloso recobriu sua voz. — Além do mais... tenho um presente para você.

A porta se entreabriu subitamente, mas apenas um palmo. Ali deu um salto quando um par de olhos brilhantes como esmeraldas surgiu no escuro.

— Rainha Hatset? — Até mesmo a voz de Issa soava antiga.

A mãe tirou uma pequena sacola da cor de cinzas da túnica.

— Acredito que estava interessado nisto para seus experimentos quando nos vimos pela última vez?

Ali inspirou com força, reconhecendo o cheiro pungente.

— Pólvora? Vai dar pólvora a ele? Para *experimentos*?

Hatset calou o filho.

— Uma conversa rápida, Issa — continuou ela, tranquilamente. — Uma conversa muito rápida e *muito* confidencial.

Os olhos luminosos do estudioso desviaram entre mãe e filho.

— Não há humanos com vocês?

— Já tivemos essa conversa centenas de vezes, Ustadh. Não há humanos em Daevabad.

A porta se abriu e a sacola de pólvora sumiu da mão dela mais rápido do que os olhos de Ali conseguiram acompanhar.

— Venham, venham! — apressou-os Issa, batendo a porta quando passaram pela ombreira e sussurrando o que parecia um número irracional de feitiços de tranca.

Ali se arrependia mais por terem ido até lá a cada momento que se passava, mas acompanhou a mãe para dentro do aposento cavernoso. Livros estavam empilhados até o teto e pergaminhos enfiados em prateleiras que Issa parecia ter montado magicamente a partir de pedaços recuperados das ruínas da enfermaria. Uma longa fileira de janelas de vidro sujas de poeira projetava uma luz fraca em uma mesa baixa cheia de instrumentos de metal reluzentes, pedaços de pergaminho e velas queimando. Uma maca estava enfurnada entre duas pilhas altas de livros e atrás de uma seção do piso coberta de vidro quebrado, como se o estudioso temesse ser atacado enquanto dormia. Apenas um pequeno canto do quarto estava arrumado, com um par de almofadas de chão emoldurando um otomano listrado onde havia sido cuidadosamente disposta uma bandeja de prata contendo um bule de chá, copos e, a julgar pelo cheiro, vários dos doces temperados com cardamomo de que Nahri gostava.

Realmente deveríamos tê-la trazido, pensou Ali de novo, remoído pela culpa. Deus sabia que já estava guardando segredos demais de Nahri.

O estudioso voltou para uma almofada bastante gasta no chão, cruzando as pernas magricelas sob o corpo e parecendo um pássaro desajeitado. Como um antigo djinn escravizado e ressuscitado, sua idade era impossível de adivinhar. O rosto era bastante enrugado e as sobrancelhas e a barba eram completamente brancas como neve. E a expressão de reprovação era... estranhamente familiar.

— Eu conheço você? — perguntou Ali, lentamente, estudando o homem.

Os olhos verdes de Issa se voltaram para ele.

— Sim — respondeu o homem, rispidamente. — Expulsei você de uma aula de história por fazer perguntas demais. — Ele inclinou a cabeça. — Você era bem menor.

— Aquele era *você*? — A lembrança veio a Ali imediatamente; não havia muitos tutores que ousavam tratar um dos filhos de Ghassan com tal desrespeito. Ali era jovem, não tinha mais que dez anos, mas o homem que se lembrava de o haver expulsado era um estudioso ameaçador e furioso com vestes elegantes – nada parecido com o velho frágil diante dele. — Não entendo. Se tinha uma posição na Biblioteca Real, o que está fazendo aqui?

Dor encheu os olhos brilhantes do homem.

— Fui forçado a pedir demissão.

Hatset ocupou um assento diante de Issa, indicando para que Ali fizesse o mesmo.

— Depois da fúria do Afshin, houve muita violência direcionada ao restante dos djinns que já foram escravizados. A maioria fugiu da cidade, mas Issa é teimoso demais. — Ela sacudiu a cabeça. — Queria que voltasse para casa, meu amigo. Estaria mais confortável em Ta Ntry.

Issa fez uma careta.

— Estou velho demais para viajar. E odeio barcos. — Ele lançou um olhar irritado na direção de Ali. — O hospital era um lar perfeito até os trabalhadores desse aqui chegarem. Eles não param de martelar. — Issa pareceu chateado. — *E* espantaram a quimera que morava no porão.

Ali pareceu incrédulo.

— Ela tentou *comer* alguém.

— Era um espécime raro!

Hatset interrompeu rapidamente.

— Já que mencionou espécimes raros... estamos aqui para falar com você sobre outra criatura elusiva. Os marids.

A expressão de Issa mudou; alarme varreu a rabugice.

413

— O que poderiam querer saber sobre os marids?

— As velhas histórias — respondeu Hatset, calmamente. — Eles se tornaram um pouco mais do que lendas para minha geração de Ayaanle. No entanto, ouvi que encontros com os marids eram muito mais comuns em sua época.

— Considere uma benção que eles tenham quase desaparecido. — A expressão de Issa ficou mais sombria. — Não é sábio discutir os marids com nossos jovens, minha rainha. Principalmente os excessivamente ambiciosos que fazem perguntas demais. — Ele deu um olhar insatisfeito na direção de Ali.

A mãe dele insistiu.

— Não é mera curiosidade, Ustadh. Precisamos de sua ajuda.

Issa sacudiu a cabeça.

— Passei minha carreira viajando a extensão do Nilo e vi mais djinns do que gostaria de lembrar serem destruídos por sua fascinação pelos marids. Agradeci a Deus quando descobri que era uma loucura que sua geração tinha esquecido e não é algo que reacenderei.

— Não estamos pedindo que reacenda nada — respondeu Hatset. — E não fomos nós quem nos aproximamos primeiro... — Ela segurou o pulso de Ali, abrindo rapidamente o botão que mantinha a manga do dishdasha presa e o puxando para trás para revelar as cicatrizes. — Foram os marids que vieram até nós.

Os olhos verdes de Issa se fixaram nas cicatrizes de Ali. Ele inspirou, esticando-se como uma flecha.

Então deu um tapa na cara de Ali.

— Tolo! — gritou o homem. — Apóstata! Como ousa fazer um pacto com eles? Que abominação desprezível cometeu para convencê-los a poupar você, Alizayd al Qahtani?

Ali recuou, desviando de um segundo tapa.

— Não fiz um pacto com ninguém!

— Mentiroso! — Issa agitou um dedo irritado no rosto dele. — Acha que não sei sobre sua bisbilhotagem anterior?

— Minha o quê? — disparou Ali. — Do que em nome de Deus está falando?

— Acho que eu também gostaria de saber — disse Hatset, em tom afiado. — De preferência antes que você bata em meu filho de novo.

Issa disparou para o outro lado do quarto. Com um rompante de faíscas brilhantes, um baú trancado surgiu do ar, caindo com um estampido empoeirado. Issa o abriu e tirou de dentro um papiro enrolado, agitando-o como uma espada.

— Lembra-se disto?

Ali fez uma careta.

— Não. Tem alguma ideia de quantos pergaminhos já vi na vida?

Issa o desenrolou, abrindo na mesa.

— E quantos deles eram guias para conjurar um marid? — perguntou ele, olhando para Ali como se o tivesse pegado no pulo.

Completamente confuso, Ali se aproximou. Um rio azul brilhante tinha sido pintado no pergaminho. Era um mapa, percebeu ele. Um mapa do Nilo, pelo que podia interpretar das margens grosseiramente desenhadas. Foi tudo o que conseguiu distinguir; embora houvesse anotações, estavam escritas em uma caligrafia que consistia em pictogramas bizarros, totalmente incompreensíveis.

Então ele se lembrou.

— Este é o mapa que Nahri e eu encontramos nas catacumbas da Biblioteca Real.

Issa olhou com raiva.

— Então *admite* que estava tentando contatar os marids?

— É claro que não! — Ali estava perdendo a paciência rapidamente com aquele velho de temperamento esquentado. — A Banu Nahida e eu estávamos investigando a história de que os marids supostamente amaldiçoaram a aparência dela e a deixaram no Egito. Ouvimos que este pergaminho foi escrito pelo último djinn a ver um na área. Eu não conseguia ler, então mandei para ser traduzido. — Ele semicerrou os olhos para Issa. — Por você, provavelmente.

Hatset interrompeu.

— Pode, por favor, me dizer o que a respeito deste mapa o deixou tão transtornado, Ustadh?

— Não é apenas um mapa — respondeu Issa. — É um documento maligno, destinado a servir como guia para os desesperados. — Ele apontou um dedo retorcido para um conjunto de anotações. — Estas marcas são locais no rio que se acreditava serem sagrados para os marids e as anotações detalham o que foi feito, o que foi *sacrificado* para chamá-los naquele ponto em particular.

Os olhos de Hatset brilharam.

— Quando diz "sacrificado"... certamente não está falando de...

— Estou falando exatamente isso — interrompeu Issa. — Sangue precisa ser oferecido para chamá-los.

Ali ficou horrorizado.

— Ustadh Issa, nem Nahri nem eu sabíamos de nada disso. Jamais fui ao Nilo. E jamais desejei *qualquer* contato com os marids, muito menos sacrifiquei alguém a eles!

— Ele caiu no lago, Ustadh — explicou Hatset. — Foi um acidente. Ele disse que os marids o torturaram para que desse seu nome e então o usaram para matar o Afshin.

Ali se virou para ela.

—*Amma...*

Ela gesticulou para que ele se calasse.

— Precisamos saber.

Issa estava encarando Ali chocado.

— Um marid usou você para matar outro djinn? Eles *possuíram* você? Mas isso não faz sentido... a possessão é o último ato de um acólito.

416

Repulsa tomou conta dele.

— Do que está falando?

— É um pacto — respondeu Issa. — Uma parceria... embora não uma particularmente equilibrada. Se um marid aceita seu sacrifício, você entra sob sua proteção e ele lhe dará quase qualquer coisa que deseje durante sua vida mortal. Mas no fim? O acólito deve seu sangue vital a eles. E os marids o possuem para tomá-lo. — Os olhos dele percorreram Ali. — Não se sobrevive a tal coisa.

Ali ficou completamente frio.

— Não sou *acólito* dos marids. — A palavra deixou seus lábios em uma negação selvagem. — Sou temente a Deus. Jamais cometeria a blasfêmia que está sugerindo. E certamente jamais fiz nenhum sacrifício — acrescentou ele, cada vez mais acalorado mesmo com a mãe colocando a mão em seu ombro. — Aqueles demônios me torturaram e me forçaram a alucinar as mortes de todos que eu amava!

Issa inclinou a cabeça, estudando Ali como se ele fosse algum tipo de equação.

— Mas deu seu nome a eles, não deu?

Os ombros de Ali se curvaram. Não pela primeira vez, ele amaldiçoou o momento em que caiu na água.

— Sim.

— Então pode ter sido tudo de que precisavam. Eles são criaturas inteligentes e Deus sabe que tiveram séculos para aprender como deturpar as regras. — Issa deu tapinhas no queixo, parecendo perplexo. — Mas não entendo *por quê*. Planejar o assassinato de um Daeva, de um ser inferior, seria arriscado mesmo usando outro djinn para fazer isso.

Hatset franziu a testa.

— Eles têm algum ressentimento de que você saiba com os Daeva?

— Dizem que os marids amaldiçoaram o lago depois de um desentendimento com o Conselho Nahid — respondeu

Issa. — Mas isso deve ter sido há mais de dois mil anos. Até onde sei, eles não foram vistos em Daevabad desde então.

A pele de Ali se arrepiou. Isso, ele sabia, não era verdade. Após sua possessão, Ali dissera o mesmo ao pai e ouvira em segredo que os marids tinham, de fato, sido vistos desde então – ao lado dos aliados ayaanle de Zaydi al Qahtani.

Mas ele segurou a língua. Jurara ao pai, pela tribo deles e seu sangue, que não revelaria essa informação. Mesmo o mais leve sussurro de que seus ancestrais tinham conspirado com os marids para destronar os Nahid abalaria as fundações do governo deles. Zaydi al Qahtani tinha tomado um trono que até ele acreditava que Deus originalmente dera a Anahid e aos descendentes dela; seus motivos e métodos para fazer isso precisariam continuar acima de qualquer reprovação. Se Hatset e Issa já não soubessem, Ali não diria nada.

— Como me livro disso? — perguntou ele, bruscamente.

Issa o encarou.

— Se livrar do quê?

— Minha conexão com os marids. Esses... sussurros em minha mente — Ali prosseguiu, começando a perder o controle. — Minhas habilidades. Quero que tudo suma.

— Suas *habilidades*? — repetiu o estudioso, chocado. — Que habilidades?

Ali subitamente soltou a magia que estava segurando. Água irrompeu de suas mãos e uma névoa espiralou em seus pés.

— *Isto* — disse ele.

O estudioso recuou.

— Ah — sussurrou ele. — Isso. — O homem piscou rapidamente. — Isso é novo.

— Não — disse Hatset. — Não é. — Ela deu a Ali um olhar de desculpas quando o filho se virou. — Uma leve... *muito* leve afinidade com magia da água corre em nossa família. Aparece ocasionalmente em nossos filhos e costuma sumir quando chegam à adolescência. E não é nada como o que você me disse que pode fazer — acrescentou ela, quando os olhos de Ali se arregalaram. — Uma criança pequena fazendo malcriação pode agitar uma jarra de água do outro lado da sala. Zaynab costumava fazer pequenos redemoinhos em copos de água quando achava que eu não estava olhando.

Ali arquejou.

— *Zaynab*? Zaynab tem essas habilidades?

— Não mais — disse Hatset com firmeza. — Ela era muito jovem na época. Provavelmente nem se lembra. Eu a punia terrivelmente quando a surpreendia. — A mãe sacudiu a cabeça, parecendo triste. — Eu tinha tanto medo de que alguém a visse. — Ela olhou para ele. — Mas jamais considerei que você pudesse tê-las. Era tão Geziri, mesmo quando criança. E depois que se juntou à Cidadela, era tão leal ao código deles que...

— Você temia que eu contasse — concluiu Ali quando a mãe parou de falar. Ele se sentia enjoado. Não podia nem dizer que ela estava errada. Quando era criança, às vezes ficava tão determinado a provar-se leal à tribo do pai e do irmão, tão rigoroso em sua concepção de fé, que teria deixado escapar um segredo ayaanle, e isso o envergonhava. Abruptamente se sentou, passando as mãos molhadas pelo rosto. — Mas por que não disse nada quando eu contei sobre a possessão marid?

As palavras dela soaram carinhosas.

— Alu, você estava em pânico. Estava em Daevabad havia menos de uma semana. Não era o momento.

Issa olhava de um para o outro como se estivesse subitamente muito arrependido de tê-los deixado entrar.

— *Pare com isso* — avisou ele, acenando para a fita de névoa que se enroscava na cintura de Ali. — Tem alguma ideia do que aconteceria se alguém o visse fazendo isso? Uma multidão me perseguiu do palácio somente por causa destes olhos esmeralda!

— Então me ajude! — suplicou Ali, lutando para conter a água. — Por favor. Está ficando mais difícil de controlar.

— Não sei como ajudar você — respondeu Issa, parecendo confuso. Ele olhou para Hatset, pela primeira vez parecendo levemente humilde. — Perdoe-me, minha rainha. Não sei o que estava esperando, mas jamais encontrei algo assim. Deveria levá-lo de volta a Ta Ntry. Estaria mais seguro e sua família pode ter respostas.

— Não posso levá-lo de volta a Ta Ntry — respondeu a mãe, simplesmente. — As coisas estão tensas demais no palácio. O pai e o irmão dele pensarão que estou preparando um golpe e se algum dos dois souber disso... — Ela inclinou a cabeça para a névoa que ainda pairava. — Não confio neles. Ghassan coloca a estabilidade desta cidade à frente de tudo.

Issa sacudiu a cabeça.

— Rainha Hatset...

— Por favor. — As palavras cortaram o ar. — Ele é meu único filho, Ustadh — insistiu ela. — Trarei tudo que já foi escrito sobre os marids. Trarei cópias dos registros de minha família. Só peço que busque uma forma de nos ajudar. — A voz dela se tornou um pouco ardilosa. — Vamos lá, deve fazer décadas desde que teve um bom mistério nas mãos.

— Você pode não gostar das respostas — observou Issa.

Enjoado de terror, Ali encarou o chão. Mesmo assim ele conseguia sentir o peso dos olhares deles, a preocupação que irradiava da mãe.

Hatset falou de novo.

— Não acho que temos escolha.

Embora a mãe tivesse encerrado a reunião com uma firme ordem para que Ali ficasse calmo e deixasse que ela e Issa cuidassem das coisas, a conversa no hospital assombrava Ali. Em resposta, ele mergulhou mais fundo no trabalho, tentando desesperadamente ignorar os sussurros que percorriam sua mente enquanto se banhava e o fato de que a chuva – que não parava havia dias – descia mais pesada cada vez que ele perdia a calma. Não estava dormindo muito, e agora, quando fechava os olhos, seus sonhos eram perturbados com imagens de um lago em chamas e navios arruinados, de braços e pernas com escamas arrastando-o sob águas lamacentas e olhos verdes frios semicerrando-se sobre a flecha de uma seta. Ali acordava trêmulo e encharcado de suor, sentindo como se alguém tivesse acabado de sussurrar um aviso ao seu ouvido.

O efeito que tinha em seu comportamento não passou despercebido.

— Alizayd. — O pai estalou os dedos na frente do rosto de Ali conforme saíam da sala do trono depois de receber a corte. — *Alizayd?*

Ali piscou, arrancado do devaneio.

— Sim?

Ghassan olhou para ele.

— Está bem? — perguntou o rei, com um pouco de preocupação na voz. — Tive certeza de que teria palavras afiadas para o cambista de Garama.

Ali não se lembrava nem de um cambista nem de Garama.

— Desculpe. Estou apenas cansado.

O pai semicerrou os olhos.

— Problemas no hospital?

— De modo algum — disse Ali, rapidamente. — Nosso trabalho lá prossegue conforme os planos e devemos cumprir o cronograma, com a vontade de Deus, para abrir no Navasatem.

— Excelente. — Ghassan deu tapinhas nas costas dele quando viraram em um corredor. — Tome cuidado para não trabalhar em excesso. Ah... por falar em alguém que poderia trabalhar em excesso. Muntadhir — cumprimentou ele quando o filho mais velho apareceu em seu campo visual. — Espero que tenha uma desculpa para perder a corte.

Muntadhir tocou o coração e a testa.

— Que a paz esteja com você, meu rei — disse ele, ignorando Ali. — Tenho, sim. Podemos conversar lá dentro?

Ali tentou afastar-se, mas Ghassan pegou seu pulso.

— Não. Você pode nos dar alguns minutos. Não pense que não reparei em vocês dois se evitando. É profundamente infantil.

Ali corou e Muntadhir se aproximou, dando-lhe um olhar breve de desdém como se ele fosse um inseto irritante antes de entrar no escritório – o que foi bom, pois Ali sentiu uma súbita ânsia infantil de comandar a fonte de água do lado de fora do escritório para destruir o manto caro que cobria os ombros do irmão.

Dizer que as coisas tinham azedado entre os príncipes desde que Ali visitara o templo daeva no lugar de Muntadhir era um eufemismo. Apesar de seus esforços, Ali e Zaynab não conseguiram colocar os trajes de Muntadhir de volta no armário sem serem pegos, e Muntadhir – exibindo um hematoma recente no maxilar, sem dúvida cortesia do pai deles – os repreendera profundamente, gritando com os irmãos mais novos até que Zaynab estivesse à beira das lágrimas e Ali de fazer as garrafas de líquido inebriante espalhadas pelo quarto explodirem.

Ele não tentara aproximar-se do irmão de novo. Parecia que Muntadhir estava constantemente o observando, estudando-o com uma calma cruel que deixava Ali inquieto e mais do que um pouco saudoso. Qualquer esperança que tinha de se reconciliar com o irmão mais velho que um dia adorara, o irmão que ainda amava, estava começando a se esvair.

Mesmo assim, Ali seguiu, quase não tendo alternativa.

—... o que quer dizer com resolveu o problema dos sheiks geziri do sul? — perguntava Ghassan. Ele se sentara à escrivaninha e Muntadhir estava de pé diante dele. — Porque, a não ser que tenha conseguido conjurar um caravançarai adicional, não sei como vai acomodar mil visitantes inesperados.

— Acabo de me encontrar com o camareiro responsável pelo pátio do palácio — respondeu Muntadhir. — Acho que poderíamos montar um acampamento para viajantes nos jardins da frente. Os Daeva ficarão horrorizados, é claro, e levaria algum tempo para reconstruir o terreno depois, mas ficaria lindo: tendas de seda conjuradas entre as palmeiras, um jardim de água e um pátio onde poderíamos ter mercadores vendendo arte tradicional e talvez um contador de histórias e alguns músicos executando as velhas canções. — Ele deu um sorriso hesitante. — Achei que poderia ser uma boa homenagem a nossas raízes e os sheiks não poderiam alegar ofensa se os colocássemos perto de nosso palácio.

Uma expressão pensativa tinha tomado o rosto do pai.

— É uma excelente sugestão. Muito bom, Muntadhir. Estou impressionado. Tem feito um belo trabalho com os preparativos para o Navasatem.

Muntadhir sorriu abertamente – talvez o sorriso mais genuíno que Ali via no rosto dele em meses –, como se um peso tivesse sido tirado de seus ombros.

— Obrigado, abba — disse ele, sinceramente. — Só espero deixá-lo orgulhoso e honrar nosso nome.

— Tenho certeza de que vai. — Ghassan uniu as mãos em tenda. — No entanto, *depois* das festividades, espero que volte sua atenção e seu charme para sua mulher.

O breve prazer que tinha florescido no rosto do irmão sumiu.

— Minha esposa e eu estamos bem.

Ghassan olhou para ele.

— Este é meu palácio, emir. Sei de tudo que acontece dentro de suas paredes, o que significa que estou ciente de que você e Nahri não visitam as camas um do outro há mais de quatro meses. Casei vocês dois para *unir* nossas tribos, entendeu? Faz quase cinco anos. Eu tinha dois filhos com Hatset a essa altura.

Ali pigarreou.

— Posso... ir embora?

Nenhum dos homens olhou para ele. Muntadhir estava encarando a escrivaninha do pai, com um músculo contraindo-se em seu maxilar.

— Essas questões levam tempo, abba — disse ele, por fim.

— Estão *levando tempo* porque você passa suas noites com todo mundo exceto sua esposa, algo sobre o que já avisei mais de uma vez. Se outra pessoa, outro Daeva, estiver distraindo você de seus deveres... bem, essa pessoa pode ser facilmente removida.

A cabeça de Muntadhir se ergueu e Ali encarou a fúria mal contida no rosto do irmão.

— Não há ninguém me distraindo — disparou Muntadhir. Ele agarrava a escrivaninha de Ghassan com tanta força que os nós de seus dedos tinham ficado brancos. — E estou bastante ciente de meus deveres; você tem martelado a importância deles desde que eu era criança.

Os olhos de Ghassan brilharam.

— Se acha sua posição um fardo, emir — começou ele friamente —, tenho outro que pode lhe substituir, alguém que suspeito que ficaria feliz em assumir suas responsabilidades maritais e cuja companhia sua esposa já prefere.

As orelhas de Ali queimaram diante da insinuação.

— Não é isso que...

Desdém contorceu a expressão de Muntadhir.

— Minha mulher prefere a bolsa sem fundo da rainha Hatset e um tolo que pode manipular para que construa seu hospital. — Ele se virou para Ali. — Depois que estiver completo, nenhum deles será útil para ela.

As palavras cruéis acertaram o alvo, perfurando um ponto inseguro e vulnerável no coração de Ali.

— Ela vale dez de você — respondeu ele, a mágoa emergindo e estilhaçando seu autocontrole. — O que ela está fazendo é brilhante e corajoso, e você não conseguiu sequer se afastar de suas cortesãs por tempo o bastante para visitar...

A porta do escritório se escancarou para dentro, batendo forte contra a parede. Ali se virou, desembainhando a zulfiqar ao colocar-se entre a família e a porta, mas era apenas Wajed, parecendo estressado e alarmado.

— Abu Muntadhir — cumprimentou ele, em geziriyya. Em algum lugar atrás dele, Ali conseguia ouvir uma mulher chorando, seus gritos ecoando pelo corredor. — Perdoe-me, houve um crime terrível.

— Minha senhora, por favor! — Ali enrijeceu ao som da voz de Kaveh. — Não pode aparecer diante do rei assim!

— Posso, sim! — gritou uma mulher. — É meu direto como cidadã! — Uma série de palavras em divasti se seguiu, interrompida por soluços.

Ghassan se ergueu quando uma mulher Daeva usando um chador ensopado de sangue entrou aos tropeços no seu campo visual. Kaveh estava ao lado dela, pálido e tenso, assim como um punhado de outros Daeva e dois membros da Guarda Real.

— O que está acontecendo? — indagou Ghassan, trocando para o djinnistani.

Kaveh deu um passo à frente quando a mulher caiu de joelhos diante deles, chorando nas mãos.

— Perdoe minha irmã de tribo, meu rei — suplicou ele. — Ela perdeu o juízo implorando para aparecer à sua frente.

— Ela é bem-vinda para se apresentar diante de mim — respondeu Ghassan. Ali conseguiu ouvir preocupação real na voz do pai. — Minha cara mulher, o que aconteceu? Está ferida? Posso mandar chamar a Banu Nahida...

A mulher começou a chorar mais alto.

— É tarde demais para isso. Meu marido já está morto. Eles o pegaram, eles cortaram a garganta dele.

Wajed pareceu sombrio.

— Alguns de meus homens os encontraram. O marido dela... — Ele sacudiu a cabeça. — Foi feio.

— Você os pegou? — perguntou Ali, rapidamente.

Wajed hesitou.

— Não. É... nós os encontramos perto do Quarteirão Geziri. Tinham ido comprar pérolas e...

— Não aconteceu no Quarteirão Geziri — disparou Kaveh. — Sei onde os encontrou, qaid.

A voz de Ghassan soou determinada.

— Quem atacou você, minha senhora?

— *Shafits* — disparou ela. — Queríamos ver o hospital Nahid, mas não chegamos nem na metade do campo de trabalho deles e aqueles homens imundos puxaram nossas roupas e nos arrastaram para um beco nos fundos. Eles ameaçaram... eles ameaçaram me desonrar. Parvez implorou a eles, disse que daria tudo o que tínhamos... — Ela sacudiu a cabeça como se para apagar a imagem e o véu caiu brevemente da cabeça.

Ali sentiu um choque de reconhecimento e o olhar dele se desviou para o grão-vizir. Não era possível.

Muntadhir tinha atravessado a sala para servir um copo de água da jarra na janela. Ele voltou e a entregou nas mãos da mulher com algumas palavras suaves em divasti. Ela tomou um fôlego trêmulo, limpou os olhos e então bebeu.

E, com essa segunda olhada no rosto dela, Ali teve certeza. Vira aquela mulher duas vezes, ambas em ocasiões bastante memoráveis. A primeira vez fora na taverna daeva, quando visitou Anas, onde ela estava gargalhando e jogando com um grupo de cortesãs. A segunda vez fora no apartamento dele; ela estava esperando em sua cama depois da primeira manhã de Ali na corte para lhe dar as "boas-vindas" ao palácio.

As "boas-vindas" organizadas por Kaveh e-Pramukh.

Foi Kaveh quem falou a seguir.

— Tentei avisar a Banu Nahida sobre aquele acampamento — disse ele, a voz elevando-se enquanto torcia as mãos. —

Os mestiços são perigosos. Não é natural trabalhar com eles, e agora mataram um homem daeva em plena luz do dia. O lugar inteiro deveria ser desmontado.

Ali pigarreou, lutando para ficar calmo.

— Houve alguma testemunha?

Kaveh olhou para ele com incredulidade.

— A palavra dela não basta?

Não quando você está envolvido. Mas Ali não disse isso; em vez disso, tocou o coração e falou com sinceridade.

— Não pretendi ofender sua empregada, grão-vizir. Mas poderia nos ajudar a pegar...

— Não sou *empregada* dele — declarou a mulher. — O que quer dizer com isso? Sou uma mulher de sangue nobre! Não pertencia a ninguém a não ser meu Parvez!

Ali abriu a boca, mas Ghassan estendeu a mão.

— *Houve* testemunhas? Não duvido de seu relato, minha senhora. Mas nos ajudaria a encontrar os culpados.

Wajed sacudiu a cabeça.

— Nenhuma testemunha, meu rei. Nenhuma que falasse conosco, de toda forma, embora estivesse relativamente caótico quando chegamos. — Ele hesitou, então acrescentou: — Um número bastante *grande* dos Daeva estava se reunindo para exigir que quem quer que tenha feito isso fosse encontrado e responsabilizado.

Alarme se acendeu em Ali.

— Os shafits estão sob nossa proteção. Há centenas de mulheres e crianças lá.

— Eles não têm que estar ali — replicou Kaveh. — Isso é culpa sua. Você sussurrou suas opiniões envenenadas ao ouvido de minha Banu Nahida e agora um homem daeva está morto.

Suspeitas tomaram conta de Ali. Kaveh tinha deixado clara sua oposição a Nahri trabalhar com os shafits no Grande Templo, mas certamente não poderia ter tanto ódio a ponto de tramar algo assim...

Ciente de como a situação era tênue, Ali mudou para geziriyya para que os Daeva não pudessem entendê-lo.

— Abba, conheço essa mulher — disse ele, baixinho. — *Kaveh* conhece aquela mulher. Ele arranjou para que ela visitasse meu quarto assim que me mudei de volta para o palácio. — Os olhos de Ghassan se voltaram para os dele. Seu rosto não traiu nenhum indício de emoção e Ali continuou. — Muntadhir, você certamente a reconhece. Também estava lá. Se ela retirasse o véu, sei que se lembraria dela.

Muntadhir encarou o irmão, parecendo contemplar a situação. Então uma calma implacável tomou o rosto dele.

— Deixei claro como me sinto com relação a seu julgamento no que diz respeito aos shafits. — Ele aprumou os ombros abruptamente e um ultraje calculado contorceu sua expressão. — E *não* vou pedir a essa pobre mulher que se dispa porque você acha que ela é uma prostituta!

As últimas palavras dele – proferidas em djinnistani em vez de geziriyya – estalaram pela sala. Kaveh arquejou e a mulher soltou um grito esganiçado.

Ali se virou, vendo horror nos rostos do crescente número de pessoas que tinham sido atraídas pelo choro da mulher.

— E-eu não disse isso — gaguejou ele, chocado com a traição de Muntadhir. — Eu só quis dizer...

— Como ousa? — acusou Kaveh. — Não tem vergonha, príncipe Alizayd? Odeia tanto os Daeva que desonra uma mulher aos prantos enquanto o sangue do marido dela ainda mancha suas mãos?

— Não foi o que eu quis dizer!

Muntadhir agilmente passou por ele para ajoelhar-se ao lado da mulher.

— Encontraremos e puniremos quem quer que tenha feito isso — prometeu ele, com sinceridade em cada traço do belo rosto. Então olhou de volta para Ghassan. — Kaveh está certo, abba. Tentei avisar você e Nahri. Os shafits são perigosos e algo assim estava destinado a acontecer. Ali está delirando. Seu fanatismo anda infectando todos ao redor dele.

Ali o olhou boquiaberto.

— *Dhiru...*

— Alizayd, deixe-nos — disse Ghassan, bruscamente. — Você e seus companheiros estão confinados ao palácio até que eu diga o contrário. — Os olhos dele brilharam. — *Entendeu?* Vá diretamente para o seu apartamento; não permitirei que inflame mais esta situação.

Antes que Ali pudesse protestar, o irmão o agarrou, arrastando-o para as portas.

— Abba, não! — gritou ele. — Você ouviu Wajed, há uma multidão crescendo. Aquelas pessoas são inocentes!

Ghassan nem olhou para ele.

— Será resolvido.

Muntadhir empurrou Ali para fora com tanta força que o desequilibrou.

— Há alguma situação que você não possa piorar? — disparou ele, em geziriyya.

— Você mentiu — acusou Ali, tremendo de raiva. — Conheço você...

— Não sabe *nada* sobre mim. — A voz de Muntadhir estava baixa e venenosa. — Não faz ideia do que essa posição me custou. E maldito seja eu se perder a calma com um fanático obcecado pelos shafits que não consegue segurar a língua.

Ele bateu a porta na cara de Ali.

Ele cambaleou para trás, com fúria no coração. Queria derrubar a porta e arrastar o irmão através dela. Jamais sentira tanta necessidade física de bater em alguém.

Uma delicada mesa de água – uma bela adição ao corredor, um objeto lindamente conjurado composto por pássaros de cristal pintados que pareciam flertar ao banhar-se nas águas paradas de um lago em mosaico – imediatamente explodiu, a água chiando ao virar vapor.

Ali mal reparou. *Será resolvido*, dissera o pai. O que isso queria dizer? Ali pensou em seus trabalhadores e suas famílias encarando uma multidão daeva, em Subha e na filha dela. Não deveria mais ser inconsequente. Mas como poderia permitir que violência recaísse sobre o povo que jurara proteger? Conhecia a política do pai; Ghassan não arriscaria as consequências de soltar a Guarda Real sobre os Daeva de luto apenas para proteger os shafits.

Mas havia outra pessoa a quem os Daeva poderiam ouvir. Os nervos estremeceram no peito dele. Muntadhir o mataria, se Ghassan não o fizesse primeiro.

Não importa. Não agora. Ali se ergueu com um salto e correu para a enfermaria.

NAHRI

Daeva ou não, Nahri tinha quase certeza de que jamais gostaria de cavalos.

Como se ouvindo seus pensamentos, a montaria deu um rompante de velocidade, disparando pela esquina seguinte a um ritmo de partir o pescoço. Apertando os olhos com força, ela segurou mais firme a cintura de Ali.

Ele soltou um ruído engasgado de protesto.

— Não entendo por que não podia pegar seu cavalo — disse ele, pelo que pareceu a décima vez. — Teria sido mais apropriado.

— Assim é mais rápido — disse ela, defensiva, sem querer admitir seu fracasso como montadora. Era uma habilidade de que outros Daeva se orgulhavam. — Muntadhir está sempre falando sobre como ama este cavalo. Diz que é o mais rápido de Daevabad.

Ali resmungou.

— Você podia ter me dito que era o preferido dele *antes* que o roubássemos.

O temperamento dela se incendiou.

— Talvez devesse ter se preocupado com isso antes de irromper em minha enfermaria balbuciando sobre conspirações.

— Mas você acredita em mim? — perguntou Ali, esperança elevando-se em sua voz.

Acredito que Kaveh esteja tramando algo. O grão-vizir tinha deixado clara sua hostilidade aos shafits, embora Nahri não tivesse certeza se acreditava que ele poderia ter tramado um ato tão vil. Ela sempre desconfiara um pouco dele, mas não parecia ser um homem cruel.

Ela se conformou com uma resposta diferente.

— É uma história tão monumentalmente absurda, mesmo para você, que presumo que haja uma chance de ser verdade.

— Que gracioso de sua parte — murmurou Ali.

Eles se abaixaram para evitar um varal de roupas baixo. Estavam tomando uma passagem escondida pelo Quarteirão Geziri que Ali acreditava ser mais rápida; amplas mansões sem janelas se elevavam em torno deles e o leve cheiro de dejetos pairava no ar. O cavalo saltou por um grande canal de drenagem e Nahri xingou, abraçando Ali mais forte para prender os dedos no cinto de armas dele. Aquele era um item que ela sabia que ele manteria seguro.

Nahri o ouviu murmurar uma oração baixinho.

— Precisa fazer isso? — sibilou ela ao ouvido dele, combatendo a vergonha. Não fingiria que o príncipe era a pessoa mais... desagradável de abraçar. Era uma mulher adulta; conseguia notar silenciosamente os efeitos positivos que o treino diário poderia ter em um homem sem ficar agitada com isso. Era *Ali* quem estava tornando aquilo desnecessariamente esquisito. — Sabe, para alguém com uma lembrança tão clara de uma das cortesãs de Kaveh, você está sendo muito puritano.

Ali se transtornou.

— Eu não fiz nada com as cortesãs dele! — defendeu-se. —Jamais faria. Perdoe-me por me lembrar de um rosto!

Ela se sentiu levemente insultada pelo calor na voz dele.

— Tem algo contra mulheres Daeva?

— Eu... não, é claro que não — gaguejou ele de volta. Ali se agitou como se para colocar espaço entre os corpos deles, mas outro avanço do cavalo fez com que se chocassem com força um contra o outro. — Podemos... podemos não conversar sobre isso agora?

Nahri revirou os olhos, mas deixou de lado. Brigar com Ali não a ajudaria a encarar uma multidão daeva.

Ansiedade se agitou em seu estômago. Nahri sabia que os Daeva a ouviam – e tinha relativa confiança em sua habilidade de persuasão –, mas a ideia de confrontar uma multidão revoltada assustava até mesmo a ela.

Não será assim, tentou assegurar-se. *Vai jurar pelo nome de sua família, garantir que a justiça seja feita e então ordenará que voltem para casa.* A coisa mais importante era evitar que a situação saísse do controle.

Não demorou até que o beco começasse a se alargar. Eles viraram em outra esquina e Ali reduziu a velocidade do cavalo. Logo além de um arco aberto, Nahri teve um lampejo da rua. Os cascos galopantes do cavalo se suavizaram.

O som foi imediatamente substituído por choro. Nahri inspirou profundamente, sentindo cheiro de sangue e fumaça no ar morno. Ali impulsionou o cavalo para fora do beco, com um grito engasgado de negação em seus lábios...

Era tarde demais.

Não havia uma multidão daeva, nenhum cordão da Guarda Real tentando estabelecer a ordem. Em vez disso, o que tinha sido um bairro alegre e vivaz de oficinas e novas casas naquela manhã tinha sido reduzido a cascas em chamas. O ar estava sufocante com fumaça e uma névoa cinza obscurecia grande parte do acampamento.

— Não — implorou Ali baixinho ao descer do cavalo. — Deus, não...

Nahri saltou para fora depois dele. Conseguia ouvir um bebê chorando e, enjoada com medo pela família de Subha, avançou.

Ali segurou seu pulso.

— Nahri... — A voz dele estava pesada com emoção.

— Estamos sozinhos. Se as pessoas culparem você, se quiserem vingança...

— Então que queiram vingança. — Nahri o olhou irritada. — Solte-me e nem tente me impedir de novo.

Ele soltou o pulso dela como se o tivesse queimado.

— Desculpe.

— Ótimo. Vamos.

Eles entraram no acampamento silenciosamente.

Oficinas e tendas fumegantes estavam espalhadas em volta deles; uma das bombas que Ali instalara tinha sido quebrada e jorrava livremente, atirando água em um arco longo. A rua lamacenta tinha sido revirada por cascos e sugava os chinelos de Nahri conforme ela passava por mobília destruída e panelas quebradas. No entanto, parecia que a maior parte do dano tinha sido confinada à via principal, uma pequena misericórdia; talvez os Daeva que tinham atacado estivessem com medo de descer dos cavalos para aventurar-se nas estreitas ruas laterais. Shafits, chocados e cobertos de terra e sangue, estavam resgatando o que podiam dos lares arruinados, enquanto outros simplesmente se sentavam com incredulidade chocada.

Sussurros recaíram quando mais e mais pessoas os reconheceram. Adiante, Nahri viu um pequeno grupo de shafits reunidos em torno de uma forma de bruços no chão. Um corpo.

Nahri cambaleou. Queimado a ponto de ficar irreconhecível, parecia que tinha sido um rapaz, sua boca aberta em um grito eterno.

— Eles o queimaram vivo.

Nahri se virou e viu Subha. A médica shafit estava imunda, as roupas e a pele cobertas de cinzas e um avental ensanguentado amarrado na cintura.

— Um menino mais novo do que você — disparou ela para Ali. — Um menino que mal conseguia pronunciar duas palavras. Eu saberia. Eu mesma fiz o parto dele e desenrolei o cordão umbilical em volta do seu pescoço... — Ela parou de falar, parecendo angustiada ao tirar os olhos do jovem assassinado. — É claro que isso foi depois de incendiarem nossas casas e destruírem nossas oficinas. Quando cavalgaram sobre aqueles que não respondiam às perguntas e espancaram os que não falavam rápido o bastante. E, quando aquele menino não conseguiu responder, decidiram que ele foi o culpado. Ele não fez *nada*. — A voz dela falhou quando Subha ergueu um dedo acusatório para eles. — Viemos aqui para ajudar vocês. Para construir *seu* hospital sob *sua* proteção.

— E nós falhamos com vocês. — Havia lágrimas nos olhos de Ali, embora a voz dele não tivesse hesitado. — Sinto muito, Subha, do fundo de minha alma.

A médica sacudiu a cabeça.

— Suas palavras não o trarão de volta, Alizayd al Qahtani.

Nahri não conseguia tirar os olhos do menino assassinado.

— Onde estão seus feridos? — perguntou ela, baixinho.

Subha indicou com a cabeça os restos de uma tenda improvisada. Uma lona em frangalhos era tudo o que protegia cerca de duas dúzias de pessoas ensanguentadas deitadas na sombra.

— Ali. Parimal está trazendo mais suprimentos.

— Não preciso de suprimentos. — Nahri se aproximou do grupo. Um menino estava deitado sozinho em um lençol sujo mais próximo a ela. Ele parecia estar em choque; seu lábio estava aberto e o maxilar ensanguentado e cheio de hematomas. Ele agarrava um segundo lençol ensopado de sangue contra o abdômen.

Nahri se ajoelhou e afastou o tecido. Ele fora esfaqueado, quase eviscerado. Era um milagre que já não estivesse morto. Inchaço roxo inflava a pele e ela conseguia sentir o cheiro do intestino perfurado. Subha não podia ajudá-lo, mesmo com suprimentos.

Mas Nahri podia. Ela respirou fundo, ciente do passo que estava prestes a dar e do que isso significaria.

Então colocou as mãos no corpo dele.

Cure-se. A pele imediatamente se contorceu sob as pontas de seus dedos, o inchaço sumiu, os músculos e a pele dilacerados se uniram rapidamente. O jovem soltou um arquejo contido e ela sentiu o coração acelerado dele tranquilizar-se. Nahri abriu os olhos, vendo a expressão de choque de Subha.

Ela pigarreou.

— Quem é o próximo?

Quando o chamado para a oração Maghrib ecoou por Daevabad, Nahri tinha perdido a conta de quantos shafits tinha curado. Os ferimentos eram brutais: ossos quebrados, membros esmagados e queimaduras horríveis. Pelo que apreendeu, a revolta fora breve, mas selvagemente eficiente: uma multidão de cavaleiros disparando e atirando bolas de fogo conjuradas antes de arrastar e assassinar o rapaz que declararam culpado.

Vinte e três estavam mortos, um número que provavelmente teria dobrado sem a intervenção dela e o fato de que um terço do acampamento tinha fugido para dentro do hospital, tomando refúgio atrás das portas que os saqueadores daeva não ousariam atravessar.

— Por que todos não fizeram isso? — perguntou Nahri.

— Os homens disseram que cavalgavam em nome dos Nahid — fora a resposta brusca de Subha. — Não tínhamos certeza se um hospital Nahid era seguro.

Nahri não perguntou mais. E quando terminou – seu último paciente, uma criança de seis anos com uma fratura no crânio, que fora encontrada nos braços do pai morto –, estava drenada de todas as formas que uma pessoa poderia estar.

Ela se sentou, afastando-se da menina, e respirou profundamente várias vezes para acalmar-se. Mas o cheiro acre de fumaça e sangue revirou seu estômago. Sua visão ficou embaçada e ela semicerrou os olhos, tentando superar uma onda de tontura.

Subha colocou a mão em seu ombro.

— Calma — disse ela, quando Nahri cambaleou. — Você parece prestes a desmaiar. — A médica empurrou o cantil para as mãos dela. — Beba.

Nahri o aceitou com prazer e bebeu, derramando parte nas mãos para limpar o rosto.

— Vamos pegar e punir os homens que fizeram isso — prometeu ela. — Eu juro.

A outra médica nem se deu ao trabalho de fingir um aceno.

— Talvez em outro mundo.

Tarde demais, Nahri registrou o som de cascos. Alguns gritos de alarme soaram e ela soltou o cantil ao se virar, em parte temendo que a multidão tivesse retornado.

Era quase pior. Era Ghassan.

O rei não estava sozinho, é claro. O qaid e um contingente da Guarda Real, todos muito bem armados, vinham atrás dele, assim como Muntadhir e Kaveh. O sangue dela se revoltou ao ver o grão-vizir. Se Kaveh tivera um papel no ataque que levara àquele terrível fim, ele pagaria. Nahri se certificaria disso. Mas também tomaria cuidado – não faria como Ali, gritando acusações que não podia provar e para serem usadas contra ela.

Nahri se levantou.

— Subha, sua família está no hospital?

A outra médica assentiu.

— Estão com Razu.

— Bom. — Nahri limpou as mãos no jaleco. — Pode se juntar a eles? Acho melhor não chamar a atenção do rei agora.

Subha hesitou.

— E você?

— Preciso colocar alguns homens em seus lugares.

Mas Ghassan nem olhou para Nahri quando ela saiu da tenda e se aproximou. Ele tinha descido do cavalo e caminhava sobre os paralelepípedos ensanguentados direto para o filho, como se não houvesse mais ninguém na rua.

Ali notou meio segundo tarde demais. Coberto de sangue e terra, não tinha parado de se mover desde que haviam chegado, fazendo o que quer que os shafits pedissem: limpando destroços, consertando tendas, distribuindo cobertores.

Ele ergueu as mãos.

— Abba...

Ghassan o golpeou no rosto com o cabo de metal da khanjar. O estalo ecoou pela rua; o acampamento se calou ao som. Nahri ouviu o arquejo de Ali, então o pai bateu nele de novo e o príncipe cambaleou para trás, sangue escorrendo pelo rosto.

— De joelhos — disparou Ghassan, empurrando Ali para o chão quando ele não se moveu rápido o suficiente. Ele desembainhou a zulfiqar.

Horrorizada, Nahri correu para eles, mas Muntadhir foi mais rápido, saltando do cavalo e avançando.

— Abba, espere...

— *Faça.* — A voz de Ali, envolta em angústia, interrompeu o irmão. Ele cuspiu sangue e então olhou com ódio para o pai, seus olhos incandescentes. — Acabe com essa *fachada* — engasgou ele, a voz falhando na palavra. — Apenas faça!

A mão de Ghassan permaneceu na zulfiqar.

— Você me desobedeceu — acusou ele. — Eu disse que resolveria as coisas. Como ousa vir até aqui? Como ousa arriscar a esposa de seu irmão?

— Porque seu modo de resolver as coisas é deixar as pessoas morrerem! Deixar que todos que não nós gastem tanto tempo lutando uns contra os outros que não possam se opor a você!

A acusação pairou no ar como um fósforo aceso. As pessoas encaravam os homens Qahtani com choque evidente.

Ghassan pareceu precisar de cada gota de autocontrole que tinha para abaixar a zulfiqar. Ele se virou, dando as costas para o filho e indicando a Guarda Real.

— Levem o príncipe Alizayd para a masmorra. Talvez alguns meses dormindo com os cadáveres daqueles que me desafiaram o ensinem a segurar a língua. Então derrubem o resto deste lugar.

Nahri se colocou diretamente no caminho dele.

— De jeito nenhum.

Ghassan deu a ela um olhar irritado.

— Recue, Banu Nahri — disse ele, com condescendência. — Não tenho paciência para um de seus discursos de superioridade agora. Deixe que seu marido a puna como achar adequado.

Era exatamente a coisa errada a se dizer.

O chão sob os pés dela deu um único e revolto tremor. Ouviram-se alguns gritos de surpresa quando alguns dos cavalos se assustaram e recuaram. Imunda e farta, Nahri mal notou. Energia estava estalando em seus braços e pernas, a cidade pulsando raivosamente em seu sangue. Não fora até aquele lugar, até o hospital que tinham reconstruído sobre os ossos de seus ancestrais massacrados, para ser jogada de lado. Não tinha publicamente quebrado o tabu mais profundo de seu povo para ouvir um "recue".

— Não — disse ela, simplesmente. — Não vai derrubar este lugar. Ninguém vai tocar no meu hospital e ninguém vai arrastar meu parceiro para apodrecer na masmorra.

Ghassan parecia incrédulo – então o rosto dele ficou severo de uma forma que um dia fizera o sangue dela gelar.

— Como é?

Um sussurro farfalhou entre o grupo atrás deles e Kaveh avançou até eles, parecendo horrorizado.

— Diga que não é verdade — suplicou ele. — Estão dizendo que você curou um shafit aqui com as próprias mãos. Diga que estão mentindo.

— Eu curei uns cinquenta — corrigiu ela, friamente. Antes que o grão-vizir pudesse responder, Nahri ergueu o bisturi e fez um corte profundo na palma da mão. Três gotas mal caíram na terra antes que o ferimento se fechasse. — E, aparentemente, o Criador não achou necessário tirar minhas habilidades.

Kaveh pareceu horrorizado.

— Mas, no Templo, você prometeu...

— Uma promessa como aquela não significa nada quando as pessoas estão morrendo. Minha tribo cometeu um crime horrendo, cuja fonte você e eu *definitivamente* discutiremos. Por enquanto, fiz o que podia para consertar as coisas. — Ela sacudiu a cabeça, enojada. — Você entende? O que aconteceu foi uma tragédia que *você* deixou sair do controle. Alguns criminosos atacam um casal inocente e isso justifica uma guerra nas ruas? É isso que somos? — Ela deu a Ghassan um olhar desafiador, mas escolheu as palavras seguintes com cautela. — O que aconteceu com o rei que estava pronto para nos levar além de tudo isso?

Foi tanto um desafio quanto uma oportunidade, e Nahri rezou para que aproveitassem a segunda opção. Não conseguia decifrar a expressão de Kaveh; de repente se perguntou se algum dia tinha interpretado algo a respeito dele corretamente.

Mas Ghassan... a expressão dele era de apreciação evidente. Como se a estivesse vendo pela primeira vez.

Nahri o encarou de volta.

— Lidei com você de forma justa o tempo todo, rei Ghassan — continuou ela, abaixando a voz. — Renunciei a meu Afshin. Casei-me com seu filho. *Curvo minha cabeça* enquanto você se senta em um trono de shedu. Mas, se tentar tirar isso de mim, vou dilacerar esta cidade e sua família.

Ghassan semicerrou os olhos e se aproximou; foi preciso cada gota de coragem que Nahri tinha para não recuar.

— Não pode ser tão tola a ponto de me ameaçar — disse ele, tão baixo que só ela pôde ouvir. — Eu poderia revelar você como shafit aqui mesmo.

Nahri não desviou o olhar. Então, em um único momento petrificante, decidiu pagar para ver o blefe. Sabia ler um alvo, rei djinn ou não, e estava disposta a apostar que Ghassan al Qahtani preferiria ser conhecido como o rei que unira as tribos deles do que aquele que destruiu a última Nahid.

— Então faça isso — desafiou ela, mantendo a voz igualmente baixa. — Vejamos em quem os Daeva acreditam agora. Em quem seus filhos acreditam. Mantive minha palavra. Faça isso e será *você* agindo de má-fé, não eu.

Talvez impulsionado a interferir pela expressão mortal formando-se no rosto do pai, Muntadhir se aproximou. Ele parecia enjoado, os olhos horrorizados acompanhando a rua cheia de sangue e os prédios em chamas.

— Abba, foi um longo dia. Deixe-me levá-la de volta para o palácio.

— Essa parece uma excelente sugestão. — Ghassan não tirou os olhos dela. — Está certa, Banu Nahida — prosseguiu ele, com a voz diplomática. — Você *agiu* de boa-fé, e tenho certeza de que suas ações aqui só pretenderam salvar vidas. — Ele deu de ombros. — Talvez um dia os Daeva até se esqueçam de que você desobedeceu completamente ao código de Suleiman para fazer isso.

Nahri se recusou a recuar.

— E meu hospital?

— Pode manter seu pequeno projeto, mas não voltará a ele até que esteja completo. — Ghassan disparou um olhar para Ali, ainda ajoelhado no chão. — E você não o *deixará* exceto por meu comando. Um contingente da Guarda, e não aqueles que sua mãe conseguiu pagar, o prenderão se tentar. — Ele olhou de Ali para Nahri. — Acho melhor colocarmos alguma distância nesta… parceria. Se precisarem discutir o trabalho, podem se comunicar por um mensageiro… um que asseguro que estará muito certamente a meu serviço.

Muntadhir agarrou a mão dela, puxando Nahri para longe.

— Entendido — disse ele, rapidamente, talvez ao ver o desafio ainda forte nos olhos dela. — Nahri, vamos…

— Não terminei — interrompeu Ghassan, sua voz congelando o sangue dela. Mas a atenção do rei estava sobre Ali de novo. — A Banu Nahida pode ter agido de boa-fé, mas você não agiu. Você me desobedeceu, Alizayd, e não ignoro quem anda sussurrando ao seu ouvindo e colocando ouro em suas mãos. Isso acaba hoje.

Ali se colocou de pé, seus olhos queimando.

— Como é?

Ghassan encarou o filho de volta.

— Você deixou claro que sua vida não significa nada, mas não pode agir de modo tão inconsequente e não esperar ferir outros. — Sua expressão se afiou. — Então pode ser aquele a contar a sua irmã que ela jamais verá a mãe de novo. — Ele deu meia-volta, caminhando para o cavalo. — Kaveh, prepare um navio. A rainha Hatset partirá para Ta Ntry amanhã.

DARA

O lago que Dara tinha arrasado seis meses antes já estava se recuperando. O buraco que abrira em seu leito mal era visível, escondido sob uma sinuosa rede de algas marinhas verde-água que se estendiam e se retorciam em pontas opostas para unir-se como renda. As árvores ao redor eram coisas escuras e esqueléticas, e a própria margem estava borrifada de cinzas e coberta com os minúsculos ossos de criaturas aquáticas. Mas a água estava voltando, fria, azul e tranquila como vidro, mesmo que chegasse apenas à altura dos joelhos dele.

— Achou que não se curaria?

Dara deu de ombros ao som da voz rouca do marid. Embora lhe tivessem dito para voltar ali, ele não tivera certeza do que encontraria.

— Achei que poderia levar mais tempo — confessou ele, entrelaçando as mãos às costas ao olhar para o horizonte.

— A água é irrefreável. Eterna. Sempre volta. *Nós* voltamos. — O marid fixou os olhos mortos nele. Ainda estava na forma do acólito humano assassinado, o corpo reduzido a ossos embranquecidos pelo sal e vísceras pútridas onde não tinha a armadura de conchas e escamas. — A água derruba montanhas e cultiva vida nova. O fogo queima.

Dara voltou o olhar para ele, nada impressionado.

— Eu sei, cresci com histórias em que os marids apareciam como sereias atraentes ou dragões marinhos apavorantes. Esse cadáver em decomposição é bem decepcionante.

— Você poderia se oferecer para mim — respondeu o marid, suavemente, com a cobertura de conchas estalando ao vento frio. — Me dê seu nome, daeva, e mostrarei o que quiser. Seu mundo perdido e sua família assassinada. Sua menina Nahid.

Um dedo de gelo roçou a coluna dele.

— O que sabe sobre qualquer menina Nahid?

— Ela estava no vento e nas memórias do daeva que tomamos.

— O daeva que tomaram... — Os olhos de Dara se semicerraram. — Quer dizer o menino que usaram para me matar? — A boca dele se contorceu. — Alizayd al Qahtani não é um daeva.

O marid pareceu ficar imóvel; mesmo as conchas e os ossos ficaram em silêncio.

— Por que diria tal coisa?

— Ele é um djinn. Pelo menos é assim que a tribo tola dele se chama.

— Entendo — disse o marid, depois de mais um momento de silêncio reflexivo. — Não importa. Djinn, daeva... são todos a mesma coisa, cegos e destrutivos como o elemento que queima em seus corações. — A criatura passou as mãos ossudas pela água, fazendo minúsculas ondas dançarem. — Vai deixar meu lar em breve, sim?

— Esse é o plano. Mas, se tentar me enganar, presumo que entende o que farei. — Dara fixou o olhar no marid.

— Deixou clara sua intenção. — Um par de minúsculos peixes prateados disparou entre as mãos dele. — Devolveremos você para sua cidade, Darayavahoush e-Afshin. Rezo para que se contente com derramar sangue lá e jamais volte para nossas águas.

Dara se recusou a deixar as palavras o atingirem.

— E o lago? Conseguirão recriar o encantamento sobre o qual perguntei?

O marid inclinou a cabeça.

— Derrubaremos sua torre de pedra, então estará terminado. Não carregaremos mais responsabilidade pelo que seu povo fizer.

Dara assentiu.

— Ótimo. — Ele virou o rosto, a areia molhada sugando suas botas conforme seguia de volta para o acampamento que tinham montado em uma saliência gramada longe da água. Por sugestão de Dara, tinham feito as malas e deixado o acampamento na montanha menos de uma semana depois da morte de Mardoniye. Embora a névoa de vapor de cobre estivesse sumindo àquela altura, sua mera existência provocara perguntas entre os homens que Dara não podia responder. Então eles foram embora, passando as últimas semanas antes do Navasatem ali.

As comemorações geracionais começariam em três dias. Em três dias, entrariam naquelas águas e seriam transportados de volta para Daevabad. Em três dias, ele estaria em casa. Em três dias, veria Nahri.

Em três dias você terá novamente o sangue de milhares nas mãos.

Ele fechou os olhos, tentando afastar o pensamento. Dara jamais se imaginara sentindo tal desespero na véspera de uma conquista que desejava havia séculos. Certamente não quando era o Flagelo de Qui-zi, o esperto Afshin que atormentara Zaydi al Qahtani durante anos. Aquele homem fora um rebelde fervoroso, um líder apaixonado que pegara os estilhaços de sua tribo e remendara seu povo com promessas de um futuro melhor – de um dia em que entrariam em Daevabad como vencedores e sentariam um Nahid no trono de shedu. Tivera fantasias passageiras de recuperar a casa de sua família, de tomar uma esposa e criar filhos.

Nenhum desses sonhos jamais aconteceria agora e, pelo que Dara fizera – pelo que estava prestes a fazer –, não tinha direito a eles. Mas Nahri e Jamshid teriam tais sonhos. Os soldados dele teriam. Seus filhos seriam os primeiros Daeva em séculos a crescer sem o pé de um forasteiro pressionado em seus pescoços.

Precisava acreditar nisso.

O sol brilhava carmesim atrás das montanhas e uma batida de tambores rítmica vinha do acampamento iluminado por fogo, uma distração bem-vinda de seus pensamentos sombrios. O grupo estava reunindo-se enquanto Manizheh se preparava para as cerimônias ao pôr do sol em um altar de fogo improvisado. Era pouco mais do que uma tigela de bronze disposta sob um círculo de rochas e Dara não conseguia deixar de pensar com nostalgia no magnífico altar reluzente do Grande Templo de Daevabad.

Ele se juntou à fileira de soldados cansados, mergulhando as mãos nas cinzas incandescentes no braseiro e passando-as pelos braços. Havia um ar contido nos presentes, mas isso não o surpreendeu. A morte de Mardoniye fora a primeira vez que a maioria dos guerreiros dele tinha testemunhado o que uma zulfiqar podia fazer de verdade. Acrescentando a isso os sussurros que estava tentando sufocar a respeito do vapor que matara os batedores geziri, criara-se uma atmosfera tensa e sombria no acampamento.

Manizheh encontrou o olhar dele, chamando-o para mais perto.

— Encontrou o marid? — perguntou ela.

Ele enrugou o nariz.

— Decompondo-se nas rochas na margem oposta e não menos arrogante. Mas estão prontos para nos ajudar. Deixei claras as consequências caso nos traiam.

— Sim, não tenho dúvida de que se fez bastante claro.
— Os olhos escuros de Manizheh brilharam. Ela voltara a tratar Dara com a típica afeição calorosa na manhã seguinte à discussão deles. E por que não? Vencera, afinal de contas, colocando-o firmemente de volta no lugar com algumas palavras breves. — E você está pronto?

A resposta foi automática.

— Estou sempre pronto para servir aos Daeva.

Manizheh tocou a mão de Dara. Ele prendeu o fôlego diante do rompante de magia conforme uma corrente de calma semelhante a uma tranquilidade inebriada percorreu seu corpo.

— Sua lealdade será recompensada, meu amigo — respondeu ela, baixinho. — Sei que tivemos nossos desentendimentos e vejo que está à beira da desolação. Mas nosso povo saberá o que você fez por eles. *Todos* eles. — A voz dela era determinada. — Temos uma dívida com você e por isso eu prometo, Dara... garantirei que encontre felicidade.

Dara piscou, os sentimentos que tentara suprimir na caminhada de volta subindo e revirando-se dentro dele.

— Não mereço felicidade — sussurrou ele.

— Isso não é verdade. — Manizheh tocou a bochecha dele. — Tenha *fé*, Darayavahoush e-Afshin. Você é uma benção, a salvação de seu povo.

Emoções guerrearam em seu coração. Pelo Criador, como ele queria agarrar-se àquelas palavras e atirar-se de volta naquela crença abertamente, na fé que um dia viera de maneira tão fácil e que agora parecia impossível de manter.

Então obrigue-se a isso. Dara encarou Manizheh. O chador puído dela e a tigela de bronze desgastada à sua frente podiam estar longe dos esplendorosos utensílios cerimoniais e do deslumbrante altar de prata do Grande Templo, mas ela ainda era a Banu Nahida – a escolhida de Suleiman, a escolhida do Criador.

Ele conseguiu reunir alguma convicção.

— Tentarei — prometeu ele. — Na verdade... gostaria de fazer algo para todos vocês depois da cerimônia. Um presente para alegrar seus espíritos.

— Isso parece encantador. — Ela assentiu para o restante do grupo, sentado na grama. — Junte-se a seus amigos. Falarei a todos.

Dara ocupou um assento ao lado de Irtemiz. Manizheh ergueu a mão em uma benção e ele inclinou a cabeça em uníssono com o restante, unindo as mãos. A esmeralda em seu anel refletiu a luz poente, reluzindo sobre a fuligem que cobria seus dedos. Ele observou enquanto Manizheh realizava os movimentos sagrados, derramando óleo fresco nas lâmpadas de vidro que oscilavam na água reluzente e iluminando-as com um graveto de cedro incandescente. Então ela o pressionou contra a testa, marcando-a com as cinzas sagradas, e fechou os olhos enquanto seus lábios se moviam em uma oração silenciosa.

Finalmente, Manizheh deu um passo adiante.

— Todos vocês estão com uma aparência terrível — disse simplesmente. Os ombros de alguns dos Daeva se curvaram diante das palavras, mas então a boca dela se contraiu em um sorriso genuíno. — Não tem problema — acrescentou ela, carinhosamente. — Têm o direito de se sentirem terríveis. Vocês seguiram o que deve ter parecido o sonho de uma tola e fizeram isso com obediência que lhes garantirá a entrada nos jardins eternos do Criador. Seguraram a língua quando deviam ter tantas perguntas. — Ela os examinou, deixando seus olhos recaírem sobre cada homem e mulher por vez. — Por isso têm minha promessa, meus filhos... neste mundo ou no próximo, vocês e os seus serão bem cuidados. Nosso povo falará seus nomes em histórias e acenderá tributos a seus ícones no Grande Templo.

"Mas ainda não. — Ela seguiu além do altar. — Suspeito que alguns de vocês se preocupem que estamos nos apressando. Que estamos utilizando métodos sombrios e cruéis. Que atacar quando as pessoas estão comemorando uma festividade querida seja errado.

"Minha resposta é: estamos sem tempo. A cada dia que passa, a perseguição de Ghassan contra nosso povo piora. Os soldados dele passaram a devastar nossas terras e saquear nossos lares. Falar contra ele é convidar a morte. E se isso não bastasse, Kaveh me disse que o filho de meia-tribo dele, o radical que se ousa chamar de 'assassino de Afshin', retornou a Daevabad para incitar ainda mais os seus apoiadores mestiços."

Dara ficou tenso. *Não* fora isso que Kaveh dissera e, embora não fosse cego ao que ela tentava fazer, a facilidade com que tecera aquela mentira o lembrou demais do atual ocupante do trono de Daevabad.

Ela prosseguiu.

— Em outro momento, essa notícia poderia me agradar. De fato, pouco me satisfaria mais do que ver os Qahtani dilacerados por seu próprio fanatismo sangrento. Mas não é assim que as moscas da areia agem. Elas se reúnem e formam um enxame e devoram. A violência deles se espalhará. *Já* se espalhou. Envolverá nossa cidade em caos. — A voz dela era baixa e intensa. — E os Daeva pagarão o preço. *Sempre pagamos.* Já há ícones de mártires demais no Grande Templo e aqueles de vocês na Brigada Daeva testemunharam em primeira mão a selvageria dos shafits quando foram expulsos da Cidadela.

Manizheh indicou os últimos raios do sol desaparecido e então se ajoelhou, reunindo um punhado de areia.

— Esta é *nossa* terra. Do mar de Pérolas até a poeira das planícies e as montanhas de Daevabad, Suleiman a concedeu a nossa tribo, que o serviu mais fielmente. Nossos ancestrais teceram uma cidade de magia, pura magia *daeva*, para criar uma maravilha como o mundo jamais vira. Tiramos uma ilha das profundezas de um lago assombrado por marids e a enchemos de bibliotecas e jardins de prazer. Leões alados sobrevoavam os céus e, nas ruas, nossas mulheres e crianças passeavam em segurança absoluta.

"Vocês ouviram as histórias do Afshin. A *glória* que Daevabad já teve. A maravilha que já foi. Nós convidamos as outras tribos para partilharem dela, tentamos ensiná-las, guiá-las. No entanto, elas se voltaram contra nós. — Os olhos de Manizheh brilharam e ela soltou a areia. — Elas nos traíram do pior modo: *roubaram* nossa cidade. Então, não contentes com quebrar a lei de Suleiman nas suas terras, deixaram as crias shafits desonrarem a nossa. Até hoje, mantêm essas criaturas desprezíveis por perto para lhes servir de todos os jeitos. Ou pior! Fazem com que se passem por filhos de djinns, poluindo irrevogavelmente as linhagens deles e arriscando a todos nós.

Manizheh sacudiu a cabeça, tristeza tomando seu rosto.

— No entanto, por tanto tempo, não vi saída. A cidade me chamava, e a meu irmão, Rustam, com uma força que fazia nossos corações doerem. Mas parecia perigoso sequer sonhar com um futuro melhor. Pela segurança de todos nós, curvei a cabeça enquanto Ghassan al Qahtani se acomodava no trono de meus ancestrais. E então... — Ela parou. — Então o Criador me deu um sinal impossível de ignorar.

Ela fez um gesto para que Dara se levantasse. Ele obedeceu, seguindo para o lado dela.

Manizheh apoiou a mão no ombro dele.

— Darayavahoush e-Afshin. Nosso maior guerreiro, o homem que fez o próprio Zaydi al Qahtani tremer, voltou a nós libertado da maldição de Suleiman, tão poderoso quanto nossos lendários ancestrais. Meu povo, se estão buscando provas do favorecimento do Criador, está aqui em Dara. Temos dias difíceis adiante. Podemos ser forçados a agir de formas que parecem brutais. Mas asseguro a vocês... é tudo necessário.

Manizheh se calou momentaneamente, talvez medindo o impacto de suas palavras. Dara viu alguns dos rostos à frente brilhando com maravilha, mas nem todos. Muitos pareciam incertos, ansiosos.

Ele podia ajudar com aquilo.

Então respirou fundo. A coisa pragmática teria sido deixar sua forma preferida, mas a ideia de fazer isso diante do acampamento inteiro o envergonhava, então, em vez disso, ele ergueu as mãos, deixando o calor emanar delas em ondas douradas fumacentas.

Elas tocaram o altar de fogo primeiro. As pedras empilhadas derreteram até formar uma base de mármore reluzente, a tigela desgastada transformando-se em um receptáculo de prata de verdade, brilhando conforme se formava a partir da luz do sol poente. A fumaça espiralou em volta de Manizheh, transformando as roupas simples dela na delicada seda azul e branca das vestes cerimoniais antes de subir sobre o restante dos seguidores deles.

Dara fechou os olhos. Na escuridão da mente, ele sonhou com sua cidade perdida. Compartilhando refeições e risadas com seus primos Afshin entre sessões de treino. Férias passadas com a irmã, roubando bocados dos pratos preferidos deles enquanto a mãe e as tias cozinhavam. Cavalgando sobre as planícies do lado de fora do rio Gozan com os companheiros mais próximos, o vento sussurrando além deles. Sequer uma pessoa naquelas lembranças sobrevivera ao saque de Daevabad. Ele deu magia ao anseio em seu coração, à dor que imaginava que sempre estaria ali.

Ouviram-se arquejos. Dara abriu os olhos, combatendo a tontura enquanto a magia o drenava.

Os Daeva estavam agora sentados sobre o mais luxuoso dos tapetes, tecido de lã verde da cor da grama da primavera, com minúsculas flores vivas costuradas nos fios reluzentes. Os homens usavam uniformes iguais; os casacos estampados de cinza e preto e as calças justas listradas eram os mesmos que seus primos Afshin costumavam usar. Um banquete se estendia sobre linho branco atrás deles e uma única respiração foi suficiente para reconhecer os pratos como as receitas de sua família. As tendas simples de feltro tinham sido substituídas por um círculo de estruturas de seda que oscilavam no ar como fumaça e, em um curral protegido por mármore, dúzias de cavalos ébano com olhos dourados brilhantes trotavam e relinchavam.

Não apenas trotavam. O olhar de Dara se fixou nos cavalos. Eles tinham *asas* – quatro asas ondulantes cada, mais escuras do que a noite, e movendo-se como sombras. O Afshin dentro dele viu o benefício imediato nas maravilhosas criaturas: elas levariam os soldados com mais velocidade para o palácio. Mas em seu coração, ah, na traiçoeira parte do coração... como ele subitamente desejou roubar um e fugir daquela loucura.

Manizheh agarrou o ombro dele, aproveitando-se do assombro visível de seus seguidores.

— *Vejam* — chamou ela, sua voz sendo carregada no ar quieto. — Vejam essa maravilha, esse sinal da benção do Criador! Vamos para Daevabad. *Vamos tomá-la de volta.* — Sua voz foi levada, ecoando contra a escuridão crescente. — Vamos arrancar a Cidadela de suas amarras e os Qahtani de suas camas. Não descansarei até que aqueles que nos feriram, aqueles que ameaçam nossas mulheres e crianças na cidade que é *nossa*, por decreto do Criador!, tenham sido atirados no lago e seus corpos engolidos pelas águas. — Fumaça se enroscava em seu pescoço. — Nós receberemos a próxima geração como líderes de todos os djinns, como Suleiman pretendeu!

Um rapaz na frente deu um passo adiante, atirando-se em prostração diante de Manizheh.

— Pelos Nahid — gritou ele. — Pela Senhora!

Aqueles mais próximos acompanharam de imediato, caindo como uma onda diante de Manizheh. Dara tentou imaginar Nahri e Jamshid ao lado dela – os jovens Nahid não apenas seguros, mas envoltos na gloriosa herança que lhes fora negada por tempo demais.

Mas a ardência nauseante já percorria seu corpo. Ele a conteve quando Manizheh virou-se para ele, com expectativa – e um leve desafio – nos olhos.

Dara caiu de joelhos em obediência

— Pelos Nahid — murmurou ele.

Triunfo satisfeito encheu a voz dela.

— Venham, meu povo. Receberemos nossas bênçãos e então aproveitaremos o banquete que nosso Afshin conjurou. Fiquem felizes! Comemorem o que estamos prestes a fazer!

Dara recuou um passo, lutando para não cambalear e buscando uma mentira que lhe permitisse escapar antes que sua fraqueza fosse notada.

— Os cavalos… — murmurou ele, ciente de que era uma frágil desculpa. — Se não se incomodam…

Ele saiu tropeçando. Felizmente, o resto dos Daeva estava ocupado cercando Manizheh e Dara viu tantas jarras de vinho ao passar pelo banquete que suspeitou que ninguém sentiria sua falta por algum tempo. Ele passou de fininho entre as tendas, deixando o anoitecer engoli-lo, mas mal deu quatro passos antes de cair sobre as mãos e os joelhos, vomitando.

Sua visão se embaçou. Ele fechou os olhos; tambores batiam dolorosamente em sua cabeça conforme agarrava a terra.

Transforme-se, seu tolo. Dara não conseguiria recuperar-se da magia que acabara de executar na forma mortal. Tentou transformar-se, desesperado para puxar o fogo que pulsava no coração sobre os braços e pernas trêmulos.

Nada aconteceu. Estrelas desabrochavam diante de seus olhos, um som metálico soava nos ouvidos dele. Em pânico, Dara tentou de novo.

O calor veio… mas não foi fogo que envolveu seus membros. Foi um sussurro aerado de nada.

Então Dara se foi. Sem peso. Sem forma, mas mais vivo do que jamais fora. Conseguia sentir o gosto do murmúrio de uma tempestade que se aproximava no ar e saborear o calor reconfortante das fogueiras do acampamento. O murmúrio de criaturas invisíveis parecia lhe chamar, o mundo brilhava e se movia com sombras e formas e uma liberdade completamente selvagem o chamava para voar...

Dara se chocou de novo contra o corpo, chamas acendendo-se sobre a pele. Ele ficou deitado ali, com as mãos no rosto.

— Pelo olho de Suleiman — sussurrou ele, chocado. — O que foi aquilo? — Dara sabia que deveria ter ficado aterrorizado, mas a breve sensação tinha sido *intoxicante*.

As lendas de seu povo encheram sua mente. Histórias de metamorfose, de viagens pelo deserto como nada mais do que ventos quentes. Era isso o que tinha acabado de fazer? O que acabara de ser?

Ele se sentou. Não estava exausto ou enjoado agora; sentia-se quase alegre. Puro, como se tivesse tocado uma faísca de energia que ainda pulsava por seu corpo. Queria tentar de novo, ver como seria voar ao longo do vento frio e correr pelos picos cobertos de neve.

Gargalhadas e música do banquete chegaram a seus ouvidos, um lembrete de seu povo, tão insistente quanto uma coleira.

Mas, talvez pela primeira vez na vida, Dara não pensou em suas responsabilidades para com eles. Enfeitiçado e seduzido, agarrou a magia de novo.

Sumiu ainda mais rápido desta vez, o peso do corpo desaparecendo. Ele girou, rindo consigo mesmo enquanto solo e folhas rodopiavam e dançavam ao seu redor. Ele se sentia amplo e, no entanto, incrivelmente leve, a brisa carregando-o para longe assim que permitiu. Em segundos, o lago não passava de um espelho reluzente de luar bem abaixo.

E pelo Criador... a glória se abriu diante dele. As montanhas proibidas agora pareciam convidativas, os picos afiados e as sombras agourentas eram um labirinto através do qual disparar e explorar. Ele conseguia sentir o próprio calor escapando da crosta espessa do chão, o mar de rochas derretidas que fluía sob a terra, chiando onde encontrava a água e o vento. Tudo pulsava com atividade, com vida, com uma energia incontida e uma liberdade que subitamente desejou mais do que qualquer outra coisa.

Não estava sozinho. Havia outros seres como ele, naquele estado sem forma. Dara conseguia senti-los, conseguia ouvir convites sussurrados e risadas provocantes. Não custaria nada tomar uma das mãos fantasmas, correr para longe e viajar por mundos que não sabia que existiam.

Ele hesitou, dilacerado pelo desejo. E se não pudesse voltar? E se não conseguisse encontrar o caminho de volta quando seu povo mais precisava dele?

A determinação de Manizheh – e sua ameaça – o sufocava. Conseguia vê-la liberando o veneno e fracassando em tomar a cidade. Conseguia ver um Ghassan enfurecido arrancando a relíquia de cobre antes que a névoa o matasse e então agarrando Nahri pelos cabelos, arrastando-a até a mãe e mergulhando uma zulfiqar no coração dela.

Um medo espesso e sufocante o agarrou e, com ele, um desejo urgente de retornar. Isso Dara fez com menos graciosidade, transformando-se de volta na forma mortal enquanto ainda estava no ar. Ele caiu com tanta força no chão que o ar foi arrancado dos pulmões.

Arquejando e tomado de dor, Dara não tinha certeza de quanto tempo ficou deitado ali, piscando para o espesso aglomerado de estrelas, antes que uma risada chamasse sua atenção.

— Ora... — falou lentamente uma voz familiar. — Suponho que tenha levado bastante tempo para aprender isso. — Vizaresh deu um passo adiante, olhando para seu corpo prostrado. — Precisa de ajuda? — ofereceu ele, tranquilamente, estendendo a mão em garra. — Sugiro que da próxima vez aterrisse antes de se transformar.

Dara estava tão chocado que de fato deixou que o ifrit o ajudasse a se sentar, apoiando-se pesadamente contra o tronco de uma árvore morta.

— O que foi aquilo? — sussurrou ele.

— O que um dia fomos. — Desejo tomou a voz de Vizaresh. — O que um dia fomos capazes de ser.

— Mas... — Dara lutava para encontrar palavras. Nenhum discurso parecia digno da magia que acabara de sentir. — Mas foi tão... pacífico. Tão lindo.

O ifrit semicerrou os olhos amarelos.

— Por que isso o surpreende?

— Porque não é o que dizem nossas histórias — respondeu Dara. — Os daevas originais eram vândalos. Ardilosos que enganavam e caçavam humanos para o próprio...

— Ah, esqueça os malditos humanos pelo menos uma vez. — Exasperação enrugou o rosto em chamas de Vizaresh. — Seu povo é obcecado. Apesar de todas as leis sobre ficarem longe da humanidade, é exatamente como ela agora, com suas políticas mesquinhas e as constantes guerras. Isso... — Ele pegou a mão de Dara e, com um rompante de magia, ela se tornou chama. — *Isso* é como você foi feito. Foi criado para queimar, para existir entre mundos, não para se unir em exércitos e jurar suas vidas a líderes que as jogariam fora.

As palavras se aproximavam demais das dúvidas que Dara tentava manter enterradas.

— Banu Manizheh não está jogando nossas vidas fora — defendeu ele, em tom afiado. — Temos o dever de servir nosso povo.

Vizaresh gargalhou.

— Ah, Darayavahoush, sempre há pessoas a salvar. E sempre há homens e mulheres espertos ao redor que encontram uma forma de tirar vantagem desse dever e concentrá-lo em poder. Se você fosse esperto, se fosse um verdadeiro daeva, teria rido na cara de sua Manizheh no momento em que ela lhe trouxe de volta e sumido no próximo vento. Estaria *aproveitando* isso, aproveitando todas as belas coisas novas que poderia aprender.

Dara segurou o fôlego contra a forte pontada de desejo no peito.

— Uma existência solitária e sem propósito — disse ele, forçando na voz um desdém que não sentia completamente.

— Uma vida errante de maravilhas — corrigiu Vizaresh, com fome nos olhos. — Acha que não sei o que você acabou de vivenciar? Há mundos que não se podem ser vistos como mortal, seres e realidades e reinos além de sua compreensão. Tomávamos parceiros quando queríamos companheirismo, nos despedíamos amigavelmente quando era o momento de viajar nos ventos de novo. Houve séculos inteiros em que meus pés não tocaram o chão. — A voz dele ficou nostálgica e um sorriso curvou seus lábios. — Embora seja verdade que, quando tocavam, era *geralmente* por atração ao entretenimento humano.

— Tal entretenimento trouxe a ira de um dos profetas do Criador sobre você — observou Dara. — Custou a você essa existência que pinta tão belamente.

Vizaresh sacudiu a cabeça.

— Brincar com um ou outro humano não foi o motivo pelo qual Suleiman nos puniu. Não o único motivo, pelo menos.

— Então qual foi a razão?

O ifrit abriu um sorriso malicioso.

— Está fazendo perguntas agora? Achei que tudo o que fazia era obedecer.

Dara controlou seu temperamento. Podia odiar os ifrits, mas, de um modo ínfimo, estava começando a entendê-los – ou pelo menos a entender como era ser o último de sua espécie.

E estava realmente curioso pelo que Vizaresh tinha a dizer.

— E eu achei que *você* queria que eu aprendesse coisas novas — disse Dara, maliciosamente. — A não ser que seja tudo encenação e você não saiba de nada.

Os olhos de Vizaresh dançaram.

— O que vai me dar por contar?

Dara sorriu.

— Não vou esmagá-lo contra uma montanha.

— Sempre tão violento, Darayavahoush. — Vizaresh olhou para ele, puxando e torcendo uma extensão de chama entre as mãos como se fosse um brinquedo. Subitamente ele abaixou e se sentou diante de Dara. — Tudo bem, vou contar a você por que Suleiman nos amaldiçoou. Não foi por brincar com humanos, mas porque guerreamos com os marids *por causa* daqueles humanos.

Dara franziu a testa. Aquela não era uma história que ele havia ouvido antes.

— Guerreamos com os marids por causa de *humanos*?

— Sim — respondeu Vizaresh. — Pense, Darayavahoush. Como Aeshma conjurou os marids deste lago?

— Ele me fez matar um dos acólitos dele — respondeu Dara, lentamente. — Um acólito humano. Disse que os marids seriam obrigados a responder.

— Precisamente.

— Precisamente o quê?

Vizaresh se aproximou como se fosse confidenciar um segredo.

— Barganhas, Darayavahoush. Dívidas. Um humano me conjura para envenenar um rival e depois eu tomo o corpo dele como um ghoul. Uma aldeia cujas plantações estão morrendo oferece o sangue de um de seus membros aterrorizados ao rio, então o marid prontamente a inunda, enchendo os campos com ricos sedimentos.

Dara recuou.

— Você fala de coisas malignas.

— Não achei que fosse sensível, Flagelo. — Quando Dara fechou a cara, ele deu de ombros. — Acredite ou não, já concordei com você. Estava contente com minha magia inata, mas nem todos os daevas sentiam o mesmo. Eles gostavam do encanto da devoção humana e a encorajavam onde podiam. E os marids *não* gostaram disso.

— Por que não?

Vizaresh brincou com a corrente de bronze gasta que usava em volta do pescoço.

— Os marids são criaturas antigas, mais ainda do que os daevas. As práticas humanas que os alimentavam foram estabelecidas antes que os humanos sequer tivessem começado a erguer cidades. E quando alguns daqueles humanos preferiram *a nós*? — Ele emitiu um estalo com a língua. — Os marids têm um apetite por vingança que se compara àquele de seus Nahid e Qahtani. Se um humano desse as costas a eles para implorar pela intervenção de um daeva, eles afogavam a aldeia inteira. Em retaliação, nosso povo começou a fazer o mesmo. — Ele soltou um suspiro exagerado. — Inunde e queime cidades demais e subitamente você é arrastado diante de algum profeta humano aos berros de posse de um anel mágico.

Dara tentou absorver tudo aquilo.

— Se é verdade, parece que a punição foi bem merecida. Mas não entendo… se os marids também foram responsáveis, por que eles não foram disciplinados?

Vizaresh lançou um sorriso debochado para ele, seus lábios recuando sobre as presas curvas.

— Quem disse que não foram? — Ele pareceu encantado com a confusão de Dara. — Você seria uma companhia melhor se fosse inteligente. Eu gargalharia ao ver o caos que um verdadeiro daeva poderia causar em sua posição.

Eu não causaria caos. Eu partiria. Dara afastou o pensamento assim que lhe ocorreu.

— Não sou como você. — O olhar dele se deteve na corrente que Vizaresh ainda dedilhava e sua irritação se inflamou. — E se *você* fosse inteligente, não usaria isso em minha presença.

— Isso? — O ifrit tirou do peito a corrente da armadura de bronze. Três anéis de ferro estavam pendurados nela, coroados com esmeraldas que brilhavam com uma malícia sobrenatural. — Confie em mim, Darayavahoush, não sou tolo o bastante para tocar um de seus seguidores mesmo que me implorasse. — Ele acariciou os anéis. — Estes estão vazios agora, mas me salvaram em séculos mais difíceis.

— Escravizar as almas de semelhantes daeva *salvou* você? Ódio verdadeiro brilhou nos olhos do ifrit pela primeira vez.

— Não eram meus semelhantes — disparou ele. — Eram coisas fracas e chorosas que se aliaram a uma família de supostos curandeiros, os envenenadores de sangue Nahid que caçaram meus *verdadeiros* semelhantes. — Ele fungou. — Deveriam ter ficado felizes com o poder que lhes dei; foi uma prova do que um dia fomos.

A pele de Dara se arrepiou diante das palavras, mas ele ficou grato por elas. O que estava fazendo deixando Vizaresh encher sua mente com sonhos e provavelmente mentiras que o afastariam de Manizheh? Será que era tolo a ponto de esquecer o quanto os ifrits podiam ser ardilosos?

Ele ficou de pé.

— Posso não lembrar muito de meu tempo na escravidão, mas asseguro a você que eu não fiquei *feliz* por ter sido forçado a usar magia, não importa quão poderosa, a serviço de vontades humanas violentas. Foi desprezível.

Ele saiu andando, sem esperar pela resposta de Vizaresh. Adiante, Dara conseguia ouvir gargalhadas e música do banquete além das tendas. A noite caíra; um fiapo fino de lua e um espesso aglomerado de estrelas faziam as pálidas tendas e a margem branca como osso brilharem com luz celestial refletida. O cheiro de arroz temperado com cerejas azedas e mingau de pistache doce – as receitas de sua família – lançou uma dor recente e lancinante em seu coração. Pelo olho de Suleiman, como era possível sentir tanta falta deles?

Uma risada mais próxima – e bastante bêbada – chegou a seus ouvidos.

—... o que fará por ela? — Era Irtemiz, segurando provocadoramente uma garrafa de vinho às costas. Os braços de Bahram estavam em volta da cintura dela conforme os dois cambaleavam para o campo de vista dele, mas o jovem ficou pálido ao reparar em Dara.

— Afshin! — Ele se afastou de Irtemiz tão rápido que quase cambaleou. — Eu, hã, não quis interromper você. Em seu mau humor. — Os olhos dele brilharam com vergonha. — Não mau humor! Não foi o que eu quis dizer. Não que haja nada errado com...

Dara gesticulou para calá-lo, de fato um pouco envergonhado.

— Não tem problema. — Ele olhou para os dois, reparando que o casaco de Irtemiz já estava aberto e o cinto de Bahram sumira. — Vocês dois não estão aproveitando o banquete?

Irtemiz ofereceu um sorriso fraco e suas bochechas coraram.

— Só dando um passeio? — sugeriu ela. — Sabe, para... hã... nos preparar melhor para uma comida tão pesada.

Dara riu. Em outra época, teria tentado acabar com esses encontros – não precisava de brigas de casais entre seus soldados – mas considerando a missão mortal que realizariam dali a poucos dias, decidiu que não fazia mal.

— Escolham outra direção. Vizaresh está espreitando ali atrás. — Embora estivesse levemente inquieto, não pôde deixar de acrescentar: — Há uma linda caverna se acompanharem a margem leste.

Bahram pareceu morto de vergonha, mas Irtemiz riu, os olhos escuros brilhando com jovialidade. Ela pegou a mão do rapaz.

— Você ouviu nosso Afshin. — Rindo, ela arrastou Bahram.

Dara observou os dois partirem. Uma tristeza silenciosa invadiu sua alma ao ficar sozinho. Seus colegas subitamente pareceram tão jovens, tão diferentes.

Este não é meu mundo. Estava mais claro para ele do nunca. Gostava daquelas pessoas, amava-as, mas o mundo de onde viera sumira. E não voltaria. Ele sempre estaria levemente afastado deles.

Como os ifrits. Dara odiava a comparação, mas sabia que era adequada. Os ifrits eram monstros, sem dúvida, mas não teria sido fácil observar seu mundo ser destruído e refeito, passar milênios tentando recapturá-lo enquanto constantemente, um a um, eles pereciam.

Dara não estava pronto para perecer. Ele fechou os olhos, lembrando-se da sensação feliz de não ter peso e da forma como as montanhas escuras pareciam chamá-lo. Dessa vez não conseguiu conter o desejo no coração, então deixou que ficasse, envolto sob uma nova camada de determinação. Os jogos dos ifrits e os segredos há muito perdidos dos marids não importavam – pertenciam a um passado que Dara não deixaria que o reivindicasse de novo.

Ele acabaria com aquela guerra para seu povo e garantiria que estivessem seguros.

Então, talvez, seria hora de descobrir o que mais o mundo oferecia.

25

ALI

Ali olhou para o quarto que seria o escritório de Nahri com aprovação silenciosa. O assento à janela tinha sido colocado na aconchegante alcova que dava para a rua naquela manhã, e ele afundou no banco estofado, satisfeito ao ver como era confortável. Prateleiras ao alcance da mão cobriam o espaço – aquele lugar seria perfeito para leitura.

Espero que ela goste. Ali olhou além do quarto, depois da sacada que dava para o pátio interno do hospital. Os sons de construção – nos estágios finais – chegaram aos seus ouvidos. *Espero que este hospital valha o preço pago por ele.*

Ali suspirou, virando-se para a tela de madeira que dava para a rua abaixo. Era o mais próximo que conseguiria chegar de lentamente recuperar o campo de trabalho shafit – seu pai deixara claro que pessoalmente dobraria a taxa de mortes do ataque se Ali sequer abrisse a boca àquele respeito.

Ele ouviu uma batida e então Lubayd chamou além do arco.

— Posso entrar? Ou precisa de um minuto?

Ali revirou os olhos.

— Entre. — Ele deu as costas para a janela. — Aye, não com seu *cachimbo* — ralhou ele, enxotando o outro homem de volta pelo arco e abanando a fumaça ofensiva. — Vai deixar o lugar fedendo!

Os olhos de Lubayd brilharam com interesse.

— Ora, não é que você é protetor com o santuário de sua pequena Nahid?

— Sou protetor com tudo aqui — disparou Ali de volta, incapaz de conter o calor defensivo na voz. Sabendo que Lubayd era impiedoso quando via fraqueza, Ali rapidamente mudou de assunto. — Não deveria estar fumando no hospital. A doutora Sen disse que o jogaria para fora da próxima vez que o surpreendesse.

Lubayd inspirou.

— O que é a vida sem risco? — Ele inclinou a cabeça para as escadas. — Venha. Aqisa voltou do palácio e está esperando você.

Ali o seguiu para fora, devolvendo os diversos salaams e acenos de cabeça de trabalhadores conforme passavam pelo complexo do hospital. Seu lar e prisão durante os últimos dois meses, o local estava quase completo. Assistentes se preparavam para a cerimônia de abertura do dia seguinte, abrindo tapetes de seda bordados e conjurando delicadas lanternas flutuantes. Alguns músicos tinham chegado para praticar e a batida constante de um tambor em formato de cálice ecoava pelo pátio.

Ele viu Razu e Elashia sentadas em um balanço nas sombras de um limoeiro. Ali tocou a testa em cumprimento ao passar, mas nenhuma das mulheres pareceu reparar nele. Razu estava colocando uma das três flores brancas sedosas atrás da orelha de Elashia, enquanto a mulher sahrayn sempre calada lhe dava um pequeno sorriso.

Deve ser bom ter uma amizade tão próxima, refletiu ele. Ali tinha Lubayd e Aqisa, é claro, amigos mais verdadeiros e leais do que merecia. Mas até os dois tinham que ser mantidos à distância de um braço; seus muitos segredos eram perigosos demais para serem completamente revelados.

Aqisa estava esperando à sombra do grande saguão, usando vestes simples, com as tranças presas e enroladas sob um turbante.

— Você está com a aparência terrível — cumprimentou ela diretamente.

— Nos olhos — concordou Lubayd. — E o caminhar capenga. Se ele fosse mais ossudo, daria um ghoul convincente.

Ali olhou com raiava para os dois. Entre os pesadelos e a corrida para concluir o hospital, mal dormia e não ignorava que sua aparência refletisse seu cansaço.

— É bom ver você também, Aqisa. Como estão as coisas no palácio?

— Bem. — Aqisa cruzou os braços, encostando-se à parede. — Sua irmã mandou lembranças.

O coração dele se apertou. Na última vez em que vira Zaynab, fora obrigado a contar a notícia do banimento iminente da mãe deles. Embora Hatset tivesse permanecido sombriamente calma, dizendo aos dois que fossem fortes e que voltaria, não importava quais fossem as ordens de Ghassan, Zaynab desabara na frente dele pela primeira vez em sua vida.

— Por que não pôde simplesmente dar ouvidos a ele? — chorava ela conforme Ali forçosamente a escoltava para fora. — Por que não pôde segurar a língua uma vez?

Ali engoliu em seco o nó na garganta.

— Ela está bem?

— Não — falou Aqisa, simplesmente. — Mas está sobrevivendo e é mais forte do que você lhe dá crédito.

Ele se encolheu diante da réplica, esperando que a amiga estivesse certa.

— E você não teve problemas para entrar e sair do harém? Eu me preocupo que esteja se arriscando.

Aqisa chegou a rir.

— Nem um pouco. Pode se esquecer às vezes, mas *sou* uma mulher. O harém existe para manter longe homens estranhos e perigosos; os guardas mal me dão atenção. — Ela acariciou o cabo da khanjar. — Caso eu não diga isso o suficiente, seu gênero pode ser incrivelmente burro. — O humor deixou o rosto dela. — Nenhuma sorte com a enfermaria, no entanto.

— Ainda vigiada? — perguntou Ali.

— Dia e noite, por duas dúzias dos homens mais leais de seu pai.

Duas dúzias de homens? Uma onda de medo nauseante – um constante companheiro desde o ataque – percorreu seu corpo. Ele estava ainda mais preocupado com Nahri do que consigo mesmo; apesar do relacionamento difícil deles, Ali suspeitava de que o pai ainda não estava disposto a diretamente executar o próprio filho. Mas Nahri não era seu sangue e Ali jamais vira *ninguém* desafiar Ghassan publicamente da forma como ela fizera nas ruínas do acampamento shafit. Ele conseguia lembrar-se dela – pequena em comparação com seu pai, exausta e coberta de cinzas, mas completamente desafiadora, calor ondulando pelo ar quando falava e a rua de pedras tremendo com magia.

Foi um dos atos mais corajosos que já testemunhara – e isso o petrificava, pois sabia muito bem como seu pai lidava com ameaças.

Ali deu meia-volta, caminhando de um lado para outro. Ficar trancado ali, preso do outro lado da cidade, longe de sua irmã e de Nahri, era enlouquecedor. Uma cobertura de umidade brotou em suas costas e ele estremeceu. Entre a chuva do dia e as emoções fervilhantes, lutava para conter suas habilidades com água.

Automaticamente, seu olhar foi para o corredor que dava para o quarto de Issa. A pedido de Hatset, o estudioso ayaanle tinha ficado para continuar pesquisando o "problema" de Ali. Mas Ali não estava otimista. Não tinha a sensibilidade da mãe com o idoso inconstante e, da última vez em que tentara verificar o progresso de Issa, encontrara o homem cercado de um enorme pergaminho em círculo formando uma árvore genealógica do que deveriam ser todas as pessoas sequer tangencialmente aparentadas com Ali. Ele perguntou de modo bastante impaciente o que em nome de Deus sua ancestralidade tinha a ver com tirar os marids de sua cabeça e, em resposta, Issa tinha atirado um globo *na* sua cabeça, grosseiramente sugerindo isso como alternativa.

Uma sombra recaiu sobre eles, o formato de um grande homem bloqueando o pequeno feixe de luz do sol que vinha do jardim.

— Príncipe Alizayd — murmurou uma voz grave. — Creio que seu pai tenha deixado suas ordens claras.

Ali fez uma careta, virando-se com raiva para Abu Nuwas, o oficial geziri sênior enviado para "cuidar" dele.

— Não estou tentando escapar — disse ele, acidamente. — Certamente ficar perto da entrada é permitido?

Abu Nuwas lhe deu um olhar azedo.

— Uma mulher está procurando por você na ala leste.

— Ela deu um nome? Este lugar está cheio de gente.

— Não sou seu secretário. — Abu Nuwas fungou. — Alguma shafit com cara de avó. — E deu as costas sem mais uma palavra.

— Ah, não seja rude — disse Lubayd quando Ali revirou os olhos. — Ele só está seguindo as ordens de seu pai. — O amigo soltou um anel de fumaça. — E eu gosto desse aí. Ficamos bêbados juntos algumas semanas atrás. É um excelente poeta.

O queixo de Ali caiu.

— Abu Nuwas é um *poeta*?

— Ah, sim. Um material maravilhosamente escandaloso. Você odiaria.

Aqisa sacudiu a cabeça.

— Tem alguém nesta cidade de quem você não tenha ficado amigo? Da última vez que fomos à Cidadela havia guerreiros adultos brigando para pagar o seu almoço.

— O grupo riquinho do emir não me aceita — respondeu Lubayd. — Acham que sou um bárbaro. Mas o povo geziri normal, soldados... — Ele sorriu. — Todos gostam de um contador de histórias.

Ali esfregou as têmporas. A maioria das "histórias" de Lubayd eram contos destinados a impulsionar a reputação do príncipe. Ele odiava, mas o amigo só dobrava os esforços quando pedia que parasse.

— Deixem-me falar com essa mulher.

A ala leste estava relativamente silenciosa quando Ali chegou, com apenas um par de trabalhadores de azulejos terminando um último trecho de parede e uma pequena mulher mais velha com um lenço de cabeça floral desbotado esperando perto do parapeito que dava para o jardim, apoiada com força em uma bengala. Presumindo que fosse a mulher que Abu Nuwas mencionara, Ali foi até ela. Talvez ela *fosse* a avó de alguém; não seria a primeira vez que um parente mais velho tinha vindo em busca de trabalho para um jovem preguiçoso.

— Que a paz esteja com você — disse Ali ao se aproximar. — Como posso...

Ela se virou para ele e Ali subitamente parou de falar.

— Irmão Alizayd... — A irmã Fatumai, que já fora a líder orgulhosa dos Tanzeem, o encarou de volta. Seus olhos castanhos familiares estavam afiados como facas e fervilhando de ódio. — Já faz muito tempo.

— Sinto muito por ouvir que está tendo problemas com suprimentos — disse Ali, bem alto, conforme levava a mulher para longe dos trabalhadores curiosos até para uma sala cheia de lençóis limpos. Estava quase impressionado por conseguir mentir considerando como estava abalado, mas sabendo dos espiões com os quais seu pai tinha enchido o hospital, tinha pouca escolha. — Vejamos o que podemos doar...

Ele apressou a líder Tanzeem para o quarto e, depois de rapidamente certificar-se de que estavam sozinhos, fechou a porta e sussurrou um encantamento de tranca baixinho. Uma lâmpada com um resto de óleo tinha sido deixada em uma das prateleiras e Ali rapidamente a acendeu. A chama conjurada dançou pelo pavio, projetando uma luz fraca no pequeno aposento.

Ele se virou para encará-la, respirando com dificuldade.

— I-irmã Fatumai — gaguejou Ali. — Eu... eu sinto tanto. Quando ouvi o que aconteceu com Rashid... e vi a masjid de sheik Anas... presumi...

— Que eu estivesse morta? — sugeriu Fatumai. — Uma conclusão razoável; seu pai certamente fez o possível. Sinceramente, pensei o mesmo de você quando partiu para Am Gezira. Imaginei que fosse só uma história para esconder a verdade sobre sua execução.

— Não está longe da verdade. — Ele engoliu em seco. — O orfanato?

— Se foi — respondeu Fatumai. — Tentamos evacuar quando Rashid foi preso, mas a Guarda Real alcançou o último grupo. Venderam os mais jovens como criados e executaram o restante. — O olhar dela ficou frio. — Minha sobrinha foi uma dos assassinados. Talvez se lembre dela — acrescentou a mulher, com uma nota de acusação na voz. — Ela lhe fez chá quando nos visitou.

Ali se apoiou na parede, achando difícil respirar.

— Meu Deus... sinto tanto, irmã.

— Eu também — disse ela, baixinho. — Era uma boa mulher. Noiva de Rashid — acrescentou, também encostando--se à parede. — Talvez seja um pequeno consolo que tenham entrado no Paraíso como mártires juntos.

Ali encarou o chão, envergonhado.

Ela deve ter notado.

— Esse discurso o incomoda agora? Foi um dos alunos mais devotos de sheik Anas, mas sei que a fé é um adereço usado inconsequentemente por aqueles que vivem no palácio.

— Jamais perdi minha fé. — Ali disse as palavras baixinho, mas seu tom era desafiador. Só conhecera a irmã Fatumai depois que Rashid, outro membro dos Tanzeem, o enganara para que visitasse o esconderijo dela, um orfanato no Quarteirão Tukharistani. Fora uma visita destinada a fazer o príncipe abastado sentir-se culpado para que os financiasse, um tour para lhe mostrar órfãos doentes e famintos... mas convenientemente *não* as armas que ele descobriu que também compravam com seu dinheiro. Ali jamais voltara; o uso de violência dos Tanzeem, possivelmente contra daevabadis inocentes, não era um limite que ultrapassaria.

Ele mudou de assunto.

— Gostaria de sentar? Posso lhe trazer uma bebida?

— Não vim até aqui para me beneficiar da hospitalidade geziri, príncipe Alizayd. — Ela trocou o peso do corpo entre os pés. Sob o exterior cansado e os cabelos prateados, havia uma força em Fatumai que o envergonhava tanto quanto o preocupava. Havia coração nos Tanzeem. Eles tinham salvado e abrigado crianças shafits, colocado livros nas mãos e pão nas bocas. Ali não duvidava por um segundo de que eram fiéis tão tementes a Deus quanto ele.

Também não duvidava de que alguns tivessem sangue nas mãos.

— O resto das crianças está seguro?

Ela gargalhou, um som severo.

— Realmente não conhece seu pai, conhece?

Ali quase não conseguia fazer a pergunta.

— O que quer dizer?

— Acha que importava para Ghassan que alguns fossem crianças? — Ela estalou a língua. — Ah, não, irmão Alizayd. Éramos um *perigo*. Uma ameaça para ser rastreada e exterminada. Fomos até a casa dele e roubamos o coração de seu caçula, então ele mandou os soldados destruírem o distrito shafit atrás de nós. De qualquer um relacionado a nós. Família, vizinhos, amigos... ele matou inúmeros. Estávamos tão desesperados para escapar que tentamos até fugir de Daevabad.

— Fugir de Daevabad? Você conseguiu contratar um contrabandista?

— Contratar não é a palavra que eu usaria — disse ela, com uma finalidade mortal na voz. — Não que importasse. Eu me voluntariei para ficar para trás com aqueles que eram jovens demais para tal viagem e os que tinham sangue mágico demais para conseguir viver no mundo humano. — A voz dela falhou. — O resto... beijei as testas deles e limpei suas lágrimas... e observei os pássaros de fogo de seu pai queimarem o barco.

Ali ficou zonzo.

— *O quê?*

— Prefiro não repetir, se não se importa — disse ela, simplesmente. — Ouvir seus gritos conforme o lago os dilacerava foi ruim o suficiente. Suponho que seu pai tenha pensado que valia a pena matar o punhado de lutadores Tanzeem que estava com eles.

Ali se sentou subitamente. Não conseguiu evitar. Sabia que seu pai tinha feito coisas horríveis, mas afundar um navio cheio de crianças refugiadas era puro mal. Não importava quem Ghassan estivesse caçando.

Ele não deveria ser rei. O pensamento direto e traiçoeiro irrompeu em sua mente em um momento de terrível clareza. Subitamente pareceu simples; a lealdade e o amor complicado pelo pai com que Ali há muito lutava cortados como se corta uma corda em frangalhos.

Fatumai caminhou mais para dentro da câmara, alheia à dor dele, ou talvez sem importar-se com o príncipe tendo uma síncope no chão. Ela passou as mãos pelos suprimentos empilhados.

— Parece ser um lugar vivaz e organizado — comentou ela. — Você fez um trabalho extraordinário que realmente mudou as vidas de inúmeros shafits. Irônico, de certa forma, que tenha acontecido aqui.

Isso imediatamente o tirou dos próprios pensamentos.

— O que quer dizer?

Ela olhou para ele.

— Ah, por favor, irmão, não vamos fingir. Tenho certeza de que sabe o que aconteceu com os shafits neste suposto hospital. Aquele de quem ganhou o nome certamente sabia, embora o fato esteja ausente das músicas compostas sobre seus grandiosos feitos. — Ela deu de ombros. — Suponho que haja pouca glória em contos sobre praga e vingança.

As palavras dela eram precisas demais para serem um erro.

— Quem lhe contou? — perguntou ele, hesitante.

— Anas, é claro. Acha que é o único com a habilidade de ler textos antigos? — Ela fixou o olhar em Ali. — Ele achou que era uma história que deveria ser mais difundida.

Ali fechou os olhos e apertou as mãos em punhos.

— Isso pertence ao passado, irmã.

— Isso pertence ao presente — replicou Fatumai em tom afiado. — É um aviso do que os Daeva são capazes de fazer. Do que sua *Nahid* é capaz de fazer.

Os olhos dele se abriram.

— Do que *todos* somos bastante capazes. Não foram os Daeva que assassinaram seus filhos no lago. Não foram os Daeva que queimaram este lugar até as cinzas e massacraram todos aqui dentro catorze séculos atrás.

Ela o encarou.

— E por que, irmão? Diga por que os Geziri e os shafits incendiaram este lugar com tanta fúria.

Ali não conseguia desviar os olhos, mas também não podia não responder.

— Porque o Conselho Nahid fazia experimentos nos shafits aqui — confessou ele, baixinho.

— Não apenas experimentos — corrigiu Fatumai. — Criaram um veneno aqui. Uma praga que podia ser misturada com tinta. Tinta que podia ser aplicada a quê, exatamente, meu amigo guerreiro?

— Bainhas de espadas — respondeu ele, baixinho, enquanto a náusea subia pela garganta. — As bainhas das espadas dos soldados deles.

— Dos soldados *geziris* deles — especificou ela. — Vamos esclarecer os fatos. Pois o conselho Nahid dizia que sua tribo servia só para isso. Lutar e, bem... não diremos o termo grosseiro... mas *fazer* mais soldados para povoar as guarnições. — Ela encontrou o olhar petrificado de Ali. — Mas o veneno não foi destinado a matar os sangues-puros que usavam aquelas bainhas, foi?

Água se empoçava em suas mãos de novo.

— Não — sussurrou ele. — Não foi.

— Isso mesmo, não fazia absolutamente nada com seus malditos soldados — respondeu a irmã Fatumai, com uma nota selvagem erguendo-se na voz. — Eles voltaram alegremente para casa em Am Gezira, aquela insolente e inquieta província. Uma província com shafits demais e parentes djinns demais que os faziam sumir no deserto quando oficiais daevas vinham arrastá-los pra Daevabad. — Ela inclinou a cabeça. — Zaydi al Qahtani tinha uma família shafit, não tinha? Sua primeira família?

A voz de Ali estava embargada.

— Tinha.

— E o que aconteceu quando *ele* voltou para casa de licença? Quando deixou seus filhos brincarem com sua espada? Quando retirou a bainha e tocou a amada esposa que não via havia meses?

— Ele acordou ao lado dos cadáveres deles na manhã seguinte. — O olhar de Ali se voltou involuntariamente para o cabo da própria espada. Tinha lido sobre o destino deles em uma biografia que achou perdida quando era criança e tivera pesadelos durante semanas. Ver as pessoas que mais amava mortas nas mãos de uma doença que passou para elas por ignorância... aquilo deixaria um homem louco. Faria um homem voltar para sua guarnição e enterrar sua khanjar no pescoço do comandante daeva. Faria um homem liderar uma revolta que reformaria o mundo deles e os aliaria com os marids contra os semelhantes de sangue de fogo.

E talvez, na escuridão silenciosa da alma, propositalmente permitir o massacre de um hospital.

Fatumai o estudava.

— Você não contou isso a ninguém, contou? Teve medo de que seus amigos shafits, com razão, expulsassem sua Banu Nahida?

As palavras dela o atingiram – mas esse não fora o motivo. A animação na voz de Nahri, o interesse cauteloso que ele vira em Subha quando a visitaram pela primeira vez... Ali não tivera coragem de destruir essas coisas. E com que propósito? Observar pela centésima vez as ações desprezíveis que o povo deles havia cometido há tanto tempo?

— Não, não tive medo. Eu estava *cansado*. — A voz de Ali falhou na última palavra. — Estou cansado de todos nesta cidade se alimentando de vingança. Estou cansado de ensinar nossas crianças a odiar e temer outras crianças porque os pais delas são nossos inimigos. E estou farto de agir como se a única forma de salvar nosso povo fosse eliminar todos que podem se opor a nós, como se nossos inimigos não fossem retribuir o favor assim que o equilíbrio da balança se deslocar.

Ela se aproximou.

— Palavras ousadas para o filho de um tirano.

Ali sacudiu a cabeça.

— O que quer de mim? — perguntou ele, exausto.

A irmã Fatumai lhe deu um sorriso triste.

— Nada, príncipe Alizayd. Com todo o respeito, a única coisa que me faria confiar em você de novo seria ver seu pai morto por suas mãos. Estou cheia da política desta cidade. Tenho dez filhos restantes que dependem de mim. Não os arriscarei.

— Então por que está aqui?

Fatumai tocou uma bandeja de ferramentas.

— Vim te dar um aviso.

Ali ficou tenso.

— Que aviso?

— Seu pequeno discurso sobre vingança, Alizayd. Há shafits que não querem trabalhar em seu hospital, que fariam os Tanzeem parecerem simpatizantes dos Daeva. Pessoas cujo ódio poderia colocar esta cidade de joelhos e que jamais perdoariam uma Nahid pelo passado, não importa quantos shafits ela cure. Perdi alguns de meus filhos mais velhos para eles. Eles viram seus amigos morrerem no lago, seus vizinhos vendidos naquela praça de leilão, e não querem nada além de ver vocês supostos puros-sangues sofrerem. E sua Nahid deveria temê-los.

Ali estava em pé no momento seguinte, mas Fatumai ergueu a mão.

— Há boatos de que um ataque acontecerá durante o Navasatem — explicou ela. — Não revelarei de quem ouvi, então não pergunte.

— Que tipo de ataque? — perguntou Ali, horrorizado.

— Não sei. É um boato fraco. Só passo adiante porque a ideia de o que os Daeva e a Guarda Real fariam conosco em retribuição me apavora. — Ela se virou para ir embora, batendo a bengala no piso de pedra.

— Irmã, espere. Por favor!

Fatumai já estava abrindo a porta.

— É tudo o que sei, Alizayd al Qahtani. Faça o que quiser com a informação.

Ali parou, mil respostas pairando em seus lábios.

Aquela que escapuliu foi uma surpresa para ele.

— A menininha que salvamos. A menina da taverna de Turan. Ela está bem?

O luto frio nos olhos de Fatumai contou a verdade antes que a mulher pronunciasse as palavras.

— Ela estava no barco que seu pai queimou.

A noite caíra; o céu na janela atrás de Ghassan estava da cor roxo-prateada do crepúsculo e pesado com névoa da chuva morna do dia. Ali quase abrira buracos de tanto caminhar no pátio do hospital antes de perceber que, por menos que desejasse ver o pai, a segurança do Navasatem dependia dele.

Ghassan não pareceu convencido.

— Um ataque durante o Navasatem? Quem lhe contou isso?

— Uma amiga — disse Ali, inexpressivamente. — Uma que eu não conseguirei encontrar de novo. E ela não sabia de mais nada, de toda forma.

Ghassan suspirou.

— Passarei sua preocupação a Wajed.

Ali o encarou.

— Só isso?

O pai ergueu as mãos.

— O que mais gostaria que eu fizesse? Sabe quantas ameaças vagas recebemos sobre os Daeva? Sobre Nahri? Principalmente depois do ataque em seu campo de trabalho?

— Então aumente a segurança dela. Cancele a procissão. Cancele qualquer coisa durante a qual ela estará exposta!

Ghassan sacudiu a cabeça.

— Não cancelarei nenhuma comemoração daeva por causa de sua palavra. Não tenho vontade de ouvir Kaveh gritando sobre isso. — Uma expressão vagamente hostil percorreu o rosto dele. — Além do mais... Nahri parece pensar muito de si mesma ultimamente. Por que eu deveria proteger alguém que me desafia tão abertamente?

— Porque é seu dever! — disse Ali, chocado. — Você é o rei dela. Seu *sogro*.

Ghassan riu com deboche.

— Considerando o estado do casamento dela, nem isso.

Ali não conseguia acreditar no que estava ouvindo.

— Ela é uma mulher sob seu teto. Sua proteção é parte de nosso código mais alto, nosso mais sagrado...

— E *vou falar com Wajed* — interrompeu Ghassan, com um tom que indicava que a conversa tinha acabado. Ele se ergueu e foi até o parapeito da janela. — Mas, quanto a outro assunto, você chegou na hora certa. O hospital está pronto para a cerimônia de abertura de amanhã?

— Sim — disse Ali, sem se incomodar em esconder a amargura na voz. — Posso me apresentar no calabouço depois que terminar, se quiser.

Ghassan pegou uma caixa de veludo preto que estava apoiada perto da janela.

— Não é para lá que vou enviar você, Alizayd.

Havia uma determinação sombria na voz dele que deixou Ali imediatamente ansioso.

— Para onde vai me mandar?

Ghassan abriu a caixa e ficou encarando o que quer que houvesse dentro.

— Mandei fazer isto para você — disse ele, baixinho. — Assim que voltou para Daevabad. Esperei, até mesmo rezei, que pudéssemos encontrar um caminho para contornar tudo isso como uma família. — Ele tirou de dentro uma faixa magnífica de seda tingida, cuja estampa azul, roxa e dourada se entrelaçava sobre a superfície reluzente.

Um turbante – um turbante real como o que Muntadhir usava. Ali perdeu o fôlego.

Ghassan passou os dedos pela seda.

— Queria vê-lo usar isto durante o Navasatem. Eu queria... tanto ter você ao meu lado mais uma vez.

Ao meu lado. Ali lutou para manter o rosto neutro. Porque, pela primeira vez na vida, aquelas palavras simples, aquele lembrete de seu dever como um filho geziri, a oferta de uma das mais privilegiadas e seguras posições no mundo deles...

Aquilo o encheu de repulsa absoluta.

Havia um tremor em sua voz quando ele finalmente falou.

— O que planeja fazer comigo, abba?

Ghassan encontrou o olhar do filho, uma tempestade de emoções revolvendo-se nos olhos cinza.

— Não sei, Alizayd. Estou igualmente dividido entre declará-lo meu emir e mandar executá-lo. — Os olhos de Ali se arregalaram e ele insistiu. — Sim. Você é mais do que capacitado para a posição. É verdade que lhe falta diplomacia, mas tem um domínio mais aguçado de questões militares e da economia da cidade do que seu irmão jamais terá. — Ele soltou o tecido do turbante. — É também a pessoa mais inconsequente e moralmente inflexível que já encontrei, talvez o maior perigo para a estabilidade de Daevabad desde que uma Nahid perdida entrou aqui com um Afshin ao seu lado.

O pai deu a volta pela escrivaninha e Ali se viu dando um passo para trás. O ar ficou aguçado e perigoso entre os dois. E – que Deus o perdoasse – quando Ghassan se moveu, o olhar de Ali recaiu sobre a adaga à cintura dele.

A rebelião de Zaydi al Qahtani começara com uma adaga em um pescoço. Seria tão simples. Tão rápido. Ali seria executado e provavelmente iria para o inferno por matar o próprio pai, mas o tirano de Daevabad estaria morto.

Então Muntadhir tomaria o trono. Ele podia ver o irmão fazendo isso, em pânico, enlutado e paranoico. Quase certamente se descontrolaria, prendendo e executando qualquer um associado a Ali.

Ele se obrigou a olhar nos olhos do pai.

— Só tentei agir no interesse de Daevabad. — Ele não tinha certeza se estava falando com o pai ou com a ânsia sombria em sua mente.

— E agora vou convidar você a agir no seu — disse Ghassan, aparentemente ignorando os pensamentos mortais que giravam dentro do filho. — Vou mandá-lo de volta a Am Gezira depois do Navasatem.

O que quer que Ali esperasse... não era aquilo.

— O quê? — repetiu ele, fracamente.

— Vou mandá-lo de volta. Você vai formalmente renunciar a seus títulos e encontrar uma forma de sabotar por completo seu relacionamento com os Ayaanle, mas, à exceção disso, retornará com minha benção. Pode se casar com uma mulher local e cuidar de suas colheitas e seus canais com quaisquer filhos que Deus lhe conceder.

— Isso é um truque? — Ali estava chocado demais para sequer ser diplomático.

— Não — afirmou Ghassan, diretamente. — É o último recurso de um homem que não deseja executar o próprio filho. — Ele estava quase implorando a Ali. — Não sei como fazer com que se curve, Alizayd. Já ameacei você, matei seus aliados shafits, bani sua mãe, mandei assassinos para caçá-lo... e ainda assim você me desafia. Estou esperando que seu coração se mostre mais fraco do que seu senso de justiça... ou talvez mais sábio.

Antes que pudesse se impedir, Ali viu Bir Nabat na mente. Viu seus alunos e seus campos, viu-se rindo tomando café com Lubayd e Aqisa.

Uma esposa. Uma família. Uma *vida* – longe da história encharcada de sangue de Daevabad e do lago assombrado por marids.

Ali sentiu como se tivesse levado um soco no estômago.

— E se eu me recusar?

Ghassan pareceu exasperado.

— Não é uma oferta, Alizayd. Você vai. Pelo amor de Deus... — Um tom desesperado tomou a voz dele. — Pode me deixar dar ao menos a um de meus filhos alguma felicidade? Queria voltar, não queria?

Ele quisera. Desesperadamente. Parte dele ainda queria. Mas estaria deixando seu lar com um rei no qual não mais acreditava que merecia governar.

— Não me ofereça isso — implorou ele. — Por favor.

Seus desejos conflituosos deviam estar estampados no rosto, pois um remorso silencioso tomou a expressão do pai.

— Acho que me esqueci de que há situações nas quais a bondade é a arma mais poderosa.

Ali estava trêmulo.

— Abba...

Mas o pai já o levava para fora.

— Meus homens levarão você de volta ao hospital. Suas condições permanecem iguais.

— Espere, por favor...

Dessa vez, a porta se fechou lentamente em sua cara.

26

NAHRI

NAHRI CRUZOU OS BRAÇOS, ENCARANDO COM CETICISMO A SELA que tinha sido colocada na pilha de almofadas diante dela.

— De jeito nenhum.

— Mas é seguro! — insistiu Jamshid. Agarrando as manoplas dispostas na estrutura da sela, ele se impulsionou para o assento. — Veja. — Ele indicou as costas erguidas. — É projetada para compensar pela fraqueza em meus membros inferiores. Posso amarrar as pernas e usar um chicote para montar.

Ela sacudiu a cabeça.

— Vai cair e quebrar o pescoço. E um *chicote*? Não pode controlar um cavalo só com uma vara.

Jamshid a encarou.

— Minha cara Banu Nahida… digo isso com todo o respeito, mas você é talvez a última pessoa em Daevabad de quem eu aceitaria conselhos de montaria. — Nahri fez uma careta e ele riu. — Vamos lá, achei que ficaria satisfeita. Peguei o desenho com aquela sua médica shafit. Estamos trocando habilidades! — provocou ele. — Não é o que queria?

— Não! Achei que poderíamos tentar alguns outros tratamentos de modo que em alguns anos você estaria de volta em um cavalo *sem* a necessidade de uma vara.

— Tenho quase certeza de que a procissão de Navasatem terá acabado a essa altura. — Jamshid se remexeu na sela, parecendo satisfeito consigo mesmo. — Isso vai servir bem. Ah, o que foi? — perguntou ele quando ela o olhou com raiva. — Você não é minha mãe. Não preciso de sua permissão. — Ele uniu as mãos como se segurasse rédeas imaginárias. — Sou mais velho do que você, de qualquer forma.

— Sou sua Banu Nahida! — argumentou ela de volta.

— Eu poderia... eu poderia... — Nahri parou de falar, pensando rápido.

Jamshid – o antigo sacerdote em treinamento – se virou para encará-la.

— Poderia fazer o quê? — perguntou ele educadamente, com os olhos dançando. — Quer dizer, o que exatamente você poderia fazer, de acordo com os protocolos de nossa fé?

— Deixe-o em paz — interrompeu a voz baixa de Nisreen. Nahri olhou para trás e viu sua mentora de pé à cortina. Os olhos dela estavam fixos em Jamshid, seu rosto brilhando com acolhimento. — Deveria cavalgar na procissão do Navasatem, se é o que deseja. Faz bem a meu coração ver você assim, mesmo que seu garanhão atual deixe muito a desejar — acrescentou ela, assentindo para a pilha de almofadas.

Nahri suspirou, mas, antes que pudesse responder, ouviu o som de alguém vomitando do outro lado da enfermaria.

Jamshid olhou para aquela direção.

— Parece que Seyyida Mhaqal está doente de novo.

— Então é melhor ir até lá — respondeu Nahri. — Se tem tempo para construir cavalos com almofadas, meu brilhante aprendiz, tem tempo de lidar com vermes de fogo.

Ele fez uma careta, mas desceu da sela, seguindo para a paciente. Não levou a bengala e Nahri sentiu um silencioso sentimento de triunfo quando o viu prosseguir estável até o outro lado da sala. Talvez não estivesse acontecendo tão rapidamente quanto Jamshid gostaria, mas ele *estava* melhorando.

Ela olhou para Nisreen, querendo compartilhar da felicidade, mas a mulher rapidamente desviou o olhar e foi recolher os frascos que Nahri estivera usando para preparar poções mais cedo.

Nahri se moveu para impedi-la.

— Eu posso fazer isso. Você não deveria ter que limpar minha bagunça.

— Não me importo.

Mas Nahri se importava. Ela tirou o par de béqueres das mãos de Nisreen e os apoiou, pegando o braço da outra mulher.

— Venha.

Nisreen soltou um ruído de sobressalto.

— Mas...

— Nada de *mas*. Você e eu precisamos conversar. — Ela pegou uma das garrafas de soma que Razu lhe dera de presente; estava provando-se uma técnica de alívio de dor bastante eficiente. — Jamshid — chamou ela. — Está responsável pela enfermaria.

Os olhos dele se arregalaram sobre o balde que tentava colocar sob Seyyida Mhaqal. Vermes de fogo dourados se enroscavam nos punhos dele.

— Estou o quê?

— Estaremos bem aqui fora. — Ela levou Nisreen para a sacada, puxando-a para um banco e pressionando a garrafa de soma nas mãos da assistente. — Beba.

Nisreen parecei indignada.

— Como é?

— *Beba* — repetiu Nahri. — Você e eu claramente temos algumas coisas para dizer uma à outra, e isso vai tornar mais fácil.

Nisreen tomou um gole delicado, fazendo uma careta.

— Você tem passado tempo demais com os djinns se está agindo como um.

— Está vendo? Não está feliz por ter se livrado desse peso? — perguntou Nahri. — Diga-me que arruinei minha reputação. Que os sacerdotes estão dizendo que me desgarrei e que Kaveh está me chamando de traidora. — A voz dela ficou levemente desesperada. — Nenhum de vocês consegue me encarar ou quer falar comigo, então certamente é o que está sendo dito.

— Banu Nahri... — Nisreen suspirou, então tomou outro gole do soma. — Não sei o que quer que eu diga. Você colocou as mãos em dúzias de shafits em plena luz do dia. Quebrou o código de Suleiman.

— *Salvei vidas* — disse Nahri, defendendo-se fervorosamente. — Vidas de pessoas inocentes atacadas por membros de nossa tribo.

Nisreen sacudiu a cabeça.

— Nem sempre é tão simples.

— Então acha que estou errada? — perguntou Nahri, tentando manter o tremor longe da voz. — É por isso que mal tem falado comigo?

— Não, criança, não acho que esteja errada. — Nisreen tocou a mão dela. — Acho que é brilhante e corajosa e seu coração está no lugar certo. Se seguro minha língua, é porque você compartilha do caráter teimoso de sua mãe e eu preferiria servir calada ao seu lado a perder você por completo.

— Você me faz soar como Ghassan — respondeu Nahri, magoada.

Nisreen passou a garrafa.

— Você perguntou.

Nahri tomou um longo gole de soma, encolhendo-se quando a bebida queimou sua garganta.

— Acho que fui longe demais com ele — confessou ela. Os olhos frios de Ghassan enquanto a olhava no campo de trabalho destruído não eram algo de que se esqueceria facilmente.

— Com o rei, quero dizer. Eu o desafiei. Precisava fazer isso, mas... — Ela parou, lembrando-se da ameaça dele de revelá-la como shafit. — Não acho que ele vai deixar passar impune.

A expressão de Nisreen se tornou sombria.

— Ele ameaçou você?

— Não precisa fazer isso. Não diretamente. Embora eu suspeite de que tenha mandado Hatset embora como um aviso a mim tanto quanto a Ali. Um lembrete do lugar de rainhas e princesas nesta corte, não importa quão poderosa seja a família delas. — Os lábios de Nahri se contraíram com desgosto. — No momento, temos um ao outro em xeque, mas, se as coisas mudarem... — Ela tomou outro gole de soma e sua cabeça começou a girar. — Estou tão cansada disso, Nisreen. Todos esses ardis e maquinações apenas para continuar respirando. Parece que estou caminhando sobre água... E, Deus, como quero descansar.

Isso pairou entre elas por alguns longos momentos. Nahri encarou o jardim, deixado na sombra pelo sol poente. O ar tinha um cheiro fértil e o solo estava úmido da chuva inesperada do dia. O soma nas veias de Nahri formigava agradavelmente.

Uma cosquinha em seu punho chamou sua atenção e, quando olhou para baixo, viu a gavinha macia de uma ipomeia cutucando seu braço. Ela abriu a palma e uma das flores rosa choque desabrochou em sua mão.

— A magia do palácio tem respondido a você com mais frequência — disse Nisreen, baixinho. — Desde aquele dia.

— Provavelmente gosta que eu compre brigas com os Qahtani.

— Eu não ficaria surpresa. — Nisreen suspirou. — Mas sobre isso... as coisas ficarão melhores por aqui. Eu prometo. Seu hospital está quase completo. E embora não concorde com você envolvendo os shafits, trouxe de volta algo vital, algo incrivelmente importante para nosso povo. — Ela abaixou a voz. — E pelo que fez por Jamshid, deveria ser abençoada. Foi a coisa certa tomá-lo como aprendiz.

Nahri soltou a flor, ainda triste.

— Espero que sim.

Nisreen tocou a bochecha dela.

— Foi. — O olhar dela ficou determinado. — Tenho orgulho de você, Nahri. Talvez não tenha deixado isso claro em toda a nossa discordância, mas é verdade. Você é uma boa Banu Nahida. Uma boa... como é a palavra humana? Médica? — Ela sorriu. — Acho que seus ancestrais ficariam orgulhosos também. Um pouco horrorizados, mas orgulhosos.

Nahri piscou, seus olhos subitamente úmidos.

— Acho que essa é a coisa mais gentil que você já me disse.

— Feliz Navasatem — ofereceu a outra mulher, sarcasticamente.

— Feliz Navasatem — repetiu Nahri, erguendo a garrafa. — Ao início de uma nova geração — acrescentou ela, tomando cuidado para não enrolar as palavras.

Nisreen tirou a garrafa de suas mãos.

— Acho que já basta.

Nahri deixou que ela pegasse, tomando coragem para fazer a pergunta seguinte.

— Você disse que eu era teimosa... você... você acha que estou sendo orgulhosa demais?

— Não entendi.

Nahri encarou as mãos, sentindo-se envergonhada.

— Se eu tivesse algum juízo, estaria consertando as coisas com Muntadhir. Estaria *voltando* para Muntadhir. Encontraria um modo de dar a Ghassan o neto que ele tanto quer.

Nisreen hesitou.

— Isso me parece um motivo terrível para trazer uma criança a este mundo.

— É o motivo pragmático. E é o que eu deveria ser — observou Nahri, com uma nota de amargura na voz. — Pragmática. Insensível. É assim que se sobrevive neste lugar. É como sobrevivi a tudo.

A voz de Nisreen saiu baixa.

— Mas o que *você* quer, Nahri? O que seu coração quer?

Nahri riu, soando levemente histérica.

— Não sei. — Ela olhou para Nisreen. — Quando tento imaginar meu futuro aqui, não vejo nada. Sinto como se o simples ato de visualizar as coisas que me fazem feliz as destruirá.

Nisreen estava olhando para ela com simpatia evidente.

— Ah, Banu Nahida, não pense assim. Ouça, o Navasatem começa amanhã. Aproveite. Aproveite seu hospital e o desfile. Ghassan estará ocupado demais supervisionando tudo para tramar qualquer coisa. — Ela hesitou. — Tente não se preocupar com o futuro e com os Qahtani. Vamos superar os próximos dias, então nos sentar e discutir isso depois. — A voz dela falhou. — Prometo a você... as coisas serão diferentes muito em breve.

Nahri conseguiu dar um aceno, as palavras calmas de Nisreen dissipando parte do medo que apertava seu coração. Sempre dissipavam; Nisreen tinha sido uma presença constante desde o primeiro dia dela em Daevabad. A mulher a salvara de várias tramoias do harém e guiara as mãos trêmulas de Nahri durante inúmeros procedimentos. Limpara as cinzas de Dara de seu rosto manchado de lágrimas e tranquilamente dissera a ela o que esperar na noite de núpcias.

No entanto, Nahri se deu conta de que, apesar de todas as vezes que desabafara com Nisreen, sabia muito pouco sobre a mentora.

— Nisreen, posso lhe fazer uma pergunta?

— É claro.

— *Você* é feliz aqui?

Nisreen pareceu surpresa com a indagação.

— O que quer dizer?

— Quero dizer... — Nahri retorceu as mãos. — Você se arrepende de ter ficado em Daevabad depois que minha mãe a curou? — A voz dela se suavizou. — Sei que perdeu seus pais no ataque à sua aldeia, mas poderia ter voltado para casa e tido a própria família em vez de servir à minha.

Nisreen ficou em silêncio; seu olhar era contemplativo.

— Estaria mentindo se dissesse que não houve vezes em que temi ter tomado o caminho errado. Que jamais sonhei com outra coisa, jamais senti luto pelas outras vidas que poderia ter vivido. Não acho que ninguém perde essa incerteza. — Ela tomou um gole de soma. — Mas tive uma vida impressionante aqui. Trabalhei com curandeiros Nahid, testemunhando as coisas mais milagrosas e incríveis de que a magia é capaz. Salvei vidas e consolei moribundos. — Ela sorriu de novo, tomando a mão de Nahri. — Ensinei à geração seguinte. — Os olhos dela ficaram maravilhados, parecendo enxergar um horizonte que Nahri não conseguia ver. — E há coisas ainda maiores por vir.

— Isso significa que planeja ficar? — perguntou Nahri, com uma mistura de brincadeira e esperança na voz. — Porque preciso mesmo de outra Daeva ao meu lado.

Nisreen apertou a mão de Nahri.

— Sempre estarei ao seu lado.

Sentada rigidamente com Muntadhir no imenso salão do trono, Nahri observava o óleo no alto cilindro de vidro queimar baixo.

Um sussurro tomara a multidão à frente, um murmúrio ansioso e animado. Embora os cortesãos tivessem sido recebidos como habitual, os negócios do dia tinham acabado em momentos, as petições ficando bobas, como era aparentemente o costume para o último dia de uma geração. O salão do trono estava lotado e multidões ansiosas saíam para os jardins da entrada.

Nahri tinha dificuldades para compartilhar da animação deles. Primeiro, tinha bebido um pouco de soma demais na noite anterior e sua cabeça ainda girava. Mas pior era estar no próprio salão do trono. Era ali que tinha sido forçada a denunciar Dara e, quanto mais aprendia sobre seu povo, mas óbvia era a arquitetura daeva do salão. O pavilhão aberto e os jardins cultivados eram muito semelhantes àqueles do Grande Templo; as colunas elegantes eram entalhadas com o shedu de montaria dos Nahid, arqueiros usando máscaras de cinzas e dançarinas servindo vinho. O piso de mármore verde cortado por canais de água gelada corrente aludia às planícies verdes e montanhas frias de Daevastana, não às areias douradas de Am Gezira. E então havia o próprio torno, o magnífico assento encrustado de joias entalhado para imitar os magníficos shedu que os ancestrais de Nahri tinham domado no passado.

Ser um Nahid no salão do trono era ter a herança roubada de sua família atirada em sua cara enquanto era forçada a curvar-se diante dos ladrões. E era uma humilhação que ela odiava.

Nahri conseguia sentir o olhar de Ghassan sobre si e tentou assumir uma expressão mais feliz. Era cansativo fazer o papel da esposa real alegre quando não falava com o marido havia semanas e tinha quase certeza de que seu sogro estava contemplando assassiná-la.

De pé ao lado de Ghassan estava Kaveh. Sempre diplomático, o grão-vizir a recebera calorosamente quando Nahri chegara. Ela sorrira de volta, mesmo enquanto considerava preparar um dos soros da verdade de seus ancestrais para colocar às escondidas no vinho dele. Ela não tinha certeza se as acusações de Ali a respeito da cumplicidade de Kaveh no ataque ao campo de trabalho eram verdadeiras, mas seus instintos lhe diziam que havia mais astúcia impiedosa por trás da máscara educadamente leal de Kaveh do que suspeitara. Não que ela soubesse o que fazer a respeito daquilo. Fora sincera quando dissera a Subha que estava determinada a encontrar alguma justiça para as vítimas do acampamento, mas se encontrava praticamente aprisionada na enfermaria do palácio – Ghassan não a deixava nem ir ao Templo para falar com seu povo – e não tinha certeza de como conseguir isso.

Ela olhou ao redor da câmara mais uma vez. Ali não comparecera, uma ausência que a preocupava. Seguindo as ordens de Ghassan, eles não se viam desde aquele dia, embora trocassem cartas pelo mensageiro real com relativa frequência. Em uma ação mesquinha, eles passaram a escrever em árabe egípcio, mas as mensagens de Ali eram todas sobre negócios: novidades sobre o hospital e notícias sobre a construção. Até onde qualquer um poderia dizer, ele tinha sido colocado na linha, humilhado pelo banimento da mãe e pelo próprio confinamento no hospital.

Nahri não acreditava nisso nem por um minuto.

Houve um lampejo de luz e então vivas irromperam pelo salão, chamando a atenção dela de volta para o cilindro agora extinto.

Ghassan ficou de pé.

— Considero encerrada a vigésima nona geração da Benção de Suleiman!

Um rugido de aprovação recebeu suas palavras; vivas e ululações ecoaram pela câmara e faíscas voaram quando as pessoas bateram palmas – algumas, já bêbadas, gargalharam ao jogar para o alto reluzentes fogos de artifício conjurados.

Ghassan ergueu a mão.

— Vá para casa, meu povo. Durmam ao menos uma noite antes de todos nos perdermos em alegria. — Ele abriu um sorriso, que pareceu um pouco forçado pela primeira vez, então se virou.

Nahri ficou de pé – ou tentou. A cabeça dolorida protestou e ela se encolheu, levando a mão até a têmpora.

Muntadhir segurou seu ombro.

— Está tudo bem? — perguntou ele, parecendo pelo menos um pouco preocupado.

— Tudo bem — murmurou ela, mas permitiu que ele ajudasse.

Ele hesitou.

— As preparações para o desfile amanhã estão indo bem?

Nahri piscou.

— Estão...

— Que bom. — Ele mordeu o lábio. — Nahri... imagino que os próximos dias serão um redemoinho para nós dois, mas, se possível, gostaria de aceitar sua oferta para visitar o Grande Templo.

Ela cruzou os braços.

— Para poder me abandonar de novo?

— Não vou, prometo. Não deveria ter feito isso antes. — Ela ergueu uma sobrancelha para o pedido de desculpas desajeitado e ele fez um som irritado na garganta. — Tudo bem, Jamshid tem me enchido o saco para fazer as pazes com você, e esse parece um bom primeiro passo.

Nahri considerou a oferta, lembrando-se de sua conversa com Nisreen. Não tinha certeza de como queria prosseguir com Muntadhir, mas visitar o templo com o marido não significava que tinha que pular de volta na cama com ele.

— Tudo bem.

Um sussurro de magia percorreu o salão do trono, arrepiando os pelos da nuca dela. O ar subitamente ficou morno e um movimento perto da porta atraiu seu olhar.

Os olhos de Nahri se arregalaram. A água na fonte mais próxima, um lindo octógono de pedra coberto com azulejos espelhados semelhantes a estrelas, estava fervendo.

Ouviu-se um grito sobressaltado atrás dela. Nahri se virou e viu djinns apressadamente recuando das fontes em valas que acompanhavam o perímetro do salão. A água fervia naquelas fontes também, o gelo encantado que boiava nas profundezas fumegando tão rapidamente que uma névoa branca subia do chão.

Durou apenas segundos. Ouviu-se um som de sibilo e um estalo quando a água escaldante soltou enormes nuvens de vapor e então subitamente foi drenada, sumindo em aberturas irregulares no fundo das fontes.

Muntadhir tinha se aproximado.

— Por favor, diga que foi você — sussurrou ele.

— Não — respondeu ela, com a voz trêmula. Na verdade, o calor familiar da magia do palácio pareceu brevemente sumir. — Mas o palácio faz isso às vezes, não faz?

Muntadhir virou o rosto.

— É claro. — Ele pigarreou. — Magia é imprevisível, afinal de contas.

Risadas nervosas irrompiam pelo salão do trono, o momento estranho já sendo ignorado pela maioria da multidão festiva. Ghassan se fora, mas Nahri viu Kaveh de pé ao lado do trono. Ele encarava a fonte fumegante mais próxima.

E estava sorrindo.

Foi sombrio e foi breve, mas não havia como negar, e o prazer frio em sua expressão lançou gelo no coração dela.

Soro da verdade, decidiu Nahri. Assim que as festividades acabassem. Ela tocou a mão de Muntadhir.

— Vejo você na festa do hospital esta noite?

— Não perderia por nada no mundo.

ALI

A cabeça de Ali estava latejando quando ele cambaleou até seu pequeno quarto no hospital. A luz do fim da tarde queimava seus olhos pela janela, então ele fechou as cortinas, exausto de supervisionar os preparativos para a abertura daquela noite.

Uma montanha de papéis o aguardava na mesa. Ali pegou o primeiro pergaminho. Era um convite de um dos ministros do comércio sahrayn, uma sugestão para que se encontrassem depois do Navasatem para discutir algumas ideias de Ali sobre a restauração do porto da cidade.

Amargura percorreu seu corpo, forte e rápida. Não haveria "depois do Navasatem" para ele.

As palavras giraram à sua frente. Ali estava exausto. Tinha se forçado além do seu limite tentando consertar as coisas em Daevabad e agora nada importava. Seria jogado de lado de qualquer maneira.

Ele soltou a carta e então desabou na almofada de dormir. *Importa, sim*, tentou dizer a si mesmo. O hospital estava terminado, não estava? Ao menos isso ele daria a Nahri e Subha.

Ele fechou os olhos, espreguiçando-se. Parecia divino se deitar por inteiro e em silêncio por um momento, a atração do sono tentadora. Irresistível.

Apenas se permita descansar. Era o que todos viviam dizendo a ele que fizesse mesmo. Ali respirou fundo, afundando ainda mais no colchão conforme o sono tomava conta dele com uma paz tão fria e calma quanto água...

O lago está tranquilo quando ele chega, surgindo da corrente lodosa que o levou até ali. O frio é um choque, um adeus pungente das águas mais quentes que prefere. Embora esse lago seja sagrado para seu povo, seu leito coberto pelo manto deslumbrante de escamas caídas do Grande Tiamat, não é seu lar. Lar é o amplo rio sinuoso que corta o deserto e a selva, com cachoeiras que caem em lagos escondidos e uma extensão de delta que brota para cumprimentar o mar.

Ele se move com a corrente, cortando um cardume de peixes dos tons do arco-íris. Onde está o resto de seu povo? O lago deveria estar espesso com marids, mãos escamosas e membros em tentáculos agarrando-o em boas-vindas, compartilhando novas memórias em comunhão silenciosa.

Ele irrompe pela superfície da água. O ar está calmo, carregado da névoa que paira sobre o lago como uma nuvem de tempestade sempre presente. Montanhas esmeralda encharcadas de chuva se elevam ao longe, derretendo-se em uma praia pedregosa.

Uma praia cheia. Os seus vieram em bando, sibilando e esta-lando dentes e bicos e garras. Na própria praia há uma visão que ele jamais vislumbrou nesse lugar sagrado: um grupo de humanos, protegido por um espesso anel de fogo.

Descrença toma conta dele. Nenhum humano deveria ter per-missão de atravessar para esse mundo. Ninguém deveria conseguir, exceto pelos marids. Ele nada para mais perto. A secura que recobre sua pele dói. O fogo diante dele já está mudando a atmosfera, dre-nando o ar da umidade que dá vida.

Uma onda dança sobre a superfície do lago quando os outros marids o veem, e ele é puxado para a frente em uma corrente.

Quando é envolvido, abre a mente para seu povo, oferecendo a eles memórias da rica enchente com que presenteou os humanos na estação anterior em troca de barcos e pescadores que devorou.

As visões que oferecem em troca não são tão agradáveis. Pelos olhos dos de seu povo, ele vê os misteriosos invasores chegando à praia, atravessando o portal como se não fosse nada. Ele vê um deles acidentalmente aventurar-se além da segurança do fogo e então sente o gosto da carne dele quando é arrastado para a água, tomado por tendões de algas marinhas e afogado, as memórias consumidas por informação. O que essas memórias revelam é chocante.

Os invasores não são humanos. São daevas.

Tal coisa deveria ser impossível. Os daevas tinham sumido, derrotados pelo rei-profeta humano Suleiman um século antes. Ele os estuda de novo da linha da água. Suleiman os mudou, tirou o fogo da sua pele e os deixou como sombras dos inimigos que já foram.

Um deles se move. Ódio rodopia dentro de si conforme a reconhece das memórias do daeva morto. É Anahita, a ladra; uma suposta curandeira que passara séculos atraindo para longe os adoradores humanos dos marids. Ela foi reduzida a um fiapo de coisa, uma jovem em frangalhos com cachos pretos embaraçados e mal coberta pelo xale desbotado jogado na cabeça. Conforme ele observa, ela acende um graveto de cedro nas chamas de uma tigela de bronze e o pressiona na testa de seu colega morto, os lábios se movendo como se fizesse uma oração.

Então ela fica de pé, voltando sua atenção para o lago, e atravessa o círculo de fogo protetor.

A água serpenteia: são seus anciões e amigos, que imediatamente correm até ela. Eles sibilam para os pés descalços e sujos de lama dela, enroscando-se em seus tornozelos.

Anahita sibila de volta.

— Fiquem quietos.

Ele congela, junto com o resto dos seus. Pois as palavras dela saem na língua marid, uma língua que nenhum daeva deveria ser capaz de falar.

Anahita continua.

— *Agora sabem o que somos... acreditem que também sei o que vocês são.* — *Os olhos dela queimam.* — *Conheço as assombrações escamosas que agarravam os pés de crianças caminhando no Eufrates, que engoliam navios mercantes por curiosidade passageira. Conheço vocês... e Suleiman também conhecia. Sabia o que tinham feito.* — *Ela ergue o pequeno queixo. Uma marca preta se destaca nele, uma estrela estilizada com oito pontas.* — *E ele me incumbiu de derrubá-los.*

A arrogância dela é demais. Os seus lotam a margem, revirando o lago em ondas que exibem dentes afiados e espinhas prateadas. Criaturas de épocas esquecidas, de quando o mundo era simplesmente fogo e água. Peixes com carapaças e imensos crocodilos com o focinho longo.

— *Tola* — *sussurra outro marid.* — *Nós a arrastaremos para as nossas profundezas e extinguiremos tudo o que é.*

Anahita sorri.

— *Não* — *responde ela.* — *Não vão.* — *O símbolo de estrela na bochecha dela brilha.*

O mundo se parte.

O céu se estilhaça em pedaços fumegantes que se dissipam como pó na água conforme o véu desaba, revelando o céu dolorosamente azul do mundo além. As montanhas gemem quando as dunas de areia dourada correm para engoli-las, sua vida apagada.

O lago é o próximo, evaporando-se em volta deles como uma névoa quente. Ele grita quando dor invade seu corpo e a mais sagrada água deles some em um piscar de olhos. As criaturas do domínio deles – seus peixes e suas cobras e suas enguias – gritam e morrem contorcendo-se. Estatelado na lama rachada, ele observa Anahita caminhar até o centro do lago.

— *Aqui* — *declara Anahita quando a terra cede sob ela, rochas e resquícios correndo para se empilhar uns nos outros. Ela os escala e um caminho se alisa diante de seus pés. Olha para trás e a marca em seu rosto para de brilhar abruptamente.* — *É aqui que construiremos nossa cidade.*

O lago recua em disparada. O céu e as montanhas se reformam. Ele desliza agradecido para dentro da água, desejando submergir completamente nas profundezas, apaziguar seus ferimentos ao enterrar-se na lama fria no fundo. Mas há algo novo, algo morto e opressivo, no coração de seu lago sagrado.

Uma ilha, crescendo até diminuir a mulher que está de pé em um precipício rochoso. Anahita fecha os olhos, movendo os dedos para criar um barco fumegante de vento quente que sopra de volta a seus seguidores. Ela segue para a nova margem e então se senta, erguendo o rosto para o sol — agora reluzente como jamais esteve — e passa uma mão pela água. Uma pérola preta e dourada brilhante pisca em um anel de bronze em seu dedo, e uma dor lancinante o dilacera quando se enterra sob a superfície do lago.

Anahita deve ver o ódio indefeso deles, pois fala de novo.

— Vocês estão sendo responsabilizados como meu povo foi por Suleiman. Ajudarão na construção de minha cidade, deixarão que meu povo veleje sem impedimento e, em troca, teremos paz.

O lago brilha com calor e um relâmpago parte o céu azul. Ele atinge a praia, consumindo o daeva que mataram com uma explosão de fogo sagrado.

— Mas saibam disto. — As chamas se refletem nos olhos pretos dela. — Se tomarem mais uma vida daeva, eu os destruirei.

Peixes mortos pontuam o lago. Horror cresce no povo dele. Ele sente marids inferiores correndo para o fundo, demônios de nascentes e guardiões de lagos desesperados para escapar nos córregos que seguem bem abaixo da terra, abaixo de montanhas e planícies, desertos e mares.

Córregos que estão fechando-se a cada momento, prendendo-os ali com aquele demônio daeva.

Mas ele não é um demônio de nascente. Ele é o rio de sal e ouro e não verá seu povo subjugado. Ele chama o lago, instigando-o a lutar, a engolir aqueles invasores inteiros.

Mãos escamosas o agarram, tentáculos envolvem seus membros. NÃO. É um comando, as vozes dos anciões do lago se tecendo juntas em um comando coletivo. VÁ. ANTES QUE ELA VEJA VOCÊ.

Ele tenta desvencilhar-se, mas é inútil. Eles o estão puxando para baixo, usando os resquícios moribundos de sua magia para abrir um último portal. Ele é empurrado através dele.

ENCONTRE UMA FORMA DE NOS SALVAR. Ele tem um último lampejo do lago escuro, dos olhos suplicantes de seu povo.
ELES ESTÃO VOLTANDO.

— Ali, acorde. Acorde!

Ali urrava de ódio, atacando as criaturas que o seguravam.

— Me soltem! — sibilou ele, a voz saindo sem fôlego, em uma língua escorregadia. — *ME SOLTEM.*

— Lubayd, *cale-o.* — Era Aqisa, segurando a porta com a adaga em punho.

— Príncipe Alizayd! — Uma batida soou à porta. — Está tudo bem?

Aqisa xingou alto e então tirou o turbante, as tranças pretas caindo nos ombros. Escondendo a adaga às costas, ela abriu a porta apenas o bastante para revelar seu rosto.

— Não queremos ser interrompidos — disse bruscamente, então a bateu.

Ali se contorcia contra a mão que Lubayd fechava sobre sua boca. Água escorria da sua pele, lágrimas desciam por seu rosto.

— Ali, irmão. — Lubayd tremia ao segurar Ali. Uma laceração marcava sua pele, quatro linhas retas como se garras tivessem descido em seu rosto. — *Pare.*

Ainda trêmulo, Ali conseguiu assentir e Lubayd abaixou a mão.

— Estavam queimando o lago — chorou Ali, o luto puro dos marids ainda se agitava dentro dele.

Lubayd pareceu perplexo e aterrorizado.

— O quê?

— O lago. Os marids. Eles estavam em minha cabeça e…

A mão de Lubayd imediatamente voltou para a boca de Ali.

— Não ouvi isso.

Ali se desvencilhou.

— Você não entende…

— Não, *você* não entende. — Lubayd indicou com a cabeça o resto do quarto.

O pequeno quarto estava o caos. Parecia que uma tempestade tropical tinha soprado, deixando as cortinas em frangalhos úmidos e uma piscina de água reluzente no chão. A maioria dos pertences dele estava ensopada e uma névoa fumacenta se agarrava à cama.

A mão de Ali foi até a boca em choque, então ele se encolheu, sentindo o cheiro de sangue na ponta dos dedos.

Horrorizado, ele olhou de novo para o rosto de Lubayd.

— Eu…

Lubayd assentiu.

— Você… você estava gritando enquanto dormia. Gritando em alguma língua que eu nunca…

— Não, ele não estava. — A voz de Aqisa soou afiada. Determinada. — Você teve um pesadelo, entendeu? — Ela seguiu para as janelas, puxando as cortinas arruinadas e deixando que caíssem no chão. — Lubayd, me ajude a limpar isso.

Náusea subiu rápida e punitivamente no estômago de Ali. O ar tinha cheiro de sal e um suor frio brotou em sua testa. O pesadelo ficava mais sombrio a cada minuto, mas ele ainda conseguia sentir o desespero do marid, a ânsia de voltar para seu povo.

Eles estão voltando. Aquelas eram as únicas palavras de que se lembrava e o aviso ecoou em sua mente, um pesar que ele não entendia envolvendo firme seu coração.

— Tem algo errado — sussurrou ele. — Algo vai acontecer.

— Sim, você vai ser jogado no lago se não calar a boca. — Aqisa empurrou de lado a cortina molhada que estava usando para limpar o chão, então jogou o tecido do turbante para Lubayd. — Limpe esse sangue do rosto. — Ela olhou entre os dois homens. — Ninguém pode ver isto, entenderam? *Nada aconteceu.* Não estamos em Bir Nabat e esta não é uma nova fonte que podemos fingir que você teve a sorte de descobrir.

As palavras perfuraram a tontura de Ali, virando de ponta--cabeça a delicada dança que ele e os amigos costumavam fazer em volta do assunto.

— O quê? — sussurrou ele.

Lubayd estava enfiando papéis destruídos em uma sacola de tecido pingando.

— Ali, irmão, vamos lá. Havia um maldito oásis borbulhando sob seu corpo quando o encontramos no deserto. Há momentos em que você não emerge da água na cisterna de casa durante horas.

— E-eu não achei que tinham notado — gaguejou Ali, quando o medo fez seu coração acelerar. — Nenhum de vocês jamais falou...

— Porque essas não são coisas para ser discutidas — disparou Aqisa. — Aquelas... criaturas. Não pode falar delas, Ali. Certamente não pode sair correndo por aí gritando que estão *na sua cabeça.*

Lubayd falou de novo, parecendo quase pedir desculpas.

— Ali, não exagero minhas histórias insanas apenas para irritar você. Faço isso para as pessoas não espalharem *outras* histórias sobre você, entendeu? Contos que podem não ter um final feliz.

Ali os encarou. Não sabia o que dizer. Explicações e desculpas percorreram sua mente, deixando-o perdido.

Então soou a adhan, chamando os fiéis para a oração Maghrib. Do outro lado da cidade, Ali sabia que a corte estaria acabando e seu pai anunciando o início oficial do Navasatem conforme o sol mergulhava no horizonte.

Aqisa se endireitou, dando a volta na almofada de dormir com uma bolsa de roupas.

— Estas são as roupas que sua irmã mandou para a cerimônia desta noite. — Ela as largou no colo do príncipe. — Vista-se. Esqueça o que discutimos aqui. Está prestes a ter sua família e cada nobre fofoqueiro e traidor desta cidade rastejando por estes corredores. Não pode estar tremendo como uma folha e tagarelando sobre os marids. — Ela olhou para ele. — Foi um pesadelo, irmão. Diga.

— Foi um pesadelo — repetiu ele, com a voz vazia. Ele os tinha havia meses, não tinha? Estava sobrecarregado, estava exausto. Era surpreendente que um sonho tivesse sido mais visceral naquele dia? Mais dilacerador? Que sua habilidade com a água tivesse reagido na mesma proporção?

Foi um pesadelo. Apenas um pesadelo. Só podia ser.

NAHRI

As festividades estavam a todo vapor quando Nahri chegou ao hospital, o complexo vibrando com o frenesi mágico em que os djinns eram mestres. Libélulas de vidro encantadas com asas de fogo colorido conjurado voavam pelo ar enquanto as fontes fluíam com vinho de tâmara. Um trio de músicos tocava instrumentos que pareciam ter sido pescados de um reino aquático: os tambores eram feitos das barrigas de conchas impossivelmente grandes e a cítara era entalhada de madeira pálida de naufrágio, com cordas de seda marinha. Um autômato de bronze de tamanho real com o formato de uma dançarina de olhos repuxados esmagava cana de açúcar em caldo, o líquido escorrendo de uma das mãos reluzentes esticadas. Um banquete tinha sido disposto em um dos quartos, o aroma de especiarias levado pelo ar morno.

A multidão de festejadores não era menos impressionante. Nobres das famílias mais antigas da cidade e mercadores dos mais ricos se misturavam e debatiam com elites políticas no pátio do jardim, enquanto os poetas e artistas mais populares de Daevabad fofocavam e desafiavam uns aos outros para competições improvisadas sobre almofadas de cetim. Todos estavam vestidos com os encantamentos mais elegantes: capas fragrantes com flores vivas, echarpes reluzentes de relâmpago aprisionado e vestes brilhantes com miçangas espelhadas.

Muntadhir e Nahri foram imediatamente arrebatados pelo pátio lotado. O marido dela, é claro, estava em seu elemento, cercado por nobres obsequiosos e amigos leais. Na periferia do círculo, Nahri se erguia nas pontas dos pés em um esforço inútil para ver o hospital concluído acima das cabeças de festejadores entretidos e dos criados apressados. Ela pensou ter visto um lampejo de Razu dando cartas brilhantes diante de um grupo de observadores hipnotizados, mas decidiu respeitar qualquer que fosse a tramoia que a outra mulher tinha arquitetado e ficou onde estava.

Esse não foi o caso, no entanto, quando finalmente viu Subha, fazendo cara feia para a multidão sob um arco sombreado.

— Emir, se puder me dar licença por um momento... — Distraído pelo conto exagerado do ministro agnivanshi sobre uma caça a simurgh, Muntadhir ofereceu o que podia ser um aceno de cabeça e Nahri saiu de fininho, entrecortando a multidão até chegar ao lado da outra mulher.

— Doutora Sen! — cumprimentou ela, com afeição. — Você parece tão feliz quanto eu esperava.

Subha sacudiu a cabeça.

— Não acredito que nos apressamos em concluir este lugar para uma festa. — Ela olhou com raiva para um par de nobres mulheres geziris dando risadinhas. — Se quebrarem alguma coisa...

— Ali escreveu para me assegurar de que todo equipamento seria guardado com segurança. — Nahri sorriu. — Vocês dois devem gostar de trabalhar juntos. Nenhum tem senso de diversão. — Ela riu quando a outra curandeira lhe lançou um olhar irritado. — Embora você esteja encantadora.

— Nahri indicou as roupas de Subha, um sári roxo-escuro com estampa de losangos marrons e dourados. — Isso é lindo.

— Sabia que quando fala você soa como uma vendedora de frutas tentando me empurrar mercadoria madura demais?

— O maduro de uma pessoa é o doce de outra — disse Nahri, sarcasticamente.

Subha sacudiu a cabeça, mas seu mau-humor assumiu um toque um pouco mais acolhedor.

— Você também é uma visão e tanto — disse ela, indicando a roupa de Nahri. — Os Daeva agora fazem vestidos de ouro?

Nahri passou o polegar sobre a manga pesadamente bordada.

— Parece que sim, e é tão pesado quanto parece. Não vejo a hora de trocar por um jaleco médico assim que começarmos a receber pacientes aqui.

A expressão de Subha se suavizou.

— Jamais imaginei trabalhar em um lugar como este. Parimal e eu começamos a passear pelo boticário e pelos armários de suprimentos só para admirar como tudo está bem abastecido... — O tom dela ficou um pouco triste. — Queria que meu pai pudesse ter visto isso.

— Honraremos o legado dele — disse Nahri, sinceramente. — Espero que possa compartilhar parte da sabedoria dele quando se tratar de treinar os aprendizes. E por falar nisso... Jamshid! — chamou ela, vendo-o aproximar-se. — Venha! Junte-se a nós.

Jamshid sorriu, oferecendo um aceno de cabeça enquanto unia as mãos em benção.

— Que os fogos queimem forte para vocês duas.

Nahri olhou para Subha.

— Ouvi dizer que tenho você a agradecer por aquela sela perigosa que ele insiste em usar.

— Você queria que trocássemos habilidades.

Nahri sacudiu a cabeça, conseguindo não revirar os olhos.

— Onde está o último membro de nossa equipe?

O rosto de Subha se fechou.

— Não sei. Não vejo o príncipe desde esta tarde. Não ficaria surpresa se ele finalmente tivesse caído no sono em algum lugar. Parece determinado a trabalhar até morrer.

— E que pena seria isso — murmurou Jamshid.

Subha subitamente sorriu, seu olhar fixando-se no marido quando entrou por uma porta do outro lado do pátio carregando a filha deles. Os olhos escuros do bebê ficaram arregalados e hipnotizados ao ver o banquete mágico.

Nahri cutucou o ombro dela.

— Vá dizer oi. Conversamos mais tarde. — Quando Subha se afastou, Nahri se virou para Jamshid. — Você realmente não gosta de Ali, não é? — Não era a primeira vez que o via reagir negativamente a menções do príncipe.

Jamshid hesitou.

— Não — admitiu ele. — Não gosto. Não me importava quando era mais novo, ele sempre foi intenso, mas era o irmãozinho de Muntadhir e Muntadhir o adorava. Mas naquela noite em que você o salvou... — Ele baixou a voz. — Nahri, ele me fez jogar um homem no lago. Um homem que não tenho certeza se estava morto.

— Um homem que tentou assassiná-lo — observou Nahri.

— Um shafit. Tem alguma ideia do que Ghassan teria feito se tivesse descoberto que um shafit quase matou seu filho?

Jamshid não pareceu convencido.

— Ainda não gosto dele em Daevabad. Não gosto do efeito que ele tem em Muntadhir e me preocupo que... — Ele contraiu os lábios em uma linha fina. — Ele é um homem muito ambicioso.

Nahri não podia negar que o retorno de Ali tinha lançado seu marido em uma espiral descendente, mas não tinha certeza se era justificada.

— Muntadhir será rei, Jamshid. E é um político melhor do que você lhe dá crédito. No entanto, se está tão preocupado com o bem-estar dele... — A voz dela se tornou ardilosa. — Talvez devesse ir distraí-lo um pouco.

Jamshid a olhou com compreensão.

— Você está tentando fugir.

— Sou a Banu Nahida. Tenho um direito dado pelo Criador de explorar meu próprio hospital.

Ele exalou, mas era uma rabugice fingida.

— Vá em frente, então — disse Jamshid, inclinando a cabeça para o corredor oposto. — Agora, quando ninguém está olhando.

Nahri ergueu as mãos em uma benção.

— Que as chamas queimem *muito* forte para você.

O corredor que ele sugeriu estava vazio. Nahri rapidamente tirou as sandálias de modo que seus passos não fossem ouvidos e, assim que tocou a sola descalça no piso de mármore frio, as paredes pálidas se acenderam, brilhando fraco no escuro como se para mostrar o caminho.

Ela sorriu. Isso não seria conveniente quando ela tivesse uma emergência com um paciente no meio da noite? Nahri correu as mãos pela parede, o brilho rosado ficando mais forte onde seus dedos faziam contato. Seu hospital – o hospital de seus ancestrais – estava restaurado. Um sonho que ela estivera quase nervosa demais para proferir em voz alta meses antes tinha sido realizado e agora se erguia reluzente ao luar, com os cidadãos mais poderosos de Daevabad rindo dentro de seus quartos. Tudo parecia tão ousado, tão audaciosamente esperançoso, que a assustava.

Pare. As palavras calmas de Nisreen retornaram a ela. Nahri podia aproveitar uma noite de felicidade. Seus muitos problemas ainda estariam ali pela manhã, tomasse ela ou não algumas horas para aproveitar aquele raro sucesso.

Ela saiu perambulando, acompanhando uma escada sinuosa que tinha quase certeza de que dava na biblioteca do hospital. Os sons de comemoração se dissiparam atrás dela; era obviamente a única tola esgueirando-se por corredores vazios em vez de aproveitar a festa.

Ela chegou à biblioteca, um cômodo amplo e arejado com espaço para lecionar a dúzias de estudantes. Uma parede de prateleiras tinha sido embutida do lado oposto e Nahri foi até elas, curiosa para ver quais volumes tinham sido reunidos.

Então ela parou. Do outro lado da biblioteca havia um pequeno arco, coberto com azulejos de padrão preto e branco lembrando os prédios do Cairo. Estranho. Não se lembrava de ver esse cômodo em nenhuma das plantas. Intrigada, ela atravessou para investigar.

Perdeu o fôlego assim que passou pelo portal. Não era apenas o arco que remetia ao Egito.

Era *tudo*.

Uma masharabiya que podia ter sido retirada do coração do Cairo dava para a rua, a janela aconchegante coberta de almofadas vermelhas e douradas, as telas de madeira intricadas escondendo um nicho particular. Tapeçarias bordadas em cores alegres – idênticas àquelas que vira nos mercados do Cairo – adornavam as paredes e uma mesa de teca impressionante embutida com gavinhas reluzentes de madrepérola ancorava o cômodo. Juncos em miniatura e lótus-do-Nilo de um roxo vibrante cresciam exuberantemente dentro de uma fonte de mármore elevada que cobria a parede, a água límpida passando por cima de pedras marrons quentes.

Um lampejo de prata se moveu nas sombras da masharabiya.

— Nahri? — perguntou uma voz sonolenta.

Ela deu um salto de surpresa.

— *Ali?* — Ela estremeceu. Restaurado ou não, o hospital escuro e vazio ainda era um lugar esquisito no qual esbarrar em alguém inesperadamente.

Nahri abriu a palma da mão, conjurando um punhado de chamas. Não era surpreendente que não tivesse visto Ali: ele estava sentado dentro da reentrância da janela, encostado na tela de madeira como se estivesse olhando para a rua. Nahri franziu a testa. Embora estivesse vestindo um dishdasha formal, sua cabeça estava descoberta e ele parecia... bem, terrível. Seu rosto estava cinza, os olhos quase febris.

Ela se aproximou.

— Você está bem?

Ali se sentou. Seus movimentos eram lentos, uma exaustão de cansar os ossos estampada em cada linha de seu corpo.

— Estou bem — murmurou ele. Esfregou as mãos no rosto. — Desculpe, não estava esperando que ninguém viesse aqui.

— Bem, você escolheu um momento ruim para uma soneca — disse ela, brincalhona. — Talvez se lembre de que há uma festa lá embaixo.

Ele piscou, ainda parecendo zonzo.

— É claro. A comemoração de abertura.

Nahri o estudou de novo.

— Tem *certeza* de que está bem?

— Sim — respondeu ele, rapidamente. — Só não tenho dormido bem. Pesadelos. — Ali ficou de pé, dando um passo para a luz. — Mas estou feliz que tenha me encontrado. Na verdade, eu estava esperando... — Os olhos cinza dele se arregalaram, percorrendo-a. — Ah — sussurrou o príncipe. — Você... você está... — Ele subitamente fechou a boca, virando o olhar. — Desculpe... então, ah, o que acha de seu escritório?

Ela o encarou, confusa.

— Meu *escritório*?

Ele inclinou a cabeça.

— Seu escritório. Achei que gostaria de algum lugar privado para o qual fugir entre pacientes. Como o laranjal que tem na enfermaria do palácio. Aquele que eu, hã, invadi — acrescentou ele, um pouco envergonhado.

A boca de Nahri se escancarou.

— Você construiu este lugar? Para *mim*?

— Eu diria que o hospital inteiro é para você, mas sim. — Ali se aproximou, passando as mãos pela água da fonte. — Encontrei alguns artesãos shafits do Egito e disse a eles que deixassem a imaginação correr solta. — Ele olhou para trás com um pequeno sorriso. — Você sempre pareceu gostar tanto de sua antiga terra.

Minha antiga terra. Nahri olhou para a mashrabiya de novo; naquele momento, se fechasse os olhos, podia quase imaginar que estava em casa. Podia imaginar que estava ouvindo homens falando na cadência distinta do Cairo e sentindo o cheiro dos temperos e das ervas do boticário de Yaqub.

A saudade de casa cresceu dentro dela, afiada e rápida.

— Sinto tanta falta — confessou. — Fico pensando que vai parar, que me sentirei mais à vontade aqui... — Nahri se inclinou contra a mesa. — Mas há dias em que faria quase qualquer coisa para voltar para casa. Mesmo que fosse apenas por uma tarde. Algumas horas conversando com as pessoas em minha língua e sentada ao lado do Nilo. Sendo anônima nas ruas e roubando laranjas. Tínhamos as melhores frutas, sabe — acrescentou ela, com a voz embargada. — Nada em Daevabad tem o gosto tão doce.

Ali a olhava com simpatia evidente.

— Sinto muito.

Ela sacudiu a cabeça, envergonhada por estar combatendo lágrimas.

— Esqueça — disse ela, limpando os olhos com força. — Por Deus, deve achar que sou louca, desejando frutas cítricas humanas quando estou cercada de todo luxo que o mundo mágico contém.

— Não acho que é louca — assegurou Ali, atravessando o cômodo para se juntar a ela na mesa. — São suas raízes. São o que fazem de você quem é. Não é um laço que você deveria cortar.

Nahri apontou as chamas em sua mão para uma lâmpada na mesa. Como as coisas seriam mais fáceis se isso fosse verdade ali. Esforçando-se para conter as emoções, ela olhou ao redor do escritório de novo. Era realmente lindo. As tapeçarias reluziam à luz da lâmpada tremeluzente e um afresco fora pintado na parede oposta, a réplica de uma cena que ela poderia ter visto em um dos antigos templos do Egito.

A visão a tocou mais do que achava possível.

— Obrigada — disse Nahri, por fim. — Isso... isso foi incrivelmente gentil de sua parte.

Ali deu de ombros.

— Fiquei feliz em fazer. — Ele sorriu de novo, as sombras em seu rosto cansado suavizando-se levemente. — Como você gosta de observar... eu lhe *devo*.

— Vai sempre me dever — disse ela, impulsionando-se para se sentar à mesa. — Tenho um talento para estender as dívidas de pessoas poderosas indefinidamente.

O sorriso dele se alargou.

— Nisso eu acredito. — Mas então seu sorriso sumiu. — Estou feliz por finalmente ver você de novo. Estava preocupado.

— Estou bem — disse Nahri, forçando indiferença na voz. Ela já estivera emocionada o suficiente ao discutir a nostalgia pelo Egito. — Além do mais, não sou eu quem anda caindo no sono em escritórios vazios. Como *você* está? Sua mãe...

Dor percorreu os olhos dele.

— Ambos ainda estamos vivos — respondeu o príncipe. — O que é mais do que posso dizer para muita gente aqui.

E não era a amarga verdade? Nahri suspirou.

— Se ajuda, acho que estávamos certos em intervir. Muito mais gente teria morrido se você não tivesse me trazido para o acampamento na hora em que trouxe.

— Eu sei. Só odeio o fato de que escolher fazer a coisa certa em Daevabad sempre pareça vir com um preço alto. — Sua expressão se fechou. — Zaynab... ela decidiu não vir esta noite. Acho que nunca vai me perdoar pelo banimento de nossa mãe.

Empatia sincera percorreu Nahri.

— Ah, Ali, tenho certeza de que isso não é verdade. — Ela estendeu a mão para tocar a manga do dishdasha dele; era de um prata pálido elegante, percorrido por listras da cor da meia-noite e cinturado com uma fita azul-mar. — Afinal de contas, foi obviamente ela quem escolheu isto.

Ali gemeu.

— É tão óbvio assim?

— Sim. Sempre que não está usando algo severo e sujo de terra, é porque outra pessoa vestiu você. — Vergonha o fez corar e Nahri riu. — É um elogio, Ali. Você está bonito.

— Você está incrível. — As palavras pareceram escapulir da boca dele e, quando ela o encarou, um pouco sobressaltada pela emoção em sua voz, Ali virou o rosto. — Suas roupas, quero dizer — explicou ele rapidamente. — O lenço de cabeça. É muito… complexo.

— É muito pesado — reclamou Nahri, esticando a mão para tocar o diadema dourado que mantinha seu chador preto reluzente no lugar. O tecido esfumaçado fora encantado para parecer que estava em chamas e os ornamentos de rubi e diamantes brilhavam como fogo. Ela soltou o diadema, colocando-o ao seu lado na mesa, então deslizou os dedos sob o chador para esfregar o ponto dolorido onde o metal fizera pressão. — Ah, não julgue. Seus turbantes são provavelmente leves como penas em comparação a esta coisa.

— Eu… eu não estou julgando. — Ele recuou da mesa, pigarreando. — Mas, já que está aqui, se importaria de me dizer o que está sendo feito para proteger você considerando aquela ameaça?

Nahri precisou de um momento para processar as palavras dele, espantada com a mudança súbita de assunto.

— Ameaça? Que ameaça?

— Aquela de minha conhecida shafit. — Quando Nahri semicerrou os olhos, confusa, o rosto de Ali ficou alarmado. — Aquela que contei ao meu pai. Com certeza ele te disse.

— É a primeira vez que ouço.

— A primeira vez que você *ouve*? — Raiva atravessa sua expressão. — O rei está aqui? Você o viu lá embaixo?

— Ainda não, mas... espere! — Ela pegou o pulso de Ali quando ele se virou para a porta. — Quer parar de tentar ser jogado na masmorra? — Ela o puxou de volta. — Conte sobre essa ameaça.

— Uma mulher que conheço disse que ouviu que alguns shafits estavam planejando atacar você durante o Navasatem.

Ela esperou que ele elaborasse, mas Ali permaneceu calado.

— E é só isso? — perguntou ela. — Nada mais?

— Isso não basta? — Ele parecia incrédulo.

Nahri o encarou.

— Não. Ali, recebo ameaças todo dia. Minha tribo inteira recebe. Mas Kaveh, Muntadhir e Wajed têm tagarelado sobre segurança durante um ano inteiro e me contaram seus planos. Kaveh entra em pânico por qualquer coisa e Muntadhir é meu marido. Confio neles, pelo menos quanto a esse assunto.

Ali não pareceu convencido.

— Bastam algumas pessoas irritadas. E depois do que aconteceu no campo de trabalho, há *muitas* pessoas irritadas.

— Estarei bem vigiada — assegurou ela. — Prometo.

Ele suspirou.

— Poderia ao menos deixar Aqisa se juntar a você amanhã para a procissão? Eu ofereceria ir pessoalmente, mas não acho que seu povo aprovaria.

Nahri refletiu, tentando imaginar a reação que a amiga destemida de Ali vinda da Am Gezira rural teria sobre a multidão de Daeva criados na cidade. Sem falar no que poderia sugerir para Muntadhir.

— Ali...

— Por favor.

Ela soltou o pulso dele, erguendo as mãos em derrota.

— Tudo bem. Contanto que ela mantenha a adaga guardada a não ser que eu dê a ordem. — Nahri franziu a testa de novo. Com o luar sobre o rosto dele, conseguia ver que tremia. — Ali, o que está acontecendo de verdade? Você está agindo ainda mais estranho do que o normal.

Ele chegou a rir, o som vazio, então passou as mãos pelo rosto.

— Foram dias difíceis.

Nahri hesitou. Não deveriam ser amigos, não mais. Mas o desespero que irradiava do príncipe apertou o coração dela. Apesar do círculo de companhias e familiares que o cercavam, era óbvio que Ali tinha segredos. E Nahri sabia muito bem que segredos eram um fardo solitário.

E ele *tinha* construído aquele lindo escritório para ela.

— Quer falar sobre isso? — perguntou ela.

Seu olhar se desviou para ela, o desespero visível em seus olhos.

— Sim — disse ele, rouco. — Não. Não sei. Nem saberia por onde começar.

Ela o puxou para o assento acolchoado perto da janela de painéis.

— Que tal começar se sentando? — Ela se sentou diante de Ali, puxando os joelhos para cima. — Diz respeito a seu pai?

Ali soltou um suspiro profundo.

— Em parte, sim. Ele vai me mandar de volta para Am Gezira.

— Você vai voltar para Am Gezira? — repetiu ela, surpresa. Ali certamente não estava agindo como um homem que iria a lugar algum; parecia ter mil planos para o futuro de Daevabad. — Por quando tempo?

— Para sempre? — Sua voz falhou, como se tivesse tentado fazer uma piada, mas fracassando. — Meu pai não me quer causando mais problemas. Devo renunciar a meus títulos e voltar para a cidade em que estava vivendo depois do Navasatem. — Seus ombros se curvaram. — Ele me mandou me casar e ter uma família. Ter uma vida pacífica que não inclua fomentar a discórdia em Daevabad.

Tanto as palavras quanto a descarga inesperada de emoção no peito de Nahri ao pensar que ele partiria a deixaram completamente desequilibrada. Ela se esforçou para encontrar a resposta certa.

— A cidade... Bir Nabat?

Ele pareceu surpreso.

— Não achei que se lembraria do nome.

Nahri revirou os olhos.

— Não há uma alma trabalhando no hospital que não tenha ouvido você proferir poesias sobre as ruínas e os canais de Bir Nabat. — Ela sacudiu a cabeça. — Mas não entendo por que não quer voltar. Obviamente ama aquele lugar. Suas cartas sempre...

Ali se sobressaltou.

— Você leu minhas cartas?

Nahri soube que não poderia esconder o deslize. Ela soltou um bufo de frustração tanto consigo mesma quanto com ele.

— Eu... tudo bem, eu li. Eram interessantes — defendeu-se ela. — Você colocou informação sobre plantas curandeiras locais e histórias sobre os humanos para me atrair.

Um meio-sorriso triste contraiu a boca dele.

— Queria ser pelo menos metade tão subversivo quanto você acha que sou. Eu me daria muito melhor em Daevabad.

— Mas tem a chance de *deixar* Daevabad. — Ela cutucou o ombro dele quando Ali fez uma careta. — Então por que parece tão triste? Poderá ter uma *vida*. Uma vida pacífica, em um lugar que ama.

Ali ficou calado por muitos segundos, com o olhar fixo no chão.

— Porque este é meu lar, Nahri, e eu... — Ele fechou os olhos com força, como se o que estivesse prestes a dizer lhe causasse dor física. — Não acho que posso partir enquanto meu pai ainda governar.

Nahri podia jurar que a temperatura no quarto desabou. Ela recuou, imediatamente olhando em volta, mas estavam sozinhos. Ela já estava sacudindo a cabeça; o medo que Ghassan lhe incutira era uma resposta instintiva.

— Ali, não pode falar assim — sussurrou ela. — Não aqui. Nem nunca.

Ali olhou de volta para ela, suplicante.

— Você sabe que é verdade. Ele fez coisas terríveis. Vai continuar fazendo coisas terríveis. É a única forma que ele conhece...

Nahri tapou a boca dele com a mão.

— Pare — sibilou ela, seus olhos percorrendo o cômodo. Podiam estar sozinhos, mas só Deus sabia que formas os espiões de Ghassan assumiam. — Já estamos na mira dele. *Eu* já estou na mira dele. O que ele fez no acampamento shafit não bastou para convencer você a recuar?

Ele afastou a mão dela.

— Não — respondeu Ali, fervorosamente. — Fez o oposto. Um bom rei não teria permitido aquele derramamento de sangue. Um bom rei teria garantido justiça tanto para os Daeva quanto para os shafits, para que as pessoas não recorressem à violência pelas próprias mãos.

— Você sabe como soa ingênuo? — perguntou Nahri, desesperadamente. — As pessoas não são tão virtuosas assim. E não pode enfrentá-lo. Ele é capaz de coisas que você não consegue imaginar. Vai destruir você.

Os olhos de Ali se iluminaram.

— Não há coisas que valem esse risco?

Todos os avisos de Muntadhir sobre seu irmão mais novo voltaram como uma torrente até ela.

— Não — disse Nahri, com a voz tão ríspida que mal a reconheceu. — Porque cem outros pagarão o preço por seu risco.

Amargura franziu o rosto dele.

— Então como lutamos, Nahri? Porque eu sei que você quer mais para Daevabad. Eu a ouvi no Templo, eu vi *você* confrontar meu pai. — Ele indicou o resto do quarto. — O objetivo de construir o hospital não era seguir em frente?

— O hospital se destinava a ser um *passo* — replicou ela. — Destinava-se a fornecer uma fundação para construir alguma paz e segurança entre os Daeva e os shafits para o dia em que seu pai *não tiver* a bota em nossos pescoços. Não estamos nesse ponto, Ali. Ainda não.

— E quantas pessoas precisarão morrer enquanto esperamos por esse dia?

Os olhares deles se encontraram. Não havia nada além de convicção no cinza quente dos olhos de Ali. Nenhuma astúcia, nenhum ardil.

Aquilo a aterrorizou. Porque, qualquer que fosse a história entre eles, Nahri não achava que teria a coragem de ver o homem gentil que construíra aquele escritório, aquela homenagem silenciosa ao lar que ainda amava – o homem que a ensinara a ler e a ajudara a conjurar chamas pela primeira vez – ser executado na arena.

Nahri se sentou de novo.

— Ali, você diz que me deve sua vida — começou ela, combatendo um tremor na voz. — Vou cobrar essa dívida. Volte para Am Gezira.

Ele soltou um suspiro exasperado, virando-se.

— Nahri...

Ela estendeu o braço, segurando o queixo dele com uma das mãos e obrigando-o a olhar de volta para ela. Ali se sobressaltou visivelmente ao toque, arregalando os olhos.

— Aceite a oferta de seu pai — disse Nahri, com firmeza. — Pode ajudar as pessoas em Am Gezira sem ser morto.

Case-se com alguma mulher que amará ouvi-lo tagarelar sobre canais e tenha um bando de filhos com os quais sem dúvida vai ser rigoroso demais. — Ela segurou a bochecha dele, acariciando sua barba com o polegar. Não deixou de sentir o acelerar súbito do coração dele.

Nem a tristeza que crescia no dela.

Ali pareceu sem palavras, seus olhos percorrendo nervosamente o rosto dela. Aquilo teria que ser o bastante. Nahri ficou de pé, soltando-o ao se afastar e sentindo o ardor súbito das lágrimas nos olhos.

— Vá roubar um pouco de felicidade para você, meu amigo — disse ela, baixinho. — Confie em mim quando digo que a chance nem sempre aparece de novo.

29

ALI

— Então, ainda não me contou onde estava ontem à noite — disse Lubayd, conforme seguiam para a arena. — Aqisa e eu procuramos por você na comemoração.

— Não fui — respondeu Ali. — Não senti vontade.

Lubayd parou subitamente.

— Outro pesadelo?

— Não — disse Ali, rapidamente, contendo o medo na expressão do amigo. — Nenhum pesadelo. Mas eu estava exausto e não confiei em mim mesmo para não dizer algo que irritaria meu pai. Ou meu irmão. — Ele fez uma careta azeda conforme continuaram andando. — Ou qualquer pessoa, na verdade.

— Bem, então fico feliz por ter dormido e evitado ser preso. Embora tenha perdido uma bela festa. — Ele se espreguiçou, estalando o pescoço. — Aqisa vai nos encontrar na arena?

— Mais tarde. Pedi que vigiasse a Banu Nahida durante o desfile esta manhã.

— É aquele que vai encenar a chegada de Anahid em Daevabad, certo? — Lubayd riu com deboche. — Nesse caso, você e sua curandeirazinha vão lutar até a morte em algum momento para representar a segunda parte de nossa história?

Ali se encolheu diante da piada. *Volte para Am Gezira, Ali. Roube um pouco de felicidade para você.* Ele vinha repassando essas palavras e a lembrança da mão de Nahri em seu maxilar desde a noite anterior. O que – ele precisava dar crédito a ela – tinha muito eficientemente interrompido seus pensamentos fervilhantes sobre rebelião.

Ele fechou os olhos. Que Deus o perdoasse, ela estivera tão linda na noite anterior. Depois de não a ver por semanas, Ali tinha ficado sem palavras ao encontrá-la na escuridão daquele quarto silencioso, vestida com toda a elegância de seus ancestrais. Ela parecia uma lenda trazida à vida e pela primeira vez ele ficara nervoso – nervoso de verdade – na presença dela, esforçando-se para não encarar enquanto Nahri dava seu sorriso afiado e deslizava os dedos sob o chador. E quando ela tocou o rosto dele...

Esposa de Muntadhir. Ela é a esposa de Muntadhir.

Como se seus pensamentos tivessem o poder de conjuração, uma risada familiar soou adiante, uma cuja leveza cortou Ali como uma faca.

— Não estou debochando de você — brincou Muntadhir. — Acho que o visual "Suleiman acaba de me atirar no outro lado do mundo" tem seu apelo. Até seus trapos fedem! — Muntadhir riu de novo. — É tudo muito autêntico.

— Ah, cale a boca — ele ouviu Jamshid responder. — Tem mais de onde esses trapos vieram e seu camareiro me deve um favor. Vou mandar que usem para forrar seu turbante luxuoso.

Ali espiou pelo canto. Muntadhir e Jamshid estavam do outro lado do corredor, emoldurados sob um arco iluminado pelo sol. Por meio segundo, ele jurou ver as mãos do irmão no colarinho de Jamshid, o rosto inclinado na direção do pescoço do amigo como se o cheirasse de brincadeira, mas então Ali piscou, manchas de sol brotaram em sua visão e os dois homens se afastaram, nenhum parecendo muito feliz em vê-lo.

— Alizayd. — O olhar de desdém do irmão percorreu de cima a baixo o dishdasha amassado de Ali. — Noite longa?

Muntadhir sempre parecia ter uma nova forma de fazê-lo sentir-se pequeno. Como de costume, o irmão estava impecavelmente vestido em vestes ébano e um brilhante turbante real. Ele parecera ainda mais elegante na noite anterior, usando um tecido de cintura com estampa ikat e uma túnica safira brilhante. Ali o vira na festa, observando de uma sacada depois que Nahri partira enquanto o irmão gargalhava e festejava como se tivesse construído o hospital ele mesmo.

— Como sempre — respondeu Ali, acidamente.

Os olhos de Jamshid brilharam em resposta ao tom de sua voz. O homem daeva estava realmente usando trapos, uma túnica preta rasgada e manchada com cinzas e a calça coberta com poeira de tijolo cru – uma alusão ao templo humano que Suleiman ordenara aos ancestrais deles que construíssem.

Muntadhir pigarreou.

— Jamshid, por que não vai para a procissão? Nós nos encontramos depois. — Ele apertou o ombro do outro homem.

— Ainda quero ver aquela sela.

Jamshid assentiu.

— Até mais, Emir-joon.

Ele partiu e Muntadhir ignorou Ali, passando pela entrada que dava para a plataforma de observação real da arena.

Lubayd riu com escárnio.

— Suponho que emires não gostem de ser interrompidos tanto quanto qualquer um de nós.

Ali ficou confuso com a diversão na voz do amigo.

— O que quer dizer?

— Bem, você sabe… — Lubayd parou e observou Ali. — Ah… você não sabe. — Manchas coradas tomaram suas bochechas. — Esqueça — disse ele, virando-se para seguir Muntadhir.

— O que eu não sei? — perguntou Ali, mas Lubayd o ignorou, subitamente muito interessado no espetáculo abaixo.

Para ser justo, era uma bela visão: meia dúzia de arqueiros daevas competiam, fazendo um show para entreter a multidão enquanto esperavam pela chegada da procissão.

Lubayd assobiou.

— Uau — disse ele, observando um arqueiro daeva montado em um garanhão prateado correr pela areia, mirando uma flecha em chamas em uma cabaça disposta em um mastro alto. A fruta estava cheia de matéria combustível e pintada com piche; ela se acendeu em chamas e a multidão vibrou. — São realmente demônios com aqueles arcos.

Ali fez cara de raiva.

— Estou bastante ciente.

— Alizayd. — A voz de Ghassan ecoou pelo pavilhão no momento em que Ali estava prestes a sentar-se com alguns dos oficiais da Guarda Real. Seu pai estava na frente, é claro, recostado em uma almofada com capa de seda, segurando uma taça jade de vinho rubi na mão. — Venha cá.

Lubayd segurou o pulso de Ali antes que ele pudesse mover-se.

— Cuidado — avisou ele. — Você parece um pouco mais azedo do que o normal nesta manhã.

Ali não respondeu. Era verdade que não confiava em si mesmo para dizer nada ao pai, mas não tinha escolha a não ser ir até a frente. Muntadhir já estava sentado, lançando um sorriso encantador para uma linda criada que passava. Ela parou com um rubor e um sorriso para lhe servir uma taça de vinho.

Ele faz isso parecer tão simples. Não que Ali quisesse sair por aí seduzindo mulheres atraentes para que lhe servissem vinho – cada parte disso era proibida –, mas sabia que Muntadhir não teria sido reduzido a um desastre gaguejante diante de Nahri na noite anterior. E conforme observava o irmão, não foi capaz de negar o ciúme que enchia seu peito. Muntadhir se inclinara para sussurrar ao ouvido da carregadora de taças e ela deu um risinho, esbarrando nele com o ombro de um jeito brincalhão.

Você tem uma esposa. Uma esposa linda e brilhante. Mas Ali supôs que, quando tudo lhe era oferecido em uma bandeja, esposas lindas e brilhantes não fossem bênçãos valorizadas.

— Tudo vai bem com a procissão? — perguntou Ghassan a Muntadhir, sem prestar atenção em Ali conforme ele se sentava rigorosamente em um tapete de oração simples, abrindo mão das almofadas macias próximas da dupla.

Muntadhir assentiu, tomando um gole do vinho conforme a criada ia embora.

— Os sacerdotes e Nahri executaram cerimônias no lago ao alvorecer. Kaveh deveria se certificar de que todos entrassem nas carruagens e Jamshid acaba de sair para escoltá-los até aqui com outro grupo de arqueiros. — Um pequeno sorriso se abriu em seu rosto. — Ele está cavalgando hoje.

— E a segurança da procissão? — insistiu Ghassan. — Falou com Wajed?

— Falei. Ele me assegurou que tem soldados acompanhando a rota e que nenhum shafit teria permissão de se juntar ao desfile.

Ali lutou para não revirar os olhos. É claro que banir os shafits das festividades seria o tipo de "segurança" que o palácio exerceria. Mas supôs que deveria estar feliz que era o irmão e não o pai que estava supervisionando o Navasatem – Ghassan provavelmente teria escolhido executar à primeira vista qualquer shafit encontrado em até cinco quarteirões da rota da procissão.

Ciente demais de que estava com o exato humor que Lubayd o avisara para controlar, Ali tentou direcionar a atenção para a arena. Os arqueiros daeva estavam vestidos no estilo antigo de seus ancestrais, disparando como se eles mesmos fossem parte cavalo em calças de feltro com listras insanas, casacos açafrão deslumbrantes e capacetes prateados com chifres. Eles se levantavam nas selas conforme galopavam em arcos acentuados e formações complexas, os ornamentos reluzindo nas crinas dos cavalos conforme sacavam arcos de prata estilizados.

Inquietação se acumulou no estômago de Ali. Embora não fossem Afshin – a família de Darayavahoush tinha sido extinguida na guerra –, os homens ali embaixo eram os mais evidentes herdeiros do legado dele. Um deles lançou uma flecha com ponta de foice contra um alvo e Ali não conseguiu evitar um estremecimento. Não sabia que tipo de flechas Darayavahoush tinha disparado contra sua garganta, mas apostaria que uma delas estava ali embaixo.

— Não é do seu agrado, Zaydi? — Muntadhir o observava.

O sarcasmo com que o irmão disse o apelido o feriu profundamente, então o golpe de mais uma flecha rasgando um alvo fez seu estômago apertar-se.

— Não exatamente — disse ele, com os dentes trincados.

— No entanto, pelo que se diz por aí, você é o melhor guerreiro de Daevabad. — O tom de Muntadhir era leve, mas malícia espreitava por baixo. — O grande assassino de Afshin.

— Jamais treinei muito com o arco. Sabe disso. — Ali aprendera a usar um, claro, mas seu destino era ser qaid e o arco levava tempo. Wajed preferira que Ali gastasse esse tempo na zulfiqar e em estratégia. Os homens daevas diante dele provavelmente montavam desde os cinco anos e teriam ganhado arcos de brinquedo na mesma idade.

Um criado apareceu com café e Ali agradecidamente aceitou uma xícara.

— Você parece precisar disso — comentou Ghassan. — Fiquei surpreso por não o ver na abertura do hospital ontem à noite.

Ali pigarreou.

— Eu não estava me sentindo bem.

— Uma pena — disse Ghassan. — Preciso dizer que fiquei satisfeito; é um complexo impressionante. Independentemente de seu comportamento recente, você e Banu Nahri fizeram um belo trabalho.

Ali conteve o ressentimento crescendo dentro de si, sabendo que seria mais esperto tirar vantagem do humor aparentemente amigável do pai.

— Fico feliz por ouvir isso. — Ele tomou mais um gole do café, saboreando o gosto o amargo com um toque de cardamomo. — Por falar nisso, estava me perguntando se você viu minha proposta.

— Precisará ser mais específico — respondeu Ghassan. — Acho que tenho cinquenta propostas suas na mesa no momento.

— Aquela que dá reconhecimento oficial às guildas shafits no campo de trabalho. Eu gostaria que pudessem competir para contratos governamentais...

— Meu Deus, você *alguma vez* para? — interrompeu Muntadhir, grosseiramente. — Não podemos ter um dia sem você tagarelando sobre a economia e os shafits?

Ghassan ergueu a mão antes que Ali pudesse responder.

— Deixe-o em paz. Na verdade, ele não está errado em pensar na economia. — O rei pigarreou e seu olhar ficou um pouco distante. — Recebi uma oferta pela mão de Zaynab.

Ali imediatamente ficou tenso; não gostou nada do modo cuidadoso com que o pai entregou essa notícia.

— De quem? — indagou ele, sem importar-se em soar grosso.

— Nasir Ishak.

Ali piscou.

— *Quem?*

— Nasir Ishak. — Muntadhir ficara pálido ao repetir o nome. — É um mercador de temperos de Malacca.

— Ele é mais do que um mercador de temperos — corrigiu Ghassan. — É o rei dos djinns naquelas ilhas, exceto pelo título. O controle de Daevabad sempre foi tênue lá.

Malacca. Ali olhou do pai para o irmão. Não podiam estar falando sério.

— O controle de Daevabad é tênue lá porque fica *do outro lado do oceano*. Zaynab terá sorte se visitar uma vez por século!

Nenhum dos homens respondeu. Muntadhir parecia lutar para manter a compostura.

— Você me disse que tinha decidido contra a oferta dele, abba — disse ele.

— Isso foi antes de... eventos recentes. — A boca de Ghassan se tornou uma linha fina de desgosto. — Precisamos começar a olhar além de Ta Ntry em busca de aliados e recursos. Nasir é uma oportunidade que não podemos nos dar o luxo de recusar.

— Zaynab tem direito de opinar? — Ali conseguia ouvir a ansiedade na voz, mas aquilo era demais. Seria aquele outro motivo pelo qual sua mãe fora banida? Para que não pudesse protestar à filha ser enviada para o outro lado do oceano para encher os cofres do Tesouro?

— Falei com Zaynab sobre essa possibilidade — respondeu Ghassan, rigidamente. — Eu jamais a forçaria. Jamais precisaria. Ela leva a lealdade e os deveres com a família muito mais a sério do que você, Alizayd. E, sinceramente, seu espetáculo no acampamento shafit e sua mãe ter levado metade da delegação ayaanle de volta a Ta Ntry me forçaram. — Ele se voltou para Muntadhir. — Nasir está chegando na semana que vem para a celebração. Eu gostaria que você passasse tempo com ele e descobrisse que tipo de homem é antes que eu decida qualquer coisa.

O irmão encarou as próprias mãos, emoções debatendo em seu rosto. Ali o observou, suplicando silenciosamente: *Diga algo. Qualquer coisa. Dê algum sinal de que pode enfrentá-lo, de que não se tornará ele.*

Muntadhir pigarreou.

— Vou falar com ele.

— Covarde. — Assim que a palavra escapuliu dos lábios de Ali, ele soube que não fora justo. Mas não se importava.

Muntadhir o encarou chocado.

— O que acabou de dizer para mim?

— Eu disse que você é um... — Abaixo, outra flecha atingiu o alvo, fazendo um ruído sólido ao rasgar a casca da cabaça. Ali instintivamente se encolheu e o momento roubou suas palavras.

Ghassan se endireitou no assento, fazendo uma careta para Ali com desprezo evidente.

— Perdeu todo o senso de honra? — sibilou ele. — Eu deveria mandar açoitá-lo por falar com tal desrespeito.

— Não — disse Muntadhir, em tom afiado. — Eu posso cuidar disso, abba. Já deveria ter feito isso.

Sem mais uma palavra, o irmão ficou de pé e se virou para encarar o pavilhão lotado. Ele deu um sorriso encantador para a multidão, a mudança na expressão tão repentina que foi como se alguém tivesse apagado uma vela.

— Amigos! — gritou o emir. Os homens Qahtani estavam falando baixinho em geziriyya, mas Muntadhir ergueu a voz, trocando para o djinnistani. — O grande assassino de Afshin está ansioso para mostrar suas habilidades e acredito que vocês merecem um espetáculo.

Um silêncio de expectativa percorreu a multidão e Ali subitamente percebeu quantas pessoas os estavam observando: nobres sempre ansiosos para testemunhar algum drama da realeza de Daevabad.

E Muntadhir sabia como chamar a atenção deles.

— Então eu gostaria de lançar um desafio para meu irmãozinho. — Ele indicou os arqueiros abaixo. — Vença-me.

Ali o encarou sem compreender.

— Quer competir *comigo*? Na arena?

— Quero. — Muntadhir apoiou a taça de vinho com um floreio, seus olhos dançando como se aquilo tudo fosse uma piada. — Vamos lá, assassino de Afshin — provocou ele quando Ali não se moveu. — Certamente não está com medo? — Sem esperar pela resposta, Muntadhir gargalhou e seguiu para os degraus.

Os olhos do restante do pavilhão estavam em Ali, esperançosos. Muntadhir podia ter feito aquilo de brincadeira, mas lançara um desafio e Ali perderia a dignidade se não o aceitasse – principalmente por ser algo tão inocente.

Ali se levantou devagar.

Ghassan deu a ele um olhar de aviso, mas Ali sabia que não interferiria; homens geziris não recuavam de um desafio público e príncipes na linha de sucessão certamente não o faziam.

— Lembre-se de seu lugar — disse ele, simplesmente.

Lembrar-me do quê? De que eu sempre estive destinado a estar abaixo dele? Ou de que eu estava destinado a ser a arma dele, uma arma que poderia derrotar qualquer homem?

Lubayd estava no seu encalço em um segundo.

— Por que parece que acabou de engolir um grilo? — sussurrou ele. — Pode disparar uma flecha melhor do que aquele tolo vestido de ouro, não pode?

Ali engoliu em seco, sem querer confirmar sua fraqueza.

— E-eu fui atingido, Lubayd. Pelo Afshin — gaguejou ele, as lembranças voltando como um golpe rápido. — Foi ruim. Não toco em um arco desde então.

Lubayd empalideceu, mas não havia tempo para responder. Muntadhir já estava juntando-se aos montadores daevas. Eles sorriram quando ele os cumprimentou no divasti que Ali não sabia falar, gesticulando de volta para o príncipe mais novo com gargalhadas. Só Deus sabia o que Muntadhir dizia para eles. Eram provavelmente seus amigos, os nobres abastados com quem gostava de tomar vinho e comer nos salões de cortesãs e poetas. Um mundo que não olhava com gentileza para homens como Ali.

E embora ele soubesse que tinha provocado o irmão, uma dor que Ali raramente reconhecia se fez conhecida, o nó de ressentimento e ciúme que tentara tanto negar ameaçando abrir-se. Todas as vezes em que se obrigara a sorrir quando os companheiros de Muntadhir o provocavam quando crescia, perguntando quantos homens matara na Cidadela e se era mesmo verdade que jamais tocara em uma mulher. As inúmeras comemorações em família que acabavam com Muntadhir dormindo em uma cama de seda no palácio e Ali no chão do quartel.

Pare. Por causa daquele quartel, esta arena é seu lar. Muntadhir e os amigos não podiam tirar isso dele. O arco e flecha podia não ser a especialidade de Ali, mas certamente conseguiria derrotar seu irmão mimado e fraco.

Um dos cavaleiros desceu da sela e, sem perder um segundo, Muntadhir subiu no lugar dele. O irmão era um cavaleiro melhor, disso Ali sabia. Ele sabia cavalgar bem o suficiente, mas jamais compartilhara do amor de Muntadhir pelo esporte. O irmão tinha o próprio estábulo e provavelmente passara inúmeras horas correndo fora das muralhas da cidade, rindo e tentando façanhas com Jamshid – que era um cavaleiro ainda mais talentoso – enquanto Ali trabalhava na Cidadela.

Muntadhir trotou até ele.

— Por que está tão triste, Zaydi? — O irmão gargalhou, abrindo os braços. — Você gosta disso, não gosta? Quando era criança sempre falava dessas competições marciais. Como as arrasaria e conquistaria seu lugar como meu qaid. Achei que o maior guerreiro de Daevabad estaria rindo neste momento. — Muntadhir se aproximou e seu sorriso hesitou. — Ou talvez venha se intrometendo em *meu* mundo por tanto tempo, se insinuando para minha mulher, me envergonhando diante de abba, que se esqueceu de seu lugar. — Ele disse as últimas palavras em geziriyya, com a voz baixa. — Talvez precise de um lembrete.

Foi a coisa errada a se dizer. Ali olhou de volta com raiva conforme os outros homens daevas cavalgavam até ele, brincando em divasti enquanto seus cavalos o circundavam, chutando areia.

— Passei a infância treinando para servir você — disparou ele de volta. — Eu diria que conheço muito bem meu lugar; jamais me foi permitido ter outro. Algo que suspeito que Zaynab esteja prestes a aprender também.

Ele juraria que incerteza lampejou nos olhos do irmão, mas então Muntadhir deu de ombros com aparente indiferença.

— Então vamos começar. — Ele guinou o cavalo e ergueu a voz de modo que a multidão pudesse ouvi-lo. — Eu estava dizendo a meus companheiros aqui que acho que está na hora de algumas moscas da areia tentarem isto. — O irmão piscou um olho, lançando um sorriso hipnotizante para os milhares de djinns distribuídos nos assentos da arena. Ele era o emir deslumbrante de novo e Ali ouviu mais do que algumas mulheres suspirarem. — Tentem conter sua risada, meu povo, imploro.

Outro Daeva chegou a cavalo, carregando um embrulho longo e fechado.

— Aqui está, emir.

— Excelente — respondeu Muntadhir. Ele se dirigiu à multidão de novo. — Ouvi falar que os Daeva têm uma arma que achei que meu irmão talvez gostasse de ver. Nosso querido Zaydi ama história. — Ele pegou o embrulho, tirando o tecido que então estendeu para Ali.

Ali sentiu um nó na garganta. Era o arco do altar do Afshin. A réplica exata da arma com a qual Darayavahoush havia atirado nele.

— Gosta, akhi? — perguntou Muntadhir, com uma nota baixinha de crueldade na voz. — É preciso de tempo para se acostumar, mas... — Ele subitamente ergueu a arma, puxando a corda para trás na direção de Ali.

Ali recuou, o movimento levando-o de volta àquela noite: o arco de prata reluzindo à luz do navio em chamas, os olhos verdes frios de Darayavahoush fixos nele. A dor lancinante, o sangue em sua boca sufocando seus gritos enquanto ele tentava segurar a mão de Muntadhir.

Ele encarava Muntadhir agora, vendo um estranho em vez do irmão.

— Posso emprestar um cavalo? — perguntou Ali com frieza.

Os Daeva levaram um para ele imediatamente e Ali se impulsionou para a sela. O animal estava agitado e Ali apertou as pernas para evitar que recuasse. Provavelmente tinham lhe dado o cavalo com o pior temperamento de todos.

— Talvez ele não goste de crocodilos — debochou um dos Daeva.

Em outra época Muntadhir teria severamente repreendido o homem pelas palavras, Ali sabia disso. Agora o irmão apenas riu junto.

— Ah, vamos dar a Zaydi um minuto para se acostumar a cavalgar de novo. É um pouco diferente dos órix de sua aldeia. — Muntadhir pegou uma flecha. — Vou gostar de testar este arco.

O irmão disparou como um tiro, a areia revirando-se ao encalço. Conforme se aproximava do alvo, ele ergueu o arco, inclinando-se levemente para o lado para mirar uma flecha para cima.

Ela atingiu o centro exato, a ponta encantada explodindo em uma faísca de chamas azuis.

A boca de Ali se escancarou. Aquele não fora um tiro de sorte. O aplauso da plateia foi estrondoso e seu prazer surpreso evidente. Onde em nome de Deus Muntadhir aprendera a fazer aquilo?

A reposta veio a ele com a mesma rapidez. *Jamshid*. Ali xingou baixinho. É claro que Muntadhir sabia atirar; o melhor amigo dele fora um dos melhores arqueiros de Daevabad e treinara com o próprio Afshin.

Muntadhir devia ter visto o choque no rosto de Ali, pois triunfo brotou no dele.

— Suponho que não saiba de tudo, afinal de contas. — Ele jogou o arco para Ali. — Sua vez, irmãozinho.

Ali pegou o arco, as sandálias escorregando nos estribos. Mas, quando o cavalo pisoteou nervoso, percebeu que não eram apenas as sandálias que escorregavam, mas a sela inteira. Não tinha sido apertada direito.

Ele mordeu o lábio. Se descesse para verificar, pareceria paranoico ou como se não confiasse nos daevas que tinham selado o cavalo para início de conversa.

Apenas acabe com isso. Ali pressionou os calcanhares no cavalo levemente. Pareceu funcionar por um momento; o cavalo se moveu a um ritmo lento. Mas então pegou velocidade, galopando insanamente na direção do alvo.

Você consegue, disse ele a si mesmo, desesperadamente. Sabia cavalgar e lutar com uma espada; um arco era apenas um pouco mais complicado.

Ele pressionou as pernas de novo. Suas mãos estavam firmes quando prendeu uma flecha e ergueu o arco, mas jamais aprendera a ajustar para o movimento do cavalo e a flecha errou vergonhosamente o alvo.

As bochechas de Ali queimaram quando os homens daevas riram. O humor estava abertamente hostil agora; eles estavam obviamente gostando de ver a mosca da areia que assassinara seu amado Afshin sendo humilhado pela própria família com uma arma que adoravam.

Muntadhir pegou o arco dele.

— Foi uma boa tentativa, Zaydi — ofereceu ele com uma sinceridade debochada. Seus olhos brilharam. — Vamos tentar ao contrário?

— Como quiser, emir — sibilou Ali.

Muntadhir saiu cavalgando de novo. Mesmo Ali precisou admitir que o irmão tinha uma silhueta impressionante, a túnica preta voando atrás de si como asas fumegantes, as cores brilhantes do turbante real reluzindo à luz do sol. Ele executou o movimento com a mesma facilidade, subindo na sela como se fosse o maldito Afshin, virando para trás e de novo acertando o alvo. A arena irrompeu em mais aplausos, algumas ululações vindo de um grupo de Geziri perto do chão. Ali reconheceu o primo de Muntadhir, Tariq, entre eles.

Ali olhou para a sacada coberta por telas acima da plataforma real. Será que Zaynab estava ali? O coração dele se apertou. Só conseguia imaginar como a irmã se sentiria vendo aquilo depois de se esforçar tanto para trazer a paz entre os dois.

Muntadhir atirou o arco para ele com mais força do que o necessário.

— Boa sorte.

— Vá se foder. — As palavras grosseiras escapuliram da boca de Ali em um rompante de ódio e ele viu Muntadhir sobressaltar-se.

Então o irmão sorriu de novo, com um lampejo de desprezo nos olhos.

— Ah, não gosta de ser humilhado, Zaydi? Que estranho, pois não parece se importar em fazer isso comigo.

Ali não mordeu a isca, cavalgando sem mais uma palavra. Ele não sabia montar tão bem quanto Muntadhir, isso estava claro. Mas conseguia dar meia-volta e mirar uma maldita flecha. Puxando o arco, ele se virou para ver o alvo.

Fez isso rápido demais… e a sela escorregou.

Ali foi junto, deixando cair o arco e puxando os pés dos estribos. O cavalo arredio reagiu como os Daeva provavelmente esperavam, disparando para a frente conforme a sela descia cada vez mais. Ele viu um borrão de cascos, o chão perto demais do rosto. Várias pessoas gritaram.

Então acabou. Ali caiu de costas, rolando e evitando por pouco ser pisoteado conforme o cavalo disparava para longe. Ele arquejou, o ar arrancado dos pulmões.

Muntadhir saltou tranquilamente do próprio cavalo para pegar o arco onde Ali o deixara cair.

— Está tudo bem? — perguntou ele, com a voz arrastada.

Ali se ergueu, contendo um chiado de dor. Conseguia sentir o gosto de sangue onde mordera a língua.

Ele cuspiu no chão.

— Está. — Ele tirou o arco das mãos do irmão, pegando a flecha caída na terra e marchando até o alvo.

Muntadhir o seguiu, ombro a ombro.

— Fico surpreso por não ter treinado mais com o arco. Sabe como sua Banu Nahida ama os arqueiros dela.

A indireta atingiu mais profundamente do que deveria.

— Isso não tem nada a ver comigo — disse ele, acaloradamente.

— Não? — Muntadhir replicou baixinho em geziriyya: — Porque posso lhe dar algumas dicas. De irmão para irmão.

— Não preciso de seu conselho sobre como atirar uma flecha.

— Quem disse que eu estava falando sobre arco e flecha? — Muntadhir prosseguiu enquanto Ali puxava o fio do arco. A voz dele estava mortalmente baixa, as palavras, de novo, apenas para Ali. — Eu estava falando de Nahri.

Ali lançou a flecha contra a parede. Uma onda de gargalhadas recebeu o fracasso, mas ele mal notou. Seu rosto queimava diante da insinuação e ele se virou para o irmão, mas Muntadhir já estava pegando o arco de volta.

Ele acertou o alvo bem no centro, mal tirando os olhos dos de Ali.

— Acredito que eu tenha vencido. — Ele deu de ombros. — Suponho que seja uma sorte que você não será mais meu qaid, afinal de contas.

Ali não tinha palavras. Ele estava mais magoado do que achou que jamais estaria, sentindo-se mais jovem e mais ingênuo do que se sentia havia anos.

Muntadhir já estava virando-se para voltar à plataforma.

Ali saiu batendo os pés atrás dele, mantendo o olhar baixo e derrotado embora a raiva queimasse em seu coração. Muntadhir queria ver a parte dele que fora treinada na Cidadela?

Muito bem.

Os dois saíram de vista apenas por um segundo, na sombra da escada, mas era o suficiente. Ali avançou para o irmão, cobrindo a boca dele com a mão antes que pudesse gritar e abrindo aos chutes a porta para um armário de armas que ele sabia que ficava sob as escadas. Ele empurrou Muntadhir para dentro, fechando a porta atrás deles.

Muntadhir cambaleou para trás, seus olhos brilhando de raiva.

— Ah, tem algo para dizer a mim, hipócrita? Vai me dar uma lição sobre honra enquanto você...

Ali o socou na cara.

O coração não estava totalmente de acordo, mas o golpe foi o suficiente para desequilibrar Muntadhir. O irmão xingou, levando a mão à khanjar.

Ali a arrancou das mãos dele, mas não fez menção de pegar a arma. Em vez disso, empurrou Muntadhir com força contra a parede oposta.

— O quê? Não é isto que eu deveria ser? — sibilou ele. — Sua arma?

Mas ele havia subestimado o ódio do irmão. Muntadhir se desvencilhou e se atirou contra Ali.

Eles caíram na terra e os instintos de lutador de Ali tomaram conta dele; tinha passado anos demais lutando pela vida em Am Gezira para não reagir imediatamente. Ele rolou, pegando a khanjar e prendendo Muntadhir no chão.

Estava com a lâmina contra o pescoço do irmão antes de perceber o que estava fazendo.

Muntadhir agarrou o pulso dele quando Ali se moveu para recuar. Os olhos cinza dele estavam selvagens.

— Vá em frente — provocou o irmão, puxando a lâmina para mais perto do pescoço. — Faça. Abba ficará tão orgulhoso. — A voz dele falhou. — Vai fazer de você emir, vai lhe dar Nahri. Todas as coisas que você finge que não querer.

Trêmulo, Ali lutou por uma resposta.

— Eu... eu não...

A porta se escancarou e Lubayd e Zaynab surgiram emoldurados pela luz empoeirada. Ali imediatamente soltou a khanjar, mas era tarde demais. A irmã olhou uma vez para os dois jogados no chão e seus olhos brilharam com um misto de fúria e desapontamento que teria deixado a mãe deles orgulhosa.

— Obrigada por me ajudar a encontrar meus irmãos — disse ela, calmamente, para Lubayd. — Se não se importa em nos dar um momento...

Lubayd já estava recuando para a porta.

— Fico feliz! — Ele a fechou atrás de si.

Zaynab respirou fundo.

— *Saiam um de cima do outro neste segundo.* — Quando os dois príncipes prontamente obedeceram, ela prosseguiu com a voz fervilhando. — Agora, será que um de vocês poderia explicar o quê, em nome de Deus, acaba de acontecer na arena?

Muntadhir olhou com raiva para ele.

— Zaydi descobriu sobre Nadir e perdeu a cabeça.

— Alguém precisava — disparou Ali de volta. — E não haja como inocente! Acha que não sei que minha sela foi afrouxada? Você podia ter me matado!

— Não toquei em sua maldita sela! — disparou Muntadhir de volta, ficando de pé. — Não torne metade da cidade sua inimiga e depois fique surpreso quando as pessoas tentarem sabotar você. — Mais uma pontada de ultraje tomou a expressão dele. — E que ousadia me acusar de qualquer coisa. Tentei dizer uma dúzia de vezes para se afastar e você vai e me chama de covarde na cara de abba quando tudo o que estou fazendo é tentar limpar sua sujeira!

— Eu estava tentando defender Zaynab e por isso você me envergonhou diante da arena toda! — Mágoa embargou a voz de Ali. — Você insultou Nahri, deixou seus amigos me chamarem de *crocodilo*... — Mesmo dizer aquilo doía. — Meu

Deus, é nisso que abba transformou você? Está imitando ele há tanto tempo que a crueldade é agora seu primeiro instinto?

— Alizayd, basta — disse Zaynab quando Muntadhir recuou como se Ali o tivesse estapeado. — Será que *Zaynab* pode dar uma palavra em paralelo, já que aparentemente foi o *meu* futuro que acendeu essa última briga?

— Desculpe — murmurou Ali, calando-se.

— Muito obrigada — disse ela, acidamente. Zaynab suspirou, tirando o véu que usara diante de Lubayd. Culpa tomou o peito de Ali. A irmã parecia exausta, mais do que ele jamais a vira. — Eu sei sobre Nasir, Ali. Não gosto disso, mas não preciso que você abra a boca sobre a questão antes de sequer falar comigo. — Ela olhou para Muntadhir. — O que abba disse?

— Que ele chega esta semana — respondeu Muntadhir, triste. — Ele me pediu para passar tempo com ele e descobrir que tipo de homem é.

Um músculo se contraiu na bochecha de Zaynab.

— Talvez possa me dizer também.

— É só *isso*? — perguntou Ali. — É tudo o que qualquer um de vocês está preparado para fazer?

Muntadhir olhou com raiva para ele.

— Perdoe-me por não aceitar conselhos políticos de alguém que morou em uma aldeia nos últimos cinco anos e vive dizendo o que não deve. — A expressão dele se contorceu. — Acha que *quero* me tornar como ele, Zaydi? Tem alguma ideia do que *eu* sacrifiquei? — Ele entrelaçou as mãos atrás da cabeça, caminhando de um lado para outro. — Daevabad é um caldeirão e a única forma que abba evita que ele exploda é mantendo-o no lugar. Certificando-se de que todos saibam que, se arriscarem a segurança da cidade, arriscam a vida de todos que amam.

— Mas isso não é quem você é, Dhiru — protestou Ali. — E essa não é a única forma de governar.

— Não? Talvez devêssemos tentar da sua forma, então? — Muntadhir se virou, seu olhar perfurando Ali. — Porque acho que *você* é mais como abba do que quer admitir. Mas, enquanto abba quer estabilidade, você quer justiça. *Sua* versão de justiça, mesmo que precise nos arrastar até lá chutando e gritando. E deixe-me dizer uma coisa, irmãozinho... estou de olhos bem abertos no que diz respeito a você. Está se aproveitando dos favores de muita gente revoltada com armas e ressentimentos nesta cidade... e que conveniente, então, que tenha os Ayaanle dispostos a apoiar você financeiramente.

— Os *Ayaanle* — disse Zaynab, com o tom afiado — são muito mais diferentes do que você nos dá crédito, e esta em particular tem lutado para trazer a paz entre vocês dois idiotas há meses. — Ela fechou os olhos, esfregando as têmporas. — Mas as coisas estavam piorando em Daevabad antes de Ali voltar, Dhiru. Sei que você não quer enxergar, mas estavam.

Muntadhir ergueu as mãos.

— E o que gostaria que eu fizesse? Arruinasse uma aliança financeira da qual precisamos porque minha irmã vai se sentir solitária? Tornasse Ali meu qaid de novo e, com razão, perdesse todos os meus apoiadores por entregar meu exército a um fanático? — As palavras dele ecoaram com real desespero. — Diga-me como consertar isso entre nós, porque não vejo uma solução.

Ali pigarreou para limpar o nó que crescia em sua garganta.

— Nós não somos o problema. — Ele hesitou, sua mente acelerando. A revelação fria que tivera com Fatumai depois de descobrir o que o pai tinha feito com as crianças Tanzeem, a conversa com Nahri na noite anterior, todas as acusações que Muntadhir expusera... tudo isso levava a apenas uma coisa, uma conclusão clara como vidro.

Ele encarou os olhos ansiosos do irmão e da irmã.

— Abba precisa ser substituído.

Houve um momento de choque silencioso e então Zaynab soltou um ruído engasgado que Ali jamais ouvira da irmã sempre elegante.

Muntadhir o encarou antes de abaixar a cabeça nas mãos.

— Não acredito. Não acredito que realmente achou um modo de tornar esta conversa pior. — A voz dele estava abafada entre os dedos.

— Apenas me ouçam — insistiu Ali. — Ele está se desviando há anos. Entendo as preocupações dele com a estabilidade de Daevabad, mas essa tática de esmagar qualquer coisa que se oponha a ele só pode dar certo por um tempo limitado. Não se pode construir nada com uma fundação quebrada.

— E agora está falando como um poeta — resmungou Muntadhir. — Você realmente perdeu a cabeça.

— Estou cansado de ver gente inocente morrer — retrucou Ali, abruptamente. — Estou cansado de ser cúmplice de tal sofrimento. Os Daeva, os shafits... sabiam que ele mandou queimar um barco cheio de crianças refugiadas apenas para executar alguns guerreiros Tanzeem? Que ele ignorou uma ameaça que passei com relação à segurança de Nahri porque disse que ela estava ficando arrogante? — Ele olhou para Zaynab, sabendo que a irmã compartilhava ao menos algumas de suas opiniões. — Ele ultrapassou limites demais. Não deveria ser rei.

A expressão de Zaynab estava conflituosa, mas ela respirou fundo.

— Ali não está completamente errado, Dhiru.

Muntadhir gemeu.

— Ah, Zaynab, você também não. — Ele cruzou o piso para começar a vasculhar um dos baús de suprimentos, tirando uma pequena garrafa de prata e abrindo a tampa. — Isso é licor? Porque quero estar completamente bêbado quando abba souber que seus filhos estão tramando um golpe em um maldito armário.

— Isso é polidor para armas — disse Ali, rapidamente.

Zaynab foi até Muntadhir e arrancou a garrafa das mãos dele enquanto o irmão parecia ainda analisá-la.

— Pare. Apenas ouça um momento — insistiu ela. — Entre nós três, poderíamos ter o apoio. Se apresentássemos uma frente uniforme, abba teria dificuldade em se opor a nós. Precisaríamos trazer a maioria dos nobres e grande parte da Cidadela para o nosso lado, mas suspeito que aqueles cujos corações não forem flexíveis podem descobrir que os bolsos são.

— Acha que conseguiríamos? — perguntou Ali. — Já gastamos bastante com o hospital.

— Irmãozinho, você ficaria surpreso com quão longe a ilusão de riqueza pode levá-lo, mesmo que a entrega de tais promessas leve mais tempo — debochou Zaynab.

— Ouro ayaanle — interrompeu Muntadhir, sarcasticamente. — Bem, suponho que eu saiba para que lado o trono vai se inclinar.

— Não. — Ideias se encaixavam na mente de Ali conforme ele falava. — Não sei quem deveria governar ou como, mas deve haver vozes além das nossas moldando o futuro de Daevabad. Talvez mais do que uma. — Ele parou, pensando rápido. — Os Nahid... eles tinham um conselho. Talvez pudéssemos tentar algo assim.

A resposta de Zaynab foi afiada.

— Há muitas vozes em Daevabad que não gostam de nós, Ali. Se começar entregando poder, podemos acabar sendo mandados de volta para Am Gezira.

— *Basta.* — Muntadhir os calou, olhando em volta. — *Parem de tramar.* Vão acabar mortos e por nada. Não podem destronar abba a não ser que consigam tirar o anel da insígnia de Suleiman dele. Têm alguma ideia de como fazer isso?

— Não? — confessou Ali. Não tinha pensado na insígnia. — Quero dizer, ele não usa na mão. Imaginei que mantivesse em um cofre ou...

— Está no coração dele — disse Muntadhir, abruptamente.

A boca de Ali se abriu. Não era uma possibilidade que lhe ocorrera.

Zaynab se recuperou primeiro.

— No *coração?* A insígnia está *dentro* do coração dele?

— Sim. — Muntadhir olhou de um para outro, sua expressão séria. — Entendem? Não podem pegar a insígnia de Suleiman a não ser que estejam dispostos a matar nosso pai por ela. Esse é um preço que pagariam?

Ali lutou para manter essa informação chocante de lado.

— A insígnia de Suleiman não deveria importar. Não para isso. Tirar a magia de nossos cidadãos não é um poder que um líder político deveria ter. A insígnia se destinava a ajudar os Nahid a curar seu povo e combater os ifrits. E quando chegar o momento de ser passada adiante... a pessoa a quem aquele anel pertence não está neste cômodo e vocês dois sabem disso.

Foi a vez de Zaynab de gemer. Ela beliscou o nariz, parecendo exasperada.

— Ali...

Muntadhir gesticulou grosseiramente de um para outro.

— Agora acredita em mim? — perguntou ele a Zaynab.
— Eu disse que ele era apaixonado por ela.

— Não sou apaixonado por ela!

Houve uma batida à porta e então ela se abriu subitamente, revelando Lubayd de novo.

— Ali, emir Muntadhir! — arquejou ele, apoiando-se nos joelhos e lutando para tomar fôlego. — Precisam vir rápido.

Ali ficou de pé em um instante.

— O que foi?

— Houve um ataque à procissão daeva.

30

NAHRI

Nahri não teria admitido para ele, mas *talvez* Kartir estivesse certo a respeito da procissão do Navasatem ser divertida.

— Anahid! — veio outro grito abaixo dela. — Anahid, a Abençoada!

Nahri sorriu timidamente por baixo do chador, fazendo um gesto de benção sobre a multidão.

— Que as chamas queimem por você! — gritou ela de volta.

Era uma manhã quase inacreditavelmente linda, sem uma nuvem no céu azul-claro. Nisreen e um círculo de mulheres daevas às gargalhadas a despertaram horas antes do alvorecer com doces de leite e chá com aroma de pimenta, tirando-a da cama apesar dos protestos cansados de Nahri e vestindo-a em um vestido macio de linho sem tingimento. Antes do nascer do sol, elas haviam se juntado a uma multidão animada e crescente de Daeva no porto da cidade para esperar pelo alvorecer. Quando os primeiros raios pálidos atravessaram o céu, eles acenderam coloridas lâmpadas a óleo em formato de barcos de papel encerado translúcido, colocando-as para boiar no lago – brilhando com um rosa pálido sob a aurora – e transformando a água em um enorme e deslumbrante altar.

A alegria da multidão era contagiosa. Crianças corriam umas atrás das outras, alegremente passando punhados úmidos da enlameada argamassa que representava o templo que os ancestrais delas tinham construído para Suleiman pelos braços e no rosto, enquanto vendedores barulhentos ofereciam os bolos açucarados de cevada e a saborosa cerveja de ameixa tradicionalmente consumida no feriado.

Entoando e cantando, tinham chegado até as carruagens que levariam a procissão ao palácio. Tinham sido feitas em segredo; era uma tradição daeva que as carruagens fossem projetadas e construídas por Daeva mais velhos e ocupadas por jovens: uma comemoração literal da geração seguinte. Havia trinta no total, uma para simbolizar cada século de liberdade, e eram absolutamente espetaculares. Como a tribo dela não era de fazer as coisas pela metade, os veículos também eram enormes, lembrando torres movediças mais do que qualquer outra coisa, com espaço para dúzias de passageiros e rodas com duas vezes a altura de um homem. Cada uma era dedicada a um aspecto da vida daeva: uma exibia um bosque de cerejeiras cheias de joias, baús dourados despontando sob um dossel de folhas de jade entalhadas e frutas de rubi reluzente, enquanto aquela atrás da de Nahri exibia cavalos de bronze saltando. Seus olhos de mercúrio brilhavam e flores de jasmim branco caíam pesadas sobre as borlas pretas espessas das crinas.

A carruagem de Nahri era a maior, e, vergonhosamente, projetada para parecer-se com o barco em que Anahid poderia ter um dia velejado sobre o lago. Uma bandeira de seda azul e branca oscilava acima de sua cabeça e, elevando-se orgulhosamente na popa, havia um magnífico shedu entalhado em madeira. Ela estava sentada nele no momento, após ser bajulada e acossada pelo círculo de menininhas animadas aos seus pés. Tradicionalmente, uma delas teria representado Anahid, mas as tentativas de Nahri de convencê-las a fazer o mesmo desta vez foram recebidas apenas com biquinhos de desapontamento.

Mas a felicidade de seu povo era tão contagiosa que, deixando a vergonha de lado, Nahri estava se divertindo e suas bochechas mornas e o sorriso bobo a denunciavam. Ela acenava para as multidões na rua, unindo as mãos em uma benção ao passar por grupos de Daeva comemorando.

— Não foi isso que me disseram para esperar — resmungou Aqisa ao lado de Nahri, mexendo em uma das muitas guirlandas de flores que as menininhas tinham colocado em volta de seu pescoço – a princípio timidamente, então com grande exuberância quando a guerreira não as impediu.

Nahri conteve uma risada ao ver as flores rosa enroscadas na amiga assustadora de Ali.

— Não celebram o Navasatem em Am Gezira?

A outra mulher lançou um olhar desapontado para uma dupla de rapazes bêbados na carruagem atrás delas. Estavam rindo insanamente, girando em volta dos cavalos de bronze, cada um com uma garrafa de cerveja de ameixa na mão.

— Não celebramos nada dessa maneira.

— Ah — disse Nahri, baixinho. — Não é surpresa que Ali goste de lá.

— Você está se divertindo? — Ela ouviu Nisreen gritar abaixo. A mulher estava cavalgando ao lado das carruagens com o restante dos Daeva mais velhos, seus cavalos cobertos com tecido reluzente da cor do sol nascente.

Nahri se inclinou para gritar para ela.

— Você poderia ter mencionado que eu estaria sentada em um shedu — reclamou. — Ghassan vai queimar algo quando vir isso.

Nisreen sacudiu a cabeça.

— É só diversão. A primeira noite da lua nova é sempre a mais insana. — Ela assentiu para os jovens bêbados. — Esta noite, a maioria dos Daeva estará como eles. Não nos torna uma ameaça muito grande para o rei.

Nahri suspirou.

— Não vejo a hora de passar a noite toda cuidando dos ferimentos deles. — Ela já se pegara contemplando quão rapidamente conseguiria chegar aos rapazes quando um deles inevitavelmente caísse e abrisse o crânio.

— Eu diria que é uma possibilidade. Mas temos Jamshid na enfermaria esta noite, e nos certificaremos de que nenhum de nós saia. — Nisreen fez uma pausa. — Talvez pudesse pedir àquela curandeira shafit com quem está colaborando para se juntar a nós. Ela poderia trazer a família.

Nahri olhou para baixo, surpresa.

— Quer que eu peça a Subha e a família para passarem a noite na enfermaria? — Parecia um pedido bizarro, principalmente considerando a fonte.

— Acho que é uma boa ideia. Seria útil ter algumas mãos a mais, e você mencionou que a filha dela ainda está mamando.

Nahri considerou a proposta. Seria bom ter a ajuda de Subha e ela estava querendo mesmo mostrar a enfermaria à médica.

— Vou mandar uma mensagem a ela quando voltarmos ao palácio.

Ela se esticou de novo, olhando para a rua adiante e tentando se equilibrar. Parecia que estavam quase na midan.

Quase fora do distrito shafit. Nahri corou, odiando a rapidez com que o pensamento – e o alívio – vieram. A preocupação de Ali parecera sincera, mas era difícil separar aquele aviso do *resto* da conversa deles, e esse era um assunto em que ela se recusava a pensar naquele dia.

Mesmo assim, ela olhou em volta para a multidão. Era de maioria Daeva, embora houvesse muitos sangues-puros das tribos djinns pressionados contra as barricadas, girando faíscas estreladas e compartilhando bolos e cerveja. Uma fila de soldados os separava dos observadores shafits, muitos dos quais também estavam comemorando, mas mantidos bem afastados.

A culpa a perfurou. Aquilo não era certo, independentemente da ameaça. Nahri precisaria ver se não poderia montar um tipo de comemoração extra para compensar os shafits.

Ela se remexeu sobre o shedu de madeira, puxando o chador além das orelhas redondas. Estava incomum e abençoadamente leve – nenhum ornamento pesado de ouro pendia de sua cabeça naquele dia. Feito de camadas de seda tão delicadas que eram quase transparentes e tingido com uma linda variedade de cores, o chador dava a aparência de asas de shedu. Nahri ergueu o rosto para o sol, ouvindo o tagarelar alegre de crianças daevas ao redor dela.

Queria que Dara pudesse ter visto isso. O pensamento surgiu em sua mente sem censura e inesperado, mas, estranhamente, não a encheu com a tumultuosa mistura de emoções que as lembranças de Dara costumavam trazer. Eles podiam ter tido ideias muito diferentes sobre o futuro, mas Nahri só podia esperar que o Afshin teria se sentido orgulhoso ao vê-la sentada sobre um shedu de madeira naquele dia.

Movimento chamou sua atenção à frente; uma fila de cavaleiros daevas estava se aproximando para juntar-se à procissão. Nahri sorriu ao reconhecer Jamshid entre eles. Ela acenou, encarando-o, e ele ergueu o chapéu em reconhecimento, indicando com um sorriso largo e bobo o cavalo em que montava.

Um estouro alto soou, um tremor explosivo tanto estranho quanto distantemente familiar. Só Deus sabia o que era. Algum daeva provavelmente conjurara um conjunto de tambores voadores.

O barulho soou de novo, e dessa vez houve um grito – então um berro, acompanhado por um rompante de fumaça branca da sacada diretamente do outro lado da rua.

Um projétil escuro se chocou contra a balaustrada acima da cabeça dela.

Nahri gritou com surpresa, protegendo a cabeça de uma saraivada de lascas de madeira. Houve um movimento na sacada, um brilho de metal e então outra explosão de fumaça branca.

Aqisa a puxou do shedu.

— Desça! — gritou ela, atirando-se sobre Nahri.

No momento seguinte, o shedu se estilhaçou e outro projétil atingiu o topo com força o suficiente para parti-lo. Chocada enquanto Aqisa segurava sua cabeça contra o convés de madeira, Nahri ficou imóvel. Ela ouviu mais gritos e então outro estalo.

Tiros, reconheceu ela, finalmente, conforme lembranças do Cairo voltavam a ela. Os canhões turcos enormes, os mosquetes franceses mortais... não eram coisas que uma menina egípcia como ela, morando nas ruas e já fugindo das autoridades, jamais teria tocado, mas armas que vira e ouvira muitas vezes. O tipo de armas pouco conhecidas pelos djinns, lembrou-se Nahri, pensando no medo de Ali quando ela manuseou a pistola na residência dos Sen.

Houve mais um tiro, que acertou a base da carruagem.

Estão mirando em mim, percebeu Nahri. Ela tentou empurrar Aqisa para fora, sem sorte.

— Estão atrás de mim! — gritou ela. — Precisa tirar as crianças daqui!

Um objeto se chocou contra o convés de madeira à distância de um braço do rosto dela. Algum tipo de jarra de cerâmica quebrada, com um retalho em chamas enfiado em uma ponta. Nahri sentiu um cheiro de pinho e piche de fazer lacrimejarem os olhos quando uma lama escura escorreu para fora. Ela tocou as chamas.

A bola de fogo que explodiu foi o suficiente para chamuscar seu rosto. Nahri rolou instintivamente, arrastando uma Aqisa chocada de pé. Os pedaços se encaixaram terrivelmente em sua mente, os potes cheios de piche e as chamas desgovernadas imediatamente familiares das piores histórias de seu povo sobre os shafits.

— Fogo Rumi! — gritou ela, tentando pegar as menininhas. Outro jarro atingiu a rua e o fogo engoliu uma dupla de cavaleiros tão rapidamente que eles nem tiveram tempo de gritar. — Fujam!

Então foi o caos. As multidões ao redor se dissiparam, as pessoas forçando e empurrando para escapar das chamas que se espalhavam. Nahri ouviu a Guarda Real gritando, tentando impor a ordem quando suas zulfiqars lampejavam à luz.

Nahri engoliu o pânico. Precisavam salvar as crianças. Ela e Aqisa rapidamente as levaram para o outro lado da carruagem. Daeva sobre cavalos já haviam lançado cordas e homens subiam para ajudá-las a descer.

Aqisa agarrou o colarinho de Nahri.

— Água! — disse ela, urgentemente. — Onde fica a bomba mais próxima?

Nahri sacudiu a cabeça, tossindo enquanto tentava pensar.

— Água não funciona com fogo Rumi.

— Então *o que* funciona?

— Areia — sussurrou ela, olhando com horror crescente as ruas de pedra úmidas e os prédios de madeira que a cercavam. Areia era a única coisa que a nebulosa Daevabad não tinha em abundância.

Aqisa subitamente a puxou para trás de novo quando uma bola de metal se chocou contra a madeira onde a cabeça de Nahri estava um segundo antes.

— Estão lá em cima — avisou ela, indicando com a cabeça uma sacada. — Três deles.

Nahri ousou uma olhada rápida. Um trio de homens estava curvado dentro da estrutura de telas, dois deles armados com o que pareciam ser mosquetes.

Ódio queimou dentro dela. Pelo canto do olho, viu um soldado agnivanshi com um arco rapidamente escalando as árvores de joias da carruagem ao lado da dela. Ele se impulsionou para um dos galhos, engatilhando uma flecha com o mesmo movimento.

Ouviu-se um grito e então um dos agressores caiu da sacada, com uma flecha enterrada nas costas. O arqueiro se virou para os outros homens.

A explosão de um mosquete o derrubou. Nahri gritou enquanto o soldado caía morto no chão, o arco quicando de suas mãos.

— Desça, Nahri! — gritou Nisreen, chamando a atenção dela de novo quando outro tiro estilhaçou o convés e o restante das crianças foi levado.

Nahri saltou, Aqisa incitando-a a correr quando a carruagem se partiu ao meio devido às chamas que se espalhavam.

Uma confusão dos Daeva a puxou para o meio deles. Nisreen estava ali e começou a arrancar o chador singular de Nahri.

— Levem a Banu Nahida para longe — ordenou ela.

— Não, esperem... — Nahri tentou protestar quando mãos a empurraram sobre um cavalo. Por uma fenda na multidão, ela viu Jamshid. Ele estava cavalgando rápido, com uma intensidade perigosa, uma das mãos agarrada à sela enquanto mergulhava para pegar o arco no chão...

Uma jarra de barro com fogo Rumi o atingiu diretamente nas costas.

— *Jamshid!* — Nahri avançou para a frente quando desceu do cavalo. O casaco dele estava em chamas e o fogo dançava em suas costas. — Não!

Tudo pareceu desacelerar. Um cavalo sem montador passou galopando e o cheiro de fumaça e sangue era sufocante. Nahri se impediu de cambalear; a presença súbita de corpos lacerados, ossos quebrados e corações parando ameaçava sobrepujar seus sentidos Nahid. As ruas que seus ancestrais tinham cuidadosamente disposto estavam queimando, engolindo os frequentadores do desfile em fuga. Adiante, Jamshid estava rolando em uma tentativa inútil de apagar o fogo que se espalhava em seu casaco.

Fúria e desespero explodiram dentro dela. Nahri se desvencilhou dos Daeva que tentavam puxá-la para longe.

— Jamshid! — Pura determinação a levou para o lado dele conforme Jamshid se contorcia no chão. Sem se importar se estava arriscando-se, Nahri agarrou a ponta não queimada do colarinho dele e tirou seu casaco em chamas.

Ele gritou, o tecido incandescente levando grande pedaço da pele da parte superior das costas junto, deixando-o ensanguentado e exposto. Mas era melhor do que ser consumido por fogo Rumi – não que isso importasse; os dois estavam cercados agora, enquanto as chamas vorazmente lambiam os prédios ao redor.

Um objeto pesado caiu no chão diante dela: os restos do shedu em chamas que Nahri cavalgara para imitar seus ancestrais. Mas, conforme observava o caos ao redor dela, a impotência ameaçou sufocá-la. Ela não era Anahid. Não tinha Afshin.

Não fazia ideia de como salvar seu povo.

Afshin... como um rompante de luz, uma de suas últimas lembranças do Cairo lhe voltou: o guerreiro com olhos verdes deslumbrantes, cujo nome ela ainda não sabia, de pé em meio às tumbas de seu lar humano, erguendo os braços para conjurar uma tempestade.

Uma tempestade de *areia*. Nahri prendeu o fôlego. *Criador, por favor*, rezou ela. *Me ajude a salvar minha cidade.*

Ela inspirou, inclinando a cabeça. Agindo por instinto, Nahri tentou ver a cidade como veria um paciente, visualizando a terra entre os paralelepípedos e a poeira se acumulando em cada canto.

Então *puxou*. O vento imediatamente acelerou, açoitando suas tranças contra o rosto, mas Nahri ainda sentia resistência, seu controle sobre a magia ainda fraco demais. Ela gritou em frustração.

— Nahri — arquejou Jamshid, com a voz rouca ao agarrar a mão dela. — Nahri, não me sinto bem... — Ele engasgou, os dedos apertando os dela.

Um golpe puro de magia a atingiu com tanta força que Nahri quase caiu para trás. Ela arquejou, tentando manter o controle. Era tanto familiar quanto estranho, uma descarga como se tivesse mergulhado as mãos em um balde de gelo, e percorreu as veias dela com uma loucura selvagem, como uma criatura há muito tempo enjaulada.

E foi exatamente o empurrão de que ela precisava. Nahri não hesitou, fixando os olhos nas ruas em chamas. *Cure*, ordenou ela, puxando forte.

Cada partícula de areia da cidade de sua família correu até ela.

A areia girou em um funil acelerado de poeira sufocante. Ela exalou e a areia desabou, ocupando a rua e as carruagens destruídas, soprando em dunas contra os prédios e cobrindo os corpos de djinns e Daeva em fuga e em chamas até extinguir o fogo tão completamente quanto uma vela mergulhada em um copo d'água.

Fez o mesmo com Nahri. Ela perdeu o controle da magia e recuou, tomada pela exaustão enquanto pontos pretos irrompiam em sua visão.

— Banu Nahida!

Nahri piscou e viu Nisreen correndo na direção dela, ainda segurando seu chador alegre. Ao lado dela, Jamshid se esforçava para sentar-se, a camisa pendendo em frangalhos chamuscados sobre o peito.

E sobre as costas perfeitamente curadas.

Nahri olhava boquiaberta para a pele intocada quando soou outro estalo de mosquete. Jamshid a empurrou para baixo.

Mas o disparo não fora destinado a eles.

O tempo entre ver Nisreen correndo até os dois e sua mentora cair pareceu levar horas, como se para efetivamente gravar a cena na mente de Nahri. Ela se afastou de Jamshid, avançando até Nisreen sem nenhuma lembrança de ter se mexido.

— Nisreen! — Sangue preto já estava encharcando a túnica dela.

Nahri a rasgou.

E ficou completamente imóvel diante do ferimento na barriga. Era horrível; a arma humana danificara a carne da outra mulher de uma forma que Nahri não achava que era possível no mundo mágico.

Ai, Deus... Sem desperdiçar um momento, Nahri dispôs a mão sobre o sangue, então imediatamente recuou quando uma dor lancinante percorreu a palma de sua mão. O cheiro, a queimadura...

Os agressores tinham usado balas de ferro.

Um grito soou e os homens que restavam na sacada caíram no chão, seus corpos cheios de flechas. Nahri mal reparou. Com o coração na garganta, ignorou a dor para colocar as mãos na mentora de novo. *Cure*, implorou ela. *Cure!*

Um arranhão ensanguentado na bochecha de Nisreen imediatamente se curou, mas nada aconteceu com o ferimento da bala. O próprio projétil se destacava como uma cicatriz colérica contra o resto do corpo de Nisreen, um intruso frio e estranho.

Jamshid ajoelhou-se ao lado dela, deixando cair o arco.

— O que posso fazer? — gritou ele.

Não sei. Apavorada, Nahri observou o rosto de Nisreen; ela precisava que a mulher a guiasse. Ela precisava de Nisreen, ponto final. Lágrimas encheram seus olhos quando viu o sangue no canto da boca de sua professora, os olhos pretos quase tão cheios de choque quanto dor.

A resposta veio até ela em um instante.

— Preciso de pinças! — gritou ela para a multidão. — Uma estaca, uma lâmina, alguma coisa!

— Nahri... — A voz de Nisreen veio em sussurros de partir o coração. Ela tossiu, mais sangue escorreu de sua boca. — Nahri... ouça...

Sangue encharcava as roupas de Nahri. Alguém, ela nem se importou quem, colocou o cabo de uma faca na mão dela.

— Desculpe, Nisreen — sussurrou ela. — Isso provavelmente vai doer.

Jamshid apoiara a cabeça de Nisreen no colo. Com um horror silencioso, Nahri percebeu que ele rezava baixinho, dando os últimos ritos a ela.

Ela se recusava a aceitar aquilo. Baniu as próprias emoções. Ignorou as lágrimas que escorriam por suas bochechas e o reduzir constante e horrível das batidas do coração de Nisreen.

— Nahri — sussurrou Nisreen. — Nahri... sua...

Nahri inseriu a faca, as mãos abençoadamente firmes.

— Consegui! — Com uma descarga de sangue, ela soltou a bala. Mas o movimento lhe custou. Nisreen estremeceu e seus olhos brilharam de dor.

E então, mesmo enquanto Nahri abria os dedos sobre o ferimento, o coração de Nisreen parou. Rugindo de ódio, Nahri soltou a magia que lhe restava, ordenando que o coração batesse de novo, que os vasos rasgados e a carne em frangalhos se reconectassem.

Nada.

Jamshid caiu em lágrimas.

— O coração dela — sussurrou ele.

Não. Nahri encarou sua mentora com incredulidade. Nisreen não podia estar morta. A mulher que lhe ensinara a curar não podia ser a única pessoa que ela não conseguiria ajudar. A mulher que, apesar de muitas, *muitas* brigas, fora a coisa mais próxima de uma mãe que Nahri já tivera.

— Nisreen — sussurrou ela. — *Por favor.* — Ela tentou de novo, magia escorrendo das mãos, mas nada aconteceu. O coração de Nisreen estava parado, sangue e músculos reduzindo de velocidade conforme os pulsos claros na cabeça dela lentamente se apagavam e as habilidades de Nahri lhe diziam com clareza o que seu coração queria negar.

Nisreen se fora.

31

ALI

A LI ESCANCAROU A PORTA DO HOSPITAL, AGARRANDO A PRImeira pessoa que viu.

— A Banu Nahida! Onde ela está?

Um Parimal ensanguentado se assustou, quase soltando uma bandeja de suprimentos. Ali rapidamente o largou.

A expressão de Parimal era séria.

— Na câmara principal. Está ilesa, mas foi feio, príncipe. Muitos estão mortos.

Disso Ali sabia. Ele e Muntadhir tinham corrido até a procissão, mas as ruas estavam turbulentas e, quando finalmente chegaram, descobriram que Nahri já estava de volta ao hospital, tratando vítimas.

Muntadhir tinha ficado para trás para ajudar Jamshid a restaurar alguma ordem enquanto Ali seguiu para o hospital, passando pelas ruínas da comemoração que se tornara carnificina com desespero crescente. Os mortos permaneciam onde haviam caído, os corpos ainda sendo cobertos. Ali contara ao menos cinquenta.

Um dos mortos, Jamshid dissera a eles com tom sombrio, já fora levado silenciosamente ao Grande Templo, sua forma inerte coberta com o chador da própria Banu Nahida. O nome de Nisreen atingiu com força o coração de Ali. O escopo da violência cometida naquele dia era inimaginável.

— Se posso perguntar... — Parimal o encarava, parecendo enjoado e hesitante. — Os agressores... eles foram identificados?

Ali o encarou, ciente do que Parimal estava perguntando. Era a mesma oração terrível na parte mais sombria do coração de Ali.

— Eles eram shafits — disse ele, baixinho. — Todos eles.

Os ombros de Parimal se curvaram, sua expressão fechando-se.

— Ah, não — sussurrou ele. — É terrível, mas eu esperava...

— Eu sei — pigarreou Ali. — Onde ela está?

Parimal inclinou a cabeça.

— Na sala de exames principal.

Ali correu pelos corredores cuja construção ele pessoalmente supervisionara. Estava ansioso para ver o hospital operacional, mas Deus... não assim.

A câmara estava lotada, as cem camas cheias e mais pacientes deitados em cobertores de lã no chão. A grande maioria era de Daeva. Ele viu Nahri curvada sobre um menino chorando que era abraçado pela mãe. Ela segurava um par de fórceps e parecia remover pedaços de lascas de madeira da pele dele. Ali a observou apoiar o instrumento e tocar o rosto do menininho antes de se levantar lentamente, exaustão em cada linha do corpo. Ela se virou.

Assim que os olhos deles se encontraram, o rosto de Nahri se fechou em luto. Com o coração doendo, Ali correu até ela. Nahri tremia, sacudindo a cabeça e parecendo precisar de cada gota de força que tinha para não chorar.

— Não posso — disse ela, engasgada. — Não aqui.

Sem palavras, Ali pegou sua mão. Nahri não resistiu, deixando que ele a levasse para fora da sala, até o jardim. Mal tinham fechado a porta quando ela caiu em lágrimas.

— Eles mataram Nisreen — chorou ela. — Atiraram nela e eu não pude fazer nada. Não pude...

Ali a envolveu com os braços. Nahri começou a chorar mais forte e os dois desceram lentamente até o chão.

— Ela me ensinou tudo — arquejou Nahri entre os soluços. — *Tudo*. E não pude fazer absolutamente nada para salvá-la. — Ela tremia violentamente contra ele. — Ela estava com medo, Ali. Eu podia ver em seus olhos.

— Sinto muito, Nahri — sussurrou ele, sem saber o que mais dizer. — Sinto tanto, tanto. — Sem saber o que mais fazer, ele simplesmente a abraçou enquanto Nahri chorava, suas lágrimas encharcando o dishdasha dele. Ali ansiava por fazer alguma coisa, *qualquer coisa* que tornasse aquilo melhor.

Ele não soube por quanto tempo ficaram sentados ali quando a chama para a oração asr soou. Ali fechou os olhos úmidos, deixando o chamado do muezim percorrer seu corpo. Aquilo trouxe algum equilíbrio de volta a seu espírito. O ataque daquele dia fora terrível, mas a adhan ainda era entoada. O tempo não parava em Daevabad, e caberia a eles se certificarem de que aquela tragédia não destruísse a cidade.

A adhan pareceu trazer Nahri de volta a si também. Ela tomou um fôlego trêmulo, afastando-se para limpar os olhos.

E então encarou as mãos, parecendo completamente perdida.

— Não sei o que dizer a eles — murmurou ela, aparentemente tanto para si quanto para Ali. — Eu disse a meu povo que podiam confiar nos shafits. Mas acabamos de ser atacados com armas humanas, com fogo Rumi, quando estávamos comemorando *nossa* festa em *nossa* cidade. — A voz dela soava vazia. — Como posso me chamar de Banu Nahida se não posso proteger meu próprio povo?

Ali estendeu a mão, segurando o queixo dela.

— Nahri, você não é responsável por isso. De modo algum. Algumas almas degeneradas exploraram uma fraqueza da segurança que, para ser sincero, deveríamos ter eliminado desde a primeira vez em que aquelas malditas armas apareceram nesta cidade. Não tem a ver com você se aproximar dos shafits, não tem a ver com sua posição como Banu Nahida. Você salvou vidas — assegurou ele. — Soube do que fez para apagar o fogo. Acha que alguém além de uma Banu Nahida conseguiria fazer aquilo?

Nahri não parecia ouvi-lo, perdida em qualquer que fosse a escuridão que anuviava sua mente.

— Isso não pode acontecer de novo — murmurou ela. — Nunca mais. — Sua expressão se afiou abruptamente, seus olhos se fixaram nos dele. — A mulher que avisou você... onde ela está? Quero falar com ela.

Ali sacudiu a cabeça.

— Ela não sabia mais nada.

— Obviamente sabia o suficiente! — Ela se desvencilhou das mãos dele. — Talvez você não pudesse obter mais nenhuma informação dela, mas aposto que eu consigo.

A vingança na voz dela o abalou.

— Ela não estava por trás disso, Nahri. E eu não conseguiria encontrá-la mesmo que tentasse.

— Então qual é o nome dela? Pedirei que meu povo a procure se você não quer.

Gelo rastejou sobre a pele de Ali. Naquele momento, teria feito quase qualquer coisa para ajudar Nahri... menos aquilo. Ele mordeu o lábio, lutando para encontrar palavras.

— Nahri, sei que está de luto...

— *Sabe*? — Ela se impulsionou para longe dele. — O que você sabe sobre luto? — Seus olhos úmidos brilharam. — Quem *você* perdeu, Ali? Quem morreu em seus braços? Quem você implorou para que voltasse, para que olhasse para você uma última vez? — Ela se levantou cambaleando. — Os Daeva sangram, os shafits sangram e os Geziri continuam de pé. Seguros nos desertos de sua terra, seguros aqui no palácio.

Ali abriu e fechou a boca, mas não era uma acusação que ele podia refutar.

— Nahri, por favor — implorou ele. — Nós... nós consertaremos isso.

— E se não conseguirmos? — A voz dela falhou com exaustão. — E se Daevabad estiver quebrada de uma forma que não pode ser consertada?

Ele sacudiu a cabeça.

— Eu me recuso a acreditar nisso.

Nahri apenas o encarou. O ódio tinha sumido, substituído por uma pena que fez Ali sentir-se ainda pior.

— Você deveria partir, Alizayd. Escapar deste lugar terrível enquanto ainda pode. — Amargura contraiu as feições dela. — Eu sei que eu fugiria. — Nahri se virou para a porta. — Preciso voltar para meus pacientes.

— Nahri, espere! — Ali se levantou em um salto. — *Por favor*. Vou consertar isso. Eu juro por Deus.

Ela o empurrou para passar.

— Não pode consertar isso. — Ela abriu a porta. — Volte para Am Gezira.

Lubayd e Aqisa estavam esperando por ele quando saiu do hospital.

Lubayd olhou para Ali uma vez e então segurou seu braço.

— Ela está bem?

A boca dele estava seca.

— Está viva.

Volte para Am Gezira. Subitamente, em um momento de fraqueza, Ali não quis outra coisa que não isso. Seria fácil. A cidade estava um caos; os três poderiam sair de fininho em um instante. O pai não o culparia – mandara Ali partir e provavelmente se sentiria bastante aliviado por não ter que obrigar o filho a obedecer a seus desejos. Poderia estar de volta a Bir Nabat em semanas, longe de Daevabad e seu constante e sangrento sofrimento.

Ele esfregou os olhos. Adiante, a visão do acampamento shafit chamou sua atenção. Tinha sido reconstruído – expandido – depois do ataque e estava fervilhando agora com trabalhadores tensos entrando e saindo do hospital.

Um medo doentio tomou seu coração. Os Daeva tinham atacado aquele lugar antes, matando uma série de pessoas pela morte de um único homem.

O que fariam com os shafits pela destruição trazida naquele dia?

Eles poderiam entrar em guerra. Era a preocupação constante de seu pai, Ali sabia. Os Daeva e os shafits constituíam a maioria de Daevabad, ultrapassando completamente o restante dos djinns em número, e a Guarda Real poderia não ser capaz de impedi-los. Ghassan talvez nem estivesse inclinado a deixar que *tentassem* impedi-los. Ali conhecia o cálculo frio do mundo deles; a Guarda seria enviada para vigiar os demais quarteirões e manter os sangues-puros das tribos de djinns a salvo enquanto os "adoradores do fogo" e os "mestiços" travavam sua luta final.

Mas seu primeiro instinto será impedir isso. Cruelmente sufocar qualquer coisa que possa escalonar.

A porta se abriu de novo e Subha saiu para juntar-se a eles.

A médica respirou fundo.

— Não achei que jamais veria algo pior do que o ataque ao acampamento — confessou ela, como cumprimento. — Não consigo imaginar os demônios que planejaram tal coisa. Atacar um desfile cheio de crianças.

Eles mesmos eram crianças poucos anos antes. Ali sabia, no fundo do coração, que aquilo podia ser rastreado até os

Tanzeem. As poucas almas deturpadas que tinham visto seu sheik ser assassinado, seu orfanato queimado, e então seus irmãos e irmãos adotivos morrendo no lago de Daevabad, exatamente como a irmã Fatumai dissera.

— Acho que os sobreviventes estão fora de perigo por enquanto — continuou Subha, com a expressão pesada. — Queria ter estado lá — disse ela, baixinho. — Lady Nisreen... Eu provavelmente poderia ter tirado a bala.

— Por favor, não conte isso a Nahri — disse Ali, rapidamente.

Subha sacudiu a cabeça.

— Garanto a você que já está na mente dela. Quando você perde um paciente daquela forma, jamais para de se perguntar o que poderia ter feito diferente. E se é alguém que ama...

Ali se encolheu.

— Você pode ficar com ela? — perguntou ele. — Com Nahri?

— Aonde você vai?

Ele hesitou, tentando pensar.

— À Cidadela — decidiu, por fim. Não era bem-vindo no hospital e não confiava no pai para não trancafiá-lo se voltasse ao palácio. — Quero ver o que podemos fazer para manter as pessoas longe dos pescoços umas das outras enquanto entendemos quem é responsável por isso.

Aqisa semicerrou os olhos.

— Você tem permissão de entrar na Cidadela?

Ali respirou fundo.

— Acho que estamos prestes a descobrir exatamente quanto eu sou popular com a Guarda Real.

Os soldados no portão certamente não o impediram de entrar; pelo contrário, alívio evidente estampou os rostos de alguns.

— Príncipe Alizayd — cumprimentou o primeiro homem. — Que a paz esteja com você.

— E com você a paz — respondeu Ali. — O qaid está aqui?

O homem sacudiu a cabeça.

— Acaba de desencontrá-lo, ele voltou para o palácio. — O homem pausou. — Parecia irritado. Saiu às pressas daqui com alguns dos oficiais mais altos.

O estômago de Ali se revirou, sem saber o que pensar disso. Ele assentiu e então seguiu em frente, caminhando para o coração da Cidadela, o lugar que de muitas formas fora um lar mais verdadeiro para ele do que o palácio. Sua torre se elevava imponente, contrastando com o pôr do sol.

Um punhado de oficiais geziris estava logo no interior, discutindo em voz alta sobre um pergaminho. Ali reconheceu todos, principalmente Daoud, o oficial que fizera questão de agradecer pelo poço de sua aldeia assim que Ali chegara a Daevabad.

— Príncipe Alizayd, graças a Deus — disse o homem quando o viu.

Ali avançou até eles com cautela, erguendo a mão para impedir que Lubayd e Aqisa o seguissem. Ele estava ali como soldado agora, não um civil da longínqua Am Gezira.

— O qaid foi ao palácio?

Daoud assentiu.

— Recebemos ordens do rei que o perturbaram.

— Que ordens? — perguntou Ali, imediatamente preocupado.

Barghash, um dos capitães mais francos e ousados, falou.

— Ele quer que devastemos o bairro onde o ataque ocorreu. É desnecessário. Encontramos os shafits que moravam nos apartamentos com as gargantas cortadas. Os agressores devem tê-los matado. E os próprios agressores estão mortos! Querem que massacremos bandos de shafits por nenhum motivo além de...

— Basta — interrompeu Abu Nuwas. — Você fez um juramento de obedecer ao rei quando se juntou à Guarda.

— Esse não foi exatamente o juramento — corrigiu Ali.

— Ele jurou servir a Deus e à segurança de seu povo. E os shafits são nosso povo também.

Abu Nuwas deu um olhar irritado para ele.

— Com todo o respeito, príncipe Alizayd, você não tem hierarquia aqui. Nem mesmo deveria *estar* aqui. Posso pedir que seja escoltado até o palácio, se quiser.

A ameaça era clara e Ali viu mais do que alguns homens fecharem a cara... embora os olhares afiados não fossem direcionados a ele.

Ali hesitou, Muntadhir e Zaynab vindo à mente. O pai deles. Bir Nabat e a vida que poderia ter vivido.

Que Deus me perdoe. Que Deus me guie.

— Sinto muitíssimo, Abu Nuwas — disse ele, baixinho. Sua mão desceu até a khanjar. — Mas não vou voltar para o palácio.

Ele golpeou o homem na cabeça com o cabo da lâmina.

Abu Nuwas caiu inconsciente na terra. Dois oficiais imediatamente levaram as mãos às zulfiqars, mas estavam em menor número e os oficiais remanescentes e vários homens da infantaria avançaram e os prenderam.

— Por favor, certifiquem-se de que ele fique bem — prosseguiu Ali, mantendo a voz calma. Ele pegou o pergaminho no chão, correndo os olhos pela ordem repulsiva com a assinatura do pai clara na base.

O pergaminho pegou fogo na mão dele e Ali o soltou no chão. Ele olhou para os soldados chocados ao seu redor.

— Não me juntei à Guarda Real para assassinar inocentes — disse ele, simplesmente. — E nossos ancestrais certamente não vieram até Daevabad para devastar lares shafits enquanto os filhos deles dormem no interior. — Ele elevou a voz. — *Manteremos a paz*, entendido? É tudo o que vai acontecer agora.

Houve um momento de hesitação entre os homens. O coração de Ali acelerou. Aqisa levou a mão à arma...

Então Daoud assentiu, rapidamente fazendo a saudação geziri.

— Seu príncipe emitiu um comando — declarou ele.

— Sentido!

Os soldados no pátio, a princípio lentamente e então movendo-se à velocidade com que teriam obedecido Wajed, ocuparam seus lugares.

Daoud fez uma reverência.

— O que quer que façamos?

— Precisamos manter o distrito shafit em segurança. Não quero ninguém buscando vingança esta noite. Os portões para a midan precisarão ser fechados e fortificados, rápido. Precisarei mandar uma mensagem ao rei. — *E aos meus irmãos*, acrescentou ele, silenciosamente rezando para que tivesse feito mais progresso do que pensava enquanto discutia com eles no armário.

— E quanto ao Quarteirão Geziri? — perguntou Daoud. — Não há portões nos separando dos shafits.

— Eu sei. — Ali respirou fundo, considerando as opções e subitamente desejando ter tramado um pouco mais com Zaynab. Ele mexeu nas contas de oração em seu punho. Com o apoio de quem *poderia* contar?

Seus dedos pararam sobre as contas.

— Preciso que me tragam todo muezim geziri que conseguirem encontrar.

NAHRI

VOCÊ É UMA BOA BANU NAHIDA.

As palavras de Nisreen na outra noite ecoavam na mente de Nahri conforme ela encarava a pia. *Uma boa Banu Nahida.* O choque no rosto da mentora, a forma como a faísca – o sarcasmo, a paciência cansada, tudo que a tornava Nisreen – tinha sumido dos olhos escuros dela, as mãos que guiavam Nahri agora frias no silêncio do Grande Templo.

— Você precisa de uma pausa. — A voz de Subha a arrancou dos pensamentos. Ela atirou uma toalha para Nahri. — Poderia ter lavado a mão cem vezes no tempo em que ficou aqui encarando a água.

Nahri sacudiu a cabeça, secando as mãos e amarrando de novo o avental.

— Estou bem.

— Não foi uma pergunta. — Nahri olhou para a outra médica, sobressaltada, e só viu determinação nos olhos dela. — Não queria trabalhar com outra curandeira? Pois bem, estou agindo no interesse de seus pacientes. Não está apta a tratar ninguém agora.

Antes que Nahri pudesse protestar, a médica a pegou pelo braço e quase a empurrou para um sofá baixo. Uma xícara de chá e uma bandeja de comida esperavam em uma mesa próxima.

Subha assentiu para ela.

— Os trabalhadores do acampamento têm trazido comida e roupas. Eles acharam que seu povo poderia precisar.

O gesto a comoveu.

— Isso foi gentil — disse ela, baixinho. Pegou o chá, cansada demais para resistir, e tomou um gole.

Subha se sentou ao seu lado e suspirou, limpando uma linha de cinzas da sobrancelha manchada de suor.

— Se eu ainda não disse, sinto muitíssimo. — Ela sacudiu a cabeça. — Conversei um pouco com Lady Nisreen ontem à noite. — Um pequeno sorriso brincou nos lábios da médica. — Foi um confronto leve; no todo, ela parecia muito capaz e muito gentil.

Nahri encarou o chá.

— Ela me ensinou tudo o que sei sobre as ciências Nahid. — A emoção embargou sua voz. — Era o mais próximo de uma família que eu tinha em Daevabad e não pude salvá-la.

Subha tocou a mão dela.

— Não se perca em meio ao que poderia ter feito por um paciente, principalmente um que você amava. — Ela pigarreou. — Acredite que falo por experiência. Depois de meu pai... eu me senti inútil. Desperdicei semanas com autopiedade e luto. Você não tem semanas. Seu povo precisa de você.

Nahri assentiu, encontrando alívio nas palavras diretas. Eram certamente mais úteis do que chorar nos ombros de Ali no jardim.

Fraqueza. Fora assim que Nisreen chamara Ali e claramente estava certa. Se Nahri fosse a Banu Nahida de que seu povo precisava, teria arrancado o nome daquela informante dos lábios de Ali.

— Banu Nahida? — chamou uma voz familiar do bando de pessoas que se agitavam na entrada da câmara de exames.

Jamshid. Alguém devia ter dado a ele uma camisa, mas estava coberta de sangue e cinzas, e ele parecia tão exausto quanto

Nahri se sentia. O olhar dele recaiu sobre ela, então Jamshid atravessou a sala em segundos, com tanta agilidade que Nahri quase soltou a xícara de chá. As queimaduras eram o menor dos problemas – Jamshid não estava nem mesmo *mancando*.

— *Jamshid?* — arquejou ela, olhando-o de cima a baixo. Mais de perto agora, Nahri podia ver que ele estava trêmulo, seus olhos brilhando com um pânico mal contido.

Subha franziu a testa.

— Nahri disse que você foi atingido por fogo Rumi e se queimou feio. — Ela ficou de pé, estendendo a mão para ele. — Gostaria que nós...

Ele recuou.

— Estou bem — disse ele, rouco. — Muito, muito bem — acrescentou o jovem, parecendo levemente histérico. — Como vocês estão?

Nahri o encarou. Certamente não *soava* bem.

— Estamos fazendo o possível — respondeu ela. — Terminaram no local da procissão?

Jamshid assentiu.

— A contagem final é de 86 mortos — disse ele, baixinho. — Muntadhir e o rei estavam partindo quando eu vim. Só encontraram três agressores.

— Quase cem pessoas mortas pelas mãos de *três*? — Nahri abaixou o chá, suas mãos trêmulas. — Não entendo como isso poderia ter acontecido.

— Nunca aconteceu antes — disse Jamshid, com a voz triste. — Acho que ninguém esperava nada assim.

Nahri sacudiu a cabeça.

— Fico feliz por ter estado presente quando o povo de Daevabad descobriu um jeito ainda pior de matar uns aos outros.

Jamshid se aproximou, apoiando a mão no ombro dela.

— Sinto muito por Nisreen. — Ele piscou para conter lágrimas. — Não posso nem acreditar. É difícil imaginar voltar para a enfermaria e não a ver ali.

Nahri deu de ombros para evitar que sua voz embargasse.

— Teremos que dar um jeito. Nosso povo precisa de nós.

Ele corou.

— Está certa, é claro. Banu Nahri... se as coisas estão sob controle aqui, você tem um minuto para conversar? Sozinha? — esclareceu ele, indicando o corredor.

— É claro. — Nahri se levantou. — Se me dá licença, doutora Sen.

Assim que eles saíram, Jamshid se virou para ela.

— Nahri, tem certeza de que era fogo Rumi naqueles recipientes?

Ela ficou tão surpresa com a pergunta quanto com o medo nos olhos dele.

— Sim? Quero dizer, o que mais poderia queimar daquela forma?

Ele estava retorcendo as mãos.

— Acha que poderia ter outra coisa ali dentro? Algum tipo de... não sei... soro de cura?

Ela piscou.

— Por causa de suas costas? — No caos do ataque e da morte de Nisreen, Nahri mal pensara em quão rápido as queimaduras de Jamshid tinha sumido.

Ele ficou pálido.

— Não, não só por causa de minhas costas... — A boca dele se abriu e fechou como se estivesse lutando para encontrar palavras. — Nahri, você vai achar que estou louco, mas...

— Banu Nahida! — Foi Razu desta vez. — Precisa vir rápido — disse ela, trocando para tukharistani. — O pai deste aqui está fazendo um escândalo do lado de fora.

Jamshid se virou para Razu.

— Então diga a ele que espere!

Assim que as palavras saíram dos lábios, Jamshid arquejou, tapando a boca com a mão. Os olhos de Nahri se arregalaram. Ele acabara de falar com uma imitação perfeita do antigo dialeto de tukharistani de Razu – uma língua que ela não ouvira uma alma, além de Razu e ela mesma, falarem.

— Jamshid, como você...

— Jamshid! — Kaveh vinha correndo pelo corredor. — Banu Nahida! Venham, não há tempo a perder!

Jamshid ainda parecia chocado demais para falar, então Nahri respondeu.

— Qual é o problema?

Kaveh estava pálido.

— É o emir.

Jamshid estava em pânico absoluto conforme galopavam na direção da midan; o que quer que estivesse tentando dizer a ela obviamente sumira de sua mente.

— Como assim ele desabou? — ele indagou a Kaveh de novo, gritando mais alto que o bater dos cascos.

— Contei tudo que sei — respondeu Kaveh. — Ele queria parar e visitar sobreviventes fora do Grande Templo, então desmaiou. Nós o trouxemos para dentro e vim buscar vocês assim que pude.

Nahri apertou as pernas em volta do cavalo, agarrando as rédeas enquanto o Quarteirão Geziri passava com um borrão.

— Por que não o trouxeram até a enfermaria ou o hospital?

— Desculpem, não estávamos pensando.

Eles passaram pelo Portão Geziri. A midan era esquisita vazia, assim como muitas das ruas estiveram, brilhando fraco na noite que avançava. Deveria estar cheia de comemorações, com Daeva que tinham exagerado na cerveja de ameixa dançando nas fontes e crianças conjurando fogos de artifício.

Em vez disso, estava completamente silenciosa, o cheiro de carne queimada e fumaça pairando no ar empoeirado. Um carrinho de mão vendendo delicadas guirlandas de flores de vidro soprado estava caído de lado. Nahri temia que houvesse uma

boa chance de seu dono estar deitado sob uma das 86 morta-
lhas encharcadas de sangue do lado de fora do Templo.

O som de canto subitamente chamou a atenção dela.
Nahri ergueu a mão, diminuindo a velocidade do cavalo. Era
a entoação da chamada para a oração... mas a isha já tinha sido
chamada. Também não era em árabe, percebeu ela.

— Isso é geziriyya? — sussurrou Jamshid. — Por que os
muezins chamariam em geziriyya? E por que agora?

Kaveh ficara mais pálido.

— Acho que deveríamos ir para o Templo. — Ele impulsionou o cavalo para o Portão Daeva, as duas estátuas de shedus
projetando sombras bizarras contra as paredes de cobre da midan.

Não tinha chegado à metade do caminho quando uma
fileira de cavaleiros avançou para interceptá-los.

— Grão-vizir! — gritou um homem. — Pare.

O qaid, percebeu Nahri, reconhecendo-o. Seis membros da
Guarda Real estavam com ele, armados com cítaras e zulfiqars,
e mais quatro arqueiros saíram dos outros portões. Seus arcos
ainda não estavam sacados, mas um sussurro de medo percorreu
Nahri mesmo assim.

— Qual é o significado disso? — indagou ela. — Deixe-
nos passar. Preciso chegar ao Grande Templo e me certificar
de que meu marido ainda esteja respirando!

Wajed franziu a testa.

— Seu marido não está nem perto do Grande Templo. O emir
Muntadhir está no palácio. Eu o vi logo antes de partirmos.

Jamshid impeliu o cavalo adiante, parecendo não notar a forma
como os soldados instantaneamente levaram as mãos às lâminas.

— Ele está bem? Meu pai disse que ele havia passado mal
no Grande Templo.

A confusão estupefata no rosto de Wajed e um rubor de
culpa no de Kaveh foram tudo de que Nahri precisava.

— Você mentiu para nós? — indagou ela, virando-se para
o grão-vizir. — Por que em nome de Deus faria tal coisa?

Kaveh se encolheu, parecendo envergonhado.

— Desculpe — disse ele, às pressas. — Precisava levar vocês para segurança e foi a única forma em que consegui pensar para fazer os dois saírem do hospital.

Jamshid se aproximou, parecendo chocado e ferido.

— Como pôde me deixar acreditar que ele estava ferido?

— Desculpe, meu filho. Eu não tinha...

Wajed interrompeu.

— Não importa. Nenhum de vocês irá para o Grande Templo. Tenho ordens para escoltar os dois para o palácio — disse ele, com um aceno para Kaveh e Nahri. Ele hesitou, parecendo cansado e desgastado por um minuto, antes de prosseguir. — Jamshid, você vem comigo.

Kaveh imediatamente se colocou na frente do filho e de Nahri.

— Como é?

O chamado soou de novo, ondas assustadoras de geziriyya quebrando o silêncio tenso. Wajed enrijeceu e um músculo estremeceu em seu rosto, como se o que quer que estivesse sendo dito lhe causasse dor. Ele não foi o único. Metade dos homens era Geziri e eles também pareciam visivelmente inquietos.

Um avançou, o único arqueiro geziri de pé sob a moldura do Portão Tukharistani vizinho. Ele gritou algo na língua deles. Wajed devolveu uma resposta curta.

O arqueiro claramente não foi tranquilizado. Ele replicou, apontando para eles e então para o portão que dava nos bairros shafits. Nahri não fazia ideia do que ele estava dizendo, mas parecia ter surtido efeito. Os outros Geziri se agitaram desconfortavelmente, dois deles lançando olhares hesitantes um para o outro.

Abruptamente, o arqueiro jogou o arco no chão e deu meia-volta. Mas não foi longe – com uma única palavra breve de Wajed, outro soldado o matou.

Nahri arquejou e Jamshid sacou a espada, imediatamente aproximando-se dela.

Mas o qaid não estava preocupado com eles, e sim olhando com raiva para seus homens.

— Essa é a pena por traição, entenderam? Não haverá prisões e nenhum perdão. Não me importo com o que ouçam. — Ele olhou para os soldados. — Só recebemos ordens de um homem em Daevabad.

— Em nome do Criador, o que está acontecendo, Wajed? — indagou Nahri de novo. Ela, Kaveh e Jamshid tinham se aproximado o máximo que podiam com os cavalos.

— Pode direcionar suas perguntas ao rei quando o vir. — Wajed hesitou. — Perdoe-me, Banu Nahida, mas tenho minhas ordens.

Ele ergueu a mão e o resto dos arqueiros sacou os arcos, as flechas apontadas para os Daeva.

— Espere! — gritou Nahri. — O que está fazendo?

Wajed sacou duas algemas de ferro do cinto.

— Como eu disse, o rei solicitou que você e Kaveh sejam levados até ele. Jamshid deve vir comigo.

— *Não.* — Kaveh soava desesperado. — Ghassan não vai levar meu filho. Não de novo.

— Então tenho instruções de matar vocês três — disse Wajed, baixinho. — Começando pela Banu Nahida.

Jamshid desceu da sela.

— Leve-me — disse ele, imediatamente, soltando a espada no chão. — Não os machuque.

— Não! Wajed, *por favor*, imploro a você — suplicou Kaveh. — Apenas deixe-o ficar comigo. Não somos uma ameaça para você. Certamente o que quer que Ghassan tenha a dizer para mim e Nahri...

— Tenho minhas ordens, Kaveh — interrompeu Wajed, não com grosseria. — Levem-no — disse ele aos homens, então olhou para Nahri. — E sugiro que você mantenha qualquer possível tempestade de areia para si. Somos todos muito rápidos com nossas armas. — Ele jogou as algemas para ela. — Vai colocá-las se você se importa com as vidas deles.

Kaveh avançou para o filho.

— Jamshid!

Um soldado bateu na nuca dele com força com a parte cega da lâmina e Kaveh desabou no chão.

— Baba! — Jamshid avançou para o pai, mas não deu dois passos antes que um par de homens o agarrasse, levando uma faca a seu pescoço.

— A escolha é sua, Banu Nahida — disse Wajed.

O olhar de preocupação de Jamshid desviou entre a forma caída do pai e Nahri.

— Deixe que me levem, Nahri. Por favor. Posso cuidar de mim mesmo.

Não. Pensando rapidamente, ela se virou de volta para Wajed.

— Quero falar com meu marido — insistiu ela. — O emir jamais permitiria isso!

— O emir não me dá ordens — respondeu Wajed. — As algemas. *Agora* — insistiu ele enquanto a faca era pressionada com mais força contra o pescoço de Jamshid.

Nahri xingou baixinho, mas as colocou. O ferro queimava contra sua pele. Sua magia não se fora, mas estava suprimida. Um par de soldados imediatamente avançou sobre ela, amarrando seus pulsos com força de forma que ela não conseguisse tirar as algemas.

Nahri olhou para Wajed.

— Vou matar você se o ferir. Juro para você, qaid, pelas cinzas de meus ancestrais. Matarei seu rei e depois matarei você.

Wajed apenas inclinou a cabeça. Outro par de soldados amarrava as mãos de Jamshid.

— Vou soltar você — declarou ela. — Prometo. Vou contar a Muntadhir.

Jamshid engoliu em seco.

— Cuide de você primeiro. Por favor, Banu Nahida! — gritou ele conforme o puxavam para longe. — Precisamos de você viva!

33

ALI

De uma janela no alto da torre de pedra da Cidadela, Ali observava o lago abaixo. Aquela noite sem lua estava mais escura do que o normal, um painel preto perfeitamente calmo refletindo o céu. Ao longe, um círculo estreito de praia dourada era tudo o que a separava das montanhas igualmente escuras.

Ele inspirou. O ar frio era revigorante.

— Os portões estão fechados?

— Sim, meu príncipe — respondeu Daoud. — O distrito shafit está tão seguro quanto é possível. O portão no Grande Bazar foi selado com magia e fortificado com barras de ferro. Nosso povo fez o mesmo. — Ele pigarreou. — Seu discurso recitado pelos muezins teve um belo efeito.

Este meu discurso será a primeira acusação que lerão em meu julgamento. Ali tinha ordenado que os planos cruéis do pai fossem revelados a todo o Quarteirão Geziri: cantado pelos muezins e gritado por cada imã e sheik que o conhecia – clérigos respeitados em cujas palavras todos acreditariam. Os planos foram seguidos por um chamado muito mais simples:

Ghassan al Qahtani pede que vocês compactuem com o massacre de seus semelhantes shafits.

Zaydi al Qahtani pede que o impeçam.

O plano teve o efeito desejado... até mais do que Ali antecipara. Se seu povo estava sentindo-se nostálgico pela causa honrada que os levara a Daevabad, se estava farto de corrupção ou se simplesmente acreditava que o assassino de Afshin que perambulava pelas terras deles cavando poços e partindo pão com seus parentes era o homem certo a seguir, Ali não saberia dizer. Mas tinham se revoltado, homens e mulheres geziris saindo às ruas e pegando qualquer soldado que tentasse impedi-los de ir para o distrito shafit. Os dois bairros estavam agora sob seu controle, uma mistura de soldados leais a Ali e civis bem armados ocupando posições por eles.

— O hospital? — perguntou ele, inquietação subindo em seu coração. — A Banu Nahida...

— Tinha acabado de sair — respondeu Daoud. — Com o grão-vizir e o filho dele. Aparentemente estavam com alguma pressa. Temos soldados posicionados do lado de fora do hospital, mas, por suas ordens, ninguém vai entrar. A escrava liberta Razu está vigiando a entrada e ameaçando transformar em aranha qualquer um que a irrite. — O homem disse essas palavras com um olhar nervoso, como se esperasse que Razu surgisse e o transformasse em um inseto ali mesmo.

— Bom. Torne público que, se um único Daeva for ferido esta noite por um de nossos homens, eu executarei o agressor pessoalmente. — Pensar nos Daeva feridos ainda dentro do hospital deixou Ali enjoado. Ele não conseguia imaginar como deviam ter ficado apavorados ao descobrir que estavam presos no prédio enquanto os bairros vizinhos se rebelavam sob a liderança do assassino de Afshin.

O olhar de Ali recaiu sobre a mesa de Wajed. Precisando de acesso aos mapas da cidade, Ali ocupara o escritório do qaid, mas fazer isso parecia arrancar um pedaço do seu coração. Ele não conseguia ficar naquela sala sem lembrar-se das horas que passara encenando batalhas com pedras e gravetos quando criança enquanto o qaid trabalhava acima dele. Lera cada livro ali e examinara cada diagrama de batalha. Wajed o sabatinava com uma afeição muito mais carinhosa do que seu próprio pai jamais fizera.

Ele nunca vai me perdoar por isso, sabia Ali. Wajed era leal até o fim, o companheiro mais próximo do pai desde a infância compartilhada pelos dois.

Ele se virou para Lubayd.

— Acha mesmo que Aqisa consegue entrar de fininho no harém?

— Acho que Aqisa pode fazer praticamente tudo o que se dispõe a fazer — respondeu Lubayd. — Provavelmente melhor do que você ou eu.

Ótimo. Ali precisava que Aqisa levasse a carta a Zaynab; pelo menos sua irmã tentaria ajudá-lo, disso ele sabia.

— Com a vontade de Deus, minha irmã pode convencer Muntadhir a nos apoiar.

— E então? — Lubayd cruzou os braços. — *Você* tomou a Cidadela. Por que vai entregá-la de volta a alguém, ainda mais o irmão com quem tem brigado há meses? — O olhar dele ficou afiado. — As pessoas não estão tomando as ruas para tornar Muntadhir rei, Ali.

— E eu não estou fazendo isso para ser rei. Quero meu irmão e minha irmã ao meu lado. *Preciso* deles ao meu lado. — Pois tinha quase certeza de que seu pai tinha um plano em curso para o caso de Ali rebelar-se e tomar a Cidadela. Ele deixara sua oposição ao rei bastante clara e não era segredo que era benquisto pelos soldados com quem havia crescido. Conhecia o pai; de jeito algum Ghassan não tinha pensado em uma estratégia para miná-lo.

Mas Muntadhir, seu emir devotamente leal? A princesa Zaynab, proclamada a luz de seus olhos? Ali suspeitava que a reação do pai seria mais triste, lenta e emocional. Ali podia ter tomado a Cidadela, mas o sucesso dependia de seus irmãos. A *vida* dele dependia de seus irmãos. Oferecera termos ao pai – uma carta delineando os passos que queria tomar para garantir a segurança enquanto investigavam o ataque –, mas soube assim que ordenou que os muezins revelassem os planos de Ghassan para os shafits que não havia retorno. Seu pai não perdoaria tal quebra de lealdade.

— Rezo para que seu irmão tenha mais bom senso do que você. — Era Abu Nuwas, amarrado no chão e muito irritado. Ali o levara para cima no que suspeitava que seria um esforço inútil para descobrir o que o pai poderia fazer em seguida. — Seu tolo inconsequente. Deveria ter ido até seu pai pessoalmente em vez de fazer com que as acusações fossem lidas em voz alta. Esse não é o modo de nosso povo.

— Eu diria que um número razoável de Geziri discorda de vocês — argumentou Ali. — Assim como a maioria da Guarda.

Abu Nuwas riu com escárnio.

— Você ofereceu dobrar os salários deles. Eu evitaria o sermão moral se fosse você, príncipe Alizayd.

— Meu pai errou quando escolheu deixar seu exército passar fome em vez de forçar os ricos a pagarem sua parte. — Ali tamborilou os dedos na mesa, inquieto. Não havia muito a fazer a não ser esperar por uma resposta do palácio, mas cada minuto se arrastava como uma hora.

Você deveria aproveitá-los, pensou ele, sombriamente. *Há uma forte possibilidade de serem seus últimos minutos.* Ele caminhou de um lado para outro diante da janela, contemplando suas opções. Devia ser quase meia-noite.

Um par de moscas voou preguiçosamente além de seu rosto. Ali as abanou para longe, mas um movimento chamou sua atenção do lado de fora da janela, junto com um zumbido crescente. Ele foi até o batente.

Lubayd se juntou a ele.

— O que é *aquilo*?

Ali não respondeu. Estava tão chocado quanto o amigo. O que pareciam ser centenas, talvez até milhares de moscas formavam um enxame acima do lago, zumbindo e disparando conforme subiam cada vez mais alto, movendo-se como ondas deslizantes na direção da cidade.

Mais algumas entraram pela janela. Lubayd capturou uma e a sacudiu com força para deixá-la zonza. A mosca caiu no parapeito de pedra.

— Parece uma mosca de areia, como aquelas que temos lá em casa. — Lubayd cutucou o inseto e a mosca se desfez em cinzas. — Uma mosca da areia *conjurada*?

Ali franziu a testa, passando um dedo sobre os restos.

— Quem se incomodaria em conjurar um enorme enxame de moscas da areia? — Será que era algum tipo de tradição bizarra do Navasatem que ele não conhecia? Ele se inclinou para fora da janela para observar as últimas moscas passarem pelo lago para dentro da própria cidade.

Então congelou. Escondida pela massa retorcida de moscas acima, *outra* coisa tinha começado a se mover que não devia estar se mexendo. Ali abriu a boca para gritar um alerta.

Uma presença ganhou vida com um trovão dentro de sua mente.

Ele caiu de joelhos com um arquejo; o mundo ficou cinza. Ali segurou a cabeça, gritando de dor conforme o suor brotava por seu corpo. Um grito que não era um grito, um aviso urgente em uma língua sem palavras, sibilado na mente dele, incitando-o a correr, nadar, fugir.

Sumiu quase tão rápido quanto chegou. Lubayd o estava segurando, chamando seu nome conforme ele se apoiava no parapeito.

— O que aconteceu? — indagou ele, sacudindo o ombro de Ali. — Irmão, fale comigo!

Subitamente, todas as moscas na sala caíram mortas, uma chuva de cinzas descendo em volta deles. Ali mal notou, seu olhar fixo na janela.

O lago se movia.

A água morta tremia, livrando-se da quietude conforme o lago dançava, pequenas ondas e correntes brincando na superfície. Ali piscou, convencido de que seus olhos estavam pregando peças nele.

— Ali, diga alguma coisa!

— O lago — sussurrou ele. — Estão de volta.

— Quem está de volta? O que você... — Lubayd parou de falar. — O que em nome de Deus é *aquilo*? — gritou ele.

A água se elevava.

Ela se ergueu da terra em uma massa ondulante, um corpo de líquido preto escorrendo que se afastou da margem, deixando para trás um leito enlameado de fendas irregulares e os ossos de antigos naufrágios. Ela se elevou mais e mais, bloqueando as estrelas e as montanhas ao se erguer sobre a cidade.

A silhueta tosca de uma cabeça reptiliana se formou, a boca abrindo-se para revelar presas reluzentes. O rugido estrondoso que se seguiu sacudiu Ali até os ossos, abafando os gritos de alarme das sentinelas abaixo.

Ele estava chocado demais para fazer qualquer coisa que não fosse encarar incrédulo o total absurdo diante dele.

Eles transformaram o rio Gozan em uma besta, uma serpente do tamanho de uma montanha que se ergueu para uivar para a lua. A história aparentemente ridícula de um Afshin agora morto e da menina que se declarou a filha de Manizheh percorreu a mente de Ali quando a besta do lago uivou para o céu.

Então ela abruptamente se virou, o rosto apavorante voltado diretamente para a Cidadela.

— Corra! — gritou Lubayd, arrastando-o de pé. — Saia!

Houve um rasgo violento e o chão cedeu abaixo dele. A sala girou e Ali tropeçou no ar.

Ele se chocou com força contra a parede oposta, o ar arrancado de seus pulmões. Viu um brilho pela janela, a água preta avançando...

Então mergulhou na escuridão.

NAHRI

Nahri olhou com raiva para os guardas.

— Tenho ótima memória para rostos — avisou ela. — Podem ter certeza de que não me esquecerei dos seus.

Um dos homens deu risadinhas.

— Boa sorte se livrando dessas algemas.

Fumegando de ódio, Nahri voltou a caminhar pelo parapeito de pedra baixo. Ela e um Kaveh e-Pramukh ainda inconsciente tinham sido arrastados de volta para o palácio e levados a um pavilhão no alto das muralhas que davam para o lago, onde deviam esperar pelo rei. Era o mesmo lugar em que um dia ela observara estrelas com Ali, embora não houvesse indícios da mobília luxuosa ou do banquete requintado de que se lembrava. Em vez disso, estavam sozinhos com quatro guerreiros geziris com armas reluzentes, guerreiros cujos olhos ainda não tinham se desviado dela.

Ela parou na borda, olhando para a água distante e mortal conforme tentava mover as algemas de ferro para baixo, encolhendo-se com a dor. Mas pior do que a dor era sua sensação de impotência. Ela e Kaveh estavam ali pelo que pareciam horas, Nahri observando o céu tornar-se preto como nanquim enquanto Jamshid era levado Deus sabia para onde.

O lago tranquilo chamou sua atenção. Se não estivesse amaldiçoado, ela se sentiria tentada a pular para a liberdade. Era uma longa queda que provavelmente quebraria um ou dois ossos, mas ela era uma Nahid. Sempre poderia se curar.

Exceto que ele está amaldiçoado e vai dilacerar você em mil pedaços. Frustrada, Nahri se virou, combatendo a vontade de queimar alguma coisa.

Sua expressão devia ser óbvia.

— Cuidado, adoradora do fogo — avisou um dos guardas. — Acredite quando digo que nenhum de nós tem paciência para a vadia do Flagelo.

Nahri se endireitou como uma lança.

— Me chame assim de novo e farei com que esteja morto antes do alvorecer.

Ele imediatamente avançou, descendo a mão para o cabo da zulfiqar antes que um dos colegas sibilasse um aviso em geziriyya, puxando-o para trás.

— Banu Nahida? — A voz de Kaveh estava fraca de onde ele estava caído contra a parede.

Esquecendo-se do guarda geziri, Nahri correu até o grão--vizir. Ele piscou e abriu os olhos, parecendo zonzo. Incapaz de curá-lo, Nahri se contentou com rasgar um retalho da blusa dele e o amarrar em volta de sua cabeça. Sangue ensopara o tecido em manchas pretas.

— Você está bem? — perguntou ela, com urgência na voz.

Ele tocou a cabeça e se encolheu.

— Eu... eu acho que sim. — Kaveh se sentou lentamente. — O que... onde está Jamshid?

— Não sei — confessou Nahri. — Wajed o levou da midan e estamos aqui em cima desde então.

Kaveh se levantou, sobressaltado.

— Que horas são?

— Meia-noite, talvez? Por quê? — perguntou ela quando o alarme brilhou nos olhos dele.

— Meia-noite? — sussurrou Kaveh. — Pelo Criador, não. Preciso encontrá-lo. — Ele segurou o ombro dela com as mãos atadas e Nahri se assustou diante da quebra de etiqueta. — Preciso que pense, Nahri. Eles disseram para onde poderiam levar Jamshid? Qualquer coisa? — O rosto do grão-vizir parecia macilento à luz fraca. — Não foi para a Cidadela, foi?

Ela se desvencilhou.

— Não sei. E você não é único com perguntas. Por que mentiu sobre Muntadhir estar ferido?

Kaveh pareceu apenas levemente arrependido.

— Porque precisava de você e Jamshid em algum lugar seguro esta noite. Lady Nisreen… ela deveria ficar com vocês dois na enfermaria, mas… — Tristeza enrugou suas feições. — O Grande Templo pareceu a próxima opção mais segura.

— Está preocupado que os shafits estejam planejando outro ataque?

Kaveh sacudiu a cabeça. Ele estava brincando com um anel na mão, uma aliança dourada coroada com o que parecia ser uma ágata listrada de cobre.

— Não, Banu Nahri. Não os shafits.

A porta se abriu nesse momento e os guardas curvaram a cabeça quando Ghassan entrou no pavilhão. Nahri recuou, pesar pulsando em seu corpo. Havia um ódio evidente nos olhos dele – uma expressão que contrastava bruscamente com a curvatura cansada de seus ombros e que lançou calafrios pela coluna dela. Ghassan al Qahtani não era um homem que traía suas emoções com facilidade.

Ele parou, olhando friamente para os Daeva no chão.

— Deixem-nos — disparou ele para os guardas.

Os soldados partiram imediatamente, fechando a porta atrás deles.

Nahri ficou de pé com dificuldade.

— O que quer? — indagou ela. — Como ousa nos arrastar até aqui quando nosso povo está ferido e de luto por causa de um lapso em *sua* segurança?

Ghassan jogou um pergaminho aos pés dela.

— Você é responsável por isto? — perguntou ele.

Nahri pegou, reconhecendo a caligrafia de Ali imediatamente. E leu... então leu de novo, convencida de que não havia entendido. Eram planos bem arquitetados para lançar uma investigação sobre os ataques do dia e garantir a segurança da cidade até que as paixões tivessem se acalmado.

As garantias tranquilas de que devolveria o exército do pai quando estivesse convencido de que não haveria vingança contra os shafits.

Nahri encarou as palavras, desejando que se reordenassem. *Seu tolo. Poderia ter ido para Am Gezira. Poderia ter encontrado uma esposa dedicada e vivido uma vida pacífica.*

— O quê? — perguntou Kaveh, parecendo preocupado. — O que é?

Nahri abaixou o pergaminho.

— Ali tomou a Cidadela.

Kaveh arquejou.

— Ele fez *o quê*?

Ghassan interrompeu.

— A pergunta ainda é válida, Banu Nahida. Você e meu filho estão trabalhando juntos?

— Não — disse ela, acidamente. — Acredite se quiser, não tive muito tempo hoje entre cobrir os mortos e tratar crianças queimadas para participar de um golpe.

— Foi por isso que nos arrastou até aqui? — indagou Kaveh, olhando com raiva para o rei. — Perdeu controle sobre seu filho fanático, um perigo com o qual deveria ter lidado anos atrás, e está tentando colocar a culpa em nós?

Os olhos de Ghassan se acenderam com desafio.

— Ah, meu grão-vizir covarde finalmente ganhou coragem? É uma acusação bastante carregada, Kaveh, considerando o papel que você teve em inflamar as paixões do povo. — O rosto dele se fechou. — Achou que eu não investigaria as suspeitas de Ali sobre o ataque ao acampamento shafit? Achou que poderia acender uma faísca daquelas nesta cidade, na *minha* cidade, e não explodiria na sua cara?

O estômago de Nahri pesou. Era uma coisa ouvir as acusações de Ali – ele podia ser um pouco exagerado –, mas a certeza na voz de Ghassan e o rubor nas bochechas de Kaveh confirmavam o que o coração dela quisera negar. Podia não ter confiado no grão-vizir, mas ele também era um Daeva, um amigo de Nisreen e o pai de Jamshid.

— Você armou o ataque ao casal daeva — sussurrou ela. — Não foi?

O rosto de Kaveh corou profundamente.

— Você e Jamshid precisavam ver a verdade sobre os shafits e teria acontecido cedo ou tarde por conta própria, como aconteceu hoje! Como pode defender os mestiços depois do que fizeram na procissão? Não têm que ficar perto do hospital de seus ancestrais, não têm nenhum lugar em nosso mundo!

Nahri recuou como se tivesse levado um tapa.

Mas Kaveh não tinha acabado. Ele olhou com raiva para Ghassan.

— E você também não. Daevabad não viu um dia de paz desde que Zaydi al Qahtani se banhou com o sangue daeva, e você é tão traiçoeiro quanto seu ancestral bárbaro. — Emoção ondulou na voz dele. — Quase acreditei, sabe. Em sua atuação. O rei que queria unir nossas tribos. — Nahri observou lágrimas raivosas encher os olhos dele. — Foi uma mentira. Por vinte anos servi a você; meu filho levou meia dúzia de flechas para salvar o seu, e você *usou a vida dele* para me ameaçar. — O grão-vizir cuspiu aos pés de Ghassan. — Não finja que se importa com *qualquer um* que não sejam os seus, sua mosca da areia imunda.

Nahri instintivamente recuou um passo. Ninguém falava com Ghassan daquela forma. Ele não aceitava a mais ínfima discordância, quem dirá insultos abertos de um vizir daeva arrogante.

O fato de Ghassan ter sorrido em vez de rasgar a garganta de Kaveh foi petrificante.

— Você queria dizer isso há muito tempo, não queria? — perguntou o rei, lentamente. — Olhe para você, cheio de desprezo e indignação... como se eu não tivesse cedido às queixas de sua tribo diversas vezes. Como se não tivesse sido *eu* que tirou você e seu filho de suas vidas tristes de nobres provincianos mesquinhos. — Ele cruzou os braços. — Deixe-me devolver o favor, Kaveh, pois há algo que também quero lhe dizer *há muito tempo*.

— Chega disso — interrompeu Nahri. Jamshid estava desaparecido e Ali estava em revolta aberta; ela não perderia tempo com qualquer que fosse a rixa de Ghassan e Kaveh. — O que quer, Ghassan? E onde está Jamshid?

— Jamshid... — Os olhos de Ghassan brilharam. — Agora, estranhamente, aí está um Daeva de que gosto. Certamente mais leal do que qualquer um de vocês, embora eu não possa imaginar de quem herdou tal sabedoria. Claramente não vem da família.

Ao lado dela, Kaveh ficou tenso e Nahri franziu a testa.

— O que isso quer dizer?

Ghassan se aproximou, lembrando-a desconfortavelmente de um gavião perseguindo uma presa pequena e frágil.

— Jamais achou estranho como tive certeza de sua identidade, Banu Nahri? Tão *imediatamente* confiante?

— Você me disse que me pareço com Manizheh — disse Nahri, lentamente.

O rei estalou a língua.

— Mas a ponto de fazer uma cena na corte tendo visto você apenas de longe? — Ele olhou para Kaveh. — O que acha, grão-vizir? Você conhecia Manizheh *muito bem*. Nossa Nahri se parece fortemente com ela?

Kaveh parecia ter dificuldades para respirar, ainda mais responder. Suas mãos estavam fechadas em punhos firmes, os nós dos dedos pálidos e sem sangue.

— Sim — sussurrou ele.

Os olhos de Ghassan brilharam com triunfo.

— Ah, vamos lá, pode mentir melhor do que isso. Não que importe. Ela tem outra coisa. Algo que a mãe dela tinha, algo que o tio tinha. Não que nenhum deles tivesse ciência disso. Um pouco vergonhoso, na verdade. — Ele bateu na marca escura em sua têmpora, a estrela de oito pontas de Suleiman. — Você acha que é dono de uma coisa e, bem...

Um arrepio de perigo formigou pela pele de Nahri. Odiando entrar no jogo dele, mas sem ver outra saída, ela insistiu.

— Por que não tenta falar diretamente pelo menos uma vez?

— A insígnia de Suleiman, criança. Você tem uma sombra da marca dela... bem aqui. — Ghassan estendeu a mão e tocou a lateral do rosto dela. Nahri recuou. — Para mim, é clara como o dia. — O rei se voltou para Kaveh, os olhos cinza fervilhando com triunfo e alguma outra coisa, cruel e vingativa. — Todos eles têm, grão-vizir. Cada pessoa com sangue Nahid. Manizheh. Rustam. Nahri. — Ele pausou, parecendo saborear o momento. — Seu Jamshid.

Kaveh se colocou de pé.

— Sente-se — disparou Ghassan. O humor cruel sumira da voz dele em um instante, substituído pelo frio impiedoso de um déspota. — Ou o único lugar em que Jamshid, seu Baga Nahid, vai acabar é uma mortalha.

Nahri ficou zonza, levando a mão à boca.

— Jamshid é um *Nahid*? — Em choque, ela buscou palavras. — Mas ele não tem...

Habilidades. A palavra morreu em sua língua. As perguntas desesperadas de Jamshid sobre o fogo Rumi que o queimara e seus ferimentos subitamente curados. O tukharistani antigo que falara com Razu... e o rompante de puro poder que Nahri sentira quando ele segurou sua mão e ela conjurou uma tempestade de areia.

Jamshid era um Nahid. Os olhos de Nahri ficaram subitamente úmidos. Jamshid era *família*.

E de modo algum ele sabia disso; não era tão bom mentiroso. Ela se virou para Kaveh. Ele caíra de volta no chão ao comando de Ghassan, mas não parecia menos destemido.

— Você escondeu dele — acusou ela. — Como pôde?

Kaveh estava trêmulo agora, balançando-se para trás e para a frente.

— Eu precisava protegê-lo de Ghassan. Era o único modo.

O rei riu com escárnio.

— Um belo trabalho você fez com isso; eu soube que aquele menino era um Nahid no momento em que o trouxe para minha corte. O resto foi bem fácil de entender. — Hostilidade escorreu pela voz dele. — O verão do nascimento dele foi quando Saffiyeh morreu. O verão em que Manizheh ignorou minhas súplicas para voltar para Daevabad mais cedo e salvar a rainha dela.

— Saffiyeh jamais foi a rainha dela — disparou Kaveh de volta. — E Manizheh mal teve uma semana com o próprio filho antes de ser forçada a voltar para você de novo.

— Foi obviamente tempo suficiente para que ela fizesse algo para esconder as habilidades de Jamshid, não foi? — Malícia contorceu o rosto de Ghassan. — Ela sempre se considerou tão inteligente... no entanto, o filho teria gostado daquelas habilidades quando Darayavahoush se voltou contra ele. Não é irônico? O último Baga Nahid quase morto pelo Afshin dele enquanto tentava salvar um Qahtani.

Nahri virou o rosto, enjoada. Dara provavelmente teria se atirado sobre a própria espada se soubesse desse fato. Ela se recostou contra o parapeito, as pernas subitamente fracas.

Ghassan e Kaveh ainda discutiam e ela sabia que devia prestar atenção, mas subitamente tudo o que quis fazer foi escapar daquele palácio terrível e encontrar o irmão.

— Você deveria se sentir grato — dizia Ghassan. — Dei a vocês dois uma vida aqui. Ricos, respeitados, poderosos...

— Contanto que dançássemos ao seu ritmo — disparou Kaveh. — Esquecêssemos *nossos* desejos, *nossas* ambições, que tudo seguisse os grandiosos planos de Ghassan al Qahtani. — A voz dele soou cruel. — E se pergunta por que Manizheh o rejeitou.

— Suspeito que o motivo pelo qual ela me rejeitou, por mais que desapontador, esteja diante de mim agora. — Ghassan olhava para Kaveh com desprezo, mas havia um ressentimento em seu olhar cinza que não conseguiu esconder completamente. — Manizheh claramente tinha um gosto... peculiar.

A paciência de Nahri sumiu abruptamente.

— Superem-se, vocês dois — sibilou ela. — Não vou ficar aqui ouvindo uns velhos se bicarem por causa de um amor há muito perdido. *Onde está meu irmão?*

A expressão de Ghassan ficou sombria, mas ele respondeu.

— Em um lugar seguro. Onde ficará, com pessoas em quem confio, até que a cidade esteja calma de novo.

— Até você nos espancar à antiga submissão, quer dizer — retrucou Nahri, amargamente. — Já percorri esse caminho com você antes. Por que simplesmente não nos diz o que quer?

Ghassan sacudiu a cabeça.

— Direta como sempre, Banu Nahri... mas conheço seu povo. Neste momento, imagino que um bom número de Daeva esteja sedento por sangue shafit, e está claro que os shafits sentem o mesmo. Então vamos resolver as coisas. — Ele se virou para Kaveh. — Você vai levar a culpa. Vai confessar ter armado o ataque ao acampamento e incitado os shafits que atacaram sua procissão.

— Eu não tive *nada* a ver com o que aconteceu na procissão — disse Kaveh, fervorosamente. — Jamais teria!

— Não me importo — disse Ghassan, inexpressivo. — Vai assumir a responsabilidade. O grão-vizir arruinado, levado à destruição pelo próprio fanatismo deturpado. Vai confessar ter tramado contra sua Banu Nahida e, depois de se confessar, Kaveh... — Ele assentiu friamente para a parede. — Vai tirar a própria vida.

Os olhos de Kaveh se arregalaram e Nahri deu um passo adiante.

— Não vou deixar que você...

— Não terminei. — Algo diferente, mais complicado de ler, percorreu o rosto de Ghassan. — De sua parte, Banu Nahri, vou precisar que envie uma carta a meu caçula informando que foi presa e acusada de ser conspiradora desta tentativa de golpe. E que será executada amanhã ao alvorecer caso ele não se renda.

Nahri sentiu o sangue se esvair do rosto.

— *O quê?*

Ghassan gesticulou para dispensar seus protestos.

— Acredite ou não, eu preferiria não envolver você, mas conheço meu filho. Ali pode ficar feliz em se fazer de mártir, mas não tenho dúvida de que, assim que vir aquela carta com sua letra, vai se atirar aos meus pés.

— E então? — insistiu ela. — O que pretende fazer com ele?

O humor frio sumiu do rosto de Ghassan.

— Será ele o executado por traição.

Não. Nahri exalou, fechando as mãos em punhos.

— Não vou ajudá-lo a prendê-lo — respondeu ela. — Fico feliz que ele tenha tomado a Cidadela. Espero que tome o palácio a seguir!

— Ele não vai conseguir tomá-lo até o alvorecer — disse Ghassan, controladamente. — E você não vai só escrever a carta. Arrastarei você até a midan para que chore por ele se necessário... ou matarei seu irmão.

Nahri se encolheu.

— Não faria isso. — A voz dela estava trêmula. — Não faria isso com Muntadhir.

As sobrancelhas de Ghassan se ergueram com leve surpresa.

— Você não perde muita coisa, não é? Mas sim, Banu Nahida, eu faria. De fato, Seria sábio da parte de Muntadhir se aprendesse a manter o coração mais protegido. Ele se arrisca com tais afeições neste mundo.

— O que você sequer sabe sobre afeição? — interrompeu Kaveh, com os olhos ensandecidos. — Você é um monstro. Você e seu pai usaram o amor de Manizheh pelo irmão dela para controlá-la e agora planeja fazer o mesmo com a filha? — Kaveh olhou com raiva para Ghassan. — Como pôde algum dia alegar se importar com ela?

Ghassan revirou os olhos.

— Poupe-me das falsas piedades, Kaveh. Tem sangue demais nas mãos.

Mas as palavras de Kaveh eram o lembrete de que Nahri precisava.

Ela fechou os olhos. Tentara com tanto afinco se proteger do rei, esconder suas vulnerabilidades e certificar-se de que não houvesse um furo na armadura que construíra sobre o corpo. Ele já segurava o destino da tribo dela em um punho e usara a ameaça de violência contra eles para obrigá-la a obedecer mais de uma vez ao longo dos anos.

Mas seus esforços tinham sido vãos. Porque ele sempre tivera algo muito mais próximo. Precioso. Ele fizera um furo em sua armadura desde o início e Nahri sequer soubera que estava ali.

Ela tentou pensar. Se Ali tinha tomado a Cidadela, aquela não era uma simples revolta do palácio; a maioria da Guarda Real estava agora fora das mãos de Ghassan. Ela se lembrou das ondas assustadoras de geziriyya pairando no ar e do que conhecia sobre os bairros de Daevabad. Ali já podia ter o controle do Quarteirão Geziri. Do distrito shafit.

Ela abriu os olhos.

— Acha que ele consegue, não é? — perguntou ela a Ghassan. — Acha que Ali pode derrotar você.

Os olhos do rei se semicerraram.

— Você está muito fora de sua alçada, Banu Nahida.

Nahri sorriu, sentindo-se enjoada.

— Não estou. Eu costumava ser muito boa nisso, sabe. Ler um alvo, enxergar fraqueza. Você e eu, na verdade, temos isso em comum. — A garganta dela deu um nó. — E Jamshid... aposto que saboreou aquele segredo. — Ela inclinou a cabeça na direção de Kaveh. — Aposto que se deliciou com ele sempre que o via, contemplando as formas com que poderia se vingar do homem que tinha o amor da mulher que você desejava. Não desistiria tão facilmente.

Ghassan ficou rígido. Seu rosto estava calmo, mas Nahri não deixou de notar o calor em sua voz.

— Nada dessa bravata lhe garantirá seu irmão de volta tão cedo.

Sinto muito, Jamshid. Sinto tanto. Nahri exalou, combatendo a tristeza profunda e terrível que envolvia seu coração.

— Não vou ajudar você.

Os olhos de Ghassan brilharam.

— Como é?

— Não vou ajudar você — repetiu ela, odiando-se. — Não vou deixar que use meu irmão contra mim. Por motivo algum.

Ghassan subitamente se aproximou.

— Se não fizer isso, Banu Nahida, vou matá-lo. Vou fazer isso lentamente e obrigarei você a assistir. Então pode muito bem nos fazer o favor de simplesmente obedecer agora.

Kaveh se levantou aos tropeços, alarme contorcendo sua expressão.

— Banu Nahri...

Ghassan deu um tapa nele com o dorso da mão. O rei era obviamente mais forte do que parecia; o golpe deixou Kaveh estatelado no chão, um jato de sangue vertendo da boca.

Nahri arquejou. Mas a violência casual e brutal apenas a deixou mais determinada. Ghassan era um monstro, mas um monstro desesperado, e Nahri tremia ao pensar no que ele faria com Daevabad após um golpe fracassado.

O que significava que ela precisaria fazer o possível para que não fracassasse.

— Está perdendo seu tempo, Ghassan. Não vou ceder. Esta cidade pulsa no sangue de minha família. Em meu sangue. — A voz dela estremeceu levemente. — Tenho o sangue de meu irmão. E se os últimos Nahid precisarem morrer para salvá-la... — Ela conteve um tremor, erguendo o queixo com um desafio. — Então teremos servido bem ao nosso povo.

Ghassan a encarou por um momento muito longo. A expressão dele não era mais inescrutável e ele não se incomodou em discutir com ela. Nahri lera seu alvo.

E sabia que ele estava prestes a destruí-la por isso.

Ghassan recuou.

— Vou contar a Jamshid quem ele realmente é — disse o rei. — Então vou contar a ele como a irmã, tendo se cansado de dormir com o homem que ele ama, traiu os dois para salvar um homem que ele odeia. — As palavras eram cruéis, a última tentativa de um velho colérico que trocava decência por um trono que estava prestes a ser arrancado por seu próprio sangue. — Então terminarei o trabalho que seu Afshin começou e mandarei que seu irmão seja açoitado até a morte.

— Não, Ghassan, espere! — Kaveh se atirou diante do rei. — Ela não falou sério. Vai escrever a carta... ah! — Ele gritou quando Ghassan chutou seu rosto, passando por cima do corpo do vizir e levando a mão à porta.

Com um urro, Kaveh esmagou a mão contra a pedra. Nahri ouviu um estalo nítido, o anel dele se quebrando.

Uma névoa estranha de cobre irrompeu da gema quebrada.

No tempo que levou a Nahri para respirar fundo, o vapor tinha brotado e encoberto o grão-vizir.

— Kaveh, o que é isso? — perguntou ela em tom afiado quando tendões de cobre dispararam como a mão de uma dançarina, esticando-se, buscando. Havia algo familiar no movimento, no brilho metálico.

O rei olhou brevemente para trás, parecendo mais aborrecido do que qualquer outra coisa.

O vapor correu para a relíquia de cobre presa em sua orelha.

A relíquia imediatamente derreteu e Ghassan deu um grito, agarrando a cabeça quando o metal líquido entrou em seu ouvido. A insígnia de Suleiman brilhou na bochecha dele e Nahri cambaleou, sua magia sumindo.

Mas não durou. Os olhos do rei se arregalaram e ficaram imóveis quando uma névoa de cobre cobriu suas profundezas cinza.

Então Ghassan al Qahtani caiu morto aos pés dela.

As habilidades de Nahri se chocaram de volta contra ela. Ela cobriu a boca com um grito sobressaltado, encarando, chocada, conforme sangue preto salpicado de cobre escorria das orelhas, da boca e do nariz do rei.

— Pelo Altíssimo, Kaveh — sussurrou ela. — O que você fez?

— O que precisava ser feito. — Kaveh já estava caminhando até o corpo de Ghassan, pisando sem hesitar na poça de sangue que se espalhava. Ele pegou a khanjar do rei, usando-a rapidamente para cortar as amarras no próprio pulso. — Não temos muito tempo — avisou ele. — Precisamos encontrar Jamshid e garantir Muntadhir.

Nahri o encarou. Será que tinha perdido a cabeça? Os guardas de Ghassan estavam logo do lado de fora. Não podiam fugir, muito menos encontrar Jamshid e "garantir" Muntadhir, o que quer que isso quisesse dizer.

— Kaveh, eu acho…

— Não me importo com o que você acha. — A hostilidade mal contida na voz dele a chocou. — Com todo o respeito... — Parecia que ele estava lutando para não gritar. — Não é você quem toma decisões esta noite. Algo que é claramente para melhor. — Seus olhos fervilhavam de ódio ao encará-la. — Vai responder pela escolha que acaba de fazer. Não esta noite. Não para mim... mas vai responder.

Uma mosca passou zumbindo pela orelha dela. Nahri mal notou, estava sem palavras. Então outra passou em disparada por seu rosto, roçando seu pescoço.

Kaveh se virou para o céu. Mais moscas estavam vindo, um enxame da direção do lago.

Determinação sombria tomou as feições dele.

— Está na hora.

Houve um grito de raiva do outro lado da porta fechada.

Nahri imediatamente reconheceu a voz.

— Muntadhir! — Ela avançou para a porta. O pai dele podia estar deitado em uma poça de sangue no chão, mas naquele momento Nahri confiava em seu marido distante muito mais do que no vizir maluco que orquestrara um tumulto e assassinara um rei.

— Nahri? — A voz de Muntadhir foi abafada pela porta, mas, pelo seu tom, estava claramente discutindo com os guardas do outro lado.

Kaveh se enfiou entre Nahri e a porta.

— Muntadhir não pode entrar, Banu Nahri. Ele não pode ser exposto a isto.

— Exposto a *quê*? — gritou ela. — O fato de que você acaba de assassinar o pai dele?

Mas enquanto tentava passar por ele, Nahri subitamente viu do que Kaveh estava falando.

Uma névoa acobreada se formava novamente acima do rei morto. Partículas reluzentes, como minúsculas estrelas de metal, giravam para cima do sangue empoçado de Ghassan, formando uma nuvem com duas vezes o tamanho daquela que tinha escapado do anel estilhaçado de Kaveh.

Nahri imediatamente recuou, mas o vapor fluiu inofensivamente por ela e Kaveh, separando-se e ondulando em torno da cintura dela como uma onda. As moscas zumbiam ao redor deles, dúzias agora.

Muntadhir arrombou a porta.

— Não me importo com o que ele disse! — gritou ele, tentando empurrar um par de guardas. — Ela é a maldita da minha esposa e... — Muntadhir se encolheu, seus olhos fixando-se no corpo ensanguentado do pai. — *Abba*?

Os guardas reagiram mais rapidamente.

— Meu rei! — Dois dispararam até Ghassan; os outros dois foram atrás de Nahri e Kaveh. Muntadhir não se moveu da ombreira da porta, caindo pesadamente contra ela como se fosse tudo o que o mantivesse em pé.

As moscas subitamente brilharam em clarões de fogo, dissolvendo-se em uma chuva de cinzas.

— Muntadhir, eu não fiz isso! — gritou Nahri assim que um dos guardas a agarrou. — Eu juro! Não tive nada a ver com isso!

Um rugido partiu o ar, um grito como o quebrar de ondas do oceano e o berro de um crocodilo. Soou distante e abafado, mas arrepiou cada pelo do corpo dela.

Nahri já ouvira aquele rugido.

O vapor atacou de novo.

Os guardas que tinham ido até Ghassan gritaram, agarrando as cabeças. O soldado que a segurava soltou o braço de Nahri e recuou com um grito, mas não foi rápido o suficiente. Sua relíquia disparou dentro da orelha com uma velocidade vingativa. O homem gritou de dor, arranhando o rosto.

— Não. — O sussurro horrorizado de Kaveh interrompeu os gritos. O olhar dele estava fixo em Muntadhir, ainda emoldurado contra a porta. — Não era assim que devia acontecer!

Os olhos de Muntadhir brilharam de medo.

Nahri não hesitou. Ela se ergueu, correndo pelo pavilhão conforme a nuvem de cobre, agora com o triplo do tamanho, voava até seu marido.

— Banu Nahida, espere! — gritou Kaveh. — Você não...

Ela não ouviu o que mais ele tinha a dizer. Com o vapor logo atrás dela, Nahri se atirou em Muntadhir.

NAHRI

Tarde demais, Nahri lembrou que a porta se abria para uma escada.

Muntadhir resmungou quando ela o atingiu com força no estômago e então gritou quando perdeu o equilíbrio. Os dois saíram rolando pelas escadas, vários membros chocando-se contra a pedra empoeirada antes de caírem empilhados na base.

Preso sob ela, Muntadhir xingou. Nahri arquejou, o fôlego arrancado de seus pulmões. Suas habilidades ainda estavam sufocadas pelas algemas de ferro e ela estava ferida e machucada, com uma dor lancinante correndo por seu pulso esquerdo.

Muntadhir piscou e então seus olhos se arregalaram, fixando-se em algo além do ombro da esposa.

— Fuja! — gritou ele, erguendo-se aos tropeços e puxando-a de pé.

Eles fugiram.

— Sua relíquia! — sibilou Nahri. No corredor oposto daquele que tinham tomado, alguém gritou em geziriyya. Então, de modo apavorante, o grito foi abruptamente interrompido pelo silêncio. — Tire sua relíquia!

Ele levou a mão ao objeto conforme corriam, os dedos atrapalhando-se.

Nahri olhou por cima do ombro, horrorizada ao ver a névoa acobreada saltando na direção deles como uma onda faminta e malevolente.

— Muntadhir!

Ele arrancou a relíquia, atirando o parafuso de cobre para longe no momento em que o vapor os envolveu. Nahri prendeu a respiração, apavorada. Então a névoa passou, disparando pelo corredor.

Muntadhir caiu de joelhos, tremendo tanto que Nahri conseguia ouvir os dentes dele batendo.

— Que diabo foi aquilo? — arquejou ele.

O coração dela batia forte, o eco pulsando em sua mente.

— Não tenho ideia.

Lágrimas escorriam pelo rosto dele.

— Meu pai… *Kaveh*. Vou matá-lo. — Ele se levantou cambaleante e se voltou para o caminho de onde tinham vindo, apoiando uma mão na parede.

Nahri se moveu para impedi-lo.

— Não é isso que importa agora.

Ele a olhou com raiva, suspeita atravessando seu rosto.

— Você teve…

— Não! — disparou ela. — Sério, Muntadhir? Acabei de me atirar escada abaixo para salvar você.

Ele corou.

— Desculpe. Eu só… ele… — Sua voz falhou e ele limpou os olhos grosseiramente.

O luto envolto nas palavras conteve o temperamento dela.

— Eu sei. — Nahri pigarreou, estendendo os pulsos atados. — Pode tirar isto de mim?

Ele soltou a khanjar, rapidamente cortando as amarras de tecido e ajudando-a a tirar as algemas de ferro. Nahri inspirou, aliviada quando seus poderes queimaram por suas veias, a pele cheia de bolhas e os hematomas escuros imediatamente se curando.

Muntadhir tinha aberto a boca para falar de novo quando uma voz ecoou pelo corredor.

— Banu Nahida!

Era Kaveh.

Nahri tapou os lábios do marido, arrastando-o para as sombras.

— Não quero descobrir se ele tem mais algum truque na manga — sussurrou ela. — Precisamos avisar o restante dos Geziri no palácio.

Mesmo nas sombras, ela conseguiu ver o rosto dele empalidecer.

— Acha que vai se espalhar tão longe?

— Parecia que estava parando?

— Merda. — Pareceu uma resposta apropriada. — Meu Deus, Nahri… sabe quantos Geziri há no palácio?

Ela assentiu sombriamente.

Um ronco súbito soou e o chão estremeceu sob os pés deles. Durou apenas um segundo, então parou.

Nahri se apoiou.

— O que foi *isso*?

Muntadhir estremeceu.

— Não sei. Parece que a ilha inteira acabou de tremer. — Ele passou a mão, nervoso, pela barba. — Aquele vapor… tem alguma ideia do que pode ser?

Nahri sacudiu a cabeça.

— Não. E parecia de alguma forma semelhante ao veneno usado em seu irmão, no entanto, não parecia?

— Meu irmão. — A expressão do marido se fechou, então pânico tomou seu rosto. — *Minha irmã.*

— Muntadhir, espere! — gritou Nahri.

Mas ele já estava correndo.

Os aposentos de Zaynab não ficavam perto e, quando chegaram ao jardim do harém, Muntadhir e Nahri estavam ambos completamente sem fôlego. O lenço que ela prendera na cabeça no hospital tinha caído há muito tempo, os cachos colados na pele úmida.

— Jamshid sempre dizia que eu devia me exercitar mais — ofegou Muntadhir. — Eu deveria ter dado atenção.

Jamshid. O nome soou como uma faca ao coração dela.

Nahri desviou o olhar para Muntadhir. Bem, lá estava uma situação que acabara de ficar mais complicada.

— Seu pai mandou prendê-lo — disse ela.

— Eu sei — respondeu Muntadhir. — Por que acha que eu estava batendo na porta? Ouvi que Wajed o levou para fora da cidade. Meu pai disse a Kaveh para onde?

— Para fora da *cidade*? Não, seu pai não disse nada sobre isso.

Muntadhir resmungou frustrado.

— Eu deveria ter impedido tudo isso antes. Quando ouvi que ele também tinha levado você... — Ele parou de falar, parecendo irritado consigo mesmo. — Ao menos ele disse a você o que queria com Jamshid?

Nahri hesitou. Ghassan podia ter sido um monstro, mas ainda era o pai de Muntadhir, e Nahri não precisava aumentar o luto do marido no momento.

— Pergunte depois.

— Se estivermos vivos depois — murmurou Muntadhir. — Ali finalmente perdeu a cabeça, aliás. Ele tomou a Cidadela.

— Parece uma noite excelente para se estar na Cidadela em vez de no palácio.

— Justo. — Os dois passaram por baixo de um delicado arco que dava para o pavilhão diante do apartamento de Zaynab. Uma exuberante plataforma de teca flutuava sobre o canal, emoldurada pela folhagem fina das esguias palmeiras.

Zaynab estava ali, empoleirada em um sofá de linho listrado e examinando um pergaminho. Alívio percorreu Nahri, seguido rapidamente por confusão quando ela viu quem estava com a princesa.

— *Aqisa?*

Muntadhir atravessou a plataforma.

— É claro que você está aqui. Fazendo o trabalho sujo do meu irmão, presumo?

Aqisa se recostou, um movimento que revelou a espada e a khanjar presas à cintura. Parecendo inabalada, ela tomou um gole distraído de café de uma xícara de porcelana fina como papel antes de responder.

— Ele me pediu para passar uma mensagem.

Zaynab habilmente enrolou o pergaminho de volta, parecendo incomumente nervosa.

— Parece que Ali ficou bastante inspirado por nossa última conversa — disse ela, tropeçando nas últimas palavras. — Ele quer que removamos Abba.

O rosto de Muntadhir se fechou.

— Já passamos desse ponto, Zaynab. — Ele desabou no sofá ao lado da irmã, gentilmente pegando a mão dela. — Abba está morto.

Zaynab recuou.

— O quê? — Quando ele não disse mais nada, a mão dela disparou para a boca. — Ah Deus... por favor, não me diga que Ali...

— Kaveh. — Muntadhir estendeu a mão à relíquia da irmã, cuidadosamente removendo-a da orelha. — Ele soltou algum tipo de vapor mágico que mira estas coisas. — Ele ergueu a relíquia antes de atirá-la longe nas profundezas do jardim. — É ruim, Zaynab. Eu a vi matar quatro guardas em segundos.

Ao ouvir isso, Aqisa arrancou a própria relíquia, lançando-a noite adentro.

Zaynab começara a chorar.

— Tem certeza? Tem certeza de que ele está realmente morto?

Muntadhir a abraçou forte.

— Sinto muito, ukhti.

Sem querer intrometer-se entre os irmãos de luto, Nahri se aproximou de Aqisa.

— Você veio da Cidadela? Ali está bem?

— Ele tem um exército e não está preso em um palácio com uma névoa assassina — respondeu Aqisa. — Eu diria que está melhor do que nós.

Nahri olhou para o jardim, seus pensamentos turbulentos. O rei estava morto, o grão-vizir era um traidor, o qaid se fora e Ali, o único deles com experiência militar, estava envolvido em um motim do outro lado da cidade.

Ela respirou fundo.

— Eu... eu acho que isso nos deixa no comando.

O céu noturno subitamente ficou mais escuro – o que Nahri pensou que era uma resposta bastante adequada. Mas, quando olhou para cima, sua boca secou. Meia dúzia de silhuetas nebulosas equinas com asas de fogo brilhante corriam para o palácio.

Aqisa acompanhou o olhar dela e então a puxou rapidamente para dentro do apartamento. Zaynab e Muntadhir estavam bem atrás deles. Conforme trancavam a porta, ouviram vários choques estrondosos e o eco distante de gritos.

— Não acho que Kaveh esteja trabalhando sozinho — sussurrou Muntadhir, com o rosto pálido.

Três pares de olhos cinza de tonalidades diversas se fixaram nela.

— Não tenho nada a ver com isso — protestou Nahri. — Meu Deus, realmente acham que eu estaria com vocês se tivesse? Certamente vocês dois me conhecem melhor do que isso.

— Acredito nisso — murmurou Zaynab.

Muntadhir afundou até o chão.

— Então com quem ele *poderia* estar trabalhando? Jamais vi magia assim.

— Não acho que isso seja a prioridade agora — disse Zaynab, baixinho. Ouviram-se mais gritos de algum lugar no interior do palácio e todos ficaram calados por um momento, ouvindo antes de Zaynab prosseguir. — Nahri... será que o veneno poderia se espalhar para o resto da cidade?

Nahri se lembrou da energia selvagem do vapor que os perseguira e assentiu lentamente.

— O Quarteirão Geziri — sussurrou ela, proferindo o medo que conseguia ver nos olhos de Zaynab. — Meu Deus, se chegar lá...

— Eles precisam ser avisados imediatamente — falou Aqisa. — Eu vou.

— Eu também — declarou Zaynab.

— Ah, não, não vai — protestou Muntadhir. — Se acha que estou prestes a deixar minha irmãzinha sair por aí enquanto a cidade está sob ataque...

— Sua *irmãzinha* não está pedindo permissão e há pessoas que acreditarão em minha palavra mais prontamente do que na de Aqisa. E você é necessário aqui. Vocês dois — acrescentou Zaynab, assentindo para Nahri. — Dhiru, se abba estiver morto, precisa recuperar a insígnia antes que Kaveh ou quem quer que esteja trabalhando com ele descubra como fazer isso.

— A insígnia de Suleiman? — repetiu Nahri. Nem mesmo pensara nisso; a sucessão do rei parecia a um mundo de distância. — Está com seu pai?

Muntadhir parecia prestes a vomitar.

— Algo assim. Precisamos voltar para ele. Para o corpo dele.

Aqisa fixou os olhos em Zaynab.

— O baú — disse ela, simplesmente.

Zaynab assentiu e os chamou mais para dentro do apartamento. Era tão exuberante e elegantemente mobiliado quanto o de Muntadhir, embora não tão entulhado com obras de arte. Ou taças de vinho.

A princesa se ajoelhou ao lado de um grande e elaborado baú de madeira e sussurrou um feitiço de abertura. Quando a tampa se abriu, Nahri olhou dentro.

Estava completamente cheio de armas. Adagas embainhadas e cimitarras envoltas em seda repousavam ao lado de uma maça estranhamente linda, um arco e algum tipo de corrente farpada encrustada de joias.

Nahri não sabia quem tinha a expressão mais chocada, ela ou Muntadhir.

— Meu Deus — disse ela. — Você é mesmo a irmã de Ali.

— O que… onde você… — começou Muntadhir, fracamente.

Zaynab pareceu levemente envergonhada.

— Ela tem me ensinado — explicou, assentindo para Aqisa.

A guerreira já estava escolhendo lâminas, impassível diante das reações de Nahri e Muntadhir.

— Uma mulher geziri da idade dela já devia ter dominado pelo menos três armas. Tenho compensado pelo lapso abominável na sua educação. — Ela colocou uma espada e o arco nas mãos de Zaynab e então estalou a língua. — Pare de tremer, irmã. Você vai se sair bem.

Nahri sacudiu a cabeça, então considerou o baú, conhecendo bem suas limitações. Rapidamente, pegou um par de pequenas adagas, o peso lembrando-a de algo que ela poderia ter usado para cortar bolsas no Cairo. Por um momento, ansiou pela lâmina de Dara em seu quarto.

Queria ter tido mais algumas aulas de lançamento de faca com ele, pensou ela. Sem falar que o lendário Afshin teria provavelmente sido um parceiro melhor em um palácio sob cerco do que seu marido visivelmente abalado.

Ela respirou fundo.

— Mais alguma coisa?

Zaynab sacudiu a cabeça.

— Soaremos o alarme no Quarteirão Geziri e então seguiremos para a Cidadela para alertar Ali. Ele pode liderar a Guarda

Real de volta. Avisem todos os Geziri que virem no palácio e diga que façam o mesmo.

Nahri engoliu em seco. Podia levar horas até Ali voltar com a Guarda. Ela e Muntadhir estariam sozinhos – enfrentando só Deus sabia o quê – até então.

— Você consegue — disse Zaynab. — Precisa conseguir. — Ela abraçou o irmão. — Lute, Dhiru. Haverá um momento para o luto, mas agora você é nosso rei e Daevabad vem primeiro. — A voz dela ficou destemida. — Voltarei com seu qaid.

Muntadhir deu um aceno hesitante.

— Que Deus esteja com você. — Ele olhou para Aqisa. — Por favor, mantenha minha irmã segura. — Ele assentiu para o pavilhão. — Peguem as escadas por onde viemos. Há uma passagem próxima que dá nos estábulos.

Zaynab e Aqisa partiram rapidamente.

— Está pronto? — perguntou Nahri quando ela e Muntadhir ficaram sozinhos.

Ele gargalhou, prendendo uma espada de aparência cruel na cintura.

— Nem um pouco. Você?

— Por Deus, não. — Nahri pegou outra adaga afiada como uma agulha e a virou para dentro da manga. — Vamos lá morrer.

36

ALI

ALI FLUTUOU PACIFICAMENTE NA ESCURIDÃO MORNA, ENVOLTO no abraço firme da água. Tinha cheiro de sal e lama, de vida, delicadamente provocando-o e puxando suas roupas. Uma gavinha macia e arredondada acariciou a bochecha dele enquanto outra se enroscava em seu tornozelo.

Um latejar atrás da cabeça lentamente o levou para o presente. Zonzo, Ali abriu os olhos. A escuridão o cercava. Ele estava mergulhado em uma água tão profunda e tão envolto por sedimentos enlameados que mal conseguia ver. Lembranças vinham em fragmentos. As bestas aquáticas. A torre da Cidadela caindo pelos ares...

O lago. Ele estava no lago de Daevabad.

Um pânico puro o dilacerou. Ele se debateu, tentando desesperadamente libertar-se do que quer que o estivesse prendendo. A túnica, percebeu Ali, tateando às cegas. Os restos em ruínas de algum tipo de parede de tijolos a haviam prendido ao leito do rio. Ele a soltou, debatendo-se enlouquecidamente para subir à superfície. O cheiro de cinzas e sangue ficou mais intenso na água, mas ele o ignorou, lutando para passar por escombros flutuando.

Finalmente emergiu e arquejou para tomar fôlego, a dor lancinando pelo corpo.

O lago estava em caos.

Ali podia muito bem ter surgido em uma cena do círculo mais escuro do inferno. Gritos enchiam o ar, gritos por ajuda, por piedade, em todas línguas de djinns que conhecia. Sobrepostos a elas havia gemidos, sons ferais e famintos que Ali não conseguia localizar.

Ah, Deus... e a água. Não eram apenas escombros que o cercavam, mas corpos. Centenas de soldados djinns, flutuando mortos de uniforme. E, quando Ali viu o motivo, gritou com lágrimas brotando nos olhos.

A Cidadela de Daevabad – o orgulhoso símbolo da rebelião de Zaydi al Qahtani, da tribo Geziri, o lar de Ali por quase duas décadas – fora destruída.

A torre que já fora imponente tinha sido arrancada de sua fundação e arrastada para o lago, restando apenas um pedaço demolido acima da água. Cortes irregulares, como das garras de alguma criatura imensa, tinham rasgado os prédios restantes, desde o quartel dos soldados até o outro lado dos pátios de treinamento, fazendo buracos tão profundos que o lago os encheu. O resto do complexo estava em chamas. Ali conseguia ver figuras esqueléticas movendo-se contra a fumaça.

Lágrimas escorreram silenciosamente por suas bochechas.

— Não — sussurrou ele. Aquilo era um pesadelo, outra visão terrível dos marids. — Parem com isso!

Nada aconteceu. Ali prestou atenção à visão dos corpos de novo. Djinns assassinados pela maldição dos marids não permaneciam boiando na água; eram dilacerados e engolidos pelas profundezas, para nunca mais serem vistos.

A maldição do lago se fora.

— Estou vendo alguém!

Ali se virou para a voz e viu um barco improvisado com uma das portas de madeira entalhadas da torre. Abria caminho até ele, tripulado por um par de soldados ayaanles empunhando vigas quebradas e lemes.

— Pegamos você, irmão — disse um dos soldados, puxando-o a bordo. Seus olhos dourados se arregalaram quando ele olhou para Ali. — Ah, Deus seja louvado... é o príncipe!

— Tragam-no aqui! — Ali ouviu outro homem gritar a distância.

Eles remaram desajeitadamente pela água. Ali precisou desviar o rosto da visão da porta empurrando o aglomerado espesso de corpos, seus colegas de uniforme, tantos rostos familiares.

Isso não é real. Não pode ser real. Mas não parecia uma das visões dele. Não havia nenhuma presença estranha sussurrando na cabeça de Ali. Havia apenas espanto, luto e carnificina.

Conforme se aproximaram das ruínas da Cidadela, os restos da torre caída ficaram maiores, erguendo-se do lago como uma ilha perdida. Uma seção destruída do exterior protegia algumas dúzias de guerreiros que tinham se reunido ali. Alguns estavam aninhados uns contra os outros, chorando, mas o olhar de Ali imediatamente disparou para aqueles que estavam lutando, vários soldados combatendo um par de criaturas finas como espectros cujos mantos em frangalhos se agarravam úmidos aos corpos destruídos.

Um deles era Lubayd, agitando a espada selvagemente. Com um grito de nojo, ele decapitou uma das criaturas abomináveis e chutou o corpo de volta para dentro do lago.

Ali poderia ter chorado de alívio. Seu melhor amigo, pelo menos, tinha sobrevivido à destruição da Cidadela.

— Encontramos o príncipe! — gritou o soldado ayaanle ao lado dele. — Está vivo!

Lubayd se virou. Estava lá quando chegaram, puxando Ali de pé e apertando os braços em volta dele com força.

— Ali, irmão, graças a Deus... — disse ele, engasgado. — Sinto muito... A água veio tão rápido e quando não consegui encontrar você na sala...

Ali mal conseguiu responder.

— Estou bem — disse ele, rouco.

Um grito cortou o ar, uma súplica em geziriyya.

— Não, não faça isso! Deus, por favor!

Ali avançou para o limite da tore arruinada, vendo o homem que gritou: um soldado geziri que conseguira voltar para a margem apenas para ser cercado por seres esqueléticos. Eles o cercaram, arrastando-o para a areia. Ali viu dentes e unhas e bocas descendo...

Não conseguiu mais observar, seu estômago revirando-se. Ele se virou de volta quando o grito gutural do djinn foi interrompido subitamente.

— Eles... eles estão... — Não conseguia nem dizer a palavra.

Lubayd assentiu. Ele parecia arrasado.

— Eles são ghouls. É o que fazem.

Ali sacudiu a cabeça em negação.

— Não podem ser ghouls. Não há ifrits em Daevabad para conjurar ghouls e certamente nenhum humano morto!

— Aqueles são ghouls — disse Lubayd, com firmeza. — Meu pai e eu encontramos um par devorando um caçador humano certa vez. — Ele se encolheu. — Não é uma visão de que se esquece.

Ali se sentiu fraco. Ele respirou fundo; não podia desabar. Não agora.

— Alguém viu o que atacou a Cidadela para início de conversa?

Lubayd assentiu, apontando para um magro homem sahrayn que se balançava para a frente e para trás, os braços envolviam os joelhos com força.

— Ele foi o primeiro a sair e as coisas que está dizendo... — Lubayd parou de falar, parecendo enjoado. — Você deveria falar com ele.

Com o coração na garganta, Ali se aproximou do homem. Ajoelhou-se ao lado dele e apoiou a mão em seu braço trêmulo.

— Irmão — começou Ali, baixinho. — Pode me dizer o que viu?

O homem continuou se balançando, os olhos brilhando de terror.

— Eu estava vigiando meu navio — sussurrou ele. — Estávamos atracados ali. — Ele apontou para o píer destruído onde um navio de areia sahrayn quebrado tinha sido carregado para as docas estilhaçadas. — O lago... a água... ela se transformou em um monstro. Atacou a Cidadela. Assolou tudo, puxando o que conseguiu de volta para as profundezas. — Ele engoliu em seco, tremendo mais forte. — A força dele me jogou no lago. Achei que a maldição me mataria... Quando não matou, eu comecei a nadar... então os vi.

— Viu o quê? — insistiu Ali.

— Guerreiros — sussurrou o homem. — Eles saíram correndo para fora do lago nas costas de cavalos de fumaça com os arcos em punho. Começaram a atirar nos sobreviventes e então... e então... — Lágrimas escorriam por suas bochechas. — Os mortos vieram da água. Eles cercaram meu barco enquanto eu observava. — Os ombros dele tremeram. — Meu capitão... — Ele começou a chorar mais forte. — Eles dilaceraram a garganta dele com os dentes.

O estômago de Ali afundou, mas ele se obrigou a perscrutar a escuridão até a praia. Sim, conseguia ver um arqueiro agora: um cavalo correndo, o brilho de um arco de prata. Uma flecha saiu voando...

Outro grito, então silêncio. Fúria percorreu Ali, queimando o medo e o pânico. Aquele era seu povo lá fora.

Ele se virou para estudar a Cidadela destruída. Então seu coração parou. Um buraco irregular tinha sido aberto na muralha que dava para a rua.

Ali pegou o braço do homem sahrayn de novo.

— Você viu alguma coisa passar por ali? — indagou ele. — *Aquelas coisas estão em nossa cidade?*

O marinheiro sacudiu a cabeça.

— Os ghouls não... mas os cavaleiros... — Ele assentiu. — Pelo menos metade deles. Depois que passaram das muralhas da cidade... — A voz dele se tornou incrédula. — Príncipe Alizayd, os cavalos deles... eles *voavam...*

— Para onde? — indagou Ali. — Para onde os viu voarem?

A pena nos olhos do homem encheu Ali de um terrível pesar.

— O palácio, meu príncipe.

Ali ficou de pé com um salto. Aquele não era um ataque aleatório. Não podia imaginar quem, ou o que, era capaz de algo assim, mas reconhecia uma estratégia quando via uma. Tinham ido atrás da Guarda primeiro, aniquilando o exército djinn antes que pudesse reunir-se para proteger o alvo seguinte: o palácio.

Minha família.

— Precisamos chegar até a praia — declarou ele.

O homem sahrayn olhou para ele como se Ali tivesse ficado louco.

— Não vai conseguir chegar até a praia. Aqueles arqueiros estão atirando em tudo que se move e os poucos djinns que conseguem sair estão sendo devorados vivos por ghouls assim que tiram os pés da água!

Ali sacudiu a cabeça.

— Não podemos deixar aquelas coisas entrarem em nossa cidade. — Ele observou quando um soldado matou outro par de ghouls que tentou subir a torre destruída, as bocas abertas deles cheias de dentes podres. O homem fez isso com relativa facilidade, um único golpe da zulfiqar reluzente cortando ambos ao meio.

Não são invencíveis, reparou Ali. *De modo algum.* Eram os números que davam vantagem a eles; um único djinn apavorado, exausto depois de evadir uma saraivada de flechas, não tinha chance contra dúzias de ghouls famintos.

Do outro lado da água, outro djinn estava tentando subir em um pedaço flutuante de escombros. Ali observou inutilmente quando uma torrente de flechas o derrubou. Um pequeno bando dos misteriosos arqueiros tinha se posicionado em uma seção de muralha quebrada que corria entre a água e o complexo arruinado da Cidadela. No momento, Ali e os colegas sobreviventes estavam a salvo, pois um pedaço da torre arruinada se curvava para protegê-los da vista dos arqueiros. Mas ele não imaginou que o descanso duraria muito.

Ele examinou a extensão de água que separava o pequeno santuário da praia de Daevabad. Era possível atravessar a nado, não fosse o fato de que qualquer um que tentasse ficaria visível para os arqueiros o tempo todo.

Uma decisão se assentou dentro dele.

— Venham aqui — disse ele, erguendo a voz. — Todos vocês.

Ali esperou que o fizessem, tirando vantagem do momento para estudar os sobreviventes. Uma mistura de todas as cinco tribos de djinns, a maioria homens. Ele conhecia quase todos de rosto, se não de nome – eram todos da Guarda Real, exceto pelo marinheiro sahrayn. Alguns cadetes, um punhado de oficiais, e o resto da infantaria. Eles pareciam aterrorizados e espantados, e Ali não podia culpá-los. Tinham treinado a vida toda como guerreiros, mas seu povo não lutava uma guerra de verdade havia séculos. Daevabad deveria ser um refúgio do resto do mundo mágico: de ghouls e ifrits, de bestas aquáticas capazes de trazer abaixo uma torre que tinha ficado em pé durante séculos.

Ele respirou fundo, muito ciente da natureza quase suicida do contra-ataque que estava prestes a propor.

— Não sei o que está acontecendo — começou ele. — Acho que nenhum de nós sabe. Mas não estamos seguros aqui. — Ele indicou as montanhas, pairando longe da margem distante. — A maldição pode ter sumido do lago, mas não acho que muitos de nós conseguiriam nadar aquela distância.

As montanhas estão muito longe. A cidade, no entanto, não está.

O marinheiro sahrayn estremeceu de novo.

— Todos que conseguiram chegar à praia foram massacrados. — A voz dele se ergueu. — Deveríamos apenas cortar as gargantas uns dos outros, é um destino melhor do que ser devorado vivo.

— Eles estão nos matando um a um — argumentou Ali. — Temos mais chances se lutarmos juntos. — Ele olhou para os homens ao redor. — Vocês permaneceriam aqui apenas para serem mortos depois? Olhem o que fizeram com a Cidadela. Acham que aquilo não foi deliberado? Vieram atrás da Guarda Real primeiro e, se acham que o que quer que esteja nos atacando terá piedade de um bando de sobreviventes perdidos, são tolos.

Um capitão geziri com um corte horrível no rosto falou.

— Estaríamos no campo visual daqueles arqueiros. Eles nos verão nadando e nos encherão de flechas antes de sequer nos aproximarmos da margem.

— Ah, mas não me virão chegando. — Ali tirou as sandálias. Seria mais fácil nadar sem elas. — Ficarei sob a água até chegar à muralha.

O capitão o encarou.

— Príncipe Alizayd… sua coragem é admirável, mas não pode nadar aquela extensão sob a água. E, mesmo que pudesse, é apenas um homem. Eu contei ao menos uma dúzia daqueles guerreiros e provavelmente cem ghouls. É suicídio.

— Ele consegue. — Foi Lubayd, com a voz intensa. Ele encontrou os olhos de Ali e, pelo misto de luto e admiração nos olhos do amigo, Ali viu que Lubayd sabia o que estava preparando-se para fazer. — Ele não luta como o resto de nós.

Ainda vendo incerteza em rostos demais, Ali ergueu a voz.

— Daevabad é nosso lar! Todos vocês juraram defendê-la, defender os inocentes dentro dela que estão prestes a ser massacrados pelos mesmos monstros que acabaram de matar tantos de nossos irmãos e irmãs. Vocês *vão* voltar para aquela praia. Recolham todas as armas que conseguirem. Ajudem um ao outro a nadar. Remem sobre pedaços de madeira. Não me importa como façam, mas atravessem. *Lutem.* Impeçam essas coisas antes que elas entrem na cidade.

Às últimas palavras dele, um bom número de homens estava levantando-se, tristes, mas determinados. Nem todos, no entanto.

— Nós morreremos — disse o marinheiro sahrayn, rouco.

— Então morrerão como mártires. — Ali olhou com raiva para aqueles ainda sentados. — Levantem-se! — rugiu ele. — Seus companheiros estão mortos, suas mulheres e crianças estão indefesas, e estão sentados aqui chorando por si mesmos? Não têm vergonha? — Ele parou, encontrando os olhares deles um a um. — Todos vocês têm uma escolha. Podem acabar esta noite como heróis, com suas famílias em segurança, ou com elas no Paraíso, sua entrada comprada com seu sangue. — Ele sacou a zulfiqar, fogo acendendo-se ao longo da extensão. — *LEVANTEM-SE!*

Lubayd ergueu a espada com um grito selvagem e levemente apavorado.

— Vamos, seus mimados pomposos nascidos na cidade! — provocou ele. — O que aconteceu com toda aquela vanglória que tenho ouvido sobre sua coragem? Não querem que cantem sobre vocês nas histórias que contarem sobre esta noite? Vamos!

Isso colocou o restante deles de pé.

— Preparem-se — ordenou Ali. — Estejam prontos para ir assim que eles estiverem distraídos. — Com o coração acelerado, ele enfiou a zulfiqar de volta na bainha, arrancando um pedaço do dishdasha arruinado para prender as armas.

Lubayd agarrou o punho dele, puxando-o para perto.

— Não vá morrer, Alizayd al Qahtani — disse o amigo, pressionando a testa contra a de Ali. — Não arrastei sua bunda faminta para fora de uma vala para vê-lo ser devorado por ghouls.

Ali combateu as lágrimas que brotavam em seus olhos; os dois sabiam que havia pouca chance de ele sair da praia vivo.

— Que Deus esteja com você, meu amigo.

Ele se virou. Antes que pudesse mostrar o medo que pulsava em seu sangue, antes que os demais pudessem ver sequer um segundo de hesitação, Ali mergulhou no lago.

Ele nadou fundo, o movimento jogando-o de volta às memórias do pesadelo marid. Embora a água estivesse escura com sedimentos, ele viu o leito do rio abaixo. Estava lamacento e cinza, uma imitação pálida da planície marid exuberante de seu sonho.

Será que os marids estão por trás de tudo isso?, perguntou-se Ali, lembrando-se do ódio deles. Será que tinham voltado para retomar seu lar?

Ele continuou nadando. Era rápido e não demorou até que visse a parede que estava procurando. Teve o cuidado de permanecer encostado a ela quando silenciosamente irrompeu pela superfície da água.

Vozes. Ali ouviu com atenção. Não tinha certeza do que esperava – o balbuciar de demônios desconhecidos, a língua viperina dos marids – mas o que ouviu congelou seu sangue.

Era divasti.

Estavam sendo atacados por *Daeva*? Ali olhou para cima, além de uma estreita abertura de rocha protuberante, e viu de relance um rapaz. Ele poderia ser Daeva, usando um casaco da cor de carvão e uma calça preta apertada, as cores escuras misturando-se perfeitamente às sombras.

Como, em nome de Deus, um bando de Daeva entrou pelo lago armado com ghouls e cavalos alados?

O homem daeva subitamente se aproximou, sua atenção voltando-se para o lado. Ele levou a mão ao arco...

Ali saiu da água com o fôlego seguinte. Ele se impulsionou para a parede diante dos olhos chocados do homem, sacou a zulfiqar e mergulhou a lâmina em chamas no peito do arqueiro.

O homem não teve a chance de gritar. Ali o empurrou para fora da lâmina da zulfiqar e o derrubou na água. Tinha se virado para enfrentar os demais antes que a água sequer fizesse barulho.

Daeva, três deles. Outro arqueiro – uma mulher com uma trança preta longa e dois homens armados com uma espada longa e uma maça. Eles pareciam chocados com a chegada do príncipe, espantados com a morte do companheiro. Mas não com medo.

E reagiram *muito* mais rápido do que Ali teria imaginado.

O primeiro sacou a espada longa, o cheiro acre avisando a Ali do ferro antes que se chocasse com força contra a zulfiqar. O homem dançou para trás, com o cuidado de evitar a lâmina envenenada. Era um movimento que Ali associava com outros Geziri, guerreiros que tinham treinado contra zulfiqars.

Onde o homem daeva tinha aprendido *aquilo*?

Ali se abaixou, evitando por pouco a maça cravejada de pregos que disparou além de seu rosto. Os Daeva se dividiram de modo organizado para cercá-lo, movendo-se em uníssono perfeito sem dizer uma palavra.

Então a arqueira que restava sibilou em djinnistani.

— É o assassino de Afshin. — Ela soltou uma risada debochada. — Um título um pouco mentiroso, mosca da areia.

O espadachim avançou, forçando Ali a bloqueá-lo e, de novo, o que levava a maça usou a distração para atacar. Dessa vez, a maça atingiu o ombro de Ali, os pregos arrancando um pedaço de carne.

Ali arquejou com a queimação e um dos homens daeva olhou para ele com desprezo.

— Vão devorar você vivo, sabe — disse ele, indicando os ghouls abaixo. — Não nós, é claro. Ordens e tudo isso. Mas aposto que sentem o cheiro do *seu* sangue no ar agora mesmo. Aposto que estão ficando vorazes.

Os três guerreiros se aproximaram, encurralando Ali contra a borda da parede. Ele não sabia quem havia treinado os

Daeva, mas tinham feito um trabalho muito bom, os soldados movendo-se como se tivessem uma só mente.

Mas então o espadachim chegou perto demais. Ali se abaixou, vendo a oportunidade e avançando para o homem que segurava a maça. Ele o atingiu com um golpe limpo na coxa, as chamas envenenadas deixando uma linha de carne que rapidamente escureceu.

— Bahram! — a arqueira gritou horrorizada. O homem parecia chocado, sua mão descendo para o ferimento fatal. Então ele olhou para Ali, com os olhos selvagens.

— Pela Banu Nahida — sussurrou ele, e avançou.

Pego *completamente* desprevenido pela declaração, Ali não estava preparado para a investida desesperada. Ele ergueu a zulfiqar em defesa, mas não fez diferença. O homem tomou o golpe no estômago, atirando-se em Ali e lançando os dois rolando da parede.

Ali caiu com um impacto de tremer os ossos na areia úmida. Uma onda passou por cima de seu rosto e ele engasgou com a água, seu ombro latejando. A zulfiqar sumira, presa no corpo do homem que matara, agora caído mais ao fundo da margem.

Com um gemido esganiçado, ele se pôs de joelhos com dificuldade, os choros famintos e os gritos sem língua dos ghouls mortos-vivos ficando mais altos. Ali virou a cabeça.

E seus olhos se arregalaram. Havia bandos de ghouls correndo até ele. Alguns eram cadáveres inchados de carne pútrida e dentes ensanguentados, outros estavam reduzidos a esqueletos, com as mãos em garras afiadas como facas. Estariam sobre ele em segundos. Então o comeriam vivo, dilacerando-o, e estariam à espera dos amigos dele – os poucos que sobrevivessem à arqueira que agora mesmo ele via preparando uma flecha.

Não. Aquilo não podia ser o destino deles. De sua família, sua cidade. Ali lançou as mãos na areia molhada, a água subindo entre seus dedos.

— Ajude-me! — implorou ele, gritando para os marids. Os monstros antigos já o haviam usado; ele sabia que a assistência deles viria com um preço terrível, mas naquele momento não se importava. — Por favor!

Nada. A água permaneceu calada e sem vida. Os marids tinham ido embora.

Mas em um canto da mente, algo se agitou. Não a presença estranha que esperava, mas uma familiar e reconfortante. A parte de Ali que se deliciava ao passear pelos campos alagados de Bir Nabat e observar o modo como a água fazia a vida florescer. A lembrança do menininho cuja mãe cuidadosamente ensinara a nadar. O instinto protetor que o salvara de inúmeros assassinos.

Uma parte de Ali que ele negava, um poder que o assustava. Pela primeira vez desde que caíra no lago naquela noite terrível... Ali o aceitou.

Quando a onda seguinte quebrou, o mundo ficou silencioso. Macio e lento e cinza. Subitamente, não importava que ele não tivesse a zulfiqar na mão. Que estivesse em menor número.

Porque Ali tinha *todo* o resto. A água a seus pés, que era um animal mortal e colérico caminhando dentro da jaula. A umidade no ar, que era espessa e estonteante, cobrindo cada superfície. Os veios de córregos submarinos, que eram lanças de poder e vida pulsante, e as nascentes nos penhascos rochosos, ansiosas para escapar de sua prisão pedregosa.

Os dedos dele se curvaram em volta do cabo da khanjar. Os ghouls que o cercavam pareceram subitamente um nada composto de fumaça sem substância e os Daeva não muito mais do que isso. Tinham o sangue de fogo, verdade, queimando forte.

Mas o fogo podia ser apagado.

Ali gritou para a noite e a umidade do ar explodiu em volta dele, caindo em forma de chuva que cobriu seus ferimentos, acalmando e curando seu corpo exausto. Com um estalo dos dedos, ele ergueu uma névoa para cobrir a praia. Ouviu a arqueira gritar, surpresa pela cegueira súbita.

Mas Ali não estava cego. Ele avançou para a zulfiqar, tirando-a do corpo do morto no momento em que os ghouls atacaram.

Com a zulfiqar em uma das mãos e a khanjar na outra, gotas de água girando das lâminas molhadas, ele cortou a multidão dos mortos-vivos. Eles continuavam vindo, incansáveis, dois novos ghouls avançando para cada um que ele decapitava. Uma confusão furiosa de dentes batendo e mãos ossudas, algas marinhas envolvendo seus membros em decomposição.

Os Daeva na parede acima do príncipe fugiram, o calor de seus corpos de sangue e fogo sumindo. Havia outros; Ali conseguia sentir um trio correndo para juntar-se a eles e cinco já nas ruínas da Cidadela. Dez no total, de que ele tinha ciência.

Ali podia matar dez homens. Ele cortou a cabeça do ghoul que bloqueava seu caminho, chutou outro no peito, então correu atrás dos Daeva.

Ele parou para lançar a khanjar no mais próximo, pegando o homem pelas costas. Ali a mergulhou mais profundamente quando se aproximou, girando a lâmina até o homem parar de gritar antes de soltá-la.

Batidas chamaram sua atenção. Ele olhou para trás em meio à escuridão que conjurara e viu dois arqueiros sobre cavalos de fumaça correndo ao longo da beira da água. Um sacou o arco.

Ali sibilou, chamando o lago. Dedos de água serpentearam em volta das pernas dos cavalos, arrastando os arqueiros para as profundezas conforme as montarias encantadas sumiram em um jorro de névoa. Ele continuou correndo. Dois dos Daeva em disparada pararam, talvez inspirados por um rompante de coragem para defender o território e proteger os companheiros.

Ali enfiou a zulfiqar no coração do primeiro; a adaga abriu a garganta do segundo.

Restavam sete homens.

Mas os ghouls o alcançaram quando ele avançou para a parede exterior destruída da Cidadela, puxando-o de volta enquanto ele tentava subi-la. Houve um borrão de ossos; o cheiro de podridão e sangue era sobrepujante conforme o rasgavam. Ali gritou quando uma criatura mordeu profundamente seu ombro já ferido. Estavam por toda parte, e o controle que tinha sobre a poderosa magia da água se enfraqueceu conforme o pânico tomava conta dele.

Daevabad, Alizayd, sussurrou a voz do pai dele. *Daevabad vem primeiro.* Sangrando muito, Ali se entregou mais, recebendo a magia pura que pulsava tão selvagemente dentro de si que parecia que seu corpo explodiria.

Ele recebeu uma dádiva em troca – a súbita ciência de um rico veio de água abaixo de si, um córrego oculto serpenteando profundamente sob a areia. Ali o chamou, puxando-o para cima como um chicote.

Pedra e areia e água saíram voando. Ali o açoitou contra os ghouls, derrubando o suficiente deles para escapar da horda. Ele seguiu aos tropeços até a parede destruída da Cidadela.

Outro par de Daeva tinha sido deixado para lidar com ele, sua coragem recompensada com dois golpes ágeis da zulfiqar que arrancaram suas cabeças. Sangue escorria pelo rosto de Ali, trechos rasgados de pele queimando sob o dishdasha em frangalhos.

Não importava. Ali disparou pela abertura, flechas descendo sobre ele conforme navegava pelo pátio quebrado onde aprendera a lutar pela primeira vez. Os corpos de seus amigos djinns estavam por toda parte, alguns perfurados por flechas, outros dilacerados por ghouls, outros simplesmente esmagados no caos violento que a besta do lago liberara sobre o complexo. Luto e ódio inundaram suas veias, impulsionando-o. E, embora os arqueiros mal pudessem enxergar na névoa conjurada, um quase o acertou, uma flecha rasgando sua coxa. Ali arquejou.

Mas não parou.

Ele avançou sobre uma pilha arruinada de arenito, que reconheceu vagamente como o diwan ensolarado onde tentara ensinar economia a um grupo entediado de cadetes. O espadachim que debochara dele agora estava ali de pé, tremendo enquanto erguia a lâmina.

— Demônio! — gritou o Daeva. — O que diabo é v...

Ali o calou com a khanjar.

Quatro restavam. Ele inspirou, tirando um momento para observar os arredores. Um olhar revelou dois arqueiros ainda de pé na parede da Cidadela, uma posição da qual seriam capazes de mirar facilmente nos soldados chegando à praia. Os dois Daeva restantes tinham espadas nas mãos. Estavam a passos da abertura na Cidadela que dava para a cidade, com uma multidão de ghouls em seu encalço.

Ali fechou os olhos, soltando as armas, caindo no chão e mergulhando as mãos em uma das poças de água deixadas pelo ataque do lago. Ele conseguia sentir seus companheiros ao longe, os últimos sobreviventes da Guarda Real saindo cambaleantes da água. Mas nenhum estava próximo da Cidadela. Ainda não.

Bom. Ele chamou o lago de novo, sentindo-o caminhar de um lado para outro em sua mente. Estava com ódio. Queria vingança da ilha de pedra que maculava seu coração.

Ali estava prestes a deixar que tomasse um pequeno pedaço. Ele chamou as ondas que batiam contra a parede. *Venham.*

Elas responderam.

A água rugiu quando se chocou contra a Cidadela, atirando os arqueiros contra o pátio de pedra. Ela se partiu ao aproximar-se dele, avançando para agarrar ghouls e esmagá-los em pedaços. Um único grito cortou o ar quando a água engoliu o último Daeva e correu para a abertura, ansiosa para devorar o restante da cidade.

Foi preciso tudo o que Ali tinha para controlá-la. Houve um uivo na mente dele e então era ele quem gritava, agarrando o chão quando mandou o lago de volta pelo caminho de onde viera. A água caiu aos seus pés, avançando na areia e rodopiando para dentro de fendas rochosas nas ruínas.

Seu controle sobre a magia se desintegrou e Ali desabou. Sangue e suor brotavam dele em partes iguais conforme se estatelou no chão. As orelhas estavam zunindo; as cicatrizes que os marids tinham rasgado em seu corpo latejavam. Sua visão ficou brevemente embaçada quando seus músculos se contraíram.

Então ele estava imóvel no chão frio e úmido. O céu era um preto intenso, a extensão de estrelas linda e convidativa.

— Alizayd!

Embora tivesse ouvido Lubayd chamar seu nome, o amigo parecia a um mundo de distância. Tudo parecia, exceto pelas estrelas que o chamavam e o sangue morno que se empoçava sob ele.

Houve um estalo de trovão. Estranhamente, ele mal notou, pois o céu noturno estava sem nuvens.

— Ali! — O rosto de Lubayd avançou no campo visual acima dele. — Ah, irmão, não... — Ele olhou para trás. — Precisamos de ajuda!

Mas o chão já estava ficando frio de novo, água escorrendo pela areia para abraçá-lo. Ali piscou, sua mente um pouco mais clara. As manchas que dançavam diante de seus olhos sumiram também – bem a tempo de Ali notar uma fumaça preta oleosa erguendo-se atrás de Lubayd. Os tendões dançaram, entrelaçando-se.

Ali tentou chamar o nome do amigo.

— Lu-Lubay...

Lubayd o calou.

— Está tudo bem, apenas aguente firme. Vamos levar você até a sua Nahid, e você ficará bem. — Ele enfiou a zulfiqar de Ali de volta no cinto e um sorriso se abriu em seu rosto, fazendo pouco para apagar a preocupação em seus olhos. — Não vá deixar isso...

Um som assustador de esmagamento roubou as palavras de Lubayd. A expressão do amigo congelou e então o corpo dele estremeceu de leve quando o som se repetiu, um terrível ruído de sucção. Lubayd abriu a boca como se para falar.

Sangue preto escorreu dos lábios dele. A mão em chamas de alguém o empurrou para fora do caminho e o amigo desabou.

— Pelo Criador... — disse uma voz fumegante e arrastado. — O que é *você*, seu lindo e destruidor pedaço de caos?

Ali escancarou a boca para a criatura que pairava acima dele, a mão em garra segurando um machado de guerra ensanguentado. Era uma coisa magricela e fantasmagórica, com membros que pareciam luz prensada e olhos dourados que se incendiavam e lampejavam. E havia apenas uma criatura no mundo deles com aquele aspecto.

Um ifrit. Um ifrit tinha atravessado o céu e entrado em Daevabad.

O ifrit o agarrou pelo pescoço e Ali arquejou quando foi erguido no ar. A criatura o puxou para perto, os olhos reluzentes a centímetros do rosto de Ali. O cheiro de sangue e cinzas tomou conta de Ali quando o ifrit passou a língua pelos dentes afiados, fome e curiosidade inconfundíveis na expressão feral.

O ifrit inalou.

— Sal — sussurrou ele. — Você é aquele que os marids tomaram, não é? — Uma das garras afiadas como lâminas pressionou com força o pescoço dele, e Ali teve a impressão de que não seria nada difícil para o demônio rasgá-lo. — Mas isto... — Ele indicou o pátio destruído e os Daeva afogados. — Jamais vi *nada* assim. — A outra mão do ifrit percorreu o braço de Ali num exame rápido. — E nada como a magia que fervilha de você. — Os olhos incandescentes brilharam. — Eu adoraria desmembrá-lo, pequenino. Ver como isso funciona, camada após camada...

Ali tentou desvencilhar-se e viu o corpo de Lubayd, os olhos vítreos e cegos fixos no céu acima. Com um grito engasgado de negação, levou a mão à zulfiqar.

Os dedos do ifrit subitamente apertaram o pescoço dele. A criatura estalou a língua em reprovação.

— Nada disso agora.

— Príncipe Alizayd!

Enquanto Ali se debatia contra a mão de ferro que apertava seu pescoço, viu um bando de homens correndo ao longe: o resto dos sobreviventes da Guarda Real.

— *Príncipe?* — repetiu o ifrit. Ele sacudiu a cabeça, desapontado. — Que pena. Há outro atrás de você, e ele tem um temperamento que nem mesmo *eu* desafiaria. — Ele suspirou. — Espere um pouco. Isso *com certeza* vai doer.

Não houve tempo de reagir. Uma descarga lancinante de calor disparou sobre Ali, consumindo os dois em um redemoinho de fogo e nuvens verdes nauseantes. Relâmpago estalou na orelha dele, chacoalhando os ossos de Ali. A praia sumiu e os gritos de seus homens se dissiparam, substituídos pelo borrão de telhados e o rugido do vento. Ali chegara tarde demais.

O ifrit que assassinara Lubayd estava indo embora. Ainda zonzo, Ali tentou acompanhar o movimento, mas a cena vinha até ele em fragmentos. Um grupo de jovens guerreiros vestindo os mesmos uniformes pretos estampados que os Daeva na praia cercavam outro homem – o comandante deles, talvez. Ele estava de costas para Ali, disparando o que pareciam ser ordens em divasti.

Um enorme arco de prata, terrivelmente familiar, estava preso sobre os ombros largos dele.

Ali recuou a cabeça em negação, certo de que estava sonhando.

— Eu tenho um presente para *você* — cantarolou o ifrit para o comandante daeva, indicando Ali com o polegar. — Esse é o príncipe que sua Banu Nahida quer, não é? Aquele que deveríamos prender?

O comandante daeva se virou e o coração de Ali parou. Os olhos verdes frios dos pesadelos dele, a tatuagem preta que declarava sua posição para o mundo...

— Não é — disse Darayavahoush e-Afshin em uma voz baixa e letal. Os olhos dele se incendiaram, um lampejo amarelo-fogo sob o verde. — Mas ele vai servir muito bem.

DARA

Dara dera dois passos na direção de Alizayd antes de se impedir, mal acreditando que o Ayaanle coberto de sangue diante dele pudesse ser o arrogante pirralho real com quem lutara em Daevabad anos antes. Tinha crescido, perdendo a infantilidade das feições que tinham impedido Dara de acabar aquela disputa de uma forma mais letal. Também parecia terrível, como algo que Vizaresh tivesse pescado do lago, semimorto. Seu dishdasha pendia em retalhos ensopados; os braços e pernas estavam cobertos de cortes ensanguentados e marcas de mordida.

Os olhos dele, no entanto – eram do cinza geziri de que Dara se lembrava. Os olhos do pai dele, os olhos de Zaydi al Qahtani – e, se Dara ainda duvidasse, a zulfiqar pendurada na cintura de Alizayd era confirmação o bastante.

O príncipe se sentara. Parecia completamente desorientado, os olhos confusos percorrendo Dara em choque.

— Mas você está morto — sussurrou ele. — Eu matei você.

Ódio correu pelo sangue de Dara e ele fechou as mãos em punhos incandescentes.

— Lembra-se disso, não é? — Ele estava lutando para manter-se na forma mortal, ardendo para se submeter às chamas que queriam consumi-lo.

As mãos de Nahri em seu rosto. *Partiremos, viajaremos o mundo.* Dara estivera perto, tão perto de escapar daquilo tudo.

Então Alizayd al Qahtani se entregou aos marid.

— Afshin? — a voz hesitante de Laleh, sua recruta mais jovem, interrompeu o devaneio. — Quer que eu leve meu grupo para o harém?

Dara exalou. Seus soldados. Seu dever.

— Prenda-o — disse ele inexpressivamente para Vizaresh. Lidaria com Alizayd al Qahtani pessoalmente, mas somente depois de dar as ordens a seus guerreiros. — E tire essa maldita zulfiqar dele imediatamente.

Ele se virou, fechando os olhos com força por um momento. Em vez da escuridão das pálpebras fechadas, Dara viu através de cinco conjuntos de olhos, aqueles das bestas de fumaça que conjurara do próprio sangue e libertara com cada grupo de guerreiros. Ele teve um lampejo reconfortante de Manizheh, que insistira em separar-se deles para seguir imediatamente para a enfermaria, cavalgando sobre o karkadann galopante que Dara fizera para ela.

As criaturas exigiam muito de sua consciência; a magia o exauria. Precisaria abrir mão da forma mortal logo, mesmo que apenas para se recuperar.

— Dividam-se — disse ele, em divasti. — Ouviram a Banu Nahida. Nossa primeira prioridade é encontrar o grão--vizir e o corpo de Ghassan. Laleh, seu grupo vai vasculhar o harém. Gushtap, leve o seu para o pavilhão no telhado que Kaveh mencionou. — Ele olhou para os guerreiros. — Espero que se lembrem de quem são. Façam o que for necessário para tomar o palácio e manter nosso povo seguro, mas nada mais. — Ele parou. — Tal piedade não se estende a nenhum sobrevivente da Guarda Real. Matem-nos imediatamente. Não deem a eles a chance de sacar as armas. Não deem a homem *algum* a chance de sacar uma arma.

Gushtap abriu a boca.

— Mas a maioria dos homens carrega armas.

Dara o encarou.

— Minha ordem permanece a mesma.

O outro guerreiro fez uma reverência com a cabeça. Dara esperou até que os soldados tivessem sumido para virar-se de novo.

Vizaresh tomara a zulfiqar de Alizayd e a segurava perto do pescoço do príncipe, embora o djinn ensanguentado não parecesse capaz de começar uma briga; nem mesmo parecia capaz de ficar de pé. Dara parou. Uma coisa era matar um inimigo odiado em combate; executar um rapaz ferido que mal conseguia manter os olhos abertos era outra história.

Ele é perigoso. Livre-se dele. Dara sacou a espada curta do lado do corpo. Então parou subitamente, observando o príncipe encharcado com mais atenção.

Marcas de mordida. Ele se virou para Vizaresh.

— Você deveria estar com meus soldados e nossos ghouls na praia. Eles tomaram as ruínas da Cidadela?

Vizaresh sacudiu a cabeça.

— Seus soldados estão mortos — disse ele, diretamente.

— E meus ghouls se foram. Não havia motivo para ficar. Os djinns já estavam retomando o controle da praia.

Dara o encarou com incredulidade. Ele vira as ruínas da Cidadela pessoalmente e mandara seus guerreiros com cem ghouls. Deveriam ter sido mais do que páreo para quaisquer sobreviventes que restassem.

— Não é possível. — Ele semicerrou os olhos e então avançou contra Vizaresh. — *Você* os abandonou?

O ifrit ergueu as mãos em uma rendição debochada.

— Não, tolo. Você tem *esse* aqui para culpar pela morte de seus guerreiros — disse ele, inclinando a cabeça na direção de Alizayd. — Tinha o comando do lago como se fosse um marid ele mesmo. Jamais vi nada assim.

Dara se chocou. Ele mandara uma dúzia de seus melhores homens para a praia. Mandara *Irtemiz* para aquela praia.

E Alizayd al Qahtani matara todos com magia marid.

Ele empurrou Vizaresh para o lado.

Alizayd finalmente se ergueu cambaleante, avançando para o ifrit como se quisesse pegar a zulfiqar.

Ele não conseguiu. Dara o golpeou no rosto, com tanta força que ouviu os ossos estalarem. Alizayd caiu estatelado no chão, sangue escorrendo do nariz quebrado.

Irritado demais para manter a forma, Dara deixou sua magia soltar-se. Fogo percorreu seus membros, garras e presas irromperam de sua pele. Ele mal notou.

Mas Alizayd certamente notou. Ele gritou chocado, rastejando para trás quando Dara se aproximou de novo. Ótimo. Que a cria de Zaydi morresse sentindo terror. Mas não seria com magia. Não, Dara enfiaria metal no pescoço daquele homem e o veria sangrar. Ele pegou Alizayd pelo colarinho rasgado, erguendo a lâmina.

— *Espere.* — A voz de Vizaresh soou com uma urgência suave que atravessou a névoa do ódio de Dara.

Ele parou.

— *O quê?* — disparou, virando-se para olhar por cima do ombro.

— Realmente mataria o homem que o matou diante de sua Nahri e massacrou seus jovens soldados? — perguntou Vizaresh, lentamente.

— Sim! — disparou Dara. — É *exatamente* o que eu vou fazer.

Vizaresh se aproximou.

— Daria a seu inimigo a mesma paz que lhe foi negada?

Fumaça espiralou pelas mãos de Dara; calor subia pelo rosto dele.

— Está querendo se juntar a ele? Não tenho paciência para suas malditas charadas agora, Vizaresh!

— Não é nenhuma charada, Darayavahoush. — Vizaresh tirou a corrente de metal da placa de bronze do peito. — Apenas outra opção.

Os olhos de Dara se fixaram nos anéis de esmeralda que pendiam da corrente. Ele perdeu o fôlego.

— Entregue-o a mim — sussurrou Vizaresh em divasti. — Sabe o nome dele, não sabe? Pode dar o golpe final você mesmo e obedecer Manizheh, mas deixe-me tomar a alma dele primeiro. — Ele se aproximou, sua voz um ronronado baixo. — Tenha a vingança que merece. A você foi negada a paz da morte. Por que seu inimigo deveria recebê-la por suas mãos?

Os dedos de Dara tremeram na faca, sua respiração vinha rápida. Manizheh conseguiria sua vingança de Ghassan; por que Dara não deveria ter a dele? Seria pior do que já estavam fazendo? Do que ele já fizera?

Alizayd devia ter percebido que algo estava errado. O olhar dele se desviou de Dara para o ifrit, finalmente recaindo sobre a corrente de anéis de escravos.

Seus olhos se arregalaram. Um terror *selvagem* e puro pulsava dentro deles. Ele recuou com um arquejo, tentando desvencilhar-se de Dara, mas o Afshin o segurou facilmente, prendendo-o com força ao chão e pressionando a lâmina contra seu pescoço.

Alizayd gritou, contorcendo-se contra eles.

— Me solte! — gritou ele, aparentemente ignorando a faca contra o pescoço. — Me solte, seu...

Com um único movimento brutal, Vizaresh agarrou a cabeça do príncipe e bateu o crânio dele contra o chão. Alizayd imediatamente se calou, os olhos zonzos rolando para trás.

Vizaresh soltou um suspiro exasperado.

— Juro, esses djinns fazem cada vez mais barulho do que os humanos, embora eu suponha que seja o que acontece quando se vive perto demais daqueles insetos de sangue da terra. — Ele pegou a mão de Alizayd, deslizando o anel no polegar dele.

— Pare — sussurrou Dara.

O ifrit olhou com raiva para ele, seus dedos ainda fechados no anel.

— Você disse que ele não era o príncipe que você queria. Não toquei em ninguém do seu povo. Pode me dar este aqui.

Mas se a forma fria com que Vizaresh esmagara a cabeça do jovem príncipe no chão – de fato, como alguém esmagaria uma mosca – já não tivesse trazido Dara de volta a si, a possessão colérica na voz do ifrit o fez se encolher. Era assim que Qandisha pensara nele? Uma posse, um brinquedo com que se divertir, para jogar para os humanos, apenas para deliciar-se com o caos que causaria?

Sim. Somos os ancestrais do povo que os traiu. Os daevas que escolheram humilhar-se diante de Suleiman, para deixar que um humano os transformasse para sempre. Para os ifrits, seu povo – tanto djinns como Daeva – eram um anátema. Uma abominação.

E Dara fora tolo o suficiente para se esquecer disso. Como quer que tivesse sido trazido de volta à vida, não era um ifrit. Não permitiria que eles escravizassem a alma de outro djinn.

— Não — disse Dara de novo, repulsa pulsando dentro dele. — Tire essa coisa repugnante dele. *Agora* — exigiu ele, quando Vizaresh não se moveu. Em vez de obedecer, o ifrit se levantou, sua atenção capturada por algo atrás deles. Dara acompanhou seu olhar.

E seu coração parou.

NAHRI

— Tem certeza de que isso leva de volta à muralha externa? — sussurrou Nahri conforme ela e Muntadhir seguiam de fininho pela passagem sinuosa dos criados. Exceto por um pouco de fogo que ela conjurara, estava completamente escuro.

— Já falei duas vezes — respondeu Muntadhir, rispidamente. — Qual de nós passou a vida toda aqui mesmo?

— Qual de nós costumava entrar às escondidas em quartos aleatórios? — murmurou Nahri de volta, ignorando o olhar irritado que ele deu a ela. — O que, estou errada?

Ele revirou os olhos.

— Esta passagem acaba logo, mas podemos pegar o corredor seguinte até a ponta leste e acessar os degraus externos ali.

Nahri assentiu.

— Então, a insígnia de Suleiman... — começou ela, tentando manter o tom leve. — Como a recuperamos? Precisamos retalhar o rosto de seu pai ou...

Muntadhir soltou um ruído engasgado.

— Meu Deus, Nahri, sério?

— Foi você quem ficou todo estranho quando mencionou pela primeira vez!

Ele sacudiu a cabeça.

— Vai enfiar uma adaga em minhas costas e fugir assim que eu lhe contar?

— Se continuar falando coisas assim, é provável. — Nahri suspirou. — Podemos tentar ficar do mesmo lado por *uma* noite?

— Tudo bem — grunhiu Muntadhir. — Suponho que outra pessoa *deveria* saber, considerando tudo. — Ele respirou fundo. — Não tem nada a ver com a bochecha dele; a marca aparece depois que o anel é tomado.

— O anel? A insígnia de Suleiman está em um anel? — Nahri lembrou das joias que vira adornando Ghassan ao longo dos últimos cinco anos. Silenciosamente avaliar os bens de valor das pessoas era uma de suas especialidades. — É o rubi que ele usa no polegar? — chutou ela.

A expressão de Muntadhir ficou triste.

— Não está na mão dele — respondeu ele. — Está no coração. Precisamos cortá-lo e queimá-lo. O anel se refaz das cinzas.

Nahri parou subitamente.

— Precisamos fazer *o quê*?

— Por favor, não me faça repetir. — Muntadhir parecia enjoado. — O anel se refaz, você coloca na sua mão e pronto. Meu pai disse que pode levar alguns dias para se recuperar da magia. Então você está preso em Daevabad para sempre — acrescentou ele, sombriamente. — Agora entende por que eu não estava com pressa para virar rei?

— Como assim você fica *preso em Daevabad*? — perguntou Nahri, sua mente acelerada.

— Não perguntei. — Quando ela o encarou incrédula, ele ergueu as mãos. — Nahri, não acho que eu tinha mais de oito anos quando ele me contou tudo isso. Estava mais preocupado em tentar não vomitar de pavor do que com as condições exatas de usar um anel que eu deveria arrancar do cadáver ensanguentado dele. O que me contou foi que o anel não pode deixar a cidade. Então, a não ser que alguém esteja disposto a deixar o coração para trás...

— Que poético — murmurou ela conforme prosseguiram pela passagem escura.

Muntadhir parou diante dos contornos sujos e mal visíveis de uma porta.

— Chegamos.

Nahri olhou por cima do ombro dele quando cuidadosamente a abriu. Eles entraram na escuridão.

Tristeza tomou o rosto dela. Uma mulher geziri usando vestes de camareira estava morta no piso de pedra, com sangue escorrendo das orelhas.

— O veneno passou por aqui — disse ela, baixinho. Aquele não era o primeiro corpo que encontravam. Embora tivessem conseguido avisar um punhado de nobres geziris, estavam achando muito mais mortos do que vivos: soldados com as zulfiqars ainda embainhadas, uma acadêmica com pergaminhos espalhados ao seu redor e, o mais devastador, um par de meninos usando roupas de festa, segurando velas apagadas nas mãos, com gavinhas do vapor de cobre nebuloso ainda agarrados aos pequenos pés.

Muntadhir fechou os olhos da mulher.

— Vou entregar Kaveh ao karkadann — sussurrou ele, selvagemente. — Juro pelo nome de meu pai.

Nahri estremeceu; não podia objetar.

— Vamos seguir em frente.

Assim que se levantaram, ela ouviu passos. Pelo menos três pessoas se aproximavam do outro lado da curva. Sem tempo para voltar para dentro da passagem, eles rapidamente se apertaram contra um nicho escuro na parede. Sombras correram até os dois, uma resposta protetora do palácio, no momento em que várias figuras deram a volta na curva.

O coração dela pesou. Daeva, todos eles. Jovens e desconhecidos, usavam uniformes de estampa cinza e preta.

Também estavam muito bem armados, parecendo mais do que capazes de enfrentar o emir e a esposa. Muntadhir devia ter chegado à mesma conclusão, pois não fez menção de confrontá-los e ficou quieto até que sumissem.

Finalmente, ele pigarreou.

— Acho que sua tribo está conduzindo um golpe.

Nahri engoliu em seco.

— É o que parece — disse ela, trêmula.

Muntadhir a olhou de cima.

— Ainda do meu lado?

O olhar de Nahri recaiu sobre a mulher assassinada.

— Estou do lado que não libera coisas como aquela.

Eles continuaram pelo corredor deserto. O coração de Nahri estava acelerado e ela não ousou falar, principalmente porque agora estava claro que havia inimigos esgueirando-se pelo palácio. Um grito ocasional ou um aviso subitamente interrompido cortava o ar, sendo levado pelos corredores ecoantes do complexo real labiríntico.

Um zumbido estranho varreu a pele dela e Nahri tremeu. Era uma sensação estranhamente familiar, mas ela não conseguia identificá-la. Abaixou a mão para uma das adagas conforme continuaram. Conseguia ouvir as batidas do coração na cabeça, um latejar constante como o tap-tap-tap de um aviso.

Muntadhir estendeu o braço. Ouviu-se um grito abafado à distância.

— *Me solte!*

Ele arquejou.

— Nahri, esse parece...

Mas ela já estava correndo. Havia o som de uma discussão e outra voz, mas ela mal ouviu. Estendeu o braço quando viraram a esquina; a luz súbita era ofuscante depois de tanto tempo espreitando no escuro.

Mas a luz não vinha das tochas ou das chamas conjuradas – vinha de dois ifrits que tinham prendido Ali no chão.

Nahri parou de súbito, contendo um grito. Ali era uma massa ensanguentada, deitado imóvel demais sob um grande ifrit inexplicavelmente vestido com o mesmo uniforme dos soldados daeva e segurando uma faca contra o pescoço do príncipe. Um ifrit mais magricela usando uma placa de bronze no peito estava segurando a mão de Ali, torcendo o pulso do príncipe no que devia ser um ângulo doloroso.

Os dois ifrits se viraram para o casal real. Nahri arquejou quando viu a joia verde reluzindo em um dos dedos de Ali.

Um anel. Um anel de escravo de esmeralda.

O ifrit usando roupas de Daeva abriu a boca, os olhos dele brilhando mais forte.

— Nah...

Ela não o deixou terminar. Com fúria explodindo no peito, Nahri arrastou a adaga com força pela palma da mão, abrindo a pele. Então avançou para a frente, atirando-se nele sem hesitar.

Ela e o ifrit rolaram juntos para trás, Nahri caindo sobre o peito dele. Ela ergueu a adaga ensanguentada, tentando mergulhá-la no pescoço dele, mas o ifrit arrancou com facilidade a arma de sua mão, a própria faca ainda em uma de suas mãos.

Ela se atrapalhou para pegá-la, mas ele era mais forte. O ifrit soltou a faca e a arma caiu no chão com um ruído quando ele segurou os pulsos dela e então rolou para cima, prendendo Nahri abaixo dele.

Nahri gritou. Os olhos incandescentes do ifrit encontraram os dela e ela prendeu a respiração, sobressaltada com o que parecia ser luto espiralando nas profundezas da cor estranha deles.

Então o amarelo incandescente sumiu e os olhos dele se tornaram do tom de verde que assombrava seus sonhos. Cachos pretos brotaram do couro cabeludo enfumaçado e a luz de fogo sumiu do rosto, deixando sua pele de um marrom claro luminoso. Uma tatuagem ébano marcava sua têmpora: uma flecha atravessada com a asa de um shedu.

Dara a encarou de volta, o rosto a centímetros do dela. O cheiro de cedro e citro queimado formigou em seu nariz, então ele disse uma única palavra, que deixou seus lábios como uma oração.

— *Nahri.*

Nahri urrou, algo primitivo e selvagem ondulando dentro dela.

— Pare! — gritou ela, contorcendo-se sob ele. — Livre-se desse rosto ou vou matar você!

Ele segurou as mãos dela com força conforme ela tentava rasgar o pescoço dele.

— Nahri, pare! — gritou o ifrit. — Sou eu, eu juro!

A voz dele a destruiu. Deus, até mesmo soava como ele. Mas era impossível. *Impossível.* Nahri vira Dara morrer. Ela passara as mãos nas cinzas dele.

Aquilo era um truque. Um truque de ifrit. A pele dela se arrepiou ao toque dele e Nahri tentou desvencilhar-se de novo, vendo a adaga ensanguentada perto dos pés.

— Zaydi! — Muntadhir voou até o lado do irmão apenas para ser prontamente atirado pelo corredor pelo segundo ifrit. Ele se chocou com força contra uma das delicadas fontes, água e vidro explodindo ao seu redor.

Pensando rápido e desesperada para tirar o ifrit de cima de si, Nahri subiu o joelho com força onde as pernas dele se ligavam ao corpo.

Ele arquejou, os olhos ainda verdes incendiando-se de dor e surpresa, e recuou o suficiente para que ela se soltasse. Um olhar revelou Muntadhir de pé novamente, correndo para Ali conforme o príncipe mais jovem rolava lentamente, sangue escorrendo pelo rosto. O segundo ifrit levou a mão ao machado de guerra que pendia nas costas...

— *PARE!* — O corredor tremeu, ecoando com o comando do primeiro ifrit. — Vizaresh, fique para trás — disparou ele, ao ficar de pé. O segundo ifrit imediatamente obedeceu, recuando dos irmãos Qahtani com um ruído aquoso, a água da fonte quebrada empoçando-se aos seus pés.

O ifrit usando o disfarce de Dara se voltou para Nahri de novo, com o olhar suplicante.

— Nahri — disse ele, engasgado, o nome deixando sua boca como se lhe causasse dor. Ele deu um passo na direção dela, estendendo a mão como se quisesse tomar a dela.

— Não me toque! — O som da voz dele era fisicamente doloroso; ela fez o possível para não tapar os ouvidos. — Não sei quem você é, mas vou envenenar seu sangue se não trocar de aparência.

O ifrit caiu de joelhos diante dela, erguendo as mãos na benção daeva.

— Nahri, sou eu. Juro pelas cinzas de meus pais. Encontrei você em um cemitério no Cairo. Contei meu nome a você nas ruínas de Hierápolis. — O mesmo luto vazio rodopiava nos olhos dele. — Você me beijou nas cavernas sobre o Gozan. — A voz dele falhou. — Duas vezes.

O coração dela se contorceu, negação determinada percorrendo seu corpo.

— Não é. — Um soluço escapou de seu peito. — Você está morto. *Está morto.* Eu vi você morrer!

Ele engoliu em seco, tristeza ondulando por seu rosto conforme seus olhos assombrados a observavam.

— Eu *estava* morto. Mas ninguém parece contente em me deixar nesse estado.

Nahri cambaleou, recuando quando ele se moveu para ajudá-la. Peças demais estavam encaixando-se em sua mente. A traição cautelosa de Kaveh. Os soldados daeva bem armados. *Dara.* O deslumbrante guerreiro que tomara a mão dela no Cairo e a levara para uma terra lendária. Seu Afshin quebrado, levado à destruição pela política esmagadora da cidade que ele não pôde salvar.

Ele continuou.

— Desculpe, Nahri. — O fato de que obviamente registrara qualquer que fosse a mudança na expressão dela era a maior prova, pois Nahri não renunciava à máscara tão facilmente.

— O que *é* você? — sussurrou ela, incapaz de esconder o horror na voz. — É... é um *deles* agora? — Ela indicou com a cabeça o ifrit, quase com medo da resposta.

— Não! — Dara cobriu a distância entre eles e pegou suas mãos, os dedos quentes contra os dela. Nahri não tinha forças para se afastar; parecia que Dara fazia um esforço imenso para não a agarrar e *fugir*. — Pelo Criador, não! Eu... eu sou um daeva — disse ele, baixinho, como se as palavras o deixassem nauseado. — Mas como nosso povo foi um dia. Estou livre da maldição de Suleiman.

A resposta não fazia sentido. *Nada* daquilo fazia sentido. Nahri sentiu como se tivesse esbarrado em uma miragem, uma alucinação insana.

Dara a puxou para perto, levando a mão à bochecha dela.

— Desculpe. Eu queria contar a você, vir direto... — A voz dele ficou desesperada. — Eu não podia atravessar o limiar. Não podia voltar para você. — Ele prosseguiu, suas palavras ficando mais incompreensíveis. — Mas vai ficar tudo bem, eu prometo. Ela vai consertar tudo. Nosso povo será livre e...

— Merda — xingou Muntadhir. — É você mesmo. Só você voltaria dos mortos uma segunda vez e imediatamente começaria outra maldita guerra.

Os olhos de Dara brilharam e gelo tomou o coração de Nahri.

— Você está trabalhando com Kaveh — sussurrou ela. — Isso quer dizer... — O estômago dela se revirou. — O veneno que está matando os Geziri... — *Não, por favor.* — Você sabia?

Ele abaixou os olhos, parecendo doente de arrependimento.

— Você não deveria ter visto isso. Deveria estar com Nisreen. Segura. Protegida. — As palavras saíram frenéticas, como se ele estivesse tentando se convencer tanto quanto a ela.

Nahri soltou as mãos dele.

— Nisreen está *morta*. — Ela encarou Dara, ansiando ver um lampejo do guerreiro risonho que a provocara em um tapete voador e suspirara quando ela o beijara na escuridão silenciosa de uma caverna escondida. — As coisas que dizem sobre você são verdade, não são? — perguntou ela, com a voz espessa pelo horror crescente. — Sobre Qui-zi? Sobre a guerra?

Ela não tinha certeza do que esperava: negação, vergonha, talvez ódio e superioridade moral. Mas o lampejo de ressentimento que se incendiou nos olhos dele… aquilo a pegou de surpresa.

— É claro que são verdade — disse ele, inexpressivo. Dara tocou a marca na testa em uma saudação sombria. — Sou a arma que os Nahid fizeram de mim. Nada mais, nada menos, e aparentemente por toda a eternidade.

Com seu tato habitualmente precário, Ali escolheu esse momento para falar.

— Ah, sim — resmungou ele, sentado no chão e pesadamente recostado contra Muntadhir. Seus olhos cinza estavam selvagens com luto, contrastando o rosto coberto de sangue. — Coitadinho do assassino…

Muntadhir tapou a boca de Ali, mas era tarde demais.

Dara se virou para os príncipes Qahtani.

— O que disse para mim, seu hipocritazinho imundo?

— Nada — disse Muntadhir rapidamente, obviamente lutando para manter a boca do irmão fechada.

Mas Ali chamara a atenção deles… embora não tivessem sido suas palavras que a seguraram.

A água das fontes quebradas estava *correndo* até ele. Ela fluía pelo chão, avançando para as roupas ensanguentadas, fazendo minúsculos rios dançarem sobre suas mãos. Ali pareceu tomar fôlego, inclinando a cabeça quando o ar subitamente esfriou.

Então ele ergueu a cabeça de novo, o movimento sobrenaturalmente afiado. Um preto oleoso se misturou com o cinza de seus olhos.

Houve um momento de silêncio chocado.

— Eu tentei dizer a você — falou o ifrit — que havia algo um pouco diferente nele.

Dara encarava Ali com ódio aberto.

— Não é nada de que eu não possa dar conta. — Ele se afastou de Nahri. — Vizaresh, leve o emir e a Banu Nahida. Vou me juntar a você em um momento. — A voz dele se suavizou. — Não precisam ver isso.

Nahri saltou para impedi-lo.

— Não!

Ela nem chegou perto. Dara estalou os dedos e um rompante de fumaça envolveu o corpo dela, firme como uma corda.

— Dara! — Nahri tropeçou, caindo com força de joelhos, chocada por ele ter usado magia contra ela. — Dara, pare, eu imploro a você! Eu *ordeno* a você! — tentou ela, puxando desesperadamente o próprio poder. Os tijolos antigos rangeram. — *Afshin!*

Fogo desceu pelos braços de Dara.

— Sinto muito mesmo, Nahri — disse Dara, e ela conseguia ouvir a mágoa em sua voz. — Mas as suas não são mais as ordens que sigo. — Ele avançou atrás de Ali.

Ali se ergueu cambaleante, empurrando Muntadhir para trás. A cor oleosa lampejou em seus olhos de novo, então a zulfiqar disparou para a mão dele, seguida por um jato de água como se ele tivesse cortado uma onda. Chamas desceram pela lâmina de cobre.

Vizaresh não se movera para obedecer ao comando de Dara. Ele olhava entre os dois agora, os olhos amarelos cautelosos analisando os guerreiros.

Então sacudiu a cabeça.

— Não, Darayavahoush. Você luta contra esse sozinho. Não vou brigar com um que os marids escolheram para abençoar tanto. — Sem mais uma palavra, ele sumiu em um estalo de trovão.

Ali avançou. Quando Nahri gritou, ele ergueu a zulfiqar...

Então recuou como se tivesse se chocado contra uma barreira invisível. Cambaleou, parecendo chocado, mas se recompôs sem hesitação e saltou para a frente de novo.

Dessa vez, a barreira o jogou para trás completamente.

Dara sibilou.

— Sim, seus mestres marids não podiam fazer isso também. — Ele investiu contra o príncipe, arrancando a zulfiqar das mãos de Ali. Com as chamas erguendo-se como se ele mesmo fosse um homem geziri, Dara a ergueu para golpear. Nahri gritou de novo, contorcendo-se contra as amarras de fumaça conforme a magia do palácio se acumulava em seu sangue.

Muntadhir se atirou entre Ali e a zulfiqar.

Houve o cheiro de sangue e carne queimada. Um lampejo de dor nos olhos do marido, então um berro de Ali, um som tão primitivo que não parecia real.

Ódio percorreu o corpo dela. E, simples assim, sua magia estava ali. As amarras de fumaça que ousaram confiná-la – *a ela*, no próprio maldito palácio – foram abruptamente rompidas, e Nahri inspirou, subitamente ciente de cada tijolo e pedra e partícula de poeira no prédio que a cercava. As paredes erguidas por seus ancestrais, os pisos que tinham se enegrecido com o sangue deles.

O corredor tremeu tão forte que o gesso do teto começou a esmigalhar. Chamas se enroscaram em seus dedos, fumaça subindo além do colarinho *dela*. Com as roupas oscilando insanamente à brisa quente que rodopiava para fora de seu corpo, ela ergueu as mãos.

Dara se voltou para ela. Ela podia tanto vê-lo quanto *senti-lo*, luminoso e furioso no limite de sua magia.

Nahri o atirou do outro lado do corredor.

Ele atingiu a parede com tanta força que deixou uma mossa na pedra e desabou no chão. Um pedaço do coração dela se partiu diante da visão, ainda traiçoeiramente ligada ao homem que ficava encontrando novas formas de parti-lo.

Então Dara se levantou de novo.

Os olhares deles se encontraram. Dara parecia chocado. Traído. No entanto, ainda estava sombriamente determinado, um guerreiro comprometido. Ele tocou o sangue dourado que escorria de seu rosto, então ergueu as mãos e uma onda de fumaça preta envolveu seu corpo. Houve um brilho de escamas e um lampejo de dentes quando ele dobrou de tamanho.

Em uma explosão de gesso e pedra, Nahri derrubou o teto sobre ele.

Ela desabou enquanto a poeira subiu ao seu redor, sua magia exaurida.

Os gritos de Ali a trouxeram de volta. Afastando o luto que ameaçava rasgá-la, Nahri se levantou com dificuldade. Muntadhir tinha caído de joelhos e estava encostado contra o irmão. Sangue se espalhava pelo dishdasha dele.

Nahri correu até ele, rasgando o tecido. Lágrimas brotaram em seus olhos. Se ele tivesse sido atacado com qualquer coisa que não fosse uma zulfiqar, ela teria respirado aliviada; era um corte limpo que se estendia sobre o estômago e, embora estivesse ensanguentado, não era profundo.

Mas nada disso importava, porque a pele em volta do ferimento já assumia um tom verde escurecido nauseante, a cor de alguma tempestade terrível – e estava se espalhando, tendões delicados acompanhando as linhas das veias e dos nervos.

Muntadhir soltou um som desanimado.

— Ah — sussurrou ele, com as mãos trêmulas conforme tocava o ferimento. — Suponho que seja irônico.

— Não, não, não, não — gaguejou Ali como se a negação sussurrada pudesse desfazer a cena terrível diante deles. — Por que fez isso? Dhiru, *por que fez isso?*

Muntadhir estendeu a mão para tocar o rosto do irmão, o sangue manchando a pele de Ali.

— Sinto muito, akhi — respondeu ele, fracamente. — Não consegui vê-lo matando você. Não de novo.

Lágrimas escorreram pelo rosto de Ali.

— Vai ficar bem — gaguejou ele. — N-Nahri vai curar você.

Muntadhir sacudiu a cabeça.

— Não — disse ele, trincando o maxilar ao estender a mão para ele. — Todos sabemos que vai desperdiçar tempo.

— Você me deixaria ao menos *tentar*? — implorou ela, com a voz falhando na palavra.

Muntadhir mordeu o lábio, parecendo lutar para esconder o próprio medo. Ele assentiu, um movimento sutil.

Nahri imediatamente abriu as mãos, concentrando-se na pulsação e no calor do corpo do marido; no entanto, assim que fez isso se deu conta da futilidade. Não podia curar a pele rasgada e o sangue envenenado porque não conseguia sentir o ferimento. O corpo dele parecia terminar onde a pele escura começava, as bordas recuando contra a consciência dela conforme Nahri avançava. Era pior do que sua dificuldade com Jamshid, pior ainda do que a luta desesperada para salvar Nisreen. Nahri – que acabara de atirar um homem do outro lado do cômodo e conjurara uma tempestade de areia – não podia fazer nada para combater o veneno da zulfiqar.

Muntadhir gentilmente afastou as mãos dela.

— Nahri, pare. Vocês não têm tempo para isso.

— Temos, sim — interrompeu Ali. — Apenas tente de novo. Tente com mais afinco!

— *Vocês não têm tempo.* — A voz de Muntadhir soou firme. — Zaydi, olhe para mim. Preciso que ouça e que não reaja. Abba está morto. Você precisa ir com Nahri recuperar a insígnia de Suleiman. Ela sabe como.

A boca de Ali se escancarou, mas, antes que ele pudesse falar, um ronco soou da pilha de escombros.

Muntadhir empalideceu.

— Impossível. Você soltou o maldito teto.

Outro ronco pareceu responder, poeira e gesso tremendo.

Ali segurou o irmão.

— Precisamos tirar você daqui.

— Isso não vai acontecer. — Muntadhir tomou um fôlego para se acalmar e então se impulsionou para se sentar. Ele olhou em volta, detendo-se em um objeto que brilhava na poeira.

Um arco de prata.

Um toque de vingança percorreu seu rosto.

— Nahri, poderia me passar aquele arco e ver se não consegue encontrar a flecha?

Mesmo enjoada, ela obedeceu. Sabia no fundo do coração de quem era aquele arco.

— O que vai fazer? — perguntou ela, conforme ele se erguia cambaleante com o arco na mão, determinação e dor estampados em suas feições.

Oscilando, Muntadhir sacou a khanjar. Ele chamou Ali para perto e então enfiou a arma no cinto do irmão.

— Ganhando tempo para você. — Ele tossiu, então inclinou a cabeça para a khanjar. — Pegue isso e sua zulfiqar, akhi. Lute bem.

Ali não se moveu. Subitamente parecia muito jovem.

— Dhiru, eu… não posso deixar você — disse ele, com a voz trêmula, como se pudesse fazer o problema sumir com suas palavras. — Eu deveria proteger você — sussurrou ele. — Eu deveria ser o seu qaid.

Muntadhir lhe deu um sorriso triste.

— Tenho quase certeza de que isso significa que você precisa fazer o que eu mandar. — A expressão dele ficou mais suave. — Está tudo bem, Zaydi. Estamos bem. — Ele encaixou uma flecha no arco e algo se partiu em seu rosto enquanto piscava. — Inferno, acho que significa que eu posso até chegar ao seu Paraíso.

Lágrimas escorriam incontrolavelmente pelas bochechas de Ali. Nahri pegou a zulfiqar dele em silêncio, então deu um passo adiante e pegou a sua mão. Ela encontrou os olhos de Muntadhir, compreensão passando entre os dois.

— Vamos pegar a insígnia de Suleiman — prometeu ela.

— E vou encontrar Jamshid. Tem minha palavra.

Diante disso, os olhos de Muntadhir finalmente ficaram úmidos.

— Obrigado — disse ele, baixinho. — Por favor, diga a ele... — Ele respirou fundo, balançando-se levemente para trás, obviamente lutando para se recompor. Quando seu olhar encontrou o dela de novo, havia um misto de arrependimento e desculpas ali. — Por favor, diga a ele que o amo. Diga que sinto muito por não o ter defendido antes. — Ele limpou os olhos com a manga da blusa e então endireitou a coluna, virando o rosto. — Agora, vão. Poderei considerar meu curto reinado um sucesso se convencer as duas pessoas mais teimosas de Daevabad a fazer algo que não querem.

Nahri assentiu, a própria visão se anuviando conforme arrastava Ali para longe.

— Dhiru — chamou ele, engasgado, de novo. — Akhi, por favor.

Os escombros soltaram um tremor imenso e então um terrível, apavorantemente familiar – e muito irritado – rugido.

— *Vão!* — gritou Muntadhir.

Eles correram.

DARA

Agonia – o tipo de dor que Dara não sentia desde que fora arrastado de volta à vida – foi a primeira coisa de que tomou ciência. Membros esmagados e dentes quebrados, pele rasgada e um latejar tão forte na cabeça que ele quase queria sucumbir de volta à escuridão.

Ele mexeu os dedos, sentindo a pedra áspera e a madeira farpada sob eles. Os olhos se abriram, embaçados, mas Dara não viu nada além de escuridão. Ele gemeu, tentando liberar o braço dolorosamente torcido sob o corpo.

Não conseguia se mover. Estava prensado, esmagado de todos os lados.

Nahri. *Ela derrubou o teto em cima de mim. Ela realmente derrubou o teto em cima de mim.* Ele ficara chocado ao vê-la parecendo algum tipo de deusa vingativa, fumaça espiralando em torno de suas mãos, os cachos pretos soprando selvagemente ao vento fustigante que ela conjurara. Parecera um ícone Nahid para o qual ele poderia ter se curvado no Templo.

Mas a mágoa nos olhos dela, a traição… aquela era a mulher do Cairo.

Você vai arriscar a mulher que de fato serve se não sair daqui. Pensar em Manizheh e na missão dele foi o bastante para que Dara se movesse de novo, ao inferno com a dor. O destino de Daevabad estava em risco. Ele inalou, sentindo o cheiro fumegante de sangue conforme lutava para libertar-se.

Seu sangue. *Criador, não.* Dara fechou os olhos, buscando, mas não havia nada.

Ele perdera o controle sobre as bestas conjuradas do sangue. Pelo olho de Suleiman, havia meia dúzia, karkadanns e zahhaks e rukhs. Eram coisas irracionais e destrutivas quando escapavam do controle dele, uma lição que aprendera cedo em seu treinamento com o ifrit – e agora estavam descontroladas ao lado de seus guerreiros e de Manizheh.

Xingando baixinho, Dara tentou desvencilhar-se, mas só conseguiu sacudir os escombros mais próximos e fazer o corpo doer mais.

Aceite o que é, seu tolo. Os breves momentos que passara na outra forma tinham sido um bálsamo imediato. Dara precisava daquele poder.

O fogo acendeu em seu sangue, correndo por sua pele. Seus sentidos se aguçaram, garras e presas brotando. Ele tocou os tijolos em ruínas acima da cabeça e eles explodiram em pó.

Dara emergiu muito mais lentamente do que gostaria, seu corpo rígido e a dor ainda presente. Era um lembrete assustador: ele era forte, mas não invencível. Finalmente se arrastou para fora da ruína, tossindo poeira e tentando tomar fôlego.

Uma flecha rasgou seu braço. Dara gritou, surpreso, sibilando enquanto levava a mão até o ferimento.

A flecha despontando dele era uma das suas.

Uma segunda passou disparada por seu rosto, e Dara recuou um segundo antes que perfurasse seu olho. Ele se atirou atrás de um pedaço destruído de alvenaria, olhando através dos destroços.

Muntadhir al Qahtani atirava nele com seu próprio arco.

Ele cuspiu, transtornado. *Como ousa esse canalha lascivo, desonrado...*

Uma flecha voou até o ponto onde se escondia.

Dara se abaixou, xingando alto. Não tinha atingido Muntadhir com a zulfiqar? E desde quando uma mosca da areia sabia usar um arco daeva daquela forma?

Trincando os dentes, Dara quebrou a haste da flecha no braço e então a arrancou, contendo um grunhido de dor. Sua pele incandescente se fechou sobre o ferimento, deixando uma cicatriz preta como uma linha de carvão. O fato de ter se curado foi um pequeno alívio, mas Dara mergulhava as flechas em ferro e acabara de receber um lembrete muito necessário dos limites de seu corpo. Ele não queria descobrir o que aconteceria se Muntadhir conseguisse atingi-lo em algum lugar mais vulnerável.

Por que não tenta atirar no escuro, djinn? Dara pressionou as mãos contra a pilha de destroços, comandando a madeira a pegar fogo. Ela queimou escura, as tintas oleosas e a alvenaria antiga jogando para o alto uma parede sufocante de fumaça preta espessa que Dara direcionou para o emir.

Ele esperou até ouvir tosse e então ficou de pé, permanecendo abaixado conforme disparava. Muntadhir lançou outra flecha girando na direção de Dara, mas ele se abaixou e estava puxando o arco das mãos do outro homem antes que ele conseguisse disparar uma segunda. Dara usou a arma para golpear o emir no rosto, lançando-o ao chão.

Estava sobre ele no segundo seguinte, extinguindo a fumaça. A frente do dishdasha de Muntadhir estava rasgada e a barriga dele estava ensanguentada, as linhas verde-escuras e as cinzas rachadas em torno do ferimento uma confirmação violenta de que Dara, de fato, o atingira com a zulfiqar.

Nahri e Alizayd não estava em lugar algum.

— Onde estão eles? — indagou Dara. — Seu irmão e a Banu Nahida?

Muntadhir cuspiu no rosto dele.

— Vá se foder, Flagelo.

Dara pressionou o joelho contra o ferimento de Muntadhir, fazendo o outro arquejar.

— *ONDE ESTÃO ELES?*

Lágrimas escorriam pelo rosto do homem, mas Dara precisava reconhecer – ele segurou a língua mesmo enquanto seus olhos brilhavam de dor.

Ele pensou rápido. Nahri e Alizayd eram espertos. Para onde iriam?

— A insígnia de Suleiman — sussurrou ele. Imediatamente tirou o joelho, lembrando-se de sua missão. — Foi para lá que eles foram? Onde está?

— No inferno — disse Muntadhir, engasgando. — Por que não vai procurá-la? Deve ser um visitante frequente.

Foi preciso todo o autocontrole de Dara para não esganar o outro homem. Ele precisava da ajuda de Muntadhir. E, Qahtani ou não, ele tinha ficado para trás com um ferimento fatal doloroso para que o irmão caçula e a esposa pudessem fugir.

Ele se inclinou para perto.

— Seu povo perdeu; eu vou encontrar seu irmão de uma forma ou de outra. Diga-me como recuperar a insígnia de Suleiman e Alizayd morre rapidamente. Sem dor. Por minha honra.

Muntadhir gargalhou.

— Você não tem honra. Trouxe um *ifrit* para nossa cidade. Há crianças geziris que deveriam estar acendendo fogos e estão agora mortas no palácio por sua culpa.

Dara se encolheu, tentando lembrar das justificativas que Manizheh oferecera.

— E quantas crianças daevas morreram quando seu povo invadiu? Muito mais do que as crianças geziris que serão perdidas esta noite.

Muntadhir o encarou chocado.

— Você está se *ouvindo*? Que tipo de homem faz esses cálculos? — Ódio encheu os olhos cinza dele. — Deus, espero que seja ela no final. Espero que Nahri crave uma maldita faca no que quer que se passe por seu coração.

Dara virou o rosto. Nahri certamente parecera capaz disso, olhando para ele com ódio do outro lado do corredor com chamas açoitando em torno das mãos como se ele fosse um monstro. *Ela estava errada. Ela não entende.* Essa missão *tinha que* ser certa, tinha que ser bem-sucedida. Tudo que Dara fizera por seu povo, desde Qui-zi até o ataque daquela noite, não podia ser em vão.

Ele se concentrou de novo em Muntadhir.

— Eu sei que você sabe o aconteceu com minha irmãzinha quando Daevabad caiu. Você se deu o trabalho de me lembrar da última vez que nos encontramos. Dê uma morte mais fácil para o *seu* irmãozinho.

— Não acredito em você — sussurrou Muntadhir, mas as palavras de Dara pareceram surtir efeito, pois preocupação contorceu seu rosto. — Você o odeia. Vai feri-lo.

— Eu juro pela vida de Nahri — respondeu Dara, agilmente. — Diga-me como recuperar a insígnia de Suleiman e vou garantir misericórdia a Alizayd.

Muntadhir não respondeu, observando o rosto de Dara por um longo momento.

— Tudo bem — disse ele, por fim. — Vai precisar pegar o anel primeiro. — Sua respiração estava ficando mais irregular. — Na biblioteca do palácio. Vá até as catacumbas abaixo dela. Há uma... — Ele tossiu, estremecendo. — Uma escada que vai precisar pegar.

— E então?

— Desça. É bastante profundo; vai se estender por um bom tempo. Você deve sentir o ar esquentar. — Muntadhir fez uma careta, curvando-se levemente sobre a barriga.

— E depois? — prosseguiu Dara, ficando impaciente e um pouco em pânico. Não perderia tempo indo atrás de Nahri e Alizayd apenas para que Muntadhir morresse antes de lhe dar uma resposta.

Muntadhir franziu a testa, parecendo levemente confuso.

— Não é esse o caminho até o inferno? Presumi que quisesse ir para casa.

As mãos de Dara estavam no pescoço de Muntadhir no momento seguinte. Os olhos do emir brilhavam febrilmente, fixando-se nos de Dara em um último momento de desafio.

De triunfo.

Dara imediatamente soltou.

— Você... você está tentando me enganar para que o mate.

Muntadhir tossiu de novo, sangue manchando seus lábios.

— Surpreendente. Você deve ter sido um tático brilhante em seu... Ah! — gritou ele quando Dara deu outra joelhada em seu ferimento.

Mas o coração de Dara estava acelerado, suas emoções em confusão. Ele não tinha tempo para desperdiçar torturando um moribundo por informação que estava relutante em dar.

Ele puxou o joelho de volta, olhando novamente para as bordas preto-esverdeadas fumegantes do ferimento de Muntadhir. Aquele não era o golpe fatal que derrubara Mardoniye tão rapidamente. Seria o veneno da zulfiqar que levaria o emir, não o corte.

Que sorte, então, que Muntadhir tivesse sido entregue a um homem que sabia intimamente quanto tempo tal morte poderia levar. Dara confortara mais amigos do que gostaria durante seus últimos momentos, aliviando membros sofrendo espasmos e ouvindo os últimos arquejos de sofrimento conforme o veneno lentamente os consumia.

Ele estendeu a mão até o turbante de Muntadhir, abrindo o tecido.

— Que diabo está fazendo? — ofegou Muntadhir quando Dara começou a amarrar o ferimento. — Deus, não pode nem me deixar morrer em paz?

— Você ainda não está morrendo. — Dara puxou o emir de pé, ignorando o modo como ele tremeu de dor. — Pode não contar a *mim* como recuperar a insígnia de Suleiman, mas suspeito que há uma pessoa que pode fazer você contar tudo.

NAHRI

Eles correram, Nahri arrastando Ali pelo palácio escuro, seu único pensamento sendo colocar o máximo de distância possível entre os dois e o que quer que Dara tivesse se tornado. A magia de seus ancestrais pulsava em seu sangue, oferecendo pronta assistência na fuga: escadas subindo com os passos deles e passagens estreitas fechando-se ao seu encalço, apagando seus rastros. Em outra época, Nahri poderia ter se maravilhado com essas coisas.

Mas não tinha certeza de que algum dia se maravilharia com qualquer coisa em Daevabad de novo.

Ao lado dela, Ali tropeçou.

— Preciso parar — arquejou ele, encostando-se pesadamente contra Nahri. Sangue escoria do seu nariz quebrado.

— Ali. — O príncipe apontou para o fim do corredor, onde havia uma porta de madeira simples.

Com a adaga pronta, Nahri abriu a porta com um empurrão e os dois tropeçaram para dentro de um pequeno pátio rebaixado com espelhos d'água e limoeiros alegres como joias. Ela bateu a porta atrás dos dois e se abaixou para recuperar o fôlego.

Então tudo retornou a ela. Nahri apertou os olhos, mas ainda conseguia vê-lo. Os olhos verdes assombrados acima dela, o redemoinho de magia fumegante e a expressão desafiadora das feições logo antes de Nahri derrubar o teto em cima dele.

Dara.

Não, não Dara. Nahri não conseguia pensar no Afshin que conhecera e no monstro de semblante de fogo que golpeara Muntadhir e chegara a Daevabad em uma onda de morte como o mesmo homem.

E Muntadhir... Ela pressionou um punho contra a boca, engolindo um soluço.

Não pode fazer isso agora. O marido enfrentara o mortal Afshin para ganhar tempo para a esposa e o irmão. Nahri honraria esse sacrifício. Precisava honrar.

Ao lado dela, Ali caíra de joelhos. Um brilho de cobre chamou a atenção dela.

— Ah, meu Deus, Ali, *me dê isso.* — Nahri avançou para a relíquia na orelha dele, tirando-a e atirando-a às árvores. Ela estremeceu, horrorizada ao perceber que ele a usara o tempo todo durante a fuga. Se tivessem encontrado o vapor...

Recomponha-se. Nem ela nem Ali podiam cometer mais nenhum erro.

Nahri colocou as mãos levemente sobre a testa e o ombro esquerdo dele.

— Vou curar você.

Ali não respondeu. Sequer a olhava. Sua expressão estava zonza e vazia; o corpo inteiro dele tremia.

Nahri fechou os olhos. A magia pareceu mais próxima do que o normal, e o véu entre eles, o estranho manto de escuridão salgada que o recobrira após a possessão marid, imediatamente caiu. Por baixo, ele estava uma confusão: o nariz quebrado, um ombro torcido e perfurado terrivelmente, e duas costelas quebradas entre inúmeros cortes e mordidas. Nahri ordenou que se curassem e Ali prendeu o fôlego, resmungando quando seu nariz estalou ao voltar para o lugar. O poder dela, a habilidade de cura que a negara duas vezes naquele dia, correu viva e luminosa.

Nahri o soltou, combatendo uma onda de exaustão.

— Bom saber que ainda consigo fazer isso.

Ali finalmente se agitou.

— Obrigado — sussurrou ele. Então se virou para ela, lágrimas brilhando em seus cílios. — Meu irmão...

Nahri sacudiu a cabeça violentamente.

— Não. Ali, não temos tempo para isso... *não temos tempo para isso* — repetiu, mesmo quando ele se virou para enterrar o rosto nas mãos. — Daevabad está sob ataque. Você precisa se recompor e lutar. — Ela tocou a bochecha dele, virando-o de volta para encará-la. — Por favor — suplicou Nahri. — Não consigo fazer isso sozinha.

Ele tomou um fôlego trêmulo, então outro, fechando os olhos com força por um momento. Quando os abriu de novo, havia um pouco mais de determinação no fundo deles.

— Conte-me o que sabe.

— Kaveh liberou algum tipo de vapor venenoso semelhante ao que quase matou você no banquete. Está se espalhando rápido e ataca as relíquias geziri. — Ela abaixou a voz. — Foi o que matou seu pai.

Ali se encolheu.

— E está se espalhando?

— Rápido. Nós nos deparamos com pelo menos três dúzias de mortos até agora.

Diante disso, Ali se endireitou.

— Zaynab...

— Ela está bem — assegurou Nahri. — Ela e Aqisa partiram para avisar o Quarteirão Geziri e alertar a Cidadela.

— A Cidadela... — Ali se recostou contra a parede. — Nahri, a Cidadela se foi.

— Como assim *se foi*?

— Fomos atacados primeiro. O lago... ele se ergueu como algum tipo de besta, como o que você disse que aconteceu com você no Gozan assim que chegou a Daevabad. Ele derrubou a torre da Cidadela e destruiu o complexo. A maioria da Guarda está morta. — Ele estremeceu, gotas prateadas de líquido brotando em sua testa. — Eu acordei no lago.

— No lago? — repetiu Nahri. — Acha que os marids estavam envolvidos?

— Acho que os marids se foram. A... presença deles... parece ter sumido — esclareceu ele, dando tapinhas na cabeça. — E a maldição do lago foi quebrada. Não que isso importasse. Os poucos de nós que não se afogaram foram atacados por ghouls e arqueiros. Estávamos tomando a praia quando aquele ifrit me pegou, mas não havia nem duas dúzias de nós. — Luto tomou a expressão dele, lágrimas novamente enchendo seus olhos. — O ifrit matou Lubayd.

Nahri cambaleou. Duas dúzias de sobreviventes. Devia haver centenas – *milhares* – de soldados na Cidadela. E muitos Geziri no palácio. Todos mortos em questão de momentos.

É verdade o que eles dizem a seu respeito? Sobre Qui-zi? Sobre a guerra? Nahri fechou os olhos.

Mas não era a dor de um coração partido que pulsava por ela agora, e sim determinação. Obviamente, o homem que Nahri conhecia como Dara se fora — se é que tinha existido para início de conversa. Esse Dara era antes de tudo o Afshin, o Flagelo. Ele trouxera guerra à porta de Daevabad e se declarara uma arma dos Nahid.

Mas não fazia ideia de contra qual tipo de Nahid estava lutando.

Nahri ficou de pé.

— Precisamos recuperar a insígnia de Suleiman — declarou ela. — É nossa única esperança de derrotá-los. — Ela abaixou o olhar para Ali, estendendo a mão. — Está do meu lado?

Ali respirou fundo, mas então segurou a mão dela e ficou de pé.

— Até o fim.

— Que bom. Precisaremos encontrar o corpo de seu pai primeiro — disse ela, tentando não pensar no que teriam de fazer depois disso. — Da última vez que o vi, estávamos na plataforma para a qual você me levou para observar as estrelas.

— Não estamos longe, então. Podemos pegar um atalho pela biblioteca. — Ele passou a mão ansiosamente pela barba e então se encolheu, abaixando a mão para tirar o anel de esmeralda do polegar.

— Ali, espere! — Mas Ali o arrancara e jogara longe antes que Nahri pudesse terminar o protesto. Ela se preparou quando o objeto quicou no piso de azulejo, meio que esperando que ele se transformasse em cinzas. Mas ele permaneceu sólido, encarando-a com surpresa.

— O quê? — perguntou ele.

— *O quê?* — Ela jogou as mãos para o alto e foi recuperar o anel. — E se parte da maldição da escravidão ainda estiver pairando entre você e isto, seu idiota?

— Não está — insistiu Ali. — Mal tinham conseguido colocar no meu dedo quando você chegou. Acho que estavam discutindo essa questão.

Discutindo essa questão? Por Deus, ela quase esperava que sim. Jamais teria imaginado Dara dando outro djinn aos ifrits daquela forma. Nem mesmo seu pior inimigo.

— Eu ainda gostaria de mantê-lo por perto — disse ela, colocando o anel no bolso e pegando a zulfiqar que desajeitadamente prendera no cinto. — Você provavelmente deveria pegar isto.

Ali pareceu enjoado ao ver a zulfiqar que atingira seu irmão.

— Vou lutar com outra arma.

Ela se inclinou para a frente e pressionou a arma nas mãos dele.

— Você vai lutar com isto. É no que é melhor. — Nahri o encarou. — Não deixe a morte de Muntadhir ser em vão, Ali.

A mão de Ali se fechou em torno do cabo, então eles seguiram em frente. Ali a conduziu por uma porta que se abria em uma longa e estreita passagem que se inclinava para baixo. O ar foi esfriando conforme desciam e bolas flutuantes de fogo conjurado sibilavam acima, deixando os nervos de Nahri à flor da pele.

Nenhum deles falou, mas não estava caminhando há muito tempo quando um estrondo soou e o chão tremeu levemente.

Ali estendeu a mão para impedi-la, levando um dedo aos lábios. O som inconfundível de um objeto pesado sendo arrastado pela pedra empoeirada soou em algum lugar atrás deles.

Nahri ficou tensa. Não fora tudo o que ela ouvira: além da porta prateada no fim do corredor, soou um grito.

— Talvez devêssemos encontrar outro caminho — sussurrou ela, a boca seca como poeira.

A porta se escancarou.

— Zahhak! — Um estudioso sahrayn correu até eles, seus olhos selvagens e suas vestes em chamas. — *Zahhak!*

Nahri se afastou de Ali, cada um deles pressionando o corpo contra a parede conforme o estudioso passava correndo. Ela sentiu o calor das vestes em chamas do homem no seu rosto. Nahri se virou, abrindo a boca para gritar que ele parasse...

Bem a tempo de ver uma cobra fumegante, o corpo quase tão amplo quanto o corredor, virar a esquina. O acadêmico nem teve a chance de gritar. A cobra o engoliu inteiro, revelando presas de obsidiana reluzentes mais longas do que o braço de Nahri.

— Corra! — gritou ela, empurrando Ali para a biblioteca.

Eles correram a toda, mergulhando pela porta. Ali a fechou atrás deles, empurrando o corpo contra o metal quando a imensa cobra se chocou contra ela, chacoalhando a ombreira.

— Mande sua casa fazer algo a respeito disso! — gritou ele.

Nahri rapidamente apertou as mãos contra os parafusos de metal decorativos da porta, com tanta força que rasgou a pele. Ainda não conseguira dominar completamente a magia do palácio; parecia ter uma mente própria, respondendo a suas emoções com certas idiossincrasias.

— Proteja-me — suplicou ela em divasti.

Nada aconteceu.

— Nahri — gritou Ali, seus pés escorregando conforme a cobra se chocava contra a porta de novo.

— PROTEJA-ME! — gritou ela em árabe, acrescentando alguns xingamentos que Yaqub a teria repreendido por usar. — Eu ordeno a você, maldição!

As mãos dela começaram a fumegar, então a prata derreteu para fundir a porta à parede. Nahri se virou e caiu contra a ombreira, respirando com dificuldade.

Os olhos dela se abriram um instante depois. Uma criatura do tamanho da esfinge mergulhava pelo ar na direção deles.

Aquilo só podia ser um pesadelo. Nem mesmo na encantada Daevabad bestas fumegantes capazes de devorar uma aldeia voavam livremente. A criatura tinha quatro asas esvoaçantes e fogo carmesim brilhava sob escamas reluzentes. A boca estava cheia de presas grande o suficiente para engolir um cavalo e seis membros terminavam em garras afiadas. Conforme Nahri observava, o animal gritou, parecendo perdido ao investir contra um acadêmico em fuga. Ele pegou o homem com as garras e então o atirou com força contra a parede oposta enquanto chamas irrompiam de sua boca.

Nahri sentiu o sangue esvair-se de seu rosto.

— Aquilo é um dragão?

Ao lado dela, Ali engoliu em seco.

— Ele... parece um zahhak, na verdade. — Os olhos em pânico dele encontraram os dela. — Não costumam ser tão grandes assim.

— Ah — arquejou Nahri. O zahhak gritou de novo e incendiou a alcova de leitura ao lado deles, fazendo ambos saltar.

Ali ergueu um dedo trêmulo para uma fileira de portas do outro lado da imensa biblioteca.

— Há um elevador de livros logo ali. Dá no pavilhão que queremos.

Nahri avaliou a distância. Estavam a vários andares de altura e o piso da biblioteca estava em completo caos, um labirinto de mobília quebrada e chamuscante e de djinns em fuga, o zahhak mergulhando em tudo que se movia.

— Aquela coisa vai nos matar... *Não* — disse ela, agarrando o pulso de Ali quando ele tentou pular na direção de um jovem escriba que o zahhak acabara de pegar. — Se correr até lá agora, não vai ser útil para ninguém.

Um estalo chamou a atenção dela. A serpente ainda estava batendo contra a porta barricada e o metal estava começando a ceder.

— Alguma coisa no seu treinamento com a Cidadela preparou você para combater monstros gigantes de fumaça e chamas?

Ali encarava atentamente a parede leste.

— Não na Cidadela... — Ele pareceu pensativo. — O que você fez com o teto lá atrás... acha que pode fazer naquela parede?

— Quer que eu derrube a parede da biblioteca? — perguntou Nahri.

— O canal corre por trás dela. Espero poder usar a água para extinguir aquela coisa — explicou ele, conforme o zahhak guinava um pouco perto demais.

— *Água?* Como espera controlar... — Ela parou, lembrando-se da forma como ele chamara a zulfiqar enquanto lutava com Dara e registrando a culpa na expressão dele agora.

— Os marids não fizeram nada com você, certo? Não foi o que me contou?

Ali resmungou.

— Podemos ter essa briga mais tarde?

Nahri deu um último olhar desapontado às prateleiras na parede leste.

— Se sobrevivermos, você vai assumir a culpa por ter destruído todos aqueles livros. — Ela respirou fundo, tentando se concentrar e puxar a magia do palácio como tinha feito no corredor. Fora um rompante de ódio e luto por Muntadhir que finalmente impulsionara suas habilidades.

Do outro lado da sala, um grupo de acadêmicos escondido atrás de uma mesa caída no segundo andar atraiu sua atenção. Homens e mulheres completamente inocentes, muitos dos quais tinham pegado livros para ela e pacientemente a instruído sobre a história de Daevabad. Aquele era seu lar, aquele palácio cheio dos mortos que Nahri não conseguira proteger – e maldita fosse ela se deixasse aquele zahhak tomar mais uma vida sob seu teto.

A pele de Nahri formigou e a magia fervilhou por seu sangue, fazendo cócegas em sua mente. Ela inspirou profundamente, quase sentindo o gosto da pedra antiga. Conseguia perceber o canal, a água fria fazendo pressão contra a parede espessa.

Ali tremeu como se ela o tivesse tocado.

— Isso foi você? — Um olhar de relance revelou que os olhos dele tinham sido novamente tomados por aquela película preta oleosa.

Ela assentiu, examinando a parede na mente. O processo pareceu subitamente familiar, bastante parecido com a forma como ela examinaria uma coluna artrítica em busca de pontos fracos. E havia muitos ali; a biblioteca tinha sido construída havia mais de dois milênios. Raízes serpenteavam por ruínas de tijolos e córregos do canal estendiam-se como tentáculos.

Ela *puxou*, encorajando os pontos fracos a desabarem. Sentiu a parede tremer, a água revirando-se do outro lado.

— Ajude-me — exigiu ela, segurando a mão de Ali. O toque da pele dele, fria e incomumente pegajosa, lançou uma corrente gélida pela espinha de Nahri que fez a parede inteira tremer. Ela conseguia ver a água lutando para entrar e se esforçou para afrouxar mais a pedra.

Um pequeno vazamento brotou primeiro. Então, no tempo que seu coração levou para saltar uma batida, uma seção inteira da parede desabou com uma explosão de tijolos quebrados e água avançando.

Os olhos de Nahri se arregalaram. Se não estivesse preocupada tanto com a própria vida quanto com os manuscritos inestimáveis que eram rapidamente destruídos, o surgimento súbito de uma cachoeira com vários andares de altura no meio da biblioteca teria sido uma visão extraordinária. A água verteu para o chão, correndo em um redemoinho turbulento de mobília quebrada e picos de onda quebrando.

O jato pegou o zahhak quando a criatura voou perto demais. Ele soltou um grito esganiçado, mirando uma torrente de chamas contra a corrente estrondosa. Ali arquejou, recuando como se o fogo tivesse lhe causado dor física.

O movimento chamou a atenção do zahhak. A criatura se virou subitamente no ar e voou diretamente até os dois.

— Mexa-se! — Nahri agarrou Ali, tirando-o do caminho no momento em que o zahhak vaporizou as prateleiras atrás das quais tinham se abrigado. — Pule!

Eles pularam. A água estava fria e subia rapidamente. Nahri ainda estava levantando-se com dificuldade, impedida pelo vestido molhado, quando Ali empurrou sua cabeça de volta sob a água no momento em que outra nuvem de fogo foi disparada contra eles.

Ela emergiu, arquejando para tomar fôlego e abaixando-se para evitar uma viga de madeira que passou em disparada.

— Droga, Ali, você me fez quebrar minha biblioteca. Faça alguma coisa!

Ele se levantou para encarar o zahhak, movendo-se com graciosidade mortal, gotas de água grudadas na pele como mel. Então ergueu as mãos, fixando o olhar no zahhak quando a criatura começou a voar de volta até eles. Com um estalo estrondoso, a cachoeira girou como um açoite no ar e cortou o zahhak ao meio.

O alívio deles durou pouco. Ali cambaleou, desabando contra Nahri.

— A porta — ele conseguiu dizer quando ela lançou outra corrente da própria magia de cura por ele. — A porta!

Os dois se apressaram, vadeando o rio improvisado o mais rápido possível. Nahri avançou para a maçaneta quando a porta ficou a seu alcance.

Um jato de flechas se chocou contra ela, errando por pouco sua mão.

— Pelo olho de Suleiman! — Ela se virou. Meia dúzia de cavaleiros em corcéis de fumaça entravam pela entrada principal da biblioteca, os arcos de prata sacados e prontos nas mãos.

— Apenas vá! — Ali abriu a porta e a empurrou por ela, fechando-a atrás dos dois e empilhando várias peças de mobília para bloquear a passagem conforme Nahri recuperava o fôlego.

Eles haviam entrado em uma câmara pequena e perfeitamente circular. Lembrava um poço, o teto desaparecendo em um brilho distante. Uma escada de metal bamba subia em espiral em volta de duas colunas que brilhavam com uma fraca luz âmbar. Cestas transbordando com livros e pergaminhos se espalhavam em meio a elas, uma coluna levando as cestas para cima enquanto a outra as levava para baixo.

Ali assentiu para os degraus.

— Aquilo vai direto para o pavilhão. — Ele desembainhou a zulfiqar. — Pronta?

Nahri respirou fundo e eles começaram a subir. O coração dela disparava a cada rangido súbito da escada.

Depois do que pareceram horas, mas certamente foram apenas minutos, eles pararam de súbito diante de um pequeno portal de madeira.

— Ouço vozes — sussurrou ela. — Parece divasti.

Ele pressionou a orelha contra a porta.

— Pelo menos três homens — concordou ele, baixinho. — E confie em mim quando digo que o Afshin treinou bem seus soldados.

Nahri rapidamente considerou as opções deles.

— Leve-me como prisioneira.

Ali olhou para ela como se tivesse enlouquecido.

— Como é?

Ela se empurrou nos braços dele, levando a khanjar de Ali ao pescoço.

— Entre na encenação — sibilou ela. — Dê um sermão a eles sobre adoradores do fogo e pecado. Sua reputação precede você com meu povo. — Nahri abriu a porta com um chute antes que ele pudesse protestar, arrastando-o com ela. — Ajudem! — gritou ela em divasti.

Os guerreiros daeva se viraram e os encararam. Havia três, usando os mesmos uniformes escuros e armados até os dentes. Certamente pareciam homens que Dara poderia ter treinado; um tinha uma flecha apontada para eles em segundos.

Ainda bem que Kaveh não estava por perto.

— Soltem as armas! — implorou ela, contorcendo-se contra o braço de Ali. — Ele vai me matar!

Ali reagiu um pouco mais prontamente do que Nahri achou confortável, pressionando a lâmina mais perto do pescoço dela com um grunhido.

— Soltem, adoradores do fogo! — ordenou ele. — Agora! Ou vou estripar sua preciosa Banu Nahida!

O Daeva mais próximo arquejou.

— Banu Nahri? — perguntou ele, com os olhos pretos arregalados. — É você mesmo?

— Sim! — gritou ela. — Agora abaixem as armas!

Eles se entreolharam hesitantes até que o arqueiro rapidamente abaixou o arco.

— Obedeçam — ordenou ele. — Essa é a filha de Banu Manizheh.

Os outros dois imediatamente fizeram o mesmo.

— Onde está meu pai? — indagou Ali. — O que fizeram com ele?

— Nada, mosca da areia — disparou um dos Daeva. — Por que não solta a menina e nos enfrenta como um homem? Jogamos os homens de seu pai no lago, mas você ainda tem tempo de se juntar a seu abba.

Ele deu um passo para revelar o rei morto e Nahri se encolheu horrorizada. O corpo de Ghassan tinha sido agredido; marcas de botas ensanguentadas manchavam suas roupas e suas joias e o turbante real tinham sido retirados. Os olhos vítreos cinzentos com tons de cobre encaravam vazios o céu noturno, seu rosto coberto de sangue.

Ali subitamente a soltou e um olhar de ódio diferente de tudo que ela vira antes deformou seu rosto.

Ele se atirou contra os soldados daevas antes que Nahri pudesse pensar em reagir, a zulfiqar incendiando-se. Eles se moviam com rapidez, mas não conseguiam igualar a velocidade do príncipe tomado pelo luto. Com um grito, ele cortou o homem que tinha falado, arrancando a lâmina dele e girando para decapitar o arqueiro que a reconhecera.

Com isso, Nahri foi catapultada de volta àquela noite do barco. A noite em que vira em primeira mão do que Dara era realmente capaz, a forma como ele rasgara os homens que o cercavam como um instrumento de morte, indiferente ao sangue e aos gritos e à violência brutal ao seu redor.

Ela encarou Ali horrorizada. Não conseguia ver nada do príncipe letrado – o homem que às vezes ainda era tímido demais para encará-la nos olhos – no guerreiro colérico à sua frente.

É assim que começa? Fora assim que Dara se desfizera, sua alma arrancada ao observar o massacre de sua família e sua tribo, sua mente e seu corpo forjados em uma arma pela fúria e pelo desespero? Seria assim que ele seria transformado em um monstro que mostraria aquela mesma violência a uma nova geração?

No entanto, Nahri ainda se viu avançando quando o último Daeva ergueu a espada, preparando-se para golpear. Ela agarrou o braço do homem, desequilibrando-o conforme ele se virava para olhar para ela, sua expressão de pura traição.

Ali mergulhou a zulfiqar nas costas dele. Nahri recuou, levando a mão à boca. Suas orelhas zuniam, bile a sufocava.

— Nahri! — Ali segurou o rosto dela nas mãos, o próprio rosto úmido com o sangue dos irmãos de tribo dela. — Nahri, olhe para mim! Você está ferida?

Parecia uma pergunta absurda. Nahri estava mais do que ferida. A cidade dela estava desabando e as pessoas de quem mais gostava estavam morrendo ou transformando-se em criaturas que ela não podia reconhecer. Subitamente, ela queria mais do que tudo fugir. Correr pelas escadas e sair do palácio. Entrar em um barco, subir em um cavalo ou qualquer maldita coisa que a levasse de volta ao momento da vida antes de decidir cantar uma canção zar em divasti.

A insígnia. Recupere a insígnia e então pode consertar tudo isso. Ela recuou das mãos dele, pegando uma adaga e se movendo automaticamente para o corpo de Ghassan.

Ali a acompanhou, ajoelhando-se ao lado do pai.

— Eu deveria ter estado aqui — sussurrou ele. Lágrimas encheram seus olhos e algo do amigo que Nahri conhecia retornou ao rosto dele. — Isso é tudo culpa minha. Ele estava ocupado demais tentando lidar com minha rebelião para antecipar o ataque.

Nahri não disse nada. Não tinha conforto para oferecer no momento. Em vez disso, fez um corte no dishdasha ensanguentado de Ghassan, ao longo do peito.

Ali se moveu para impedi-la.

— O que está fazendo?

— Precisamos queimar o coração dele — disse ela, hesitante. — O anel se refaz das cinzas.

Ali abaixou a mão como se tivesse sido queimado.

— O quê?

Ela conseguiu reunir pena o suficiente para suavizar a voz.

— Eu farei. Entre nós dois, tenho um pouco mais de experiência abrindo os corpos das pessoas.

Ele pareceu nauseado, mas não discutiu.

— Obrigado. — Ali ergueu a cabeça do pai ao colo e fechou os olhos enquanto começava a rezar baixinho.

Nahri deixou que as silenciosas palavras em árabe ocupassem sua mente, lembrando-a do Cairo, como sempre. Ela trabalhou depressa, cortando a pele e os músculos do peito de Ghassan. Não havia tanto sangue quanto esperava – talvez porque ele já houvesse perdido tanto.

Não que importasse. Nahri fora banhada em sangue naquele dia. Imaginava que a mancha jamais sumiria completamente.

Mesmo assim, era um trabalho sombrio, e Ali parecia pronto para desmaiar quando ela finalmente mergulhou a mão no peito de Ghassan. Seus dedos se fecharam no coração imóvel e Nahri estaria mentindo se dissesse que não sentiu um leve espasmo de prazer sombrio. Aquele era o tirano que brincara com vidas como se fossem peões de um jogo de tabuleiro, que a obrigara a se casar com seu filho porque a mãe dela o rejeitara, que ameaçara a vida do irmão dela – mais de uma vez.

Espontaneamente, uma explosão de calor brotou de sua palma, a dança de uma chama conjurada. Nahri rapidamente afastou a mão, mas o coração dele já virara cinzas.

E apertado em sua mão estava algo duro e quente. Nahri abriu os dedos, o próprio coração acelerado.

O anel da insígnia do profeta Suleiman – o anel cujo poder tinha refeito o mundo deles e colocado seu povo em guerra – reluzia em sua palma ensanguentada.

Ali arquejou.

— Meu Deus. É ele mesmo?

Nahri soltou um fôlego trêmulo.

— Considerando as circunstâncias... — Ela encarou o anel. No que se tratava de joias, não teria necessariamente ficado impressionada com aquela. Não havia gemas luxuosas ou ouro trabalhado; em vez disso, ela viu uma única pérola preta surrada em um anel espesso de ouro fosco. A pérola fora cuidadosamente entalhada, algo que ela não achava ser possível, e a estrela de oito pontas da insígnia de Suleiman reluzia na superfície. Gravadas em torno dela havia letras minúsculas que ela não sabia ler.

Nahri tremeu e jurou que o anel vibrou em resposta, pulsando com o ritmo do seu coração.

Não queria nada com ele. Ela o empurrou para Ali.

— Tome.

Ele saltou para trás.

— De jeito nenhum. Isso pertence a você.

— Mas você... você é o próximo na linha de sucessão ao trono!

— E você é a descendente de Anahid! — Ali fechou os dedos dela sobre o anel outra vez, embora Nahri tivesse visto um lampejo de arrependimento e desejo nos olhos dele. — Suleiman o deu a sua família, não a minha.

Uma negação tão forte que se aproximava de repulsa percorreu o corpo dela.

— Não posso — sussurrou ela. — Não sou Anahid, Ali, sou uma golpista do Cairo! — E o *Cairo*... — O aviso de Muntadhir lampejou na mente dela. Ele disse que o anel não poderia deixar Daevabad. — Não tenho nada que tocar em algo que pertenceu a um profeta.

— Tem sim. — A expressão dele se tornou fervorosa. — Eu acredito em você.

— Você já *se* conheceu? — disparou ela. — Sua crença não é um ponto a meu favor! Não quero isso — apressou-se em dizer, a verdade ficando terrivelmente clara. — Se pegar esse anel, ficarei presa aqui. Jamais verei meu lar de novo!

Ali pareceu incrédulo.

— Este *é* o seu lar!

A porta se abriu com um estrondo. Nahri estava tão concentrada no coração em conflito que não ouviu ninguém se aproximando. Ali puxou a roupa do pai sobre o buraco horrível no peito dele e Nahri tropeçou para trás, colocando o anel de Suleiman no bolso logo antes de um grupo de guerreiros daevas invadir o cômodo.

Eles pararam subitamente, um erguendo um punho ao observar a cena diante dele: o rei morto e os jovens ensanguentados aos pés dele.

— Ele está aqui em cima! — gritou o homem em divasti, direcionando as palavras para a escada. — Com um par de djinns!

Um par de djinns... não, Nahri supôs que naquele momento havia pouco que a identificasse. Ela se ergueu, as pernas bambas sob o corpo.

— Não sou djinn — declarou, quando outra dupla de guerreiros surgiu. — Sou Banu Nahri e-Nahid e vocês vão abaixar as armas agora mesmo.

O homem não conseguiu responder. Assim que o nome dela foi proferido, uma figura esguia passou pela porta. Era uma mulher daeva, cujos olhos se fixaram em Nahri. Usando um uniforme escuro, ela era deslumbrante de se ver, com um chador de seda preta envolvendo sua cabeça sob um capacete prateado. Uma espada de aço, com a ponta ensanguentada, estava enfiada no cinto preto largo.

A mulher afastou o tecido do rosto e Nahri quase desabou no chão. Era um rosto que poderia ser o seu em algumas décadas.

— Nahri... — sussurrou a mulher, os olhos pretos parecendo sorvê-la. Ela uniu os dedos. — Ah, criança, faz tanto tempo desde que olhei para seu rosto.

A mulher daeva se aproximou, sem desviar os olhos de Nahri. O coração de Nahri estava acelerado, sua cabeça girava...

O cheiro de papiro queimado e gritos em árabe. Braços gentis puxando-a para um abraço forte e água fechando-se sobre seu rosto. Memórias que não faziam sentido. Nahri se viu lutando por ar enquanto lágrimas que não entendia enchiam seus olhos.

Ela ergueu a adaga.

— Não se aproxime!

Quatro arcos estavam imediatamente apontados para ela. Nahri recuou, tropeçando contra o parapeito de pedra, e Ali segurou seu pulso antes que perdesse o equilíbrio. O parapeito era baixo ali; a parede na altura do joelho era tudo que a impedia de mergulhar no lago.

— Parem! — O comando breve da mulher estalou como um chicote, contrastando com a calma na voz quando ela falara com Nahri. — Recuem. Vocês a estão assustando. — Ela olhou com raiva para os guerreiros e então indicou a porta com a cabeça. — Deixem-nos.

— Minha senhora, o Afshin não vai ficar feliz ao saber...

— É de *mim* que vocês recebem ordens, não de Darayavahoush.

Nahri não sabia que homens podiam se mover tão rápido. Eles tinham sumido em um instante, seus passos ecoando pelas escadas.

Ali se aproximou.

— Nahri, quem é essa? — sussurrou ele.

— Eu... eu não sei — ela conseguiu dizer. Também não sabia por que cada instinto aperfeiçoado no Cairo gritava para que ela fugisse.

A mulher observou os guerreiros partirem com a atenção de um general. Ela fechou a porta atrás deles e então raspou o dedo na tela de metal reluzente.

A tela se fundiu, imediatamente trancando-se.

Nahri arquejou.

— Você é Nahid.

— Eu sou — respondeu a mulher. Um sorriso suave e triste percorreu seus lábios. — Você é linda — acrescentou ela, parecendo ver Nahri de novo. — Ao inferno com a maldição marid, você ainda tem os olhos dele. Eu me perguntei se teria.

— Luto tomou o rosto dela. — Você... você se lembra de mim?

Nahri não tinha certeza do *que* se lembrava.

— Acho que não. Eu não sei. — Ela sabia que não deveria confessar nada para a mulher que alegava estar no comando das forças que atacavam o palácio, mas o fato de que alegava ser uma Nahid não estava ajudando Nahri a pensar racional-mente. — Quem é você?

O mesmo sorriso partido, o olhar de alguém que tinha enfrentado coisas demais.

— Meu nome é Manizheh.

O nome, tanto inacreditável quanto óbvio, a perfurou. *Manizheh.*

Ali arquejou.

— Manizheh? — repetiu ele. — Sua *mãe?*

— Sim — disse Manizheh em djinnistani. Somente agora ela pareceu perceber que Ali estava presente e seu olhar deixou o de Nahri pela primeira vez. Os olhos escuros da mulher o percorreram, detendo-se na zulfiqar. Ela piscou, parecendo cho-cada. — Esse é o filho de Hatset? — perguntou ela a Nahri, voltando ao divasti. — O príncipe que chamam de Alizayd?

— Ela franziu a testa. — Você deveria estar na enfermaria com Nisreen. O que está fazendo com ele?

Nahri abriu a boca, ainda zonza. *Manizheh. Minha mãe.* Pareceu ainda mais impossível do que Dara voltando dos mortos.

Ela lutou para encontrar palavras.

— Ele... ele é meu amigo. — Foi uma resposta ridícula, mas a primeira que lhe veio à mente. Também pareceu mais sábio do que admitir que estavam ali roubando a insígnia de Suleiman. — O que *você* está fazendo aqui? — indagou ela, sentindo um pouco da esperteza retornar. — Fui informada de que estava morta. Kaveh me contou que encontrou seu corpo assassinado há décadas!

A expressão de Manizheh ficou séria.

— Uma mentira necessária e uma que rezo para que você um dia perdoe. Você foi tirada de mim quando criança pelos marids e eu temi que a tivesse perdido para sempre. Quando descobri que tinha caído nas mãos de Ghassan... as coisas a que tenho certeza de que ele a submeteu... sinto tanto, Nahri. — Ela deu um passo à frente como se quisesse pegar a mão dela, então parou quando Nahri se encolheu. — Mas prometo a você... está segura agora.

Segura. A palavra ecoou dentro da mente dela. *Minha mãe. Meu irmão. Dara.* No espaço de algumas horas, Nahri passara de ser a única Nahid viva a ter uma família toda capaz de formar um conselho de novo, com um maldito Afshin ao encalço.

Os olhos dela estavam úmidos, a solidão constante que carregava no peito expandindo-se até não conseguir respirar. Aquilo não podia ser possível.

Mas a evidência cruel estava diante dela. Quem mais além de uma Nahid seria capaz de criar o veneno que levara a morte à tribo Geziri? Quem mais além da Banu Nahida que os boatos diziam ser a mais poderosa em séculos seria capaz de trazer Dara de volta dos mortos e fazê-lo obedecer completamente?

O anel da insígnia de Suleiman queimava em seu bolso. Era o único trunfo que Nahri possuía. Porque não importava o que aquela mulher dissesse, Nahri não sentia que estavam do mesmo lado. Ela dissera a verdade a Muntadhir: não estava do lado de ninguém que proporcionara a morte de tantos inocentes.

Manizheh ergueu as mãos.

— Não pretendo fazer mal a vocês — disse ela, cuidadosamente. Ela trocou para o djinnistani, a voz ficando mais fria ao se dirigir a Ali. — Abaixe suas armas. Entregue-se a meus homens e não será ferido.

Aquilo teve a resposta prevista, os olhos de Ali brilhando quando ele ergueu a zulfiqar.

— Não vou me entregar para a pessoa que orquestrou o massacre de meu povo.

— Então vai morrer — disse Manizheh, simplesmente. — Você perdeu, al Qahtani. Faça o que puder para salvar os Geziri que restam. — A voz dela se tornou persuasiva. — Você tem uma irmã no palácio e uma mãe que eu conheci em Ta Ntry, não tem? Acredite quando eu digo que preferiria não informar outra mulher das mortes dos filhos dela.

Ali riu com escárnio.

— Você quer nos transformar em peões. — Ele ergueu o queixo em desafio. — Eu preferiria morrer.

Nahri não tinha dúvida de que fosse verdade; também não tinha dúvida de que a maioria dos Geziri que sobrevivesse sentiria o mesmo. O que significava que precisavam dar o fora daquela maldita muralha e afastar-se de Manizheh.

Pegue o anel, sua tola. Ela poderia enfiar a mão no bolso e reivindicar a insígnia de Suleiman para si mesma no mesmo tempo que levaria para Manizheh avançar até o objeto.

E então? E se não pudesse usá-lo corretamente? Nahri imaginava que as habilidades profeticamente concedidas de um anel mágico deveriam exigir um tempo de aprendizado. Ela e Ali ainda estariam presos naquele pavilhão com uma Banu Nahida vingativa e um enxame de guerreiros abaixo.

Ela se colocou entre Ali e Manizheh.

— E é isso que você quer? — indagou ela. — Se nos entregarmos... poderia conter o veneno?

Manizheh espalmou as mãos, aproximando-se.

— É claro. — O olhar dela se voltou para Nahri. — Mas não estou buscando a *sua* rendição, filha. Por que estaria? — Ela deu mais um passo na direção deles, mas parou ao ver o corpo de Ghassan.

A expressão inteira dela mudou quando seus olhos percorreram o rosto do rei.

— A marca de Suleiman sumiu da testa dele.

Nahri olhou para baixo. Manizheh dizia a verdade; a tatuagem preta que marcara o rosto de Ghassan tinha sumido.

— Você pegou a insígnia? — indagou Manizheh. A voz dela tinha mudado, um desejo mal disfarçado evidente sob suas palavras. — Onde está? — Quando nenhum deles respondeu, ela contraiu a boca em uma linha fina, parecendo exasperada com a desobediência. A expressão era quase maternal. — Por favor, não me façam perguntar de novo.

— Você não vai tê-lo — disparou Ali. — Não me importa quem alegue ser. Você é um monstro. Trouxe ghouls e ifrits para dentro de nossa cidade, tem o sangue de milhares em suas...

Manizheh estalou os dedos.

Ouviu-se um estalo alto e então Ali gritou, desabando enquanto agarrava o joelho esquerdo.

— Ali! — Nahri virou, avançando até ele.

— Se tentar curá-lo, vou quebrar o pescoço da próxima vez. — A ameaça fria cortou o ar e Nahri imediatamente abaixou a mão, sobressaltada. — Perdoe-me — disse Manizheh, parecendo sincera. — Não era assim que eu queria que nosso primeiro encontro acontecesse, mas não deixarei que interfira. Passei décadas demais planejando isso. — Ela olhou de novo para Ali. — Não me obrigue a torturá-lo diante dela. O anel. Agora.

— Não está com ele! — Nahri enfiou a mão no bolso e seus dedos tocaram os dois anéis ali antes de pegar um. Ela ergueu o punho além do parapeito, deixando a joia pender precariamente do dedo. — E a não ser que esteja disposta a passar o próximo século vasculhando o lago em busca disso, eu o deixaria em paz.

Manizheh recuou, estudando Nahri.

— Você não vai fazer isso.

Nahri ergueu uma sobrancelha.

— Você não me conhece.

— Mas conheço. — O tom de Manizheh era suplicante. — Nahri, você é minha filha... imagina que não procurei histórias sobre você de todo daevabadi que conheci? O próprio Dara mal consegue parar de falar de você. Sua coragem, sua inteligência... Na verdade, jamais conheci um homem mais devoto. Algo perigoso em nosso mundo — acrescentou ela delicadamente —, deixar suas afeições claras. Uma verdade que Ghassan estava sempre disposto a deixar cruelmente clara para mim.

Nahri não sabia o que dizer. As palavras de Manizheh sobre Dara pareceram sal em uma ferida, e ela podia sentir a outra mulher observando-a, avaliando cada tremor em seu corpo. Ali ainda estava agarrado ao joelho, ofegando de dor.

A mãe se aproximou.

— Ghassan fez isso com você também, não fez? É a única forma que ele tinha de controlar mulheres como nós. Eu *conheço* você, Nahri. Sei como é ter ambições, ser a pessoa mais inteligente na sala, e ter essas ambições esmagadas. Ter homens inferiores a você maltratando-a e ameaçando-a para ocupar uma posição a qual sabe que não pertence. Ouvi sobre os avanços extraordinários que você fez em apenas alguns anos. As coisas que eu poderia ensinar a você... seria uma deusa. Jamais precisaria abaixar a cabeça de novo.

Os olhares delas se encontraram e Nahri não pôde negar o rompante de anseio em seu coração. Pensou nas inúmeras vezes que se curvara para Ghassan enquanto ele se sentava no trono dos ancestrais dela. A forma como Muntadhir ignorara seus sonhos do hospital e como Kaveh fora condescendente com ela no Templo.

As amarras fumegantes que Dara conjurara para contê-la. A magia que se revoltara em seu sangue como resposta.

Nahri respirou fundo. *Este é meu lar.*

— Por que não negociamos? — sugeriu ela. — Quer os Nahid no comando de novo? Tudo bem. Sou uma Nahid. *Eu* uso a insígnia de Suleiman. Certamente posso negociar uma paz com mais eficiência do que uma mulher que abandonou a tribo e voltou apenas para tramar o massacre de outra.

Manizheh enrijeceu.

— Não — disse ela. — Você não pode.

— Por que não? — perguntou Nahri, maliciosamente. — O importante é o que é melhor para os Daeva, não é?

— Você me entende mal, filha — respondeu Manizheh. Nahri xingou internamente; por mais que tentasse ler a mulher, não havia nada no rosto dela que denunciasse seus pensamentos. — Você não pode usar a insígnia porque não é… completamente… daeva. Você é shafit, Nahri. Tem sangue humano.

Nahri a encarou em silêncio. Com aquelas palavras, aquelas palavras completamente confiantes, Nahri soube que a mulher diante dela não estava mentindo a respeito de ser sua mãe. Era um segredo que apenas Ghassan sabia, a verdade que ele disse que a insígnia de Suleiman deixava clara.

— Como assim ela é *shafit*? — arquejou Ali, do chão.

Nahri não respondeu; não sabia o que dizer.

— Está tudo bem — assegurou Manizheh, tranquilamente, ao se aproximar dos dois. — Ninguém mais jamais precisa saber. Mas não pode usar essa insígnia. Possuí-la vai matar você. Simplesmente não é forte o bastante.

Nahri recuou.

— Sou forte o bastante para usar magia Nahid.

— Mas o suficiente para empunhar a insígnia de Suleiman? — insistiu Manizheh. — Para ser a portadora do objeto que transformou nosso mundo? — Ela sacudiu a cabeça. — Ele vai destruí-la, minha filha.

Nahri ficou calada. *Ela está mentindo. Só pode estar.* Mas, pelo Altíssimo, Manizheh levara dúvida para sua alma.

— Nahri. — Era Ali. — Nahri, olhe para mim. — Ela olhou, sentindo-se zonza. Aquilo era tudo demais. — *Ela está mentindo. O próprio Suleiman tinha sangue humano.*

— Suleiman era um profeta — interrompeu Manizheh, ecoando com efetividade brutal a insegurança que a própria Nahri expressara. — E ninguém pediu que você se envolvesse em um assunto Nahid, djinn. Passei mais tempo do que você está vivo lendo cada texto que jamais mencionou um anel de insígnia. E todos eles são claros nesse aspecto.

— E isso é bastante conveniente, eu diria — disparou ele de volta. Ali encarou Nahri, suplicante. — Não dê ouvidos a ela. Pegue o... ah! — Ele gritou de dor, as mãos soltando o joelho destruído.

Manizheh estalara os dedos de novo e as mãos de Ali passaram para a khanjar na cintura.

— O-o que está fazendo comigo? — gritou ele quando seus dedos se fecharam em volta do cabo da adaga. Sob as mangas em frangalhos, os músculos dos pulsos de Ali estavam convulsionando, a khanjar soltando-se em movimentos trêmulos e espasmódicos.

Meu Deus... Manizheh estava fazendo aquilo? Sem sequer tocá-lo. Instintivamente, Nahri tentou chamar a magia do palácio.

Nem mesmo fez uma pedra tremer antes de a conexão ser subitamente rompida. A perda foi como um golpe, uma frieza tomando conta dela.

— Não, criança — avisou Manizheh. — Tenho muito mais experiência do que você. — Ela uniu as mãos. — Não desejo isso. Mas se não entregar o anel agora mesmo, vou matá-lo.

A khanjar estava aproximando-se do pescoço de Ali. Ele se agitou contra a arma, uma linha de sangue surgindo sob seu maxilar. Os olhos estavam brilhantes de dor e suor escorria por seu rosto.

Nahri estava congelada de horror. Ela conseguia sentir a magia de Manizheh envolvendo-a, provocando os músculos na própria mão. Nahri não era capaz de *nada* como aquilo – não sabia como *lutar* contra alguém capaz de algo como aquilo.

Mas sabia muito bem que não podia entregar a insígnia de Suleiman.

Manizheh falou de novo.

— Eles já perderam. Nós vencemos... *você* venceu. Nahri, entregue o anel. Ninguém mais jamais saberá que você é shafit. Aceite seu lugar como minha filha, com seu irmão ao seu lado. Receba a nova geração como uma das governantes por direito desta cidade. Com um homem que a ama.

Nahri vasculhou a mente. Não sabia em quem acreditar. Mas se Manizheh estivesse certa, se Nahri colocasse a insígnia e isso a matasse, Ali morreria em seguida. Então não haveria ninguém para impedir a mulher que acabara de massacrar milhares de tomar controle do objeto mais poderoso do mundo deles.

Nahri não podia arriscar aquilo. Ela também sabia que, shafit ou não, tinha as próprias habilidades quando se tratava de lidar com pessoas. Ao argumentar com Nahri da forma como fizera, Manizheh deixara claro qual acreditava que fosse a fraqueza de sua filha.

Nahri podia trabalhar com aquilo. Ela tomou um fôlego trêmulo.

— Você promete que vai deixar o príncipe viver? — sussurrou ela, com os dedos trêmulos no anel. — E que ninguém jamais saberá que sou uma shafit?

— Pela honra de nossa família. Eu juro.

Nahri mordeu o lábio.

— Nem mesmo Dara?

O rosto de Manizheh se suavizou levemente, tanto com tristeza quanto com um pouco de alívio.

— Farei o possível, criança. Não tenho desejo de lhe causar mais dor. A nenhum de vocês — acrescentou ela, parecendo tão sinceramente comovida quanto Nahri já vira. — Na verdade, nada me agradaria mais do que ver vocês encontrarem felicidade juntos.

Nahri deixou as palavras a atravessarem. Isso jamais aconteceria.

— Então pegue — disse ela, atirando o anel aos pés da mãe.

Manizheh cumpriu com a palavra. Assim que o anel deixou a mão de Nahri, a khanjar desceu do pescoço de Ali. Nahri caiu ao lado dele quando o príncipe arquejou para tomar fôlego.

— Por que fez isso? — sibilou ele.

— Porque ela ia matar você. — Quando Manizheh se curvou para recuperar o anel, Nahri rapidamente se moveu como se para abraçá-lo, aproveitando a oportunidade para colocar as armas dele de volta no cinto. — Tem certeza de que a maldição deixou o lago? — sussurrou ela ao ouvido dele.

Ali enrijeceu nos braços dela.

— Eu... sim?

Ela o puxou de pé, mantendo a mão no braço dele.

— Então perdoe-me, meu amigo.

Manizheh estava levantando-se com o anel na mão. Ela franziu a testa, estudando a esmeralda.

— Este é o anel da insígnia?

— É claro que é — disse Nahri, distraidamente, pegando o segundo anel, o anel de Suleiman, do bolso. — Quem mentiria para a mãe? — Ela enfiou o anel em um dos dedos de Ali.

Ali tentou se desvencilhar, mas Nahri foi rápida. Seu coração deu um único salto de arrependimento, então – bem no momento em que Manizheh levantou o rosto – ela sentiu o anel antigo sumir sob seus dedos.

Traição chocada brotou nos olhos da mãe – ah, então Manizheh tinha emoções, afinal de contas. Mas Nahri não esperaria por uma resposta. Ela pegou a mão de Ali e saltou para fora da muralha.

Ela ouviu Manizheh gritar seu nome, mas era tarde demais. O ar frio da noite açoitou seu rosto conforme eles caíram, a água escura parecendo *muito* mais distante do que ela se lembrava. Nahri tentou se preparar, ciente demais de que enfrentaria muita dor e alguns ossos temporariamente quebrados.

De fato, ela aterrissou com força, o choque da água contra o corpo um golpe frio e doloroso como mil facas afiadas. Seus braços se ergueram, entrelaçando-se aos de Ali quando ela submergiu.

Nahri estremeceu de dor, de choque, quando a memória que Manizheh incitara retornou brevemente. O cheiro de papiro queimado, os gritos de uma menina.

A visão de um par de olhos castanhos logo antes da água lamacenta fechar-se sobre sua cabeça.

Nahri não voltou à superfície. A escuridão a envolveu, o cheiro de sedimentos e a sensação de ser tomada.

Houve um único sussurro de magia, então tudo ficou escuro.

DARA

Dara não duraria mais um minuto com Muntadhir al Qahtani.

Para um homem que estava ativamente morrendo, o emir falava a uma velocidade impressionante, cuspindo uma torrente interminável de farpas obviamente calculadas para provocar Dara para que o matasse.

— E em nossa *noite de núpcias...* — prosseguiu Muntadhir. — Bem... noites. Quero dizer, todas começaram a se confundir depois que...

Dara subitamente pressionou a faca contra o pescoço do homem. Era a décima vez que fazia aquilo.

— Se não parar de falar — sibilou ele —, vou começar a cortar pedaços seus.

Muntadhir piscou, seus olhos uma sombra escura contra o rosto pálido. Ele empalidecera até ficar da cor de pergaminho, cinzas caindo da pele e as linhas preta-esverdeadas do veneno da zulfiqar – marcas rastejantes e espiraladas – espalhando-se para o pescoço. Ele abriu a boca, então se encolheu, caindo para trás contra o tapete que Dara encantara para levá-los em disparada até Manizheh, um lampejo de dor nos olhos roubando qualquer que fosse a resposta irritante que tinha planejado.

Não importava. A atenção de Dara tinha sido capturada por uma visão muito mais estranha: água jorrava pelo corredor por onde voavam, a corrente sobrenatural ficando mais profunda e selvagem quanto mais se aproximavam da biblioteca. Ele correra até a enfermaria apenas para ser informado que um Kaveh e-Pramukh em pânico e balbuciante interceptara Manizheh e a enviara até ali.

Os dois dispararam pelas portas e Dara piscou, alarmado. Água escorria por um buraco irregular perto do teto, caindo contra o piso agora inundado da biblioteca. Mobília quebrada e livros incandescentes – sem falar dos corpos de pelo menos uma dúzia de djinns – estavam espalhados no chão. Manizheh não estava à vista, mas ele viu do outro lado da sala um bando dos guerreiros que a estavam acompanhando.

Dara chegou em segundos, aterrissando o tapete o mais suavemente possível em uma ilha de escombros e caindo na água com um ruído.

— Onde está a Banu...

Ele não conseguiu terminar a pergunta.

Um tremor percorreu o palácio e o chão tremeu tão violentamente que Dara cambaleou. A biblioteca inteira estremeceu, pilhas de escombros desabaram e várias das imensas estantes se soltaram das paredes.

— Cuidado! — gritou Dara quando uma cascata de livros e pergaminhos desabou sobre eles. Outro tremor se seguiu e um estalo ecoou pela parede oposta com tanta força que o chão se partiu.

O terremoto acabou em segundos, um silêncio estranho pairando acima deles. A água foi drenada, correndo para a rachadura no chão como um animal em fuga. E então... como se alguém tivesse soprado uma lâmpada que ele não conseguia ver, Dara sentiu uma mudança no ar.

Com um estalo de arrepiar os ossos, os globos de fogo conjurados que flutuavam perto do teto subitamente se apagaram, caindo no chão. As bandeiras pretas oscilantes dos al Qahtani ficaram imóveis e a porta adiante dele se escancarou. Todas as portas se abriram, qualquer que fosse o encantamento que as trancara aparentemente quebrado.

Um calafrio percorreu a coluna dele diante do silêncio, da frieza estranha e vazia que tomara a sala. Dara conjurou um punhado de chamas e a luz do fogo dançou ao longo das paredes queimadas e manchadas de água. Adiante, seus homens pareciam ter dificuldade em fazer o mesmo, gesticulando descontroladamente no ar.

— Você consegue conjurar chamas? — ele ouviu um perguntar.

— Não consigo conjurar nada!

Um grito muito mais chocado chegou ao ouvido dele. Dara se virou. Muntadhir tinha se erguido cambaleante, estendendo os braços para olhar boquiaberto para o corpo.

À luz fraca da biblioteca destruída, as linhas escuras mortais do veneno mágico que marcavam a pele do emir estavam recuando.

A boca de Dara se escancarou conforme ele observava a visão completamente impossível. Como uma aranha enroscando-se em si mesma, o veneno estava rastejando para dentro de si, voltando pelos ombros de Muntadhir e além do peito dele. Muntadhir rasgou o tecido que amarrava seu estômago bem a tempo de revelar o tom verde-escuro que sumia completamente do ferimento.

O emir caiu de joelhos com um ruído engasgado. Ele tocou o estômago ensanguentado, chorando de alívio.

Pesar encheu o coração de Dara. Algo acabara de dar *muito* errado.

— Amarrem aquele homem! — conseguiu gritar para seus soldados. Dara não precisava de mais surpresas quando se tratava de Muntadhir e armas. — *Agora*. E onde está a Banu Nahida?

Um dos homens ergueu um dedo na direção de um conjunto escuro de degraus.

— Sinto muito, Afshin — disse ele, com o braço tremendo incontrolavelmente. — Ela ordenou que saíssemos quando encontramos Banu Nahri.

Nahri. Com Muntadhir imediatamente esquecido, Dara correu pela porta e então se abaixou quando os resquícios de um sistema de roldanas antigos caíram em volta dele. Ignorando a destruição, ele subiu os degraus dois por vez, chegando a outra porta.

— Banu Nahida! — gritou ele. Quando não houve resposta, ele chutou a porta para entrar.

Manizheh estava sozinha e muito quieta, de costas para ele, entre um emaranhado de corpos. Medo subiu por sua garganta quando Dara se obrigou a examinar os rostos deles. *Não, Criador, não. Eu suplico.*

Mas Nahri não estava entre os mortos. Em vez disso, eram os homens dele. Tinham sido assassinados, golpes ainda incandescentes marcando seus corpos.

Uma zulfiqar. *Alizayd,* Dara soube no fundo do coração. E era completamente culpa dele. Deveria ter matado o príncipe assim que o tivera em mãos, em vez de deixar Vizaresh atrasá-lo com fantasias de vingança.

Mardoniye. Seus guerreiros na praia. Agora esses três. Dara fechou os punhos, combatendo o calor que tentava se libertar. Aquilo tudo tinha dado tão errado – e não apenas por causa do ifrit.

Tinha dado errado porque, no fundo, Dara sabia que aquela invasão era um erro. Fora apressada demais e brutal demais. Tinham se aliado com criaturas em que ele não confiava e usado magia que ele não entendia. E Dara tinha concordado, abaixado a cabeça em submissão para uma Nahid novamente, e ignorado a inquietação em sua alma. Agora tudo aquilo tinha explodido em sua cara.

E nem era a primeira vez. Sua própria história não lhe ensinara nada.

Manizheh ainda não se movera. Ela simplesmente ficou ali, encarando o lago escuro.

— Banu Manizheh? — chamou ele, de novo.

— Desapareceu. — A voz dela era um sussurro incomum.

— *Eles* desapareceram. Ela deu a insígnia àquela mosca da areia.

Dara cambaleou para trás.

— *O quê?* Não quer dizer...

— Quero dizer exatamente o que disse. — Havia irritação na voz de Manizheh. — Eu deveria saber — murmurou ela. — Eu deveria saber que não deveria confiar nela. Ela me enganou, *debochou* de mim, então deu a insígnia de Suleiman, a insígnia de nossos ancestrais, de volta ao povo que a roubou.

O olhar de Dara recaiu sobre os homens assassinados e, pela primeira vez, ele sentiu uma pontada de verdadeira traição. Como Nahri poderia ter entregado algo tão poderoso, tão precioso, a um homem que ela vira assassinar seu próprio povo?

Ele engoliu em seco, afastando as emoções turbulentas.

— Onde estão eles? — perguntou Dara, tentando conter o tremor na voz. — Banu Nahida, *onde estão eles?* — insistiu quando ela não respondeu.

Manizheh ergueu a mão trêmula, indicando a água escura.

— Eles saltaram.

— Eles fizeram *o quê?* — Dara chegou ao parapeito em segundos. Ele não viu nada além da água escura abaixo.

— Eles saltaram. — A voz de Manizheh soava amarga. — Tentei argumentar, mas aquele djinn tinha as garras na mente dela.

Dara caiu de joelhos. Ele agarrou a pedra e um borrão de movimento chamou sua atenção, pequenas ondas e correntes reluzindo no lago escuro.

Ele soltou o fôlego.

— A água está se movendo — sussurrou Dara. Ele se inclinou mais para a frente, examinando a distância. Certamente uma curandeira Nahid poderia sobreviver àquela queda. Se ela pulasse longe das rochas, se caísse do modo certo...

Esperança e luto guerreavam em seu peito. *Criador, por favor... que ela esteja viva.* Dara não se importava se ela o recebesse com uma adaga no coração; depois daquela noite, parte dele a receberia de braços abertos. Mas não podia ser assim que a história de Nahri acabava.

Ele se ergueu hesitante.

— Vou encontrá-la.

Manizheh segurou o pulso dele.

— Pare.

A palavra inexpressiva, proferida como se daria um comando a um animal, quebrou o frágil controle que ele tinha sobre as emoções.

— Eu fiz tudo o que você pediu! — arquejou ele, desvencilhando-se dela. — Fui seu Afshin. Matei seus inimigos e manchei nosso lar com sangue. Você vai me dar alguns momentos para descobrir se ela ainda está viva.

Os olhos de Manizheh brilharam com ultraje, mas a voz dela permaneceu fria.

— Nahri não é o que importa agora, Darayavahoush. — Ela apontou subitamente para cima. — Aquilo é.

Dara olhou para cima.

O céu sobre o palácio estava se estilhaçando.

Parecia um domo de vidro fumegante rachando, a meia-noite escura descolando-se e revelando os tons mais quentes do alvorecer, o brilho de um céu desértico em vez da névoa escura que pairava, sempre presente, acima de Daevabad. A luz estava se espalhando, ondulando pelo horizonte e, conforme o olhar dele acompanhava o céu caindo, Dara notou que fogueiras estavam extinguindo-se em telhados pela cidade.

Um acampamento de tendas de viajantes – criações mágicas de seda e fumaça – desabou, assim como duas torres de mármore conjuradas.

Dara ficou completamente espantado.

— O que está acontecendo? — Ele olhou para Manizheh, mas ela não estava olhando para ele. Conforme Dara observava, ela sacou a espada, furando o polegar na lâmina. Um poço de sangue preto brotou. Então outro.

A cor deixou o rosto dela.

— Minha magia... se foi.

Frieza tomou conta dele enquanto via mais fogueiras se apagarem. A calma que recaíra sobre a biblioteca, o veneno que tinha sido drenado do emir...

— Não acho que seja apenas sua magia — sussurrou ele. — Acho que é toda Daevabad.

EPÍLOGO

A consciência formigou em Nahri. O cheiro rico de lama e o doce canto de pássaros a puxou da escuridão.

A dor veio em seguida, fazendo as costas e os ombros dela se arquearem. A cabeça. Os braços. Tudo, na verdade.

E aquele maldito sol. Forte demais. Mais forte do que qualquer sol em Daevabad tinha o direito de ser. Nahri cobriu os olhos com uma das mãos, piscando ao tentar se sentar.

A outra mão dela mergulhou na lama. O que em nome de Deus... Nahri olhou em volta conforme as manchas de sol deixavam seus olhos. Ela estava em algum tipo de pântano alagado, com água nebulosa até a cintura. Logo atrás dela havia um conjunto de palmeiras altas e oscilantes; arbustos verdes cresciam descontroladamente sobre uma parede de tijolos de argila aos pedaços.

Adiante havia um rio amplo, a corrente lânguida conforme fluía até as planícies. Uma faixa estreita e esmeralda ladeava a margem oposta, além da qual havia deserto, reluzindo dourado ao sol forte.

Nahri encarou o rio com total confusão. Devia ter batido a cabeça, porque podia *jurar* que parecia...

— Não! — Uma voz familiar interrompeu o silêncio, terminando em um choro. — *Não!*

Ali. Nahri se ergueu aos tropeços, com o corpo todo doendo. Qual era o problema com suas habilidades de cura? A lama sugava suas pernas e ela saiu cambaleante do pântano até terra mais firme. Viu mais estruturas em ruínas entre as árvores: uma gaiola de pombos rachada e os contornos de tijolos do que poderiam ter sido um dia pequenas casas.

Ela empurrou um conjunto de folhas de palmeira. Logo adiante havia o que parecia ser uma mesquita de aldeia, havia muito abandonada. O minarete estava quebrado e o domo rachado, aberto ao céu.

Alívio percorreu seu corpo – Ali estava ali dentro, de costas para ela, olhando para além do topo do minarete. Ela cambaleou para a frente, braços e pernas protestando a cada tremor e a pele se arrepiando. Nahri não sabia onde estavam; certamente não parecia Daevabad, mas ela sentia que já estivera ali antes.

Ela subiu os degraus de pedra do minarete arruinado. Completamente sem fôlego ao chegar ao topo, Nahri avançou instável, tocando o ombro dele ao sibilar seu nome.

— Ali.

Ele estava chorando ao se virar para ela.

A insígnia de Suleiman queimava forte em sua têmpora.

Os eventos da noite anterior se encaixaram rápido demais, horríveis demais, e então Ali saltou sobre ela, apertando os ombros de Nahri como jamais fizera antes.

— Precisa nos levar de volta! — implorou ele. Mais próxima agora, Nahri conseguia ver que a expressão dele estava febril, seu corpo inteiro estremecendo. — Nahri, por favor! Eles estão com minha irmã! Eles tão com todo... *ah.* — Sua voz falhou quando ele agarrou o coração, arquejando para tomar fôlego.

— Ali!

Ele se afastou dela.

— Não consigo controlar isso. — A marca fumegante da insígnia brilhou na pele dele. — Você jamais deveria ter me dado aquele anel! Jamais deveria ter nos levado embora!

— Eu não nos levei a lugar algum!

Ali ergueu a mão trêmula.

— Então por que estamos *aqui*?

Nahri olhou para onde ele apontava. Ela ficou de pé.

A visão à frente, no horizonte não tão distante, foi imediatamente familiar. As antigas mesquitas de pedra e os minaretes imponentes. Os fortes e os palácios de sultões e generais havia muito mortos, dinastias perdidas ao tempo. Os inúmeros blocos de prédios de múltiplos andares, todos de um marrom terroso morno, um marrom *humano*, que Nahri sabia que se erguiam sobre ruas sinuosas e lotadas de mercadores tagarelas, bebedores de café fofoqueiros e crianças correndo. Sobre boticários.

Lágrimas brotaram em seus olhos. *Não é possível.* O olhar dela imediatamente disparou da cidade que teria reconhecido em qualquer lugar até o rio cheio nas margens. O rio do qual recebera seu nome, como uma brincadeira, dos pescadores que a tiraram dele quando criança.

Na margem oposta, imóveis e eternas contra o céu do alvorecer, estavam as três pirâmides de Gizé.

As palavras vieram a ela em árabe primeiro, é claro.

— *Ya masr* — sussurrou Nahri enquanto o sol egípcio aquecia suas bochechas, com o cheiro dos sedimentos do Nilo em sua pele. — Estou em casa.

GLOSSÁRIO

SERES DE FOGO

DAEVA: O termo antigo para todos os elementais do fogo antes da rebelião djinn, assim como o nome da tribo que reside em Daevastana, da qual Dara e Nahri fazem parte. Um dia foram metamorfos que viveram durante milênios. Os daevas tiveram as habilidades mágicas profundamente reduzidas pelo Profeta Suleiman como punição por terem ferido a humanidade.

DJINN: Uma palavra humana para "daeva". Depois da rebelião de Zaydi al Qahtani, todos os seguidores dele e, por fim, todos os daevas começaram a usar esse termo para sua raça.

IFRIT: Nome dos daevas originais que desafiaram Suleiman e foram destituídos de suas habilidades. Inimigos declarados da família Nahid, os ifrits se vingam escravizando outros djinns para causar o caos entre a humanidade.

SIMURGH: Pássaro escamoso de fogo que os djinns gostam de fazer apostar corrida.

ZAHHAK: Uma imensa e alada besta cuspidora de fogo semelhante a um lagarto.

Seres da Água

MARID: Nome dos elementais da água extremamente poderosos. Quase míticos para os djinns, os marids não são vistos há séculos, embora digam os boatos que o lago que cerca Daevabad tenha sido um dia deles.

Seres do Ar

PERI: Elementais do ar. Mais poderosos do que os djinns – e muito mais ocultos –, os peris se mantêm determinadamente reservados.

RUKH: Imenso pássaro de fogo predatório que os peris podem usar para caçar.

SHEDU: Leão alado místico, um emblema da família Nahid.

Seres da Terra

GHOUL: Cadáver reanimado e que se alimenta de humanos que fizeram acordos com ifrits.

ISHTA: Uma pequena criatura escamosa obcecada com organização e calçados.

KARKADANN: Uma besta mágica semelhante a um enorme rinoceronte com um chifre do tamanho de um homem.

Línguas

DIVASTI: A língua da tribo Daeva.

DJINNISTANI: A língua comum de Daevabad, um dialeto mercador que os djinns e os shafits usam para falar com aqueles fora da tribo deles.

GEZIRIYYA: A língua da tribo Geziri, que apenas membros dessa tribo podem falar e compreender.

TERMINOLOGIA GERAL

ABAYA: Um vestido largo, na altura do chão, de mangas compridas, usado por mulheres.

ADHAN: A chamada islâmica para a oração.

AFSHIN: O nome da família de guerreiros daeva que um dia serviu ao Conselho Nahid. Também usada como título.

AKHI: Em geziri, "meu irmão", um termo carinhoso.

BAGA NAHID: O título adequado para curandeiros do sexo masculino da família Nahid.

BANU NAHIDA: O título adequado para curandeiras do sexo feminino da família Nahid.

CHADOR: Um manto aberto feito de um corte semicircular de tecido, colocado sobre a cabeça e usado por mulheres daeva.

DIRHAM/DINAR: Um tipo de moeda usado no Egito.

DISHDASHA: Uma túnica masculina na altura do chão, popular entre os Geziri.

EMIR: O príncipe herdeiro, sucessor designado ao trono dos Qahtani.

FAJR: A oração do alvorecer/matutina.

GALABIYYA: Uma vestimenta tradicional egípcia, essencialmente uma túnica na altura do chão.

HAMMAM: Uma casa de banho.

INSÍGNIA DE SULEIMAN: O anel com insígnia que Suleiman um dia usou para controlar os djinns, dado aos Nahid e mais tarde roubado pelos Qahtani. O portador do anel de Suleiman pode anular qualquer magia.

ISHA: A oração do fim da tarde/vespertina.

KODIA: A mulher que lidera zars.

MAGHRIB: A oração do pôr do sol.

MIDAN: Uma praça urbana.

MIHRAB: Um nicho na parede indicando a direção da oração.

MUHTASIB: Um inspetor de mercado.

QAID: O chefe da Guarda Real, essencialmente o mais alto oficial militar no exército djinn.

RAKAT: Uma unidade de oração.

SHAFIT: Pessoa com sangue misto de djinn e humano.

SHEIK: Um educador/líder religioso.

TALWAR: uma espada agnivanshi.

TANZEEM: Um grupo de raiz fundamentalista em Daevabad dedicado a lutar pelos direitos shafits e pela reforma religiosa.

ULEMÁ: Um corpo legal de acadêmicos religiosos.

VIZIR: Um ministro do governo.

ZAR: Uma cerimônia tradicional destinada a lidar com a possessão por djinn.

ZUHR: A oração do meio-dia.

ZULFIQAR: Lâmina de cobre bifurcada da tribo Geziri; quando inflamada, as pontas envenenadas destroem até mesmo a pele nahid, o que a torna uma das armas mais mortais desse mundo.

AS SEIS TRIBOS DE DJINNS

Os *Geziri*

Cercados por água e presos atrás da espessa faixa de humanos no Crescente Fértil, os djinns de Am Gezira despertaram da maldição de Suleiman em um mundo muito diferente do de seus primos com sangue de fogo. Retirando-se para as profundezas do Quarteirão Vazio, para as cidades moribundas de Nabateans e para as montanhas proibidas da Arábia Meridional, os Geziri por fim aprenderam a compartilhar as dificuldades da terra com seus vizinhos humanos, tornando-se fervorosos protetores dos shafits no processo. Desse país de poetas andarilhos e guerreiros portadores de zulfiqars veio Zaydi al Qahtani, o rebelde que se tornou rei e que tomaria Daevabad e a insígnia de Suleiman da família Nahid em uma guerra que transformou o mundo mágico.

Os *Ayaanle*

Aninhada entre as nascentes ágeis do rio Nilo e a costa salgada de Be til Tiamat está Ta Ntry, a fabulosa terra natal da poderosa tribo Ayaanle. Rica em ouro e sal – e longe o suficiente de Daevabad para que sua política mortal seja mais um jogo do que um risco –, os Ayaanle são um povo invejável. Mas, por trás das reluzentes mansões corais e os sofisticados salões, espreita-se uma história que eles começaram a esquecer... uma que os une por sangue aos vizinhos Geziri.

Os Daeva

Estendendo-se desde o mar de Pérolas sobre as planícies da Pérsia e as montanhas ricas em ouro de Bactria está a poderosa Daevastana – e logo além de seu rio Gozan está Daevabad, a cidade de bronze escondida. O antigo alicerce do Conselho Nahid (a famosa família de curandeiros que um dia governou o mundo mágico), Daevastana é uma terra cobiçada, sua civilização retirada das antigas cidades de Ur e Susa e dos cavaleiros nômades de Saka. Um povo orgulhoso, os Daeva clamam o nome original da raça dos djinns para si... um deslize que as demais tribos jamais esquecem.

Os Sahrayn

Correndo desde as margens do Magrebe através do amplo interior do deserto do Saara está Qart Sahar — uma terra de fábulas e aventura até mesmo para os djinns. Um povo aventureiro que não gosta muito de ser governado por estrangeiros, os Sahrayn conhecem os mistérios de seu país melhor do que qualquer outro — os rios ainda exuberantes que fluem em cavernas bem abaixo das dunas de areia e as cidadelas antigas de civilizações humanas perdidas no tempo e tocadas por magia esquecida. Navegantes habilidosos, os Sahrayn viajam sobre navios de fumaça conjurada e corda costurada sobre areia e mar igualmente.

Os Agnivanshi

Estendendo-se desde os tijolos da antiga Harappa pelas planícies férteis de Deccan e os pântanos nebulosos de Sundarbans está Agnivansha. Abençoadamente exuberante em todos os recursos com que se pode sonhar – e separada dos vizinhos muito mais voláteis por rios amplos e montanhas altas –, Agnivansha é uma terra pacífica famosa por seus artesãos e suas joias... e sua competência para ficar longe da política tumultuada de Daevabad.

Os Tukharistani

A leste de Daevabad, entremeando-se entre os picos das montanhas Karakorum e pelas amplas areias do Gobi, está Tukharistan. O comércio é seu sangue vital e, nas ruínas dos reinos da esquecida Rota da Seda, os Tukharistani fazem seus lares. Eles viajam despercebidos em caravanas de fumaça e seda ao longo de corredores marcados por humanos há milênios, carregando consigo artefatos mitológicos: maçãs douradas que curam qualquer doença, chaves de jade que abrem mundos invisíveis e perfumes que têm cheiro de paraíso.

AGRADECIMENTOS

HÁ DOIS ANOS EU HESITANTEMENTE ENVIEI O PRIMEIRO LIVRO do que se tornaria a Trilogia de Daevabad para avaliação. Jamais em meus sonhos mais loucos eu teria imaginado que minha homenagem de mais de quinhentas páginas ao mundo islâmico medieval ganharia a extraordinária recepção que ganhou e, conforme faço os retoques finais na sequência, sinto-me humilde e grata pela oportunidade que recebi de compartilhar a história e os personagens que têm vivido em minha mente com o restante do mundo. Tem sido uma jornada, uma que jamais teria sido possível sem um incrível grupo de leitores, colegas escritores fantásticos, uma equipe editorial genial, uma família extremamente compreensiva e, sinceramente, a graça de Deus.

Primeiro, a todos os leitores, críticos, blogueiros, fãs artistas e livreiros que amaram e divulgaram meu livro, obrigada. São vocês que fazem tudo valer a pena.

Um agradecimento enorme a todos os incríveis estudiosos e "historiadores-twitteiros" que me ajudaram a aperfeiçoar este livro, seja por terem me ajudado a encontrar vistas incrivelmente específicas das margens do Cairo no século XIX ou por terem feito piadas em akkadiano. Seu amor por história e a disposição para compartilhar conhecimento com a esfera pública é exatamente do que precisamos hoje em dia.

Ao incrível grupo Brooklyn Speculative Fiction Writers, principalmente a Rob Cameron, Jonathan Hernandez e Cynthia Lovett, que vieram me ajudar quando eu estava no meio do desespero do segundo livro... vocês são demais e estou ansiosa para que seus livros voem das livrarias um dia.

Fui abençoada por conhecer um número realmente maravilhoso de autores nos últimos anos cujos elogios, conselhos ou simplesmente ouvidos amigos fizeram um mundo de diferença para esta iniciante ansiosa. S.K. Ali, Roshani Chokshi, Nicky Drayden, Sarah Beth Durst, Kate Elliot, Kevin Hearne, Robinn Hobb, Ausma Zehanat Khan, Khaalidah Muhammad-Ali, Karuna Riazi, Michael J. Sullivan, Shveta Thakrar, Sabaa Tahir, Laini Taylor, Kiersten White... Eu sou tão, tão grata a vocês. Fran Wilde, você é um verdadeiro tesouro e seu mantra me fez superar tantas dificuldades.

Jen Azantian, minha incrível agente e amiga, devo a você mais do que jamais posso dizer por me ver além dos últimos dois anos – e também a Ben, por ajudar nós duas! A minha editora, Priyanka Krishnan, recebi a honra de trabalhar com você e ver meus personagens e meu mundo ganharem vida sob sua cuidadosa mão. A todos na Harper Voyager dos dois lados do Atlântico, principalmente a David Pomerico, Pam Jaffee, Caro Perny, Kayleigh Webb, Angela Craft, Natasha Bardon, Jack Renninson, Mumtaz Mustafa, Shawn Nicholls, Mary Ann Petyak, Liate Stehlik, Paula Szafranski, Andrew DiCecco, Shelby Peak, Joe Scalora e Ronnie Kutys, obrigada por se arriscarem comigo e por todo seu trabalho árduo. A Will Staehle, obrigada por arrasar com mais uma capa lindíssima.

A minha maravilhosa e muito piedosa família, que foi espetacularmente apoiadora conforme me tornei mais distraída e estressada, muito, muito obrigada. Mãe e pai, eu jamais teria conseguido fazer isso sem vocês. Muita gratidão também para minha avó e minha sogra que ajudaram a cuidar de mim enquanto eu estava doente e tentando terminar este livro.

A meu marido, Shamik, meu melhor amigo e primeiro leitor, obrigada por manter meus pés no chão e por me incentivar quando eu precisava. Amo conseguir sonhar e tramar nesse estranho mundo fictício que você me ajudou a criar. Para Alia, minha pequena Nahri em treinamento, você é a luz da minha vida, meu amor, e suas histórias são ainda mais grandiosas do que a minha.

Finalmente, a meus colegas nerds de fantasia muçulmana: escrevi esta história para vocês, para nós, e me sinto incrivelmente humilde e honrada por sua resposta. Agradeço, do fundo do meu coração desajeitado de convertida. Que todos tenhamos a mais grandiosa das aventuras!

SOBRE A AUTORA

S. A. CHAKRABORTY É ESCRITORA E MORA COM O MARIDO E a filha em Nova York. Seu livro de estreia, *A cidade de bronze*, o primeiro volume da Trilogia de Daevabad, foi eleito um dos melhores livros do ano pela Amazon, Barnes & Noble, Library Journal, SyFy Wire e Vulture. Além disso, é organizadora do Grupo de Escritores de Ficção Especulativa do Brooklyn. Quando não está mergulhada em narrativas sobre retratos do Império Mugal e história de Omã, Chakraborty gosta de fazer trilhas e cozinhar refeições desnecessariamente complicadas para sua família.